PIERRE NAUDIN

Pierre Naudin est né en 1923 à Choisy-le-Roi. Journaliste, il a publié des essais et des romans, notamment *Les mauvaises routes* (1959).
Il se passionne pour le XIVe siècle et ses chroniqueurs, comme Jean Froissart ou Jean le Bel, et poursuit d'importantes recherches sur le Moyen Âge, qui aboutissent à l'écriture du *Cycle d'Ogier d'Argouges*. Ainsi, depuis 1978, cette fantastique épopée historique, unanimement saluée par la critique, entraîne des milliers de lecteurs dans la France médiévale dont Pierre Naudin restitue avec justesse et minutie le tumulte et les élans.
Membre éminent de l'Académie royale des beaux-arts et des sciences historiques de Tolède, Pierre Naudin donne régulièrement des conférences dans les universités d'Europe

DU MÊME AUTEUR
AUX ÉDITIONS AUBÉRON

CYCLE D'OGIER D'ARGOUGES

LES LIONS DIFFAMÉS
LE GRANIT ET LE FEU
LES FLEURS D'ACIER
LA FÊTE ÉCARLATE
LES NOCES DE FER
LE JOUR DES REINES
L'ÉPERVIER DE FEU

CYCLE DE TRISTAN DE CASTELRENG

LES AMANTS DE BRIGNAIS
LE POURSUIVANT D'AMOUR
LA COURONNE ET LA TIARE
LES FONTAINES DE SANG
LES FILS DE BÉLIAL
LE PAS D'ARMES DE BORDEAUX
LES SPECTRES DE L'HONNEUR

CYCLE DE GUY CLAIRBOIS

LES FUREURS DE L'ÉTÉ
L'ÉTRANGE CHEVAUCHÉE

À paraître :

LES CHEMINS DE LA HONTE
LE BÂTARD DE CLAIRBOIS
LE CHAMP CLOS DE MONTENDRE
LE SECRET SOUS LES ARMES
LE BOURBIER D'AZINCOURT

DANS LA COLLECTION
HISTOIRE À L'ENCRE NOIRE

LES ÉPÉES DE LA NUIT
YOLANDE DE MAILLEBOIS

LES NOCES DE FER

DU MÊME AUTEUR
AUX ÉDITIONS POCKET

CYCLE D'OGIER D'ARGOUGES

LES LIONS DIFFAMÉS
LE GRANIT ET LE FEU
LES FLEURS D'ACIER
LES NOCES DE FER

À paraître :

LE JOUR DES REINES (janvier 2001)
L'ÉPERVIER DE FEU (mars 2001)

PIERRE NAUDIN

CYCLE D'OGIER D'ARGOUGES

LES NOCES DE FER

AUBÉRON

ISBN. 2-266-10395-4

À JEAN-PIERRE et JOËLLE

Lors des Pâques de l'an 1346, et sous un nom d'emprunt, Ogier d'Argouges arrive à Chauvigny pour participer aux joutes et au tournoi qui rassemblent chaque année, au bord de la Vienne, les meilleurs chevaliers du royaume. En se rendant à la montre des heaumes et des targes armoriées, prélude aux affrontements du champ clos, le jeune seigneur normand vient en aide à une passante agressée par un satellite de Richard de Blainville, son ennemi juré. La grâce et la beauté de cette jouvencelle font plus que le séduire : elles l'éblouissent.

Fille d'Herbert III Berland, seigneur des Halles de Poitiers, Blandine se montre sensible à l'intervention d'un inconnu vêtu sans la moindre recherche ainsi qu'aux sentiments qu'il ne tarde pas à lui révéler.

L'adresse et l'énergie qu'Ogier déploie aux joutes contribuent à sa victoire inattendue et incontestable. Il s'attire immédiatement quelques haines, en particulier celle de Guichard d'Oyré qui le fait incarcérer dans un souterrain du château d'Angle-sur-l'Anglin après lui avoir brisé une jambe.

Grâce à la complicité d'un clerc, frère Isambert, qu'il a connu dans sa jeunesse, et avec l'aide d'un prisonnier anglais, Hugh Calveley, Ogier parvient à s'évader. Un médecin de Chauvigny, Benoît Sirvin, sauve in extremis sa jambe rompue.

Après de pénibles adieux à Blandine, Ogier rejoint le duc d'Alençon, frère puîné du roi de France, afin de le mettre en garde contre les agissements de Richard de Blainville, favori de Philippe VI, qui trahit son bienfaiteur au profit d'Édouard III. C'est ce même Blainville qui, après la bataille de l'Écluse, le 24 juin 1340, a fait porter la responsabilité de la défaite à Godefroy d'Argouges, père du jeune chevalier, et obtenu sa dégradation. Les lions d'or figurant sur l'azur des armes familiales ont été diffamés, c'est-à-dire privés de leur queue en panache.

Emporté dans le flot d'une grande armée lancée à la poursuite du roi d'Angleterre et de ses compagnies débarquées à la Hogue-Saint-Vaast, Ogier s'est élancé sur la pente du Val-aux-Clercs, à Crécy (26 août 1346) avec son écuyer, Thierry Champartel. S'ils ne sont pas parvenus à sauver le duc d'Alençon, ils ont secouru efficacement Philippe VI qui les a distingués. Survivants de cette immense tuerie, ils ont suivi le roi au château de la Broye et là, preuves en main, Ogier a démontré la félonie de Blainville avant de l'occire à l'issue d'un combat difficile. Devenu instantanément le champion du roi, le jeune Normand a reçu des lettres de rémission selon lesquelles les lions des Argouges et Godefroy, le vieux chevalier honni de tous en Cotentin, recouvraient leur intégrité, l'honneur et la bienveillance royale.

Dès lors, Ogier n'a plus qu'un désir : revoir Blandine, convaincre Herbert III Berland, qui ne l'aime point, de son honnêteté, de sa noblesse et de l'intérêt que le roi lui témoigne. Il ne doute pas d'épouser la pucelle quels que soient les moyens qu'il emploiera pour y parvenir.

Après un court séjour à Gratot, la demeure familiale, le temps d'assister au mariage de sa sœur Aude et de Thierry, il repart pour le Poitou en compagnie de quelques hommes d'armes. Le père de Blandine, qu'il a vaincu dans la lice de Chauvigny, lui pardonnera-t-il sa déconvenue ? Quels lieux, quelles cités dévastent les Anglais qui se sont répandus en Saintonge ? Il est possible que Poitiers soit menacé. Or, Blandine a dû quitter Chauvigny pour réintégrer, dans cette ville, la grande et austère demeure de ses parents.

UN TRÉBUCHET
d'après
Eugène Viollet-le-Duc

(Dictionnaire raisonné de l' architecture française du XIe au XVIe siècle)

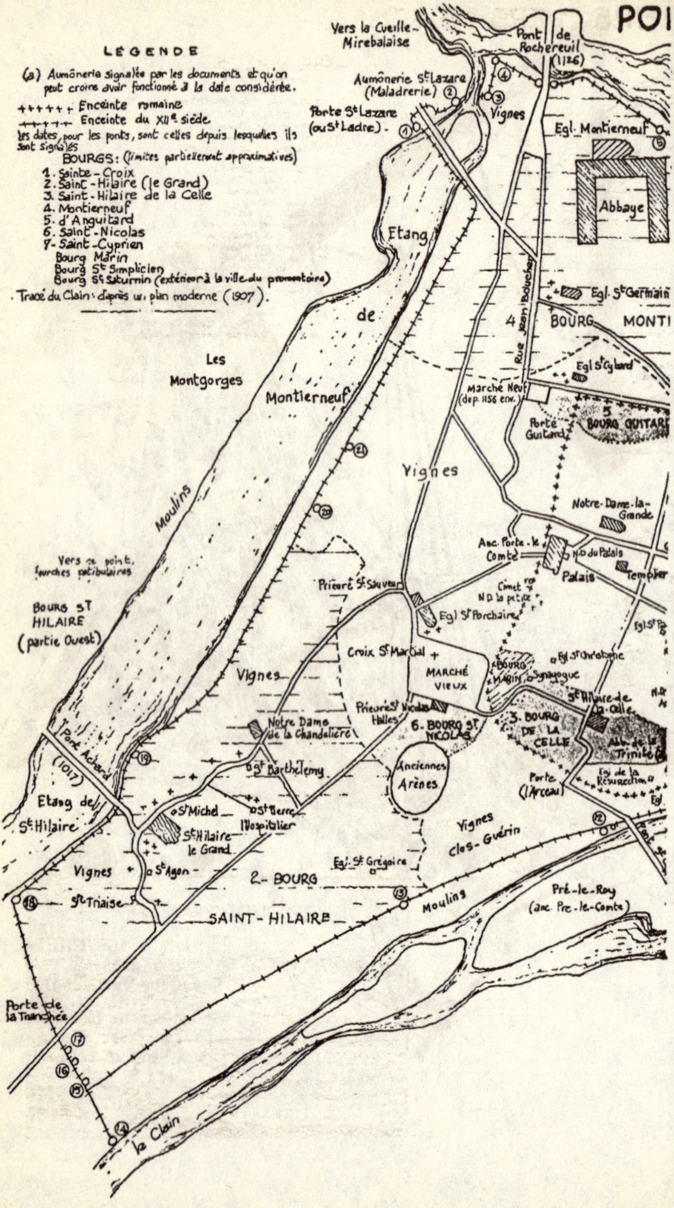
POI
LÉGENDE
(a) Aumônerie signalée par les documents et qu'on peut croire avoir fonctionné à la date considérée.
Enceinte romaine
Enceinte du XIIe siècle
Les dates, pour les ponts, sont celles depuis lesquelles ils sont signalés
BOURGS : (limites partiellement approximatives)
1. Sainte-Croix
2. Saint-Hilaire (le Grand)
3. Saint-Hilaire de la Celle
4. Montierneuf
5. d'Anguitard
6. Saint-Nicolas
7. Saint-Cyprien
Bourg Marin
Bourg St Simplicien
Bourg St Saturnin (extérieur à la ville du promontoire)
Tracé du Clain : d'après un plan moderne (1907).
Vers la Cueille-Mirebalaise
Pont de Rochereuil (1126)
Aumônerie St Lazare (Maladrerie)
Porte St Lazare (ou St Ladre)
Vignes
Egl. Montierneuf
Abbaye
Etang de Montierneuf
Les Montgorges
Rue Jean Bouchet
Egl. St Germain
BOURG MONTI
Egl St Cybard
Marché Neuf (dep. 1156 env.)
Porte Guitard
BOURG GUITARD
Vignes
Moulins
Notre-Dame-la-Grande
Anc. Porte-le-Comte
N.D du Palais
Palais
Templier
Vers ce point, fourches patibulaires
BOURG ST HILAIRE (partie Ouest)
Prieuré St Sauveur
Cimet re N.D la petite
Egl St Porchaire
Egl St P
Croix St Martial
MARCHÉ VIEUX
BOURG MARIN
Synagogue
Egl St Christophe
Vignes
St Hilaire de la Celle
Prieuré St Nicolas
Halles
6. BOURG ST NICOLAS
3. BOURG DE LA CELLE
Abb. de la Trinité
Notre Dame de la Chandelière
Pont Achard (1017)
St Barthélemy
Anciennes Arènes
Porte (l'Arceau)
Egl de la Résurrection
Etang de St Hilaire
St Michel
St Pierre l'Hospitalier
Vignes Clos-Guérin
St Hilaire le Grand
Vignes
St Agon
Egl. St Grégoire
2. BOURG
St Triaise
SAINT-HILAIRE
Moulins
Pré-le-Roy (anc. Pré-le-Comte)
Porte de la Tranchée
la Clain

IERS VERS 1340

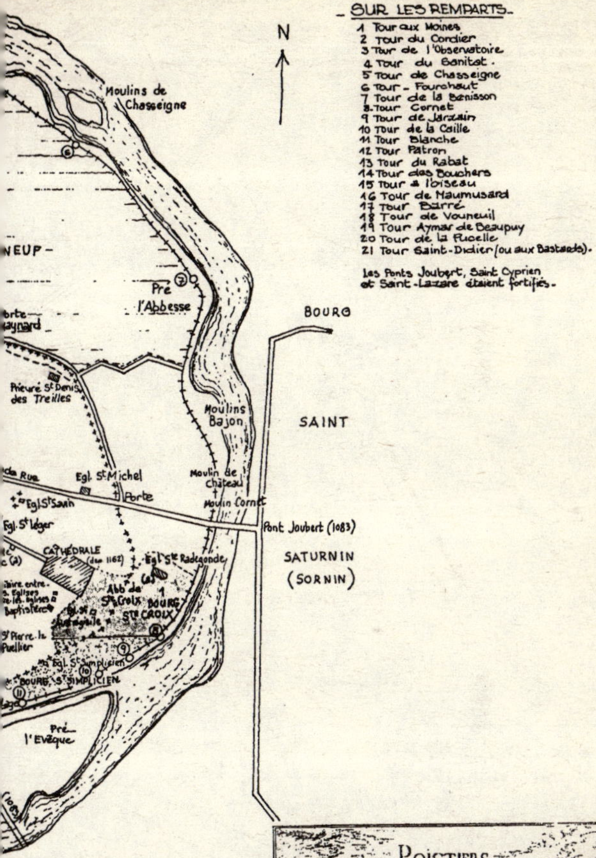

PREMIÈRE PARTIE

LE MIEL ET LE FIEL

I

Négligeant le heurtoir trop bruyant, Ogier d'Argouges, du crochet de l'index, tapota la porte de chêne noir rehaussée d'octogones. Elle s'ouvrit presque aussitôt. La vieille servante muette eut un sursaut et fronça les sourcils quand, sa révérence accomplie, elle aperçut derrière le visiteur les six hommes d'armes en compagnie desquels il avait chevauché.

— Le maître est-il présent, dame Odile ?

Un signe de tête. À l'ébahissement de ce maigre fantôme noir à face plate et pâle succédait déjà cette sérénité sans fissure dont il s'était accommodé trois mois durant et qui dissimulait, soit un certain mépris à son égard, soit une irréparable aversion pour son sexe. Il se détourna :

— Pied à terre, les gars !... Qu'aucun de vous ne s'éloigne.

Le vantail béa, dégageant l'entrée. Ogier retrouva le vestibule frais, éclairé par deux chandelles, les puissantes solives aux entrevous d'azur semé d'étoiles d'or et l'échiquier des dalles brillantes d'un nettoiement récent. Odile avait disparu ; à ses pas vifs sur les degrés de l'escalier succédaient, lents, pénibles, ceux du mire accompagnés de frappements de son bâton d'os pareil à une longue vis d'albâtre en lequel les ignorants eussent vu à tort un appendice d'unicorne.

— C'est toi !... Je t'attendais... J'allais me mettre au lit...

Benoît Sirvin apparaissait, coiffé d'une aumusse grise et vêtu d'un pelisson de velours pourpre, élimé aux poignets, et dont les pans en lambeaux dissimulaient mal ses pieds nus. La pointe de sa barbe frottait la boucle de sa ceinture ; il s'appuyait lourdement sur son étrange bourdon d'ivoire ou de rohart dont les spires, aux flammes toutes proches, prenaient des reflets d'or mouillés de vermillon.

— Ma venue tardive... et inopinée doit vous courroucer !

— Nullement !... Je savais que tu devancerais les prochaines Pâques pour revenir en Poitou... Tu avais décidé d'aller droit sur Poitiers, mais apprenant que la guerre a repris en Saintonge, tu as pensé que la crainte des Anglais pouvait avoir décidé la famille Berland à chercher refuge en nos murs. Les cinq châtelets dont s'enorgueillit Chauvigny devraient, crois-tu, dissuader Derby d'assiéger notre bonne cité...

— C'est vrai... Mais je serais pareillement venu vous voir si je m'étais rendu tout d'abord à Poitiers... Je dois m'acquitter d'une dette envers vous.

— Tu me parais solide sur tes jambes ! Il se pourrait même que celle que j'ai sauvée soit plus robuste que l'autre... Nous parlerons plus tard de ce que tu me dois... Tu as dû, passant devant, constater que la maison des Berland est close...

— Oui, messire.

— Et tu es toujours épris de cette pucelle... Blandine ?

— J'ai pour elle, messire, un amour éperdu... La séparation aurait pu l'amoindrir ; elle l'a renforcé au contraire.

Le mire soupira et, tortillant la pointe de sa barbe :

— Ces six hommes sont tiens ?... Les bruits de vos chevaux m'avaient attiré à la fenêtre...

— Ils sont miens et j'en ai quelques autres à Gratot.

— Tu ne crains plus de montrer ton visage.

— Mes armes ont été restaurées par le roi Philippe. Ses lettres patentes ont rétabli ma famille dans ses droits et dignité... J'ai même occis Blainville en sa présence [1].

— Un seul désir te tient à cœur, maintenant : obtenir la main de cette fille.

Ogier perdit son sourire :

— Je souhaite que son père consente à notre mariage. Sachant qui je suis, et apprenant surtout que le roi m'a fait son champion, messire Herbert Berland devrait se montrer envers moi dans de meilleures dispositions que lors des joutes du dernier printemps... Avez-vous de ses nouvelles ?

Le mire haussa les épaules puis, avec un certain dédain :

— Tout ce que j'ai appris, c'est que le chevalier Berland s'est remis de ses fractures. Je doute toutefois qu'il puisse tenir la lance, l'écu et l'épée aussi bien qu'auparavant.

Irritante et presque haïssable, l'image du père de Blandine traversa l'esprit d'Ogier. Il allait devoir convaincre cet homme hautain, qu'il avait dominé en champ clos, du grand estoc [2] des Argouges afin qu'il fût certain que sa fille le pouvait épouser sans déchoir.

— Garde-toi de t'étourdir, murmura le vieillard. Si tu veux que cette pucelle t'appartienne, il faudra, consentante ou non, que tu l'enlèves aux siens. Le ravissement avant l'enchantement, si j'ose dire !

Ogier fut insensible à cette moquerie. Au reste, si Benoît Sirvin réprouvait ces amours, c'était pour une raison dans laquelle Blandine n'intervenait pas : l'horreur du mariage. Il exécrait ce sacrement qui plaçait

1. Lire, chez le même éditeur, *Les Lions diffamés, Le Granit et le feu, Les Fleurs d'acier* et *La Fête écarlate.*

2. Race, lignée.

l'homme, et pis encore, le chevalier, en grand état de sujétion devant la femme.

— J'y ai pensé, messire, à ce... ravissement, et m'inquiète d'autant plus du sort de Blandine qu'on nous a dit, près d'ici, que les Goddons semblaient décidés à surquérir Poitiers.

Le sourire du mire s'éteignit dans sa barbe tandis que de l'extrémité de son étai d'os spiralé, il titillait le pavement.

— Ce que nous savons, à Chauvigny, c'est que Derby a réuni ses guerriers près de Bergerac et qu'ils sont entrés en Saintonge le 12 du mois dernier. Des chevaucheurs nous ont appris qu'ils ont conquis Taillebourg, Mazières, Surgères... Saint-Jean-d'Angély est tombé le 30 après un siège de trois jours[1]... Nous sommes le 2 octobre. Les Chauvinois se préparent à être assaillis. Tu as dû t'en apercevoir !

— Oui, messire. Les défenses sont bien garnies.

— Elles le seront davantage maintenant que la nuit tombe, mais je pense qu'avant de venir céans, les Goddons voudront conquérir Poitiers... Loin de moi l'envie d'aggraver ton tourment, mais sache-le, car je la connais mieux que toi, cette cité est aisée à envahir. Ses murailles ont çà et là des faiblesses, et nul n'a songé à les mieux bastiller.

1. Avant même la levée du siège d'Aiguillon (20 août 1346 — la bataille de Crécy eut lieu le 26), Derby avait fait rassembler des hommes à Bergerac, puis il s'était rendu en Agenois et avait rafraîchi de troupes Villeréal, Tonneins, Aiguillon. Il s'était alors rendu à La Réole. Après avoir divisé son armée en trois corps — dont il en avait laissé deux pour la sûreté du pays —, il était entré le 12 septembre en Saintonge.

Arrivé le 20 septembre à Châteauneuf-sur-Charente après le sac de Sauveterre, il y apprit que les hommes d'armes de son ami Gauthier de Masny — auquel les Français avaient accordé un sauf-conduit — étaient enfermés à la prison de Saint-Jean-d'Angély. Il décida de les délivrer. Quand ce fut fait, il détruisit l'abbaye des Bénédictins et partit pour Lusignan (30 septembre). Le 3 octobre au matin commença l'encerclement de Poitiers.

Désignant une escabelle, le mire invita Ogier à prendre place face à lui :

— Tu savais avant moi, avant tous les seigneurs et bonnes gens de ce royaume, que Derby allait assaillir le Poitou.

Ogier s'assit ; il en avait soudain besoin : oui, il avait tout appris sur les intentions anglaises, sans pouvoir en informer quiconque. Il soupira :

— Hélas !... Il avait été convenu, entre Godefroy d'Harcourt et ses complices, que Derby mettrait le Poitou en perdition le jour même du débarquement d'Édouard III à la Hogue-Saint-Vaast, c'est-à-dire — nous l'avons appris ensemble, vous et moi —, le 12 juillet, tandis que la guerre renaîtrait en Bretagne et en Flandre... Or, si elle reprit en Bretagne, si les milices des Flandres se sont ruées sur le nord du royaume, Derby a tardé... Il n'empêche que tout ce que nous savions, Champartel et moi, n'aura servi à rien, car il lui fut impossible d'aviser le roi de ce qui se préparait...

Occupé à tourner l'appendice de narval dont les vrilles semblaient s'enfoncer entre deux dalles, Benoît Sirvin hocha la tête :

— Pauvre royaume que le nôtre et souffrant de maladies contre lesquelles toute médecine sage me paraît impuissante... C'est un grand corps qui se pourrit... Le seul remède serait l'avulsion de sa tête... Oui, il faudrait pouvoir lui arracher la tête : ce Philippe VI ne vaut rien... Nous avons su qu'à Crécy, en Ponthieu, il avait perdu une grande bataille bien que comptant sous ses bannières trois ou quatre fois plus de guerriers que son cousin d'Angleterre...

— Hé oui ! C'était à la fin août. Nous en étions, Thierry et moi. Mon écuyer y fut armé chevalier par le roi auquel il sauva la vie. Je ne sais grâce à quel miracle nous en avons réchappé. Le soir même, j'ai pu prouver à notre suzerain la trahison de son homme lige.

— Tu as occis Blainville. Te voilà comblé !

— Comblé ?... Il se peut, mais croyez-moi, messire : après six ans d'injuste déchéance, le bonheur restauré a un goût de fiel et non de miel... Je peux désormais dire à mon pennoncier d'offrir au vent les lions d'or de mes armes sans crainte qu'on en rie, puisqu'ils ont recouvré leurs queues... Je peux m'enorgueillir du nom qui est le mien. Cela ne saurait me faire oublier que Gratot est à demi ruiné, toutes nos terres en friche et que le trésor des Argouges est aussi épuisé que mon père... Comment pourrais-je oublier que la désespérance a meurtri ma mère ?

— Et Thierry Champartel ?

— Il est quiet, satisfait de son sort. Il n'avait jusqu'ici connu que la misère ; le voici chevalier, marié à ma sœur. Le roi s'étant montré reconnaissant, il a pu engager quelques soudoyers[1]. Il vit avec Aude au manoir de Blainville dont nous avons chassé les anciens occupants.

Ogier s'interrompit. Trois jours après leur retour à Gratot, avec leurs hommes d'armes, les douze siens et les six engagés par Thierry à Coutances, ils étaient allés enjoindre aux Navarrais et truands de Blainville de quitter les lieux sans tarder. Les clercs : Adhémar de Brémoy et Huguequin d'Etreham étaient sortis courroucés de l'enceinte. L'annonce du châtiment de leur compère et protecteur et la vue du sceau royal les avaient apaisés. « *Vous saviez, saints hommes, que le baron vivant céans était un malandrin. Voyez les lions de ma bannière et dites-vous que c'en est fini de la hautaineté que vous avez montrée envers mon père et les miens ! Allez quérir les mercenaires et guerpissez avec eux : je pourrais vous châtier sans respect de vos frocs de bure ; je préfère vous regarder fuir !* » À Thierry indigné par tant de mansuétude, il avait répondu qu'il était rassasié de haine et de sang.

1. De *soudoyer* : verser une solde. Hommes d'armes appointés.

— Ton ancien écuyer n'est point marri de t'avoir laissé partir seul ?

— Oh ! si... Toutefois, il a une double tâche : veiller sur le châtelet de Blainville et sur Gratot. Comme il n'est pas dans mes intentions de m'attarder en Poitou, je lui ai laissé mon chien.

Ogier se sentit dévisagé avec une insistance dont il conçut quelque agacement. Il s'efforça pourtant à la sérénité : il devait à cet hommc d'avoir conservé sa jambe senestre et de marcher sans claudication.

— Je conçois ton envie de ne pas t'attarder. J'aimerais, cependant, qu'à ton retour de Poitiers, tu demeures trois ou quatre jours auprès de moi.

— Je ne serai plus seul.

— Si *elle* ne peut entrer dans sa maison, elle aura céans une chambre, à moins que vous ne fussiez mariés. En ce cas, vous partageriez la même.

— Soit... Mais j'ai six hommes à mon service, six chevaux et un sommier portant mon armure de fer, deux lances, des vitailles et de quoi les cuire. Votre maison n'est point une hôtellerie.

— J'ai de quoi héberger tes gens dans une grange non loin d'ici.

— Soit, messire... Pensiez-vous me revoir si tôt ?

Ogier vit se bourreler le front pâle, les paupières ciller sur les yeux tristes et les lèvres se pincer dans leur nid d'étoupe blanche. Sans jamais avoir ployé devant cet homme, il s'en sentait dépendant : il lui avait fait une promesse, et justement Sirvin y faisait allusion :

— Le Ciel fait bien les choses. Les temps, les gens, la terre s'enveniment. Aux prochaines Pâques, mais surtout à celles qui suivront, je crains que le Poitou n'ait à subir, tout comme le royaume, un mal bien différent du mal de guerre...

— Quelle sorte de mal, messire ?

— Les étoiles ne m'en ont rien dit, mais je pressens qu'il sera épouvantable.

Ogier frémit : si le vieillard lui faisait cette révélation, il devait y croire.

— Aux Pâques dernières, un moine errant avait menacé les jouteurs d'un châtiment comme oncques n'en vit de mémoire d'homme : la pestilence noire... Que faire contre un tel fléau ?

Le vieillard soupira. La tiède lumière des chandelles ajoutait au silence du vestibule une sorte de maussaderie ou de recueillement. Dehors, un cheval hennit ; un char à bœufs broya les cailloux de la rue. Tout était paisible. Cette paix ne pouvait distiller du venin.

— Il n'y a rien à faire, Ogier. Même les plus pourvus en remèdes ne sauront se garantir contre la contagion, et les prières seront vaines... surtout celles du clergé !

Le mire toussota et parut renoncer à parler davantage. Il se voûtait. Son regard si fier paraissait bien moins vif et son souffle s'était accourci.

— Il faut que tu reviennes. J'ai confiance en toi pour accomplir...

— Messire, cette tâche que vous me confierez et dont j'ignore tout, je ferai en sorte de la mener à bien.

— Elle sera peut-être malaisée.

Ogier se leva, posa ses mains sur ses reins douloureux et ne put maîtriser un bâillement. Benoît Sirvin sourit :

— Tu es las... Avant même de la coucher dans ton lit, la damoiselle te fatigue !

Ogier accepta cette observation sans broncher. C'était vrai que depuis des semaines, depuis qu'il l'avait quittée, Blandine le hantait.

— Messire, je suis surtout éreinté par la guerre. Peut-être, si quelque bataille avait été gagnée par nous, gens de France, sur les Goddons, serais-je moins destourbé... Nous ne faisons que plier sous leur joug. Si le roi Philippe accepte ces humiliations-là, j'en ai vergogne. Pour moi, pour lui et tous ces nobles, moins nombreux qu'auparavant, qui l'entourent... Pour le royaume également !... Parce que je suis Normand, il m'advient de me sentir du mauvais côté : si mon ancêtre qui franchit la mer dans la barge du duc Guillaume avait, après Hastings, fondé famille dans la Grande Île... Adoncques si j'étais Anglais, sans doute ne serais-je pas en l'état où vous me voyez !... Malgré tous ses excès, Édouard est un grand roi. Ses actions, pourtant, ne cessent de m'abalourdir...

— Vide ta bile, Ogier !... Quelles actions ?

— Quand, après avoir remonté la Seine, il s'est trouvé à moins d'une lieue de Paris, il a renoncé à ce trône qu'il proclamait sien et qui lui eût peut-être appartenu s'il avait exigé de ses guerriers un petit supplément d'effort... Et il y a mieux : après nous avoir taillés en pièces à Crécy, il a reculé vers Calais plutôt que d'avancer de nouveau vers Paris dont l'accès lui était aisé puisque nous n'avions plus d'armée, sinon quelques milliers d'hommes horrifiés que Philippe venait de congédier sans remords !

— Le duc Jean, après avoir levé le siège d'Aiguillon, n'est-il pas allé plus loin que Paris avec ses chevaliers et sa piétaille ?

— Il n'a pas pris les chemins du Ponthieu... Quant à ses hommes : des vaincus, pour ainsi dire... Ah ! messire... Une victoire à Crécy suivie d'une retraite ! Un renoncement pareil alors qu'Édouard, ses hommes et les Flamands qui allaient les rejoindre pouvaient presque sans coup férir marcher au Sud et entrer dans Paris !... Qu'est-ce que cela cache ? Messire saint Denis a-t-il fait un miracle ?... Je vous avoue mon ébahissement !

— Plutôt que d'y régner, Ogier, Édouard préfère dépecer ce royaume que Capétiens et Valois n'ont cessé d'affaiblir. Il se peut qu'il craigne qu'en se partageant entre la France et l'Angleterre, ses deux trônes ne soient menacés... Absent de la Grande Île, on peut y comploter contre lui ; absent de France, on le peut aussi, et même davantage !... Rares sont les amis dans les palais royaux... Mais je t'avoue ne point comprendre ces nobles couronnés. L'un, après une victoire à la suite de laquelle l'armée de France est écrasée, va, plutôt que Paris, assiéger Calais. L'autre, au lieu d'amasser en hâte de nouvelles forces pour courir sus à l'ennemi, licencie ses guerriers, offrant ainsi la France aux convoitises de son vainqueur, qui ne tire nul profit de l'aubaine !

— Je crains qu'après Crécy aucun seigneur de France, petit ou grand, ne soit enclin à guerroyer. Voyez : on vient d'assaillir le Poitou et il apparaît que Philippe n'a rien fait pour briser l'avance de Derby et de ses armées... Ni le duc Jean, qu'on dit faussement bataillard !

— Tu enrages d'autant pour cette invasion-là qu'elle menace Poitiers et *ta* pucelle !

— Vous semblez la détester, messire.

Renonçant à prendre appui sur son précieux bourdon, le vieillard marcha vers la porte d'un pas lourd, légèrement clopinant.

— De ma vie, je n'ai détesté que deux êtres, deux hommes : Philippe le Bel et Nogaret. Il me semblait te l'avoir dit... Quant à cette pucelle, tu l'aimes davantage que je ne le croyais...

C'était une constatation lourde d'acerbité, de déconvenue et de sollicitude.

— À ce jour où nous sommes, messire, les six mois qui m'ont séparé de Blandine me paraissent six longues années. J'ai tellement galopé, déchanté et souffert lors de ces Pâques chauvinoises que je ne pourrai les oublier. J'étais venu en Poitou le cœur vide et le cerveau plein de deux intentions qui, de plus, dépendaient l'une de l'autre : faire échec au complot d'une poignée de traîtres et dénoncer son grand meneur, Blainville, pour l'occire...

Ogier s'interrompit. Cette vacuité du cœur, cette sécheresse d'esprit avaient cessé dès le trépas d'Adelis, parce qu'il s'en était cru — et s'en croyait toujours —

en partie responsable. Il s'était alors aperçu combien la jeune femme avait compté dans sa vie. Tout étourdi et tourmenté par cette révélation, il avait décidé qu'aucune fille, avant longtemps, n'exercerait sur ce cœur et cet esprit en deuil une influence quelconque. Or, Blandine était passée. Lerga, l'essentiel suppôt de Blainville, l'avait assaillie. Bien que malaisée, la délivrance de la pucelle s'était révélée un plaisir.

— Je suis le premier étonné, messire, d'amourer tellement Blandine.

S'il s'était merveillé de sa chair d'églantine et de sa chevelure d'or flamboyant, il avait surtout été conquis par la grâce d'un maintien et la joliesse d'une démarche où l'on sentait, sous l'aisance des mouvements, une nonchalance imprégnée de mélancolie.

— Je la crois mal heureuse, messire. Ai-je raison ?... Vous la connaissez un peu...

— Les Berland sont une famille étrange. Je te laisse le soin de la découvrir tout entière. Je te concède que cette pucelle a de l'estoc [1] plus qu'aucun autre membre de cette vieille maison...

— Que voulez-vous dire ?

— Ne fronce pas les sourcils : Blandine est belle et fera une parfaite chevaleresse [2]... Serait-elle pauvrement vêtue que son teint, son maintien, ses façons avenantes rehausseraient les déchirures de ses penailles... Tu n'auras jamais honte d'être son époux... En seras-tu heureux pour autant ?

Cette louange inopinée s'achevait par une question oiseuse — à moins qu'elle ne fût subtilement perfide. Ogier s'abstint de révéler qu'il se l'était souvent posée sans oser franchement y répondre. Malgré la simplicité de sa robe et de sa coiffure, toutes deux endommagées après la lutte qu'elle avait soutenue contre Lerga, il avait sentit Blandine capable, ainsi défaite, de supplan-

1. De la race.
2. Épouse d'un chevalier.

ter en séduction toutes les dames de la noblesse. Il s'était aussitôt fait l'effet d'un huron jusqu'à ce qu'elle lui eût avoué qu'elle l'aimait en l'assurant qu'en son absence elle saurait résister à des parents désireux de la marier, sans doute avec Aimery de Rochechouart. Contrairement à ce qu'il en avait auguré, cet amour, plutôt que de l'égayer, n'avait cessé de le tourmenter. Déjà maussade par nature, il avait vu sa mélancolie empirer sans que la tribulation de sa famille, l'opprobre où se consumait son père, l'angoisse où lui-même s'embourbait en raison d'une déchéance indue, et surtout l'inanité de ses menées contre Blainville — alors vivant encore et plus néfaste que jamais —, pussent en être rendus responsables. Oui, bien qu'il se complût dans ce nouveau culte, son adoration pour Blandine lui était apparue parfois comme un fardeau de l'âme, composé par tierces parties de tristesse, de crainte sourde et d'espérance peut-être illusoire ; une aventure délicieuse où la croyance vivifiante d'une union parfaite, au lieu de se convertir en certitude, s'ébréchait au fil des jours. Aux « *je l'aime et elle m'aime* » sans cesse réitérés en touchant ou regardant l'anneau qu'elle lui avait donné, répondait en écho : « *Elle n'est pas pour toi... Trop belle, trop pure, trop accoutumée à la ville...* » Chaque lieue qui l'éloignait d'elle avait aggravé ces émois où la confiance et la crainte s'inclinaient alternativement sous le poids de jugements opposés, tout aussi pertinents les uns que les autres. Jusqu'à Crécy. Là, au cœur de l'immonde boucherie, ses sentiments s'étaient altérés sous l'effet d'une seule idée : résister aux coups afin de vivre avec ou sans Blandine l'existence que la Providence lui destinait.

— Cette passion t'aide-t-elle dans tes actions ?

Benoît Sirvin souriait avec un rien de gaieté mais beaucoup de compassion. Une fois de plus, Ogier se sentit percé. Il fut franc :

— Nenni, messire. Quand je suis gai de me sentir aimé, j'ai soudain peur que tout cela ne tourne mal. Je m'afflige alors bêtement d'être trop heureux ! Je maudis notre éloignement et me convaincs que lorsque nous serons mariés, je serai comme on dit le plus comblé des hommes... sans parvenir à me rassurer pleinement... J'aimerais tant qu'à défaut d'élargir ma vue, d'affermir ma confiance en moi et ma volonté d'accomplir mes desseins, cette passion me donne pour toujours, soit la sérénité, soit l'allégresse que j'envie à tant d'autres qui aiment sûrement moins et sont moins aimés que moi !

Le mire gloussa tout en lissant sa barbe. Il parut hésiter à poser sa main sur l'épaule de ce soupirant dont il ne réprouvait qu'une ferveur trop vive :

— À l'inverse de la foi, Ogier, l'amour n'a jamais été un remède à nos tourments, un solide soutien à toutes nos faiblesses, ni même le plus sûr garant de nos réussites. Il rend à ses débuts les êtres différents sans les guérir de leurs défauts, qu'il peut même aggraver ; sans affermir leurs vertus, qu'il peut aussi corrompre. Il ne te délivrera pas des invisibles chaînes dont tu fus, comme chacun de nous, chargé à ta naissance, mais il pourra les alléger ou les appesantir selon l'humeur de Blandine.

— Oh ! messire... Nous sommes deux, nous nous aimons pareillement. Notre amour à nous...

— Sera ce qu'il en est des autres. À la meule des jours... et des nuits, tout s'amincit et devient poudre. Je te l'ai dit : tu es un chevalier d'exception, mais ton cœur n'est pas différent de celui d'un jouvenceau avide de s'accoler à une jolie fille... Tu as le goût des enluminures ; moi, je vois les choses non méchamment, mais froidement. Tu sais que j'ai porté la Croix sur mon tabard, partant renoncé à l'amour charnel. C'est donc de loin, sinon de haut que je juge une passion qui, pour toi, me semble prématurée.

Ogier, les dents serrées, saisit la poignée de la porte. La pression des doigts, sur son épaule, devint presque insoutenable. Puis cessa.

— Je t'ai guéri de ta jambe rompue ; je ne puis guérir ton esprit d'un enivrement dont peut-être, plus tard, tu te repentiras... Si je ne t'aimais bien, je ne t'aurais jamais parlé ainsi.

— Je le sais !

— Ne sois pas amer... Je te souhaite de retrouver cette pucelle et même de la ramener céans... car il faut que tu reviennes... Tu m'as promis de...

Ogier se dégagea. Son sang bouillait. Se réjouir de retrouver cet homme et subir de pareilles leçons !

— Par Dieu, le Christ et la Très Sainte Vierge, messire ! Je tiendrai ma promesse envers vous quelle que soit l'action que vous me confierez... Tel que je vous connais, vous ne pouvez m'inciter à commettre une vilenie.

Le mire eut une moue lourde de commisération :

— Le Christ et Sa Sainte Mère t'en seront sûrement reconnaissants !... Demande-toi, en cheminant, si *elle* t'aimerait autant avec une seule jambe...

La porte s'ouvrit et se referma.

Une inquiétude épaisse refroidit Ogier, chair et sang, tandis qu'il rejoignait ses compagnons. La moquerie de Sirvin à son égard, l'âpreté de sa voix lors de ses allusions à Blandine... Sa dextre furibonde crispée sur le long dard spiralé...

« Je le déteste ! »

Il supportait mal, peut-être en raison de son jeune âge, ce qui n'était ni du dédain ni de la jalousie et portait un nom qu'il ne découvrait pas. Ce vieillard avait eu vingt ans. Détestait-il les femmes parce que l'une d'elles, jadis, l'avait trahi ? Ou bien, comme certains Templiers, était-il sodomite ?

Il se mit en selle, ce que Marchegai parut approuver d'un hochement de tête.

— Restons-nous à Chauvigny, messire ? demanda Joubert, le pennoncier.

— Nous allons cheminer une demi-lieue... ou, si vous préférez, jusqu'à la vesprée. Nous passerons la nuit dans un bosquet et demain, à l'aube, nous partirons.

— Où irons-nous ? interrogea Delaunay, tout imprégné, déjà, de ténèbres et de sommeil.

— Poitiers... Si Dieu le veut, nous y sauverons Blandine.

— La sauver ? s'étonna Lehubie.

— Oui... Il se peut que les Anglais s'apprêtent à surquérir la ville.

— Ah ? fit Gardic. Et moi qui pensais...

Il ne concevait pas que ses compères et lui dussent risquer leur vie pour secourir une pucelle qu'aucun d'eux ne connaissait. Cependant, il n'osait exprimer son peu d'empressement et ses doutes. Homme de guerre, il l'était. Au sein d'une armée, il se fût senti à l'aise. Parmi une poignée de guerriers de sa trempe, il doutait de l'opportunité d'un sauvetage dont les chances de réussite se réduisaient à rien.

Ogier fut tenté de le rassurer. C'eût été détruire du même coup la confiance que la plupart des soudoyers groupés autour de son cheval lui témoignaient. D'ailleurs, ne doutait-il pas, lui aussi ? En chemin, il avait feint parfois l'insouciance alors que chaque lieue parcourue aggravait le poids de ses soucis.

— On fera pour le mieux, dit-il en tapotant l'encolure de Marchegai. On imaginera ce qu'on pourra pour délivrer ma fiancée si, à la malheure, les Goddons cernent Poitiers avant notre venue sous les murs.

Il usait d'un ton mesuré, n'osant employer celui du commandement ni celui d'une familiarité qui l'eût réduit au niveau de ses hommes. Si les Anglais s'apprêtaient à conquérir Poitiers, il trouverait un subterfuge pour se glisser parmi eux et les devancer lorsque l'assaut serait donné à la malheureuse cité. D'ordinaire, une pareille idée eût stimulé son besoin d'action, or, il se sentait rassasié de toute espèce d'aventure.

« Si la Providence ne me vient pas en aide, j'échouerai. »

L'impatience et l'évidence du temps perdu se partagèrent son être. Sans même qu'il fût besoin d'un propos de ses hommes, il les savait, tel Gardic, réticents à exposer leur vie pour les beaux yeux de Blandine. Seul Tinchebraye, qui le premier de tous chaussait l'étrier, semblait décidé à le suivre sans s'interroger sur le bien-fondé d'une folle appertise[1]. Le goût de la bataille et la saveur du risque faisaient flamber son regard sous la calotte du chapel de fer.

— On réussira, messire, dit-il simplement.

1. Prouesse, exploit.

II

Poitiers commençait à subir le martyre. Du cœur de la cité où fleurissaient maints brasiers s'éployaient, ivres de vent, des bannières de fumées roussâtres. Parfois, à lents coups obstinés, des quartiers de rochers lancés d'une perrière tonnaient contre une muraille. L'odeur de haine — flamme et cendre — tremblait dans l'air.

— Nous arrivons trop tard, dit Joubert avec une amertume sincère.

— Les Goddons nous ont devancés d'un ou deux jours, enragea Tinchebraye. C'est peut-être une bonne chance que nous soyons hors de l'enceinte...

— Messire, aussi vrai que je m'appelle Delaunay, je doute que nous puissions délivrer cette pucelle !

Pour la première fois depuis son départ de Gratot, un regret piqua le cœur d'Ogier déjà bien lourd de déception : « Pourquoi ai-je laissé Thierry en Normandie ? » Il lui eût confié son découragement, ce qu'il ne pouvait se permettre avec ses hommes. Ils étaient pourtant Normands comme lui ; jeunes et hardis comme lui ; ils avaient combattu à Crécy comme lui et nourrissaient, comme lui, une exécration sans frein envers les Goddons, ces maîtres de la guerre. Ils avaient perçu trois mois de solde d'avance. S'il voulait maintenir sur eux une autorité familière, moins désagréable qu'un commandement et qui convenait à leurs caractères dissemblables, il devait se montrer décidé. Tout atermoiement le préjudicierait dans leur estime.

— Il me faut sauver Blandine.

Ils approuvèrent uniment, d'un bref mouvement de tête.

— On vous y aidera, dit Joubert.

Il venait d'avoir seize ans. Lehubie et Bazire, les archers, en avaient dix-huit, Tinchebraye vingt, Gardic et Delaunay vingt-cinq ; une arbalète et un carquois pesaient sur le dos de ces trois-là ; une guisarme et une épée complétaient leur harnois.

— Bien, les gars. Il me faut aviser... Pied à terre.

À moins d'un tiers de lieue de la ville assiégée, le bosquet où ils venaient de s'arrêter paraissait préservé pour toujours des maléfices de la guerre. Un silence léger tombait de la feuillée à peine tachetée des rouilles de l'automne. Un écureuil grimpa au tronc d'un châtaignier, s'arrêta, observa les intrus et reprit son ascension. Des oiseaux pépiaient. Eût-on fermé les yeux qu'on se serait cru loin du sang, des ruines et des larmes malgré le tocsin appelant sans doute de nouveaux renforts aux créneaux, les fracas des grosses pierres et les grondements des tours, des courtines et des châtelets éprouvés.

— Qu'allons-nous faire ? interrogea Delaunay.

— Bouchonner nos chevaux et aiguiser nos lames, dit Tinchebraye. Pas vrai, messire ? Ça vous permettra de penser quiètement à vos amours... qui semblent compromises...

Ogier acquiesça tout en jetant sur les murailles au-dessus desquelles le ciel s'enténébrait un regard de dépit et de haine. Maudits Goddons ! Blandine effrayée, éplorée, blafarde, ne pouvait avoir, pour consolation, que celles d'Aimery de Rochechouart !

— Comment la sauver ? interrogea Joubert, un brin d'herbe à la bouche.

— Je n'en sais rien.

La tête vide, les mains serrées sur sa ceinture d'armes, Ogier percevait douloureusement le poids et l'épaisseur de sa male chance. Le flux d'une impatience exaspérée au cours des dernières lieues se brisait soudain devant cette évidence accablante : « Il est trop tard ! » Son envie de franchir l'enceinte de la cité devenait d'autant plus aiguë qu'un remords se mêlait à sa perplexité : au retour de Crécy, il était demeuré trop longtemps près des siens. Pourtant, il n'ignorait rien des intentions de Derby et de ses hommes liges.

« C'est ma faute ! À vouloir bien faire, j'ai peut-être contribué au malheur de Blandine ! »

Il s'était refusé de quitter Gratot avant que la réhabilitation de son père eût été publiée dans tout le Cotentin, et qu'Aude et Thierry fussent mariés. Durant ces journées chargées, le souvenir de son aimée n'avait cessé de le hanter. Il la voyait et revoyait dénouant grâce à lui l'étreinte de Lerga. Il la plaçait et la replaçait sur l'échafaud des dames, aux lices de Chauvigny, pendant qu'il dominait ses rivaux à la joute. Il imaginait, sous la robe ponceau qu'elle portait à leur ultime séparation, les seins aux courbes délicieuses et les jambes dont il ne connaissait que les fines chevilles. Il recréait ses yeux, son front haut, son sourire et contemplait à son annulaire l'anneau à chaton plat qu'elle lui avait offert en signifiance d'amour. Il se souvenait, le cœur fou, de la petite main posée sur la sienne pendant qu'ils dansaient, au château d'Alix d'Harcourt, un pas de Brabant qu'elle lui avait enseigné.

Il tapota la dure et tiède encolure de son destrier :

— Bon sang, Marchegai ! Avoir cheminé tant de lieues pour éprouver cette déconvenue...

Dans l'ombre des ramures, l'œil d'onyx du grand cheval moreau, frangé de cils épais, l'observait attentivement.

— Belle bête, messire, dit Gardic en prenant les rênes qu'on lui tendait. Il doit bien valoir plus de trente livres tournois. L'an passé, à la foire de Lessay, j'ai vu un baussant à vingt-six, un liard à vingt-trois et un ferran à vingt[1], mais je n'avais aucun écu... J'ai eu mon Maigremor sans bourse délier, au bas de la combe[2] de Crécy... Il y en avait des douzaines...

— Beau et blanc comme il est, dit Joubert, il appartenait à un grand seigneur.

— Au lieu de paroler comme des commères, grogna Tinchebraye, vous feriez mieux de vous mettre à couvert. Si les Goddons nous aperçoivent, nous serons débuchés comme à Crécy, justement, et par ma foi taillés en pièces !

Tout en posant son carquois et son arbalète sur le sol, Delaunay soupira puis, frottant ses reins et se cambrant autant que son harnois le lui permettait :

— Cesse de grogner, compère : Crécy est loin, Ponthieu de merde !

Il s'attendait, par cette calembourdaine, à provoquer des rires ; il n'en fut rien. Alors, plus faiblement, parce que cet aveu lui coûtait :

— À Crécy j'ai su me tenir à couvert ! Chevaliers, écuyers, le roi et les évêques s'étaient rués à la vaine prouesse. Pas moi !... Messire Argouges, on sait ce que vous avez fait : pas un de nous ne vous fera défaut, mais faudrait qu'on connaisse vos intentions !

— Je te sais bon gré de ta sincérité. Nous allons passer la journée en ce boqueteau. Cette nuit, si les Poitevins tiennent bon, nous irons voir de près leurs murailles.

Après avoir senti Blandine menacée de mariage, voilà que le viol et la mort pouvaient fondre sur elle, et il était là, bras pendants, à vivifier une fois de plus le passé sans recouvrer pourtant ses yeux nacrés de larmes, sans réentendre sa voix menue l'assurer qu'elle lui conserverait sa foi ! À travers les entrelacs des

1. *Baussant* : blanc et noir, les couleurs du Temple ; *liard* : gris pommelé ; *ferran* : gris cendré.

2. Colline.

feuilles et ramilles, il voyait les tours et les courtines au-delà desquelles elle se désespérait ; et si les jets de pierres venaient de s'interrompre, c'était sans doute pour les remarteler très bientôt. Il eût pu compter les hautes têtes des églises, autour de celle, épaisse, de la cathédrale, et son attention se porta sur deux maigres et hauts donjons couronnés d'échauguettes, en avant de la cité. Un pont, c'était un pont ; de l'eau miroitait autour... Portée par un fort coup de vent, l'odeur des braises et des charpentes ardentes s'insinua sous la feuillée. Il en était trop éloigné mais pouvait imaginer la crépitation des flammes et le ronflement des fumées.

— Il m'en coûte, compagnons, d'assister à ces destructions !... Nous sommes sept, les Anglais vingt ou trente mille... Soulageons notre sommier de ses fardeaux mais laissons leur selle aux autres chevaux... Delaunay, puisque tu en tiens les rênes : ce sommier est patient et je le crois vaillant. Tu l'avais quand je t'ai connu. L'as-tu baptisé ?

— Je l'aurais offensé en l'appelant Crécy mais l'appellerais volontiers Tencendur...

— Comme le cheval de Charlemagne !

— Temps-sont-durs que je le nommerais, moi ! ricana Joubert.

Ogier, d'un sourire, approuva son pennoncier.

— Voyez, dit-il, l'herbe est bonne pour nos bêtes. Mangeons puis essayons de dormir les uns après les autres. Cette nuit, nous nous approcherons de la cité... Il me faut tenter d'y entrer !

— Il vous faudra surtout, si vous y parvenez, en sortir avec cette pucelle, messire, dit Tinchebraye. Voilà une appertise plus difficile encore que la première.

— J'en conviens. Je t'emmènerai ainsi que Joubert.

Le pennoncier accepta gaiement et s'informa :

— Nous deux seuls ?

— Moins nous serons, plus nous aurons d'aisance.

Nous ferons le tour des murailles et déciderons de la meilleure action à entreprendre, s'il s'en présente une... Vous autres, les gars, resterez à recueillette [1] en ce bosquet. Nous vous y rejoindrons à moins qu'on ne nous ait occis. Chacun pour soi si nous sommes séparés, mais il convient de nous attendre deux ou trois jours à Chauvigny. Passé ce délai, les réchappés reviendront à Gratot.

— Soit, dit Gardic en plaçant sa guisarme près de celle de Delaunay, appuyée à un tronc. Sans vouloir vous décourager, je ne vois pas comment vous pourrez franchir des parois assiégées par tant de malandrins !

— Moi non plus. Tout ce que je sais, depuis que j'y suis venu en juillet — en passant par ce qu'on appelle les Dunes et par un pont [2] différent de celui que nous voyons —, c'est qu'une rivière, le Clain, qui miroite là-bas, entoure Poitiers avec, en un endroit, deux gros étangs [3]... Il y a aussi quelques îles... Cette ville est grande et éparse ; il faut donc moult défenseurs aux créneaux. Or, les hommes d'armes sont assez peu nombreux, et les manants, vous le savez, peu aidables en guerre... C'est pourquoi, je crains le pire.

— On conçoit tout cela, dit Bazire. Si les îles et les ponts ont aidé les Goddons à s'approcher, Dieu veuille que vous puissiez en faire autant !

— Savez-vous noer [4] tous les deux ?

— Oui, messire Ogier, dit Joubert.

— Comme un poisson, foi de Tinchebraye... En somme, toutes ces eaux forment de grandes douves...

— Oui et non... Les douves ne sont pas traversées par des ponts. Je me souviens que les murailles sont séparées de ces rivières par un large cordon de terre.

1. À l'abri.
2. Il s'agit du pont de Rochereuil.
3. Les étangs de Montierneuf et Saint-Hilaire, respectivement enjambés par les ponts Saint-Lazare et Achard.
4. Nager.

Les Anglais ont dû s'y établir solidement avec leurs mantelets et muscules, perrières et mangonneaux...

Joubert, visage rond tacheté de son, sous le chaume d'une coiffure à l'écuelle, épongea son front où le chaperon avait laissé une trace rouge. Il rit :

— Il ne faut pas compter employer une échelle... Et ces défenseurs, nous voyant tenter d'entrer, pourront nous croire Anglais... Vrai, messire, il nous faut prier pour la réussite de cette entreprise, que je nommerais bien marmouserie si je ne craignais de vous offenser.

Ogier s'assit au pied d'un chêne et s'efforça de paraître impassible. Il se sentait observé, sans malveillance mais plutôt avec une sorte de commisération : « Jamais il n'entrera. » Il soupira, ferma les yeux et entendit ses compagnons discuter de leurs chevaux, comparer leurs mérites ; leur langage n'eût guère varié s'ils avaient parlé de femmes. Longtemps, il demeura paupières closes, jusqu'à ce qu'une mouche eût chatouillé son nez.

— Pas vrai, messire, qu'il ferait bon céans si nous étions en paix ? dit le grand Tinchebraye.

— Oh ! oui.

Des frissons faisaient chuchoter les feuilles ; certaines, jaunies à mort, tombaient en voletant ; les vertes tenaient bon par touffes ou brassées. Parfois, un coup de vent courbait un buisson ; au loin, au ras des tours et des murailles, le ciel s'ennuageait davantage : rouges, ors et gris de toute espèce. Que serait-ce quand les Goddons prendraient la ville !... C'était une journée chaude, veloutée, propice aux labours et vendanges... Et le sang coulait, et les dévastations iraient en empirant. Il y avait de quoi être accablé, indigné par cette certitude : chaque grain de temps aggravait les périls de plus en plus serrés autour de Blandine... Que faisait son père ? Le seigneur des Halles de Poitiers commandait-il quelque part ? Tour, bretèche, courtine, barbacane — s'il en existait une ?

— Tenez, messire, dit Delaunay.

Ogier saisit une tranche de pain enduite de pâté.

— Mangeons, compères ! Lehubie et Bazire, que cela ne vous empêche pas d'épier l'ennemi.

— Vivement la nuit ! dit Joubert. Au soir de Crécy, je m'étais dit que jamais plus je n'affronterais ces démons... Et voilà que ça va recommencer ! Depuis quelque temps, je crois être sur une pente et glisser, glisser sans rien trouver pour me retenir...

— Glisser vers quoi ?

— Tiens donc, messire Ogier : glisser vers ce trou de terre qui est bien le meilleur des lits, puisqu'on y dort éternellement.

*

* *

Torches mouvantes, tressautantes ou fixes ; brasiers de forges, foyers au-dessus desquels, sur de grandes hastes[1], rôtissaient des quartiers de viandes ; des centaines de feux grignotaient les ténèbres ; la rivière les dédoublait ainsi que les lourds fantômes des machines de guerre installées de loin en loin, à bonne distance de l'enceinte. Les puissantes membrures de certaines n'étaient qu'incomplètement assemblées ; les charpentiers et leurs aides chevillaient à coups de maillet, enroulaient et liaient les cordes de renforcement, équarissaient à l'herminette et hurlaient quand le merrain[2] tenu à bout de bras ou hissé par des treuils tardait à monter jusqu'à eux. Trois ou quatre chantaient, d'autres riaient ; des clameurs s'élevaient au passage des ingénieurs et des capitaines. Ogier connaissait cette bonne humeur-là ; il en frémit.

— Ces démons, chuchota-t-il, ont amené leur artillerie démontée dans tous les chariots abandonnés sur

1. Broches.
2. Bois de charpente.

cette rive, puis sans mal, j'en jurerais, ils ont franchi le Clain par les ponts[1] ! Si quelques Poitevins leur avaient résisté... Si ce maudit bois avait été jeté à l'eau...

Il remua pour échapper à la morsure d'une pierre sur son ventre et reprit son aguet entre ses compagnons étendus eux aussi dans l'ombre d'un bouquet d'aulnes.

— Des milliers ! grommela Joubert en le touchant du coudc. Ils ont tout : munitions de bouche et de guerre... Tout se trouve sur la rive où nous sommes...

Certains groupes mangeaient ; d'autres, en processions confuses, portaient à pied d'œuvre des pierres pour les balistes. Les plus lourdes étaient amenées sur des claies. Pareilles à de grosses bêtes s'abreuvant en nageant, certaines bacques chargées de rochers plongeaient leur proue dans les eaux pailletées d'or et de pourpre.

— Le Clain lui-même les aide : en voguant dessus, ils ménagent leurs forces !

— Nous avons presque fait le tour de la cité, dit Tinchebraye, et rien vu, rien trouvé qui puisse nous aider.

— Nous ne pouvons noer : ils nous verraient... Et les ponts sont gardés !

Ogier reprit haleine. Son désespoir augmentait à chaque souffle, jusqu'à prendre la pesanteur de ces quartiers de rocher que des Goddons, là-bas, roulaient à plusieurs et dont ils entouraient un de leurs mangonneaux. De nouveau Thierry lui manquait ; il était toujours de bon conseil et sa foi, son courage aussi durs qu'une enclume.

— Continuons de contourner la cité sans nous en approcher davantage. Il se peut qu'en un lieu ces démons soient moins nombreux.

1. Derby utilisa surtout le pont Joubert, fortifié, sur le Clain, après avoir placé une grande masse de guerriers sur la chaussée du Moulin-Cornet.

Ils avancèrent par bonds, le dos courbé, s'attendant de loin en loin. Des roncières, des granges ruinées depuis un jour ou deux, des replis de terrain les préservaient des regards. Parfois, ils contournaient un chariot, quelques coffres ouverts sur des soies, des vaisselles, des châsses, des ciboires et des armes de prix. Le désespoir d'Ogier s'aggravait. Les envahisseurs semblaient agglutinés au-delà du Clain et leurs connétablies de réserve s'étaient arrêtées dans les îles : leurs feux fleurissaient les buissons et jusqu'au faîte des grands arbres.

— Prends garde, Tinchebraye, à ton épée : voilà deux fois que tu la fais tinter...

Il s'énervait ; il imaginait les mantelets de bois, de cuir et d'osier approchés si près de l'enceinte que les malandrins qu'ils abritaient eussent pu en compter les pierres ; il entrevit des échelles allongées sur le sol, prêtes à l'emploi mais peut-être inutiles, du moins en cet endroit : sur le plateau qui en surélevait les murs de quelques toises, toute échelade paraissait impossible... « *Impossible ? Tu sais pourtant, pauvre fol, que rien ne résiste bien longtemps aux Anglais.* » Il murmura :

— Voyez, compagnons, ces cinq ou six barils, à dextre... Mussons-nous et catissons-nous[1] derrière...

Comme des assaillants contournaient ces tonneaux, les trois compères eurent tout loisir de les observer : ossature épaisse, bras bourrelés de muscles, cuisses d'hommes-singes, chacun d'eux alliait la souplesse à la puissance. Certains, sur leur cuirie, portaient un collier de dents d'animal, des anneaux de cuivre encerclaient leurs poignets ; ils étaient tête nue, les uns les cheveux ras, les autres chevelus comme des ribaudes. « Des routiers tels que ceux qui assaillirent Rechignac... La pire engeance ! » L'un d'eux s'exclama :

— *Me preïso que aquelo villo sei preso ! Aï talen et set dempei aqueste mati...*

1. *Se catir* : s'installer de façon à ne pas tenir de place.

— *Creses que yo sen gaïre de fennos e de fillos aqui dedins ?*

— Des Gascons, messire, chuchota Joubert.

— En tout cas, des gars qui parlent la langue d'oc.

— Que disaient-ils ? demanda Tinchebraye.

— Le premier, qu'il lui tardait que la cité soit prise et qu'il avait faim et soif depuis le matin ; l'autre lui demandait s'il croyait qu'il y avait beaucoup de femmes et de filles à l'intérieur.

Le pennoncier cessa d'observer ces molosses armés d'une épée de passot qu'ils portaient tous en verrou[1] :

— Messire, il y a deux guisarmiers, là-bas, devant la tour d'entrée de ce pont plus solide et fortifiée qu'un donjon. Ces cinq malandrins semblent y aller...

Ogier lui fut reconnaissant de s'interrompre, cependant que Tinchebraye grognonnait et cédait enfin à la franchisse :

— Un seul de ces Gascons vaut bien deux soudoyers de notre espèce... pour ce qui est de la cruauté !... Je plains les manants, bourgeois et leurs filles s'ils entrent.

Ogier lui enjoignit de se taire.

Franchiraient-ils la rivière ? Ils se trouvaient à proximité du pont[2] qu'il avait aperçu dès son arrivée dans ce bosquet où Gardic, Delaunay, Lehubie et Bazire devaient, en ce moment, trouver son entreprise et ses amours absurdes.

— L'autre tour, au bout, doit être sous le tir des Poitevins...

— Si elle est pareille à celle que nous voyons, un escalier conduit à terre.

— Il nous faudrait y avoir accès, mais comment traverser ?

La nuit s'épaississait et les lueurs des feux n'en

1. Ou en *verrouil* : comme un verrou, horizontalement, à l'arrière de la ceinture.

2. Il s'agit du pont Saint-Cyprien.

devenaient que plus vives. Il semblait même que ceux-ci chauffaient les ténèbres tant il faisait tiède au bord du Clain.

— Les cinq démons se hâtent, chuchota Ogier.

Il se sentait vain, sans idée ni valeur, très loin de ces préparatifs guerriers qu'il vivait, pourtant, plus âprement qu'un Anglais ou un Gascon. Ses mains tremblantes s'appuyaient aux douves du baril pansu qui le dissimulait et dégageait, bien que vide, une fade odeur de cervoise. Que faire ? Derby et ses maréchaux semblaient avoir choisi trois endroits pour donner l'assaut. Entre eux, des compagnies silencieuses attendaient les commandements. Çà et là, quelques pavillons dressaient leurs entonnoirs d'étoffes claires, et juste en face, à demi réfléchi dans l'eau, le grand corps d'un trébuchet à la verge et membrures brisées prouvait que les Poitevins manœuvraient habilement quelques machines capables de répliquer à celles de l'ennemi.

— Je crains, messire, que nous ne soyons arrivés bien tard...

Il fallait que Joubert fût contristé pour énoncer cette évidence.

— Un jour, pas plus... Je me suis attardé à Gratot.

— Juste le temps d'y marier votre sœur !

Plus encore que ses compagnons, Ogier percevait la force de ces vigueurs humaines et mécaniques prêtes à se déchaîner devant lui, la hideur de ces haines et de ces violences. « Calveley est peut-être présent... Et Knolles... » À supposer qu'il eût pu obtenir un sauf-conduit du premier pour entrer dans l'enceinte et même en ressortir sans dommage avec Blandine, le second lui eût refusé tout arrangement.

Un coup de coude de Tinchebraye le replaça dans la réalité :

— Messire, avez-vous vu ?... Les Gascons viennent de franchir le pont et les gars qui le gardent ne leur ont rien demandé !

— Parce qu'ils les connaissent.

— Rien n'est moins sûr. Il nous faut en faire autant : nous rendre de l'autre côté, sur ce terrain où gît le trébuchet...

Ogier s'étonna de la sérénité de l'homme d'armes. « Il est vrai qu'il n'a pas quelqu'un de cher à l'intérieur ! » Levant la tête au-dessus du tonneau derrière lequel il se cachait, Tinchebraye poursuivit :

— À senestre, il y a une grosse et une petite tour [1] et une porte au milieu. Si ces démons emploient un bélier...

— Ils en ont, dit Joubert. J'en ai vu.

— ... les vantaux, messire, cèderont. Ils s'élanceront par cette voie et nous pourrons nous joindre à eux sans qu'ils puissent deviner qui nous sommes.

Ogier faillit céder à l'irritation : « Par Dieu, tu décides pour moi ! » Il se contint. En fait, rien n'était décidé. Bien qu'il appréciât ses compagnons, il se sentait toujours seul. Après Thierry, Raymond, son sergent, lui faisait défaut. « Comment ai-je pu le laisser à Gratot ? C'est un des meilleurs guerriers que je connaisse ! » Il tourna son regard vers les tours.

— Soit, compagnons... Ton idée, Tinchebraye, est bonne... Sais-tu aussi comment nous pourrons franchir sans dommage cette rivière ?

— En nous montrant déterminés. Ils ont abandonné des poutres, des planches. Portons-en chacun une sur l'épaule... Si les deux vegilles [2] de la première tour qui défend ce pont nous demandent en langue d'oc ce que nous allons faire, vous leur direz que nous partons réparer le trébuchet. S'ils nous parlent en langue d'oïl, je leur répondrai...

Joubert sourit, interrompant Tinchebraye et le courrouçant aussi :

— Et si ce sont des Goddons ? S'ils nous parlent anglais ?

1. La grosse était la tour Patron.
2. Gardes, guetteurs.

— Nous aboierons tous à la fois, comme des chiens hargneux. Ils croiront que nous sommes natifs de la Grande Île !

Derrière son tonneau, indécis mais tenté, Ogier lança un regard au-delà de la rivière. Anglaises et gasconnes, les compagnies de piétons abandonnaient leur bon arroi pour encercler les feux à mangeaille. Quelques moments plus tôt, il avait vu, groupés dans les charpies des fumées, les lueurs des cuirasses, haubergeons de mailles et chapeaux de fer ; maintenant tous ces guerriers s'éparpillaient avec des luisances et bruissements d'insectes dont on vient d'endommager le nid. Les galops eux-mêmes avaient cessé : les chevaliers et écuyers avaient abandonné leurs coursiers aux goujats, le temps sans doute d'aller souper avec Derby. Les cris, frappements de marteaux et maillets s'interrompaient aussi, de sorte que privée de la plupart des remuements et vacarmes, la nuit revivifiée par cette trêve paraissait encore plus effrayante. Combien de temps le plus féal suppôt d'Édouard III sursoierait-il au grand assaut ? Raoul de Cahors était-il près de lui, comme convenu ?... Et si cet alentissement de toutes les actions guerrières en cet endroit de l'enceinte dissimulait ailleurs l'imminence d'une tempête pire que celle qui se préparait ici ? D'une irrésistible tempête...

Immobile, Ogier se sentait au bord du renoncement. Tinchebraye s'en irrita :

— Merdaille de merdaille ! Faut y aller, messire... Profitons des dernières allées et venues. Elles peuvent cesser d'un coup — qui sait ? — et tout mouvement, dès lors, deviendrait suspect... Les Gascons sont passés : nous passerons !

— Cent pas sur notre dextre, il y a un petit tas de merrains, dit Joubert.

— Allons-y.

Bientôt, chacun portant une solive sur l'épaule, ils avancèrent vers le pont.

Après tant de moments d'indécision, cette brèche

soudaine dans son angoisse emplissait Ogier d'un fiévreux vertige. Malgré les périls accrus de pas en pas, il respirait mieux, et nulle hésitation ne pouvait résister au vent de cette espérance : ils passeraient !... Ensuite ? Il faudrait à nouveau faire preuve de patience... Si les grands vantaux cédaient au bélier, un torrent d'hommes et d'aciers s'épandrait sous la voûte... À moins qu'il n'y eût derrière une herse. Elle ne pourrait résister aux poussées des assaillants.

À quoi bon, maintenant, se tourmenter pour l'avenir ! Tout paraissait simple : ils allaient passer le pont ; ensuite, à l'affût d'un incident avantageux, ils feindraient d'œuvrer à la réparation du trébuchet.

Si de loin le premier donjon paraissait énorme, de près, sa haute masse de pierre couronnée d'échauguettes empirait, dans les brumes nocturnes, son apparence maléficieuse. Devant l'entrée, les guetteurs appuyés sur la hampe de leur guisarme cessèrent de paroler. Ils portaient la barbute et un corselet de fer. Ogier craignit qu'il n'y en eût d'autres à l'intérieur, mais aucun ne sortit. « Allons, tu ne peux revenir en arrière ! » Il s'engagea sous la voûte.

— *Ount anas atal ?*

Ogier s'arrêta et se retournant à moitié :

— *A bal per adouher aquelo balisto.*

Il avait affaire au plus vieux mercenaire ; ce fut cependant l'autre, un jeunet à voix de pucelle, qui se courrouça en tapant le pavé de la hampe de son arme :

— *Alaro, affanas bous, que cal que la citad seigo nostra dema mati !*

— *Va pla*[1] ?

Ogier tremblait, la solive brûlait son épaule. Tinche-

1. Où allez-vous ainsi ?
— Là-bas pour réparer cette baliste.
— Alors hâtez-vous. Il faut que cette cité nous appartienne demain matin.
— Ça va ?

braye et Joubert, immobiles, attendaient. « Si ce blanc-bec devine qui nous sommes, nous mourrons ! » Les bouches brillaient entre les jouées des barbutes, et ces deux hommes exhalaient un air de fatigue et d'ennui.

« Bon sang, Argouges, avance ! Tu foires... Avance ! » Il éprouvait deux sensations rudes, contradictoires : il *jouait* à un jeu *terrible*.

— *Va pla !* dit le jeunet en s'adossant au parapet.

Chancelant sous leur fardeau, Tinchebraye et Joubert s'enfournèrent sous la voûte. Ogier se félicita de les avoir conviés à se vêtir aussi mal que lui : chaperon informe, plastron de cuirasse poudreux au-dessus d'un sarrau déchiré ; chausses sales, heuses plus sales encore, et l'épée nue, suspendue à une belière de cuir renforcée de petits rivets, pour en faire un immédiat usage.

Ils avancèrent sur le tablier grossièrement pavé. À dextre, la lune se baignait dans l'eau immobile où quelques feux tremblotants se trempaient. Une île longue, large [1] ; quelques Anglais y cantonnaient. Ogier entrevit une sorte de motte obscure et fut écœuré par une puanteur soudaine. Était-ce en ce lieu que les citadins venaient vider leurs tinettes ? Le Clain, de nouveau, la lune et les feux ; et fortement enracinée, la seconde tour, pareille à l'autre, mais vide, apparemment, de gardiens.

— Rien, chuchota Tinchebraye... À dextre, les degrés qui mènent en contrebas...

L'escalier était roide ; ils s'espacèrent les uns des autres pour avoir plus d'aisance à porter leur charge. Ogier, le dernier à descendre, sentit sa sueur poivrer ses yeux et ses paupières.

« Nous voici dans la fourmilière anglaise... Que de malandrins !... Aucun ne nous dit rien ; il est vrai que nous sommes comme eux : des portefaix ! »

1. Cette île, que le pont Saint-Cyprien enjambait aussi, avait pour nom, à droite, le Pré-l'Évêque ; à gauche, le Pré-le-Roi, ancien Pré-au-Comte.

Les assiégeants ployaient sous différents fardeaux : des carquois pleins de sagettes, des tonnelets, des hottes et panières emplies à ras bord de galets ramassés sur la rive et destinés aux frondeurs. Certains serraient sous leurs bras des harnois de mailles enlevés aux trépassés dont d'autres tiraient les corps entassés par deux ou trois sur des claies. À trente ou quarante toises du trébuchet endommagé, abrités dans un enclos de mantelets, les blessés intransportables râlaient, gémissaient, hurlaient quelquefois. Blandine entendait-elle ces rumeurs et ces cris ?

« Pourquoi les créneaux sont-ils vides de guerriers ? Avec leurs arcs et arbalètes, les Poitevins pourraient occire moult assaillants ! »

Malgré les plaintes des mourants et les lamentations des malchanceux livrés aux brûlures des plaies, des coups et des écrasements ; malgré les plaintes de ceux qui refusaient la malemort, on riait un peu partout car on était certain de franchir les murailles et de punir ces guerriers et citadins qui, jusqu'ici, les avaient bien défendues.

— Saleté de guerre !

Joubert se déchargea de sa poutre et, toujours à voix basse :

— De près, messire, cette perrière est plus grande et plus malade qu'elle ne le paraissait de l'autre côté de l'eau.

Il avait, le premier, atteint l'engin. Celui-ci semblait haut de trois toises et demie, large de deux, à sa base. Tous reprirent leur souffle dans son ombre. D'un geste, Ogier imposa le silence au pennoncier trop disert.

— Voyez, dit-il, la tour où nous venons de passer. Deux guisarmiers la gardent, maintenant... Nous avons eu la bonne chance avec nous : ils n'étaient pas loin ; peut-être à ce feu, là-bas, où l'on boit et mange...

— Je leur ferai bien manger mon épée ! dit Tinchebraye. Tournons autour de cette machine comme si nous cherchions l'endroit où nous commencerons la réparation...

— Je n'aurais pas eu plus chaud, dit Joubert, en traversant les flammes de l'enfer.

Ogier, enfin, déposa sa solive. Il suait et pourtant tout lui semblait glacé : l'air, le vent, le jambage de chêne grossièrement équarri contre lequel il s'appuyait pour reprendre haleine. Il considéra les chantilles éclatées de l'épaisse charpente, la traverse-butée rompue, les chaînes et les cordes relâchées autour des treuils délogés de leurs paliers. L'immense cuiller de bois recevant les munitions, les aisseliers et les chevrons soutenant la verge de lancement avaient chu ainsi que la huche [1] dont la retombée libérait les projectiles. Ployé sous son madrier, Tinchebraye marcha vers cet élément essentiel de la machinerie. Joubert et Ogier le rejoignirent et l'aidèrent à se soulager de son fardeau.

— Nous sommes bien chanceux, dit-il. Voyez : plutôt que de la terre, ils ont mis des pierres dans cette huche, et le miracle, c'est qu'elle s'est peu disjointe en tombant... Sortons tous ces moellons comme des gens accoutumés à cet ouvrage. S'il le faut, en attendant de voir ce qui se passera, nous pourrons nous mettre à couvert : il y a, là-dedans, de l'espace pour trois.

Ogier saisit le quartier de roc que le soudoyer lui présentait, et le transmit à Joubert, qui le laissa choir presque à ses pieds.

— Il y en a beaucoup... Faut épargner nos forces, messire...

Des cohortes d'Anglais et de Gascons passaient, armés d'épieux et de grands arcs. Ces trois hommes occupés à vider une huche les laissaient indifférents.

1. Cette huche pouvait atteindre jusqu'à 2 toises (4 m env.) de long, 9 pieds (3 m env.) de large et 12 pieds (3,90 m env.) de profondeur. Dans ce vaste réservoir de bois façonné en portion de cylindre et qui, par un jeu de poulies, propulsait dans sa chute la verge — ou levier — de l'engin, on entassait des quartiers de rocher, à moins qu'on n'y mît de la terre.

— Ces démons ne pensent qu'à la victoire, dit Joubert entre ses dents.

« Il parle trop », songea Ogier. Mais c'était de cette façon-là que le pennoncier dominait sa peur. Il devait essayer, lui, de faire comme Tinchebraye : grogner quand un péril semblait imminent et qu'un homme d'armes ou une centurie passait tout près et semblait prendre en pitié ces réparateurs d'un engin dont on n'aurait sans doute aucun besoin.

Enfin l'énorme baquet de bois fut vide. Tinchebraye s'enfonça dedans le premier. Joubert allait l'y rejoindre quand un homme s'approcha :

— Holà, les gars !... Que faites-vous ?

Un mercenaire de langue d'oïl. Ogier frémit et fit front :

— Tu le vois bien, nous vidons cette huche afin de remettre la perrière en état.

— Vous êtes deux ! Faudrait que vous soyez dix ou douze !

L'homme riait dans l'ombre de son chapel de Montauban. Une vieille broigne raccourcie aux genoux battait ses cuissières, et si sa paume senestre reposait sur le pommeau d'une coustille, il portait dans son dos une lame longue, épaisse, dans un fourreau de fer.

— À si peu, dit-il, vous y serez encore après-demain !... La cité sera conquise...

— Nous attendons des compagnons.

Ogier frissonnait, le dos et le ventre glacés. Le mercenaire sourit, bienveillant :

— D'où que tu es ? À ta voix j'en devine rien.

— Va donc le demander à Raoul de Cahors !

C'était une réponse hardie, et même folle, mais à Chauvigny, six mois plus tôt, lorsque la conquête du Poitou avait été décidée, Cahors s'était félicité d'obtenir un commandement.

— Ah ! bon... Cahors et tous les chefs soupent avec Derby.

Il y eut un silence. L'homme paraissait porté sur la

parlure. Peut-être se sentait-il seul dans cette immense armée d'Anglais et de Gascons.

— Voulez-vous que je vous aide ?

Il fallait repousser cette offre sans pour autant désobliger ce malvenu. S'il s'avançait encore, il verrait Tinchebraye recroquevillé dans la huche.

— Non... Nous attendons des gars et notre capitaine, qui lui ne mange pas avec Derby, bien qu'il soit Anglais... S'il te voyait avec nous...

« Que vais-je lui dire encore ? » Ogier s'empêtrait. Soudain, l'homme s'adressa à Joubert, immobile, indécis, la main prête à saisir sa lame.

— Si ça se trouve, petit, nous serons près de la même muraille demain matin... C'est pas pour rien que Derby, à none [1], a chevauché tout autour de la cité... Il donnera l'assaut en trois endroits, mais je ne sais lesquels...

Le mercenaire s'en alla sans plus rien ajouter, sans se retourner, tandis qu'Ogier et le pennoncier échangeaient un sourire.

— Merdaille ! soupira le jouvenceau dont le visage ruisselait. On a beau avoir des couillons bien accrochés, il y a des moments où on les sent plus ; et on a beau tâter son épée, on se demande si elle ne va pas peser trop lourd, même si on la tient à deux mains.

— *Merdaille* ? grogna Tinchebraye du fond de son refuge. Pourquoi *merdaille* ? Ça s'est bien passé, il me semble ! Viens, Joubert : faut se garder en attendant je ne sais quoi...

Le pennoncier rejoignit Tinchebraye. Ogier lança un regard sur le pont. Les guetteurs lui montraient leur dos. Se tournant vers la gauche, il considéra les tours portières, à trente ou quarante pas, au milieu desquelles les vantaux alourdis de grosses pentures semblaient lui jeter un défi. Furieux, désespéré, il s'accroupit enfin.

— Faut attendre, murmura Joubert compatissant.

1. Midi.

— Pourvu, messire, que nous puissions entrer !

Encoigné, tête basse, dans la huche, insensible aux chuchotements de ses compagnons, Ogier imagina sa joie s'il parvenait à franchir les murailles, et le plaisir qu'il éprouverait à courir jusqu'aux halles. Il frapperait à la porte des Berland ; Blandine lui ouvrirait, il l'étreindrait... Oui, il l'embrasserait pour la première fois !

— Hé oui, Tinchebraye, pourvu que je la retrouve !

Telle une Vierge de vitrail, la pucelle flamboyait dans sa mémoire, et comme sur une vaste rose où, parfois, les grands moments d'une vie se trouvaient réunis et célébrés en quelques gestes, ceux qu'ils avaient partagés illuminaient son esprit. Leur commun passé, si bref et cependant si lourd d'espérance, lui fournissait, cette nuit, la volonté de vaincre l'adversité. Longtemps, pendant que Tinchebraye et Joubert veillaient à leur sécurité, blotti, frémissant, au fond de la huche, il inversa le sablier du temps pour revoir Blandine, tour à tour admirative et apeurée sur le banc le plus haut de l'échafaud des dames, lors de ces joutes où il avait fait merveille tout en se revanchant sur quelques ennemis. De pures certitudes alors gonflaient son cœur. Elles s'étaient fortifiées pendant cette journée où, passant par Poitiers afin de la rassurer sur son compte et la revoir avant une longue séparation, la jouvencelle lui avait fait promesse de l'attendre. Pour une autre que Blandine, aurait-il ce soir aventuré sa vie et celle de deux compagnons ? Même soldés d'avance, aguerris, pleins d'audace, ne fallait-il pas que Joubert et Tinchebraye fussent fous, eux aussi, pour demeurer à ses côtés ?

— Je vous sais bon gré, les gars, de m'avoir suivi... et vous guerdonnerai [1] en conséquence.

Apparemment indifférent à ce propos, Tinchebraye rampa hors de la huche. Immobile tel un mort, la main devant sa bouche pour étouffer son haleine fumeuse, il avertit :

1. *Guerdonner* : récompenser.

— Défions-nous : voilà deux compagnies de picquenaires avec devant cinq ou six chevaliers... Ils viennent de traverser le pont.

— Bouge surtout pas ! recommanda Joubert.

Et penché vers Ogier :

— Pourvu qu'ils aillent au diable ! Pourvu qu'ils vident ce maudit lieu !

Les guerriers approchaient, foulant le sol en un bruit feutré comme affermi, au passage, par les froissements et cliquetis de leurs harnois et de leurs armes. Plus que jamais, Ogier apprécia cette caverne de bois en laquelle, sans honte, Joubert claquait des dents.

— La première compagnie s'en va plus loin, chuchota Tinchebraye.

Et la seconde ? L'attente devenait une fièvre, un mal dévorant les oreilles et les entrailles. « Qu'un de ces malandrins se méfie ou s'écarte, ne serait-ce que pour pisser, nous mourrons ! » Mais les piquenaires passaient. Un cheval renâcla. « *Ho ! Ho !* » cria un homme. Et les pas s'assourdirent tandis que, de nouveau, les plaintes des mourants envahissaient la nuit.

— Tous s'en sont allés, dit Tinchebraye. Ils contournent leur javeau [1] de blessés... Un peu plus loin, je vois deux grosses tentes que des tuffes [2] entourent de mantelets bien hauts... Sûr que c'est pour des connétables...

— Ou pour des mires et surgiens [3].

— Peut-être, messire, dit Joubert, n'ont-ils pas l'intention d'assaillir la ville cette nuit...

Puis, sans maîtriser une fureur qui lui fit hausser la voix :

— Comme j'aimerais que quelques-uns de ses saligots reviennent avec un bélier !... Au moins, ces maudits vantaux s'ouvriraient.

1. Tas, monceau de victimes.
2. Hommes mal armés.
3. Chirurgiens.

— Bien que je veuille entrer, je ne souhaite pas cette malechance aux manants qui sont derrière... En tout cas, il n'y a plus personne autour de nous.

Tinchebraye rampa jusqu'à un tas de pierres pardessus lequel il leva les yeux.

— Messire, approchez doucement.

Ogier se glissa jusqu'à l'homme d'armes.

— Voyez la tour portière à notre dextre.

Ogier regarda la base de l'édifice, couverte de lierre et luisante de toutes ses sombres écailles. Ensuite, meurtrissant son cou, il vit, révélée par une fine raie d'or vibrant, une archère. Des ombres occultaient parfois cette lueur, dénonçant, à l'intérieur de l'édifice, la présence de combattants. Que faisaient-ils ? Allaient-ils tenir conseil ? Au-dessus, et sans doute en haut d'un escalier d'accès au chemin de ronde, une lumière éclata puis s'éteignit. Du coude, Tinchebraye toucha Ogier :

— Voyez entre les merlons...

Des formes passaient, nombreuses, maintenant que le parvis, devant la porte, avait été déserté. Ces ombres s'immobilisaient, se concertaient, repartaient ; rien ne brillait sur elles : aucun des défenseurs n'était coiffé de fer.

— Ils semblent apprêter quelque chose...

Un cheval hennit derrière la muraille.

— Et si, Tinchebraye, ils préparaient une sortie ?

— Ce serait folie, dit Joubert, mais elle se ferait devant nous.

Il venait d'abandonner la huche. À plat ventre, appuyé sur ses avant-bras, il observait les parois, l'archère illuminée qu'une ombre — rideau ou planche — dissimulait soudain, et le grand portail dont certaines pentures luisaient comme des ramilles embuées de gelée blanche.

— Folie ou nécessité, dit Ogier. Ces deux tentes vivement montées et ceintes de mantelets sont peut-être assignées à quelques connétables.

— Derby et un ou deux de ses suppôts ?

— Il se peut. En ce cas, il convient d'attendre qu'ils soient dedans !

— Leurs armées, dit Tinchebraye, fourmillent de capitaines. Les Poitevins peuvent avoir l'intention de capturer ceux-là ; les sorties sont faites pour ça autant que pour la destruction des machines de guerre... Ils en sont peu pourvus : j'ai compté deux trébuchets et une baliste en deux autres endroits que celui où nous sommes... Ce que leurs charpentiers assemblaient, c'est peut-être les éléments d'un beffroi... Et un beffroi — hein, messire ? — y a pas pire ennemi dans un siège...

— C'est vrai, dit Ogier, renonçant à révéler qu'il en avait détruit un.

— Je me demande, dit Joubert, ce que les Poitevins gagneraient à cette aventure. Anéantir l'artillerie[1] ? Il a plu, ces jours-ci : le merrain doit être humide et le feu n'y mordra point... Désemparer ces monstres à coups de hache ? Il faudrait avoir des centaines d'hommes et disposer du temps pour le faire... Se saisir de certains connétables ? Alors, va leur falloir s'armer... de patience ! Derby, ce gros porc, festoie quelque part, et ils sont à table, peu pressés de la quitter... Et même si ces manants veulent occire quelques-uns de ces coquins, ils seront trop peu, je le crains, pour contenir leur poussée quand ils se regimberont : il suffit d'une sonnerie de trompe pour amasser ici un ou deux milliers d'hommes !

— Tu as raison, dit Ogier. Soyons quiets. Il y a eu des sorties réussies. Les unes ont permis à des chevaucheurs de fuir une enceinte et d'aller quérir de l'aide ; les autres de retarder un assaut qui s'annonçait funeste et de fortifier les défenses...

— Sans doute, messire, mais d'autres ont affaibli des cités ; plutôt que de la retarder, ils en ont hâté la prise tout en envenimant la forcennerie des assaillants.

1. Mot d'époque désignant toute machine à lancer des traits.

D'ailleurs, je suis sûr que les Poitevins ont déjà fait une sortie : nous sommes passés au-dessus d'une île où ça empunaisait le sang et la tripaille ; il devait y avoir là, entassés par les Goddons, des centaines de manants et guerriers occis...

— J'ai senti cette odeur, en effet... Il se peut qu'ils aient jeté les corps du haut du pont car ils gênaient leurs allées et venues...

— Occis avant, occis après, les Poitevins sont condamnés ! Vous en conviendriez, messire, si votre Blandine vivait loin d'où nous sommes.

— Mais j'en conviens, Tinchebraye !

— Pour ces manants, reprit Joubert, il n'y a aucune autre issue possible que la défaite. Nulle espérance de voir paraître cinq ou six milliers d'hommes de chez nous. Je ne sais où sont le roi et son fils Jean... Peut-être devant Calais. Or, ce dont je suis sûr, c'est que la Chevalerie est morte à Crécy, la piétaille également, et qu'Édouard III et ses malandrins vont désormais s'en donner à cœur joie...

Ogier baissa la tête et soupira. Pauvre royaume, victime de l'orgueil et de l'impéritie de son suzerain davantage que des armes et des fureurs anglaises ! Son esprit s'arrêta sur des images de tueries et son désir de se rassurer ne découvrit aucune action susceptible de soustraire Blandine aux fatales violences.

Le cheval hennit de nouveau — à moins que ce fût un autre. Derrière les grands vantaux, le garçon se plut à imaginer une chevalerie prête à s'élancer au-dehors, ainsi qu'un millier de piétons conviés bon gré mal gré au baptême du sang.

— Tous ces démons, là-bas, sont trop occupés à manger et à œuvrer à leur beffroi — si c'en est un — pour flairer ce qui se prépare... Oh ! voyez...

Une lame de lumière apparaissait entre les vantaux, puis une autre, en dessous : ils s'ouvraient. Ils allaient s'ouvrir ! Une pierre roula devant Tinchebraye dont l'émoi atteignait son comble.

— Par saint Michel, dit-il sans contenir sa voix — ce qui lui valut un coup de coude de Joubert —, ils avaient dû oindre les gonds avant que les Goddons n'arrivent !

— Bon sang ! dit Ogier. Ces deux Gascons, sur le pont, doivent dormir pour ne pas voir ce qui se prépare... Couchons-nous !

L'arche ténébreuse aux huis à demi tirés de l'intérieur révélait, maintenant, silencieux ou presque, un remuement de chevaux, de chevaliers et des brasillements d'aciers prêts à l'usage. Quand des flambeaux eurent fleuri à certains bras, cet escadron se rua entre les portes béantes, envahit le terre-plein jusqu'au trébuchet et se divisa en deux masses galopantes qui, longeant les murailles, coururent sus aux assiégeants. Des hurlements les précédaient et les suivaient, et des cris : « *À l'arme ! À l'arme !* » crevaient cet orage guerrier où des cors mugissaient à tous vents.

— Bougez pas, les gars... Voici que les ribauds s'en mêlent.

Autant qu'il pût en juger de derrière son tas de pierres, Ogier dénombra, à droite et à gauche, cinquante hommes à cheval, et trois ou quatre cents piétons. Tandis que les uns couraient vers les machines de guerre, les autres galopaient vers les tentes et l'enclos des blessés. Sur la droite, la chevalerie et les centuries de guisarmiers, vougiers et picquenaires gagnaient le pont où les guetteurs, effrayés, se jetaient dans le Clain.

— Messire, haleta Tinchebraye, le portail est ouvert. On y va ?

— Non... Même en criant : « *Montjoie !* » nous nous ferions occire avant de l'atteindre... Vois ! Les courtines et la bretèche foisonnent d'hommes d'armes !

— Que faire ?

— Rien... Si j'avais eu un commandement, jamais je n'aurais envoyé des hommes sur ce pont d'où ils commencent à reculer... Voyez : il y a contre eux bien mille homme de plus !... Attendons, les gars... Nous nous mêlerons à la presse quand les Poitevins se replieront tous et que la confusion deviendra extrême.

— Ça ne tardera pas, dit Joubert agenouillé dans l'ombre de la huche.

Les combattants s'affrontaient en hurlant le « clam » de leur duché ou du royaume auquel ils appartenaient [1]. Les charpentiers et les artilleurs de Derby avaient été occis, les tentes renversées, foulées aux fers des chevaux. Des clameurs montaient de l'enceinte aux blessés : on les achevait à plaisir, et par ces trépas inutiles, les assaillis aggravaient la haine des assaillants. Au sol, les feux se consumaient tandis que du haut des murailles, tels des vols d'oiseaux d'or aux pennes rougeoyantes, tombaient des brassées d'oupilles [2] : en aidant les Poitevins dans leur retraite, elles favorisaient, aux créneaux, les tirs des arbalétriers et des archers. La nuit se tavelait de cris, hennissements et cliquetis, de feulements de trompes et craquements de bois enflammés ou rompus. Sur le Clain moucheté d'ocres jaunes et rouges, des radeaux et des bacques glissaient.

— Des renforts, les gars ! Souhaitons qu'ils n'abordent pas derrière nous !

— C'est déjà la fin, dit Joubert.

— Ont-ils seulement pris quelques capitaines ?

— J'en doute, Tinchebraye... Ne bougeons pas. Attendons que les Poitevins reculent jusqu'ici... Quant ils y seront, nous bondirons l'épée au poing... Souvenez-vous que notre intention n'est pas de nous battre mais d'entrer en ville !

1. Les cris de guerre ou *clams* étaient : « *Montjoie-Saint-Denis* » pour les rois de France, « *Saint-George* » pour l'Angleterre, « *À ma vie* » pour les ducs de Bretagne, etc.

2. Torches de paille.

— Les voilà qui lancent des falariques [1], dit Joubert, et pourtant on y voit de moins en moins... Je me demande comment peuvent se reconnaître, dans ce grand treu, les amis et les ennemis...

La bataille devenait confuse tant du côté du pont qu'à l'opposé. Tournant à nouveau son regard vers la porte béante, Ogier en vit le seuil gardé par un double rang d'arbalétriers. « Voilà bien une erreur ! Tout autant que l'arc, désormais, l'arbalète est inutile. » Les chevaliers et les écuyers poitevins refluaient derrière leurs piétons incapables de contenir la poussée de la multitude anglo-gasconne. Des chevaux hennissaient de douleur, de frayeur, et ruaient. L'un d'eux tomba, puis un autre, entraînant leurs cavaliers dans la mort.

— Ça va bien mal ! dit Joubert.

Les oupilles avaient cessé leur vol de feu ; les falariques également ; aucune sagette ne tombait plus des créneaux. Les clartés des rares incendies blêmissaient : on allait bientôt se battre aux lueurs des flambeaux que des manants pris dans la presse agitaient, tandis qu'au-dessus d'eux les Poitevins hurlaient :

— Revenez ! Revenez !

Amenuisée par un souffle oppressé, une sonnerie de trompe effleura le vacarme. L'homme qui cornait la retraite se penchait entre deux merlons, au milieu de la courtine reliant les tours portières. Un trait l'atteignit et il chut à la renverse.

— La peur les a tous atteints... Voyez !

C'était, tempêtueuse, la grande reculade vers l'arche de pierre dont un vantail se refermait lentement tandis que les arbalétriers refluaient à l'intérieur de l'enceinte.

— Maintenant, dit Tinchebraye, le sang va pisser durement !

Les combattants se battaient dans l'ombre du trébuchet. Déjà, courbés sur l'encolure de leur roncin, des chevaliers et leurs écuyers s'engouffraient dans la cité,

1. Javelots ou épieux garnis d'étoupe enflammée.

hurlant qu'on leur fît place. L'un d'eux, qui portait la bannière des comtes de Poitou : *de gueules à cinq châteaux d'or*, armes qui eussent pu être celles de Chauvigny, en rompit la hampe en heurtant de son fer le cintre de pierre.

— Les couards ! grommela Tinchebraye.

L'épouvante s'emparait des vaincus : dans leur hâte d'entrer en ville, certains oubliaient de se battre et tombaient sous les yeux des soudoyers et citadins, — leurs parents peut-être — penchés aux créneaux. Les meilleurs se découvraient soudain entourés d'ennemis et tombaient transpercés au ventre, aux flancs, au dos ; et la désespérance fluait dans Poitiers avec les blessés soutenus ou traînés par ceux que la poussée adverse ou la perte de leur arme contraignait à renoncer. La déconfiture avait une odeur de flammes mortes, de sueur et de sang. Odeur connue. Ogier s'agenouillait, imité par ses compagnons :

— Il est temps, les gars, d'estourmir du Goddon !

— Nous nous reverrons, messire, j'en suis sûr !

— J'en suis sûr, moi aussi, foi de Tinchebraye.

— *Montjoie-Saint-Denis !*

L'estoc de leur épée en avant, ils coururent en direction de cette entrée tant observée en hurlant toujours le cri des rois de France, et furent engloutis dans un remous de fer. Suivi de près par Tinchebraye, plus heureux que lui-même à manier son arme, Ogier se fraya une voie jusqu'à la porte.

— Bon Dieu ! jura un homme barbouillé de sang, nul ne nous envoie une compagnie pour soutenir notre retraite !

« Ils se battent à un contre cinq !... Qui commande à Poitiers ?... Quel est le marmouset qui leur refuse toute aide ? »

Ogier fut cerné, emporté vers une des tours portières. Celle de droite. Il y avait bien là dix seigneurs poitevins, des manants à cheval et quelque trente piétons. Autour d'eux, une immense meute d'Anglais et de Gascons : chevaliers à pied férissant de l'épée, piétons maniant la guisarme, le vouge, le fauchard et la coustille. Tous s'encourageaient au meurtre :

— À la mort ! À la mort !

Essayer de secourir ces hommes, c'était périr enferré. Leur dégagement semblait impossible tant l'étreinte ennemie se révélait épaisse. Chevalier ou écuyer, un Poitevin tenta une percée qu'il paya de sa vie ainsi que son cheval. Sa vaillance excitant ses pairs à la prouesse, Ogier se trouva pris dans un tourbillon provoqué par leur poussée. Des guerriers l'affrontèrent. Ignorant qui l'assaillait, il se défendit de son mieux, donnant des taillants et des coups de pied en hurlant : « *Montjoie ! Montjoie !* » afin d'éviter les méprises. Mais, dans cette frainte[1] énorme, pouvait-il être entendu ? Il s'écœurait à pousser sa lame dans des chairs vives ; il trébuchait parfois sur un corps et n'avait qu'un désir : approcher toujours et toujours de cette porte pour le moment invisible et dont le second vantail, sans doute, devait se refermer. Il ne voyait rien d'autre, autour de lui, que des hommes ensanglantés hurlant de fureur et de douleur, et savait ce qui se passait plus loin : « Tous doivent reculer... Non, pas tous : une bonne moitié ne reviendra jamais !... Cette nuit, si l'on est Poitevin, mieux vaut être mort que navré, au pouvoir de l'ennemi ! » S'il s'était trouvé depuis quelques jours en ville, il aurait réprouvé cette idée d'unique sortie : il en eût fallu une à chacune des portes pour vraiment surprendre les Anglais, capturer quelques connétables et détruire leur artillerie. Qui avait décidé de cette funeste aventure ? Assurément un chevalier avide d'appertise[2] tel que Berland ou Rochechouart. Oh ! certes, cette folie arrangeait ses desseins, mais quels vains sacrifices... Pas même un prisonnier, ne fût-ce qu'un guisarmier, un charpentier ou un mire !

1. Bruit, vacarme.
2. Prouesse.

Il se trouvait encore loin de l'entrée. À travers le lierre qui la couvrait, il heurtait parfois, du dos, du coude ou de l'épaule, la paroi de la tour portière. « Bon sang ! les Poitevins s'entassent et n'avancent plus ! » Et les Goddons les saignaient à outrance.

— Place !... Place !... Refoulez ces malandrins !... Battez-vous, par la mordieu ! Il faut atteindre cette porte !

Il faillit recevoir un tranchant de vouge sur la tête. Vivre pour Blandine ! Il essayait de rendre coup pour coup, tapant sur les chapeaux de fer et les bassinets car partout, de même qu'à Crécy, les chevaliers et écuyers d'Angleterre côtoyaient leur piétaille. Il entaillait des épaules, des cous, et lorsque, parvenu en vue de l'entrée où la presse était féroce, il se sentit atteint à l'arrière-bras dextre, il hurla plus fort « *Montjoie* » et fut heureux d'entrevoir Tinchebraye, taché de sang mais se battant bien.

« Pourvu que mon épée tienne bon ! »

Qu'allait-il penser ! C'était Confiance, sa bonne et noble lame.

— Allez, messire... On approche et on entrera !

Tinchebraye, toujours. La mêlée devint telle que leurs mouvements semblèrent s'y étouffer. On s'étreignait et s'étranglait parfois. Les poignards, perce-mailles, coustilles et dagasses — toutes les armes courtes — remplaçaient les armes d'hast et les épées. « Je n'abandonnerai pas Confiance ! Elle est ma vie, ma sauvegarde et mon plaisir... » Des hurlements couvraient les crépitements des fers et des aciers. Une trompette annonça l'apparition de nouveaux combattants cependant que l'obscurité s'argentait au flamboiement de leurs piques.

— Tiens bon, Tinchebraye !

Ils grognaient, reculaient devant une haie de Goddons et de Gascons si serrée que ceux-ci ne pouvaient guère manier leurs lames, mais quelques-uns, poignant des lances écourtées, perçaient du Poitevin à qui mieux

mieux. La voûte n'était plus qu'à trois ou quatre pas et le second vantail se fermait difficilement sous la pression des corps ; ses ais de chêne épais fortifiés de fer résonnaient comme des tambours sous des heurts de toute espèce. Encouragements, cris, gémissements, injures et crépitations, tout se liait et bouillonnait devant cette grande bouche de pierre au-delà de laquelle maintes rues menaient aux halles. Et à Blandine.

Un pas de plus en estoquant un homme. Un épieu — évité — se ficha dans la porte. La hampe se brisa. Ogier vit un poignet rompu s'agiter parmi des éclairs d'aciers. « *Dieu ! Dieu ! sauvez-moi !* » Les ténèbres puaient la sueur. Le sang devenait noir : la nuit, désormais, lançait sa glu sur la mêlée.

Le bouillonnement s'aggrava. Un cheval parvint à traverser la presse.

— Place ! Place ! exigeait le seigneur penché sur son encolure.

Aux huées de ceux des créneaux succéda un hennissement. Guerre des hommes et des innocents : enfants, vieillards, femmes, pucelles, bêtes. Ce destrier vivait-il ? « S'il vit, je vivrai ! » Bêtise. Où était passé Tinchebraye ? Mort ? Joubert ? Mort ? « J'entrerai en ces murs quitte à occire ces manants qui m'en empêchent ! » Certains d'entre eux, dépourvus d'arme, écartaient de leurs mains tailladées les picots et tranchants, et perdaient leurs doigts avant de perdre la vie. D'autres, décervelés, tombaient comme avalés par une trappe dans le taillis des bras et des aciers poisseux. Certains, morts debout, étaient percés encore, moins par haine que par indignation : ils gênaient les mouvements. La grasse odeur de sève humaine, de tripailles répandues et de déconfiture collait à ces hauts murs contre lesquels les soudoyers poitevins que leur plastron et coiffe de fer avaient jusque-là protégés, hurlaient à l'aide. Et pour regagner cette cité d'où jamais ils n'eussent dû sortir, deux compères s'injuriaient en se bourrant de coups de poing jusqu'à ce qu'un Goddon, par quatre taillants d'épée, eût interrompu leur querelle.

— Fermez ! hurla une voix en provenance de la courtine.

Une épaule contre l'arête ferrée du vantail droit déjà solidement assujetti sur ses taquets, Ogier vit le second panneau se rabattre vers lui. Peu importait aux assiégés qui le poussaient avec furie que des parents, des amis fussent contraints de demeurer dehors et d'y périr : il fallait s'enclore coûte que coûte.

« Je peux, moi aussi, trépasser bêtement à quelques pouces de l'entrée !... Je trébuche sur un corps... des mains serrent ma jambe ! »

Il dégagea sa cheville, donna un coup de pied dans une épaule ou une tête. Son angoisse empirait. « Ils vont me trespercer ! » Une lame s'abattit au-dessus de lui et se brisa contre une des pentures aussi lourdes et épaisses que celles des huis de cathédrales. « Ils vont tous nous occire ! » Ils n'étaient plus qu'une vingtaine. Un jeune tomba en gargouillant, puis un autre. Droit, courbe, pointu, crochu, l'acier surgissait de partout et tranchait, fendait, perçait, traversait, déchirait. Un jouvenceau pencha, touché par une masse d'armes. Un autre hurla : « *Mère ! Mère !* » et fut englouti dans la presse. Une épée scintilla ; de sa lame, Ogier l'arracha à la dextre qui la maniait. Une autre arriva droit sur lui.

« Cette fois... »

Il se sentit alors attrapé dans le dos, par sa ceinture, et tomba à la renverse, on le traîna et l'aida à se relever. C'était Tinchebraye.

— Messire, nous y voilà !... Les portails sont presque reclos !

Le soudoyer ramassa Confiance :

— Votre lame, messire.

Un hurlement perça les autres. Immédiatement juchés sur un montoir, près de l'appentis réservé aux hommes du guet, Ogier et son compagnon regardèrent les lourds panneaux dont les gros bâtis armés de fer serraient un bras au-dessus du coude.

— Pauvre de lui ! dit Tinchebraye.

Sous l'énorme poussée des guerriers, manants et manantes, qui de leurs paumes et de leur dos résistaient à la pression des assaillants, les os craquèrent. Il y eut un second cri, couvert par des frappements de hache sur le bois et les pentures, et le bras parut choir mais demeura coincé entre les joints unis. La main se déplia, les doigts mollirent tandis que de l'autre côté, des rires et des clameurs révélaient que des malchanceux tombaient au pouvoir de l'ennemi. Ogier frémit en imaginant leur trépas : ayant vu mourir Haguenier de Trélissac, il savait ce que ces démons réservaient à leurs captifs.

— Tu as bien fait de m'empoigner sans ménagement !... Je te dois la vie.

La cuirasse de Tinchebraye avait souffert d'un coup d'épieu. Collés de place en place par la sueur, ses cheveux avaient des lueurs rouges ; une enflure cachait presque tout entier son œil gauche ; le tâtant de l'index, il siffla :

— Quelle belle estourmie [1] ! J'en ai occis six ou sept... Oh ! là, là : voici Joubert... Si on ne s'était point perchés comme des poules, on l'aurait peut-être pas vu dans cette foule... Hé ! Joubert !... Joubert, on est là !

Ils sautèrent sur le sol.

Échevelé, haletant, grimaçant, l'épée sanglante à la ceinture, le pennoncier soutenait de sa dextre son épaule gauche. Toutes deux vermeilles. Sous la douleur, il se penchait et gémissait. Ogier le soutint. Soit, il avait hâte de revoir Blandine, mais Joubert, plus que Tinchebraye, méritait sa sollicitude : au fond de lui, c'était un couard. Il n'avait cessé d'éperonner sa peur pour se sentir à la hauteur de son compère.

1. Mêlée.

— J'ai du regret, les gars, de vous avoir menés là !

— Faut surtout pas !... Nous vivons tous les trois, et par messire saint Denis, votre désir d'entrer a été exaucé.

— Fais voir, Joubert, tes navrures.

Les ayant examinées, Ogier conclut :

— Pas trop profondes. Veux-tu que nous t'aidions à marcher ?

— Non, messire. Que fait-on ? Je crains...

— On est dedans, c'est sûr, interrompit Tinchebraye, mais va falloir bientôt sortir... et je vois pas comment !

Il semblait plus angoissé que lorsqu'il observait, à l'ombre du trébuchet, les portes closes et les assaillants.

— On trouvera ! Sois quiet, Tinchebraye... Désormais, compagnons, je suis votre obligé...

La foule des combattants et manants poitevins demeurait serrée au revers des vantaux contre lesquels les heurts avaient cessé. Des cris et des gémissements s'élevaient : ceux des blessés, ceux des parents qui, après avoir appelé un mari, un frère, un père, devaient présumer son trépas. Certains survivants, ébaubis d'être revenus de l'enfer, sanglotaient ; d'autres se congratulaient en riant, sans souci des douleurs et désespérances voisines ; deux hommes à barbute et haubergeon de mailles, les épaules ensanglantées, consolaient l'épouse ou la mère d'un disparu :

— S'il est au Ciel, quoi de meilleur pour lui, Berthe ?

— Il était si jeunet, Berthou, que s'ils l'ont pris vivant, ils ne lui feront point mal !

Or, justement, au-delà des murailles, des hurlements de souffrance et d'effroi prouvaient que les prisonniers payaient cher la déconvenue des Anglais, et pour éviter de reconnaître une voix aimée, certains femmes et jouvencelles se bouchaient les oreilles.

— Trois cents morts au moins, dit Tinchebraye.

— Hé oui, approuva Joubert. Cette sortie nous a bien arrangés, mais c'était une marmouserie !

— Voyez donc ses promoteurs, messire, dit Tinchebraye. Là-bas...

Les chevaliers et les écuyers s'étaient rassemblés devant le seuil d'une écurie, assez loin de ces manants dont ils percevaient l'aversion. Un seul, le dernier rentré, demeurait à cheval. Il lança un commandement, et des piétons accoururent autour de lui.

— Tous au Moulin-Cornet ! cria-t-il. Ils s'apprêtent à nous assaillir là.

En courant, l'arbalète au côté, les hommes, une vingtaine, s'éloignèrent.

« Est-ce *lui* ? » se demanda Ogier, puis, s'adressant à ses compagnons :

— Assez perdu de temps... Quittons cette cohue !

En avançant dans la rue éclairée par deux pots à feu, il se dit : « Si c'est *lui*, nous nous reconnaîtrons. » Et comme il passait, entre Joubert et Tinchebraye, devant le porche où les seigneurs et les écuyers commentaient la bataille, le capitaine à cheval qui s'apprêtait à traverser la rue pour les rejoindre, s'exclama d'une voix courroucée :

— Fenouillet !

— Je vous salue, messire Rochechouart.

Tout en regrettant de s'être éloigné d'une foule qui l'eût dérobé aux regards de cet homme, Ogier se dit qu'à Chauvigny, ce familier des Berland n'avait cessé d'épier Blandine comme une proie, sinon comme une friandise. Était-il veuf ? Marié ? L'envie qu'il avait de la pucelle ne prouvait pas qu'il fût dépourvu d'épouse. Son bassinet grand ouvert et son armure tachés l'un et l'autre de cervelle et de sang attestaient sa vaillance, mais cette vaillance-là, des humbles aux prud'hommes, tous les participants de la vaine sortie de ce soir en avaient été pourvus.

— J'étais loin de penser à vous, Fenouillet !

— Moi pas, messire !

Penché plus qu'il ne l'eût fallu sur l'encolure de son roncin à la bouche écumante, Aimery de Rochechouart dominait cet intrus que sans doute, à l'issue des Pâques chauvinoises, il avait pris pour un malandrin. Ogier se sentait la tête et les épaules lourdes d'un mépris dont il n'avait cure. Il lui fallait en hâte rétablir la vérité sur sa personne, puis courir jusqu'aux halles et adjurer Blandine de se placer sous son unique protection.

— Non plus Fenouillet, messire : j'ai repris mon vrai nom qui est Argouges.

Rochechouart, s'il fut étonné, sut bien le dissimuler. D'ailleurs, l'ombre de sa visière atténuait les traits de son visage. Faisant encore un pas vers ce chevalier dont il put voir ainsi le bras senestre en sang, de la cubitière au gantelet de mailles, Ogier crut bon d'ajouter :

— J'ai repris mon vrai nom après Crécy...

Crécy, Rochechouart s'en moquait, sans doute. Il demanda :

— Êtes-vous à Poitiers depuis quelques jours ?... Vous vous êtes battu : cela se voit !

Ogier sentit poindre une crainte dont il n'eut aucune envie de se délecter : Rochechouart pouvait, lui aussi, aimer follement Blandine.

— J'arrive en votre cité ce soir même. Pour mes compagnons et moi, votre sortie fut la très bienvenue !... Une fois le Clain traversé, nous ne savions comment entrer. Vous nous en avez fourni l'occasion... Les Berland sont-ils toujours en leur hôtel des halles ?... Comment vont-ils ?

Deux jeunes manants passaient. Rochechouart les arrêta d'un geste. Ils l'aidèrent à mettre pied à terre. Il remit son bassinet au plus jeune et tendit à l'autre les rênes de son cheval.

— Messire Berland était des nôtres avec son fils.

— Son fils ?

— Vous voilà ébahi, messire !

Le regard de Rochechouart — un regard fixe et

lourd aux lueurs d'eau profonde — cilla devant celui de ce rival que peut-être il avait cru disparu à jamais.

— Hé oui : *son fils*... Blandine ne vous avait point parlé de ce frère ?... Vous vous êtes si peu vus, il est vrai, que le loisir lui en aura manqué... D'ailleurs, je me demande encore comment vous avez pu... comment dire ?

— La conquérir ?

— En vérité !

— Messire, il est parfois des conquêtes aisées. Étant homme de guerre, vous devriez le savoir !

Bon, il s'était ressaisi, et comme il en était tout proche, il regarda le miroutte[1] épuisé dont la bave séchait sur le mors et les lèvres. Un bon cheval de bataille. Rochechouart l'avait fait essoriller afin qu'il fût armé pour la guerre. De fait, il portait un chanfrein d'acier et entre ses oreilles mutilées une sorte de coiffe d'où sortait une poignée de plumes de faisan.

— Étant guerrier comme vous, Fenouillet...

— Argouges, messire.

— Je sais que la victoire échappe, parfois, au plus méritant.

À quoi bon s'offenser. Cédant le passage à un blessé que des hommes emportaient sur une claie, Ogier se rencogna sous un auvent. En deux pas vifs malgré son harnois et sa fatigue, Rochechouart fut devant lui, visiblement agacé par toutes les faces blêmes, gluantes de sueur et de sang, qui les cernaient soudain.

— Hé oui, dit-il, le souffle brouillé de rage, Berland a également un fils... Il porte son nom : Herbert... Ils galopaient autour de moi, et puis plus rien... Je ne sais s'ils sont morts ou vivants.

« Pourquoi ne m'a-t-elle pas parlé de ce frère ? Il a l'âge de se battre, il a donc celui de jouter... Pourquoi n'était-il pas sur le champ clos de Chauvigny ? »

1. Se disait d'un cheval dont la robe noire ou baie était marquée de taches claires.

Il y avait eu des murmures dans la foule, sans qu'il parût que les manants fussent marris à l'idée de cette double perte : Berland était un seigneur orgueilleux, son fils devait lui ressembler ; seuls quelques chevaliers à la semblance de Rochechouart pouvaient les avoir en estime.

— Dieu les protégera car ils ont fait pour Lui moult bonnes choses... Êtes-vous venu pour Blandine ?

Sur le peu de visage d'un gris d'étain apparent dans l'obscurité tavelée de lueurs mouvantes, les traits creusés de Rochechouart s'étaient subitement durcis ; cependant, le regard avait cessé d'être hautain pour devenir celui d'un homme aux abois.

— Je suis venu pour elle et je la veux sauver.

Ogier percevait d'autant mieux, chez ce chevalier, les affres d'une passion vouée à la désespérance, qu'il les endurait parfois, surtout la nuit quand, dispersant d'autres fantômes, la pucelle s'insinuait dans son sommeil. C'était alors, chauffé aux braises d'un délire coupé de réveils fiévreux, un enchevêtrement d'aventures aussi fécondes en ravissements qu'en angoisses au long desquelles, sur les débris d'un passé maussade, il s'évertuait à bâtir un avenir sans certitudes ni fondements solides. Ses ambitions pourtant sages s'amenuisaient ; les semaines, les mois et les années à naître prenaient des couleurs funèbres et Blandine, souvent, se dérobant à son étreinte, disparaissait dans des horizons de granit. Ce besoin effréné de la présence aimée dont les appels, les postulations, les nudités imaginées, les refus et consentements exaspéraient sa mémoire et sa concupiscence, il n'en guérissait jamais qu'incomplètement : si, au petit matin, son esprit recouvrait son aplomb, sa confiance et sa sérénité, son cœur demeurait douloureux.

— Blandine m'a donné sa foi. Le saviez-vous ?

Il y eut tout ensemble, sur la face de Rochechouart, de l'aversion et de la crainte. « Il sait que les Goddons entreront, mais il préférerait qu'elle demeure en ville plutôt que de la savoir en sécurité avec moi... si toutefois nous pouvons fuir ! » Alors, avec une compassion sincère :

— Je suis sûr qu'elle m'attend... Qu'elle n'a jamais cessé de m'attendre. Car elle n'est pas mariée, dites-moi ?

— Non.

Abandonnant Rochechouart à son dépit, Ogier observa, éclairés par des flambeaux plus nombreux, les réchappés d'une vaillantise inutile que le fier Aimery pouvait bien avoir décidée. Certains soutenaient un compagnon ; d'autres en chancelant regagnaient seuls leur maison. Sur le pavé, un jouvenceau trépassait, une main sur un crucifix, l'autre sur celle d'un clerc qui l'exhortait à la confiance. Des commères et des filles follieuses, pour une fois unies, consolaient les veuves et les mères. Menés par des manants, deux destriers revenaient à l'écurie, leurs jambes tremblantes chaussées de sang. L'un des chevaliers traversa la rue.

— Viens-tu Aimery ? dit-il. Nous devons tenir conseil.

Indifférent à cette injonction, Rochechouart ôta ses gantelets.

— Je devine que le temps vous presse, mais laissez-moi vous retenir un tantinet pour vous dire que Blandine sait que nous repousserons les Anglais.

C'était une affirmation si fausse que Tinchebraye et Joubert en sourirent. Touchant l'anneau que la pucelle lui avait remis avant leur séparation, Ogier sentit sa quiétude lui échapper :

— Rien, messire, ne résiste aux Anglais et à leurs suppôts de Gascogne. C'est pourquoi je veux mettre Blandine hors d'atteinte de leurs appétits, si vous comprenez ce que je veux dire !... Et le pourrais-je que j'emmènerais toutes les femmes, pucelles, et les enfants, garçons et filles... Et les nonnes aussi. J'ai vu comment ils célébraient leurs victoires !

— Blandine est en sûreté, vous dis-je !

Rochechouart paraissait soudain à son aise dans son écorce de fer, mais révélée par le passage d'une torche que brandissait un sergent, l'excessive pâleur de ses joues infirmait cette assurance. Il eût probablement suffi qu'un guetteur criât : « *À l'arme !* » pour que sa hautaineté se décomposât. « Il ne triche[1] que lui-même... Il m'avait détesté ; désormais il me hait ! » Le nom de Blandine, dans sa bouche, perdait toute sa séduction. Et voilà qu'il se courrouçait :

— Vous avez été hardi, j'en conviens. Il me plaît d'ajouter que vous avez été bien chanceux !... Mais comment ferez-vous pour quitter ces murailles ?

Ogier eût voulu trouver cet homme-là méprisable ; il ne le pouvait. Même si la sortie des Poitevins apparaissait comme un coup de folie décidé à son instigation, Rochechouart y avait engagé sa renommée, sa vie et de nobles espérances. En outre, sans cette action déraisonnable, jamais Joubert, Tinchebraye et lui-même n'eussent pu accomplir leur dessein. C'était par respect pour cette appertise néfaste à ses participants, mais favorable à ses amours qu'il conservait d'ailleurs, face à ce présomptueux, une courtoisie non feinte. Qu'elle l'exaspérât, c'était l'évidence. S'il manquait de sens rassis, Rochechouart semblait fort bien pourvu en volonté : il *voulait* Blandine, donc il fallait qu'elle demeurât en ville. Croyait-il vraiment qu'il saurait la défendre — s'il vivait encore, et rien n'était moins sûr — quand les Goddons et les Gascons se répandraient dans les rues ?

— Messire, le temps presse... Il me faut vous laisser.

— Je vous ai demandé comment vous partirez !

— Dieu et les Poitevins m'ont aidé à entrer. *Lui* seul favorisera notre fuite !

Et comme Rochechouart tapotait son épée, Ogier ajouta fermement :

1. « Il ne trompe que lui-même. »

— Il se peut que vous aimiez Blandine autant que moi. Et même davantage. Mais c'est à moi qu'elle a donné sa foi et cet anneau que vous devez connaître... Elle sera mon épouse, et voyez-vous, si elle y consentait, nous nous marierions cette nuit même !

Rochechouart tressaillit ; sa voix jusqu'alors forte devint suave :

— Et si je vous dénonçais comme espion ? Certains chevaliers, bourgeois, manants, étaient à Chauvigny lors des Pâques dernières. Ils n'ont pas oublié qu'au tournoi vous avez été châtié comme un malandrin, puis emprisonné à Angles !... J'ai su votre évasion... Avec un Anglais !... Et c'est pourquoi je peux...

« L'espion, tu pourrais le chercher de côté de Guichard d'Oyré », se dit Ogier, tandis que Tinchebraye, la main sur la prise de son épée, intervenait :

— Abstenez-vous de chercher noise à messire Argouges. Il jouit des égards du roi qui en a fait son champion au soir de Crécy... Hein, Joubert ?

— Notre sire Philippe lui a même remis une bourse afin qu'il puisse constituer la lance[1] à laquelle nous appartenons !

Soulageant toujours son épaule blessée, Joubert tremblait de douleur et d'irritation. Tout grand seigneur qu'il fût, Rochechouart, cette nuit, semblait à son niveau. Il lui sourit pour s'excuser de sa rudesse puis, avec une fermeté qui ressortissait au dédain :

— Hé oui, messire, c'est ainsi... Que Dieu, si je mens, me punisse !

Deux chevaliers, l'un barbu, l'autre moustachu, s'approchaient, serrant leur bassinet sous l'aisselle.

— Qui est-ce ? demanda le barbu.

— Ogier de Fenouillet, Étienne. Ne le reconnais-tu pas ?

Ogier n'émit aucune protestation, bien qu'il trouvât

1. Compagnie dont le nombre d'hommes variait selon la fortune du seigneur qui l'entretenait.

que Rochechouart exagérait. Tinchebraye et Joubert également.

— Celui, dit le moustachu, qui s'évada du châtelet d'Angle après avoir été accusé de moult turpitudes par la jeune folle de la baronnie de Morthemer ?... Pour ma part, Aimery, je n'y avais pas cru.

Ogier ne put se retenir de sourire : si Rochechouart avait voulu rallier ses amis contre lui, il en était pour ses frais.

— Mon nom, messires, est Argouges. Et je suis natif de Normandie.

— J'allais vous présenter. J'ajoute que vous êtes le champion du roi, si j'en crois vos soudoyers...

Ainsi, les lèvres retroussées sur un peu de blanc, Rochechouart avait l'air avenant : la présence de ses pairs lui faisait obligation d'avoir cette contenance, mais au fond de lui-même, il brûlait de fureur.

— Jusqu'ici, dit le barbu, notre sire Philippe n'avait aucun champion.

— C'est vrai. Mais depuis que j'ai outrepercé Blainville en sa présence...

— C'est vous qui l'avez occis ! Nous savions qu'il était mort, mais nous ignorions comment.

— Je l'ai châtié, messires, pour moult amises [1], preuves en main, au soir de notre échec à Crécy... C'est ainsi que le roi m'a baillé sa confiance.

Les regards ahuris échangés par ces hommes valaient mieux qu'un compliment. Le moustachu, petit et rondelet, et qui semblait étouffer sous ses fers, soupira de plaisir ou d'admiration :

— Je vous envie d'avoir meurtri cet orgueilleux ! Il était déplaisant et pervers et oncques ne vit bâtard plus injustement favorisé par son suzerain.

Essuyant du bout des doigts sa cubitière dextre comme si quelques poussières eussent terni du velours de Venise ou de Gênes, il prit sa voix de Cour :

1. Mauvaises actions.

— Je suis Jacques de Bourbon, sire de Leuze, lieutenant du roi [1]... Vous avez pu entrer, c'est bien. Vous prêterez tous trois votre aide à nos gens d'armes que je dois délaisser pour quérir des renforts !

Outre qu'il n'en était plus temps, ces renforts n'existaient pas, mais c'était un prétexte pour quitter la ville. Comment, sinon par un souterrain.

« J'ai grande suffisance de navrures et occisions, moi, Argouges ! Je suis venu pour Blandine, rien d'autre ! »

Ignorant Rochechouart, Ogier demanda :

— Avez-vous, messires, perdu moult chevaliers dans cette sortie ?

— Les deux Berland, répondit Bourbon et aussi Amaury de Lôme... Je l'ai vu tomber après qu'il eut reçu un taillant à la tête.

Ce trépas réjouit Ogier : Lôme était un malandrin. Il eût pu dire : « Voilà qui m'évitera de l'occire ! » Il s'épargna ce commentaire. Ces trois chevaliers pouvaient avoir eu de l'amitié pour cet homme avant tout dévoué à Blainville.

— Argouges est entré à la faveur de notre sortie, dit Rochechouart.

— Qu'êtes-vous venu faire ? demanda le barbu qui semblait peu enclin à parler.

— Chercher pour l'épouser la pucelle que j'aime.

— La fille Berland, dit Rochechouart.

La *fille* ! Le mot devenait soudain vil dans la bouche de cet envieux. Il eût dit aussi, sans en varier le ton, *ribaude* et même *pute*. Tandis que Jacques de Bourbon dévisageait Rochechouart comme s'il ne le reconnaissait plus, Ogier eut tout loisir d'apaiser son courroux.

— La cité est cernée, soupira Jacques de Bourbon. Je crains que vous n'en puissiez sortir...

1. Sitôt après le départ des Anglais, il allait relever les murailles détruites dont Guy de Forez, son successeur, organiserait la défense.

Il allait s'escamper, lui, Bourbon ! Quand et comment ? Renonçant à exprimer cette pensée et même à ajouter : « *Emmenez-nous* », comme il s'y attendait peut-être, Ogier s'inclina :

— Je ferai pour le mieux.

— Je ne sais, dit Rochechouart, comment vous quitterez cette enceinte...

« Il espère que je parlerai de souterrain pour s'ébaudir un bon coup. Je vais le décevoir en n'en disant mot. Mais je suis sûr, maintenant que je sais que Bourbon va s'enfuir, que ce souterrain existe ! »

— ... et soyez assuré que s'il advenait malheur à Blandine...

— Vous voulez dire à la *fille* Berland ? dit Ogier en écartant, d'un mouvement des bras, cette menace inutile.

Puis, s'adressant aux deux chevaliers :

— Le malheur dont parle messire Rochechouart est entré dans cette cité où des nobles au commun, ceux qui vivent encore pleurent les morts, les disparus... et même cette main, entre les vantaux, qui est à personne et à tous ! Si vous connaissez un souterrain pour évacuer les femmes, pucelles et enfants, je vous conseille de les y faire entrer sans retard... Je vous vois sourire, Rochechouart, car vous pensez que j'en profiterais avec mes compagnons et Blandine... Sachez qu'en Beauvaisis et Ponthieu, j'ai vu ce dont les Goddons sont capables... Quant à moi, je n'ai, depuis mes enfances, toujours compté que sur moi-même et sur la bienveillance de Dieu !

La voix d'Ogier tremblait de malerage. Les trois hommes en furent ébaubis. Sans doute l'avaient-ils cru découragé par l'énormité de son entreprise. Brusquement, Bourbon et son compagnon peu disert s'en allèrent sans un salut ni même un souhait de bonne chance. « *J'ai aggravé leur peur !* » Rochechouart soupira :

— Vous dites vrai : Poitiers peut devenir l'enfer... et *ils* le savent !

Ogier lui sut bon gré d'avoir pressenti le cheminement de ses pensées. Et c'était une chose curieuse que, même absente, Blandine, en ce moment même, après les avoir si formellement opposés, eût mis un terme à leur courroux.

— Faites pour le mieux, Argouges... et que Dieu vous protège tous ! Un souterrain existe, en effet, mais j'en ignore l'accès.

Ogier sourit. Sans rien lui retirer de sa détestation, Rochechouart lui accordait sa confiance. Comme son cœur devait saigner ! Passion toute charnelle, sans doute, que celle qu'il vouait à Blandine, sans quoi jamais il n'eût employé le mot *fille*.

— Faites pour le mieux, vous aussi, Rochechouart... Il vous faudrait bien mille lances pour espérer repousser ces démons... Vous ne les aurez pas... Adonques, mieux vaudrait essayer de traiter avec Derby que de céder, finalement, à ses assauts.

— Jamais.

— Il faut parfois savoir s'incliner par sagesse : vous avez des milliers de vie à protéger et je...

— Jamais !

— À votre aise... Je ne suis pas à votre place, et peut-être, y étant, répondrais-je comme vous... Soyez assuré que si nous ne pouvons abandonner la ville, mes compagnons et moi serons à vos côtés.

Tinchebraye approuva de la tête, Joubert grimaça en lâchant son épaule, et comme Rochechouart faisait un pas, Ogier le retint par sa cubitière, le dissuadant ainsi de lui faire un brin de conduite :

— Non, messire : demeurez... Outre que je connais le chemin des halles, il me semble que les Anglais remuent un peu trop... Oyez leurs cris... Défiez-vous qu'ils ne donnent l'assaut bientôt... Allons, venez, les gars... Tinchebraye, soutiens Joubert.

— Que Dieu vous garde, dit Rochechouart.

— Qu'Il vous protège toutes et tous[1] !

1. Il existait plusieurs souterrains mais les assiégés n'y eurent pas accès. Cinq hommes que la peur n'eût pas dû contaminer en utilisèrent au moins un : quatre barons et un évêque dont les noms nous sont inconnus. Et pour cause !

Bien que — seules — les *Grandes Chroniques* prétendent que Derby prit la ville « *sans bataille et sans labeur* », ce fut un bref et terrible siège. La cité tomba le mercredi 4 octobre après une résistance d'un jour. De nombreux habitants, lors de l'encerclement ennemi, avaient voulu fuir par les portes encore libres, six cents d'entre eux furent massacrés.

La conquête commença par le sac et l'incendie du Palais des Comtes et du quartier de la Regratterie. Ensuite, ce fut l'horreur : hommes, femmes, enfants furent occis et avant, comme à Saint-Maximien, Montreuil-Bonnin et ailleurs, *les bourgeoyses furent violées* (Jean le Bel et Froissart). Mais ce ne fut pas tout, la cité était riche : « *peu de villes comptaient dans leur enceinte un si grand nombre d'églises et de monastères* », constate P.-Henri Denifle OP (*La désolation des églises, monastères, hôpitaux en France vers le milieu du* XVe *siècle*, Paris, 1897). « *Les livres, les calices, les ornements, les reliques, l'argenterie, tout fut emporté* » lors d'un pillage monstre accompagné d'incendies, et toutes les églises furent ruinées comme l'avaient été celles de Normandie, Beauvaisis et Ponthieu avant et après Crécy. On peut s'interroger sur les raisons de cet acharnement envers les lieux saints : il était le fait de chrétiens, sujets d'un roi catholique.

D'après Jean le Bel et Froissart, Derby avait défendu sous peine de la hart (le gibet) ces excès. Il demeura douze jours à Poitiers, dévastant tout alentour notamment Châtellerault. Chauvigny fut un moment convoitée, mais il semble qu'aucun combat pour sa possession n'ait été engagé : les cinq châteaux colossaux de la cité en imposèrent aux Anglais. Derby, satisfait, se dirigea vers Montreuil-Bonnin et Saint-Jean-d'Angély où il eut l'imprudence d'offrir aux dames de la noblesse et de la bourgeoisie qui peut-être avaient subi les ardeurs de ses barons et alliés de Gascogne, les bijoux volés aux malheureuses femmes et jouvencelles de Poitiers. Ensuite, la conscience, tranquille, bien qu'il eût ruiné 52 paroisses et 10 moutiers, il chemina vers Bordeaux en passant par Plassac (30 octobre). Ce grand bataillard décida de se rendre à Caluis, comme son compère Gauthier de Masny, qui avait été fait prisonnier à Orléans, puis relâché sur les bords de la Garonne. Il repartit alors pour l'Angleterre et arriva à Londres le jour de la Saint-Hilaire : le 14 janvier 1347.

Il convient d'ajouter qu'aux excès des Anglais, à Poitiers, se juxtaposèrent ceux des Poitevins. Ainsi rançonnés et jetés en prison par les premiers, le citoyen Caut et son épouse ne purent voir (mais l'apprirent ensuite) leurs voisins *et leurs parents* se livrer au pillage de leur patrimoine (blés, deniers, vins et même lettres). Ce fut surtout parce qu'ils

Ogier fit quelques pas. Ses hommes le suivirent en vitupérant l'indifférence d'un Dieu qui semblait accorder uniquement son soutien aux Anglais.

— Allons, leur dit-il, conservez votre ayr[1] pour le retour. Si ce n'est Dieu qui nous aide, ce sera messire saint Michel.

Il n'osait se demander comment, par quel miracle il entraînerait Blandine et ses soudoyer hors des murs. Sa confiance et sa raison s'étaient évaporées. Il lui fallait retrouver la jouvencelle. Ensuite, tout se clarifierait.

Terne comme un vieux couvercle de marmite, le ciel de suie pesait sur la cité. Çà et là, des ombres passaient sans qu'on pût entrevoir sur l'une d'elles l'éclair rassurant d'une arme.

— Les pauvres, dit Tinchebraye.

Certes. On sentait à voir ces fantômes glisser furtivement dans la nuit qu'ils manquaient de vigueur et de férocité. Bientôt, la mort les viendrait adouber. Comme les chevaliers, écuyers et soudoyers submergés par le nombre et la fureur des ennemis, ils connaîtraient l'angoisse et la souffrance. Présentement, ils se dissolvaient dans les ténèbres avant que de se dissoudre, vaincus, dans la terre.

— Allons, mes gars, du nerf !

— Ça manque point, dit Tinchebraye.

Sa voix débordait de haine. Une haine d'ivrogne — presque — envers tous ces Goddons qui l'avaient effrayé.

— Ça commence à me manquer à moi, dit Joubert.

Et presque aussitôt repenti :

— Mais dit-on pas que la faim vient en mangeant et la forcennerie en taillant de la chair en pièces ?

Il semblait ainsi s'encourager lui-même.

avaient appris que les riches Poitevins avaient mis leur fortune à Châtellerault que les Anglais en entreprirent la conquête.

1. Colère.

III

Embrasée par les torches et les foyers anglais, la nuit, au-delà des murailles, semblait rose et légère. En deçà, elle encrait et pesait bon poids : seuls quelques pharillons suspendus aux carrefours dissipaient maigrement les ténèbres. Et les manants ayant depuis longtemps posé sur leur frayeur les verrous de leur porte et les barres de leurs contrevents, les maisons paraissaient mortes.

— Est-ce loin ? demanda Joubert en relâchant un peu son épaule.

— Sûrement pas... Blandine te soignera. Courage !

— Le courage, dit Tinchebraye, nous fait moins défaut que la confiance. Comment sortirons-nous ?... Bourbon le sait, lui !

— Crois-tu que j'aurais dû lui demander son aide ?

— Nullement : je vous sais capable.

Ici, la cité semblait dormir d'un sommeil quiet, mais ce n'était qu'une illusion : au-dessus d'un éboulement dû à quelque jet de perrière, des floches de fumée dégageaient des odeurs de poussière et de feu. Sur le pavement encombré de débris de tuiles et de moellons, un reflet de lune s'effilochait.

— Ça empunaise : il y a sûrement des corps sous ces gravois.

— Il se peut, Joubert... Oyez, compagnons : on

vient ! Des pas nombreux... Rangeons-nous contre ce mur... ou ce qu'il en reste !

Une compagnie passa, ombres rousses en marche vers les murailles, écrasant sous leurs semelles des nacrures de verre arrachées aux fenêtres. Portés par des sergents, deux flambeaux allumaient des fleurs d'or aux tranchants des corsesques et des guisarmes.

— Venez, compagnons, dit Ogier quand la troupe fut passée. Je reconnais ces lieux.

Ils suivirent la cohorte où nul ne parlait puis s'engagèrent dans une voie plus large. On avait réuni des barils, des seaux et des brocs autour d'un puits en prévision d'autres embrasements. Il y avait même, entassées près d'un arbre décapité, quelques claies pour le dégagement des morts et des blessés.

— Les flammes et les grosses pierres sont terribles, dit Joubert. C'est pourtant de l'acier que les manants devraient songer à se garantir.

— Ils croient que Dieu les défendra, dit Ogier en montrant du doigt le seuil d'une église. Si confiant que je sois en Lui, je crains parfois qu'il ne soit anglais.

Agenouillés, des femmes, des enfants et des vieillards priaient. Des plaintes, des sanglots traversaient leurs murmures. Cette petite foule semblait confite en dévotion, mais l'angoisse rongeait les cœurs et les entrailles. Qu'adviendrait-il demain ? Vivrait-on comme *avant* ? Ou bien qui périrait ?

— Pourquoi n'entrent-ils pas ?

— La crainte, Joubert, que la nef ne s'écroule. Les engins ont craché pierres et feu grégeois ; les logis de ce quartier ont souffert, et les Goddons peuvent recommencer...

— Une église, messire, me paraît le plus sûr des asiles.

— Non, Tinchebraye. L'armée d'Édouard a ruiné, tu le sais bien, toutes celles qu'elle trouvait sur son chemin, du Cotentin au Ponthieu, sans épargner non plus les autres saints lieux... Si dix ou vingt Goddons pénètrent dans Poitiers en quelque endroit que ce soit...

Ogier s'interrompit, imaginant sans peine le torrent d'hommes forcenés jaillissant dans l'enceinte à la suite de ceux qui leur auraient ouvert la brèche. Les jeunes s'exciteraient, tuant les mâles et profitant pêle-mêle de leurs femmes et de leurs filles, parfois même de leurs garçons ; les vieux repus de viols et d'occisions s'acharneraient au pillage. Çà et là, de hautes flammes insatiables ajouteraient leur danse lugubre à la fête.

Les halles apparurent, immense bête noire à l'échine écailleuse givrée de poudre lunaire, et figée sur ses courtes pattes de chêne. Sous son ventre, un chien jappa puis s'enfuit, invisible. Les maisons du pourtour répercutèrent son cri, tandis qu'Ogier, allongeant le pas, désignait l'hôtel des Berland.

— C'est là, dit-il, le cœur battant.

— Y a quelqu'un, dit Tinchebraye.

Au milieu de la façade blême, entre les réseaux de plomb d'une fenêtre, une lueur tremblait. Était-ce la chambre de Blandine ?

— Il se peut qu'elle soit seule avec sa mère... Les vieux serviteurs eux-mêmes doivent avoir été requis à la défense... Venez...

Ogier poussa un vantail donnant sur une cour. Au fond, dans une écurie, un cheval renâclait et frappait du sabot : il avait vu partir ses compagnons ; il les attendait. Cette attente serait vaine.

— Elle va être tout ébaubie ! dit Tinchebraye.

— Et joyeuse ! ajouta Joubert qui n'aimait jamais être en reste.

Après avoir monté les marches du perron, Ogier frappa du poing sur la porte.

— Qui va venir ? chuchota-t-il.

Collant son oreille contre le bois façonné en panneaux fleurdelisés, il entendit des pas. Une voix qu'il reconnut demanda : « *Qui va là ?* » Il se redressa :

— Ouvrez sans crainte, dame Berland. Nous sommes trois et venons en sauveurs.

L'huis tourna lentement sur ses gonds.

— Vous !

Indignée par la présence de ce dérangeur à la cuirasse et sarrau sanglants qui, six mois plus tôt, avait fait scandale aux liesses de Chauvigny, la mère de Blandine voulut se clore ; Ogier l'en empêcha aisément :

— C'est moi. Je me justifierai plus tard car le temps presse : avant l'aube ou de bon matin, Poitiers tombera au pouvoir des Anglais.

Bien qu'elle eût laissé découvrir dans son regard une détresse manifeste, dame Berland se regimba violemment :

— Qui a pu vous faire accroire que notre bonne cité tombera ?... Aimery de Rochechouart assisté de mon époux et de toute la bachelerie [1] présente en nos murs la défendront avec cœur !... Et mon fils, Herbert, y sera lui aussi [2] !

Enfin, elle en parlait ! Fallait-il ruiner cette certitude, ou celle-ci n'était-elle due qu'à un ultime sursaut d'outrecuidance dissimulant une frayeur bien légitime ?

— Dame, j'ai appris par Rochechouart que vous avez un fils. Est-il couard pour que je n'aie pas eu le

1. Chevalerie, vaillance.

2. Seigneur des Halles de Poitiers et du fief de Tessec, près de Chauvigny, Herbert Berland se maria deux fois. La première, vers 1320, avec Tiphaine Ogier, fille de Jean Ogier, clerc de Vivonne, et de Jeanne Cheville ; la seconde avec Philippe (ou Philippa) Lanière. On ignore la date du décès de Tiphaine Ogier ainsi que celle du remariage d'Herbert Berland, mais on sait qu'il fit, le 2 juin 1326, un testament par lequel il instituait son fils l'héritier de tous les biens de feue Philippe Lanière. Il fit également des legs à plusieurs églises. Les tables des manuscrits de dom Fonteneau, contemporain des Berland, révèlent qu'un des deux fit, à la mi-juin 1356, un testament en faveur des Augustins de Poitiers dont il était le fondateur (14 août 1345). Le 18 septembre 1356, le fils ordonna que les dettes de son père et de feue Philippe Lanière fussent payées et élit sa sépulture en l'église des Augustins de Poitiers.

plaisir de l'affronter en champ clos ?... Vous ne répondez pas ? Soit... Quant à la confiance que vous faites à la prud'homie poitevine, sachez-le : Vous parleriez différemment si vous aviez eu accès, cette nuit, aux murailles !

Dans ce visage fin, enlaidi par une fierté presque aussi intolérable que celle de messire Berland, les joues, les pommettes avaient la pâleur des deux chandelles qui, sur un bahut, jetaient en ce vestibule une clarté dansante et trouble.

— Mon fils, aux dernières Pâques, n'était ni à Chauvigny ni à Poitiers. Mais l'eussiez-vous affronté qu'il vous aurait bouté hors des arçons !... Et sachez-le, je n'ai nul besoin de monter en haut de quelque tour ou quelque courtine : mes serviteurs vont et viennent des parois de l'enceinte à cet hôtel où votre présence est insupportable !

Elle s'était apprêtée pour la nuit, serrant ses cheveux roux dans une cramignole noire d'où, pourtant, ils sortaient par bribes. « Inchangée, sauf cette peau blanche de peur ! » Et tout en avançant d'un pas, Ogier retrouva ces yeux gris-vert hautains, cette bouche sévère qui jamais n'avait su rire de bon cœur, ce petit menton pointu où perlait un bouton de fièvre.

— Dame, ne croyez pas qu'une petite chevalerie fera grand mal à Derby et ses hommes ! Elle était immense à Crécy et s'est fait occire par des hurons ! Mes compagnons et moi en pouvons témoigner !

— Hé oui, dit Tinchebraye en invitant Joubert à s'asseoir sur un banc tout proche.

Dame Berland frémit de cette audace. La pénombre la faisait paraître plus grande, plus charnue. Ogier fit un dernier effort de courtoisie :

— Dame, lorsque Derby et ses malandrins entreront en ville, Rochechouart et ses pairs ne pourront rien contre cette effoudre [1] ! Quant à vous, il sera trop tard

1. Tempête, ouragan.

pour adjurer le Ciel... et les Goddons et Gascons de vous épargner. Ils vous passeront sur le corps et vous occiront ensuite... Si cette fin vous paraît enviable, la souhaitez-vous pour votre fille ?

Les lèvres de dame Berland, pincées, se voyaient à peine, et sous ses cils battants ses yeux étincelaient. Elle se voyait nue, hurlante et impuissante à se délivrer des mains de la truandaille. Une colère l'empourpra, due sans doute à la façon dont Tinchebraye l'observait et qu'elle eût dû, pourtant, trouver agréable.

— Dame, insista Ogier, je crains que les échelades ne commencent maintenant... Votre cité, en maint endroit, est petitement défendue. Je sais...

— Je sais, moi, qu'Aimery...

Ogier n'entendit pas le reste : elle avait prononcé Aimery avec une ferveur singulière. Si Blandine n'aimait pas Rochechouart, sa mère l'affectionnait pour deux. Courroucé, frottant sur sa cuirasse sa paume poisseuse de sang, Joubert s'indigna :

— Dame, vous semblez plus têtue qu'une mule !... Vous ne savez pas de quoi vous parolez ! Nous avons mis nos vies en péril pour vous proposer notre aide. Je commence à en avoir du regret !... Allez quérir votre pucelle et trouvons le moyen de quitter cette ville... Par ma foi, si vous voulez y demeurer, c'est que votre époux ne vous contente guère et que l'idée de voir et sentir vingt ou trente gars vous... vous foutre l'un après l'autre... ne vous est pas désagréable !

Un frisson parcourut ce corps seulement vêtu d'une chemise sous la garnache [1] de velours vert dont les pans s'effrangeaient. « Oui », se dit Ogier, « ces nobliaux ne sont pas si riches qu'ils voudraient le donner à penser. » Il en fut réconforté : Blandine était vraiment digne de lui. Et comme la mère de la jouvencelle, scandalisée par les propos du pennoncier, promettait à

1. Sorte de chasuble à fentes latérales.

celui-ci un châtiment à la mesure de son irrévérence, Tinchebraye s'ébaudit :

— Qui le lui donnera ?... Votre époux ?... Or donc, sachez-le, dame : il était dans une sortie qui n'a servi à rien d'autre qu'à nous permettre d'entrer... Il n'en est pas revenu... Et pour tout vous dire, votre fils en était aussi !

Le grand Normand s'était peu soucié du coup d'œil réprobateur d'Ogier. Quand, éplorée, dame Berland se tourna vers lui pour obtenir confirmation de ce qu'elle venait d'entendre, il eut un mouvement d'impuissance et de gêne :

— S'ils n'ont pas été occis, ils sont otages... En donnant aux Goddons l'assurance que leur vie vaut quelques sacs d'écus d'or, soyez quiète : ils vous reviendront... Il se peut aussi qu'en échange de leur liberté, Derby leur demande quels sont les lieux de l'enceinte où les assauts de ses hommes seront aisés...

Ogier s'attendait à des sanglots de désespérance et d'effroi, or le visage de la Poitevine se figea dans une expression dédaigneuse qui lui rappela, aussitôt, celle de son époux. Il jeta un regard sur les murs. Des épieux, vouges, corsesques, et au-dessus, deux massacres de cerfs dix cors témoignaient que l'homme vivant là poignait fermement et fièrement toutes sortes d'armes. Et son fils ? Il avait pensé qu'il frémirait d'aise en entrant dans cette maison dont les aîtres, les ombres et les clartées assistaient à la vie de Blandine, marquant celle-ci comme elle les touchait, elle, ne fût-ce que de son haleine et de sa senteur ; il n'éprouvait qu'une impatience froide : « *Que fait-elle ? Pourquoi ne vient-elle pas ?... A-t-elle fui avant notre venue ?* » Mais des pas vifs touchaient un escalier de pierre ; il se retourna et tressaillit :

— Blandine !

Elle était là ! Le bonheur, la surprise et le soulagement donnaient à ses traits une expression qu'il ne leur connaissait pas.

Insoucieux des protestations de dame Berland, il étreignit la jouvencelle, et tandis que son regard se perdait dans ce visage livide, embelli d'amour et d'ébahissement, ses craintes folles se dissipèrent :

— Je ne saurais vous dire combien je me merveille de vous revoir !

Dame Berland, furieuse, lui tapa du poing dans le dos :

— Lâchez-la !... Cessez donc !... Ce sont des façons de manant !

Joue contre joue, puis lèvres contre lèvres ; mais les coups redoublaient. Joubert et Tinchebraye empoignèrent la gêneuse, avivant ainsi son courroux et ses admonestations à Blandine qu'elle traitait, faute de mieux, de fille follieuse, ce qui mit le pennoncier en joie :

— Dame, cessez de glapir ainsi !... Souvenez-vous de vos amours lors de votre jeunesse prime !... Ce sont les meilleures de toutes.

— Voyez comme il la touche... avec ses pattes sales !

Tandis que ses compagnons s'ébaudissaient, Ogier libéra la pucelle et, lui montrant ses mains :

— J'aurais pu tacher votre robe avec du sang goddon ou gascon... Il n'en est rien et j'en suis bien aise car nous avons dû batailler pour venir vous chercher.

D'elle-même, Blandine reprit leur étreinte, et c'était une sensation prodigieuse, en pleine action guerrière et grand danger de mort, que ce nouveau baiser prompt, presque sévère, qui scellait leurs retrouvailles. Sans mot dire Ogier berça, rassura la pucelle, et cet enlacement menaçant de durer, Tinchebraye y mit un terme.

— Messire ! Messire !... Et vous, damoiselle !... Vous aurez tout le temps de vous mignoter dans les jours à venir si nous parvenons à nous embler [1] !

Ogier libéra Blandine et lui baisant le bout du nez :

1. Enfuir.

— Il a raison.

— J'avais peur... J'ai prié, prié... Dieu est bon !

— M'amie, j'en conviendrai si nous quittons la ville !

Teinté par l'émeraude de la robe, le long écheveau de la coiffure couleur d'automne s'imprégnait du reflet des flammes, et l'émoi qui privait les joues de tout leur rose avivait le vermeil de la bouche entre-close sur des dents dont l'éclat eût fait ternir les perles. Et ce regard de confiance éperdue entre les cils battants ! Il était à la fois récompense et promesse. Jamais regard plus sincèrement aimant ne s'était arrêté sur lui, Ogier !

Tout aussi merveillé que lors de leur première rencontre, il se dit que cette jouvencelle était trop belle, d'un charme tellement achevé joint à une qualité d'esprit si parfaite qu'il ne la méritait peut-être pas. « Nous nous aimons ! » Malgré cette évidence, il se sentait l'âme en peine.

— Je n'ai pas taché votre robe de mes mains, mais il y avait du sang sur ma cuirasse... Et je vous ai serrée très fort : voilà un vêtement qu'il vous faut changer...

— Qu'importe !... Quand nous avons appris l'approche des Anglais, je leur ai demandé à tous de partir pour Chauvigny... Ils ont refusé.

— Fuir, ma douce, n'était pourtant pas couardise mais sagesse... Vos parents auraient dû le comprendre !... Fuir maintenant est une nécessité, bien que je ne sache comment !... Nous serons en sauvement à Chauvigny.

Tourné vers dame Berland, Ogier retint malaisément un sourire : la peur qui n'avait cessé de se développer en elle semblait avoir aminci son orgueil et sa défiance à son égard.

— Dame, venez aussi... Je me tourmenterais de vous savoir en cet hôtel tandis que nous serons à l'abri.

Prompte et douce, Blandine jeta ses bras autour du cou ceint d'acier. Son étreinte fut cette fois si serrée que ses cheveux se répandirent sur l'épaule d'Ogier dont la saye d'armes avait été lacérée par un taillant qui sans doute, à l'acuité de la brûlure, avait ouvert profondément la chair.

— Vous êtes bon... Il a raison, mère... Vous savez combien j'ai foi en lui.

Blandine avait dénoué son étreinte. Ainsi, bras ballants, elle semblait se livrer aux volontés maternelles, mais son front haut, ses yeux fixes et brillants révélaient un défi plutôt qu'une soumission filiale. Pareille contenance dut paraître la suprême injure faite à cette femme de nouveau tout aussi acerbe et maussade dans la détresse qu'elle l'avait été dans la quiétude des jours de paix :

— Cet effronté qui te mignote et que tu mignotes avec une répugnante outrance !

— Répugnante, non, dit Joubert.

— Seriez-vous jalouse ? demanda Tinchebraye. Vous feriez mieux, l'une et l'autre, d'emplir chacune un bissac avec ce que vous avez de plus cher... Faut pas s'attarder ! Ou vous suivez, dame, votre pucelle, nous-mêmes et le chevalier...

— Chevalier ! ricana dame Berland les bras croisés, le menton haut, la bouche un peu tordue, frémissante. Chevalier ! Après tout ce qu'on nous a rapporté sur lui !

Indignée par cette malveillance inattendue, Blandine saisit sa mère aux épaules et la secoua sans respect ni mesure :

— Vous le savez : Isabelle Dary a porté sur Ogier des accusations monstrueuses ! Qui donc allez-vous croire ? Cette folle qu'on a retrouvée occise d'un coup au cœur dans les eaux de l'Anglin ou moi, qui m'en suis et en demeure enamourée !

La fureur et l'impatience enténébraient le regard de la pucelle. Ce ton coupant, autoritaire, lui seyait mal, mais Ogier l'admira : « Comme elle m'aime ! » se réjouit-il, tandis que dame Berland, courroucée, levait la main sur sa fille — une main que Tinchebraye arrêta :

— Dame, apaisez-vous !... Vous parolez comme au marché, et le temps presse !

— Lâchez-moi ! Mais lâchez-moi donc, huron que vous êtes...

Tinchebraye obéit.

— On s'attarde, messire ! enragea-t-il tandis que la querelle entre la mère et la fille s'envenimait :

— ... il s'est évadé du château d'Angle !... S'il n'avait pas craint le jugement de l'évêque et de ses assesseurs... et qui te dit, pour Isabelle...

Tirant Blandine de côté, Ogier, toute patience envolée, fit face à son accusatrice :

— Celui qui a occis Isabelle, c'est Raoul de Leignes... Quant à vos calomnies, dame, elles mériteraient, si vous aviez l'âge de votre fille, une fessée à s'en bleuir la main... et votre séant... Comme je vous dois le respect, comme je tiens surtout à ce que l'entente voire l'affection règne entre nous, je vous conterai tout cela par le menu un soir au coin du feu, lorsque nous serons hors de cette cité !... Sachez cependant que depuis mon évasion d'Angle avec une jambe rompue par Guichard d'Oyré, un malandrin que vous admirez peut-être...

Si Blandine avait tressailli d'horreur, sa mère demeurait insensible. Pour croiser son regard, Ogier, de l'index, lui remonta le menton. Il ne trouva dans ces yeux-là, cillant à peine, qu'une aversion sans doute incurable.

— Sachez, dame Berland, que j'ai fait du chemin. Le roi Philippe m'a nommé son champion, ce qui signifie qu'il a envers moi des égards auxquels ni votre époux ni votre fils ni votre si parfait Rochechouart ne pourront de leur vie prétendre.

— Dites-lui qui vous êtes !... Dites-le-leur ! insista Tinchebraye.

— Plus tard.

La main Ogier retomba. Dame Berland baissa la tête. L'allusion au roi l'avait ébahie. Le regret — peut-être le remords — engourdissait sa colère.

— Je me suis emportée... Depuis hier, nous vivons sur les nerfs...

Blandine la saisit par l'épaule et la baisa au coin de l'œil.

— Oublions, mère... Oublions...

Ogier trouva qu'on avait suffisamment disputé :

— Dame, si vous tenez à la vie autant que votre fille, assemblez, vous aussi, ce à quoi vous tenez le plus dans un bissac. Et pour fuir aisément, je vous adjure l'une et l'autre de passer des habits d'homme... Ils ne doivent pas manquer céans !

Dame Berland frémit mais n'osa se regimber. Blandine avait acquiescé : pour elle, Ogier justifia son propos :

— Une robe s'accroche et accourcit les pas... Et comment courir si vous y êtes obligées ?... Votre pudeur et votre corps seront préservés, croyez-moi !... Et nos yeux seront davantage portés autour de nous que sur vos personnes !... Allons, hâtez-vous : l'assaut de ces démons ne saurait tarder... Il nous faut sortir de cette cité...

Tourné vers dame Berland, il prévint une objection :

— Peut-être pensez-vous que mes compagnons et moi devrions nous employer à la défense de Poitiers plutôt que de vouloir en sortir... Quelque chagrin que je puisse vous faire, cette ville est condamnée... J'avais prié Blandine, aux premières rumeurs d'invasion du Poitou, d'aller chercher refuge à Chauvigny...

— C'est ce que j'ai voulu faire ! Certains de repousser les Anglais, père et son fils se sont indignés... Aimery également...

Elle avait dit « *son fils* » et non « *mon frère* » et appelé Rochechouart par son prénom. Ogier trouva là un double achoppement pour son esprit déjà tourmenté. Il parvint mal à recouvrer son assurance.

— Hâtez-vous !... S'il vous déplaît, dame, de vous vêtir en homme, dites-vous que d'autres femmes, épouses et mères, n'y ont vu nul inconvénient : Jeanne de Montfort et Jeanne de Clisson. Et croyez-moi : quand Édouard III s'en vient ruiner notre royaume et qu'elle le remplace contre les Escots[1], Philippa d'Angleterre porte un harnois de guerre...

Et brusquement :

— Connaissez-vous un souterrain ?

— Oui.

Réponse nette, inattendue. Ogier sentit son cœur battre plus fort tandis que Tinchebraye poussait un « ouf ! » sonore et que Joubert, lâchant sa blessure, se penchait en avant :

— Est-il loin, dame ? Est-il loin d'où nous sommes ?

— Sous l'église de Moustier-Neuf. Le chantre, Guillaume, était un de mes cousins. Nous y sommes allés un jour... Il y a plus de vingt ans... Nous étions jeunes...

Assurément, dame Berland regrettait ce temps-là. Qui était-elle vraiment ? Pourquoi aimait-elle son fils plus que sa fille ? Car en dépit de ses admonitions à Blandine pour la préserver d'un mariage indigne d'elle, ses préférences allaient à Herbert le Jeune. Pour le moment, elle posait l'extrémité de ses doigts sur sa bouche : aucun doute, elle réprimait un sourire.

— J'y ai fait quelques pas. La voûte depuis lors s'est peut-être rompue.

« Quelques pas ou faux-pas ? » se demanda Ogier.

— Ce souterrain, dit Tinchebraye, doit passer sous la rivière.

— Tout près du pont de Rochereuil, selon Guillaume.

— Allons quérir votre cousin. Il nous en montrera l'accès.

1. Les Écossais.

— Guillaume est mort depuis cinq ans.

Jouissant de la déconvenue de l'arbalétrier, dame Berland ajouta :

— Je l'ai vu procéder... Il suffisait de déplacer l'autel... Pour cela, il y a un pilier tout proche, et qui porte un saint Éloi de bois peint... Il fallait tourner la main dextre de la statue et appuyer sur un bouton de sa chasuble.

— Bien ! dit Joubert avec un mouvement qui lui tira un grognement. Il faut aller là-bas en souhaitant que le Seigneur nous protège tous les cinq !

— Cette église, dit Ogier, doit être pleine. Souhaitons...

— Souhaitons, messire, que ce saint Éloi soit toujours là... avec sa serrure !

Tout à coup, Tinchebraye semblait saisi d'angoisse. Ogier enragea de ne pouvoir emmener, si ce souterrain demeurait en état, des femmes, pucelles et enfants. Était-ce par cette issue que Jacques de Bourbon s'enfuirait ? Il soupira et le sourire tremblé que Blandine lui adressa n'allégea en rien sa mélancolie. « Cette galerie peut être bouchée... Des Goddons peuvent en avoir trouvé la sortie... » Allons, il n'allait pas céder au découragement !

— Dame... Blandine, hâtez-vous de vous vêtir comme il sied... Une fois apprêtées, vous nous donnerez deux flambeaux, des briquets, quelques poignées d'étoupe... Il nous faut aussi une pelle et une barre de fer afin de nous ouvrir la voie si la voûte s'est effondrée et nous empêche l'avance...

— Et si vous ne pouvez nous ouvrir une voie ?

Dame Berland faisait de gros efforts pour sauver une apparence de fermeté, mais elle était livide ; Ogier n'osa augmenter sa frayeur :

— Si, à la malheure, nous devions renoncer, nous resterions enterrés le temps que les Goddons s'en aillent : ce sont des malandrins de passage... Avant que nous quittions cette demeure, vous donnerez quelques vitailles à Tinchebraye.

— Tout ceci me paraît plein de périls...

— Je ne saurais le nier, dame... Si vous étiez allée à Chauvigny, vous seriez bien quiète.

Ogier s'interrompit et tendit l'oreille :

— Oyez ! Les perrières recommencent à cracher... Hâtez-vous toutes deux... Où avez-vous des linges et des charpies pour que je soigne mon pennoncier ?

Dame Berland désigna une armoire :

— Là-dedans.

*
* *

Saturée de menaces et de fureurs latentes, la nuit demeurait inchangée. Pleine — trop pleine — d'incertitudes et du vacarme des perrières.

— Faut agir vélocement, dit Tinchebraye sans montrer la moindre hâte ni la moindre émotion.

Dame Berland suivait à petits pas cet ours mal léché. Derrière, Joubert haletait exagérément. Ogier, la main de Blandine incrustée dans la sienne, se laissait dominer par des songes heureux. Dieu lui avait permis de revoir la pucelle. Ils se trouvaient donc, elle et lui, sous Sa protection. Il devait s'accrocher à cette certitude.

Il n'osait parler. Blandine, confiante, avait adapté son pas au sien. Leur silence, s'il était le même, devait différer par les flots d'images que leurs mémoires déversaient dans leurs têtes. Rien de tel que l'angoisse pour susciter et accroître les remembrances. La jouvencelle, sans doute, se voyait délivrée de cette demeure des halles où elle avait vécu plus de jours mornes que de jours heureux. Quant à lui, ce n'étaient point des images du passé qui le hantaient mais des scènes de leur devenir, lorsqu'ils seraient mari et femme et n'auraient de cesse de se prouver leur amour.

— J'ai peur, dit-elle à mi-voix.

Elle avait conservé son visage de Chauvigny : cet éclat, cette luminosité de chair et de sourire — car elle souriait, malgré cette crainte avouée, tant sa confiance en lui, Ogier, demeurait intacte.

— Ne craignez que Dieu, dit-il. Et pour cette nuité je le crois avec nous.

— J'aimerais bien pouvoir en dire autant ! grincha Tinchebraye.

— Et moi donc ! gémit Joubert.

Deux grands vantaux apparurent. Des hommes et des femmes de pierre en ornaient les contours. De misérables lambeaux de lueurs nocturnes semblaient barbouiller de craie leurs faces austères.

— C'est là, dit dame Berland.

De l'épaule, elle pesa sur un vantail qui s'ouvrit en miaulant.

— Faut un flambeau, dit Tinchebraye.

— Il y a des cierges allumés, répliqua aigrement la mère de Blandine. Sachez vous en contenter.

— C'est bien ce que je vais faire, grommela le Normand. Je sais quand et comment tenir une chandelle et si vous l'ignorez, je veux bien vous l'apprendre.

IV

Sous les voûtes aux cintres changeants, bosselés ou hérissés de pendeloques crayeuses, aussi longues, parfois, que des poignards, la froidure devenait insoutenable. Serrant plus fort Blandine contre son flanc, Ogier l'encouragea d'un sourire :

— On se croirait en plein mois de décembre.

— Messire, dit Joubert, pour avoir chaud au cœur, il suffit de croire à la bonne issue — c'est le cas de le dire ! — de notre entreprise.

Dame Berland, qui le suivait, trébucha. Tinchebraye la soutint par la taille :

— Holà ! gardez-vous de vous rompre une jambe : nous ne pourrions vous porter aisément...

Ils allaient le dos rond, la tête penchée, derrière le pennoncier porteur d'une torche et d'une gibecière emplie de nourriture. Ils pataugeaient dans des flaques, heurtaient des cailloux, glissaient de loin en loin sur l'échine aiguë du rocher. Les flammes débusquaient des fissures diamantées d'eau, des renflements lisses comme de grandes cuirasses noires et des fronces taillées par des pointes d'acier, émaillées de sueurs laiteuses. Les voix, dans ce caveau, prenaient des résonnements profonds, et seul Tinchebraye, la barre de fer à la main, le gros bissac de dame Berland de l'autre, semblait s'accommoder de l'humidité âcre de cette galerie qui peut-être, en un lieu, s'achevait devant un amoncellement de pierres.

— Ça pue le champignon sans qu'on en voie aucun !

Joubert venait de s'arrêter, sa torche un peu plus haute, immobilisant dame Berland vêtue d'une pesante brigantine, de chausses et de heuses appartenant à Herbert le jeune. Tinchebraye tança le pennoncier :

— Voilà trois fois que tu t'arrêtes !... Crains-tu d'aller plus avant ?

Sans qu'il osât l'avouer, il en avait assez d'errer dans ce conduit où çà et là, des marches apparaissaient, qu'il fallait toujours descendre. Ogier eut envie d'abandonner la pelle dont l'usage lui paraissait inutile tant il avait la conviction que ce souterrain n'avait subi aucun dommage depuis son creusement.

— Sommes-nous sous le Clain ? demanda Blandine. J'ai grand-peur. Toujours !

Elle s'était libérée ; elle frottait ses bras, ses épaules ; lâchant la pelle qu'il saurait bien retrouver en cas de besoin, Ogier effleura de ses paumes les cheveux d'or tressés en couronne :

— Nous allons bientôt passer outre... M'amie, ma cousine Tancrède, dont je vous parlerai, aime à se vêtir en garçon. Je l'ai même vue porter une armure de fer et trouvé que cela lui seyait, bien que désapprouvant ces façons... Vous êtes femme — plus qu'elle —, et sans vouloir vous offenser, ce pourpoint de cariset[1], ces chausses et ces heuses sont malséantes pour une personne telle que vous...

Blandine baissa la tête ; il regretta de ne rien voir de son visage. Bien qu'elle lui parût ainsi humble et soumise, il subissait son empire et ne pouvait que se répéter, comme chaque fois qu'il la contemplait, qu'elle était trop belle pour un homme de son espèce, fût-il d'excellente lignée. Sans qu'il se sentît un huron

1. Grosse serge flamande.

auprès d'elle, il lui devinait plus d'aisance et de maintien qu'il n'en possédait. Il eût donc pu s'enorgueillir d'être l'élu d'une telle beauté ; il advenait qu'il en éprouvât, léger, certes, mais indéniable, un souci dont il ne se délivrait qu'avec peine. Comment sa nature bien rêche — il en convenait — s'allierait-elle à cette douceur ? Seraient-ils convenablement appariés ? Cette soumission complète et même admirative de Blandine à l'inconnu qu'il était toujours pour elle, due en partie aux menaces d'une guerre dont elle n'ignorait rien, ne se muerait-elle pas, plus tard, en adversité ? Cette délicatesse d'églantine ne dissimulait-elle pas, sous sa perfection, quelques piquants acérés ? « Nous nous connaissons à peine... Nous nous sommes si peu vus et entretenus, à Chauvigny ! » Il se reprocha de ne savoir comment dissiper cette prémonition tenace, exaspérante, d'un possible dissentiment entre eux, au fil des jours. La féminité sans pareille de Blandine s'accommoderait-elle de sa nature de jeune chevalier assez enclin à la mélancolie, même lorsqu'elle saurait que cette humeur qu'il guérissait par de grands galops ou maniements d'armes, loin d'être un don du sang, procédait des tourments d'une adolescence austère. Oui, des peurs le prenaient sans que le meilleur des remèdes — sa conviction d'être aimé — en atténuât les effets. Peur d'adorer tellement Blandine qu'il pourrait, à force d'exprimer cette passion, lui devenir désagréable. Peur qu'elle jugeât de haut sa famille et des serviteurs pourtant exemplaires et que, par conséquent, ceux-ci ne la pussent accepter de bon gré. Peur que Gratot lui-même lui déplût et dégageât pour elle, irrémédiablement, une impression de mésaise et de froid. Sans rien en percevoir, la pucelle déposait en lui, tout proche du bonheur de l'avoir retrouvée, une gravité nouvelle.

Il se ressaisit : il devait trouver dans son anxiété même la volonté de croire au bonheur de leur couple. Il s'était laissé envahir par les noirceurs de cette nuit d'incertitude et de violence où tout, pourtant, lui réussissait. Plutôt que de méditer sur des déceptions imaginaires, il eût dû se féliciter d'avoir trouvé l'église du Moustier-Neuf vide, parce que non loin de là une grand-messe rassemblait la noblesse et le commun. Il devait rendre grâces au Ciel que dame Berland se fût montrée à son égard plus amène. Au sortir de son hôtel, il s'était attendu à ce qu'elle versât des larmes, mais elle avait de l'estoc [1]. Tout comme Blandine. Si aucun pleur n'avait mouillé les yeux de la pucelle, était-ce parce qu'elle était digne et forte, ou bien parce que ce père et ce frère disparus s'étaient montrés parfois cruels à son égard en des lieux qu'elle abandonnait sans affliction, voire avec soulagement ?

— Courage, m'amie, dit-il la prenant par l'épaule. Joubert, veille au flambeau : il nous faut pouvoir en préparer un autre avant qu'il ne s'éteigne.

Ils avançaient clopin-clopant, effaçant d'une main ou d'un revers de bras les gouttes tombées de la roche et qui, après avoir roulé sur leur front, traversaient leurs sourcils et picotaient leurs paupières. À l'inverse du pennoncier, silencieux, Tinchebraye soupirait d'agacement, d'impatience et peut-être d'angoisse.

— Pourvu, dit-il, que les Goddons n'aient pas vu sortir ce Bourbon qui, tout hautain qu'il soit, m'a fait l'effet d'un couard !

— Garde ton souffle, dit Joubert. Il t'en faudra si nous devons cheminer longtemps.

— Ménage aussi le tien, recommanda Ogier.

Il enrageait de sentir grossir l'anxiété des autres, et surtout celle de Blandine dont la dextre aux petits ongles pointus semblait parfois lui mordiller la paume. Puis il suivit du regard les bosselures des parois dont les flammes tantôt fortes, tantôt faibles, dissolvaient ou accroissaient les ravinements pareils aux écorces des chênes. Comment, maintenant, ne se serait-il pas souvenu de la catacombe glacée du château d'Angle où

1. Race.

Oyré les avait conduits, Calveley et lui-même ! Ce soir, où était-il l'Anglais à la taille immense avec lequel il s'était lié d'amitié ? En sa Grande Île, en Guyenne ou à Poitiers ?

Joubert heurta du front une excroissance rocheuse :

— Merdaille !... Toutes ces pierres qui pendillent !... Voilà pourtant que notre tombeau s'agrandit !... Combien d'hommes ont foui cette roche ? Cent ? Deux cents ?

Tinchebraye émit un grognement :

— Peut-être dix, pas plus, en les renouvelant quand ils n'en pouvaient mais... Si cette voûte se fendait, nous aurions un bien joli baptême !... Nous serions bellement lavés de nos péchés... Avez-vous parfois péché, nobles compagnes, et nullement dans cette eau qui coule sur nos têtes et se répand sous nos pieds ?

Dame Berland ne dit mot, et tandis qu'un sourire déplissait les lèvres de Blandine, Ogier se loua d'avoir pris l'arbalétrier à son service. Grand — certes moins que Calveley —, bourru, barbu, il avait des épaules en cuissot de chevreuil, de grosses mains noircies de poils sur le revers, et quand, saisissant dame Berland par la taille, il la souleva pour le franchissement d'un ruisselet qu'elle hésitait à enjamber, il prit à cette audace un plaisir si évident que la méprisante Poitevine n'osa s'en indigner par crainte de subir une lourde risée. Elle semblait d'ailleurs décidée à fournir à son entourage, y compris sa fille, l'exemple d'une volonté sans faiblesse.

— Hâtez-vous donc ! dit-elle, poussant Joubert.

Le pennoncier ne se courrouça pas : il était hors d'haleine. Ogier sentit la main de Blandine mollir dans la sienne et lui trouva les joues cireuses.

— Courage !... Voyez : la voûte s'élève encore... Nous devons toucher au but !

Ici, de grosses larmes calcaires formaient sur le rebord de la paroi où cessaient leurs coulures, des denticules qui semblaient avoir armé la mâchoire inférieure d'un monstre capable d'avaler un cheval d'un seul coup. Là, dans un renfoncement, scintillait un tel dépôt de bave gluante qu'il semblait que des milliers de limaçons venaient juste d'en partir. Antre noir frangé d'excroissances coupantes, tumeurs pierreuses, excoriations suintantes ; visqueuse ronceraie dont les griffes, soudain, s'accrochaient aux étoffes humides ; aspérités d'un sol où parfois une ornière vous mordait les chevilles ; monde déchiqueté dont, çà et là, les tapisseries de granit semblaient frémir à la lumière pourtant flétrie que Joubert remuait le moins possible. Blandine frissonna et dit :

— J'en ai assez...

Nul ne broncha, pas même Ogier. Pendant quelques toises, l'on n'entendit que le cliquetis léger des armes, les grésillements du lumignon au-dessus de sa coupe de fer, et des halètements dus à un regain d'angoisse plutôt qu'à la rareté de l'air.

— Allons, du nerf !... Nous devons bien approcher !

La voûte, taillée en un pesant berceau, s'argenta de coulées liquides. Ogier put voir, aux clartés fumeuses de la flamme, les hachures des fers qui l'avaient forcée, les unes droites, pareilles à de grands coups de peigne, les autres confuses comme un assemblage de brindilles.

— Encore de l'eau ! dit Joubert.

Ils en eurent jusqu'aux chevilles, puis jusqu'aux genoux et foulèrent un gravier mou, gargouillant.

— Non, ne me soutenez pas, dit Blandine... Je ne chancelle pas, mais j'ai grand-peur.

La pente se releva et le rocher, sous les pas, montra de nouveau son échine grise et luisante. Joubert se plaignit de son épaule.

— Passe-moi ton flambeau.

— Non, messire... Je le conserve encore un petit peu. Il semble que maintenant nous serons au sec...

Le pennoncier promena la flamme courte, malade, le long des meurtrissures d'où l'eau cessait de sourdre.

— Nous devons avoir dépassé le lit de la rivière, dit Ogier. Ne traîne plus ainsi ta barre de fer, Tinchebraye : l'issue de ce maudit boyau est proche.

— Il est temps que nous l'atteignions, dit Blandine. L'air me fait de plus en plus défaut...

Ogier la baisa sur la tempe. Cette nuit, au bras de cette pucelle, il entrait dans une nouvelle période de sa vie. Il fallait qu'ils fussent heureux, l'un et l'autre, l'un par l'autre, et songeant à cela, il ne pouvait que constater, une fois encore, l'état de dépendance où le plaçait cette présence aimée. Il n'avait jamais été emprunté avec les femmes. Ni contraint avant ni contrit après qu'elles se fussent livrées. La raison des « victoires » qu'il avait remportées auprès d'elles lui apparaissait maintenant avec une clarté presque humiliante : hormis Tancrède à laquelle mieux valait renoncer de penser, c'étaient toutes des meschines[1], astreintes de par leur condition à la sujétion des mâles de haut ou bas lignage. L'espèce de loi d'amour régissant la vie dans les châteaux voulait qu'il en fût ainsi, et l'insolence de certaines femmes et jouvencelles convoitées et « possédées », les unes aisément, les autres après de molles résistances, n'était sans doute que l'émanation d'une haine — elle inassouvie — envers des séducteurs sans mérite. Il devait bien s'avouer que sauf Anne — comme cela semblait loin ! — il n'avait, au lieu d'amour, connu que des accouplements : belles conquêtes et belle souveraineté ! À défaut toutefois d'amour vrai, il avait affectionné ces huronnes, apprécié leur franchise, leur aisance et parfois leur hardiesse à s'offrir. Il n'avait jamais eu à discourir et à s'agenouiller pour obtenir leur consentement. Certaines avaient même souhaité lui appartenir avant que l'envie lui fût venue de les prendre. Comment se glorifier de telles redditions dues au seul privilège d'être né noble ? Blandine différait de ces créatures dont, pourtant, il

1. Filles, domestiques.

conservait une souvenance attendrie. Elle tendait vers lui un regard doux et las, et comme le souffle inégal et tiède de la pucelle effleurait sa joue, le désir de possession, avivé par ses récentes pensées, s'enveloppa d'une crainte inconnue.

— J'étouffe, Ogier... Je crains...

— Ne dites mot. Parler, c'est consumer vos forces !

La rareté de l'air le tourmentait aussi. Sa gorge durcissait, s'échauffait ; ses genoux se plombaient et son dos se voûtait sous le poids du bissac de Blandine, qu'il avait pourtant trouvé léger lorsqu'ils avaient quitté les Halles. Les mouvements, les ombres, les chuchotements et les bruits l'irritaient, et n'eût été la présence de la jouvencelle et de sa mère qu'il se fût soulagé de son malaise en stimulant du geste et de la voix Joubert et Tinchebraye.

— Oh ! s'exclama le pennoncier.

La galerie présentait un coude. Une arche surbaissée apparut et, aussitôt après, quelques degrés de pierre.

— Enfin !... Approchez, messire, pour le cas où nous devrions nous battre. Et prenez garde : ce cintre-là pourrait bien s'ébouler.

À regret, Ogier abandonna la main de Blandine, empoigna Confiance et rejoignit Joubert, prêt à éteindre le flambeau, ce que d'un geste il lui déconseilla.

— Montons... Prenez garde à vos têtes...

Il se tourna vers ses suivants immédiats : dame Berland et Tinchebraye. Leurs faces lui parurent grisâtres. Assurément, ces parois suant des morves noires entre lesquelles l'air devenait si pauvre que la mère de Blandine en gémissait, leur paraissaient plus maléficieuses, maintenant, que les Anglais. La flambeau brasilla, sa flamme s'affaiblit et mourut.

— Merdaille ! grommela Tinchebraye. Donne l'autre, Joubert.

Le pennoncier jura et gémit tout ensemble : avançant dans les ténèbres, il venait de heurter quelques chicots de pierre. Il battit le briquet — étincelles roses dans l'obscurité fluide —, alluma l'étoupe, et la flamme apparut, goutte d'or incertaine. Joubert l'approcha du second flambeau qu'il avait, au départ des Halles, coincé dans sa ceinture.

— Nous sommes trop, dit-il tandis que son haleine effrayait la petite flamme.

Ogier avait atteint le haut de l'escalier.

— Une porte de fer, dit-il. Approche, Tinchebraye...

L'arbalétrier abandonna dame Berland.

— Cet huis me paraît en bon état, messire, mais bien petiot !... Pour sortir, va falloir nous vituler[1].

Poussant le vantail, Ogier fut surpris de n'éprouver aucune résistance.

— Des gens nous ont devancés... Bourbon et quelques autres, sûrement...

La flamme courte et pâle éclaira une galerie dont la voûte s'abaissait. Des rats, débusqués, s'éloignèrent. Tinchebraye lâcha sa barre de fer.

— C'est ça ! soupira Joubert. Veux-tu une crécelle ou un olifant pour annoncer notre apparition ?

Ogier s'adressa à Blandine et sa mère :

— Il va falloir frotter votre ventre et vos épaules aux parois de cette tanière... Sachez vous servir de vos coudes... Comme cela... Je passe le premier...

— Ouvrez l'œil, messire, recommanda Joubert. Quelques-uns de ces ribauds peuvent errer non loin de nous...

La peur lui rongeait les poumons : sa voix en devenait poussive, chuchoteuse. Sans répondre, poignant Confiance l'estoc en avant, Ogier s'engagea en rampant dans le passage.

« Du roc, toujours du roc !... Je m'y meurtris le poitrail et les coudes... »

Il ne voyait rien ; rien n'arrêtait la pointe de son épée. L'air lui semblait moins rare et moins frais. Il

1. Ramper.

pensa que les femmes, étroites d'épaules, avanceraient en ce conduit plus aisément que lui-même. Seuls leurs seins souffriraient... Pas bien longtemps sans doute... Sa chair le cuisait entre son épaule droite et son coude. Sirvin y remédierait... Qu'allait-il découvrir au-delà de ces aspérités ténébreuses ? Atteindrait-il la cave d'une maison ? Quelque faille de rocher ouverte sur la campagne ? La crypte d'une église ou, comme à l'issue du souterrain de Gratot, une sépulture vide ?

— Hâtez-vous ! haleta Joubert. La damoiselle se pâme...

« Un sépulcre... Les fuyards semblent en avoir brisé la dalle... Des échelons de fer... Bon sang, que ce puits est profond ! »

Lentement, Ogier émergea du caveau et sauta dans un nid de fougères piétinées depuis peu. Il se pencha sur l'orifice et, lâchant son épée, tendit ses mains à celles qu'il apercevait.

— Aidez-moi ! supplia dame Berland.

Il la tira, parvint à l'empoigner aux aisselles et l'enleva d'un coup si violent qu'il chut dans les herbes avec elle. Tandis qu'elle demeurait, allongée, gémissante, il scruta derechef les profondeurs du tombeau.

— Tenez, messire... Hâtez-vous !

Il agrippa le bissac que Joubert maintenait sur sa tête, le jeta hors du trou puis aida le pennoncier à se dégager. Il saisit des mains, ensuite : celles de Blandine. L'amenant jusqu'à lui, puis la ceinturant doucement, il la tira du pertuis et l'étendit près de sa mère tandis que Tinchebraye le rejoignait.

— Si je ne l'avais pas poussée, elle y serait restée, je crois bien.

— Je t'en regracie et loue ton courage.

Les yeux noirs, larmoyants d'émoi, Blandine avalait goulûment l'air nocturne, glacé. Ogier serra ses mains dans les siennes sans qu'elle répondît à ses pressions. Dans la brume sulfureuse que le Clain, tout proche, diffusait sur ses rives, sa face livide, poissée de sueur, semblait celle d'une noyée. Si sa poitrine se gonflait irrégulièrement, son pouls commençait à battre plus fort.

— Compagnons, allez voir où nous sommes... Défiez-vous de tout !

Le dos penché, l'épée en main, Joubert et Tinchebraye s'éloignèrent.

— Tout va bien... Apaisez-vous toutes deux...

Ogier se releva. Quoiqu'il eût rassuré Blandine d'un sourire, sa maussaderie subsistait. Le soulagement et la satisfaction d'être hors de la cité n'assoupissaient en rien cette anxiété dont la persévérance le chagrinait et qui, peut-être, devait plus à cette jouvencelle dont il ignorait tout qu'à des dangers imprévisibles. Il redoutait de s'engluer longtemps dans cette nuit terrible, grivelée en haut par les rares feux des étoiles, jonchée en bas par les brasiers anglais dont les frémissements du Clain multipliaient l'importance. Sourcils froncés, tout en replaçant Confiance à sa ceinture, il observa à l'entour.

— Des ruines... Un vieux moutier sans doute.

La lune répandait ses clartés sur ces vestiges où s'érigeaient quelques puissants fantômes d'arbres. Les arêtes des murs et les candélabres d'une rangée de colonnes inégalement rompues les retenaient pour composer avec les ombres des éboulis et des buissons, des arches et des linteaux, un spectacle d'une quiétude qui sans doute une autre nuit l'eût grisé.

— On se croirait en paix... L'assaut de la cité n'est pas commencé, mais il ne saurait tarder : les feux se multiplient devant les murailles... Si Robert Knolles est avec lui, il aura conseillé à Derby d'en finir avant l'aube... Ah ! dames, je voudrais bien pouvoir tourner le dos à cette ville et m'emplir les yeux, le cœur de la sérénité de ces ruines...

Sentant Blandine remuer, il s'agenouilla de nouveau près d'elle et lui trouva les mains plus fraîches :

— Reprenez confiance.

Les célestes lueurs la touchaient, elle aussi, de sorte que sur son lit d'herbes noires, elle semblait, dans ses vêtements d'homme, un archange étourdi par sa chute, et dont la mémoire défaillait encore. Le seul mouvement né de son souffle, les luisances de ses dents pour un sourire, cette pointe claire, dans ses yeux, que ses paupières semblaient vouloir éteindre, se chargeaient d'une dilection dont elle méconnaissait la force délicieuse. À quoi bon se soucier de sa mère : elle semblait prier, les mains à plat, réunies entre ses seins. Ogier baissa la voix :

— Nous avons accompli le plus difficile... Je veux vous épouser sans tarder...

Doigts légers, lèvres sinueuses, regard tendre et reconnaissant. Enhardi par cet abandon, ce sourire, ce clignement d'yeux, il baisa la pucelle au front, puis furtivement sur la bouche, mécontentant dame Berland, soudain étayée sur un coude, et qui sans doute eût tancé sa fille à voix haute si Tinchebraye et Joubert n'étaient réapparus.

— Elle va mieux ? demanda le pennoncier.

— Bien mieux... Qu'avez-vous vu ?

— Des Goddons... Point trop, mais en suffisance pour nous cerner... Il faut guerpir !

Ogier se releva, regarda tout autour, surtout le Clain éclaboussé de pourpre et d'or plus qu'aux précédents moments.

— Voyez, dit Tinchebraye, le doigt tendu.

Au bord de la rivière, à deux cents toises à peine, des guerriers de Derby allumaient un feu. Certains chantèrent tandis qu'aigrement, une cornemuse miaulait.

— Guerpissons ! insista Tinchebraye.

Ogier saisit les mains tendues de Blandine et l'aida à se relever.

— Êtes-vous prête ?

— Oui, Ogier.

Cette façon chuchotée de dire son nom ! Elle l'aimait. Elle lui appartenait. Quand il la contemplait ou l'écoutait, son cœur s'emballait comme un destrier abroché au sang !

— Et vous, êtes-vous prête à nous suivre ?

Dame Berland soupira, se leva et frotta ses genoux sans répondre. Elle avança entre les hommes d'armes tandis qu'Ogier sentait à nouveau la main de Blandine dans la sienne, vivante et pressante comme cette hanche qui le touchait parfois.

« Sitôt à Chauvigny, retrouve frère Isambert et fais-lui célébrer votre mariage. Pourquoi attendre ?... Tu te passeras du consentement d'Herbert Berland... Un consentement qu'il t'aurait refusé... Son épouse, elle, ne dira rien... Tu viens de lui sauver la vie. »

Il fut englouti par l'ombre des ruines sans avoir eu conscience du chemin parcouru, sans même s'être méfié d'une possible escarmouche. Des murs dégradés s'élevaient parmi les buissons, et quatre gros moignons rudoyés par les vents et les pluies, vestiges de tours flanquantes, déchiraient de leurs dents ébréchées le grand suaire d'un nuage. De loin en loin un mur, deux ou trois piliers alignés, certains soutenant une arche aux dentelles mouillées d'argent, évoquaient un cloître mort, et quelques arbres droits, peu branchus, semblaient vouloir suppléer les colonnes absentes. C'était un lieu propice au repos malgré les cris et les chants tout proches.

— Je n'en peux mais... gémit dame Berland.

— Asseyons-nous un moment sur ces pierres... Vous deux, faites le guet.

— Messire Ogier, vous avez tort ! reprocha Joubert.

C'était du temps perdu, nul ne le savait mieux que lui. Il surprit le coup d'œil irrité que Tinchebraye adressait au pennoncier. Le rejoignant, il leur dit :

— Il le faut... Vous-mêmes, vous croyez-vous si solides ?

Si ses gestes, sa voix et sa détermination restaient nets, il sentait, lui aussi, ses capacités de vigueur et d'esprit endommagées par le lugubre cheminement sous terre. Il vit dame Berland prendre pour siège un socle de colonne. « Viens », dit-elle à sa fille, mais Blandine s'assit à même l'herbe. S'étant agenouillé, il la serra contre son flanc et la baisa sur la tempe sans qu'elle désapprouvât cette hardiesse. Il frissonnait autant qu'elle, mais pour une raison différente : elle, c'était le froid, et lui l'amour comblé. « Oui, tu dois l'épouser à Chauvigny... Frère Isambert en sera même réjoui ! » Le jour où il l'avait rencontrée, il s'était senti pris au piège le plus ancien et le plus simple pour devenir, de loin en loin, son propre inquisiteur : ce besoin lancinant de savoir si l'on plaît, si l'on vous chérit autant que vous chérissez, si l'on vous admire en dépit des imperfections nombreuses qu'on se trouve... Devant Blandine, il s'était découvert niais, sans ressources et dans l'incapacité d'aligner des mots doux, prenants, voire enchanteurs. Désempêtré de ce passé, sûr de l'amour qu'elle lui vouait, il demeurait anxieux. Pourtant, elle acceptait qu'il lui touchât un sein puis s'éloignait tandis que d'un clin d'œil elle montrait sa mère.

— Êtes-vous déjà venue en ce lieu ?

— Je suis parfois passée devant. Les Romains ont bâti ces temples. Ils ne sont plus qu'une carrière où les manants viennent emplir leurs charretons.

Du fait, sans doute, de la présence de Blandine, Ogier sentait la grandeur de ces ruines. Peu importait comment ce sanctuaire avait été détruit. Refuge comme au temps de son intégrité, il les aidait à reprendre des forces.

— Êtes-vous bien aise ainsi ?

— Oui, Ogier... Mais vous tremblez !

— Le froid...

Le froid n'était pas seul en cause : s'il avait délivré Blandine, s'il l'avait conquise et de sa dextre emprisonnait son sein, il ne pouvait se libérer d'une crainte différente de celle qu'il avait éprouvée dans le souterrain — ou qui n'était peut-être que sa conséquence : quel serait leur devenir en ce royaume que les Anglais, d'incursion en incursion, saignaient aux quatre coins pour que, affaibli, incapable du moindre sursaut protecteur, il tombât au pouvoir d'Édouard ou de son fils ?

— Près de vous, je n'ai nulle crainte.

— Je vous protégerai toujours, ma bien-aimée.

Ainsi, sa tête pâle, exquise, aux creux de son épaule, ses tresses effrangées chatouillant ses narines, abandonnée, repue d'émois, à la fatigue, au réconfort, à la tendresse, Blandine semblait plus que jamais accessible au désir qui fermentait en lui. Attendre... Attendre alors que s'ils avaient été seuls, même menacés comme maintenant...

— Oyez, messire, dit Tinchebraye. Il semble bien que les démons donnent l'assaut.

Assourdis par l'éloignement, des hurlements perçaient le silence tandis que des embrasements répandaient au-delà des murailles parfois visibles, leurs écheveaux fumeux ondés d'or et de pourpre. Les Goddons, autour du feu, s'étaient tus ; tous devaient se féliciter de se trouver hors de cette bataille dont les relents les atteignaient aussi. Blandine avait joint ses mains ; sa mère se signa. Joubert saisit un des bissacs, Tinchebraye l'autre ; Ogier ceignit en bandoulière la gibecière aux victuailles.

— Allons-y, dit-il, l'épée dans sa dextre, sa senestre serrée sur la hanche de Blandine. Quittons doucement cette enceinte...

Joubert les précéda, Tinchebraye assurant l'arrière.

— On aura du mal, dit le pennoncier, à reconnaître le bosquet où nos compagnons nous attendent.

— Et s'ils s'étaient fait surprendre et occire ?

— Cessez de paroler ! souffla Ogier. Tout ira bien. Nous serons vers midi à Chauvigny. Je crois que les Goddons n'iront pas. Aux dernières Pâques, Chandos a vu cette cité, ses châteaux, ses murailles, et aussi Calveley avec lequel je me suis enfui du donjon d'Angle... Oui, dame Berland : j'ai aidé cet Anglais autant qu'il m'a aidé... Je puis même affirmer que sans lui, je serais mort... Une amitié nous lie, au-dessus de toutes ces haines...

— Un Goddon !

— Il sert son roi, je sers le mien.

« Et je serre à nouveau le sein de ta pucelle ! Elle y consent !... Tu dois, dame, être scandalisée ! »

— Il se peut, Blandine, que je vous abandonne de temps en temps lorsque vous serez en sûreté à Chauvigny. J'ai promis mon aide à Benoît Sirvin, et je tiens toujours mes engagements.

— Vous avez des amitiés... pendables, messire : un Anglais et ce mire dont on dit qu'il est un sorcier !

« Allons, bon !... Elle n'a pas craché : "*qu'il était du Temple*"... Dois-je lui répondre ? » Ogier se détourna :

— Pour ceux de Chauvigny et des cités voisines, la sorcellerie de Sirvin a bien du mérite... Ses prouesses valent mieux, sans doute, que celles d'un chevalier. Il ne commet nulle occision, nulle navrure : il soigne et guérit... Je puis témoigner devant Dieu que sans des sorcelleries qui sont à l'honneur de cet homme et dont la simplicité vous merveillerait, je n'aurais plus qu'une jambe... Et voyez, car la nuit devient plus légère : votre pucelle est serrée contre moi. Elle n'a bu aucun breuvage magique de ma composition — ou de celle de Sirvin — pour m'accorder sa foi !

Il surprit la lueur d'un sourire sur le visage de Blandine et pressa légèrement sa taille tandis que le pourpoint dont elle était vêtue lui paraissait d'une rudesse inconvenante. « Isambert nous mariera ! » Tout lui semblait aisé. Son cœur devait battre aussi fort que celui de la pucelle. Devant, Joubert s'arrêtait de plus en plus souvent, cherchant vainement, semblait-il, la voie à prendre ; mais ce fut Tinchebraye qui le premier vit dans un creux quelques chariots, deux ou trois chevaux et des bœufs à l'attache. Il fallut lâcher Blandine et d'un geste amener Tinchebraye en avant :

— Contournons-les de loin !

Suivis de dame Berland, plus proche que sa fille, ils avancèrent à nouveau dans l'angoisse, le dos courbé, allant de buisson en buisson, de boqueteau en boqueteau et s'accroupissant, sur un signe de l'un ou l'autre des hommes d'armes, dans les herbes mouchetées de rosée.

Ogier revint auprès de Blandine, laissant le soin à ses deux compagnons de sonder les ténèbres. Une fois, il se retourna et dit :

— Voyez, m'amie...

Le ciel, au-dessus de Poitiers, s'écorchait des flammes de l'assaut, mais le vent et le continuel bruissement des feuillages atténuaient les rumeurs de la bataille.

— À quoi pensez-vous ?

Blandine resta silencieuse. Sans doute se demandait-elle ce que devenaient ses amis, ses voisins, et surtout, peut-être, Aimery de Rochechouart. Les hommes perdus au cours de la sortie devaient présentement manquer à ce piteux capitaine.

Il se sentit griffé au genou et quelque chose retint Blandine. Elle dit : « Ça pique. » Il s'aperçut qu'ils s'étaient enfoncés dans une ronceraie.

« Nous ne sommes pas passés de ce côté quand nous sommes partis... Nous nous égarons... »

Les ronces égratignaient leurs vêtements et les aiguillonnaient aux mollets et aux cuisses. Ogier dut tirer sur la gibecière dont les plantes durement accrochées à elle semblaient vouloir s'emparer. Impossible de sortir de ce vaste hérisson de ronces : il fallait aller tout droit sans souci des rameaux malfaisants, et réprimer surtout aussi bien les cris que les mouvements de colère. Parfois, dix hameçons l'attrapaient de partout, et il fallait avancer, avancer toujours pour retrouver plus loin le même assaut perfide. Un sanglot. Était-ce Blandine, devant ? Non, c'était sa mère. Blandine ne se plaignait pas. « Elle est digne. Digne d'être l'épouse d'un chevalier. » Elle se retourna :

— Des fougères...

C'était vrai.

— Couchés ! chuchota Tinchebraye.

Ils s'allongèrent. Ogier rampa jusqu'à la jouvencelle, pressa son dos de sa senestre, tandis que la prise de Confiance semblait empoisser sa dextre. Il effleura cette échine d'une main sûre, en apparence innocente. « Elle ne se regimbe pas. Sa mère, toute proche peut nous voir... » Audace et crainte bouillonnaient en lui tandis qu'une étincelle tremblait au bord des cils de la pucelle.

— Il...

— Chut, m'amie !

Sa main reposait sur des reins doux et fermes quand une ombre apparut. Celle d'un guerrier coiffé d'une barbute, une guisarme sur l'épaule. Y en avait-il d'autres à sa suite ? Blandine frissonnait. La peur, le froid humide la transperçaient tandis qu'elle semblait vouloir se fondre dans les herbes.

Le guisarmier passa. Un peu plus loin, il toussa. Ogier, agenouillé, vit sa lourde carcasse tavelée de brillances lunaires disparaître dans ce qui sans doute était un chemin pentu.

— Merdaille ! souffla Joubert, en se relevant à demi. On n'en finit plus de se ronger les foies !

— Comme vous dites !

Dame Berland abandonnait sa fierté : tous rirent en silence, excepté sa fille dont Ogier caressait la cuisse dure, courbés par le doute et l'angoisse, comme des portefaix.

*

* *

Ils repartirent.

— C'est tout droit, dit Joubert.

— À dextre, dit Tinchebraye. Pas vrai, messire ?

— Il me semble, mais je n'oserais l'affirmer.

Ils errèrent longtemps. La nuit devint grise. Chacun d'eux se sentait des semelles de plomb. Ils devaient réintégrer ce bosquet où Delaunay, Gardic, Bazire et Lehubie les attendaient sûrement sans grande espérance.

— Manquerait plus que nous trouvions des Goddons devant nous ! grommela Joubert.

— Nous les occirions !

— Même s'ils étaient cent, Tinchebraye ?

Impatients et las, les soudoyers commençaient à se quereller. « Ils ont peur », se dit Ogier. « Ils ont été pleins à ras-bord de vaillance et les voilà qui s'accouardissent ! » Lui n'était qu'inquiet. Il ne mourrait pas en cette occasion, et cette assurance reposait sur des considérations dont il reconnaissait l'effronterie : non seulement il était trop jeune pour mourir, mais il serrait la main de Blandine ; il allait l'épouser ; ils vivraient heureux...

Brusquement tourné vers dame Berland, chancelante, épuisée, au bras de Tinchebraye, il s'étonna : « Son époux et son fils sont morts ou en captivité, mais elle n'en paraît point doulousée. Il se peut que son mari l'ait parfois molestée... et que son fils, s'il ressemble à son père, l'ait méprisée. » Certes, il ne s'apitoyait point sur le sort de cette femme : l'orgueil de son conjoint l'avait contaminée. Il se réjouit que Blandine en fût dissemblable.

Pendant deux cents toises au moins, les arbres devinrent rares, mais des rochers ceints de broussailles offraient de bons abris. Il fallait garder les yeux grands ouverts pour ne pas choir ou s'égarer dans les brumes enténébrées où s'empêtrait, frileux, le jour à naître.

— Si nous ne les retrouvons pas bientôt, dit Joubert, l'aube crèvera et nous devrons passer la journée sous quelque ramée !

— Nenni ! dit Tinchebraye. Voyez ces trois grands

fantômes pointus comme des clochers... Je n'ai fait qu'y penser : voilà notre bosquet !

Avançant à grands pas, sans même se courber, ils parvinrent en lisière des arbres. Deux hommes jaillirent d'un fourré, la guisarme menaçante, puis s'ébaudirent.

— Vous avez réussi ! s'étonna Delaunay en soulageant Joubert de son bissac.

— Hé oui !... Prend ça, Gardic, dit Tinchebraye. Savez-vous, dame Berland, que ce fardeau commençait à peser... Je suis sûr qu'il contient trente poignées d'écus !

— Cela m'étonnerait, glissa Blandine à l'oreille d'Ogier. Nous sommes dans la gêne.

Il n'en fut point ébahi : lorsqu'il l'avait retrouvée, après qu'il eut été guéri de sa jambe rompue, l'hôtel Berland, sans lui paraître en fort mauvais état, lui avait semblé souffrir d'un manque de soins. Il s'en réjouit : Blandine saurait apprécier Gratot qui, lui, se guérissait de la violence des hommes.

— Les chevaux sont-ils prêts ?

— Oui, messire. L'aurore va crever, nous désespérions de vous revoir, mais nous avons tout de même préparé les chevaux.

Un homme sortit du couvert des arbres : Bazire.

— Voyez, dit-il, cette pauvre cité.

Poitiers résistait toujours, mais dès que le jour poindrait, les échelades et les brèches dans les murailles permettraient aux Anglais d'assouvir leur vengeance. Le grand treu [1] commencerait. Ogier enveloppa l'épaule de Blandine. Ils entendirent un sanglot retenu et se détournèrent. Ogier fut saisi de pitié :

— Je suis plein de compassion pour vous, dame Berland, quelque inimitié que vous ayez pour moi... voire quelque aversion... Vous voilà sauve, et je fais des vœux pour que ces malandrins épargnent votre

1. Ravage, mal, désastre.

hôtel et que si votre époux et votre fils sont toujours vivants, ils les épargnent également.

La femme éplorée fit front. Ogier découvrit dans son regard mouillé une détermination singulière.

— Vous ne pouvez savoir ce que c'est que tout abandonner... tout perdre...

— Oh ! si, dame... Tout abandonner, tout perdre... jusqu'à son honneur et son nom...

Il fut ébahi que Blandine n'eût été prise d'aucune compassion pour le chagrin de sa mère. Il ne paraissait pas, pourtant, qu'elle eût le cœur froid. Il la considéra, couverte du fin brouillard pareil à une poudre de fer collée à ses vêtements, et se merveilla de découvrir sur ses traits pourtant flous de fatigue et de bruine, des charmes neufs et des finesses inconnues : ce grain de beauté juste au-dessus de son œil dextre, cette tendre nacrure que les larmes retenues ajoutaient à l'émail de ses yeux, cette fossette sur la joue tandis qu'elle mordillait ses lèvres — de faim ou d'émoi — et cette frange de cils dorés qui parfois dérobait son regard, comme si elle voulait pour lui seul, Ogier, et le plus longtemps possible, demeurer une énigme. Tout proches, les soudoyers écoutaient Joubert et Tinchebraye qui, après avoir lié les bissacs et la gibecière aux troussequins des selles, racontaient leur commune aventure.

— Nous revenons à Chauvigny, messire ? demanda Bazire.

— Oui. Dame Berland y possède un logis ; elle y sera en sûreté avec sa fille, et vous veillerez sur elles au cas où je devrais m'absenter.

— Vous absenter !

C'était un cri de réprobation plus encore que de surprise. Ogier serra Blandine contre lui et, ses yeux dans les siens :

— M'absenter quelque temps au cours d'une journée, rien de plus. J'ai promis mon aide à Benoît Sirvin sans savoir ce qu'il me demanderait... Je ne puis me parjurer... C'est grâce à sa clergie[1] que j'ai conservé cette jambe que Guichard d'Oyré, ce porc, m'avait brisée. M'amie... ma parole de chevalier et la dette que j'ai envers cet homme me font obligation d'agréer ce qu'il me demandera, quelle que puisse être la défiance que peut-être j'éprouverai...

— Cet homme m'a toujours fait peur.

— Il n'est que bonté !

— Il ne m'aime pas.

— Je crois plutôt qu'il n'aime pas les femmes.

Laissant dame Berland aux rudes consolations de Tinchebraye, qui lui offrait sa selle et tenait l'étrier (« Voyez, dame, l'utilité des chausses d'homme »), Ogier entraîna Blandine jusqu'à Marchegai dont l'œil songeur s'anima.

— Je le reconnais... C'est lui que vous montiez aux joutes... Il est beau !

— Pour moi, m'amie, il est superbe.

Après avoir remis Confiance au fourreau, Ogier aida la jouvencelle à se jucher en selle. Quand il l'eut rejointe et ceinturée, ses mains formant, sur son ventre, une boucle vivante, il regarda ses compagnons un à un et prit enfin le ton du commandement :

— Delaunay et Bazire, devant... Tinchebraye, tu les suivras... Ne serre pas tant dame Berland ou elle périra étouffée... Gardie et Lehubie, derrière... Joubert, ensuite. La damoiselle et moi vous suivrons...

Ses mains jouèrent sur le ventre de Blandine ; il devina le petit creux de son nombril.

— Je t'aime... chuchota-t-il.

Comme elle se laissait aller en arrière, il sentit ses reins tiédir son ventre. En esprit, il la dévêtit, se dévêtit et les imagina nus, galopant sur Marchegai dans des campagnes verdoyantes, loin des regards, des pluies, des vents et de la guerre.

1. Savoir, science.

— J'aimerais... dit-il, sa bouche caressant l'oreille de la pucelle.

Elle comprit : il la serrait tellement !

— Il faut attendre, Ogier... Attendre notre mariage...

— Je veux vous épouser sans retard... Le voulez-vous ?

— Je le veux.

Ah ! comme il eût aimé pouvoir lui dire : « Nous partirons dès demain pour Gratot. Mon père et ma famille nous y attendent... » Mais c'était impossible. Et d'ailleurs, Benoît Sirvin, lui aussi, attendait.

« Que va-t-il me demander ? Pourrais-je m'acquitter de cet engagement ? Je lui ai du respect et mon dévouement lui est acquis... Mais ne va-t-il pas trop exiger d'un gars de mon espèce ? Il était Templier. Si mon corps peut et doit supporter l'aventure, mon âme ne sera-t-elle pas soumise à rude épreuve ? »

Comme ce ventre de pucelle était doux sous ses paumes ! Quelles fêtes promettait ce corps qui déjà s'abandonnait au sien !

« Je l'aime et j'en suis amouré. »

Sa pensée ne débordait pas de cette évidence. Toutefois, au fond de son cœur, un doute subsistait quant à la longévité de cet amour. Né dans des circonstances extraordinaires de promptitude et de frayeur, était-il suffisamment profond pour durer ? Leurs caractères apparemment semblables n'allaient-ils pas subir, au cours des épreuves petites et grandes qui parsèmeraient leur commune existence, des changements tout d'abord imperceptibles jusqu'à se détériorer ? Jamais il n'avait sérieusement médité sur la possibilité qu'il y eût entre eux des dissemblances secrètes et des goûts incompatibles. Il était pour Blandine un sauveur doublé d'un fiancé agréable ; cependant, les propos de Benoît Sirvin, parfois, l'accablaient avec force. Il s'en délestait malaisément et son cœur ne s'épurait jamais tout entier de la lie que le mire y avait déposée.

« Il ne la connaît pas mieux que moi. C'est un vieux

loup solitaire. S'il lui avait parlé seulement une fois, sa méchante opinion se serait changée en révérence. »

Tout le mérite de Blandine ne consistait pas seulement à être belle. Elle était douce, avenante. À Poitiers, elle avait su se montrer courageuse, égalant ainsi toutes les épouses des chevaliers. Que souhaiter de mieux en l'occurrence ?

V

L'onctueuse tiédeur de l'automne. Le soleil de midi avivait à peine l'ocre brun des murailles de Chauvigny, et partout dans la ville basse, l'ombre pâle avait la fraîcheur d'une eau vive. Achevant quelque besogne avant le dîner, les manants allaient et venaient dans les rues tandis que des guetteurs, à raison d'un par embrasure, veillaient aux créneaux de l'enceinte.

— Soyez quiète, mon cœur, dit Ogier en frottant de son nez la nuque de Blandine. Les cinq châteaux de cette cité en imposeront à Derby et à ses capitaines s'ils viennent jusqu'ici... Même Raoul de Cahors, qui connaît Chauvigny, les dissuaderait d'en tenter l'assaut...

Il mentait. Que faire d'autre ? Il refuserait qu'elle allât séjourner dans la maison des Berland. Elle resterait auprès de lui et, si par male chance il devait s'absenter, ses hommes d'armes veilleraient sur elle avec respect et bienveillance. Mais pourquoi pensait-il qu'il devrait la quitter ? Le mire ne lui avait rien dit du service qu'il attendait de lui.

La Porte des Piliers bruissait des rumeurs et du cliquetis des armes des soudoyers d'André de Chauvigny dont l'un d'eux tenait la bannière : *d'argent à cinq fusées et deux demies de gueules posées en fasce, au lambel de sable à six pendants*. Hargneux, il demanda :

— Holà ! d'où venez-vous ?

— Poitiers, dit Tinchebraye. Et regarde-nous bien : nous avons fui juste avant que les Goddons ne s'en emparent.

Pour que le Chauvinois ne le reconnût pas, Ogier colla de nouveau son visage contre la nuque de Blandine, dont l'odeur le troubla. « Il me faudrait raconter ma tribulation, et je n'en ai nulle envie ! » Mais l'homme s'exclamait :

— Dame Berland !... Bon sang, comme vous voilà cointe !... Passez tous, et soyez sans crainte : tous céans sommes prêts à conjouir[1] ces démons !

Maintenant, par la rue montante, c'était le silence. C'était aussi, pour Blandine et sa mère, après les frayeurs et les peines, l'apaisement sinon le réconfort. Ogier demeurait le nez et les lèvres dans les odorants frisons de la jouvencelle, mêlant ainsi la crainte d'être reconnu et d'avoir à se justifier au plaisir de baiser ce cou de lait et d'or soyeux, et parfois la coupelle tendre et rosée d'une oreille.

La maison de Benoît Sirvin apparut mais Tinchebraye ne retint pas son cheval.

— Là-bas... C'est là-bas, insistait dame Berland tout en désignant sa demeure.

Ogier, qui avait voulu s'arrêter, mena Marchegai jusqu'au seuil où, déjà, Tinchebraye déposait précautionneusement la fière Poitevine qui se détournait en hâte pour ouvrir le col de sa brigantine et tirer une clé pendue entre ses seins. Alors, tournée vers sa fille, le regard plus haineux que désespéré :

— Ne vois-tu pas que nous sommes rendues ? Que fais-tu encore sur ce destrier, dans les bras de ce chevalier ?... Qu'attends-tu pour descendre ?

La serrure craqua et la porte s'ouvrit sous la poussée d'un pied impatient. Ogier quitta sa selle et offrit ses bras à Blandine. Elle refusa de la tête :

1. Accueillir.

— Non... Je demeure avec vous... Je refuse d'entrer.

Marchegai se cabra un peu. « Pas tant », se dit Ogier en le maîtrisant, « que notre compagne ! » Dame Berland était méconnaissable. L'œil écarquillé, luisant et fixe, la bouche tordue, frémissante, elle trépignait de stupeur et de mésavenance tandis que son teint clair souffrait d'un gros afflux de sang. Ogier vit ses hommes échanger un coup d'œil. Le cœur battant, il se prit à admirer Blandine, bien qu'elle ne dissimulât plus le mépris qu'elle vouait à cette femme en furie.

— Votre mère, m'amie...

— Elle ne l'est pas ! révéla froidement la pucelle. Elle est la seconde épouse de mon père. Son enfant vrai, c'est Herbert... Son dessein, c'eût été de pouvoir nous marier l'un à l'autre !... Cela vous horrifie ? Pas elle... Moi, je suis la fille du premier lit...

— Vous n'avez pas le droit ! Venez !... Je vous interdis...

Du haut de Marchegai, Blandine adressa un sourire moqueur à sa marâtre :

— Vous n'avez rien à m'interdire. Père est mort ou captif, et vous ne m'êtes rien...

La pucelle se tourna vers Ogier tout en prenant dans la sienne la main qu'il serrait sur les rênes :

— Si j'entrais dans cette maison, elle essaierait de m'y enclore comme elle le fit à Poitiers après notre dernière séparation... Car elle nous avait vus... Alors, dites-vous qu'après votre géhenne à Angle, j'ai été, moi, prisonnière en cette demeure qui était autant la mienne que la sienne... Elle craignait votre retour... Mon père également, qui parlait de vous occire avec ses gens... Cette nuit, vous m'avez doublement délivrée : de ma famille et des Anglais !

Plus consterné que révolté, Ogier eut un geste apaisant :

— Je ne regrette rien de ce que j'ai fait pour cette femme.

— Elle nous a laissé faire tout ce que nous voulions,

mais elle pourpensait sa revanche... Ma mère, qui s'appelait Tiphaine Ogier — hé oui, son nom était votre prénom — était à peine ensevelie qu'elle s'ensevelissait, elle, dans le lit de la défunte...

— Oh ! jeta comme un crachat l'accusée.

Pleine de fureur envers sa geôlière, Blandine conservait une délicatesse de traits, une pureté de peau dont le garçon fut troublé. D'un geste, il enjoignit à ses soudoyers de s'éloigner. Ils menèrent leurs chevaux devant la maison de Benoît Sirvin, qui venait d'apparaître et leur adressait la parole.

— Je vous dirai tout plus tard, Ogier... Sachez que si j'étais entrée céans, elle m'aurait verrouillée pendant mon sommeil... Elle se serait accointée à quelques manants pour qu'ils veillent sur moi... Elle sait passer des compliments aux sévices !

Ogier n'en croyait ni ses yeux ni ses oreilles. Il se tourna vers la femme immobile, dédaigneuse, la bouche retroussée sur des dents belles encore, mais qu'il trouva pointues comme celles des louves. Il se laissa tomber à terre et vit avec plaisir Blandine prendre les rênes et Marchegai rester immobile.

— Dame, je n'ai plus scrupule à for-hâter[1] la cérémonie qui me tient à cœur. Blandine et moi nous marierons ce jour d'hui. Dès lors qu'elle sera devenue l'épouse d'Ogier d'Argouges — c'est mon vrai nom, je suis Normand, seigneur de Gratot en Cotentin —, oui, dès qu'elle sera mienne, gardez-vous de lui vouloir du mal ou quiconque de vos parents et amis : vous auriez trop à vous en repentir !

Deux petites gouttes roulèrent sur les joues de la pucelle tandis qu'elle abaissait son regard sur le visage dur, décidé, du fiancé qu'elle s'était choisi. Il sourit :

— Ce ne sera pas la célébration que tu souhaitais comme toute jouvencelle bien née, ni celle que je pour-

1. Trop hâter.

pensais pour toi... pour moi. Mais nous serons heureux !

Ils entendirent un claquement de porte.

— Elle est entrée ! cria Joubert. Que fait-on, messire ?

Ogier aida Blandine à sauter hors de selle puis, la prenant par la main, il la mena jusqu'à Benoît Sirvin, en plein soleil sur son seuil. Après avoir glissé sur le visage et la poitrine de la jouvencelle, les yeux du mire plongèrent dans ceux du garçon :

— Ainsi, tu as réussi !... Tu la ramènes...

Blandine s'était inclinée avec une déférence composée de moins de respect que de crainte, tandis qu'Ogier se débattait contre un soupçon d'un poids intolérable : « Serons-nous parfaitement heureux ?... Fais-je bien de mener vélocement ce mariage ?... Ne va-t-elle pas, plus tard, me reprocher cet empressement et vitupérer ce désir fou que j'ai d'elle ? » Mais Blandine serrait sa main comme une fille qui se noie.

— Avez-vous, messire Sirvin, vu frère Isambert ces jours-ci ?

— Oui. On dit qu'il va se retirer à l'abbaye de l'Étoile, à trois lieues de cette cité.

Ogier se sentit gêné : « Il me considère comme un malade ! Je dois être pâle et les traits tirés... » Il portait en son cœur, en ses membres, une lassitude infinie : après la brève et sanglante estourmie [1] de Poitiers, l'affrontement entre Blandine et sa marâtre venait d'altérer sa confiance en lui-même : « Je la sauve deux fois... Je veux qu'elle m'aime pour moi, pour ce que je suis et non par reconnaissance ! » Allons, bon : ses craintes recommençaient ! Blandine l'aimait avec une sincérité, une dévotion parfaites. Elle le rendrait heureux. Sentiments et ardeurs leurs seraient réciproques !

— Si tu veux trouver ce clerc, va frapper chez le chévecier de l'église Saint-Pierre... Tu connais la mai-

1. Bataille, combat.

son. Mais ne trouves-tu pas que tu galopes trop... Et vous aussi, damoiselle ?

Tandis que Blandine faisait front et répondait au mire par quelques phrases suaves, Ogier imagina dame Berland en son logis, donnant libre cours à une fureur qui ne s'apaiserait que par des bris de meubles et de vaisselle. Certes, il *galopait*, mais il avait raison, et son père, à Gratot, ne lui tiendrait nulle rigueur de s'être marié hors de sa présence.

— Tu as une grosse plaie à l'épaule...

— Je sais, messire, et j'ai mal... mais vous me donnerez des soins plus tard... C'est surtout Joubert, mon pennoncier, qu'il vous faudra soigner.

Il s'aperçut que le mire était sorti sans son bâton d'os aux si fascinantes volutes, et que ses mains, blanches et comme lasses, tremblaient. La pensée lui vint que la mort de cet homme l'eût délivré d'une obligation qu'il commençait à redouter ; il en eut honte et s'efforça de sourire :

— Messire, pourrez-vous nous accueillir, Blandine et moi, quand nous reviendrons de l'église ?

— Tu le sais bien !... Tes hommes auront aussi le gîte et le couvert... et des soins s'ils ont été navrés comme toi et ton pennoncier... Mais j'aimerais savoir, si ce n'est pas trop te demander... Ces coups dont vous souffrez, qui vous les a portés ? Les Poitevins ou les Anglais ?

— Les Anglais, messire... Poitiers, désormais, leur appartient...

Benoît Sirvin s'adressa doucement à Blandine :

— Vous aurez un époux d'une vaillance extrême.

Il fut sur le point d'ajouter quelques mots, mais s'abstint. Ogier serra plus fort la dextre de la jeune fille :

— Venez... Bientôt, nous serons unis devant Dieu... Remontons à cheval afin de gagner du temps.

Il entendit le petit rire de Sirvin et ne s'en offensa point. Marchegai reçut sans regimber ce corps de femme sur sa selle, et pourtant, comme le mire, il n'aimait guère cette gent-là. Ogier se jucha derrière la pucelle et ce mouvement aviva la douleur de son épaule :

« Je suis peut-être, vieillard, d'une vaillance extrême, mais près de cette vierge, j'ai peur... Peur de la décevoir au-dedans et au-delà du lit ! »

Il agita sa main :

— Suivez-nous, compagnons... Blandine et moi allons nous marier... Vous serez nos témoins...

Il replongea son nez dans l'enivrante toison soyeuse. Il souriait, bien que l'angoisse persistât en lui : « Fais-tu bien non pas de l'épouser ainsi, mais de l'épouser, tout bonnement ? » L'avenir seul, immédiat ou lointain, lui fournirait une réponse.

*

* *

Quand il eut marché plusieurs fois de l'autel au portail, teignant son froc aux clartés obliques des vitraux, frère Isambert s'arrêta sur le devant du chœur, là où sa bure s'imprégnait, il le savait, d'une pourpre cardinalice. Frottant de la paume le dos d'un évangéliaire relié en peau de truie et clos par un fermoir de cuivre, il soupira :

— Te rends-tu compte, Ogier ?... Si je vous marie, damoiselle Blandine et toi, le courroux de messire Berland sera terrible !... Où que j'aille en Poitou, j'en souffrirai !

— Vous n'en souffrirez nullement... Parce que le chevalier et son fils, dont j'ai appris depuis peu l'existence, ont dû être occis dans une sortie, à Poitiers, la nuit dernière... S'ils ont survécu, ils sont au pouvoir des Goddons, dans l'impuissance de payer rançon...

Le clerc jeta un regard de familiarité aux chapiteaux représentant des êtres humains livrés à la fureur de monstres innommables, qu'Ogier voyait pour la seconde fois.

— Même s'ils reviennent, mon père, vous prétendrez que ce mariage vous fut imposé par la menace : voyez, je suis venu avec mes hommes d'armes !

Frère Isambert fit un pas en arrière, comme pour se mettre hors de portée d'une requête plus dangereuse que ces guerriers aux faces avenantes. Reculant toujours, il abandonna la lumière vermeille et s'inonda de transparences bleues qui, sans doute, lui donnaient l'illusion du Ciel.

— Tu disposes de tout, mon fils, avec une aisance presque diabolique !... Mais je suis content de te revoir.

— Sans votre crucifix, c'en était fait de moi dans ma geôle du donjon d'Angle !

— Ah ! ce cher crucifix... Je le tenais d'un Navarrais de Blainville...

Puis d'une voix dolente, comme s'il ignorait de quel objet terrible il s'agissait, Isambert demanda en tapotant son lourd missel :

— Où l'as-tu mis ?... L'as-tu perdu ?... Vois celui que j'arbore à la hanche : du bois... du coudrier...

— Je vous le rendrai, mon père, après la cérémonie... Mon cheval le porte à son troussequin.

— Tu as pu constater que j'étais moins mauvais que tu le croyais !

Ogier posa sa main sur l'épaule du presbytérien :

— Vous serez absous de tout, voire en odeur de sainteté si vous célébrez ce mariage... Nous pourrions nous rendre ailleurs, mais je tiens à recevoir ce sacrement de vous, qui avez vécu à Gratot...

Frère Isambert recula encore. Il avait maigri. Au-dessus de ses joues molles, couperosées, ses yeux étaient d'un acier plus net, plus brillant ; et si ses sourcils broussaillaient toujours autant, son visage et son cou, soigneusement rasés, lui donnaient un air respectable. À la lumière soudain rosie par quelques losanges de verre, son nez parut moins rouge et moins gros. Sa bouche tremblota et ses fanons désenflés remuèrent :

— Que le Seigneur me voie, me comprenne et

m'approuve : je vais vous apparier !... Mariage de lourdiers[1] ou de manants ! Et comme te voilà mis, mon enfant : l'épée au côté, la cuirasse tachée de sang !... Noces de fer, en vérité ! Noces de fer ! Si elles vous satisfont tous deux, toi et elle, tant mieux... Mais vous, damoiselle Blandine, afin que j'oublie vos vêtements d'homme, poussez donc cette petite porte... Bien... Décrochez cette chape[2] grise et couvrez-vous-en... Apportez même, puisque vous êtes nu-tête, cette couronne abandonnée par la reine des joutes d'il y a trois ans... Je veux vous voir parée comme une mariée.

Le manteau, large, était d'une étoffe rugueuse, d'un gris rosé ; ses pans traînaient sur les dalles. La couronne de clinquant fit sourire Blandine jusqu'à ce qu'Isambert eût ceint son front. Joubert alors siffla d'admiration : par ce cuivre vulgaire et ces joyaux d'un sou, la beauté de la mariée se trouvait rehaussée... à moins que ce fut elle qui fournît à cette coiffure un éclat sans précédent. Ogier, prêt à la complimenter, remarqua qu'elle portait pour la troisième fois, en grimaçant, sa paume dextre à son oreille.

— Allez-vous bien ?

— J'ai mal ici, au-dedans... J'ai dû prendre froid... Mariez-nous en hâte, frère Isambert... Mariez-nous en hâte !

Ogier ne sut que dire ; ce qu'il venait d'entendre tenait plus de l'injonction que de la prière. Il se demanda si l'émoi de la jouvencelle eût été le même lors d'épousailles célébrées avec quelque magnificence, et se répondit par la négative. Et tandis qu'à nouveau Blandine pinçait les lèvres et portait la main à son oreille, il la prit par l'épaule et la serra contre lui :

— Notre mariage sera différent de ce qu'il aurait dû

1. Paysans.
2. Manteau de pluie, dit aussi *balandras*.

être, mais croyez-moi, ma douce : nous en rirons plus tard et nos enfants aussi...

Elle alla s'asseoir sur un banc, devant celui où s'étaient assemblés les soudoyers — sauf Delaunay qui veillait sur les chevaux et les armes. Il y avait dans sa pâleur, son pas chancelant et la façon dont elle penchait la tête, une langueur pleine d'éloquence. Elle résistait à sa tristesse et à son mal avec courage, un courage inefficace qui n'échappait ni à Joubert ni à Tinchebraye, lequel se leva pour dire à voix basse :

— Messire Ogier, elle n'est pas bien... Tout ce froid que nous avons subi...

— Je sais... Sirvin la soignera.

— Je ne connais guère de filles, de femmes, voire d'hommes, messire, qui auraient supporté ce qu'elle a supporté...

Ogier hocha la tête. « Moi, je connais des femmes hardies comme des hommes : Adelis, Tancrède, Hérodiade... Anne... Aude. » Allons, bon, il se livrait à des comparaisons déplaisantes et son énergie faisait naître en lui un sentiment de gêne et d'impuissance devant cette pâleur et cette douleur qu'il sentait augmenter, car la paume de Blandine quittait à peine, désormais, son oreille.

— Va t'asseoir, Tinchebraye... Et vous, mon père, procédez vélocement... Blandine me donne de l'inquiétude... Plus tôt elle recevra des soins, mieux cela vaudra !

Le clerc se regimba. Son visage débonnaire devint solide, dur, pétri d'orgueil et de certitude :

— Il faut tout de même procéder aux constatations exigées par la sagesse de l'Église.

Et le dos à l'autel, bras écartés comme le Crucifié, un peu plus loin, dans l'ombre glauque, le presbytérien demanda :

— Y a-t-il, pour vous deux, quelque empêchement canonique ?

— Aucun, mon père... Nous avons l'âge et ne sommes point parents...

— Vous êtes bons chrétiens... Pour Ogier, je sais que son père veuf consentirait. Et pour vous, damoiselle ?

Blandine décolla sa paume de son oreille. Ses yeux eurent une lueur née peut-être d'un ultime apeurement :

— Ma mère est morte... Elle avait pour nom Tiphaine et était fille de Jean Ogier, clerc de Vivonne, et de Jeanne Cheville... Le chevalier Berland l'a épousée en 1320. Je suis née le 1er janvier 1325...

Ogier pensa : « Elle est mon aîns-née de deux ans[1] ! » Certes, elle semblait de beaucoup sa puînée. Certes, il manquait de clairvoyance pour ce qui concernait l'âge des femmes. Ainsi, pour Adelis : il lui avait donné vingt ans, elle en avait six de plus.

— ... et mon père, à sa mort, s'est aussitôt remarié avec Philippa Lanière. Herbert le Jeune est né le 2 juin 1326, et aussitôt, mon père l'a institué héritier de tous ses biens... C'est pourquoi cette femme qu'Ogier a ramenée à Chauvigny ne m'est rien, et que son consentement ou son non-consentement serait sans effet...

Blandine frémissait d'une colère sans doute réfrénée en fournissant ces précisions au clerc. Ogier eût aimé pouvoir connaître les espaces ombreux de cette âme de jouvencelle qui sans doute avait souffert, mais par la faute de qui ? Il s'était assis auprès d'elle ; il voyait son profil, ses paupières battantes, la faible ride qui exprimait, juste au coin de sa bouche, une amertume ou plus encore. « Qu'elle oublie tout ! Qu'elle soit heureuse ! » Mais était-il capable de lui donner le bonheur qu'elle méritait, cette élévation à laquelle, sans doute, elle aspirait, et ce respect qu'elle méconnaissait. Elle exhala un gémissement tremblé tout en reportant sa

1. Rappelons ici qu'Ogier est né le 22 août 1327.

main contre sa joue, tandis que frère Isambert reprenait :

— Il eût fallu qu'on vît vos noms parmi les bans que vous avez pu voir en entrant dans ce saint logis... J'y pourvoirai... Personne, céans, ne s'oppose à votre mariage ?

— Non, dit Ogier.

— Non, répéta résolument Blandine.

— Avez-vous des témoins ?

Sans quitter des yeux l'autel, Ogier pointa son pouce dextre par-dessus son épaule :

— Ces hommes-là sont mes amis.

Isambert désigna, devant la Sainte Table, une banquette couverte de velours violet qui devait être réservée à l'évêque Fort d'Aux lorsqu'il assistait aux offices :

— Asseyez-vous... Serrez-vous un peu et soyez quiets... C'est le moment de vous recueillir et de vous dire que vous allez avoir de grands devoirs à remplir l'un envers l'autre... et de penser à Celui qui pour bénir d'avance tous les mariages de ce monde, assista aux noces de Cana... Priez, courbez le front !

Ogier jeta un court regard sur Blandine. Qu'il l'aimait, même accoutrée comme une huronne ! Son plaisir s'obombrait pourtant de cette déception tenace : c'était en grand bobant[1] qu'il eût dû l'épouser et la sortir de cette église. Telle qu'il la voyait, elle lui faisait confusément peur. Cette indolence qui ajoutait un charme à sa beauté pourrait-elle s'accommoder de la vivacité qu'il portait en lui ? Il surprit une lueur de pitié dans les pupilles du clerc.

— Je sais que ce n'est pas un mariage ordinaire, mon père... Vous l'eussiez pu célébrer à Gratot, où je suis sûr qu'on vous aurait accueilli à bras ouverts... La cérémonie de ce jour d'hui n'aurait été que des fiançailles...

1. Pompe, cérémonial.

— Gratot ? s'étonna Blandine.

— Messire Isambert y fut notre chapelain.

Ogier n'ajouta rien. À quoi bon. Il avait vu le regard craintif du clerc et se sentait pour lui plein de mansuétude. « Sans son aide, j'aurais pourri dans ma geôle d'Angle avant que d'être occis par Guichard d'Oyré ! » Peu importait que Blandine apprît que ce presbytérien était un couard.

— Je ne retournerai jamais en Normandie, Ogier. J'irai servir Dieu à l'abbaye de l'Étoile. J'expierai ainsi quelques faiblesses insignes... Mais approchez-vous de la Sainte Table... Avez-vous déjeuné ?

— Rien avalé, mon père, depuis hier au soir : nous étions trop pressés d'atteindre Chauvigny pour nous arrêter le temps de prendre quelque nourriture...

— Bien... Il me reste quelques hosties de ce matin... Avez-vous des anneaux ?

— Non.

— Comment, sans anneaux nuptiaux, voulez-vous que je vous unisse ?

Cette cérémonie ne serait menée ni simplement ni promptement. Le temps passait ; le soleil tournait, déplaçant les ombres et les lumières. Sous la confuse jonchée de fleurs dues aux plombs des vitraux, les dalles blanches et roses semblaient lavées à grande eau. Et c'était une fraîcheur d'eau qui emplissait le sanctuaire.

— Hé, messire ! dit Joubert. Je porte un anneau d'argent que j'ai gagné aux dés... Je veux bien vous l'offrir...

Tandis qu'il s'évertuait à libérer son annulaire, Bazire annonça :

— Je fais présent de ce petit doigt[1] à damoiselle Blandine...

Si Joubert avait désormais les mains nues, Bazire, dont aucun doigt ne portait de parure, possédait une

1. Bague, anneau.

dizaine d'anneaux suspendus à une chaînette qu'il portait au cou. Mieux valait en ignorer la provenance.

— Bien ! Bien ! se réjouit frère Isambert en marchant à la rencontre des soudoyers.

Il revint devant l'autel pour y saisir un ciboire d'or qu'il décoiffa de son couvercle.

— À genoux l'un et l'autre, et mains jointes...

Ogier trouva l'hostie amère et rassise. Il vit Blandine grimacer en avalant le pain sacré. « Elle est encore plus pâle... Elle souffre et je ne puis la consoler maintenant... » Frère Isambert se pencha :

— Voilà, mes enfants, le moment de vous recueillir... Veux-tu, Ogier d'Argouges, épouser cette pucelle au clair visage ?

— Oui... Et je le dis devant mes hommes d'armes : elle aura Gratot en douaire[1].

Paroles inutiles, sans doute, mais comment eût-il mieux affirmé sa passion ? Il lui sembla que le moine avait sourcillé, mais c'était probablement pour mieux sonder le visage de l'épousée.

— Et vous, damoiselle Blandine que je vois ici pleurer... voulez-vous de ce jeune et vaillant baron pour mari ?

Un soupir s'exhala, en guise de préambule, d'une bouche qui se pinçait :

— Oui, car il est bel et bon.

Pour elle aussi le *oui* apparaissait trop cru, trop sec. Ogier contempla sa nuque lumineuse, ses cils d'or d'où tombait une perle qui glissait, glissait jusqu'à l'aile du nez. Pleurait-elle d'émoi ? Le mal s'acharnait-il au creux de son oreille ? Impassible, frère Isambert se permit une remarque :

— Vous n'apportez rien à Ogier, damoiselle, si je comprends bien... Rien que votre personne...

Blandine parue piquée au cœur ; elle eut comme un

1. Droit de l'épouse survivante sur les biens de son mari.

gémissement, puis regarda le célébrant en face. Un sourire bienveillant anima sa bouche à peine rose :

— Je n'apporte rien, messire clerc. Rien que ma personne, mon cœur et ma confiance... Et je n'en ai point honte.

— Vous avez le cœur droit et vous aimez Ogier... C'est pour un époux tel que lui grande et ample suffisance... N'est-ce pas, mon fils ?

La main du marié pressa celle de la pucelle. Isambert se pencha ; son ombre noya les jeunes gens agenouillés.

— Répète avec moi, Ogier : *À tout jamais, dans la foi de Dieu et dans la mienne, saine ou malade, je promets de la garder...*

Ogier répéta ; les yeux de Blandine s'étaient de nouveau embués tandis qu'elle lui offrait un regard où l'amour n'était plus seul. « Elle souffre... Qu'a-t-elle bien pu attraper ? » Les respirations des soudoyers et leurs mouvements, derrière, formaient des bruits légers, engourdissants. Que pensaient-ils ? Mieux valait n'en rien savoir. Lui, Ogier, vivait paisiblement ce grand moment de la vie d'un couple. Son cœur ne battait guère plus que d'ordinaire. Et pourtant...

Considérant les anneaux sur sa paume, qu'il referma brusquement, comme s'il venait d'attraper une mouche, le clerc récita, les yeux levés vers la plus haute voûte de la nef :

— *Que le Créateur et le Conservateur du genre humain, que le Donneur de la grâce et de l'éternel salut fasse descendre sa bénédiction sur cet anneau...*

Il passa le petit cercle d'or à l'annulaire de Blandine, puis l'en retira : il avait simplement voulu savoir s'il s'y adaptait ; alors, selon la coutume de Rouen, d'où il était natif, il fit toucher l'anneau à tous les doigts de la jouvencelle, après quoi, disant « *Au nom du Père, du Fils et du Saint-Esprit* », il le remit à l'annulaire :

— *De isto anulo te spondeo ; de isto auro te honoro ; de ista dote te doto*[1]...

Il recommença le rituel pour Ogier ; après quoi, réunissant entre ses mains les têtes des jeunes gens, il haussa la voix :

— Dieu, jetez dans l'intelligence de ces enfants les semences de la vie éternelle !... Qu'Il vous bénisse et vous apprenne Lui-même à lui être agréables dans votre corps et dans votre âme... Levez-vous...

Ogier reprit la main de Blandine. Étrange mariage. Il semblait faux, et pourtant... Elle lui souriait, mais était-elle heureuse ?

— Je le regrette bien, mes enfants : il n'y a pas eu de messe, pas de *Sanctus* et d'*Agnus Dei*... Je ne viendrai pas, ce soir, bénir votre lit nuptial, mais que la main du Seigneur soit sur vous, et qu'Il fasse descendre du ciel un de ses anges pour devenir votre gardien tous les jours de votre vie.

Et saisissant l'encensoir, frère Isambert en projeta les fumées au-dessus des fronts penchés des deux époux :

— À défaut de répandre cet encens sur votre couche, je vous en enveloppe le corps... Soyez heureux... Aimez-vous bien dans la fidélité, et que chaque malheur renforce vos sentiments... Que la guerre vous laisse en paix.

Le clerc toussota et cessant l'encensement :

— Vous pouvez partir... Vous êtes unis devant Dieu et devant les hommes... d'armes. Soyez quiets... J'ai fait ce que je pouvais, car je peux bien vous l'avouer : vous êtes mes premiers mariés...

Et comme si cet aveu pouvait lui porter préjudice, frère Isambert s'agenouilla face à l'autel et s'absorba dans une prière.

1. De cet anneau, je vous épouse ; de mon corps, je vous honore ; de mon bien, je vous doue.

— Venez Blandine... Laissons-le... Êtes-vous quiète ?

La jouvencelle se débarrassa de sa chape et de sa couronne qu'elle posa sur un banc :

— Je suis quiète, mais mon oreille me fait mal.

— Sirvin vous guérira, ma douce ! Allons à pied.

L'étrange mariage. Sobre, et pourtant valable. De gaieté, point, mais à défaut, une satisfaction solide : « Elle est mon épouse ! » Était-ce suffisant ? Ogier ne savait de quelle réponse apaiser son trouble. La pâleur de Blandine était-elle seulement due à son mal ? Maintenant, elle pouvait, licitement, s'abandonner contre son épaule. Maintenant, il pouvait interrompre leurs pas, l'envelopper de ses bras et quiètement la baiser sur les lèvres. Leurs compagnons les précédaient, indifférents en apparence. Ils parlaient dru et commentaient sûrement une cérémonie comme ils n'en avaient jamais vu. Le frai [1] des chevaux couvrait leurs voix.

Voilà, ils se trouvaient déjà devant la maison du mire, et Blandine, portant sa paume à son oreille, balbutiait :

— Crois-tu qu'il va me guérir promptement ?

*

* *

— Elle a de la fièvre... Touche...

Ogier posa sa paume sur le front moite et brûlant puis du regard, interrogea le mire. Celui-ci releva la tête avec effort :

— Rassure-toi et ne prends pas cet air d'extrême anxiété : ce mal fait souffrir mais il est sans terribles conséquences... Tu me dis que vous avez pris froid dans un souterrain ; elle a été victime d'un coup de vent coulis... Ce dont elle souffre, c'est d'une inflammation du fond de l'oreille... Du pus s'y trouve... Les

1. Bruit des sabots sur le sol.

Grecs nomment ce mal *otalgia*... Une ponction la soulagerait.

— Je ne veux pas ! dit Blandine dont la tête roula sur le traversin.

Le mire se pencha. Son ombre couvrit la chevelure et la joue de la malade.

— Êtes-vous sujette, dame, à ces maux-là ?

Ogier trouva le mot *dame* moqueur, mais peut-être avait-il exagéré lui-même le poids que Benoît Sirvin lui avait donné.

— J'ai déjà souffert une fois ainsi... Il y a deux ans...

— Le pus s'est-il évacué seul ?

— Je crois.

— Trois jours pour venir, trois jours pour mûrir, trois jours pour partir...

— Tant que cela ! s'étonna Ogier.

Il sentait ses nerfs le trahir. La compassion qu'il se découvrait devant la souffrance de Blandine lui faisait oublier combien ce jour eût dû être précieux pour elle et pour lui, et combien il s'imprégnait d'ombre et de tristesse. Il épiait sur ce tendre visage blanc un signe d'apaisement, mais le mal semblait s'aggraver.

— N'y a-t-il rien à faire ?

Un moment, l'idée l'effleura que le mire laissait souffrir Blandine à plaisir. Bêtise ! Il prit la main de la jouvencelle et la caressa, sentant remuer sous ses doigts l'anneau qu'Isambert y avait placé.

— Un *diachylon de populéum*... ou si tu préfères un emplâtre employé comme résolutif, à base de bourgeons de peuplier et de plantes narcotiques... C'est tout ce à quoi je pense... Elle dormira, j'en suis désolé pour toi, mais on ne souffre jamais lors d'un tel sommeil, et c'est présentement ce que je vois de meilleur pour elle... dans un bon lit, et non pas sur cette table où s'allongent certains de mes malades...

D'un pas lent, souligné par le heurt de sa corne de narval sur les dalles, Benoît Sirvin fit le tour de cette pièce où Ogier avait échoué le soir de son évasion d'Angle.

— À moins que je ne lui perce cette membrane qui retient le pus.

— Non ! cria Blandine.

Brusquement tournée sur le ventre, elle sanglota, le nez, la bouche dans le traversin qu'Odile, la vieille servante muette, avait glissé sous sa tête avant que le mire l'examinât. Ogier trouva que sa bonne santé pouvait passer pour indécente.

— Allons, ma douce... Apaise-toi... Essaie de t'apaiser...

Plus qu'elle encore, peut-être, il jugeait imméritée cette nouvelle épreuve. À ses caresses légères sur les épaules où s'épandaient, défaits, les cheveux d'or, il était désormais incapable d'ajouter quelque autre mot. Il revoyait Blandine au sortir de Saint-Pierre, pinçant de temps à autre les lèvres quand d'importune, la souffrance prenait de la dureté. Maintenant, il eût voulu enlacer doucement *sa femme*, l'endormir de chastes tendresses sans même effleurer cette bouche fiévreuse d'où s'exhalait un gémissement d'enfant blessé.

— Je sais, dit Benoît Sirvin, que si j'en avais le don, tu me demanderais de prendre son mal en échange de ta... sérénité... Je devine à quoi tu penses...

Le mire s'éloigna. « À quoi je pense ! » Eh bien, oui, il pensait à se confondre à ce corps délivré de douleurs, avide d'émois et d'ardeurs semblables aux siens. « Mariés !... Nous voilà mariés ! » Cette évidence dont son esprit demeurait empli depuis la bénédiction des anneaux le disposait à la patience : « Si cette nuit, Blandine n'est pas tienne, elle le sera la nuit prochaine... Vous avez toute la vie pour vous aimer ! » Toutefois, il se mentait un peu. Il en voulait même à la jouvencelle — innocente ô combien de ce désagrément — de s'être révélée fragile autant que certaines princesses des romans de Chevalerie, à commencer par Yseult la dolente. Mais l'amour, son amour retremperait cette beauté ; la joie rirait sur cette bouche plaintive, et seul le vent de mer, le grand vent de Gratot, mettrait des larmes dans ces yeux las.

Il tenait toujours la petite main dans la sienne. La main, le bras, l'épaule... Il essaya d'imaginer ce corps abandonné. Nu. Il crut y parvenir bien que les habits d'homme, quoique révélateurs, fussent plus gênants qu'une robe. Comme elle devait être belle !

Son regard, ses pensées n'échappèrent pas à la sagacité du mire, qui venait de réapparaître :

— Songe à ton corps plutôt qu'au sien : sans qu'il soit nécessaire de la coudre, ton épaule a besoin d'être nettoyée et serrée dans des linges propres... Quand ton épouse reposera dans cette chambre où tu vécus trois mois, je vous soignerai, toi et ton pennoncier... Le lit est fait... Odile vient de redescendre... Sitôt notre malade allongée, je lui appliquerai ce remède aux bourgeons de peuplier.

— Soit, dit Ogier, en sentant ses joues le brûler.

— Elle devait déjà être atteinte à Poitiers... Elle est fragile... J'ai pourvu à tout, sois sans crainte pour elle et pour tes soudoyers.

Odile entra, toujours vêtue de noir, les cheveux enfermés dans une guimpe blanche, l'air absent, mais le regard soudain attendri lorsqu'il se posa sur Blandine. D'un geste, elle lui demanda de se lever pour absorber la potion fumante qu'elle avait versée dans une jatte de porcelaine blanche. L'odeur en était douce, mais Blandine eut un mouvement de répulsion. Ogier voulut l'adjurer de boire ; Benoît Sirvin le devança :

— Craindriez-vous d'être enherbée [1] ? La bétoine, la menthe et le fenouil n'ont jamais fait mourir personne... Buvez et vous dormirez dans peu de temps... Buvez et vous écourterez vos souffrances !

— Obéis, dit Ogier.

Il trouva sa voix plaintive et s'en voulut. Il aurait

1. Empoisonnée.

dû montrer plus d'autorité, mais en fait, mieux valait décevoir Sirvin que Blandine. « Dieu m'inspire cette épreuve et je dois l'accepter sans me regimber. » Ailleurs, comment eût-il agi ? Il avait retrouvé le mire avec plaisir et il était obligé d'admirer cet homme pour son savoir, son habileté, sa puissante personne où la débonnaireté l'emportait sur une fierté très ancienne et dont il ne subsistait presque rien : quelques accès pareils à des poussées de fièvre. Il lui sourit lorsque Blandine se mit à boire, et Sirvin lui rendit son sourire — un sourire de complicité — quand la jouvencelle, après un bâillement, se laissa retomber en arrière.

— Elle dormira paisiblement... Tu vas la soulever dans tes bras et l'emporter dans ce galetas où tu t'es langui tandis que se guérissait ta jambe. Certes, c'est une chambre indigne de jeunes époux de votre espèce... Vous pourrez en partir dans trois ou quatre jours : *elle* sera presque guérie. D'ailleurs, si quelque faiblesse la prenait, elle pourrait s'allonger dans la carriole.

Ogier qui se penchait pour soulever Blandine, se releva, ébahi :

— La carriole ?

— Hé oui !... Pour que tu mènes à bien le service promis, il te faut un chariot. J'en possède un. Rassure-toi, il est petit et ne sera pas outrément chargé.

— Chargé de quoi, messire ?... Où dois-je le mener ?

— Tu le sauras... Je sais que c'est déchoir, pour un chevalier, de monter dans une charrette et plus encore d'en mener le cheval... Tu oublieras qui tu es... En attendant que je te les confie, nous quitterons Chauvigny demain pour y revenir après-demain.

— Si longtemps !

— Hé oui : je vais te priver de ton épouse... Vous vous retrouverez avec d'autant plus de chaleur !... Entre-temps, Odile veillera sur elle.

Un sourire apparut dans la barbe blanche. Ogier s'abstint d'exprimer le courroux dont il était saturé.

— Tu n'oses pas me demander où nous irons. Tu fais bien : tu verras les lieux en même temps que moi... Trop occupés à dévaster Poitiers, les Anglais n'y viendront pas encore. Nous partirons à l'aube... Seuls. Tout ce que je peux te dire encore, c'est qu'il s'agit pour moi d'un dernier pèlerinage.

Cette conclusion affermit le désir d'Ogier d'en finir avec une promesse dont il avait parfois pressenti les difficultés sans penser qu'elles excéderaient ses forces et sa volonté. « Une carriole ?... Qu'y aura-t-il dedans ? Sera-ce gros ? Pesant ? Où devrai-je me rendre et pourquoi ? » Ses hommes pourraient-ils l'accompagner ? À quoi bon poser ces questions au mire ! Regardant Blandine endormie par le puissant narcotique, il soupira d'impuissance et de pitié. Quelles étranges noces ! Et la fade nuit qui se préparait !

— Soulève ton épouse et suis-moi.

Ogier obtempéra, sentit son bras le cuire et prit garde de ne pas heurter la jouvencelle au chambranle de la porte. Devant lui, appuyé sur son os de narval, le mire allait d'un pas plus affermi. Il dit, sans se détourner :

— Tu préviendras tes soudoyers de demeurer dans la cité et de se tenir quiets là où je les ai logés. Il serait malséant qu'il advienne quelque chose de mauvais en notre absence, à cause d'une buverie ou de je ne sais trop quoi... Il faut éviter d'attirer sur toi plus encore que sur moi l'attention des Chauvinois... Et surtout celle des chevaliers teutoniques.

— Ils sont encore ici depuis les Pâques dernières ?

— Oui... Je te dirai pourquoi ils sont restés.

VI

— Est-ce loin encore ?

Depuis une lieue, peut-être davantage, Ogier différait cette demande. Benoît Sirvin y parut insensible. Au lieu d'une admonition sévère, il rit, fit une pause et, la voix sentencieuse :

— La patience, Argouges, ne saurait être chez toi qualité dominante. Le soleil vient juste de s'embraser ; quand il sera sur son déclin, nous parviendrons où je te mène. Je t'ai demandé deux jours pleins... Demain soir, tu seras rentré à Chauvigny.

Le mire montait Plantamor, le cheval de Bazire, loué sans doute un bon prix et mené fermement. Courbé, les reins lourds de fatigue, Ogier ferma les yeux et se laissa conduire par Marchegai, heureux d'aller quiètement auprès d'un roncin qu'il connaissait et dont il ne craignait ni ruade ni morsure.

« Blandine dort sans doute encore. Ira-t-elle mieux à son réveil ? Verra-t-elle le parchemin posé près du chandelier où je lui dis combien je l'aime et qui je suis ?... Je lui ai enjoint de demeurer dans notre chambre. Nulle part ailleurs elle n'est mieux en sûreté. De plus, Odile ne doit ouvrir l'huis d'entrée à personne, et mes hommes gardent la maison... Quand même, quelle étrange nuit de noces ! »

Un moment, il soupçonna son vieux compagnon

d'avoir outrepassé, dans le breuvage avalé par la pucelle, la quantité de narcotique nécessaire à l'atténuation du mal : elle semblait sous l'effet d'un grand enchantement dont rien — mots et baisers, mouvements et caresses — ne parvenait à dissiper le charme. Ses mains pâles dépassaient de la chemise de mollequin dont Odile l'avait couverte en exigeant d'un geste qu'il quittât la chambre. Puis la servante était partie, le remettant en présence de cette gisante que sa léthargie, pour un autre que lui, eût livrée à toutes les curiosités, voire même à la consommation du mariage. Il s'était allongé tout vêtu auprès d'elle et, surmontant sa déconvenue, il avait clos les paupières jusqu'à ce que Joubert l'appelât pour dîner. Après un bref repas partagé avec ses soudoyers sous l'appentis du jardin, et sans trop s'étonner de l'absence du mire, il était revenu s'étendre auprès de Blandine dont il avait tenu la petite main tiède où remuait parfois, sous son pouce, l'anneau d'or de Bazire. Nuit de déconvenue et d'un dépit qu'il étouffait sans effort, lui au-dessus des draps, elle en dessous. À quoi bon s'enhardir et la rejoindre au chaud. À quoi bon toucher son sein ou la baiser au coin de la bouche puisqu'elle demeurait insensible. Sous le paresseux éclat de la lune, elle offrait à ses yeux las un front et un nez singulièrement blancs, et n'eût-il senti battre son pouls qu'il aurait pu la croire morte.

Le vent humide fouetta son visage ; il en fut revigoré.

— Bon sang ! enragea-t-il tout bas, je m'endormais.

Tapotant la prise de Confiance, il regarda les forêts toutes proches dont les crêtes bleu sombre s'enflammaient aux brandons de l'aurore.

— Es-tu déjà venu en cet endroit ?

— Non, messire. Dites-moi enfin où nous allons !

— Quinze lieues... Nous en avons couvert trois... Nous contournons Poitiers... Nous sommes passés à Bonnes et Liniers... Voici... en face, la forêt de Moulière. Quand nous l'aurons traversée, nous gagnerons Saint-Georges[1] du nom du saint patron des chevaliers goddons... Les nôtres ont saint Denis, et c'est pourquoi, perdant la tête lors des batailles, ils s'y font malmener !

— C'est l'orgueil, messire, et non saint Denis l'instigateur de leur infortune !

Ogier se sentit enclin à parler sans raison ni retenue pour tenter d'oublier Blandine. Quelle male chance qu'elle fût ainsi souffrante le jour même où enfin il eût pu attester sa passion autrement qu'avec ces mots aimables qui, soudain, lui semblaient d'une niceté[2] insigne ! Allait-elle se courroucer de son absence ? Serait-elle tentée de quitter la maison ? Elle trouverait deux hommes d'armes sur le seuil et devrait sagement ou non regagner la chambre...

— ... ensuite, Argouges, nous chevaucherons vers Neuville, Champigny-le-Sec et Vouzailles... Nous serons alors presque rendus...

Les fers clapotèrent sur les dalles d'une voie romaine puis s'enfoncèrent dans des herbes jonchées de feuilles de bouleaux semblables à des milliers d'écus d'or parmi lesquels sautillait une pie.

— Je connais tous les raccourcis... Viens, entrons sous les arbres.

Un immense toit de mailles rouillées : des chênes et des châtaigniers, tout un peuple chaussé de hautes fougères. Des lointains noirs obliquement rayés, çà et là, par des échappées de lumière pareilles à des lances poudreuses, et parfois, au-dessus, quand un accroc ouvrait le grand dais rougeoyant, un ciel d'opale nu et glacé.

— Les Goddons éviteront cette forêt : ils s'y perdraient. Viens, Argouges.

Ils chevauchèrent moins lentement parmi les piliers droits, couleur de bronze, aux branches musclées

1. Saint-Georges-les-Baillargeaux.
2. Niaiserie, naïveté.

comme des bras de géants, lourdes de lierre et de plantes grimpantes. Des mares emplissaient quelques creux de leurs eaux blêmes hérissées de joncs dénudés.

— Au nord, sur le seul chemin que je connaisse en ces lieux, et qui conduit de Laval à Fougères en passant par la Croixille — souviens-t'en à cause de ce nom —, il y a des étangs où les sangsues sont plus nombreuses que les carpes !... J'ai toujours répugné à me servir de ces bestioles, et d'ailleurs, les saignées sont souvent vaines. À leur pratique, je préfère le vertueux pouvoir des feuilles, des herbes, des écorces... Comment va ton épaule ?

— Elle me cuit un peu...

— Tu iras mieux demain... Ton épouse également.

Ogier s'étonna de n'entendre aucun bruit : ni froissement révélant une fuite, ni même un cri d'oiseau ou un battement d'ailes. Brindilles, herbes et feuilles demeuraient immobiles, comme frappées d'un sortilège.

— As-tu vu des forêts pareilles à celle-ci ?

— En Périgord... On prétendait qu'il y restait quelques unicornes.

— Je t'ai dit qu'elles n'existaient pas... Je t'ai dit aussi que je possède la défense d'un poisson : le narval... Il me vient justement à l'idée que le pape Clément, grand traître aux Templiers, en possédait une, plus longue que la mienne, en guise de crosse. Il avait l'âme aussi torse que cet os d'une toise et demie [1] !

— Est-ce pour m'entretenir du Temple que vous me menez si loin ?

— J'accomplis avec toi mon dernier pèlerinage en un lieu qui m'est cher.

Le vieillard se redressa sur sa selle. Dans sa houppelande grise, effrangée, ceinte d'une corde dont les pans,

1. Clément V, né Bertrand de Got, cultivé, amoral, possédait une corne de narval de trois mètres de long lorsqu'il régnait sur l'évêché de Saint-Bertrand-de-Comminges, qui devint, d'ailleurs, l'*évêché de l'Unicorne.*

parfois, laissaient entrevoir les pieds nus passés dans des sandales épaisses, le mire paraissait singulièrement solide.

— Vous montez, messire, comme un jeune guerrier !

Benoît Sirvin parut sensible au compliment. Longtemps, ils cheminèrent, et quand le soleil fut juste au-dessus d'eux, ils atteignirent une hauteur vide d'arbres, où croissaient des chardons et des ronces. Deux corbeaux en graillant s'envolèrent.

— Arrêtons-nous pour manger un peu... Tu mèneras les chevaux là-bas : il y a de l'herbe.

D'un bond, le mire mit pied à terre et détacha le bissac passé sur le garrot de Plantamor :

— As-tu faim ?... Tu regarde ces épines ?... De quoi tresser moult couronnes à ton Christ...

Ogier se garda de répondre : « Il est aussi le vôtre », et mangea de bon appétit le pain, le bacon et le fromage. Il avait emmené sa gourde, le vieillard la sienne. Ils burent quelques gorgées de vin de Montargis puis Benoît Sirvin désigna du doigt une plaine onduleuse parsemée de bosquets :

— C'est tout au bout... Viens...

Ils replongèrent sous les arbres, à nouveau silencieux, à nouveau engourdis par les ténèbres dorées et l'humidité poisseuse. Les naseaux des destriers fumaient ; une brume tenace emperlait leur crinière. Quelques gouttes mouillant son front, Ogier leva la tête et vit avec plaisir les ramures devenir moins épaisses. Devant, des ombres glissaient sur le dos de son compagnon, noires sur du gris qui semblait blanc. Noir et blanc : le Baucent en marche[1].

« Quand arriverons-nous ?... Il l'a fait exprès... Que croit-il ? Que Blandine renoncera à m'attendre ?... Était-il nécessaire que nous allions si loin ? »

Ils traversèrent Saint-Georges, Neuville, Champi-

1. Ou *baussant*, la bannière du Temple mi-partie noire mi-partie blanche.

gny ; le jour déclinait quand ils furent devant les murs de Vouzailles.

— Est-ce loin encore ?

Des cheminées fumaient ; la quiétude du soir conférait aux maisons un air de bonheur qui peut-être était faux. L'Anglais viendrait-il jusqu'ici ? Si oui, il aurait la partie belle car les cités semblaient vides d'hommes d'armes.

— Tu vois, je ne tiens pas à m'arrêter car nous n'en avons plus pour longtemps... Nous coucherons à même le sol, où je te mène... Tu supporteras mieux que moi cet inconvénient...

Ogier resta silencieux, écoutant le bruissement des herbes sous les sabots, les grincements légers des selles, le frisson d'un ruisseau qu'ils franchirent sur un pont de bois, et les cris de deux pies sautillant sur une haie d'aubépine.

— Tu n'as pas été très enlangagé [1], Argouges, tout ce jour d'hui...

— J'en conviens... Il me semble avoir eu souvent la tête vide.

— Peut-être es-tu plus las que tu le penses... bien que ta nuit de noces ait dû être paisible !

— Moquez-vous !... Je n'en suis pas marri !

Ils rirent, puis reprenant son expression maussade, le mire révéla :

— Parfois, tu as dormi sur ta selle.

— Dormi !

— Tu as un bon cheval. Tout autre que Marchegai t'aurait fait vider les arçons... Sais-tu qu'on nous a suivis de loin... très loin ?

— Suivis !

— On ne nous suit plus... du moins en apparence... Allons, nos vies ne sont pas en danger... Tu pourras même dormir sur tes deux oreilles... Tiens, vois : nous voilà rendus !

1. *Être enlangagé* : parler aisément.

Peu à peu se dessina parmi les entrelacs des rameaux défeuillés une bâtisse à demi ruinée, mais singulièrement orgueilleuse avec ses deux tourelles aux toits arasés et ses baies en ogive. Autour, quelques habitations subsistaient, elles aussi à l'abandon : granges, logis destinés à plusieurs usages, écuries, étables et forge. De part et d'autre de l'entrée de la maison mère, un chêne et un orme éployaient leurs branches pépiantes d'oiseaux ; cependant, malgré cette gaieté, la demeure avait un air funèbre, une pesanteur de chose en grand état de consomption.

— Une commanderie, messire.

Benoît Sirvin restant silencieux, Ogier sauta à terre, observa le pied du mire enfoncé d'un tiers dans l'étrier, et sans l'aider à descendre de Plantamor, exprima une louange sincère :

— Vous chevauchez parfaitement, et ces sandales ne vous y aident pourtant pas !

Le mire le considéra avec une sorte de mansuétude amusée :

— Ce n'est plus le temps des estiveaux[1] et mes cambals[2], depuis longtemps, sont tombés en poussière... Ma peau est bien plus épaisse et plus dure qu'un cuir... Nous sommes à Montgaugier... C'était une commanderie... Est-ce la première que tu vois ?

— Certes non ! Je connais celles de Coutances et Valcanville... En Périgord...

— Je connais celle de Bonneface, près de Vélines... Mais vois : mieux que nous aux hommes de Nogaret, qui fut le pire ennemi du Temple, celle-ci résiste aux affronts du temps... Telle que je la revois, je lui trouve autant de grandeur que naguère.

Caressant le dur et doux chanfrein de Marchegai, Ogier considéra les murs blafards verdis çà et là de coulées visqueuses ou ensevelis sous les luisantes

1. Bottes d'été.
2. Jambières des cavaliers.

grimpées du lierre. Entre deux granges comme accroupies dans leurs gravois, il entrevit les eaux d'un vivier devenu grenouillère. Tout, ici, se chargeait d'exhalaisons tragiques et il pouvait vivre aisément l'incursion des hommes d'armes à l'aube du vendredi 13 octobre 1307, leur déploiement autour des bâtiments, leur irruption dans le logis des chevaliers. Il put même imaginer le cri du capitaine : « *Au nom du roi, nous venons vérifier le* décime, *puis nous vous questionnerons !* » Allégation mensongère devançant un cruel interrogatoire. Benoît Sirvin frotta ses reins douloureux :

— Chaque fois qu'un chemin m'a conduit à une commanderie abandonnée comme un être frappé de pestilence, je n'ai pu m'interdire de ressusciter les allées et venues de mes frères, de leur éveil à la tombée du jour. Celle-ci, j'en atteste Notre-Dame, était paisible et prospère, accueillant mêmement le Templier chevauchant très souvent vers La Rochelle et le mendiant... car chez nous, la misère était honorée...

Ogier abandonna les rênes de Marchegai qui le suivit en frottant ses naseaux contre son épaule. Il ne disait mot ; il regardait. Tout cet appareil solide, jadis forteresse et monastère, prenait à son approche un aspect familier que son vieux compagnon ne pouvait soupçonner. Ces pierres meurtries, éboulées ; ces arches de fenêtres croulantes — certaines assombries d'un rideau d'herbes folles —, ces portes dégondées et vermoulues souffraient du même mal dont Gratot avait failli périr : la vilenie et la misère. Les oiseaux s'étaient tus ; le souffle rude et régulier du vieillard, au lieu de troubler le silence, en soulignait plutôt l'épaisseur et la gravité.

— Malgré toutes ces ronces qui semblent nous en interdire l'accès, nul maléfice ne nous guette... Prête-moi ton épée.

Ogier dégaina et vit que Benoît Sirvin savait manier une lame.

Dans les pas du vieillard, il avança entre des murs

livides où des moisissures formaient des fresques grumeleuses. Parfois, une baie découpait un pan d'azur orné de feuilles et de branches. Cela sentait la mousse, la vase, et certains champignons formaient sur des amas de plâtre corrompu, des abcès blanchâtres pareils à d'énormes écrouelles. Souvent, sous la semelle, une dalle bougeait.

— Moult commanderies, messire, n'ont pas connu cet abandon : les Hospitaliers en ont joyeusement hérité.

— C'est vrai... Reprends ton épée. Elle est bonne !

Ogier remit sa lame, maculée du sang vert des plantes, au fourreau. Benoît Sirvin leva l'index vers un cintre :

— L'entrée du réfectoire... Suis-moi... Tiens, voilà la chapelle.

Sitôt franchi le seuil, Ogier se signa ; bras croisés, le vieillard regarda les vitraux éclatés, les poutres fléchissant sous le poids d'une toiture dégradée, les boiseries putréfiées, le pavement disjoint par le serpentement d'invisibles racines. Rien ne laissait pressentir que ce lieu avait connu la vie, les bruits, les turbulences et les recueillements d'une communauté de guerriers.

— Vois l'autel ! Il y a tant de ronces et d'orties tout autour qu'elles semblent le protéger... Dégage-le...

En quelques coups d'épée, Ogier fit apparaître le devant de la sainte table.

— Continue de ce côté-ci... Ah ! ces verdures sont tenaces... Mais vois : des marteaux ont frappé l'autel sur le devant ; il n'en subsiste que creux et bosses alors qu'autrefois, entre autres choses, on y voyait la devise du Temple : *Non nobis Domine, sed nomini tuo da gloriam...*

— Non pour nous, Seigneur, mais pour que ton nom en ait la gloire...

— Hé oui !... Penche-toi et regarde bien ces gravures.

Appuyé sur son épée, Ogier vit que le flanc de l'autel était constitué d'une dalle de pierre d'environ trois pieds de long et de deux de large, prolongée à sa base gauche d'un rectangle plus petit — la moitié de l'autre —, le tout taillé dans un même bloc[1]. Un tore et une bordure plate ornaient le haut et les largeurs du grand rectangle dont la base n'était soulignée que d'un chanfrein. Sur le rectangle adjacent figuraient deux petites arcades géminées, séparées par un étroit pilastre. Sous celle de droite, un Christ vêtu d'une robe à manches longues et tombantes, les bras tendus perpendiculairement au corps, paraissait bénir ou accueillir deux anges ou deux enfants agenouillés ; sous l'autre voûte, Ogier reconnut un guerrier d'antan, vêtu du haubert et du heaume conique, à cheval et la lance au poing[2].

— Est-ce un Templier, messire ?

— C'en est un... Que vois-tu encore ?

Le regard du garçon se heurta à celui de Benoît Sirvin, attentif.

— Le chevalier et son destrier ne vont pas vers le Christ. Ils lui tournent le dos... De plus, le Christ est sans croix.

Il parut à Ogier que le silence s'était accru ainsi que l'odeur des plantes mutilées dont il piétinait les rameaux et les tiges. Toute la sérénité de ces vieux murs blessés, toute la force paisible des arbres, alentour, semblaient soudain le pénétrer, mais plutôt que de se sentir revigoré, il s'engourdissait sans possibilité de dominer ce trouble.

1. Longueur du pied : 0,324 m.

2. Cette pierre très curieuse fut léguée en 1901 par M. Aristide Mitteault, maire de Chalandray, à la Société des Antiquaires de l'Ouest. Elle fit l'objet d'un mémoire de M.-A. de la Bouralière, membre de cette société : *Deux souvenirs templiers* (Poitiers, 1901, in-8° LJ 5 388 Bibliothèque Nationale) ; le second « souvenir » est un gisant provenant de la commanderie de Roche (paroisse de Cloué, près de Lusignan).

— Vois-tu, dans l'absence de deux pièces de bois, un sacrilège ?

— Non, messire. Le geste montre bien que cet homme est Jésus.

— Lequel ?

Cette question ébranla Ogier plus qu'un coup de poing. Suffoquant et tremblant, il se ressaisit :

— Messire, on a dit que les Templiers avaient renié Jésus... Et vous, vous me demandez *lequel* !

— Hé oui !... Est-ce le Zélote ou, si tu préfères, le Juif guerrier qui mourut crucifié ou l'autre, son jumeau, qui lui succéda ?

— Est-ce pour ouïr vos blasphèmes que vous m'avez fait couvrir quinze lieues ? J'ai fort envie de remonter sur Marchegai et de vous abandonner là...

— Tu ne tiendrais pas ton serment.

— Je n'y suis pas tenu envers un sacrilège !

Pour énorme et justifiée qu'elle fût, l'indignation qui l'avait soudainement enfiévré parut misérable et vaine à Ogier. Le regard dont il se sentait enveloppé le rapetissait tandis que des formules de déprécation lui venaient à l'esprit sans qu'il pût se les remémorer dans leur intégrité pourtant simple et confortante. Cet homme qu'il respectait l'avait-il emmené à Montgaugier pour l'entraîner dans une espèce de vertige où sa foi serait mise à l'épreuve ? Il tourna le dos à l'autel. Piètre remède : les deux gravures demeuraient fixées dans sa mémoire. Qu'attendre maintenant de ce vieillard ? À quelle ignoble glu cet oiseleur plus secret que jamais voulait-il l'attraper ?

— Viens, Argouges. J'ai voulu revoir et te montrer cette pierre... Pour que la fin de ma vie soit convenable, il me fallait revenir en ces lieux... Et pour t'entretenir du service que tu as consenti à me rendre, j'avais besoin d'un commencement tangible. Il ne subsiste rien de nous, Templiers de Montgaugier, que ces figures sur cet autel. Elles offensent ta foi plus encore que ta vue... Or, s'il t'advient, un jour, de passer par

Eunate, sur le chemin de Pampelune à Estella, près de Puente de la Reina, les frères du Temple t'ouvriront leur commanderie. Tu pourras voir sur un des chapiteaux de l'entrée un Jésus décrucifié... Preuve que la vérité est inscrite partout...

— Quelle vérité ?

— Le temps nous est compté, aussi ne t'en dirai-je que l'essentiel... Non pour tenter de t'éblouir ou de t'accabler, mais parce que j'y serai contraint... Viens, sortons : tu n'es plus à l'aise en cette chapelle... M'en veux-tu grandement ?

— Je ne sais, dit Ogier, maussade.

Il était trop reconnaissant à cet homme pour entamer le procès de son Ordre. D'autres s'en étaient chargés ! Il se sentait sain et ardent dans sa foi, capable de résister aux pestilences infernales. Ce mire était pour lui plus près de Dieu que de Satan : jamais, sans quoi, il ne l'eût guéri de sa jambe rouée.

Ils quittèrent le bâtiment. Aveuglé par les rouges lueurs du couchant, Ogier crut pourtant voir bouger une ombre derrière un buisson. Un homme ? Impossible : Marchegai eût henni, or, il broutait quiètement l'herbe courbe, argentée par un vent léger. Assez loin, Plantamor reprenait haleine. Il avait les oreilles chauvies.

— Nous allons à nouveau rompre le pain et manger... Nous dormirons à l'abri de ce muret... La brise seule pourra ouïr mes propos...

La main lourde du vieillard crochetée sur son épaule, Ogier se laissa mener à travers champ jusqu'à un reste de muraille, à l'ombre de deux ormes.

— Tu te dis que je marche en ces lieux comme quelqu'un d'accoutumé à y vivre... C'est vrai... Pendant que je m'assieds sur ces pierres, va chercher les bissacs, les gourdes et les couvertures... Ensuite, nous ne bougerons plus de longtemps.

En revenant, chargé comme un sommier, Ogier eut le sentiment que cette fin de journée serait pour lui fertile en déconvenues. Un frisson courut sur son échine, et pourtant, il faisait chaud. Il posa les bissacs et les couvertures aux pieds du mire. Ils avalèrent, chacun, quelques gorgées de vin, et comme le profane fermait les yeux pour échapper à la vieille figure impérieuse tournée vers lui, sa mémoire lui restitua la pierre grise, le Christ sans croix et le chevalier fuyant le Rédempteur.

— Il y a soixante-dix-sept ans, Ogier, Martin de Montrichard fut reçu chevalier en cette chapelle où ne subsiste de l'heureux temps que ce simple ornement dont les herbes assuraient la protection... Regnault Bertrand en était commandeur ; il l'était encore en 1284... Le 17 décembre de cette année-là, il fit une transaction avec Thibaud de Bosmez, varlet [1], seigneur de Mirebeau et de Blazon, par laquelle toute la haute, moyenne et basse justices demeureraient aux frères de la commanderie sur l'hébergement de Montgaugier et appartenances, sur toutes les maisons de la cité de Maisonneuve et l'hébergement de la lande de Craon... Ce jour-là, j'accompagnais mon oncle, Thibaud de Bosmez, tu l'as deviné, et je revins céans juste six années plus tard, en 1290, solliciter de Regnault Bertrand l'honneur d'être reçu dans l'Ordre...

— Vous êtes donc né de mariage légitime entre noble dame et chevalier, pour avoir été reçu frère-chevalier du Temple...

— Non. Les retraits [2] prévoyaient diverses exceptions : si le père de l'impétrant était chevalier ou même avait vécu comme tel, son fils pouvait recevoir le blanc manteau, car c'était surtout la qualité d'homme que recherchait l'Ordre, bien plus que son estoc [3] et celui de sa famille. Or, j'étais fils de chevalier et de servante... Fils engendré après le veuvage de mon père

1. Aspirant chevalier.
2. Statuts.
3. Race.

dont le mariage avait été stérile... Je fus reçu dans l'Ordre et touchai la Terre Sainte — comme tu dis —, juste pour participer à la bataille d'Acre, d'avril à mai 1291 ; la dernière bataille contre Kabid-Ashraf et ses démons. Je ne t'en dirai rien sinon qu'il y avait, chez les chrétiens, des Chypriotes, des combattants de Saint-Jean, Saint-Thomas, Saint-Lazare, les chevaliers de l'Épée, de Saint-Laurent, de Saint-Martin-des-Bretons, du Saint-Esprit, le Temple et les Teutoniques... Et si je te dis ceci, c'est pour que tu saches que j'ai fait mon devoir de chrétien.

— Vous en avez réchappé... Tant mieux !

Le vieillard fut insensible à ce cri du cœur ; il soupira :

— Tu sais quelles douleurs c'est pour le corps et l'esprit d'être vaincu... J'allai à Chypre à la suite de Thibaud Gaudin, Grand Commandeur de l'Ordre, puisque Guillaume de Beaujeu, notre Grand Maître, avait péri dans cette boucherie où les femmes et les enfants ne furent pas épargnés...

— Votre vrai nom, messire, quel est-il ?

— Benoît de La Ferrière... Sirvin est le nom de ma mère...

Les chevaux paissaient, dressant parfois la tête pour humer le vent. L'endroit semblait à tout jamais soustrait aux forcenneries des hommes, aux rigueurs des gels, des orages, et Blandine en eût goûté la sérénité. Les ultimes feux du soleil, en touchant les haies en friche, y enflammaient des feuilles et des brindilles.

— Vois-tu, Ogier, jamais les royaumes d'Occident n'auraient dû perdre la Palestine, mais il faut en convenir : quand les Francs, les Poulains[1] et leurs alliés y subirent leurs ultimes épreuves, ils étaient devenus indignes de vivre là plus longtemps. Ce grand domaine acquis au prix du sang trop souvent innocent et divisé en seigneuries d'une arrogance crasse, était devenu un

1. Chrétiens fixés en Terre Sainte.

champ de discordes et d'excès dont les Mahomets, qui avaient toujours su en profiter, n'eurent aucune peine à détruire l'hypocrite magnificence. Je ne te conterai pas cette histoire : pendant les mois où tu vécus chez moi, impotent, tu l'as lue dans les livres auxquels je t'avais permis d'accéder...

— Quatre, sur la centaine que vous possédez. Le sire de Joinville les aurait détestés tant les Mahomets y sont bien traités !

— Traités avec équité... Les frères Templiers qui vécurent là-bas et se succédèrent à écrire cette histoire n'ont rapporté dedans que des vérités.

— Ces ouvrages, messire, d'où viennent-ils ?

Ogier s'attendait à une réponse évasive ; il n'en fut rien :

— Tu dois penser que si quelqu'un mettait vraiment son nez dans ma librairie, ce qu'il y trouverait m'enverrait à l'échafaud... Mais qui lirait ici le grec et le latin ? Qui lirait l'hébreu sinon un Juif ?... Il y a le *Manuel de l'Inquisiteur* du dominicain Bernard Gui, les œuvres de Flavius Josèphe, le Tacite et le Suétone complets, eux aussi ; les évangiles de Jacques, Nicodème et Thomas... d'autres encore... Comment les ai-je rassemblés ? Je les ai amenés de Paris. Comment j'ai vécu avant d'exercer la médecine ? Je te le dirai... Pourquoi ai-je tant d'écus ? Parce que je les ai trouvés aux abords des commanderies du Poitou et d'ailleurs, en des lieux où moi seul pouvais les découvrir... Oui, j'ai sauvé de la profanation et sans doute des flammes ce qui méritait d'être sauvé d'un Ordre dont j'ai toujours la vénération. Ces livres, qui auraient dû en rejoindre d'autres en une secrète chapelle, périront avec moi, car tu penses bien que l'Église les trouverait impurs... Quelques personnes les ont vus, mais aucune ne connaissait le copte, le thébain, le syriaque, la langue éthiopienne...

Le vieillard arracha un brin d'herbe et se mit à le sucer. Ogier regarda ses mains blanches, osseuses, expertes à soigner, à guérir. Elles avaient très volontiers donné la mort.

— Vois-tu, si l'Ordre a eu de bons et grands maîtres, quelques autres jetèrent sur lui, à juste raison, le dédain et la suspicion. Le pire fut Gérard de Rideford. D'octobre 1184 à octobre 1189, cet homme commit des fautes sanglantes par fol orgueil. Né en Flandre, à ce qu'on prétend, il était devenu Grand Maître à force de détours indignes. En 1188, après la mort de Baudouin le Lépreux, souverain de Jérusalem, il avait aidé Guy de Lusignan, tout aussi pervers que lui, à monter sur le trône en épousant Sibylle la Putain[1]... Contrevenant à la Règle du Temple, il assaillit des Mahomets paisibles, provoquant la bataille de Casal Robert, le 1er mai 1187. S'il échappa à la mort en fuyant, le Maître des Hospitaliers fut occis, ce qui aggrava l'aversion de cet Ordre jaloux et ambitieux envers le Temple... Qui sait si notre procès n'a pas commencé ce jour-là !

Plantamor et Marchegai s'approchaient, les naseaux enfouis dans l'herbe. À eux seuls, ils dégageaient une sorte de bonace légère, en accord avec ce pays verdoyant, vide et silencieux, car les oiseaux s'étaient tus.

— Pèlerinages et croisades avaient commencé dans la haine avant même que nous eussions connu les Mahomets... Je dis *nous* car tous les peuples du Ponant les exécrèrent du seul fait qu'ils vivaient dans ce qu'on appelle encore les saints lieux.

Ogier perçut, dans ces deux derniers mots, un mépris sans équivoque. « Sur quelle pente veut-il m'entraîner ? » se dit-il.

— Saint Bernard, abbé de Clairvaux, avait donné le ton en prêchant à Vézelay : « *Volez aux armes ! Qu'une sainte colère vous anime au combat et que le*

1. Sibylle de Jérusalem avait été mariée à Guillaume Longue-Epée, fils du marquis de Montferrat, mort en 1177 en laissant un fils posthume : le futur Beaudouin V.

monde chrétien retentisse des paroles du prophète : "Malheur à celui qui n'ensanglante pas son épée !" » Autant te dire que ses exhortations furent suivies !... Il ne tiendrait qu'à Dieu, clamait-il, d'envoyer au-devant de l'ennemi douze légions d'anges pour le réduire en poussière, mais les combattants de la Foi feraient mieux... Et l'on vit Louis VIII se croiser, puis Louis IX... Tous ceux qui les suivirent ne connurent que trépas et déceptions !... Tiens, prends ce pain... cette saucisse...

— Messire, dit Ogier en mordant dans le pain, ce que vous dites est vrai. Mais la terre de Jésus...

Un geste du vieillard l'interrompit :

— L'amour du sang plus que l'amour de Dieu, le goût effréné des richesses, voilà les premières raisons des déconvenues de *tes* chrétiens en Palestine... Et si j'en reviens maintenant aux hommes du Temple, c'est que leur vocation était de veiller sur la sécurité des pèlerins et des Francs établis en cette contrée... Nullement de guerroyer... Cette terre, il eût été possible d'y vivre dans une douceur dont tu ne peux avoir idée !

— Pourquoi en parlez-vous avec autant d'émoi et d'exécration ?

Insensible à cette interruption, le mire poursuivit :

— La perte de la Palestine fut amorcée quand des malandrins sanguinaires tels que Rideford, Guy de Lusignan, Renaud de Châtillon, et des putes comme Sibylle, la sœur du malheureux Baudouin... et des prêtres à l'âme putride comme Héraclius, patriarche de Jérusalem, régnèrent sur les gens d'armes et le peuple. L'argent coulait à flots pour des fêtes somptueuses tandis que les murs de la cité tombaient en ruine sans que ces Grands n'en eussent cure... Et les chrétiens pouvaient aller guerroyer les Mahomets derrière les évêques et les chevaliers alternativement porteurs de la Vraie Croix, l'issue des batailles n'en était pas pour autant assurée !... Tu as lu et ton chapelain t'a conté qu'avant certains assauts, l'ombre des traverses du

Saint-Bois grandissait pour s'étendre au-dessus de l'ennemi et l'effrayer... Mange donc ! Cesse de béer d'étonnement... et sache bien que cette Croix, pas plus que celle que nous portions sur notre cœur et notre écu, n'a jamais commis un seul miracle !

Le vieillard eut un rire bref, fielleux, dont Ogier n'osa s'offenser bien que sa stupéfaction fût extrême. La Vraie Croix ! Rien au monde ne pouvait exister de plus vénérable. Outre que les chrétiens de Terre Sainte l'avaient perdue, il l'entendait tourner en dérision !

— Elle était bonne à tout, reprit le mire en jetant dans l'herbe une peau de saucisson. Tiens : en 1140, Baudouin II de Constantinople l'engagea comme garantie d'une somme empruntée aux Templiers de Syrie... Tu vois : on nous a accusés d'être hérétiques, apostats... tout ce que l'on voulut pour nous déprécier... Or, cette Croix, mes devanciers au Temple la restituèrent... Ils auraient pu en faire une bonne flambée !

— Messire ! Ne vous montrez pas pis qu'un Maure !

Ogier n'avait plus faim, soudain. Il but et fut tenté de recracher le vin, tant sa gorge était serrée.

— Argouges !... Bon sang ! je te croyais plus de solidité... La valeur de cette croix te paraît inestimable ?

— Oui, messire.

— Te séparerais-tu d'un objet sans prix ?

— Jamais.

— Les chrétiens de Palestine, vois-tu, ne possédaient ni ta foi ni ton intégrité d'esprit !

Que répondre ? Rien. Il fallait laisser parler ce vieillard en quelque sorte impitoyable. Les quinze lieues parcourues, l'émoi de se retrouver en des lieux aimés, l'âge enfin, eussent pu lui donner l'aspect d'un valétudinaire ; or, à mesure qu'il s'exprimait, son visage et son corps prenaient une vigueur singulière.

— Je t'ai parlé de la bataille de Casal Robert. En mars de la même année, pendant que Saladin assiégeait

Renaud de Châtillon dans Carac, son fils Aphdal passa le Jourdain et fondit sur la Galilée. Les Hospitaliers et les Templiers accoururent, commandés par Rideford assisté de Jacques de Maillé, maréchal du Temple. C'était un preux. Voyant la supériorité de l'ennemi, il tenta de dissuader le Grand Maître de se lancer dans un engagement dont les conséquences seraient funestes ; Rideford lui dit, méprisant, qu'il tenait trop à sa chère tête blonde qu'il la voulait si bien garder ; à quoi Maillé répondit : « *Je vais me faire occire comme un chevalier, et c'est vous qui lâcherez pied !* » Et la bataille eut lieu ; une folie qui fut fatale aux chrétiens, fatale à Maillé qui se battit si bellement que les Mahomets l'admirèrent au point qu'ils voulurent tremper leurs mains dans son sang et se partagèrent ses vêtements et ses armes pour s'en faire des reliques... Rideford et deux chevaliers avaient fui... Peu après, le patriarche Héraclius partit pour l'Angleterre demander du secours à Henri II.

Benoît Sirvin regarda le ciel, les buissons et les arbres. Au sommet de l'un d'eux, dénudé, une seule feuille frémissait.

— Regarde-la, Ogier. Elle est comme moi : la dernière... Elle résiste ; elle durcira aux vents et aux pluies ; on pourrait presque ainsi la croire immortelle... Mais elle tombera et deviendra terreau... Moi aussi... Quant à Henri II Plantagenêt, sa réputation d'homme de guerre s'était étendue jusqu'en Orient. Pour expier le meurtre de l'archevêque de Cantorbery, il avait promis au Pape de guerroyer en Palestine. Héraclius lui présenta les clés et le gonfanon du Saint-Sépulcre et l'adjura d'accomplir son serment. Henri protesta de son zèle pour la complète délivrance des lieux saints et consentit à pourvoir aux dépenses de la guerre, pas plus. Le gros porc d'Héraclius revint furieux à Jérusalem. De nombreux présages annonçaient la fin des colonies chrétiennes : orages démesurés, tremblements de terre, éclipses de lune et de soleil, tempêtes auprès desquelles les violents souffles du Khamsin, le vent de sable, paraissaient de doux zéphyres... C'était le temps où la perversité gouvernait... Si tu lis un jour Ezechiel [1], tu y trouveras Jérusalem décrite sous l'emblème d'une prostituée, et c'était bien ce qu'on y pouvait voir ! La débauche régnait partout, et comme le prophète, on eût pu hurler aux quatre coins de la cité : « *Au milieu de tes abominations et de tes adultères, tu ne t'es point souvenue du temps de ta jeunesse, alors que tu étais nue et découverte, gisante dans ton sang, près d'être foulée aux pieds* »... Et l'on eût pu clamer que l'Éternel l'abandonnait, qu'elle serait livrée aux mains qui abattraient ses maisons de débauche et ruineraient ses hauts lieux. « *Ils feront monter contre toi une foule de gens qui t'assommeront de pierres et qui te mettront en pièces avec leurs épées !* » Et l'on eût pu, crois-moi, la comparer à Sodome !

Le vieillard soupira, frotta lentement ses genoux, bâilla comme s'il avait sommeil ; mais son œil restait vif tandis qu'il observait, sur le sol, une procession de fourmis.

— Tout ce que je te dis, sans trop de désordre, est nécessaire. Tu le constateras bientôt...

— Je ne me lasse pas, messire. La nuit vient... Prenez votre temps...

L'intérêt, la curiosité qu'Ogier se découvrait, le surprenaient. Il se sentait possédé par l'envie de tout connaître, dût-il sombrer dans l'affliction ou le courroux.

— J'en étais à Héraclius... Lorsqu'il revint, Raymond de Tripoli, qui détestait Rideford et Lusignan, venait de se réconcilier avec eux, tant il sentait la chrétienté d'Orient menacée. Les Mahomets semblaient décidés à étendre définitivement leurs conquêtes ; ils formaient une pieuvre immense et blanche dont les membres menaçaient toutes les grandes cités ; et quand

1. XIV, XV, XVI.

ils avaient arrêté leur choix sur l'une d'elles, tu pouvais t'attendre à ce qu'elle soit perdue... Tandis qu'une armée se constituait pour affronter l'ennemi, le patriarche manda les chevaliers du Temple, leur dit qu'il se sentait fiévreux, incapable de se joindre aux hommes d'armes et leur enjoignit de veiller sur la Vraie Croix, qu'il venait de confier aux évêques Rufin de Ptolémaïs et Bernard de Lidda...

Le vieillard considérait ses orteils à travers les lanières de ses sandales. Une fourmi s'égara sur l'une d'elles ; il l'y laissa.

— Cet immonde prélat aux amours scandaleuses avait flairé la défaite. Et si certains évêques craignaient que la Croix ne puisse revenir à Jérusalem, il se moquait bien, lui, qu'elle tombât aux mains des Mahomets !

— La bataille pouvait être gagnée !

— Je te l'accorde, Ogier, mais les pécheurs parvenaient au terme de leurs excès. Les sages le savaient, les insensés niaient les faits. Le plus grand péril que les gens d'Occident eussent connu sur cette terre rassembla tous les hommes en âge de porter une arme. Ils marchèrent vers le Nord sans se soucier de commettre une première faute : les forteresses franques avaient été dégarnies et dans les villes, il ne restait que les femmes, les enfants et les vieillards... Le prince d'Antioche avait envoyé à l'armée chrétienne cinquante chevaliers commandés par son fils ; des guerriers de toutes les cités du comté de Tripoli avaient rejoint Raymond, leur prince. Les pèlerins, les nautoniers des nefs arrivées d'Occident, tous étaient accourus pour affronter Saladin... En tout cinquante mille hommes...

— Et les autres ?... Les Mahomets étaient-ils plus ?

— Bien plus ! Or, en chemin, on apprit que Saladin venait d'assiéger Tibériade où Eschive, la femme de Raymond de Tripoli, s'était réfugiée... Alors, ce fut la seconde faute !

— De quelle espèce, messire ?

Le vieillard haussa une épaule :

— Raymond dominait tous les autres chefs par son honnêteté et son intelligence. Au conseil qui suivit cette nouvelle, il exposa qu'il fallait laisser les Mahomets s'emparer de Tibériade, bien que cette cité lui fût doublement chère, puisque son épouse y vivait... À quoi bon traverser plus de vingt lieues de désert pour se porter au-devant de l'ennemi, qui justement le traverserait et, la chaleur aidant, se rendrait ainsi impuissant à combattre, quelque accoutumé qu'il fût, pourtant, à la fournaise...

Le mire avala quelques gorgées de vin et, d'un revers de main, essuya sa bouche, sa barbe broussailleuse et reprit, haletant un peu :

— Là où ils s'étaient arrêtés, dans la plaine de Saffouriyah — ou Séphouri —, chevaliers, piétons, turcopoles[1] avaient de quoi attendre l'ennemi puisqu'ils se trouvaient pourvus en défenses, vivres, fourrage et surtout en eau. La soif tourmenterait les seuls Mahomets et leurs chevaux pendant la traversée des sables, de sorte que lorsqu'ils paraîtraient, en fort mauvais état, la victoire serait acquise...

— Les propos de Raymond de Tripoli déplurent ?

— Ils courroucèrent Gérard de Rideford ; il n'y vit que *poil de loup*, traîtrise si tu préfères, et fut aussitôt approuvé par ce grand bêta de Châtillon, qui prétendit que Saladin se trouvait en état de faiblesse... Quoique dépourvu ordinairement de bon sens, Lusignan eut un sursaut de circonspection. Il se rallia aux arguments du comte de Tripoli : on resterait à Séphouri...

Nouveau soupir, suivi d'un regard attentif vers les buissons, les cimes défeuillées et les chevaux toujours paisibles.

— À peine fut-il revenu sous sa tente que Lusignan y vit paraître Rideford. Le Grand Maître du Temple s'emporta : « *Ne suivez pas les conseils d'un traître* »,

1. Indigènes au service des chrétiens.

dit-il. « *Vous êtes roi, Guy, depuis trop peu de jours : quelle honte pour vous si vous commencez votre règne en laissant prendre une cité chrétienne ! Vous disposez en tout de cinquante mille hommes ! Faites crier qu'il nous faut partir et que la Vraie Croix nous précédera !* » C'était le vingt-troisième jour du mois de rebîa' second de l'an 583 de l'hégire... autrement dit : le vendredi 3 juillet...

Soudain, le rire du vieillard éclata, bref et puissant :

— La Vraie Croix ! Comme si deux bouts de bois pouvaient apeurer Saladin !

Ogier ne se regimba pas : il attendait. Ce prologue était sûrement nécessaire.

— L'armée marcha droit sur Tibériade. Soleil brûlant... Soif... Chevaux défaillants et piétons chancelants... Un casal — un village si tu préfères — se présenta, du nom de Marescalcia. On s'y arrêta, et aussitôt l'avant-garde des Mahomets apparut... Comme il fallait franchir des défilés étroits et des terres rocheuses pour atteindre la mer de Galilée, le comte de Tripoli fit dire à Lusignan de traverser Marescalcia pour atteindre au plus tôt le lac de Tibériade... L'eau, il fallait de l'eau, même tiède ! Le roi de Jérusalem était de cet avis, jusqu'à ce qu'une échauffourée, à l'arrière, vint l'effrayer !... Il ordonna de planter les tentes, mais tourné vers le Maître du Temple soudain inquiet, lui aussi, il s'écria : « *Hélas ! Hélas ! Tout est fini. Nous sommes tous morts et le royaume est perdu !* » La nuit tomba ; les Maures se pressèrent en foule autour des chrétiens et mirent le feu à la plaine couverte d'herbes sèches et de bruyères... Flammes, fumées, chaleur, sagettes, épieux... Toute la nuit fut un enfer !

— Et la Croix, messire ?

Benoît Sirvin parut sourd à cette question.

— Au petit matin, Saladin sortit de Tibériade conquise pour offrir le combat aux chrétiens.

— Et la Croix, messire ? insista Ogier. C'est ce jour-là qu'elle fut perdue !

Un malaise le gagnait ; il se sentait sur le seuil d'une découverte importante. Et terrible.

— Il fallait négocier, reprit Benoît Sirvin. Une trêve sincère eût été possible avec ce Kurde : il avait déjà fourni aux Francs moult témoignages de loyauté, de magnanimité et même, parfois, d'amitié vraie... Hélas ! sous l'impulsion de Rideford, les chrétiens entamèrent la bataille... On raconte que les piétons et les chevaliers formèrent une muraille de fer autour du Saint-Bois et de l'étendard de Jésus... On raconte que les prêtres s'étaient faits tout petits, sauf l'évêque d'Accron, qui veillait sur la Croix et qu'avant de mourir, tout hérissé de flèches, il la confia à l'évêque de Lidda... Ce sont des bruits sans fondement !

— Comment le savez-vous ?

Benoît Sirvin eut un geste agacé :

— La boucherie dura longtemps. Quand il fut hors de doute que la cause franque était perdue, le comte de Tripoli s'enfuit...

— J'ai lu, messire, qu'un pèlerin avait vu la Croix tomber aux mains des Mahomets.

— Ce témoin, Raoul de Coggestale, n'a rien vu. D'autres, Ibn-Alakir et Emmad-Eddin prétendirent, eux, que la croix avait été prise avant le roi de Jérusalem, et que les derniers combats eurent lieu sur la montagne de Hittin — le mont des Béatitudes où Jésus emmenait souvent ses compagnons...

Benoît Sirvin frotta longuement ses genoux, comme un homme à l'issue d'une marche épuisante. Une expression de désespoir figea un moment le peu de visage qu'Ogier entrevoyait dans les poils blancs de ses joues.

— Raymond s'est enfui à Tripoli pour y mourir de désespoir, accusé par les Mahomets d'avoir violé les traités, et par les chrétiens d'avoir trahi sa religion et son pays... Seuls survécurent le fils du prince d'Antioche, Renaud de Sidon, le jeune prince de Tibériade... S'il y eut des milliers de trépassés, il y eut aussi des milliers de captifs... Un an après la bataille, on pouvait voir les corps desséchés au soleil, et les armes inutiles... Deux ans après, on les voyait toujours, comme si le sable refusait de les ensevelir...

— Qu'advint-il de Guy de Lusignan ?

— Il supplia le vainqueur de lui laisser la vie.

— Renaud de Châtillon ?

— Saladin le décolla lui-même. Il avait bien raison : cet homme était une abominable crapule.

— Gérard de Rideford ?

— Ne te l'ai-je pas dit ? Cet outrageux eut la vie sauve et mourut à Accron [1], mais avant, avec Lusignan, ils avaient eu la bassesse d'échanger leur honneur de chevalier contre une promesse de liberté. Décidément ignobles, ils accompagnèrent Saladin dans sa reconquête.

— Et les Templiers ?

— Il en restait deux cent trente. Saladin leur donna le choix entre l'abjuration et la mort. Nul ne faiblit. Ils périrent tous écorchés vifs... On eût dû vénérer ces martyrs jusqu'à la fin des temps... Et crois-moi, les chrétiens avaient mérité châtiments et défaites car suivant l'exemple de Godefroy de Bouillon, ils avaient occis plus de Mahomets — hommes, femmes, enfants — que leurs adversaires n'avaient occis de Francs... En fait, c'est un fleuve de sang que *ton* Jésus pourrait se glorifier d'avoir répandu sur le sable de ce pays...

Ogier avait perçu, depuis quelques moments, un changement chez le vieillard. Si son allure lasse subsistait, sa voix devenait d'une acerbité vive, haineuse. Paisible, il crut bon de répliquer :

— L'Ordre du Temple, messire, a contribué à ces destructions.

Sa voix mate, plate comme un fer d'épée, l'étonna

1. Le 1er octobre 1189. La bataille de Hattin eut lieu les 3 et 4 juillet 1187.

autant que celle du vieillard. « Hé là ! » se dit-il, « ne nous querellons pas. » Se baissant, il arracha un brin d'herbe et se mit à le mordiller.

— Comment pourrais-je nier, Ogier, que nous étions présents à des batailles dont jamais nous n'avons tiré le moindre orgueil ? La jactance ? La présomption ? C'était pour un Gérard de Rideford... Mais ne sais-tu pas qu'il fallait que nous fussions assaillis trois fois pour tirer notre lame du fourreau ?... Templiers du commencement à la fin de cette longue aventure, nous devions protéger, abriter, soigner les pèlerins de Palestine, et si nous dûmes nous battre, ce fut avec vaillance, mais le cœur gros... Passe encore quand nous avions en face des hommes hardis autant que nous, mais occire des femmes, des vieillards, des enfants au nom du Père, du Fils et du Saint-Esprit ; au nom de deux morceaux de bois...

Ogier s'attendait à tout.

— Il m'apparaît de plus en plus, messire, dit-il, que vous avez la Sainte Croix en horreur !

Benoît Sirvin se pencha et le regarda fixement. Il se sentit les joues brûlantes et attribua ce fait à son indignation ; mais était-ce bien cela ? N'était-il pas plutôt subjugué par cet homme et honteux de ne pouvoir se défendre d'une telle sujétion ?

— Je n'ai nullement cette Croix en horreur, tout au moins en ce qui me concerne. En dédain, oui : elle a causé tant de maux !... L'humanité, à cause d'elle, va-t-elle souffrir encore des siècles et des siècles ?

— Messire ! s'écria Ogier. Vous vous engagez sur une pente mauvaise.

Ses nerfs irrités sautaient sous sa peau. « S'il parle ainsi, c'est qu'il a ses raisons ! » Raisons mensongères ? Oui ! Oui ! Il fallait rompre cet entretien qui tournait mal. « Mal ?... Et ta foi, qu'en fais-tu ? Ne vas-tu pas trouver quelques propos tout aussi venimeux en réponse ? » Il inclinait vers les herbes un front soudain lavé par sa sueur. Pensant violemment à Blandine, il céda au repentir : « J'aurais mieux fait de rester auprès d'elle ! » Ah ! pouvoir se délivrer d'une influence qu'il devinait soudain néfaste... Mais par quelle astuce ? Comment pouvait-il se laisser dominer par des allusions pareilles ?

— Sans *elle*, Ogier, sans son pouvoir enchanteur, pouvoir inexistant mais que lui déléguait l'Église, Francs, Juifs et Mahomets, cessant leurs haines et discordes, eussent pu constituer...

— Une Babylone ?

— Un empire vigoureux et respecté tant de l'Orient que de l'Occident... Godefroy de Bouillon a le premier teinté cette croix de rouge... Guy de Lusignan aura été le dernier à s'en servir pour procéder à une boucherie... Héraclius le débauché a posé dessus ses mains abominables... La Croix du Sauveur, que parfois dix preux chevaliers portaient à la bataille, n'a engendré, sous son ombre et au-delà, que le stupre, la corruption, la luxure !

Ogier courba le front : cette opinion procédait de témoignages recueillis avant la destruction de l'Ordre ainsi que d'une amertume justifiée par tous les textes figurant dans la librairie de cet homme. Faute de relations avec autrui, sauf pour des soins qui n'engageaient que son savoir et son habileté, il prenait ses acquisitions pour la Vérité même. Il devait apaiser cette âme fourvoyée. En bon chrétien :

— Messire, vous m'effrayez ! Vous devez croire à Jésus qui mourut sur cette croix certes mal employée... et souffrit exemplairement pour notre sauvegarde !

— Il a souffert par sa faute. Il est mort comme un malandrin !

La sécheresse et la teneur de la réponse laissèrent le garçon pantois. Jamais, en sa simplicité, il n'avait entendu plus terrible blasphème. Pour une fois, le vieillard s'abstenait de sourire ; mépris ou lassitude, une grimace incurvait sa bouche.

— On nous a reproché d'être impurs or, sache-le,

les scandales et prostitutions dont on nous accusa ne sont que bénignités comparés aux immondices de ce royaume d'Orient au milieu duquel, telle une bannière souveraine, la croix écartait ses bras. Et le seul miracle qu'on puisse lui reconnaître, c'est que les vers du bois s'en fussent comme nous, Templiers, détournés... si tant est que des vers puissent le faire !

À nouveau cette moquerie imprévisible, si parfaitement lisse et impénétrable. « Il parle comme quelqu'un qui sait tout ! » Ogier se sentait déprécié. Contre les arguments tranchants du mire, les enseignements de ses deux chapelains, les frères Isambert et Clergue, lui semblaient des armes émoussées.

— Messire, à la grande bataille dont vous me parliez, cette Croix sur laquelle vous crachez tomba au pouvoir des Mahomets...

— T'ai-je dit cela ? Non... J'allais y revenir pour te conter qu'à la nuit noire, avant que les hommes de Saladin eussent mis le feu aux broussailles, quelques chevaliers du Temple, à l'instigation de Balian d'Ibelin, décidèrent de l'enfouir pour qu'elle ne tombât pas aux mains de l'ennemi.

— Mais ils la détestaient tout autant que vous !

Un fol espoir traversa l'angoisse d'Ogier. Le mire l'anéantit d'un rire :

— Ils devaient l'exécrer plus que moi, mais on la leur avait confiée comme un trésor : il importait de la préserver... Les clercs portaient d'autres croix ; ils formeraient le cercle autour de l'une d'elles pour leurrer les Mahomets acharnés à sa possession !

— Et c'est ainsi qu'elle fut perdue.

— D'une certaine façon.

Le sourire glacé du mire disparut ; quelque chose de tendre anima sa face blême :

— Elle n'avait jamais servi à rien, sinon qu'à encombrer les hommes d'armes !

Ogier rougit sous un regard malicieux. Il avait besoin de toutes ses capacités de bienveillance, désormais, pour ne pas se regimber à chaque mot, voire à chaque sourire. Il reconnaissait en soi-même à Benoît Sirvin le droit et même la qualité de la sincérité. D'autres que lui, Argouges, eussent sans doute rompu l'entretien, mais il se sentait au fait de trop de mystères : sa soif d'apprendre le maintenait assis, attentif et presque respectueux !

— Messire !... D'après ce que je sais par vos livres eux-mêmes — du moins ceux que vous m'avez prêtés —, cette Croix devant laquelle il se prosterna permit à Baudouin le Lépreux de vaincre Saladin à Montgisard !

Le vieillard parut indifférent à cette véhémence. Son regard, clair sous les sourcils de neige, n'eut aucune expression. Il déclara d'une voix lointaine :

— Toi qui te bats, crois-tu à ces gailles[1] ? Tu étais à Crécy derrière l'oriflamme sacrée des rois de France. A-t-elle permis à Philippe de vaincre Édouard ?... Et ne penses-tu pas que si cette Croix possédait tant de vertus, elle eût guéri de sa lèpre Baudouin IV ? Il a pu se frotter contre elle comme un chat qui se mignote. Vainement !

Ogier soupira. « Il ne cesse de me dominer ! » Il dit avec une débonnaireté fausse :

— Il m'advient souvent d'invoquer Dieu, le Christ et les saints. Je me signe devant les croix et les églises...

— Cela t'aide-t-il ? Nullement, car ce sont ton corps et ton esprit qui te viennent en aide... Nous parlions de guerre. Tu sais désormais que la victoire est loin d'être la conséquence du nombre et de l'armement, mais qu'elle dépend de l'endurance et de la forcennerie des hommes placés sous le commandement de maréchaux et capitaines aux sens rassis ! Croire à son roi, certes, mais surtout croire à son Ordre, croire à sa cause, voilà qui conforte et enflamme sans pourtant protéger de

1. Plaisanteries.

l'échec et de la honte de fléchir devant plus habile et plus vaillant que soi... Car ceux qui sont en face ont aussi leurs vertus !

— J'en conviens... Je conviens même que la Croix est d'un appui secondaire... Si elle n'aide le corps, elle peut suppléer un courage amoindri...

— Lorsque tu ne crois plus qu'aux plaisirs pernicieux, lorsque la luxure est reine, le stupre empereur et que le patriarche qui a la charge de cette Croix est l'être le plus dissolu de la terre, peux-tu avoir le goût de te battre ?... Et pourtant, nous nous sommes battus, bien battus... Je dis *nous* quand je parle du Temple...

— Si Jésus, messire...

— Quel Jésus ?

La question était posée si froidement qu'Ogier en fut ébranlé. Vers quel abîme se laissait-il insensiblement entraîner ? On avait dit que les Templiers reniaient Jésus ; il en avait la preuve. Une angoisse nouvelle, ardente, le saisit ; sa gorge se noua. Il eût fallu s'arracher à ce muret, à cette présence tranquille et opiniâtre, enfourcher Marchegai et fuir. Impossible : Sirvin le tenait en haleine, et ce « *Quel Jésus ?* » tisonnait sa curiosité.

— Que voulez-vous dire, messire ? C'est pour *lui* qu'eurent lieu les croisades...

— Ah ! les croisades... ou les croisières, comme on disait surtout... Pourquoi crois-tu que des milliers d'hommes y ont participé ? Jésus ? Que non !... Les uns avaient soif d'aventure, les autres imaginaient moult récompenses bienfaisantes à leur bourse plutôt qu'à leur esprit... sans oublier les pires malandrins que les promesses d'indulgences éhontées excitaient plus qu'une victoire sur les ennemis de la foi chrétienne. Des égorgeurs absous, des pillards réhabilités partirent en Orient commettre d'autres excès. Tous y rassasièrent leur cupidité, leur passion du sang... Belle engeance, en vérité, que ces pèlerins de la Foi !... Mais puisque Jésus fut aussi malfaiteur...

— Messire !

— ... il était juste qu'on vît accourir, sur les lieux de ses prouesses, certains hommes à sa semblance.

Ogier se leva. Une poigne solide le retint par sa ceinture :

— Les croisades ont exclu du royaume de France le bon et le mauvais, l'essentiel et l'inutile : toutes les guerres lointaines purgent, appauvrissent et assainissent les pays qui les font... La foi n'appartenait qu'à ceux qui prêchaient la croisade... Mais une foi bien mieux trempée endurcissait l'adversaire qui, de plus, était chez lui !

Ogier pensa à Gilbert Bressolles. Il eût certainement approuvé ce vieillard.

— Les chevaliers du Temple observèrent les premiers que la délivrance du tombeau du Christ n'était que prétexte à des spéculations éhontées et malsaines, et que la sécurité des lieux saints nécessitait tout d'abord une entente loyale avec les païens. Odon de Saint-Amand l'avait compris, Baudouin IV et Raymond de Tripoli aussi... et les Templiers, qui furent pourtant seuls accusés d'une secrète connivence avec les Mahomets !... Comme, en sus, ils s'entendaient bien avec les Juifs ainsi qu'avec l'Église d'Orient et ses patriarches, cette suspicion devint de la haine...

Le vieillard s'exprimait sans la moindre passion, les yeux clos, les mains serrées sur sa cordelière. « Il renonce à blasphémer contre la Croix ; il cesse de vilipender le Christ... Je préfère cela ! » Ogier soupira et observa qu'il en avait assez.

— Les communautés du Temple, Argouges, vivaient soit en deçà soit au-delà des bassesses : elles étaient, sur la fange franque d'Orient, de grandes fleurs d'argent et de sable, la couleur du baucent... Or, sache-le : lorsque la débauche est reine, la pureté devient criminelle. Certains d'entre nous pressentirent les persécutions que Philippe IV pourpensait contre l'Ordre ; ils commirent la faute de croire qu'ils y remédieraient... Ils étudiaient sans fin les vieux textes, les ancestrales doctrines, et ce qu'ils lisaient sur les parchemins, ce qu'ils apprenaient par la bouche des Juifs et des Mahomets les plaçaient sur une autre voie que celle qu'ils avaient connue... Les tout premiers Templiers avaient acquis la certitude que le vrai Jésus ne ressemblait en aucune façon à celui que vénérait toute la chrétienté. Ils eurent la certitude que le clergé d'Occident maintenait les peuples dans l'erreur afin de les garder dociles à des commandements erronés... « *Oui* », finirent-ils par conclure, « *la mauvaise science est dans le clergé. Il nous faut progresser en savoir et faire en sorte que la Vérité triomphe !* » Informées par des espions de cette passion pour les Vraies Écritures, la papauté de Rome puis celle d'Avignon prirent les Templiers en haine. Car la vérité sur Jésus, révélée en Occident, c'en était fait du pouvoir omnipotent de l'Église, pouvoir que les Albigeois avaient déjà ébréché...

— Messire, vous voilà reparti dans vos férocités !

Ogier sentait pourtant son courroux s'assoupir. Il se savait dépassé en savoir, en volonté, en énergie. Devant lui, les buissons s'enténébraient, mais quelques feuilles brillaient encore, et celle que le mire lui avait montrée frémissait toujours, pareille à cet homme si maître de lui, si solide malgré sa barbe blanche, sa peau parcheminée, ses mains décharnées. Il eût voulu le maudire, il en était incapable.

— Quelques textes, Ogier, témoignaient de la venue d'un Christ bien avant celui auquel tu penses [1]. Certains de nos premiers initiés parlaient d'un Jésus qui certes avait une mère du nom de Marie, mais Marie d'Am-

1. Lire *Le Secret du Temple*, par André Lebey (Paris, 1931, cotes 8° H, pièces 1887 et 2506 à la Bibliothèque Nationale). Ce précurseur s'est trompé sans doute sur la lignée de Jésus. L'ouvrage de Robert Ambelain, *Jésus ou le mortel secret des Templiers* (Paris, Laffont, 1970) fait le point sur cette affaire et sur la plus grande énigme de l'Histoire.

ram, sœur d'Aaron et de Moïse... Un Jésus conçu comme nous le fûmes toi et moi. Et l'on disait que le bâton du Grand Maître du Temple était celui d'Aaron... L'*abacus*, exhaussé d'une plate-forme carrée, elle-même surmontée d'un volume en forme de sphère... Je te dis cela au passage, car chez nous, les maîtres qui savaient cinq ou six langues trouvèrent en collationnant les parchemins, toute la vérité...

— Et cette vérité, messire, quelle est-elle ?

— Que Jésus n'était qu'un homme aventureux, fils de Juda de Gamala dont la mère engendra plusieurs fils...

— C'est impossible, messire.

— Seul Flavius Josèphe t'en apporterait la preuve si tu lisais l'hébreu... Ses *Antiquités judaïques*...

— Messire, je me moque de ce Flavius Josèphe ! Sa vérité n'est pas bonne !

— Vas-tu dire qu'elle n'est pas bonne parce qu'il était Juif ?

— Non... Elle est mauvaise parce qu'elle...

— Dis-le donc : parce qu'elle te trouble ! Sache que de lignée davidique et royale, Jésus voulut régner sur Israël. C'était son droit... C'était même son devoir. Or, s'il fut crucifié la tête en haut, c'est en tant que rebelle et maufaiteur...

Ogier voulut se lever ; la main du vieillard s'agrippa à sa manche et le contraignit à se rasseoir.

— Cette vérité te brûle comme elle m'a brûlé, moi aussi... Je ne te demande pas de la faire tienne ! Je ne veux même pas décrier *ton* Jésus... Il faut que tu saches, pourtant, que les Templiers se réservaient le droit de révéler leur découverte, preuves à l'appui, quand le monde serait digne de la recevoir ; quand l'Ordre aurait suffisamment triomphé partout pour accomplir en Occident et en Orient l'unité du genre humain... Car tu penses bien que si nous avions professé et révélé la Vraie Doctrine, nous nous serions condamnés à périr sous les tourments de l'Inquisition !

— C'est ce qui s'est produit ! J'y vois là une volonté divine.

Benoît Sirvin haussa les épaules :

— Dieu n'intervient pas dans la vie aussi aisément que tu le crois... ou veux le croire. C'est parce que nous étions riches que Philippe IV décida de nous anéantir...

— J'en conviens, mais il vous savait hérétiques !

— C'est *ta* vérité, c'est la vérité des clercs qui est mensongère !... L'Église a exploité les textes, combattu les réalités, falsifié les évidences... Quant à Philippe IV, l'excommunié, cela lui allait bien, cette sainte colère !... Il osait punir un Pape qui se regimbait contre lui et s'instaurait le défenseur de l'Église !... Moi, je sais que Jésus n'était pas d'essence divine, qu'il n'est pas né d'une vierge et qu'il fut crucifié comme faux prophète pour ses propres péchés, à commencer par celui de se prétendre fils de Dieu !

— Votre hérésie, messire, m'épouvante !

— Hérésie ? Nous avons combattu pour la foi catholique, nous maintenions la sainte Communion, nous suivions assidûment les offices... Nous avons servi Dieu, mais nullement Jésus !

— Cela revenait au même : servir le Père ou le Fils...

— Non !... Le crucifié fut un homme comme nous... Que ton esprit s'éclaire, Ogier ! Qu'il admette que les Romains ne permettaient pas aux peuples asservis de rendre leur justice... Jamais Pilate ne se serait lavé les mains d'une exécution ordonnée par le Sanhédrin... La Croix est un supplice romain ; les Juifs lapidaient. S'ils avaient voulu châtier Jésus, ils l'auraient lapidé comme Étienne... Jamais, enfin, un procurateur romain n'aurait condamné un homme pour une raison religieuse si celle-ci ne pouvait nuire à Rome... Il se moquait qu'on blasphémât Yahvé... Jésus ne fut pas crucifié comme prophète et blasphémateur, mais comme malandrin : il s'était rebellé contre Rome ; il descendait de David : c'était un roi des Juifs en quête d'un royaume !

— C'était le fils de Dieu !

Bras croisés, Ogier défiait le vieillard. Il s'était dit, en l'accompagnant, qu'il allait apprendre un secret — d'espèce tangible — or, il était en butte à des mots sacrilèges ; il les pouvait contester, mais ses réfutations, si véhémentes qu'elles pussent être, reposaient sur une foi reçue sans atermoiements et vérifications, parce que cela devait être ainsi : on ne réfute pas les Évangiles. L'ancien Templier s'appuyait lui aussi sur des textes anciens et sur deux siècles de travaux patients, indécents. « Jésus, un malandrin ! » Il eût dû s'ébaudir de cette assertion sacrilège ; au contraire, il était accablé, pantelant. Furieux de se sentir et de paraître pitoyable, il se leva si brusquement que le vieillard ne put le retenir, et traversa le pré pour rejoindre Marchegai, toujours aussi quiet, et qu'il dessella. Il soulagea ensuite Plantamor. Il avait souhaité, par ces quelques mouvements, éteindre ou apaiser les feux de ses pensées. Il n'en fut rien. « Cet homme est le diable !... *Je crois en Vous, Jésus ! Je crois en Vous !* » Il devait se retourner et cracher à pleine gorge toutes sortes de malédictions au mire. Confiance pesait lourd à son flanc ? Il devait la tirer du fourreau et...

Non ! La sollicitude du chirurgien ne s'était pas limitée aux soins et à la guérison quasi miraculeuse de sa jambe rompue par Guichard d'Oyré : elle lui avait permis de retrouver, après Crécy, Marchegai, son armure et son épée. Aide pernicieuse ? Allons donc ! Il s'était réjoui de promettre à cet homme *dont il savait l'appartenance au Temple*, la redevance de son choix. C'était pourquoi il se trouvait ce soir dans une commanderie en ruine.

La nuit se refermait autour de Montgaugier ; presque opaline, et teintée çà et là d'argent lunaire. Les haies et les frondaisons composaient des masses noires, et il se sentit cerné, observé ; mais par qui ? Son trouble ne rendait que plus sereins les vestiges chers à Sirvin... ou plutôt au chevalier Benoît de La Ferrière. Quels débris de châteaux fiers, de cités prospères jonchaient encore cette Terre Sainte qu'il imaginait mieux, maintenant, grâce à ce vieillard vers lequel il revenait lentement. Pourquoi fallait-il que, pour les Francs, l'histoire se répétât sans qu'ils tinssent compte de ses enseignements ? C'était l'orgueil forcené des nobles — il fallait bien qu'il se le dît — qui avait préjudicié la folle hardiesse des guerriers chrétiens de Séphourie. C'était aussi leur orgueil qui, en juillet 1302 [1], avait provoqué leur perte face aux manants et bourgeois de Flandre. Des soixante-dix mille hommes assemblés par Philippe le Bel et sa femme — non moins pernicieuse que la Boiteuse de Philippe VI — pour dévaster ce pays, seuls sept mille avaient survécu ! C'était encore l'orgueil qui avait nui à la noblesse et par-delà à la France sur la butte de Crécy !

« Je mourrai bientôt, sans doute... Nullement par incidence d'orgueil mais parce que, sous peine de passer pour un couard, je devrai suivre l'écuyerie et la Chevalerie du royaume... Je vivrai en Paradis... Car il existe ! Dieu existe ! Son Fils existe ! »

La nuit tombait du ciel comme une vapeur blême ; l'odeur de la campagne était douce, charnelle. Cette quiétude-là, cette splendeur des choses qui s'endormaient comme les êtres humains et les animaux ne pouvait exister que parce que Dieu l'avait voulu ainsi. L'air frais et velouté du parfum des herbes et des arbres était comme Son haleine... Mais pourquoi, s'Il était si bon, présidait-Il, impassible, aux boucheries de la guerre ? Pourquoi, surtout, n'avait-Il pas aidé les Francs à vaincre les Mahomets ?

Il prit sa couverture et se roula dedans :

— Vous me plongez l'esprit dans du venin ! Et si

1. Le jour de la Saint-Benoît : 11 juillet.

je ne vous connaissais, messire, je vous prendrais pour un nouveau Gaumadras[1] !

— Au lieu de te courroucer contre moi, tu aurais mieux fait d'abreuver nos compagnons au ruisseau qui court là-bas... Non ! Non ! Ne te lève pas, j'y vais...

D'un pas traînant qui laissait un double sillage dans l'herbe haute, le vieillard s'éloigna, prit les chevaux au frein et les emmena derrière une haie. Il avait peut-être accompli les mêmes actes, autrefois, au temps heureux de Montgaugier.

« Il est semblable à Bressolles... Bressolles fut bon pour moi et mon oncle le croyait hérétique... Parce qu'il le contredisait. Lui, Sirvin, fut également bon... »

Ogier s'efforça de recréer dans sa tête cette nuit grosse de pluie après son évasion du château d'Angle en compagnie de Hugh Calveley. Sans Sirvin, non seulement il fût retombé au pouvoir de Guichard d'Oyré — « qui croit en Dieu et au Christ tout comme moi, bien qu'il soit le pire suppôt de Satan que je connaisse » —, mais il n'eût jamais revu Blandine...

Il ferma les yeux, entendit le mire et les chevaux revenir et s'efforça de ne pas remuer. Des froissements et un bâillement lui révélèrent que le vieillard s'était allongé. Puis la voix, douce et ferme, perça le silence :

— Tu ne me hais pas, Argouges... Tu veux savoir... Nous aussi, nous avons voulu savoir et nous avons su... En d'autres temps, sans doute serions-nous parvenus à ouvrir une brèche dans ce mur d'épais mensonges que l'Église a dressé autour de ses fidèles. Nous avions affaire à des démons ! De Boniface VIII qui excommunia Philippe IV et que Sciarra Colonna buqua de son gantelet de fer[2] — un pape qui avait terrorisé son prédécesseur, Célestin V ; un pape sodomite, magicien et

1. Seigneur damné de *Garin de Montglane* (XIIIe siècle), le plus brutal, le plus cynique athée de la littérature épique.

2. A Anagni, le 7 septembre 1303. Gilles Colonna, archevêque de Bourges, avait été le précepteur de Philippe IV.

athée — à Clément V, en passant par Benoît XI, mort empoisonné, le trône pontifical n'a vu passer et trépasser que des malandrins. Ce Clément V fut crapuleux. Il menait grand train avec sa maîtresse, Brunissende... Il n'avait qu'un besoin essentiel : s'enrichir... Voilà les souteneurs de *ton* Jésus !

— Ce que vous dites est effrayant !

— La vérité, pour l'homme ou la femme de cœur, est toujours effrayante. Elle me désespéra comme elle te désespère, et lorsque le commandeur me demanda de cracher sur la croix, j'ai refusé, criant au sacrilège... Essaie d'oublier tout cela pour t'interroger une seule fois : crois-tu qu'il serait décent de ta part, si tu perdais ton père dans une échauffourée, d'adorer l'épée qui l'aurait occis ?

— Certes non !

— Tu repousserais cette lame comme une chose infâme ?

— Oui.

— Alors pourquoi serais-tu enclin à honorer, en certains lieux de la chrétienté où des clercs prétendent le posséder, quelque soi-disant fragment de la lance qui perça Jésus ?

— Parce que c'est ainsi.

— Belle réponse !... Cette lance, sais-tu, n'a jamais existé. C'est une trouvaille d'un homme de Raymond IV de Toulouse au siège d'Antioche[1]. Elle res-

1. On peut lire sous la plume de Pierre Belperron, écrivain catholique impartial, dans *La Croisade contre les Albigeois* (Plon, 1942) : *Raymond IV de Toulouse s'était croisé avec l'idée bien arrêtée de devenir roi de Jérusalem. Il avait rendu à l'armée croisée de signalés services... L'armée croisée était bloquée dans Antioche ; la disette était si affreuse qu'Étienne de Blois, un des chefs de la croisade française, déserta et s'enfuit par la mer. La fin approchait lorsque sous les dalles de l'église Saint-Pierre, un Provençal, Pierre Barthelemy,* « inventa » *la Sainte-Lance, celle dont le centurion avait percé le flanc du Christ. Cette trouvaille miraculeuse ranima les énergies et, quelques jours plus tard, les croisés jusque là à bout de force, écrasaient l'armée assiégeante.*

semblait à cent, à mille autres et n'était pas plus romaine que tu es Gascon... Pourquoi te sens-tu revigoré de vénérer, grande ou petite, en bois ou en fer, l'une des milliers de croix faites à la semblance de celle sur laquelle cet homme est mort comme un fredain[1], alors qu'il aurait dû périr la tête en bas comme c'était l'usage pour les conspirateurs ?

— Assez ! Je ne vous suivrai pas ! Laissez-moi dormir !

Brûlant de fureur et de déception, Ogier ferma les yeux puis, rageur :

— Je tourne mon cul à votre Flavius Josèphe !... Et aux autres !

Il mentait. En certains cas, la curiosité avait des attraits indécents, mais si séduisants tout de même... Il repousserait cette séduction-là. Il comprenait, cependant, que des hommes vivant à Jérusalem, pour ainsi dire à l'ombre de Jésus, eussent cédé au turbulent penchant de la connaissance. Apprendre, n'était-ce pas un des buts essentiels de la vie ? Il maîtriserait cette tentation-là même si, plus que son cœur, son esprit souhaitait sonder le noir passé que le Crucifié avait illuminé de sa seule présence. Ouvrant les yeux et regardant les étoiles, il dit, la voix tremblante d'il ne savait trop quoi — émoi, courroux, lassitude ou frayeur :

— J'ai peur de cet abîme où vous êtes tombé !

Ouvrir un livre, ouvrir une porte : des gestes simples. Mais avancer de parchemin en parchemin, peut-être de preuve en preuve... Se sentir soudain différent des autres, même si l'on refuse de croire à ce qu'on a lu : « *Je sais !* » Devenir involontairement hérétique... « Il est des faits indûment acquis qu'on ne doit plus pouvoir dissimuler ! On se préjudicie à les porter en soi sans pouvoir les extirper... Si l'on doute, et même si l'on s'indigne, on est tenté de se confier... On a beau savoir maîtriser sa pensée, des mots peuvent

1. Scélérat.

vous échapper ! » Il résisterait à cette soif de connaissance. Et que lui importait, après tout, que des bûchers eussent effacé, avec des hommes, un Savoir qui jamais ne serait dispensé !

— Les ignorants vivent mieux que ceux qui cherchent au péril de leur âme !

Jésus, un autre homme ? Un homme, tout simplement... Déjà, il était atteint par un doute. Comment s'en délivrer ? S'en purifier ?

— Il fait nuit, mais je te vois... Tu as beau joindre les mains et contempler ce ciel serein, tu crains que ce que je t'ai révélé ne soit vrai... Sois assuré que je ne te tente pas, mais qu'il fallait que je t'instruise sans pour autant vouloir te convaincre de la justesse de mes dires... J'ajoute que nos extrêmes malheurs nous les devons nous, Templiers, à un homme ignorant et pompeux qui ne sut ni déjouer la rancune de Philippe le Bel ni prévenir ses ambitions ni nous protéger du mal tant sa confiance en ce roi démoniaque fut absurde !

— Qui était-ce, messire ?

— Jacques de Molay... Mais dors, je t'en parlerai demain...

Ogier croisa ses jambes lasses. Dormir... Le pourrait-il ? Son cœur et son cerveau enflammés l'un et l'autre le tourmentaient. Bien qu'envolés, tous les mots qu'il avait entendus le heurtaient avec une force, une densité singulières, comme pour pénétrer si profondément en lui qu'il ne pourrait jamais s'en délivrer. Ah ! certes aucun d'entre eux ne l'avait ébloui, mais certains martelaient l'arrière de son crâne : « *Malandrin... Croix... Un enfant conçu comme toi et moi...* » À travers les branches noires et décharnées, des étoiles clignotaient, pures, apparemment légères comme des plumes. Blandine, penchée à la fenêtre de leur chambre, les voyait-elle ? Était-elle couchée ? Se courrouçait-elle contre lui ?

Il tressaillit, ayant entendu, lointain, le hennissement

d'un cheval. Ce ne pouvait être ni Marchegai ni Plantamor... Alors qui ?

— Dors donc ! murmura le mire. Nous ne craignons rien... Dieu nous protège !

Et il rit à peu près comme il eût toussé.

VII

L'aube vint froide et pourprée, frémissante de chants d'oiseaux. Dressé sur un coude, Ogier vit Benoît Sirvin sortir de la commanderie à grandes enjambées, puis se diriger vers Plantamor et Marchegai, immobiles, leur robe et leur haleine brillantes et vaporeuses. Un reflet de la lumière encore indécise fit chatoyer quelque chose entre les rares feuilles d'une haie, à environ deux cents toises.

— Tiens, tu es levé, Argouges !

— J'ai cru voir une lueur.

— Je l'ai vue... Lueur de fer... Lueur de heaume ou de bassinet.

— On nous a suivis !

Cette crainte provoqua un geste de dédain bref, insincère :

— Qui sait ?... Allons, prends ton cheval et viens au ruisseau... Tu pourras t'y laver comme je viens de le faire avant de m'offrir une messe pour moi seul devant cet autel déserté.

Le mire ne riait pas. Ogier s'offrit une longue ablution dans l'eau froide avant de panser et seller Marchegai. Près de lui, le vieillard préparait Plantamor, mais plutôt que de se jucher en selle, il revint s'adosser au muret et invita Ogier à le rejoindre :

— N'aie crainte : nous partirons bientôt. Cependant,

il faut que j'achève en ces lieux ce que je dois te dire... Ils favorisent et développent mes remembrances. Ma mémoire semble rajeunir. Hier, je t'ai parlé de...

— Jacques de Molay... J'avais cru comprendre que vous l'admiriez.

Le visage de Benoît Sirvin se contracta sous l'effet d'une colère infinie :

— J'ai servi le Temple au mieux parce que j'en avais le devoir. Si le Grand Maître me montra de la reconnaissance, ce fut pour l'avoir guéri d'un phlegmon au cul qui, en notre Maison magistrale, à Paris, mit quelques jours son existence en danger. Pour les tâches auxquelles j'étais astreint, je n'avais guère à lui obéir. Les soins apportés aux malades me tenaient éloigné de la vie des autres frères ; mais le Grand Maître m'eût-il dit : « Fais cela pour le bien de tous » que je l'aurais fait...

— Je vous comprends, dit Ogier en cessant un moment de rouler sa couverture. À Crécy, j'ai servi un roi obstiné sans me regimber... Sitôt après sa mort qui fut admirable, le peuple de Paris a fait de Molay un martyr...

Le mire cracha soudain avec une fureur due à une vieille amertume. Après la chute du Temple, il s'était placé hors de la vie, sauf pour cautériser et recoudre des plaies, réduire des fractures et guérir divers maux. Peut-être imaginait-il les tourments endurés par ses compagnons livrés aux inquisiteurs avant que de succomber dans les flammes.

— Peuple inconstant ! Comme son roi, il nous a accusés de toutes les perversités humaines, et voilà qu'à la mort du Grand Maître, responsable de notre géhenne, il en fit presque une idole !

— Le responsable, dites-vous ?

Les propos, l'air du vieillard correspondaient si peu à l'attente d'Ogier qu'il demeurait debout, immobile, indifférent aux petits coups que Marchegai, du bout des lèvres, lui donnait sur l'épaule.

— Même s'il est mort dignement, Molay a conduit l'Ordre à sa perte... Tu me regardes, incrédule, ébahi une fois de plus... Je te dis pourtant la vérité.

— Je n'ai ni à accabler ni à défendre cet homme. J'ignore même d'où il venait !

Ogier souriait, se prenant en dérision sans cesser d'examiner ce vieux visage clair, devant lui, auquel l'amertume donnait un aspect si violent que sous les poils neigeux il le voyait tel qu'il était à l'âge mûr, quand cet homme portait le haubert et le heaume.

— C'est un de nos Grands Maîtres, Bourguignon comme lui, Guillaume de Beaujeu, qui décida de la vocation de ce paon ! En fait, Molay voulait l'or et la renommée, et la croix du Temple lui permit si bien de se pousser vers le trône qu'il tint sur les fonts baptismaux Robert, le fils de Philippe IV[1]. Je le soupçonne, après quelques buveries, d'avoir fait au roi des confidences sur la fortune de l'Ordre...

La voix du vieillard devint soudain sèche :

— À la fin de 1292, la place de Grand Maître étant vacante, deux hommes proposèrent de l'occuper : Hugues de Peyraud soutenu par les électeurs du Limousin et de l'Auvergne, et Molay, qu'on savait ambitieux et inculte : il ne savait ni lire ni écrire. Voyant qu'il serait évincé, il feignit d'abdiquer ses prétentions et déclara à Eudes de Grandisson et quelques chevaliers des plus considérables qu'il voterait pour Peyraud[2]... Sur cette affirmation, il se vit confier l'office de Grand Prieur, qu'on créait en cette circonstance pour gouverner jusqu'à la prochaine élection... Alors, Molay changea de langage et somma l'assemblée de le nommer Grand Maître[3]... Un Grand Maître hautain,

1. Il mourut en 1307 à l'âge de douze ans.

2. Lire *l'Essai sur Jacques de Molay*, par Labbey de la Roque, Paris, 24 janvier 1823.

3. Lire la déposition du chevalier de Fravaux, templier, dans Grouvelle : *Mémoire historique sur les Templiers*, page 400.

aimant à en imposer tant par la voix que par les habits et les armes... Quand nous revînmes de Chypre, en 1306...

Enfin, le vieillard s'incorporait à son récit !

— ... Molay était décidé à faire impression sur le roi. Il venait de renoncer aux préparatifs d'un débarquement en Syrie : ce n'était pas un bataillard. Quelques frères l'avertirent que non seulement il allait se jeter dans la gueule du loup, mais encore que la pompe qu'il voulait déployer provoquerait l'envie et la haine du roi. *« On nous prétend très riches »*, dit à peu près Norbert de Giroussens. *« En le confirmant par un grand apparat, vous offenserez les créatures du roi et Philippe IV lui-même. Vous desservirez l'Ordre et aiguiserez contre lui des appétits insatiables ! »* Molay se courrouça : *« Ma joie est grande de revoir ce royaume, Giroussens. Aussi ne sévirai-je pas contre votre irrévérence ; mais désormais tenez-vous loin de moi ! »* Or donc, ce ne fut nullement un vaincu de Terre Sainte qui revint en son pays mais un émir présomptueux de cet Orient détesté par l'Église, le roi, les nobles et le commun !... Pour qu'il allât devers le roi, il lui fallut soixante chevaliers parés, comme lui, de joyaux à faire pâlir les femmes, armés d'épées à prises et fourreaux d'or ; cent vingt sergents, autant de turcopoles[1], des esclaves noirs portant des coffres et des coffrets de bois précieux ; douze sommiers — de beaux chevaux tout blancs chargés d'or et de gemmes. *« Notre frère se prend pour la reine de Saba »*, me confia Norbert de Giroussens...

Un soupir gonfla la poitrine du vieillard.

— Nous n'étions pas des Francs, des Blancs revenant au pays, mais des Sarrasins insolents, et il paraît que nous voyant, Nogaret, l'âme damnée du roi, s'exclama : « *Sont-ce bien là les pauvres chevaliers du*

1. Mercenaires indigènes.

Christ ? »... Vois-tu, Ogier, le premier coup porté au Temple, ce fut Molay qui le donna !

Le garçon n'acquiesça pas, il suivait une autre voie :

— J'ai ouï dire que c'était pour préparer une nouvelle croisade que le pape Clément avait mandé le Grand Maître[1]...

— Le seul désir que Sa Sainteté exprima fut de réunir sous une seule bannière toutes les religions militaires de Palestine sous le commandement d'un des fils de Philippe IV... Sans même chercher à gagner du temps, Molay refusa, offensant le Saint-Père... encore que cet homme-là fût plutôt malsain...

Un rire compléta cette réflexion. Le mire demeura un moment silencieux, regardant droit devant lui, indifférent aux arbres, aux buissons, au ciel désormais azuré.

— Molay apprit les accusations que Philippe s'apprêtait à porter contre l'Ordre. Il aurait dû l'aller trouver !... Il n'en fit rien. Que s'était-il passé entre eux pour que Philippe eût soudain contre nous une aussi puissante haine ?

— Si Molay ne fit rien, c'est qu'il croyait l'Ordre invincible !

— Je ne sais, Ogier. Je ne sais... Certains frères qui détestaient à juste raison le Grand Maître nous prévinrent que le roi préparait notre punition. Nous sûmes même d'où provenait cette vengeance et d'où elle était partie : Gisors... Simon de Macy, qui avait été des nôtres avant de prendre l'habit de cordelier, nous avait chargés de toutes les turpitudes, aidé par Esquieu de Floyran, coprieur du Temple à Montfaucon, en Langue d'Oc ; Bernard Pelet, prieur du Mas-d'Agenais et

1. Baluze : *Vie des Papes d'Avignon*, tome 2, page 160. Grouvelle note que c'était pour sauver les templiers menacés que l'idée d'unifier les ordres militaires vint au pape. Ce pouvait être aussi pour les « phagocyter » et les rendre impuissants.

Gérard de Boysol... Rien que des hommes de la Langue d'Oc... pour ainsi dire des patarins !

Ogier se demanda comment Bressolles eût accueilli ce commentaire. Déjà, ayant exhalé un soupir, le vieillard reprenait :

— Tout en démentant ces mauvaises rumeurs, Molay fit mettre dans des chariots les objets, parchemins et cédules les plus précieux. De la paille et du foin les couvraient. On attela des bœufs et des chevaux que l'on maintint prêts à partir. On les détela quand le Grand Maître reprit confiance, le 12 octobre de cette année 1307 : il était convié à tenir le poële parmi les princes du sang, aux obsèques de Catherine la femme de Charles de Valois, belle-sœur du roi...

— Et il prit part à cet enterrement !

— Avec plaisir... Quand il revint, le soir, à la Maison, les chariots n'y étaient plus : Gérard de Villers et Hugues de Châlons en avaient décidé le départ. Molay a dû s'emporter... J'étais dans ce convoi, derrière le charreton qui contenait le trésor du Grand Visiteur, Hugues de Peyraud... Plus tard, j'appris que Molay, sitôt tombé au pouvoir de Nogaret, et avant même d'en avoir eu connaissance devant un tribunal, reconnut les deux principaux chefs d'accusation portés contre l'Ordre : le reniement de Jésus et l'obligation de cracher sur la croix...

— Pourquoi en semblez-vous si courroucé ?

— Comment un homme de la condition du Grand Maître, comment un innocent — car nous avions au Temple les preuves que Jésus n'était qu'un homme ordinaire — oui, comment un innocent pouvait-il *déjà* désespérer de son Ordre et de lui-même ?

Ogier sourit enfin :

— Peut-être sentait-il s'appesantir sur lui, avec celle du roi, la justice divine !

Benoît Sirvin eût pu se courroucer ; il n'en fit rien : trop occupé de ses rancunes, il oubliait ce garçon, à son côté, dont ses confidences sur le Christ n'avaient pas ébranlé la foi.

— Molay n'était qu'un homme ordinaire, lui aussi ; un homme capable de juger tout le danger de sa position, puisqu'il connaissait la puissance et le caractère impitoyable de ses ennemis — le roi et Nogaret, que l'on disait patarin. Il crut, l'insensé, que la vérité suffirait à sa protection ; il engagea même les frères qui l'entouraient à l'imiter, et au-delà de ceux de Paris, tous les autres...

Un soupir, puis :

— Tu n'ignores rien, Ogier, de ce qui se passa ensuite et des accusations dont on accabla tous mes frères... Molay avoua, se rétracta... Eussions-nous eu un autre Grand Maître ? L'Ordre aurait survécu et apporté à ce royaume en perdition l'équilibre et la prospérité... Comme tous les sodomites — et c'était parmi nous l'un des rares[1] —, Molay n'était entiché que d'égards, de toilettes, de joyaux et de jouvenceaux bien atournés... Et je crois bien qu'il était incroyant !

— Messire, votre courroux vous rend peut-être injuste. La mort de cet homme, sur le bûcher, a racheté ses fautes...

— Tu en parles avec sérénité ! C'est ton droit, mais tu oublies les centaines de chevaliers livrés aux bourreaux, les aveux obtenus par les fers rougis, les tenailles et les brodequins, les écartèlements, les doigts rompus, les dents brisées à coups de marteau, le fouet lesté de clous !... Sans Molay, l'Ordre vivrait toujours, car ayant montré sa force, Nogaret et Philippe l'eussent craint... Mieux : soutien de la royauté, l'Ordre eût contribué à faire du royaume de France un pays de bon vivre.

— Il est vrai, messire, que les inquisiteurs...

D'un geste, le vieillard interrompit Ogier :

1. La sodomie de Jacques de Molay est attestée dans Grouvelle (page 397) et dans Du Puy (pages 18 et 82).

— Ils accusaient tous mes frères d'être des sodomites, mais la plupart d'entre eux l'étaient, et ils oubliaient que le concile de Troyes qui, en 1128, avait donné sa Règle au Temple, avait été présidé par Jean II, évêque d'Orléans, qu'on avait surnommé — et qui se plaisait à s'entendre appeler — Flora !

Ce fut au tour d'Ogier de soupirer.

— Messire, dit-il, abandonnez vos remembrances... Vous étiez à Paris, vous avez pu fuir : je loue Dieu qui vous y aida.

Il pensait *Dieu* et non *Jésus*. Comme quoi les commentaires de Benoît Sirvin se révélaient d'une influence presque terrifiante ; mais il se ressaisirait !... Il demeura songeur, le regard errant sur l'herbe que plissait un vent suave ; puis, regardant le vieillard, il fit un effort pour sourire :

— Ainsi, vous accompagniez ces trois chariots qu'on a vus, la nuit, quitter le Temple...

— Il y en avait sept, autant que de jours de semaine, mais quatre sont partis autrement.

— Par quelque souterrain ?

Le mire se contenta d'un grognement.

— Ces quatre-là contenaient les parchemins et les livres, l'archivum que le roi convoitait aussi. Je sais qu'ils ont atteint Neaufles et que le 24 décembre suivant, mes frères conduiseurs les déposaient en une secrète chapelle...

— Et les trois autres ?

— Deux contenaient nos trésors tangibles : or, joyaux, argent et pierreries. Leur vue seule t'éblouirait autant que le soleil... Ils devaient gagner La Rochelle où certains de nos vaisseaux mouillaient... Ces richesses devaient être déposées dans un châtelet du Portugal... Je sais qu'elles y sont parvenues.

— Et le dernier chariot, messire ?

— Un charreton, plutôt... C'était le mien. Et je ne te fais pas languir : il contenait cette Croix que certains d'entre nous étaient allés désensabler sur la butte de

Hattin quelques jours après la bataille que je t'ai contée...

— La Vraie Croix !

Pâle, le nez pincé, les mains tremblantes appuyées sur ses cuisses, Ogier se pénétrait de cette révélation incroyable : la Sainte Croix avait été sauvée par ceux qui l'avaient en détestation !

— La Vraie Croix !

Maintenant, paupières battantes, il considérait avec une espèce d'affolement sacré cet homme quiet, voire souriant, qui se gardait d'aggraver son trouble.

— La Vraie Croix, Ogier. Quelques frères avaient relevé l'endroit où ils l'ensevelissaient... Ah ! certes, les Mahomets ont cru l'avoir conquise, mais ce n'était pas celle qu'Héraclius avait remise à ses prélats... Dix-sept jours après la défaite, informés par un des rares survivants de cette tuerie, cinq des nôtres la retrouvèrent et décidèrent de la conserver plutôt que de la restituer à un clergé dissolu... Ce fut ainsi qu'elle fut mise en lieu sûr, puis partit pour Chypre... Enfin, elle fut déposée au Temple de Paris et l'on fit en sorte que nul ne la vît.

— Mais pourquoi, messire ?

— Elle portait malheur ! C'est à cause d'elle et de ceux qui l'honoraient que le plus beau, le plus fertile des royaumes connut un sort funeste... Songe donc à ceci : serions-nous demeurés là-bas que le monde eût connu l'harmonie et la concorde : Juifs, Mahomets et Chrétiens eussent prospéré dans la paix. Jamais les barbares de l'Est n'auraient osé tourner de ce côté-là leurs yeux avides de richesses...

— Messire, je ne crois pas à pareille concorde !

— Elle s'est faite et bien faite en Espagne. À Tolède, Cordoue, Grenade... Saladin l'eût acceptée... Je pourrai te dire, ce soir, un poème d'Eimad ed-Dîn sur la prise d'une croix dont il a cru qu'elle était celle du Messie... Eh bien, il ne s'en réjouit pas !

— Il l'a donc respectée plus que vous, Templiers !

Ogier fut heureux de marquer un point. Il ne rit pas longtemps : le vieillard lui avait jeté le même regard qu'à un ennemi réduit à l'impuissance.

— À Jérusalem, toutes les religions vivaient sous le même soleil. Nous avions même appris à confronter nos idées... Nous avions constaté que la Bible et le Coran se rejoignaient parfois au-delà des mots ; nous avions cherché le secret des noms et des nombres, car il faut bien l'avouer : l'Ancien Testament et le Nouveau sont une succession d'énigmes... Crois-tu vraiment qu'Adam vécut cent trente ans, qu'il engendra Seth et vécut encore huit cents ans ?... Et Seth ? Quel âge avait donc Ève quand elle l'engendra ? Il vécut cinq cents ans et eut un fils, Enosh, puis vécut encore huit cent-sept ans !... Enosh avait quatre-vingt-dix ans quand il engendra Kenan, puis il vécut huit cent quinze ans !

— Messire, se moqua Ogier, vous connaissez parfaitement ces choses... Mieux que moi !

— Si tu te questionnais autant que je l'ai fait, tu serais moins niais !

Le garçon n'en disconvint pas :

— J'aime cette niaiserie-là ! Possédant votre savoir, j'aurais l'âme bien sombre ! Si vous vous apprêtez à parler du Déluge, abstenez-vous-en.

— Je pourrais certes t'en parler et te dire ce que j'en sais.

— Dites-moi pourquoi vous n'avez pas remis la Sainte Croix au pape Clément ! À votre retour de Terre Sainte, vous avez dû passer par Avignon... Il s'y trouvait !

Un sourire se glissa dans la barbe blanche ; un froncement de sourcils exprima un sentiment qu'Ogier ne put définir.

— Après avoir eu la Croix en notre possession, presque conjointement avec le clergé de Terre Sainte, on nous aurait accusés de nous l'être appropriée... On aurait pu aussi crier à la tromperie : sacré ou non, le bois reste le bois !... Mieux valait conserver le secret sur cette... chose que, pour ma part, j'eusse laissée ensablée !

— Messire ! s'écria Ogier, vous vous faites plus mauvais que vous n'êtes...

Un rire agita Benoît Sirvin :

— Sais-tu que ce n'est pas un compliment ? Ton *plus* implique une mauvaiseté reçue dès ma naissance !

Ogier, les yeux baissés, fut un moment à recouvrer sa sérénité tandis que le vieillard semblait scruter le plus noir des buissons, droit devant, puis observait Marchegai, soudain attentif — mais à quoi ?

— Le mercredi 11 octobre 1307, profitant de l'absence du Grand Maître, Godefroy de Charnay, qui commandait l'Ordre en Normandie, me reçut avec quelques frères et nous mit au fait des dispositions de Philippe IV envers le Temple. Comment les avait-il apprises ?... Nous avions des amis ; quelque scribe chargé de recopier l'ordonnance d'arrestation avait trahi le secret... Nous avons adjuré Charnay de dire au Grand Maître que notre salut consistait à nous défendre... Il répondit qu'il nous était interdit d'engager le fer contre des chrétiens ; à quoi Norbert de Giroussens répliqua : *« Ce ne sont pas des chrétiens mais des suppôts de Satan »*, et d'ajouter qu'à nous seuls, nous battant selon nos coutumes, nous pouvions mettre la royauté en péril... Il suffisait que toutes les baylies [1] et les commanderies fussent averties... Molay est apparu. Nous l'avons adjuré d'envoyer des chevaucheurs hors de Paris... Par nos coulons et nos signaux de feu, le Temple tout entier eût été prévenu en un jour, et se serait gardé à carreau !... Le Grand Maître nous dit qu'il fléchirait le roi et qu'il suffisait d'ouvrir quelques coffres pour que la vue de l'or apaisât son courroux contre nous... Par sa confiance et sa fierté, cet homme continuait d'être notre pire ennemi !

1. Subdivisions hiérarchiques.

Benoît Sirvin cracha, soupira et reprit en tortillant l'extrémité de sa barbe :

— Quand Molay nous eut quittés, Charnay nous dit qu'il avait pris des dispositions pour soustraire ce qu'il fallait à la convoitise et à la curiosité du roi. Il posa sa main sur mon épaule : « *J'ai fait placer des livres dans un charreton que tu mèneras à Payns, puisque c'est là que le Temple est né*[1]*... Tu les déposeras entre l'orme et chêne, à la mi-nuit de Noël... La Croix, elle aussi, est entre les ridelles. Cette même nuit, suivant la Seine en direction de Troyes, tu t'arrêteras au lieu dit la Loge. Il y a là une chapelle abandonnée ; tu y déposeras la Croix. Quelqu'un viendra la prendre et s'en ira la mettre en lieu sûr dans la proche forêt d'Orient, qu'on appelle aussi forêt du Temple...* » Puis Charnay ajouta : « *À force de l'avoir reniée, il semble bien qu'elle se venge.* » Norbert de Giroussens se mit à rire : « *Vous n'allez pas croire à ces choses ! Le bois reste le bois et Jésus un manant !* » Pour nous tous, s'il avait été de filiation divine, il n'eût jamais subi son sort.

— Il est mort et ressuscité comme il l'avait annoncé !

Ogier trouva sa protestation trop bénigne. Il suait et tremblait. Il était sous les voûtes du Temple avec Sirvin et ses compagnons. Il en sentait l'odeur, l'humidité ; le soufre ! Tout ce qu'il savait pour les jours à venir, c'était qu'il prierait beaucoup devant ou sans la croix. Il avait besoin de paix, de béatitude. Apparemment attentif et docile, il n'était, en son tréfonds, que tumultes et turbulences.

— À quoi croyez-vous donc ? demanda-t-il, étouffant une imprécation.

— À Notre-Dame, la Créatrice éternelle qui exista avant la naissance des monts et des rivières... À Dieu qui ne fait nulle différence entre les personnes : Chré-

1. Hugues de Payns, fondateur et Premier Grand Maître (de 1119 au 24 mai 1136) était né à Payns vers 1080.

tiens, Mahomets, Juifs, Grecs, Romains, Bulgares... et d'autres, parce que tout homme qui prie Dieu est sauvé... Quant au bois de la croix dont je te parle, il faut le tenir pour le signe de la bête dont il est question dans l'Apocalypse !

— Non ! Non !

Cette fois, de fureur et de déception, Ogier se sentait les paupières humides.

— Dis-toi bien que chaque fragment, chaque copeau qu'une église, cathédrale ou non, s'enorgueillit de posséder dans son Trésor, est un bois d'imposture puisque, c'est un fait avéré, la Vraie Croix est censée avoir disparu définitivement à Hattin... Ne relèves-tu pas, dans cette évidence ou cette contradiction, une malice intolérable ? Ne crois-tu pas que l'Église abuse honteusement de la crédulité des croyants ?

— Non !

Ogier dut s'avouer qu'il se défendait désespérément.

— Toi seul, désormais, et certains autres dont la présence m'inquiète, détenez la Vérité... Une Vérité affreuse n'est-ce pas ?

À nouveau, d'un seul coup, cet acharnement ! Ogier ne s'en courrouça point : il s'était accoutumé tant bien que mal à ces sortes de blasphèmes. La fureur du vieillard s'apaisa :

— Je dis à Charnay que je pouvais trouver des empêchements en chemin. « *Alors, fais demi-tour... Mets les livres et la Croix où tu voudras... Quelqu'un veille nuit et jour sur les lieux que je t'ai cités, et cette veille sera éternelle... Ce que tu ne pourras entreprendre, un autre le fera que tu désigneras !* » Je dus partir...

— Je crois avoir compris, dit Ogier.

Le vieillard soupira ; une lassitude infinie courba son cou, son dos :

— Ces livres, tu les connais. Et parce qu'ils sont bien en vue, nul ne s'est avisé de ce qu'ils pouvaient être... Sache encore qu'il me fut interdit de saluer mes compagnons... J'ai mené un destrier noir comme Marchegai. J'avais peur et ne souriais qu'en pensant au dépit de Philippe et de Nogaret trouvant le Temple vide de trésors... Ma peur s'accrut quand j'arrivai devant la première porte de la cité : elle était bien gardée... D'autres encore... Et le désespoir me prenait quand cinq ou six archers m'enjoignirent de m'arrêter, non pas pour fouiller mon charreton mais pour transporter deux des leurs, allongés, saouls de boissons, sur le seuil d'une taverne. Nous étions à deux ou trois cents toises de je ne sais plus quel postil[1] vers lequel ils se rendaient pour renforcer la garde... Dieu les avait mis sur mon chemin car grâce à eux et à Lui, je passai...

Ogier ne dit mot. À quoi bon. Le vieillard poursuivit :

— Noël était loin. Je me rendis en Poitou, à Vouillé où je suis né. Nul ne m'y connaissait sauf un tailleur de pierre, frère de ma mère... Il m'accueillit... En novembre, je fus malade d'une de ces fièvres des pays chauds et ne pus accomplir ma mission... Je devins tailleur de pierre, et c'est en œuvrant avec mon oncle en l'église de Montmorillon que j'appris le trépas de Molay, de Charnay et la fin de la chasse aux chevaliers du Temple... Alors, je décidai de partir...

— Avec la Croix ?

Ogier rougit sous un regard de pité amusée.

— Ah ! messire, dit-il. Quand je pense au Saint-Bois traité comme une chose vulgaire, mon cœur se noue... On met de tout dans un chariot : paille, foin... meubles... porcs et fumier...

Il *voyait*, à chaque sursaut des jantes sur les cailloux, le Bois heurter les ridelles, racler le fond de la caisse et s'écorcher aux têtes des clous maintenant celle-ci sur des traverses grossières... Ignominie nécessaire, sans doute : si Nogaret et ses hommes l'avaient trouvée au

1. Porte d'une muraille, d'une enceinte.

Temple, ils eussent livré la Croix aux flammes en tant qu'objet d'un culte démoniaque.

— Je ne pouvais partir avec la Croix sur mon épaule, comme *ton* Jésus !... Ni avec tous ces livres... Eux, je les ai soigneusement enterrés...

— Et la...

— J'en ai inclus le Bois dans la charpente de la maisonnette où je vivais, près de mon oncle... lequel avait défunté...

— Messire !

— Tu peux te courroucer ! C'était pourtant bien la meilleure façon de la rendre invisible jusqu'au jour où je déciderais de la reprendre... Car je pensais sans trêve aux commandements de Charnay... Il n'est qu'un Noël par an, j'en avais laissé passer quelques-uns... Pourquoi pas d'autres ? Plus le temps coulerait, mieux je serais quiet pour accomplir ma mission...

L'indignation d'Ogier s'aggravait. Il observait le vieillard avec une attention accrue, et sa tranquillité lui était une injure. Oui, c'était cela qu'il avait en horreur : cette faconde sinon, maintenant, cette plaisance à conter la chose la plus importante qui se fût produite sur terre depuis le crucifiement du Christ !

— Jamais je ne l'aurais abandonnée !

Le vieillard eut un bref mouvement des épaules et poursuivit :

— Je voulais revenir à Chypre... Les écus gagnés à tailler la pierre me permirent d'atteindre Marseille où j'embarquai sur une nef génoise en partance pour l'île...

— Pourquoi partir ? interrogea Ogier. Vous pouviez vivre heureux, honoré même, dans un royaume en paix !

— Un royaume honni qui puait toujours l'odeur des bûchers élevés pour mes frères ! Un royaume que le tyran Philippe voulut grand mais que Dieu réduisit à rien en exerçant une juste vengeance sur ses hoirs[1] mâles, et que gouverne désormais un neveu dont la seule gloire est d'être la risée du monde... surtout de l'Angleterre !

Le vieillard croisa les bras et observa de nouveau les buissons, droit devant, et au-delà, une motte sans arbre où montait un sentier. Un cavalier y passait au galop.

— Un chevaucheur... Il nous faut partir bientôt...

— Croyez-vous que ces Teutoniques...

— Ils nous ont suivis.

— Mais pourquoi, messire ? Pourquoi ?

— Tu le sauras... Permets-moi de te ramener sur cette nef où je voguais vers Chypre... Et sache qu'au Temple, souvent, j'avais dispensé des soins à mes frères et aux mal heureux. J'avais appris moult choses des guérisseurs de l'Ordre : la plupart avaient récolté le meilleur de leur pratique des médecins juifs et sarrasins et me l'avaient enseigné... Mais mon savoir était encore étroit... Or donc, quand la nef jeta l'ancre à Naples, un matin, j'en descendis. J'avais envie d'errer dans la cité pour revenir à bord au moment où l'on hisserait les voiles... Il en alla différemment : sur le quai gisait le marinier d'une nef barcelonaise, entouré de ses compagnons. Il venait de tomber d'un mât au cours d'une manœuvre et souffrait d'une fracture au bras et à la hanche... Je proposai mes soins afin qu'il fût transporté, sans trop de dommage, en un lieu sûr. Un passant s'arrêta et me vit procéder. Il m'aida et quand l'homme eut été emmené sur un chariot, nous parlâmes... Il enseignait à Salerne : je l'y suivis...

— Et la Croix, messire !

L'attente d'Ogier s'exaspérait. La violence que Benoît Sirvin, sans doute à son insu, versait désormais dans son cœur et ses membres, n'était pas uniquement la conséquence d'un trop-plein de paroles sacrilèges et

1. Héritiers.

de silences faussement inopinés à propos du Saint-Bois. Il fallait qu'ils partissent de Montgaugier, il fallait qu'il revît Blandine. Il ne l'avait que trop abandonnée !

— Seriez-vous le diable, messire, que vous vous y prendriez ainsi pour éprouver ma foi... Parlez-moi de la Croix... Vous l'avez en détestation, j'ai pour elle une révérence infinie !

Le mire s'ébaudit de bon cœur :

— C'est ce que j'ai dit à Regnault Bertrand, dans cette commanderie, avant d'être reçu dans l'Ordre, quand il me demanda de cracher sur un crucifix...

— Jamais je ne ferai cela ; je préférerais mourir !

— N'aie crainte : je ne te prierai pas de cracher sur la Croix, de renier Jésus trois fois, de le considérer comme un faux prophète qui n'a souffert que pour ses excès en toute chose... Ce Zélote a fomenté des troubles, commandé une petite armée...

— Messire... Par ma foi en Jésus de Nazareth...

Ogier, debout, portait la main à son épée. Benoît Sirvin darda sur lui un regard tellement dur et appuyé qu'il lâcha la prise de son arme ; et le vieillard rit un peu, sans la moindre bienveillance :

— Je ne tiens nullement à faire de toi un hérétique. Je suis cependant sûr qu'un Roncelin [1] qui imposa le reniement de Jésus à l'Ordre tout entier t'aurait convaincu de la pertinence de cet usage, car sache-le une fois pour toutes : Jésus n'est pas né à Nazareth. Cette cité ne figure sur aucun texte ancien et ne fut bâtie qu'au VIIIe siècle pour satisfaire la foi des pèlerins... Jésus eut un jumeau, ce qui aida à sa résurrection !... Interroge-moi, je te répondrai !

Bouche close, serrée à s'en faire mal aux dents, Ogier décida de ne jamais franchir les limites d'une curiosité où son esprit se fût perverti. Malgré la foi dont il s'était cru protégé, il se sentait coupé en deux

1. Roncelin du Fos. Grand Maître occulte du Temple.

et livré à des tentations différentes : le besoin de demeurer sain, *croyant*, chrétien, prévalait, mais de peu, sur celui d'obtenir de cet homme quelques-uns des secrets dont il était, sans doute, le dernier dépositaire et qu'il lui eût livrés moins pour l'affliger que pour l'instruire d'une vérité puisée aux sources, sur cette terre où la butte du Golgotha s'élevait pour lui, Argouges, haut comme une montagne.

— La Croix, messire. La Croix seulement !

— Ah ! la Croix... Au passage, je te dirai que nul, vraiment, ne sait comment elle fut découverte et surtout reconnue... Qui sait si celle qu'Héraclius exhibait, et dont je devins sans le vouloir dépositaire, n'était point celle qu'on avait destinée à Barrabas, voire l'une de celles sur lesquelles périrent les deux larrons crucifiés en même temps que Jésus ?... Conviens-en, il y a, là encore, quelque chose d'énigmatique !

Le vieillard sourit. Un sourire désincarné, ombre droite dans un nid de poils blancs, ombre indulgente et moqueuse :

— Il y a trois ans, Norbert de Giroussens est venu me voir : il savait où me trouver... Il avait quitté les Allemagnes, son refuge, pour m'avertir que des chevaliers d'un Ordre à peine différent du nôtre avaient tout appris sur le sauvement de la Croix...

— Les Teutoniques !

Les paupières du vieillard — plus pierre que chair —, bougèrent avec lenteur.

— Ils avaient recueilli quelques hommes du Temple... Certes pas des chevaliers, mais des sergents, palefreniers, charrons... L'un d'eux a dû, avant de trépasser, parler des chariots et de la Croix qu'il avait vu déposer dans le mien... Cette Croix, le Grand Maître d'alors[1] l'a voulue... Et son successeur aussi !

— Même si des hommes ont révélé que la Croix avait été emportée loin du Temple, comment vous

1. Il se nommait Karl von Beffart — 1311-1324.

auraient-ils retrouvé en Poitou ? Les Allemagnes sont à des centaines de lieues !

— Un espie a peut-être suivi Giroussens... Deux peut-être... De plus, avec une volonté, une patience irréductibles et des moyens d'investigation que tu ignores et qui n'ont rien à voir, en leur commencement, avec les longues quêtes à cheval ou à pied, ces hommes ont retrouvé les chemins empruntés par les uns et les autres, au sortir de Paris, la nuit des Sept Chariots, comme nous l'appelons... Cela leur a pris du temps : quarante ans, mais ils y sont parvenus...

— Comment ?

— Les Cagots, qui furent nos alliés[1] savent lire dans les cartes. Ignores-tu qu'une bille de buis suspendue à un fil suffit à te révéler maintes choses si tu sais t'en servir avec discernement ?

— Je suis un ignorant et mon état me plaît.

Le vieillard haussa les épaules, puis demeura pensif, tortillant l'extrémité de sa barbe. Sa mémoire le tourmentait encore, comme un témoin cette fois indésirable dans un entretien long et pernicieux pour ce jeune gars qui ne serait jamais un disciple et dont le respect pourtant si affirmé subissait une altération sans remède.

— Norbert de Giroussens fut-il suivi quand il vint en Poitou ? Ces guerriers à la croix noire savaient-ils, depuis le jour où il vécut à Konitz, quel homme il était vraiment et l'ont-ils épié sans trêve à son insu ?... Je ne sais, mais ce dont je suis certain c'est que leur Grand Maître actuel[2] veut la Croix pour en faire le même usage que les Francs de Palestine : la placer devant son armée.

— Pour guerroyer ?

— Contre les Slaves... « *Frère* », m'a dit Giroussens, « *ces deux morceaux de merrain auraient sur*

1. On lira tout ce qu'il faut savoir sur ces alliés du Temple dans l'ouvrage de Michel Lamy : *Les Templiers*, éditions Aubéron.

2. Heinrich Dusmer von Arffberg (1345-1351).

leur milice et sur les peuples qu'ils veulent asservir un pouvoir dont ni toi ni moi ne pouvons nier la force. » Il était cependant de mon avis, à savoir que croiser deux vieux chevrons de charpente en prétendant qu'ils étaient la Vraie Croix enfin retrouvée dans les sables suffirait à obtenir le même effet...

— L'Église ne croira jamais à tout cela ! Et le Saint-Père...

— L'Église d'Orient n'est en rien comparable à la nôtre, et les peuples de l'Est sont naïfs... S'ils la possédaient, la Croix de Jérusalem et de Hattin subjuguerait ces hommes qui n'ont qu'un plaisir et qu'un vice : la guerre. Ils la feront [1] ! Eux seuls n'ont jamais cru à sa disparition... Une perte dont — faut-il te le dire ? — le clergé de Jérusalem rendit le Temple responsable.

— Je commence à croire, messire, qu'il eût mieux valu qu'elle demeure ensablée !

Ogier pensait ce qu'il disait. Toute cette affaire le dépassait. Il n'y avait pas sa part. Jamais il n'aurait dû venir à Montgaugier. Blandine l'attendait et le croyait peut-être en grand danger de perdition, ce qui, d'une certaine manière, était vrai.

— Ah ! ils l'ont cherchée, Ogier, cette Croix. Trois ans après le grand essart de vies humaines et animales — chevaux, ânes, dromadaires — dans la plaine de Hattin, quarante damoiseaux venant de Germanie touchèrent terre à Acre et furent armés chevaliers en présence de Frédéric de Souabe et du roi de Jérusalem [2]. Ils élirent le premier Grand Maître de l'Ordre nouvellement créé : Heinrich von Walpot et se ruèrent ensuite en direction de Séphouri avec leurs hommes d'armes. *Ils savaient*... Ils ont labouré les sables sans rien exhumer d'autre que des ossements et des armes enrugnies.

1. La conquête des pays de l'Est commença en 1348, sous le commandement du Grand Maître, Heinrich Dusmer von Arffberg. Il fut vainqueur des Russes et des Lituaniens à Strebe.

2. 19 novembre 1190.

— Vous semblez les avoir en détestation.

— Ils furent parfois nos alliés, mais plus souvent, par leur lâcheté, nos ennemis... Ceux qui sont à Chauvigny, auxquels l'évêque Fort d'Aux manifeste une sollicitude absurde, sont peu pressés — et pour cause — de revenir en leur demeure magistrale de Marienburg... Ils se nomment Cottbus et Prenzlau. Ils vivent sous leurs trefs, au bord de la Vienne, mais l'évêque les convie trois fois par semaine à sa table... *Ils savent*... Tu les as vus sur le champ clos où tu joutais. Eux aussi t'ont observé. Il te faudra t'en défier !

L'orageuse paix dans laquelle les commentaires du vieillard avaient plongé Ogier cessa d'un coup :

— Vous allez me *la* confier ?

La réponse fut d'abord un soupir :

— Il n'y a guère de temps à perdre pour la soustraire à la convoitise de l'Ordre noir et la déposer où il convient. Si les hommes de Germanie s'en emparaient et parvenaient à la faire reconnaître pour vraie — et je peux te jurer qu'elle était à Hattin ! —, elle exercerait sur ces guerriers, des chevaliers aux soudoyers, un pouvoir plus effrayant encore que le *labarum*, cet étendard sur lequel, pour affronter Maxence, Constantin avait fait coudre une petite croix et le monogramme de Jésus avec l'inscription *In hoc signo vinces* : tu vaincras par ce signe. Contrairement aux frères du Temple, ils croiraient, eux, à ses vertus... Or, on a trop occis d'innocents pour sa gloire ; elle a causé trop de malheurs. Je préférerais la brûler si je savais qu'elle peut tomber aux mains de ces chevaliers orgueilleux.

— La brûler !

Auprès de cet homme en état de partance pour le Ciel ou l'enfer, Ogier se sentit plongé dans une solitude obscure et presque irrémédiable. Le vieillard prit sa voix la plus douce :

— Hé oui... J'ai souvent pensé à l'anéantir, mais la raison ou la déraison m'en a empêché... Crois-tu que je t'en parlerais ainsi, Ogier, si elle n'était pas l'objet de la dernière disposition que j'aie à prendre avant mon trépas ?... Tu as deviné que je l'avais... Tu l'as vue...

— ... dans la pièce où vous m'avez fait entrer lorsque je suis venu vous trouver, pendant les joutes, avec mon épaule démise...

— En fait, je t'attendais... Tu me ressemblais... ou plutôt je t'ai ressemblé quand j'avais ton âge : blond, le visage rond, le front haut ; les yeux ni bleus ni verts comme une mer profonde... Le menton ferme... Et même sur la joue, cette marque un peu rose...

— Un coup de fouet, messire, alors que je sauvais ma cousine d'un viol.

Pourquoi, soudain, Tancrède s'imposait-elle avec tant de force à sa mémoire ? Quels lieux hantait-elle de sa présence ?

— Une beauté complète et formelle avec un soupçon de tristesse, continuait le mire comme s'il venait, lui aussi, de songer à Tancrède alors que c'était de lui, Ogier, qu'il était question... Il me fallait, pour cette mission, un gars à ma semblance...

À quoi bon penser à Tancrède. Mieux valait parler de la Croix :

— J'ai — il m'en souvient — trouvé le Christ fixé dessus, sacrilège...

Le vieillard toussota puis, d'une voix plate, comme si cette constatation était dépourvue d'intérêt :

— Pour des chrétiens, Jésus est inséparable de la Croix... J'en ai taillé un dans du chêne et l'ai fait nu et vieux de cinquante ans puisque tel était son âge quand il mourut... Et crois-moi : s'il avait été ce que tu crois qu'il fut, il serait sorti de ses clous et se serait revanché sur ses tourmenteurs !

Ogier ne broncha pas. Si sa foi ne se pouvait fortifier à mesure que le vieillard lui portait des coups, elle ne subissait aucune dégradation. Pour lui, le Christ était *aussi* un être humain par excellence. Il s'apercevait, néanmoins, qu'il avait toujours repoussé comme sacrilège la tentation de se demander si cet Homme avait été assujetti, puisqu'il mangeait et buvait, aux mêmes exigences que les siennes.

— Allons, ne fais pas cette tête... Pour tout savoir sur ce Zélote qui fut un guerrier, il te faudrait connaître l'hébreu, le copte, le grec, l'éthiopien, et te pencher sur les vieux livres. Tu t'apercevrais des falsifications que les moines copistes ont commises envers une histoire belle en soi-même pour créer une religion qui jamais n'aurait dû exister... Ah ! je pressens ce que tu te prépares à me dire : elle compte ses martyrs par milliers. Il n'empêche que c'est une religion fausse, et cela, les Albigeois l'avaient su avant nous... Sais-tu que Raymond-Roger, comte de Foix, fit un jour déclouer un Jésus de sa croix ?... Il lui fit faire, à la tarière, un trou au cul pour l'empaler sur un support de quintaine...

— Un fou !

— ... et tous ses chevaliers lui coururent sus en lui criant, à chaque coup de lance heureux : « *Rachète-toi !* » C'est la vérité !

Ogier se garda de s'encolérer. Jamais sa foi ne lui avait paru si solide. À force d'avoir voulu la détruire sinon l'ébranler, le mire l'avait renforcée.

— Messire, voilà pourquoi cette hérésie est morte : on ne joue pas impunément avec le fils de Dieu !... L'expiation, pour les Templiers et patarins, fut à la mesure du sacrilège... Je ne nie pas qu'il y ait eu, parmi les gens du Temple et ceux de la Langue d'Oc, des hommes de cœur, mais le mal qu'ils commirent ensemble méritait un grand châtiment... Je comprends mieux, désormais, la valeur de cette Croix dont ces chevaliers de Germanie voudraient s'emparer... Je comprends que l'on marche avec foi et sûreté derrière elle... Mais nullement pour occire : pour aimer son prochain !

— Tu te rendras à Payns à la Noël prochaine... Tu laisseras ton chariot dans un bois et à midi, tu iras devant la demeure de messire Hugues. Deux tours en flanquent l'entrée... Devant l'une est un orme... l'orme de frère Andriel... À la hauteur de ton nez, tu verras un creux dans son tronc... Tu y déposeras un sceau que je te donnerai à Chauvigny et qui représente deux chevaliers sur un cheval... Puis tu t'en iras et à la minuit, tu prendras le chemin de Troyes et trouveras sans mal la chapelle de la Loge... Tu abandonneras alors le chariot et le limonier et partiras à pied pour Troyes... Là-bas, tu iras chez un savetier du nom d'Archambaud et tu lui montreras un anneau que je te donnerai aussi. Il t'offrira le cheval avec lequel tu reviendras à Gratot... Tu vois, certaines choses, chez nous, ont été prévues pour l'éternité... On n'anéantit pas le Temple !

— Messire, si quelque sergent du guet, à l'entrée d'une cité...

— Cette Croix n'aura de valeur infinie que pour toi. Prétendrais-tu que c'est la Vraie que nul ne te croirait.

Dans un silence lourd, Ogier entendit crisser les herbes, entre les mâchoires des chevaux, et les fouettements de leurs longues queues chassant les mouches.

— Je m'acquitterai de ma promesse.

— Si quelques malandrins venaient à t'assaillir, ne te conduis pas en chevalier du Temple : n'attends pas trois assauts pour tirer ton épée... S'ils sont trop nombreux, cependant, ne perds pas la vie bêtement.

— Je ferai au mieux.

— Et si ton précieux fardeau t'est ravi avant d'avoir été déposé en lieu sûr, ne sois pas désespéré. Dis-toi que c'est la volonté de Dieu : le Vrai, le Seul ; Celui que tous les peuples de la terre nomment différemment : le Créateur... Jure-moi de surmonter ton dépit et ta désespérance !

— Je le jure.

Un sourire décolla les lèvres du vieillard :

— Viens, partons... Nous voilà réconciliés...

Tandis que, leurs ombres mêlées, ils marchaient vers les chevaux en feignant de s'ignorer l'un l'autre, Ogier pensa : « Et Blandine ? » Certes, il disposerait du temps nécessaire pour la préparer à cette séparation. Mais comment l'accepterait-elle ?

Il sauta en selle. Promptement, le mire y fut aussi.

— Tu trouves tout cela incroyable ?

— En vérité... Mais je ferai ce que vous souhaitez.

Un changement s'opéra chez Ogier, qu'il n'osa trop sonder tant il lui paraissait inconvenant : sa fureur aurait dû persister or, il se sentait paisible. « Paisible ? Non : asservi », s'avoua-t-il. De qui dépendait-il : de Dieu ou de Sirvin ?

— Tout est incroyable pourvu qu'on y prête attention... Regarde cette buse au-dessus de nous : elle est plus lourde que l'air qui la porte, et il semble, pourtant, qu'elle ne pèse pas plus qu'un flocon de neige... Le soleil te paraît plat et rond : c'est une informe boule de feu... Tout ce qui nous entoure est parfois incroyable, et c'est pourquoi rien n'est plus digne de respect, chez certains hommes, que cette volonté de connaissance qui, satisfaite de loin en loin, devient profitable à tous... Certains Grands Maîtres et vénérables de chez nous la possédaient. Dieu ne leur a jamais tenu rigueur de leur besoin de sonder le sol, les monuments et les livres...

— Il n'est pas bon d'en savoir trop, messire. L'ombre est douce aux yeux et aux corps, contrairement à la froide clarté...

De crainte qu'il ne se moquât, Ogier évita le regard de son compagnon.

— L'aveugle te dira qu'il se trouve imparfait. Nous sommes tous aveugles, et sans lumière rien ne pousserait ni ne croîtrait sur terre... Il en va des idées comme des arbres et des herbes...

Les chevaux avançaient lentement, l'un près de l'autre. Leurs fers touchaient parfois une pierre sous les herbes, et c'étaient les seuls bruits qu'Ogier entendait. Parfois l'envol d'une pie, d'une grive ou d'une caille troublait la quiétude du ciel.

— Si tu perds d'une façon ou d'une autre ce que je vais te confier, dis-toi bien que ce sera volonté divine.

— Qu'allez-vous faire, messire, de vos livres ?

— Je les brûlerai avant que la mort ne me prenne. Sans regret. Il y en a des coffres pleins dans notre secrète chapelle. Un jour, quelqu'un les en sortira et cette fois, la Vérité triomphera.

— Messire, Jésus-Christ...

Le vieillard eut un geste tranchant :

— Je ne t'en ai que trop parlé... Davantage que tous les livres... Car il n'est ni dans Samuel, ni dans Esdras, Nehemie, Ezechiel, Daniel, Osée... et moult autres... Il était pourtant fils d'Israël... N'en parlons plus, te dis-je.

Ogier regarda le ciel pur et décida de se taire. Se sentant tout à coup épié, il se retourna brusquement. Il y avait des buissons touffus, autour de lui, autour d'*eux*, où des hommes auraient pu se musser. Qui l'avait observé avec cette intensité cuisante ? Ce ne pouvait être Dieu... Alors, qui ?

*

* *

— Reconnais-tu ce champ, Ogier ? demanda le vieillard lorsqu'ils cheminèrent le long des murailles de Chauvigny.

— Je ne l'oublierai de toute ma vie. J'y ai vaincu d'abord, souffert ensuite. Je ne regrette rien, désormais.

— Certes... Sache-le : j'y suis fréquemment venu. C'est au bord de la Vienne, à proximité de l'endroit où tes hommes et toi aviez dressé votre tref[1], que les chevaliers à la croix noire plantèrent leurs pavillons au lendemain de ce grand pardon d'armes, après que l'évêque eut renoncé à les héberger plus longtemps. J'ai compté douze tentes. Ils s'exerçaient entre eux à

1. Tente conique.

la joute, au béhourd et leurs archers faisaient merveille sur des bersails[1] d'osier tressés par eux-mêmes. Ils étaient encore présents avant-hier... Les Chauvinois qui aimaient à les regarder vont être déçus.

Les tentes avaient été démontées. Rien n'indiquait plus la moindre présence.

— Viens, dit le vieillard. Voyons cela de plus près.

L'emplacement des pavillons se remarquait encore : l'herbe avait disparu par endroits. Il subsistait de rondes et larges calvities. Des mottes de crottin frais et quelques trosses[2] abandonnées çà et là révélaient l'emplacement de l'écurie en plein vent au centre de laquelle l'abreuvoir n'était autre qu'un sarcophage robé dans quelque cimetière à l'entour de la cité.

— Ils se sont tout permis, commenta Benoît Sirvin.

Ceints de grosses pierres noires, des feux se consumaient en fumassant un peu.

— Partis depuis peu, grommela le mire. Dois-je te dire que je m'en doutais ?

— À voir les traces des sabots, ils sont allés vers le Levant.

— Vers les Allemagnes. Cela ne te trouble point ?

— Non.

Ils empruntèrent une voie qui passait devant le château de l'évêque. Deux clercs en sortaient. L'un était Pierre de La Garnière, l'ancien compère de frère Isambert. Ogier ne connaissait point l'autre bien qu'il l'eût entrevu lors de la fête d'armes des Pâques dernières, parfois auprès des Teutoniques. C'était un homme long et maigre à la face glabre et cireuse. Des yeux gris — le regard d'un prêtre sans pitié envers autrui comme envers lui-même —, la bouche mince et le menton saillant.

— C'est un des leurs, murmura Benoît Sirvin. Pourquoi est-il resté quand les autres sont partis ? Pour faire

1. Cibles.
2. Bottes de foin.

ses adieux à La Garnière dont on dit qu'il aime mieux le bon vin des auberges que celui de la messe ?

Sitôt à la hauteur des deux hommes, le mire s'inclina vers le moine étranger qu'il interpella dans sa langue :

— *Wo denn sind die Ritter ?*

L'ébahissement passé, le clerc, les yeux dans les yeux, répondit :

— *Ich weiss es nicht.*

— Il ment, confia de vieillard à Ogier.

— *Sind sie im schloss ?*

— *Wahrscheinlich.*

Cette fois, le mire s'adressa à Pierre de La Garnière :

— Cet homme ment !

Le clerc eut un geste évasif, cependant que son voisin souriait :

— *Jetzt sind sie sicher schon weit.*

Et d'ajouter d'une façon qu'Ogier, qui n'avait rien compris, trouva fort insolente :

— *Gott wird uns helfen*[1] !

Benoît Sirvin cracha en direction du personnage et lui montra son poing avant de décider :

— Viens, Argouges.

Dès lors il chemina silencieusement. Parvenu devant sa maison, il commenta, sans descendre de Plantamor :

— Toute cette engeance teutonique est composée de malandrins. Il est bon que tu le saches.

— Je l'avais deviné, dit Ogier.

Il mit pied à terre et ajouta :

— Dès le moment où je les ai vus, au printemps, j'ai ressenti pour eux de la défiance... et de l'aversion.

— Tant que tu n'auras pas atteint Gratot et, plus tard, les lieux où je t'envoie, tu devras t'en méfier.

1. Où sont passés les chevaliers ?
— Je n'en sais rien.
— Sont-ils au château ?
— Sans doute.
— Ils sont sûrement loin à présent.
— Dieu vous viendra en aide.

Leur âme est aussi noire que la croix de leurs cottes d'armes.

— Je me le suis dit aussi.

— Souviens-t'en. Ils ont entre les mains les attributs d'un pouvoir inflexible : la force, la mauvaiseté, la fallace[1], la bienveillance du Pape. Se recommandant du Christ et de ses enseignements, ils sont ses plus insidieux ennemis. Ils t'abominent déjà puisqu'ils t'ont vu en ma compagnie. En vérité, le mot *haine* n'est point trop outré pour désigner le sentiment aigu comme un estoc, violent comme un taillant de lame, dont tu t'es senti pénétré lorsque cet homme aux yeux de brume t'a de son regard mis en pièces.

— C'est vrai que son examen m'a destourbé[2].

— Pour les Teutoniques, l'exercice de la méchanceté n'est qu'un jeu des plus amers — comme le sang de ce Christ devant lequel ils se prosternent, le cul en l'air, au point que l'on dirait des Mahoms.

Benoît Sirvin eut un soupir d'ennui — peut-être de fatigue.

— Que de leçons t'aurais-je données !

Ogier acquiesça. Le mire, sans doute, connaissait les hôtes de Mgr Fort d'Aux de fond en comble. Jadis, en Terre Sainte, leurs prédécesseurs n'avaient cessé de porter ombrage aux Templiers. Même s'il n'avait pas subi les effets de cette concurrence, il en avait ouï parler. Désormais, il voyait tout avec la sérénité des vieilles personnes qui savent que leur temps est compté. Rien ne pourrait plus contaminer l'espèce de pureté d'un cœur qui avait tout éprouvé, hormis les sentiments nés de l'amour entre un homme et une femme. Ogier sut à l'avance que dans le souvenir même de cet homme il puiserait de loin en loin, outre une confiance extrême en son destin et le soutien constant de ses propres certitudes, une assurance sup-

1. Fourberie.
2. Troublé.

plémentaire dans ses propos, une plus solide manœuvre de ses mouvements d'homme de paix ou de guerre. Seul survivant des persécutés du Temple, ce vieillard intègre viendrait le secourir où qu'il fût, à travers l'espace et le temps. C'était une satisfaction que de le savoir.

— À quoi songes-tu ?

Ogier décida d'être sincère :

— Je vous ai admiré avec un soupçon de crainte. À celle-ci s'est joint, à Montgaugier, un sentiment de répulsion vivement éteint malgré tout ce que vous m'avez énarré...

Il n'en dit pas davantage. Il savait que lors de certains événements, il saurait remplacer ses qualités et ses vertus — s'il se pouvait qu'elles fussent hors du commun — par une sorte de morne indifférence. Tout comme ce vieillard à barbe de prophète.

Sa mélancolie se dissipa. Il devait être heureux. Joyeux même : il était amouré d'une beauté providentielle. Tout allait lui devenir aisé. Il se sentait enclin à tous les courages, toutes les vaillances et ne devait rien craindre des jours à venir.

— Tu ne m'as pas révélé toute ta pensée.

— Certes, messire.... Adoncques, je crois que plutôt que de m'avoir pris en amitié, vous exercez sur moi une espèce de paternité.

L'ancien chevalier à la croix rouge, le réchappé des tourmenteurs du roi Philippe IV se détourna pour dérober son visage à son jeune compagnon.

— Tout commence pour toi et s'achève pour moi. Or, sache-le : une satisfaction des plus belles pour le vieil homme que je suis est de savoir, avant que de nous séparer, quel sentiment généreux je t'inspire.

VIII

Une immense fumée boursouflée de neige et de plomb dissimulait l'embrasement du soleil. Au-dessus, le ciel avait une roseur charnelle, et ce rose frêle emplissait la chambre où les draps formaient une tache claire que Blandine animait de ses remuements. Sur l'appui de la fenêtre déclose, une colombe se posa pour s'envoler à l'approche d'une autre.

— Vas-tu mieux ?

— Bien mieux... J'ai dû dormir tout ce jour d'hui... Qu'as-tu fait ?

Ogier sourit tant le passage du *vous* au *tu* paraissait malaisé à la jouvencelle. Il posa sa dextre sur la sienne :

— Sirvin a voulu me montrer un lieu qu'il tenait à ce que je connaisse.

— Était-ce loin ?

— Oui... Nous en revenons seulement. Je me suis absenté deux jours.

— Deux jours !... Ai-je tant dormi ?... C'était où ?... Qu'as-tu vu ?

Ogier balança entre la raison et la vérité.

— Une grande maison ruinée, à Montgaugier, près de Mirebeau... Nous en sommes partis à l'aube... Quinze lieues chaque jour...

— Pourquoi t'a-t-il mené au diable ?

— Au diable si tu veux, m'amie... Cela est de peu d'importance.

Blandine se dégagea ; Ogier se sentit dévisagé avec une adoration dont il fut surpris de concevoir l'immensité tandis qu'elle suppliait :

— Oh ! dis-moi... J'aimerais savoir...

Cette fois, la curiosité s'affirmait. « Pourquoi le lui cacherais-je ? » Cependant, Ogier atermoya encore, pour se décider à mentir :

— Il est né en ces lieux... et voulait voir une dernière fois sa maison... Par crainte des Goddons ou d'une défaillance, il tenait à ce que je l'accompagne.

Elle devait être satisfaite ! Comme elle portait ses mains à son front pour en ôter quelques cheveux agaçants, elle dénuda une de ses épaules. Nue. Elle était nue ! Il se sentit pâlir en voyant cette peau blanche, cette aisselle d'or mousseux au pli imperceptible, cette rondeur où les veines laçaient leur tendres cordelettes ; et comme il effleurait l'oreille malade, il vit sous l'arc des sourcils réduits à une ligne dorée, les yeux d'ambre scintiller tandis que les lèvres souriantes découvraient des dents petites, aussi brillantes que le creux de certaines coquilles.

— Continue de me toucher ainsi... Cela me fait autant de bien que les potions de ce mire.

— Tu ne l'aimes pas.

Une gravité inattendue, peut-être un flux de méchanceté dessécha un moment les traits si purs de la pucelle.

— Cet homme est singulier... Cette femme, la muette, si étrange... Je me sens tout estorbée [1] en leur présence, et pourtant, avant que tu ne reviennes, cette meschine [2] m'a préparé un bain qui sentait la menthe, là-bas, dans la chambre voisine...

Il se pencha, appuya son nez sur l'épaule découverte :

1. Troublée.
2. Servante.

— C'est vrai que tu sens bon !

Son cœur battait. Il y avait soudain, dans son admiration, un grain d'angoisse, dans son désir une sorte d'ébahissement, d'incertitude et d'inachevé. Il ne pouvait pleinement croire que Blandine était son épouse et qu'il pouvait l'étreindre là, maintenant, sans craindre de commettre...

« Quoi ? » se demanda-t-il, inquiet, tandis que joignant vivement ses mains la jouvencelle chevrotait :

— Je serai bien aise quand j'aurai quitté cette maison... Emmène-moi !... Emmène-moi dès ce soir... Mon oreille me fait moins mal... Je supporterai de chevaucher...

Il surprit deux petites larmes dans ces yeux implorant où le chagrin soudain à son déclin se transmutait en ire.

— Nous partirons après-demain.

— Pourquoi pas demain ?

— Parce qu'un jour de repos revigorera Plantamor et Marchegai... Ta... ta mère n'est pas venue, seule ou accompagnée, pour te reprendre ?

— Non... Elle doit savoir que nous sommes mariés... Elle n'a pas bougé, sans quoi les soudoyers que tu as apostés te l'auraient dit. Elle a le cœur sec. N'en parlons plus.

Blandine paraissait avoir le cœur sec, elle aussi, en décidant : « N'en parlons plus » d'un ton à la fois las et sévère. Souffrait-elle de cette rupture et voulait-elle dissimuler son chagrin ? S'était-elle accommodée, au contraire, d'une séparation d'autant moins douloureuse qu'elle y aspirait depuis des années ? Quoi qu'il en fût, elle était en contradiction avec les coutumes nobles qui exigeaient de longues fiançailles et même, parfois, des épreuves dont le futur époux devait triompher sans jamais se plaindre d'y être astreint. Bien que la seconde épouse de son père ne lui fût rien, elle avait vécu trop longtemps dans son giron et subi, quelle que fût sa douceur foncière, la contagion de sa froideur et de sa hautaineté.

— Ne te courrouce plus contre elle, dit Ogier, amène. Il se peut qu'elle soit dolente... Qu'elle ait découvert qu'elle t'aimait sans vouloir se l'avouer...

— Elle n'a d'amour que pour son fils... N'en parlons plus...

Les jambes remuèrent sous les draps. Quand les verrait-il ? Quand *la* verrait-il ? Maintenant ? Sirvin ne viendrait pas troubler leur quiétude. Après qu'il eut visité ses hommes en sa compagnie, le vieillard l'avait fait entrer dans cette pièce d'où le grand Christ peint, aux yeux d'émeraude, avait été ôté. Mais la Croix demeurait, allongée contre le mur où subsistait, seul, le gros clou dont le maniement commandait l'entrée de la crypte au fond de laquelle le mire s'adonnait au grand œuvre. Il s'était approché. Était-ce vraiment la Sainte Croix de Jérusalem ?

Ogier ferma les yeux. Il avait craint, en se signant, de provoquer quelque moquerie de son hôte, mais celui-ci s'en était abstenu. Il avait rempoigné sa corne de narval et tapotant les dalles de son extrémité, il avait murmuré : « Cette nuit, je la placerai, dans le charreton... Je te remettrai une custode contenant le sceau et l'anneau dont je t'ai parlé... Si tu veux être à la Noël à Payns, il te faut quitter Gratot fin novembre. » Tout paraissait aisé...

— Pourquoi, mon époux, sembles-tu si maussade ?

Pour toute réponse, Ogier baisa les lèvres fraîches tendues vers les siennes et connut leur douce et tendre saveur tandis que Blandine entourait d'un bras léger cette nuque de mari, le premier homme, dit-elle avec une gravité fugitive, qu'elle osait baiser ainsi.

Sa main en conque appuyée sur l'épaule de la jouvencelle et n'osant la dénuder de crainte de l'apeurer, Ogier tremblait de joie et de ravissement. Les yeux perdus dans les brillances dorées de ceux qui l'observaient, il éprouvait avec délices la certitude d'un amour sans pareil. Qu'importait la froide et hâtive cérémonie de leur mariage ! Noces de fer, noces de guerre... C'était merveille de s'aimer ainsi... Qu'importaient les batailles à livrer aux Goddons ! Dieu ne pouvait et ne pourrait dissocier leurs destinées ! Leur passion les plongeait dans un émoi si véhément que leurs rires, leurs soupirs paraissaient des sanglots.

— M'aimes-tu, Ogier, aussi fort que je t'aime ?

— Davantage... Et plus encore que tous les preux des livres emboisés [1] par des pucelles et gentilfames !

Il la chérissait tellement, en cet instant, que leur étreinte chaste suffisait à son plaisir, tout imprégné du goût et de la senteur de cette eau de menthe dont la chair et la chevelure de Blandine conservaient l'arôme. Et comme la maison lui semblait par trop silencieuse, il imagina Sirvin, quelque part sous cette chambre, devinant tout ce qui s'y passait et s'y passerait.

Il se releva, déceignit sa ceinture d'armes et la posa ainsi que son épée, sur une chaise, puis il alla verrouiller l'huis, heureux d'entendre son grincement et sachant que le mire, ainsi, serait informé de ses intentions. Alors, il enleva son sarrau et ses chausses et ne conservant que sa chemise et ses braies, il revint vers le lit où s'accrochait un reste de clarté, et où Blandine avait caché ses bras et son épaule.

Il s'assit de nouveau près d'elle, et derechef la baisa aux lèvres, longtemps, jusqu'à ce que, hors d'haleine, elle séparât doucement leurs visages.

— Tu ne regrettes rien ?

Elle l'examinait d'un regard ardent, tout à la fois hardi et pudique, et dans l'ombre grise où son désir renaissait, Ogier eut peine à reconnaître en cette gisante attentive au moindre de ses mouvements, la pucelle effrayée qu'il avait délivrée de l'étreinte de Lerga.

— Non... mon époux, je n'ai aucun regret... Et toi ?

1. *Emboiser* : séduire par des cajoleries.

— Moi ?... Non !... Oh ! non... Tu es tellement...

Il ne sut qu'ajouter : tous les mots semblaient vains. Plus encore qu'en tout autre moment, l'extrême beauté de Blandine, même subjuguée par la force de son adoration pour elle, mêlait comme une peur à sa délectation. Une beauté pâle, fragile, embellie, s'il se pouvait, par la tendresse d'un regard où, malgré la vesprée, son ravissement d'amoureux trouvait comme un reflet. Et lui qui jamais n'avait su louanger une fille, voilà qu'il n'osait avouer les sentiments de félicité que celle-ci lui inspirait ! Ce qu'il éprouvait au tréfonds de son corps et de son cœur se révélait sans commune mesure avec tout ce qu'il avait ressenti jusque-là. Sa contemplation suffisait à son bonheur ; elle l'emportait, du moins présentement, sur un désir pourtant net, affirmé, d'étreindre cette enchanteresse et de mêler sa chair et sa ferveur aux siennes. Son ébahissement d'avoir pu inspirer tant d'amour, son plaisir de voir se réaliser le plus aventuré des songes le retenaient d'accomplir un geste. Si Benoît Sirvin l'avait frappé de commotion en lui livrant certains secrets dont des milliers d'hommes avaient payé de leur vie la connaissance, et s'il avait été tenté de maudire le sort qui les avait mis en présence, la Providence le récompensait de sa constance auprès du vieillard en lui offrant Blandine guérie, nue et peut-être affamée de caresses.

Insinuant sa dextre sous le drap, il retrouva l'épaule tiède et le cou d'albâtre où le cœur de la pucelle semblait battre à grands coups, puis il n'osa bouger, craignant que le moindre effleurement, si plein de vénération pourtant, ne devint fade ou déplaisant à recevoir. Craignant aussi, tant le flux d'amour enfiévrait son sang, d'atteindre seul cette félicité où il voulait la conduire.

— Je t'aime, mon épouse... et cet amour m'effraie. Je me sens indigne du tien...

— J'ai grand peur... On dit que...

D'un baiser, il interrompit Blandine, puis il la

contempla encore avec une révérence folle, glissant d'un sourcil d'or au nez délicat, et de là aux lèvres tendues, framboisées, frémissantes.

— Viens près de moi, dit-elle.

Vêtements et scrupules tombèrent et, nu, Ogier se glissa dans ce lit qui pendant près de trois mois avait été le sien et où, bien souvent, lors de ses pensées les plus hardies, il avait allongé Blandine. L'espérance se transmutait en vérité : la pucelle était là, consentante et inquiète ; il enfouissait son nez dans ses cheveux épars, touchait un sein petit que le printemps charnel faisait bourgeon, se décidait enfin à glisser vers des courbes et des rondeurs soyeuses. Et quelque douces qu'il les voulût, ses errances lui paraissaient froides et revêches.

Penché, il voyait à peine le visage de Blandine. Fleur et fruit, vraie, tangible et dépouillée de la légende qu'il lui avait composée au fil des jours afin de mieux s'en éprendre, il la humait — menthe et chair —, appuyant, renouvelant ses tendresses, cependant que des soupirs l'encourageaient à descendre sur les pentes fraîches et le moutonnement étroit et partagé où un reste de pudeur avançait une main qui s'envolait dans les ténèbres des draps tout à coup rejetés.

Soupirs, toujours, incitant à mieux et à plus. Frémissement moins dû au froid qu'à l'esprit qui regimbe. Nombril, charnelle encoche ; baiser ce petit sceau qu'un souffle descellait pour le rappuyer plus encore contre la bouche avide. Et le picotement tiède de la laine drue, remuante elle aussi, creuse, onctueuse, douce et dure en ses renflements et mystères. Boire, lamper ce corps tellement offert qu'il s'arquait pour de plus amples épousailles.

— Ogier... Ogier...

Voix d'enfant, méconnaissable ; voix d'attente et d'entente, plainte et commandement ; et la nuit plus épaisse autour du lit d'un blanc de craie.

— Il grince... *Ils* doivent savoir, en bas...

Commentaire imprévu, jambes ouvertes, dures et douces ; et le cœur battant, plus haut, sous le bulbe soyeux du sein exquis aux doigts et aux lèvres quand le souffle finissait par manquer. Comment se regarderaient-ils demain ? Honte ? Non ! Joie. Fierté. Tout se permettre et tout oublier. Se connaître, et c'était pourquoi Blandine osait un geste. Quel regard avait-elle ? Ebahissement ? Lippe boudeuse ou craintive ? Sourire ? Aisselle, téton, ventre au goût de menthe parfois interrompu ; serrement de la petite main qui prend ou s'égare. Y répondre d'un sucement, d'un mouvement. Se repaître et se saouler de ce corps de vierge... S'enfouir dans ce plaisir d'aimer, épicé de geste en geste ; glisser, tourner, se connaître, le cœur meurtri d'audaces insignes ou frivoles... Les ongles comme de petits poignards enfoncés dans la chair dure et tendre et le halètement de chatte satisfaite...

Dehors, les branches défeuillées frémissaient à la brise ; dedans le vent d'amour soufflait sur cet embrassement, cet embrasement tour à tour violent et tendre. Leurs souffles confondus devenaient litanie ; et Blandine se merveillait de ses râles, de ses audaces, juteuse et claire sur cette couche que son corps jonchait et moitissait jusqu'au refrènement qui la laissait à merci, lasse et tout enflammée d'une orageuse attente.

Il l'emprisonna, bouche à bouche, seins à seins, ventre à ventre et l'investit d'une glissade lente et drue. Elle étouffa contre son épaule un gémissement de dormeuse arrachée à son rêve et dès lors, il la mena doucement, sans cesser de la ceindre de ses bras tremblants, aspirant son émoi à sa bouche déclose, refusant de céder à l'emportement qui le brûlait de la nuque aux reins. Et le lit pouvait grincer, Blandine pouvait bien le mordre en resserrant le nœud de leur enlacement : les délices passaient de lui à elle, d'elle à lui, se confondant avec les inflexions de cette carole qu'ils avaient dansée un soir ensemble, et qui passait du grêle au solennel, du lent au vif et les éclaboussait de félicité, tant au fond de leur âme que de leurs entrailles jusqu'à la délectation, les frémissements de la sublime paix, le grand soupir qui les désaccordait enfin et les changeait en statues pantelantes.

Longtemps, enlacés, ils regardèrent par la fenêtre cette nuit d'octobre où leur vie prenait le même sens et la même unité ; où leur amour pour la première fois partagé leur faisait augurer une union sans partage. Ce n'était pas de froid que frémissait Blandine, mais d'une certitude innocente qu'elle pouvait avouer en disant : « C'était bon » et en enfouissant sa tête échevelée sous les draps pour poser son oreille sur ce cœur d'homme, ce cœur d'époux qui battait moins mais plus fort.

Lui pensait avec jubilation que leur amour était inégalable. Elle était belle, il l'aimait, elle l'aimait. Un long moment, il avait tout oublié. Non seulement le poids d'un passé lourd de male chance et de deuils, mais aussi les inconvénients du présent : la guerre, les Berland, les propos empoisonnés d'un Templier près de sa fin, et ce mauvais mais nécessaire cheminement vers Payns. Le sein de Blandine en sa paume, l'autre sur ce lambeau de foin tendre et brûlant où parfois son index sinueux s'égarait plus innocemment qu'amoureusement, il savourait son triomphe.

— Reviens, ma fée... Tu vas étouffer sous le drap !

Il contempla le visage réapparu, bleuté de nuit et dont les étoiles étaient celles d'un regard où se mêlaient le goût d'une volupté toute neuve et la reconnaissance. Jusqu'à ce qu'il s'aperçût que les scintillements glissaient.

— Tu pleures !

La tête remua, les yeux se fermèrent.

— Ce n'est rien...

— N'es-tu pas heureuse !

Il avait peine à concevoir que cette entente si bellement et complètement scellée eût soudain inquiété Blandine, et que les présages favorables qu'il y trouvait ne l'eussent pas émerveillée comme lui.

— C'est parce que je suis heureuse grandement que j'ai peur.

Elle se leva, et nue, sans gêne, s'étira comme pour se montrer radieuse à la lune. Il vit, sur le drap, trois pétales qui sans doute passeraient du vermeil au rose avant l'aurore.

— Je t'ai fait mal ?

Elle rit, en se blottissant contre lui :

— Je n'ai rien senti... Enfin, je veux dire...

En remuant, elle écrasa son nez, sa bouche, son front contre cette épaule dure, musclée, tout le contraire de la sienne.

— Tu sais, j'avais peur...

— Et tu n'as plus peur ?... Tu recommencerais ?

— Pas maintenant... J'ai... J'ai besoin de souffler...

Elle rit, sans pour autant relever son visage. Il sourit tout en regardant le plafond coupé de poutres rudes, et ce bois lui fit penser à l'Autre.

— Je t'aime, Blandine, dit-il.

— Je t'aime aussi, mon chevalier au Poing Vermeil.

Il n'aurait jamais pu soupçonner qu'elle mettrait autant d'ardeur dans le don de son pucelage, ni même qu'elle sortirait de leur étreinte radieuse et larmoyante, et si soudainement confirmée dans son état d'épouse et d'amante qu'elle en était elle-même ébahie. Il la revoyait, assise près de lui, entre deux merlons des murailles, non loin de cette maison. Comme elle semblait alors souhaiter un protecteur !

Il la mit sur le dos, contempla son visage. Elle dit, touchant ses joues :

— Elles sont brûlantes... C'est ta barbe, sûrement... Je dois être bien laide...

— Laide ? La nuit te sied aussi bien que le jour et la nudité te va bien.

Elle eut un geste de pudeur dont elle rit elle-même et se couvrit d'un pan de drap qui la dissimulait à peine. Il dit, touchant un téton dur :

— Tu ne regrettes pas de me suivre en Normandie ?

Elle remua, comme pour se donner le temps de trouver une bonne réponse. Il effleura cette chair admirée, ici marbre et là buisson, ces cuisses nacrées de lune.

— Tu ne me réponds pas... Que crains-tu ?

— Rien, mon aimé... Plus je serai loin des Berland, plus je serai heureuse.

— T'ont-ils fait tant de mal ? s'inquiéta Ogier.

Un éclair raya les paupières entre-closes. Penchée sur lui, accrochée à ses épaules, Blandine le dévisagea tout à coup avec une ardeur qu'il ne lui connaissait pas :

— Depuis trois ans, j'ai lutté pour qu'on ne me fasse point, contre mon gré, bien sûr, ce que tu viens de me faire.

— *Ils* voulaient te marier ? Avec qui ?

Un soupir, un rire ; puis tristement :

— Hors de la vue de nos... parents, Herbert le Jeune usait de privautés détestables...

— Ton demi-frère !... L'immonde !... Où était-il quand nous avons fait connaissance ?

— Père l'avait envoyé au siège d'Aiguillon, près du duc Jean.

Blandine s'exprimait avec une douceur qu'il trouvait effrayante. Il voyait le fils Berland toucher et essayer de tâtonner la jouvencelle. Il le voyait, alors qu'elle prenait des formes, guettant les linges mis à sécher qui révélaient sa *nubilis*, comme eût dit frère Isambert, et imaginant sa pubescence dorée, ses tétons, ses cuisses...

— La beauté provoque moult convoitises... Mais celles-là sont répugnantes !

Tandis que Blandine le serrait plus étroitement, il demanda :

— Et *l'autre*, je veux dire la seconde épouse, celle qui dort non loin de nous, elle *savait* ?

Dans la claire profondeur des yeux proches des siens, Ogier entrevit des scènes odieuses. Une larme roula de nouveau, qu'il effaça de ses lèvres.

— Elle était jalouse de moi. Je lui rappelais ma mère, qu'elle avait vue, autrefois. Elle a prétendu que c'était par mes vuiseuses [1] que j'avais excité son fils... Et quand il est revenu d'Aiguillon...

— Il n'a plus pensé qu'à t'aiguillonner !

Ils rirent ; ils étaient heureux, béats, chair contre chair, lèvres contre lèvres, picorant des baisers, s'abreuvant de soupirs.

— S'il avait forcé le seuil de ma chambre, je me serais jetée par la fenêtre !

— Ne dis pas cela !... Ne dis *plus jamais* cela !

Sans qu'Ogier l'eût voulu, sa voix s'était faite exigeante et Blandine en avait tressailli.

— Pourquoi ? demanda-t-elle. Est-ce trop te demander ?

La seconde question lui parut plus pointue que la première. Anxiété ou dépit ? Il la voyait encore dans sa pâmoison, si différente de ce qu'elle était maintenant, soulevée sur un coude, une goutte de lune enluminant son sein, une autre son épaule. Il la serra plus fort sans qu'elle protestât, gobant la tache claire du téton orné de blanc, puis rejetant sa nuque en arrière :

— Vers l'an mil, une lointaine parente s'est jetée d'une fenêtre de Gratot... Elle était fée, du moins le prétend-on dans notre famille... Ma mère, elle, était douce et belle sans être une déesse. Elle endura si mal la géhenne que Blainville imposait aux Argouges qu'elle s'est lancée par la même fenêtre lorsque j'achevais mes enfances chez mon oncle Guillaume de Rechignac... Et je n'ai...

D'une bouche avide, Blandine interrompit sur ces lèvres d'époux pleines encore de ses saveurs et de ses senteurs secrètes, la fin de ces révélations.

— Pauvre dame !... Il me reste à te parler de Rochechouart.

Elle s'était de nouveau redressée ; il recevait sur son

1. Choses frivoles, futiles et vicieuses.

front la caresse de son haleine. Il ne pouvait la contempler qu'imparfaitement, mais il la touchait, prenant plaisir à la trouver belle dans ses contours et ses vallonnements, sans qu'elle parût troublée.

— Il m'admirait... Jamais il n'aurait osé me faire ce que tu me fais...

Il venait de glisser un doigt dans la pente onctueuse ; il l'ôta et songea que Blandine avait dû batailler — à sa façon — pour conserver cette virginité qu'il venait de recevoir, ce soir, en gage d'amour et non en sacrifice, sans craintes contraignantes ni pudeurs superflues. Il sourit :

— Nous sommes dignes l'un de l'autre.

Retombant sur le traversin, elle porta la main à son oreille :

— Le mal semble me reprendre...

— Si tu dors bien, il partira... Serre-toi contre moi.

Elle obéit en gémissant un peu — de plaisir, sans doute — et il songea qu'il était malséant que ce bonheur partagé, ample, éblouissant, eût été terni, même petitement, par ces brefs récits et aveux chuchotés. Pourquoi l'aimait-il tellement ? Il avait, pour le lui prouver de tout son corps, retenu certains gestes, renoncé à certaines « choses », bien qu'elle eût certainement tout accepté. Pour une fois, ce soir, nue et dolente, elle s'était délectée de sa féminité. Lâchant la bride aux démons qu'elle portait en son ventre — démons du bien et non du mal —, elle savourait ce passage de l'aigu au grave, du remuement exquis à l'immobilité ; et femme, désormais, il pouvait la reprendre et les précipiter vers d'autres pâmoisons. Mais elle dit, poussant sa hanche douce au creux de ce ventre d'homme armé pour le plaisir :

— J'ai peur... C'est en moi comme un poison...

— Que crains-tu, ma douce ? Tes parents ?... Notre devenir ?... Cette guerre qui meurt et renaît aux quatre coins du royaume ?

— J'ai peur de tout... Peur de te décevoir.

— Au lit, tu ne m'as pas déçu !

Il rit, crispa sa main sur le sein rond et ferme, entourant d'un doigt mouvant la piécette rose foncé d'où émergeait la framboise de chair dure.

— Je ne suis peut-être pas telle que tu crois. L'on me dit entêtée, jalouse de mes biens... *Elle* me reprochait d'exercer trop d'autorité sur nos meschines [1]...

— C'est bien, ma douce, de me le dire... Tu es loyale...

Et comme il revenait à l'arche de ses jambes, elle soupira, le laissa jouer avec ses boucles et ses secrets toujours tièdes, soyeux, tentateurs.

— J'aime ta force et ta douceur, Ogier... et ce feu dont tu brûlais et me brûlais, il y a peu... J'ai peur qu'on nous sépare... Un jour sans toi serait comme un châtiment, une injustice que je n'aurais pas méritée...

Ce n'était ni le lieu ni le moment de révéler le serment fait à Sirvin et le long cheminement vers Payns au mois de décembre... Ils en étaient pourtant si proches !... Il partirait. Il tiendrait sa promesse et reviendrait promptement, plus aimant — s'il se pouvait — que ce soir même.

— Ma belle épouse : un seul être a un pouvoir de nous séparer sans que je puisse contrester à sa volonté : le roi qui m'a fait son champion au soir de Crécy...

— C'est une personne de trop.

Il sentit Blandine secouée d'un courroux dont le refrènement la faisait frémir davantage encore que si elle lui avait donné libre cours. « Où allons-nous ? » se demanda-t-il. « Liés, oui... Pas enchaînés ! » Que dire maintenant ? Rien. Attendre le sommeil. Ils s'étaient complus à parler de l'avenir et leur candeur, leur sincérité les introduisaient dans un Temps et un royaume aux contraintes de toute espèce. Chassant de son esprit le souvenir de Philippe VI, orgueilleux, vain et mou comme son grand nez, Ogier, se levant à demi, chercha

1. Servantes.

le drap de dessus, au pied du lit, pour en couvrir Blandine et s'accoler ventre à ventre avec elle.

— Tu trembles... As-tu froid ?

Elle ne répondit pas mais prit sa main, trouva l'ancien anneau qu'elle lui avait donné, gage de son amour et de fidélité.

— Tu m'as parlé d'une cousine qui se vêt en homme...

Il rit, soulagé par cette diversion et se sentit scruté, du front au menton, par des yeux d'autant plus étincelants que la nuit, désormais, était complète :

— Elle aime même à s'adouber en chevalier. Je t'assure ! Elle restraint ses plates[1] comme un grand guerrier !... Ce n'est pas pour rien qu'elle se nomme Tancrède !

— C'est un nom d'homme !

— La volonté de mon oncle, m'amie : il voulait un garçon et son attente fut déçue. Tancrède...

— Elle est belle ?

Ogier serra les lèvres, sentant désagréablement cet entretien lâche, doux, reposant, prendre le tour d'un interrogatoire.

— Elle serait belle si elle admettait mieux son état de fille, de femme...

Il se garderait bien de révéler à Blandine que Tancrède n'était pas sa cousine, mais la fille du sénéchal de Rechignac, le hardi et doux Blanquefort, engendrée lors d'une absence injustifiée d'un baron estimable à bien des égards.

— Tu sembles l'admirer.

Se pouvait-il qu'il eût admiré Tancrède ? Sans doute. Elle avait tissé en lui un réseau de désirs inavoués, inavouables. Elle avait tout accompli pour qu'il voulût la connaître tout entière, non plus hautaine et dédaigneuse, mais vaincue, repentante et même humiliée. Non, il ne l'avait pas admirée. Il l'avait voulue,

1. Serrer les plaques de fer composant une armure.

obtenue et déçue en se décevant lui-même. Il ne pouvait livrer ces considérations, et surtout à Blandine. Elle avait soudain clos ses paupières. Même d'une seule oreille, elle semblait attendre un mot malencontreux qui relancerait son enquête.

— Elle ne pourra jamais devenir une épouse...

Parce que Tancrède préférait les filles aux garçons. À quoi bon, même pour la rassurer, le révéler à Blandine. D'ailleurs, le croirait-elle ? Devrait-il, à l'avenir, prendre garde à l'emploi de ses mots ? Feindre l'indifférence alors que son intérêt pour ceci ou cela serait certain et même manifeste ? Où puiserait-il en lui ces capacités de feinte ? Dans son amour même pour Blandine, évidemment.

— Je ne l'ai jamais admirée... Toi, ma douce, je t'ai admirée d'un seul coup.

Pourquoi sa voix lui paraissait-elle soudain plate ? Pourquoi même cette flatterie sans épaisseur l'attristait-elle ainsi ? Après la volupté, l'affliction !

— En as-tu admiré d'autres avant moi ?

— Aucune.

Pieux mensonge. Il eut envie de prier Blandine de cesser cette inquisition douceâtre, mais c'eût été révéler une irritation qu'elle eût pu interpréter encore à son détriment. Il préféra l'empoigner, la serrer contre lui, l'emplir d'ardeurs et de contentements. C'était bien le seul moyen d'obtenir son silence avant que d'atteindre, quiètement sans doute, le bout de la nuit.

IX

— À combien de lieues sommes-nous de Fougères ?

— Huit ou dix, Blandine... Allons, ne fais pas ce visage-là !... Nous avons quitté Laval très tard et les chemins que nous avons pris ne se prêtent guère au charroi !

— Mes reins le savent autant que mes yeux !... Jamais nous ne serons rendus avant la vesprée.

Ogier se contenta de hausser les épaules. Puis il décida que c'était trop peu. Il devait répondre ! Sa voix lente, alourdie de fatigue et d'ennui, fut un défi plutôt qu'une repartie :

— Tu le sais... Tu l'as vu... Nous avons eu une mésavenance avec le cheval de Bazire...

Alors qu'ils venaient de parcourir une lieue, Plantamor s'était mis à boiter. Le temps d'atteindre Grenoux et de ferrer le roncin aux quatre jambes, la matinée s'était trouvée bien entamée. À midi, on avait fait halte à Olivet, au bord d'un étang, pour manger sur le pouce et laisser souffler les chevaux. Ils allaient devoir s'arrêter deux fois encore sans doute, avant d'apercevoir les murailles de la grande cité.

— Je n'ai jamais couvert un aussi long chemin... Ne m'en veuille pas, dit Blandine.

Ogier hocha la tête. Comment eût-il pu lui en vouloir ? Il avait grand-hâte lui aussi d'atteindre Fougères et de remiser son chariot en lieu sûr. Il se sentait parfois apeuré : au bout du chemin, la séduction de la quiétude, mais avant, peut-être quelque mésaventure... De quelle espèce ? Il offrit à son épouse un sourire sans joie, puis regardant éclore un peu de bleu dans le vaste jardin gris du ciel :

— Souviens-toi, m'amie. Hier, quand nous sommes arrivés à Laval, tu m'as demandé de t'offrir une longue nuit de sommeil... Je n'ai pas voulu t'éveiller trop tôt... Sois sans crainte : il y a des hameaux tout au long du chemin. L'hôtelier du *Chapon couronné* m'en a dit les noms : Poiriers, le Bourgneuf, la Croixille, Princé... Dans tous, au cas où tu voudrais te reposer, nous trouverons le gîte et le couvert.

— Tu n'aurais pas dû conduire ce charreton... Je ne sais ce qu'il contient avec les armes et vêtements de tes hommes, mais...

Lâchant les rênes, Ogier posa sa dextre sur la main de Blandine :

— J'ai pris ce charreton parce que assise à mon côté tu te fatigues moins que s'il te fallait chevaucher... Et si j'ai un regret, c'est de n'avoir pas suivi les conseils de Sirvin : passer par Tours au lieu que par Chinon...

Tourné, cette fois, complètement vers Blandine, Ogier fut heureux de lui voir un regard et un visage serein. « *Mon épouse !* » Ces mots-là, il les connaissait, et pourtant, attribués à la jouvencelle, ils lui paraissaient neufs, sertis d'un grand respect comme on n'en voue qu'aux reines. Ils imprégnaient son esprit d'une satisfaction grave et attendrie, rassurante, et ce lui devenait délectation de penser que cette nuit, leurs souffles, leurs tiédeurs, leurs chairs et leurs félicités s'étaient confondus, et qu'ils se confondraient encore et encore, en quelque endroit qu'ils s'arrêtassent. « Elle va plaire à tous, à Gratot ! » Elle était belle, elle était noble avec cette bénignité qui lui valait déjà, franche et rieuse, la bienveillance de leurs six compagnons.

— Bientôt, tout sera différent : nous entrerons en Normandie. Un jour suffira pour que nous soyons à Gratot... Aude se merveillera de ta venue.

Il y avait entre sa sœur et sa jeune épouse de telles ressemblances qu'elles ne pourraient que s'entreplaire : même race, même mélancolie, parfois ; mêmes rires, pareils à des tintements de clochettes...

— Je voudrais tant que notre demeure te soit accueillante !... Je t'ai dit ce qu'il en était : tu entreras dans une demi-ruine, mais tu verras : quelques mois suffiront pour que notre châtelet redevienne beau et fier... Au printemps, il sera digne de toi. Et plus tard...

— Plus tard ?

Il ne répondit pas, mais il voyait des joutes et des liesses. Les fêtes d'armes rassembleraient à nouveau chez les Argouges, les seigneurs du Cotentin et d'ailleurs. Les grands prés fleuriraient de robes éclatantes, de coiffures exquises et de joyaux ; on verrait des barons complimenter Blandine pour sa beauté, son hospitalité, la qualité des mets présentés sur les tables...

— Plus tard, ma douce, tu seras heureuse.

« Et moi, Ogier ? » Il s'était imposé à elle par son amour et sa vaillance ; il se revancherait, grâce à elle, sur tous ceux qui avaient méprisé sa famille. Car il en était certain : les fiers, les dédaigneux d'autrefois reviendraient, même Robert Bertrand de Bricquebec, le seul qui eût pu défendre efficacement Godefroy d'Argouges aux temps noirs et qui s'en était abstenu, ne voyant en lui qu'un traître.

« Ils viendront chez nous les louanges aux lèvres... Tous !... Gluants de courtoisie : on ne peut dédaigner le champion du roi ! »

Il sourit aux nuages, au chemin herbu, puis à l'étang qui apparaissait et dont les eaux écaillées par un souffle d'air lui rappelèrent les douves de Gratot. Devant, Tinchebraye, Joubert et Bazire assuraient la conduite ; Marchegai les suivait, libre et paisible. Le charreton grinçait. Il semblait même, de loin en loin, qu'une des roues allait s'enfoncer jusqu'au moyeu dans une ornière, mais le limonier attelé par le mire — un grand bai cagneux de derrière — l'en tirait d'un coup de reins. C'était un bon cheval et lui aussi regardait de part et d'autre de la voie comme s'il craignait quelque embûche.

« Le péril est loin derrière nous... Nul ne nous a vus quitter Chauvigny. Si quelque malheur avait dû nous advenir, c'est dans la forêt de Chinon qu'on nous aurait assaillis ! »

Songeant cela et tenant de sa dextre les guides, Ogier couvrit de sa paume les mains serrées de Blandine :

— As-tu froid ?

Le fin profil s'anima sans pour autant quitter son expression mélancolique.

— Un peu...

Ogier se pencha, tira le manteau plié sous le siège :

— Remets cette chaucemante [1]... Tu n'aurais pas dû la quitter... C'est pourtant toi qui l'as choisie à Laval !

Elle endossa le vêtement et s'encapuchonna. Il lui jeta un coup d'œil. Il ne laissait pas d'être ému par elle. Aucune femme ne l'avait attiré ainsi.

— Je t'aime, chuchota-t-il, mais pourquoi fais-tu ce visage-là ?

Blandine fit « hum hum » et rentra sa tête dans son abri. Là, comme pour se soustraire à un regard de contrariété, elle demanda :

— Qu'y a-t-il dans ce chariot ? Il faut que cela soit bien précieux pour que toi, un chevalier, conduises une charrette !... Lancelot et Gauvain en seraient morts de honte... Ne veux-tu pas me répondre ?... Est-ce que Sirvin...

— Allons ! interrompit-il, à quoi bon me parler de cette façon un tantinet courroucée. Tu sais très bien que je dois à ce vieillard d'avoir conservé cette jambe-

1. Grand manteau de voyage.

là, que Guichard d'Oyré — un ami peut-être de ton père — m'avait rompue... Sirvin m'a demandé, quand j'aurai le temps, d'aller porter deux pièces d'un bois très rare quelque part...

— Où ?

Elle ne trouvait guère singulier qu'il y eût deux morceaux de merrain dans la caisse. La destination lui importait plus que le contenu.

— Je te dirai où plus tard.

— Pourquoi pas maintenant ?

— Parce que c'est ainsi.

Avec inquiétude, il entrevoyait, après des promesses et entretiens délicieux, des exigences gênantes, insoupçonnées.

— Tes soudoyers en savent-ils plus que moi ?

— Non.

Il croyait en avoir fini. Une petite main se posa sur sa cuisse. Il en sentit comme un mordillement et le trouva désagréable.

— C'est donc un grand secret ?

Il ne répondit pas et s'attendit à d'autres questions. Blandine dit simplement :

— Une autre forêt...

Défeuillée presque tout entière, ses branches et ramures exhalaient au ras des nuages leurs fumeuses ténèbres à reflets de bronze.

Ogier fut tenté de vanter les charmes de la Normandie aux longues prairies de sinople où l'argent des ruisseaux, l'hermine des moutons, l'azur changeant de la mer et l'or mat des dunes fraîchissaient les regards et l'esprit les plus sombres. Il ne l'osa, se demandant si toutes ces beautés ne rendraient pas, aux yeux de son épouse, le château familial plus lugubre qu'il ne l'était.

— Vivement Fougères ! dit Tinchebraye.

— Ah ! oui, s'exclamèrent en même temps Gardic, derrière, et Bazire, devant.

Ogier reconnut qu'il s'ennuyait à cheminer dans ces étendues silencieuses, glauques comme le fond de ce nouvel étang qu'il voyait luire, figé tel un miroir de neige, dans sa sertissure d'ajoncs. Entendant Lehubie et Delaunay s'ébaudir, il envia leur gaieté, leur simplicité. Pourtant, il percevait toujours le poids léger de l'épaule de son épouse contre la sienne, et contre sa cuisse, la fermeté de cette cuisse préservée d'un gros tissu gris ; chair laiteuse qu'une simple chandelle allumée transmutait en or délicieux... À quoi bon parler ? Blandine elle-même semblait avoir dominé l'angoisse sécrétée par cette infinité d'arbres et d'arbrisseaux noirs, couronnés d'airain, parmi lesquels de loin en loin, comme apeuré de se découvrir en si rude compagnie, un bouleau ou un tremble ployait sa hampe livide.

— Je t'avais prévenue que ce serait long.

— Je suis tout de même heureuse d'avoir quitté le Poitou.

Enfermant d'un bras la taille de Blandine, Ogier songea que son élan vers lui, lors de leur première rencontre, avait contenu un fort désir de protection, et que, contrairement à lui, l'étincelle d'amour était venue ensuite. Maintenant, le regard bas, quels événements revivait-elle ? Elle ne lui offrait plus qu'un fragment de visage singulièrement lisse, distant, mais dont la beauté lui poignait le cœur.

— N'avais-tu pas d'amies, à Poitiers... Des jouvencelles, veux-je dire ?

Un soupir. Allait-elle répondre ? Il s'irrita, croyant voir entre elle et lui une porte se fermer.

— Non... Pas vraiment... Toutes les filles sont jalouses... Seule, j'étais bien...

— Je crois en l'amitié...

— Crois-tu en mon amour aussi fort que je crois au tien ?

Un rire perlé. Brusquement, Blandine dégagea sa tête du capuchon ; Ogier eut ses yeux dans les siens, rieurs, aimants — tels qu'il souhaitait les voir toute leur existence — puis il fut tout entier occupé par sa conduite : le chemin descendait, parsemé de flaques dont la clarté se colorait de bleu. Derrière, Gardic et Delaunay s'ébaudirent quand Lehubie eut fait allusion aux douceurs de l'amour. Ogier tendit l'oreille car Delaunay révélait qu'il avait été marié pour ajouter aussitôt :

— L'amour ? Allons, compagnons : c'est une enluminure de l'esprit et des sens ! Le temps toujours se charge d'en ternir les ors !... J'ai commis moult âneries pour Yvonnette... Jamais contente où que ce soit !... J'étais alors fournier[1], gagnais bien notre vie et un jour, je lui offris pour l'aider une pucelle de Pont-Audemer avenante, et qui savait chanter, jouer du luth, faire la cuisine et servir les chalands... Hé bien, son ennui prit plus de poids encore... Je lui offris robes et parures : elles n'enlevèrent rien à sa mélancolie. À peine m'accorda-t-elle parfois son corps, une nuit, à la façon d'un sacrifice...

Quand les rires s'interrompirent, Ogier coula un regard vers Blandine : elle souriait. Delaunay continua :

— Elle a eu des joyaux, des cendals, des brocarts... J'étais son esclave et son trésorier... Faut vous dire qu'elle était belle !... Faut vous dire aussi que j'ai commencé à vivre heureux quand mon frère puîné m'apprit que j'étais cornard... qu'il l'aimait et qu'elle l'aimait... Je les ai moult châtiés !... Louison, éborgné... Et elle, Yvonnette, je lui ai rompu les dents du devant, histoire d'agrandir son sourire... Et je suis parti...

— Et tu t'es fait guerrier ! dit Gardic.

— Ni pire ni meilleur qu'un autre...

— À moins d'avoir les mœurs de Charles de Blois, Jean de Normandie et bien d'autres, dit Lehubie, nous sommes tous asservis aux femelles !

Ogier se demanda si l'archer pouvait s'exprimer ainsi : il n'était âgé que de dix-huit ans. Avait-il connu moult *femelles* ? Il craignit que l'entretien ne prît un

1. Boulanger.

tour osé, bien qu'il n'eût jamais pressenti, chez ses soudoyers, un goût pour la lubricité. Il baisa Blandine sur la joue :

— La guerre ne se fait pas avec des presbytériens !... Encore que j'aie vu des évêques, à Crécy, occire moult de nos Génois à coups de crosse épiscopale !... Encore que les hommes qui jouissent d'appliquer la question appartiennent tous au clergé !... Les champions du Bien et de la charité chrétienne commettent les pires turpitudes avec délectation !

« Tiens », se dit-il, « j'emploie des mots que Sirvin approuverait ! »

Il se tourna vers sa compagne, étonné soudain qu'elle eût accueilli son baiser sans bouger, sans paraître le sentir. Pourquoi lui parlait-il de tout cela ? Il se savait si malhabile encore dans son comportement d'époux que Blandine, en ce moment, pouvait assurément ne pas comprendre la nature du désir qui l'empoignait et dont l'espèce d'insensibilité où elle se complaisait sur son coin de banquette était bel et bien responsable. Il attendait d'elle tant de bonheur qu'il n'osait lui révéler toutes ses espérances, les élans, les ferveurs qui le liaient à elle ; sa crainte de lui déplaire en quoi que ce fût, bien que ses plaintes énamourées et ses ardeurs nocturnes attestassent qu'il la contentait plutôt que de la mécontenter. Il n'avait jamais traité les jouvencelles et les femmes en conquérant, moins encore en soupirant ; elles s'étaient toutes offertes, à vrai dire. Blandine ? Il avait fallu qu'il s'en fît admirer avant que d'espérer la séduire. Du moins l'avait-il cru. Son amour, *leur* amour ouvrait son âme aux délices de toute sorte ; et lui qui déjà les aimait, voilà qu'il se sentait plus proche encore des arbres, des ruisseaux et des rivières ; plus près du ciel donc plus dépendant de ce Dieu dont Sirvin lui-même affirmait l'existence. Plus tendre d'esprit, sans que ses muscles se fussent amollis pour autant. Et cependant il avait peur. Peur, surtout, que Blandine trouvât Gratot, sa famille et la domesticité trop rustiques. Il y avait en lui, brûlant comme un brandon, une sorte d'avidité, d'ivresse de bonheur ; une exigence d'amour continuel plus forte, sans doute, que dans les livres ; une passion de réussir sa vie qui frongniait dans son corps avec la fureur d'un faucon capturé à la haie, et qui bat furieusement des ailes... Et Blandine ? Pouvait-il évoquer maintenant le chatouillement d'une toison secrète, la douceur de cette chair plus secrète encore, ferme et molle à la fois ; les doux vallonnements, les sentes odorantes...

Il regarda ses mains. Pas plus que son esprit, elles n'oubliaient les délicieux contours de ce corps ; il en forma une en coupe comme s'il allait empaumer ce sein sous lequel battait un cœur épris de lui, Ogier d'Argouges...

— Plus nous allons, plus cette forêt devient noire !

— N'ayez crainte, dame, dit Tinchebraye à demi retourné, sa dextre appuyée sur la culière de son cheval, et voyez devant, cette lueur : nous allons quitter le couvert des arbres... C'est peut-être la closerie des Poiriers dont on nous a parlé...

— Veux-tu que nous nous y arrêtions un tantinet ?

— Non, Ogier : ce serait s'attarder vainement.

La jarissade était vaste. Sur une de ses bordures, un homme coupait du bois à grands ahans et coulées de sueur. Tinchebraye mena son cheval jusqu'à lui :

— C'est bien par là, Fougères ?

— Tout droit... Vous entrez dans la forêt de Misedon... Ne vous éloignez jamais du chemin : il y a des grands et petits étangs et certains sont pleins de bestioles...

Contre lui, Ogier perçut le frisson de Blandine.

— Quand vous parviendrez à la Croixille, la sente descendra pour franchir la Vilaine... Vous serez à Princé et entrerez dans la vallée de la Cantache...

— Tu ris... Qu'est-ce qu'elle a cette Cantache ?

— Le preux Roland l'a franchie d'un bond de son

cheval... Même celui-là, ce grand destrier noir, ne pourrait en faire autant !

Et cessant de toucher le chanfrein de Marchegai, le bûcheron rempoigna sa cognée.

Ils repartirent, silencieux. Le chemin s'insinua sous les arbres ; chênes, rouvres, pins, fayards : des milliers de colonnes crépues où se répercutaient les chants d'oiseaux venant de la terre emmitouflée de ronces, de fougères, et des hauteurs plafonnées de pourpre et de cuivre. Parfois, inopiné, un étang ceint d'une aulnaie montrait sa clarté craquelée, puis c'étaient à nouveau la pénombre, les vastes voûtes de ramures et les épaisseurs de silence troublées de loin en loin d'une clarté, d'un cri ou du frémissement d'une clairière d'eau. Blandine fermait les yeux, moins de sommeil que pour échapper à l'envoûtement de cette interminable ramée sous laquelle l'air se mouillait de vert ou de noir.

— Où dois-tu le mener, ce charreton ?

— À côté de Troyes.

— Ça me paraît loin de la Normandie !

Elle parlait enfin, sans dépit ni courroux. Elle avait tout simplement peur. Pour lui. Peur aussi de la solitude. De son bras, Ogier lui ceignit la taille :

— Je partirai fin novembre... Je reviendrai en hâte... Il me faut m'acquitter. Rien ne me fera différer ma promesse.

— Et si je t'en suppliais ?

— Ce serait en vain.

— Si je voulais t'accompagner ?

— Outre que les chemins sont infestés de routiers, je te répondrais non... avec regret mais fermeté.

Blandine retomba dans ses méditations, et comme afin de mieux mener le limonier, Ogier cessait d'étreindre son épouse, elle attrapa sa main et la maintint contre son ventre.

— Non, reste ainsi... Je suis bien...

Il obéit, trouvant de la volupté dans cette sujétion-là. Le coup d'œil que Tinchebraye lui jeta ne lui fut pas désagréable. Avec Blandine, certaines faiblesses pouvaient être merveilleuses. Joubert mit un terme à cette douceur :

— Dites, messire... On choisit laquelle ?

Le chemin se séparait en deux voies de largeurs égales.

— À dextre, dit Tinchebraye. Regarde : il y a sur le sol engravé[1] des marques de fers fraîches. Qu'en pensez-vous, messire ?

Deux chemins pareils, l'un désert, l'autre passant. Le regard de Blandine, d'une densité singulière, las et apeuré, décida Ogier :

— À dextre... Ouvrons l'œil, compagnons !... Cessez de brousser[2] !

Il venait de dénouer son étreinte sans que son épouse eût protesté. Tandis que les soudoyers de l'avant repartaient, entraînant Marchegai puis le grand bai cagneux, docile entre les brancards, Blandine soupira :

— Il me tarde d'être à Fougères.

Elle ramena sa capuche sur sa tête comme pour échapper au froid, aux arbres — à tout. Elle donnait une telle impression de faiblesse que le cœur d'Ogier se serra, tandis qu'il tapotait la prise de son épée. « Elle a subi en quelques jours bien des tourments. Elle n'en peut plus ! » Insidieuse, la peur le prit aussi. « Nous pouvons nous égarer... Qui sont ces hommes, devant ? » Il demanda :

— Ces marques de fers étaient-elles nombreuses ?

— Vingt chevaux, dit Joubert. Ils nous devancent d'une lieue...

— Si c'étaient des Anglais ? supposa Delaunay.

— Qui sait ? dit Tinchebraye. Ils sont hardis et se croient chez eux partout !

Les arbres se clairsemèrent et le ciel montra un pelage gris.

1. Couvert de graviers.
2. Avancer sans s'occuper du chemin.

— S'il pleut, dit Joubert, nous en aurons pour jusqu'à la vesprée...

Un étang apparut, tel un grand pavois hérissé de sagettes.

— Je vais haïr cette contrée, dit Ogier.

Blandine lui sourit, l'air moqueur. Sans elle, il eût mieux dominé son impatience. Peut-être, même, n'en eût-il pas éprouvé, trouvant à ce pays un charme aussi impénétrable que les lointains lourds et noirs, devant eux.

— Si nous continuons ainsi, nous serons ce soir à Fougères... Courage, ma douce !

Pourquoi n'avait-il pas dit : « Nous *coucherons* à Fougères » ? Pour ce que *coucher* signifiait pour eux deux ? Blandine pensait-elle à leurs étreintes, et pour être franc à leurs ventres autant qu'il y pensait ? Une jante heurta une pierre et l'enfonça dans le sol plus mou que partout ailleurs, semblait-il, et parsemé de flaques boueuses. N'en finiraient-ils donc jamais avec ces voûtes de branches dont les plus épaisses se joignaient d'un bord à l'autre et se ramifiaient convulsivement comme pour mieux célébrer leur alliance ? Moins d'arbres, et tout à coup, ils foisonnaient ! De sa main creusée en conque, Ogier couvrit le genou de son épouse :

— Cette nuit, nous dormirons aussi longtemps qu'il le faudra.

Dormir et non *coucher* ; il sentit le corps de Blandine peser davantage contre lui, de l'épaule à la hanche, et s'en trouva bien. Sept nuits déjà qu'il la serrait dans ses bras ; qu'ils se pâmaient dans une même fête, et pourtant, il demeurait sur une impression de tristesse ou d'inachevé. Sans raison, leurs amours lui paraissait fragiles.

Le chemin s'inclina, bourrelé de véritables murs de ronces et de fougères. Tinchebraye tendit un bras, et demanda :

— Est-ce une rivière ?

Ogier vit blanchoyer une étendue d'eau que les arbres émiettaient.

— Et si nous avions pris le mauvais chemin ? dit Blandine.

Joubert la considéra d'un air indulgent et amusé qu'Ogier trouva contraint.

— Même si c'était vrai, dame, en allant toujours tout droit, nous finirions par atteindre une cité...

— Et si ces hommes, devant nous, dit Tinchebraye, nous apprêtaient une embûche ?

Personne n'eut envie de rire, surtout pas le pennoncier. C'était lui qui, dans la forêt de Chinon, s'était inquiété à cinq ou six reprises : « *Messire Ogier, je crois bien qu'on nous précède et nous suit.* » Or, ils n'avaient rencontré personne.

Le chemin descendait, s'encageait davantage : de sa banquette, Ogier eût pu toucher les troncs. Il releva la tête : Joubert tirait un peu son épée du fourreau sous le regard moqueur de Tinchebraye.

— Hé ! dit Bazire, il y a une clairière à trente toises, tout au plus.

Ils y parvinrent, et tandis que Blandine étouffait mal un cri d'effroi, Ogier tira sur les rênes.

— Merdaille ! grogna-t-il.

*
* *

Deux hommes à cheval, l'épée nue posée de biais sur la poitrine, interdisaient le passage. De longs manteaux gris les couvraient, dissimulant sans doute un plastron, des mailles et jambières de fer ; et si la croix noire en était absente, Ogier fut certain d'avoir affaire aux hôtes de l'évêque Fort d'Aux. D'ailleurs, malgré la coule dissimulant leur cervelière, ils demeuraient reconnaissables ; il les avait suffisamment observés, lors des joutes de Chauvigny, pour savoir que celui qui menait son cheval jusqu'à lui se nommait Cottbus, et l'autre, Prenzlau. Regardant à l'entour, il vit sortir d'un fourré six arbalétriers, l'arme bandée, tandis qu'à l'arrière, la voix de Gardic s'élevait, d'une raucité méconnaissable :

— Messire, nous avons six archers au cul !

— Vous oubliez ceux qui sont à vos flancs, dit Cottbus.

Il avait un visage maigre, gris et mat, et dans l'ombre de la coule, ses yeux lourds et sévères exprimaient à la fois le plaisir et la menace. Ogier posa sa dextre sur la cuisse de Blandine afin de la rassurer, puis, s'adressant au Teutonique :

— Ce royaume n'est pas vôtre. En revanche, j'y suis chez moi et vous requiers de me céder le passage.

Prenzlau rejoignit son compagnon et leva son épée pour un salut auquel Ogier fut indifférent. L'expression hautaine et chagrine du moine-chevalier devint soudain aimable, confortante. « Il se croit chez lui ! » L'homme contourna le charreton et revint se placer devant :

— Messire, nous ne sommes ni des routiers ni des malandrins, et vous le savez !... Dieu nous a enjoint de vous faire obstacle.

— Dieu n'est pour rien dans vos agissements !

— Vous êtes sept hommes et nous vingt-quatre... Un mouvement de trop et vous seriez tous percés de sagettes et de carreaux, la belle dame également... Méditez sur la vanité et l'inanité de certains efforts, même noblement accomplis, et vous vivrez tous !

— Vous parlez bien la langue d'oïl, messires, pour des gens venus des Allemagnes.

Un peu de blanc apparut entre les lèvres de Cottbus :

— Vous ne souhaitez nullement, messire Argouges ou Fenouillet, que votre épouse devienne veuve... au cas où nous l'épargnerions. J'ajoute que nous pourrions l'emmener aux Allemagnes...

— Qui vous a dit mon nom ?

Prenzlau sourit. Il avait une face plate, rougeâtre,

comme s'il avait passé presque toute sa vie à l'écraser contre un vitrail, pour guetter ses ennemis.

— Vous savez qui nous sommes. N'est-il pas juste que nous sachions qui vous êtes ?

Un mouvement intentionnel du poignet fit luire la lame de l'épée longue, massive, à deux tranchants fuyant vers la pointe effilée, et dont la garde n'était qu'une simple croisette avec des quillons surbaissés. Ogier pensa à celle que son oncle lui avait offerte et qui, selon ses dires, avait appartenu à Hermann von Salza, Grand Maître de l'Ordre teutonique[1]. « Dommage que je l'aie laissée à Gratot. En la leur donnant, ils m'auraient peut-être cédé le passage. » La voix de Cottbus devint impérieuse :

— Votre mire se tait, mais certain clerc qui vous connaît, et vous a diligemment mariés tous deux, a parlé...

— Frère Isambert !

— Il est pour vous plein d'admiration... Quelque temps après le grand tournoi de Chauvigny, alors qu'on s'étonnait de votre disparition, il nous a fait ses confidences. À nous seuls... Vous l'avez vu en parfaite santé... C'est un saint homme qui s'épanche devant un hanap de bon vin... Dois-je dire que je sais que vous savez pourquoi nous sommes là ?... Dois-je dire que votre... pèlerinage à la commanderie de Montgaugier, en compagnie du vieux mire, a excité notre curiosité tout en nous confirmant dans le fait qu'il possédait ce que nos devanciers et frères ont longuement cherché ?

Penchée, lissant sa robe contre sa cuisse qu'Ogier venait de lâcher, Blandine chuchota, baissant la tête :

— Je ne comprends rien à ce que dit cet homme.

D'un froncement des sourcils, Ogier lui enjoignit de se taire puis, regardant les deux chevaliers avec une autorité froide et hautaine qu'il était loin d'éprouver, il

1. 1210-1239.

s'exprima lentement, haussant le ton pour dominer le tremblement de sa voix :

— Messires, je suis certain que le malheur fondra sur vous et vos compagnons si vous vous appropriez ce qui ne vous revient en rien...

Il ne put achever : abrochant son destrier, Prenzlau l'amenait près de lui. Il vit Marchegai, inquiet, prêt à se ruer sur cette bête noire, nerveuse elle aussi, et dont les naseaux frémissaient sous l'effet de la douleur et du courroux.

— Abandonnez ce chariot et ce cheval et rebroussez chemin !... Vous savez bien que nous vous sommes supérieurs... J'oserais même dire : *en tout*... Le fait que nous soyons là devant vous, courtois mais résolus, vous le prouve.

— Que contient ce chariot ? chuchota Blandine.

— Si je te le disais, tu n'oserais me croire... ni d'ailleurs nos compagnons ! Garde confiance...

— Que pourrais-je vous dire de plus, messire Argouges ? Nous sommes les plus nombreux et les plus forts... Nous aurions pu déjà vous assaillir, et même nous passer de cette sommation qui nous fait perdre du temps, aussi bien à vous qu'à nous !

Ogier tressaillit : l'homme qu'il avait vu en compagnie de Pierre de La Garnière venait à leur rencontre. Il montait un cheval moreau d'un bel aspect, un coursier qui ne devait point rechigner au galop.

« Il nous a devancés sans difficulté. Il jouit, ce guépin [1], de notre malefortune ! »

Le clerc était couvert, lui, du blanc manteau à la croix noire et son attitude convenait à un capitaine, et plus encore. Il était tête nue. Sous les traits d'un visage affable et penché en avant — comme pour boire ou flairer la fureur du chevalier à la charrette — suintait une exécration sans fond.

— Dietrich Welf, dit-il. Je regrette de vous revoir

1. Qui a la méchanceté de la guêpe.

ainsi, messire Argouges. Puis-je vous dire que vous avez des fréquentations détestables ?

Ogier resta coi, les mains serrées sur les rênes car le limonier commençait à donner des signes d'impatience.

— Résignez-vous, messire Argouges. Je vous sais valeureux. Abdiquez toute posnée [1]. Il faut savoir parfois se vaincre soi-même : c'est la plus belle des victoires.

Ogier se sentit le corps et le visage chatouillés par les regards des arbalétriers et des archers, tous vêtus comme des hurons dont ils avaient d'ailleurs l'allure. À sa rage de deviner combien ces malandrins se délectaient de son infortune s'ajoutait une honte infinie : ses soudoyers le voyaient pris au piège, impuissant, pour une affaire dont ils ne savaient rien, ou presque. Au moment de l'attelage, Tinchebraye s'était seul étonné d'apercevoir deux morceaux de merrain sous les balles de foin destinées aux chevaux, les sacs de vêtements et les armes. « Qu'est-ce que c'est que ce bois-là ? » La réponse avait claqué : « Si on te le demande, tu diras que tu n'en sais rien ! » Et le Normand n'avait pas insisté. La custode contenant le sceau et l'anneau templiers était dissimulée dans un grand panier de victuailles.

« Ils vont la découvrir... Je vais tout perdre !... Tout ! »

Ainsi qu'un feu assoupi éclate parce qu'un souffle l'a touché, sa déconvenue et son humiliation flambèrent. Un cri brûla sa gorge :

— Immondes coquins !

Lâchant les rênes, il croisa les bras :

— La vaillance vous est aisée ! Vous vous conduisez en routiers, nullement en chevaliers, encore moins en fidèles d'un Ordre qu'on dit malveillant, mais respecté, auquel, ce jour d'hui, vous portez un préjudice irrémissible... Du moins, je l'espère !

1. Orgueil.

Il n'eut cure des grognements qu'il entendait :

— Aussi vrai, en effet, que je me nomme Argouges, Dieu vous châtiera si vous prenez indûment ce qui est en cette charrette.

Prenzlau leva son épée d'un mouvement brusque et sauvage.

— Nein !

Cette voix indignée, c'était celle de Welf. La lame reprit sa place à plat contre la poitrine tandis qu'un flottement de manteau révélait les écailles d'un clibanion[1] tel qu'on en faisait jadis en Orient chrétien. Sans doute Prenzlau avait-il eut un ancêtre bataillard en Palestine et portait-il ce vêtement en mémoire de lui.

— Vous dites *indûment*, messire Argouges ? interrogea-t-il avec une vivacité joyeuse mais qui suait la contrainte. Cette chose à laquelle vous tenez tant ne fut-elle pas prise indûment par ceux que vous et nous connaissons ?

— Si elle était demeurée où elle avait été placée... enfouie serait d'ailleurs mieux dire, eh bien, cette chose serait désormais pourrie !... Je sais qu'on ne vit guère vos devanciers à la bataille, le jour où elle disparut, et vous devez le savoir aussi. Alors cessez donc vos mines victorieuses pour votre embûche de ce jour d'hui... et dites-vous que si vos ancêtres avaient eu quelque vaillance, le sort de cette bataille eût été différent... Et cette chose que vous convoitez indûment, et que vous allez me prendre, serait demeurée en place !

Cottbus, Welf et Prenzlau demeurant bouche bée, Ogier, n'en pouvant plus, passa à la menace :

— Emparez-vous de ce qui n'appartient qu'à Dieu, mais craignez de subir Sa justice !

Prenzlau leva son épée ; Blandine se jeta dans les bras d'Ogier. Cottbus, de son arme, repoussa celle de son compagnon.

1. Défense portée par certains croisés. C'était une cotte à armer formée d'écailles d'acier rivées sur un jaque de toile.

— Vous nous faites perdre notre temps !... Descendez, vous, la femme !

D'un bond, Ogier sauta sur le chemin, contourna la charrette par l'arrière, lança à Lehubie, Gardic et Delaunay un regard leur enjoignant la patience, puis tendit ses bras à Blandine :

— N'aie crainte... Je suis contraint d'abandonner ce chariot...

Il était furieux et désolé. « Les démons ! » Cette malfaisante rencontre lui laisserait pour toujours un souvenir épouvantable. « J'ai failli à ma promesse, mais aurais-je pris un tout autre chemin que j'aurais trouvé ces malandrins devant moi !... Ils vont me priver du bien le plus précieux qu'un homme ait jamais reçu en dépôt ! » Il en suffoquait et ses mains inutiles lui faisaient aussi mal que si, soudain, elles eussent été trouées d'un clou. Comme il cessait de regarder Blandine, il aperçut un charreton sous les arbres. Il devait être plein d'armes et de victuailles.

Cottbus remit son épée au fourreau puis, hochant sa tête enfermée dans un camail de grosses mailles :

— Vous avez bien fait d'obéir... C'eût été trépasser trop jeune...

D'un coup de lame, Prenzlau fendit le prélart de la charrette et de la pointe éloigna les bissacs, les armes — arcs et guisarmes —, les couvertures posées sur les dernières balles de foin. Un peu du Saint-Bois apparut.

— Bien... Votre épouse et vos hommes, messire Argouges, savent-ils ce que vous avez transporté jusqu'en ce lieu ?

— Non.

— Leur auriez-vous dit la vérité qu'ils ne vous auraient pas cru.

— Vos écuyers et soudoyers habillés en hurons ne savent rien, j'imagine, de ce que vous allez me rober [1] ?

La lumière atténuée, verdie par les herbes et tout ce

1. Voler.

qu'exsudait la forêt à l'entour, mit dans les yeux et la bouche rieuse de Prenzlau une espèce de pourriture. Ogier crut comprendre que cet homme allait mourir. En fait, il venait d'entamer son trépas.

— Il est vrai que seul Cottbus, messire Welf et moi *savons*... Mais nos compagnons saurons aussi, le temps venu, quand notre Grand Maître décidera... Allons, messire Argouges, assez parlé : nous pourrions profiter de votre charreton et de son cheval... Nous pourrions même prendre tous vos chevaux, toutes vos armes... après vous avoir occis... Mais à quoi bon répandre votre sang un si beau jour !... Vous allez nous laisser votre charreton attelé, le temps de revenir trois cents toises en arrière... Heinrich, mon écuyer, soufflera dans sa trompe quand nous aurons pris ce que vous savez... Vous pourrez alors reparaître en ce lieu, recouvrer votre charroi et reprendre votre cheminement.

Ogier se tourna vers ses hommes assemblés autour de Blandine :

— Obéissons... Nous ne pouvons rien...

— Ça c'est vrai ! dit Tinchebraye en imposant une ébriade à son roncin.

Ogier saisit Marchegai au frein et le mena, tenant Blandine par l'épaule. Joubert, Lehubie et Bazire les devancèrent ; Gardic grommela, au passage :

— Messire Ogier, quoi que c'était, faut bien le leur laisser...

— Quinze gars nous suivent, dit Delaunay, sagettes et carreaux encochés à la corde !

— Qui sont ces hommes ? demanda Blandine.

Elle refusait d'avouer sa peur, mais elle était blême et chancelante. L'obscurité des forêts lui avait paru pleine d'embûches ; son trouble les avait peuplées de nombreux et mortels dangers. Noyée dans les ténèbres du chemin creux, elle se remettait mal de ses frayeurs, et sans doute craignait-elle d'avoir soudain le dos percé de quelques flèches.

— Sois sans crainte, ma douce...

Ogier sentait sur ses épaules endolories par le dossier du charreton le poids d'une gêne irrémédiable. Il lui semblait s'être chaussé de plomb. Baissant la tête afin de mieux placer ses pas, il imagina ses soudoyers s'interrogeant du regard. « Vais-je leur dire de quoi il s'agissait ? » Non. Blandine elle-même ne saurait rien.

— Ce sont les Teutoniques, pas vrai ?

— Oui... Tu les as vus à Chauvigny... Ils ne firent qu'une seule course aux joutes.

— Ils y sont demeurés longtemps... Que vont-ils prendre dans le chariot ?... Les deux morceaux de bois ?

Ainsi, elle avait cédé un soir ou un matin à une curiosité après tout bien féminine. Le regard abrité par des clignotements qui, chez elle, révélaient un effort de pensée, elle dit, sans qu'Ogier lui eût rien confirmé :

— Ils doivent avoir une valeur infinie.

— Infinie !

— Cela, pour Sirvin et pour toi, valait-il aussi cher que pour *eux* ?

— Tu ne peux pas savoir... Toute chose rare excite la convoitise...

L'ambiguïté de cette réponse satisfit Ogier, puis le remords et le chagrin le tourmentèrent ; il se prit en horreur : « J'ai échoué ! » Le dégoût de lui-même s'insinua dans son esprit ; un vertige le fit trembler. Plutôt que de s'accrocher davantage à l'épaule de son épouse et à la branche du mors de Marchegai, il les lâcha.

— Le pire de tout cela, Blandine, compagnons, c'est que je ne peux rien vous dire. Je suis verrouillé par le secret...

Ils s'immobilisèrent car le silence était troublé par le bruit d'une chevauchée.

— Ils partent, dit Joubert. Je trouve que leur magnanimité empunaise !

Et comme un cor beuglait sous la feuillée, Ogier, Blandine et leurs compagnons se retournèrent : les archers et les arbalétriers marchaient à reculons, l'arme toujours menaçante.

— Ne bougeons plus... Laissons-les rejoindre les leurs... Et puissent les trois chevaliers qui les mènent périr avant de revoir les Allemagnes !... Que Dieu veuille exaucer ce souhait de mort... et me le pardonner car il me soulage !

— Ce devait être un vrai trésor, messire, dit Tinchebraye.

— On pourrait essayer de les devancer, proposa Gardic. Après tout, vous ne leur avez fait aucun serment...

— Comment savoir par où ils vont passer ? dit Lehubie. Cette contrée d'eaux mortes et de terre molle ne cesse de m'inquiéter... Nous pourrions nous y embourber... Je suis sûr que ces eaux grouillent de je ne sais quelles vermines.

Pâle et frémissante, Blandine se laissa aller contre le flanc d'Ogier.

— Allons, ma douce... Aie confiance...

Pourquoi Dieu lui avait-il infligé cet échec ? S'était-il mis en si grand état de péché pour avoir seulement écouté un vieillard qui avait renié la Vierge et Jésus ? Aurait-il dû refuser de porter la Sainte Croix à Payns ? Son soupir d'impuissance et d'angoisse n'échappa nullement à son épouse :

— Résigne-toi...

Bien sûr, mais c'était une acceptation horrible.

— Vous avez parlé de deux morceaux de bois, dame, dit Tinchebraye. Il fallait que ces hommes y tiennent !... C'est folie, en vérité, alors qu'autour de nous cette forêt pouvait leur en fournir des milliers !

— C'étaient eux, dit Joubert, qui nous suivaient dans la forêt de Chinon.

— Sans doute, approuva Gardic. Ces deux longueurs de merrain, messire, devaient posséder des pouvoirs que le mire vous a révélés... et que ces malandrins connaissaient par ouï-dire...

Ce n'était pas une question. Ogier formula une sorte de réponse :

— Il se peut...

Il ouvrait grands ses yeux et ne voyait rien. Il percevait à peine le souffle de Blandine sur son cou ; et pourtant, elle se penchait davantage et l'effleurait d'un baiser. Il se sentait enveloppé d'il ne savait quoi — un maléfice ? —, voué à un inguérissable état de remords ou de pénitence. Les paroles de son épouse et de ses compagnons touchaient ses oreilles et l'importunaient plutôt que de le réconforter tandis que dans son cœur et son esprit, un mot entrait, partait, revenait, inlassable : *échec* !

Il hâta brusquement le pas, provoquant un petit cri réprobateur de Blandine : elle s'était tordu le pied dans une ornière.

— Tu as raison, Gardic... Par ma foi en Jésus-Christ, je dois essayer de reprendre ce qui pour un temps m'appartenait !

— Tu es fou, s'écria Blandine. C'est Dieu qui a mis ces hommes en travers de ton chemin !... C'est Sa volonté qui te prive de ton dépôt pour qu'il appartienne à des chevaliers qui Le servent avec zèle... As-tu oublié qu'ils sont aussi des moines ?... J'ignore pourquoi ils tiennent tant à ce bois. Toi, tu le sais mais tu ne nous diras rien... Je dois te dire aussi que je me sens quiète, désormais, alors que depuis Chauvigny, je ne cessais de vivre dans l'angoisse... Crois-moi, Ogier : il t'adviendrait malheur si tu voulais arrêter le cheminement de ces chevaliers et de leurs compères pour reprendre ce qu'ils t'ont robé... Qui sait, d'ailleurs, si Sirvin n'avait pas robé lui aussi ce bois qui doit être bien maléficieux pour exciter pareille convoitise !

Elle lança à Ogier un coup d'œil triomphant :

— Je me réjouis que tu n'aies plus à me quitter pour aller du côté de Troyes en décembre !

Elle sortait guérie de l'aventure. L'ordre à nouveau régnait dans ses sentiments, et sans doute avait-elle eu raison de le traiter de fou. Parce que toute cette histoire était follement vraie, il ne pouvait pas, il ne pouvait plus exposer la vie de Blandine et de ses soudoyers. *Échec*. Il se devait d'assimiler, voire de sublimer la honte qui le ravageait.

— Messire, dit Lehubie en poussant son cheval en avant, jusqu'à Marchegai, si ces morceaux de bois dont parlait votre dame avaient des pouvoirs si grands, eh bien, par ma foi en Jésus, ils seraient demeurés votre bien... À moins qu'ils n'apportent le malheur à ceux qui les ont ou s'en emparent... Ces gens qui vous en ont dépossédé sont trop... Vous nous savez vaillants, nous ne sommes pas fous... Et ce serait marmouserie que de les assaillir à un contre quatre !

Blandine se serra plus fort contre Ogier. Pour chuchoter :

— Tu n'as pas le droit d'aventurer la vie de ces hommes dans une appertise où vous trouveriez tous la mort... Et moi aussi, car ils me chercheraient pour m'occire !

— Tu as raison.

Elle ne lui était d'aucun secours. Il évita d'en dire davantage. Il gardait contre elle et contre Lehubie une humeur qu'il savait pourtant injustifiée.

— Malgré leur courtoisie, ces malandrins m'ont paru terribles ! dit Joubert. Vous avez raison, dame : contre pareille engeance, nous sommes impuissants.

Tourné vers son épouse, Ogier vit qu'en dépit de ses propos, elle demeurait angoissée, mais il pensa : « Elle vient de se mêler de ce qui ne la regarde pas. » Il était soucieux de la vie de ses hommes, mais quoi ! C'étaient des guerriers, soldés en conséquence : qu'il décidât d'une action, ils devaient l'entreprendre bon gré mal gré, quelque périlleuse qu'elle leur parût. C'était ce que Tinchebraye et Joubert avaient fait à Poitiers pour la délivrance de Blandine. Précisément !

La clairière apparut, et le charreton. Entre les brancards, le limonier paraissait paisible. Non loin de là paissait Tencendur.

— Tiens, dit Bazire, on l'avait oublié !

Penché sur Plantamor, il galopa jusqu'à la voiture qu'il contourna lentement. Après avoir soulevé le prélart, il s'écria :

— Les armes, les sacs, les deux balles de foin et les boisseaux de cévade [1], tout est demeuré dans la caisse... Mais ces malandrins ont pris le panier aux vitailles.

— Tout est vraiment fini, dit Ogier.

La custode ayant disparu, rien ne subsisterait de sa male chance !

Son épouse serrée frileusement contre lui, il marcha jusqu'à la charrette. Il allait donc falloir repartir. Il ne se sentait plus déterminé en rien, et rien ne lui était plus indifférent, désormais, que ces profondeurs noires au-delà de la grande tonsure herbue où ils avaient dû s'arrêter. À quoi bon soulever le prélart : ce qu'avait crié Bazire suffisait. Plein de hargne et de tremblements, il imagina le sourire que lui eût adressé Sirvin s'il avait pu le voir maintenant, et toutes les ressources de la raison, toutes les bonnes excuses ne pouvaient ralentir les battements de son cœur : *Echec ! Echec !* Vers quelle cité cheminaient Prenzlau, Cottbus, Welf et leur suite ? Il sentit quelque chose de frais sur sa joue : les lèvres de Blandine.

— Je devine que tu es plus consterné que tu ne le laisses paraître... Tu n'as rien à regretter... Tu as cédé à la force... à la male fortune... mais ton vasselage [2] est inchangé.

— Pour expier cette défaillance, j'irai à Compostelle.

Il craignait d'entendre une protestation. Blandine resserra son étreinte :

1. Ancien nom de l'avoine.
2. Bravoure.

— Tu ne voulais pas m'emmener à Troyes... M'emmèneras-tu à Saint-Jacques ?

Il contempla son épouse sans bien comprendre pourquoi sa demande l'avait presque contrarié.

— Tu n'as jamais failli ni péché. Nul repentir ne te tourmente. Pourquoi voudrais-tu t'infliger une aussi rude pénitence ?

— Je te chéris et tiens à te suivre partout.

Il sourit, mais cette sincérité lui faisait mal : « *Comme elle m'aime !* » Elle ne pouvait comprendre la diabolique pesanteur de son remords. Même due à la menace et au nombre, cette défaite avait l'écœurant goût du vinaigre. Qu'en eût dit Sirvin, ou mieux : le templier Benoît de La Ferrière ? Peut-être, compte tenu du mépris qu'il vouait à la Croix, se serait-il contenté d'un soupir. Peut-être aurait-il décidé que les choses avaient eu lieu ainsi parce que le Dieu de sa croyance avait tenu à ce que le Saint-Bois changeât de possesseur. Et n'était-il pas juste qu'après avoir été « prisonnière » d'un Ordre religieusement équivoque et qui l'avait reniée, la Relique souveraine appartînt désormais à un Ordre qui adorait le Christ, la Vierge et les saints ?

— Cesse de te tourmenter !... Si tu y vas, j'irai à Compostelle...

Blandine souriait, inquiète et lasse, tellement jeune, lumineuse, qu'il semblait qu'elle fût vierge encore.

— Sois quiète : la déception passera... Sois aussi assurée que je t'aime.

Mieux valait, en cet océan d'arbres et d'étangs, penser à sa sauvegarde, et louanger Dieu, Notre-Dame et les saints était d'un secours évident. Mais croire en l'amour fervent et constant de Blandine était une joie, un ravissement et un baume.

Tinchebraye se pencha sur l'encolure de son cheval :

— Montez-vous Marchegai, messire, ou reprenez-vous place sur la banquette ?

— Je conduis à nouveau la charrette.

Prenant Blandine par les hanches, il la hissa sur le plancher entre le garde-pieds et le siège. D'un saut, il la rejoignit. Aussitôt, le limonier tira sur les brancards.

— En avant... Dans le même ordre qu'avant cette embûche... Bien, Marchegai !... As-tu vu, m'amie, que mon destrier obéit comme un homme ?

Sans doute devait-il parler pour oublier sa déconvenue.

« J'ai été fidèle à mon serment. Est-ma faute si des hommes de Dieu se sont emparés de ce qui n'appartenait ni au défunt Temple ni à moi-même ?... Ce sera sûrement un grand bonheur pour la Croix d'être adorée par des chrétiens qui, pour terribles qu'ils soient et paraissent, ne l'ont pas reniée ! »

Ses paupières le piquèrent. Il les ferma et sentit un baiser voleter sur sa joue.

X

— À dextre, dit Bazire, prenez garde aux rênes, messire : le chemin descend et s'étrécit... Qu'une roue s'abaisse et vous verserez sur la pente !

Ogier envia la sérénité de ses compagnons. Ils semblaient avoir oublié l'embûche des Teutoniques, et peu leur importait le sort des « poutres » dont les guerriers de l'Est avaient soulagé le charreton. Il se tourna vers Blandine, vivement, pour de nouveau regarder l'étroite voie sur laquelle les roues s'enfonçaient par trop.

— À quoi penses-tu, ma douce ?

— À mon frère, comme disait dame Philippa... Tu es tout son contraire.

— Laisse-le où il est, que ce soit parmi les otages de Derby ou dévié[1] sous les murs de Poitiers !

Le fait de ne pas connaître Herbert le jeune n'amincissait en rien l'aversion qu'il lui vouait. Il se le représentait assez bien, d'après ce qu'il savait de son père : un gars petit, rondelet, aux jambes courbes, le visage gras et le menton arrogant.

— Plus je mesure combien je t'aime, plus je comprends combien je l'abominais... Pardonne-moi de t'en avoir parlé, mon époux...

Comme elle disait suavement : *mon époux* ! Hélas !

1. Mort.

il ne devait ni la regarder, ni la remercier de sa tendresse : le chemin devenait plus étroit, la terre plus molle ; des luisances claires annonçaient la proximité d'un nouvel étang ou d'une rivière, pour le moment invisible. Il fit plus sombre encore avec, au-dessus des branches, des pâleurs bleues et grises en lesquelles un faucon crécerelle lança son cri.

— Marchegai lui-même déteste ces lieux, dit Ogier. Il y avance avec répugnance !

Le destrier balançait lourdement sa tête et semblait irrité par le silence trouble que le faucon crochetait de son cri. Devant, à vingt toises, un sanglier passa en groumant de fureur et disparut dans un fourré.

— Il aurait pu nous assaillir !

— Non, Blandine. Ces bêtes-là ressemblent à la plupart des hommes : il n'avait ni femelle pour l'admirer ni enfançons à défendre, il nous a vus et dédaignés...

Entre les chênes et les hêtres, des saules marsaults apparurent : ils annonçaient une procession d'étangs. Bientôt, l'air s'imprégna de l'odeur fétide des bourbes et des vases. Ici commençait le pays du croupi, de la fange à peine moins liquide que l'eau. Le chemin dominait des buissons, des boqueteaux douteux, des petits champs plantés d'ajoncs courbés comme des arcs. Joubert poussa un cri :

— Une limace noire... Une autre !

— Des sangsues, fit Tinchebraye, méprisant.

— Pas de quoi s'ébahir, ricana Delaunay. Dans un pareil bourbier, ces bestioles sont à l'aise.

Ogier sentit Blandine se serrer contre lui. Bazire se retourna :

— Faudra bien regarder les jambes des chevaux, messire, quand nous nous arrêterons plus loin... Des sangsues, c'est pas méchant... Y en a en Poitou, en Berry, en Anjou... tout autour d'Orléans...

— ... et dans le Cotentin, dit Ogier.

Puis tout bas, sa bouche effleurant l'oreille de Blandine :

— Loin de Gratot... Très loin : du côté de Montebourg.

— Je m'y connais un peu, reprit Bazire de nouveau attentif aux détours du chemin. Mon père était potier ; il tournait de tout, même des cruches percées de trous pour les mettre en icelles [1]... C'est comme ça qu'il a su que les sangsues ne se ressemblaient pas toutes... Il y a les allemandes, grises comme de menus morceaux de plomb fondu... Il y a des hongroises, vertes comme des petites saucisses de chair moisie...

— Fais-le taire, Ogier ! supplia Blandine.

— Enfin, il y a celles qu'on trouve au royaume de France, les sangsues dragon... ou dragonnes, je ne sais. Elles sont truitées, voraces... On dit qu'elles voient, qu'elles goûtent et flairent sans qu'on sache comment...

— Il suffit, Bazire !... Tu nous feras vomir si tu continues.

— Oh ! oui, taisez-vous, dit Blandine.

Ses lèvres s'étaient pincées. L'autorité de sa voix affirmait une volonté de quiétude dont Ogier fut ébaubi. Rien n'était pur, ici, et elle le savait. S'il la plaignait et cherchait trop à la conforter, elle s'en courroucerait et lui reprocherait de regretter tardivement cette épreuve injuste pour elle.

« Et moi ? » se demanda-t-il.

Quelle outrecuidance effrénée l'avait poussé à complaire à Sirvin sitôt révélé ce qu'il était et comment il jugeait les choses de la Foi ! « Ce n'est pas de l'outrecuidance ! C'est de la dévotion pure et simple ! » Voire. Il s'était cru solide, hardi, astucieux ; il n'était plus que désordre, faiblesse, incertitude et pour un coup sa foi ne lui servait à rien. Songeant aux Teutoniques, il demanda :

— Voyez-vous les traces de ces males gens ?

1. Le nom de leur inventeur leur fut donné plus tard : des *vaysoniers* ou *vaysonniers*.

— Disparues, dit Joubert.

— Il n'y a pourtant que ce chemin !

— Messire, dit Lehubie, de l'arrière, cette terre est si spongieuse que nos empreintes disparaissent, elles aussi, sitôt après notre passage.

— Pays pourri !

Bazire criait d'autant plus fort qu'il attribuait à sa colère un pouvoir de conjuration. Grossis par les pluies de septembre, les étangs débordaient, et rien ne donnait à penser que ce chemin menait à une voie solide, à quelque cité, sinon à un hameau. De toute évidence, la forêt s'étendait encore sur une lieue ou davantage. Un silence s'était fait que les oiseaux n'osaient interrompre.

— Nous aurions dû reprendre la voie par laquelle nous sommes venus en Poitou : Mayenne, le Mans et Tours...

La main de Blandine toucha la dextre d'Ogier, sans qu'il abandonnât les rênes.

— En veux-tu à ces étangs ou aux malandrins qui nous devancent ?

— Je m'accommode mieux de ces eaux puantes que de ces malandrins, comme tu dis !

— Tu courbes le dos plus qu'il ne le faut, mon doux époux... Tu n'as pourtant nul reproche à te faire...

Ogier n'osa regarder sa femme : guider le limonier exigeait trop d'attention. Devant, Marchegai semblait lui montrer la voie ; et devant encore, à la queue leu leu, Joubert, Tinchebraye et Bazire s'étaient tus, requis eux aussi tout entiers par la conduite de leur cheval.

— Tourne-toi... Souris-moi, Ogier ! Je n'aime pas ces plis durs sur ton front...

« J'ai perdu, mais ne suis coupable en rien de ma mésaventure. Et j'emmène à Gratot un trésor bien à moi ! » Se détournant un peu, il put se dire que sa male chance, en assombrissant son humeur, le rendait plus sensible aux attraits de Blandine, plus enclin à découvrir sur son visage penché vers les confins brumeux de la forêt, des détails imprévus et touchants : ce menu pli de la commissure quand la lèvre inférieure s'avançait pour une expression de volonté ou de dédain ; ce petit point de chair couleur d'ambre sur le lobe de l'oreille ; la netteté presque transparente de la paupière aux longs cils qui jetait sur l'œil, par intermittence, une ombre fugace et dorée.

— Vois, dit-elle, tes soudoyers s'arrêtent... Je ne sais si nous sommes au bout de nos peines.

Immobile sur un rocher — le seul qu'on pût trouver, sans doute, dans ce pays de boue —, un homme les observait. Il portait à son flanc une épée, sur le dos une arbalète et un carquois, et ses mains poignaient une guisarme. Un chapel de Montauban, cette calotte au large bord ferré renforcée de clinques[1] épaisses versait une ombre sur son visage. Ogier remarqua la brigantine noire en mauvais état, et les chausses de mailles, trop larges, formant de gros bourrelets aux genoux. « Après les Teutoniques, la truandaille, car ce triste-à-patte[2] n'est sûrement pas seul ! » L'homme hurla en remuant son arme :

— Holà !... Pourquoi chevauchez-vous sur les terres de Droon de la Croixille ?

— On chevauche où on peut, dit Tinchebraye avec cette sérénité qui, chez lui, annonçait le dépit ou la violence.

— Je me dois d'exiger, en temps que péager, un droit de...

— As-tu demandé le péage à ceux qui nous devançaient ?... Ils étaient plus de vingt, conduits par trois chevaliers... Ils étaient comme nous dispensés du péage !

— Comme vous ?... Je ne vois aucun chevalier avec vous !

L'homme, en sautant de son rocher, s'était

1. Bandes de fer croisées ajoutées au casque.
2. Guetteur.

embourbé jusqu'aux chevilles. Il s'approchait. Face ronde, yeux allongés, pareils à ceux d'un chat ; nez camus. Sa lèvre supérieure, épaisse, dissimulait celle de dessous. Le menton s'empennait d'une barbe à deux pointes. « Comme Édouard III », se dit Ogier. Cette ressemblance aggrava son ire.

— Bien que menant cette charrette, je suis chevalier, dit-il. Moult soudoyers et trois chevaliers nous devançaient. Les as-tu vus ?

— Oui... Ils ont refusé d'ouvrir leur escarcelle, et ils étaient trop pour que mes compagnons et moi on s'oppose au passage.

« Combien sont-ils ? » se demanda Ogier.

— Je suis chevalier...

— Vêtu en manant, ça m'étonnerait... Mais votre femme, l'homme, a tout d'une chevaleresse !

Un sourire se joua sur la bouche large, rapprochant singulièrement le menton du nez violacé. Ogier sentit son pied touché par celui de Blandine : elle craignait un nouveau danger ; lui aussi. Il demanda :

— Sommes-nous sur le chemin de Fougères ?

L'homme se détourna. Du picot de sa guisarme il désigna un lieu au-delà d'un étang :

— Il court par là... Ici, c'est la terre du baron Droon de la Croixille... Pour passer, faut payer...

— Rien ! Pas un sou, ribaud, tant les terres de ton seigneur sont pourries !

Ogier entendit des aboiements. Droon de la Croixille, s'il possédait une meute, devait avoir du mal à chasser dans ces étendues que le gibier d'eau semblait lui-même dédaigner.

— Est-ce *lui* qui vient vers nous ?

Le soudoyer ricana. Le poids du silence, l'odeur âcre de la terre et des vases, les flèches du soleil tombant des ramures, le sabotement mou des chevaux impatients, l'angoisse par trop visible de Blandine et l'incertitude de ces inconnus se rendant à Fougères aiguillonnaient ses appétits de truand ou réveillaient leur violence assoupie. Quand son regard croisa celui d'Ogier, il comprit que la moquerie resterait sans effet sur ce conducteur dont le mépris l'offensait plus encore que son entêtement à passer sans payer.

— Le sire de la Croixille est en son châtelet... Nous avons deux chiens avec nous... Quand je dis *nous*, c'est que j'ai des compagnons embûchés... Hé ! les gars, montrez-vous...

Ogier les vit sortir d'un fourré, l'arbalète armée. Ils étaient trois, jeunes et hautains quoique d'apparence aussi misérable que leur compère. D'autres pouvaient, non loin de là, se tenir à l'affût, et comme s'il avait deviné sa pensée, le péager annonça :

— Un quatrième, messire, garde nos prisonniers avec nos bêtes...

« Il me donne à présent du messire ! »

Gêné par cette courtoisie soudaine, Ogier échangea un clin d'œil avec Tinchebraye. « Il sait que si nous nous regimbons maintenant, il y aura des morts parmi nous et que mieux vaut attendre. » Mais attendre quoi ? Le péager tendit la main vers la charrette :

— Messire, cette carriole doit être désagréable à conduire pour un chevalier de votre espèce... Et ce grand destrier noir paraît tout marri d'avoir été délaissé... Qui sait ? Il peut être jaloux de votre limonier... et aussi de la damoiselle ou dame assise près de vous... Je vous envie si elle est vôtre !

Plus que le sourire en biais adressé à Blandine, la voix doucereuse aggrava l'inquiétude d'Ogier. Non seulement la menace venait de se poser sur son épouse, mais encore, deux arbalétriers la couchaient en joue. Très simple en son commencement, l'embûche s'envenimait.

« Aurais-je dû donner quelques écus à ces coquins ? »

Qu'on décidât de les payer ou non, ces hommes tout aussi vils, sans doute, que Droon de la Croixille, se désennuyaient avec ce qui passait à portée de leurs armes et de leur convoitise. Hardi et avisé, Tinchebraye intervint :

— Holà, péager !... Combien veux-tu ?

— Je parle pas aux hurons tels que toi ! J'ai mieux à en faire !

Le Normand se contint tandis qu'un ricanement des trois arbalétriers soulignait cette repartie. Dans la face ronde, à l'ombre de la coiffe de fer, Ogier entrevit la clarté fugitive d'une bouche aux dents de fauve.

— Ce que je veux, messire ? Je pourrais maintenant vous dire *tout*... Non seulement vos bourses, mais aussi votre compagne ou votre épouse.

La réplique arracha de nouveaux rires aux trois hommes d'armes. Ogier se contint. Il ne pouvait rassurer Blandine. Il considérait le péager sans ciller, sans bouger, répondant à la moquerie par un silence, une immobilité de pierre. L'homme avait de la boue jusqu'aux cuisses. De quel lieu venait-il avant d'être allé se poser sur ce rocher pour les attendre ? *Car il les attendait.*

« Pour nous préjudicier, les Teutoniques ont annoncé notre venue... Ont-ils acquitté le péage ? Sans doute ne sommes-nous pas seuls, Tinchebraye et moi, à redouter ce nouveau péril... Ces malandrins peuvent nous occire, moi en premier, et emmener Blandine au châtelet de leur maître... à moins d'en profiter sur place... »

Le souvenir d'Adelis, violée par Guesclin et ses hurons, puis égorgée avant d'être jetée dans la Vienne, envahit tout entier sa mémoire.

— Parle !... Que veux-tu ?

— Je vous dis simplement : la bourse... Toutes les bourses.

Exigence d'autant plus redoutable qu'elle était exprimée nonchalamment.

— Soit... Mieux vaut présentement te satisfaire...

Ogier jeta sa bourse en direction des arbalétriers. L'un d'eux se baissa et la ramassa tandis que les deux autres, suspicieux et souriants, semblaient affermir leur arme dans leurs mains. Il se tourna vers Tinchebraye et ses compagnons :

— Allons !... Offrez à ces larrons vos maigres fortunes !

Tous s'approchèrent à l'avant du chariot, décrochèrent leur escarcelle de leur ceinture et la lancèrent au pied du rocher. Le péager se courba.

— Holà ! Robert... Conserve pas tout pour toi, cria l'un des arbalétriers.

Il riait ; baissé, happant les bourses, et sans se détourner, le péager aboya :

— Laisse-moi en paix, Grégoire !

— Oyez-le, les gars, dit l'arbalétrier à ses compères. Nous sommes riches et le voilà qui fait sa mauvaise tête !

Entre ces hommes apparemment unis dans la malfaisance, perçait la flagrante inimitié des complices par laquelle surviendrait, le temps venu, la discorde du partage. Ogier vit les arbalètes s'abaisser : les trois gars s'abstiendraient de décocher un carreau tant que le Robert conserverait, accrochées à sa ceinture d'armes, les bourses molles et fangeuses.

— Pouvons-nous avancer, désormais ?

Le péager recula dans la boue, et comme il heurtait du dos le tronc d'un chêne, il eut un tressaillement et un geste de violence qu'il maîtrisa lorsqu'il se sentit observé par Blandine.

— Hé ! hé !... Je vous effraie, belle demoiselle ?

Ogier sentit son cœur se gonfler de haine tandis qu'un sourire de gourmandise décollait les lèvres du guette-chemin. Immobile sur le banc, mains jointes, Blandine semblait prier. Un secours inattendu lui vint de l'adversaire :

— C'en est assez, Robert, disait Grégoire, conquis, semblait-il, par la beauté de la jeune femme. Passez, messire, avec vos compagnons... Partez !... Toi, Robert, précède-nous sur le bon chemin... Laissons-les aller et revenons au châtelet... Messire Droon sera content !

Disant cela, il dirigeait son arme sur le péager, soudain moins fier.

— Apaise-toi, Grégoire... Suivez-nous, vous autres, par ce chemin... Vous ne pouvez passer ailleurs que par ici... Nous garderons vos bourses, et ce sera tout...

Disait-il vrai ? Lançant un regard à ses voisins, Ogier vit que Joubert avait en partie dégainé son épée, Lehubie et Bazire leur perce-mailles. Il se morigéna : « Après notre rencontre avec les Teutoniques, j'aurais dû veiller aux armes !... Nos arcs et arbalètes sont dans le chariot ! » Et eux, ces maufaiteurs des Allemagnes, où étaient-ils maintenant ? Avaient-ils quitté ce pays d'eau putride ? Tandis que le Robert, tête basse, ruminait sa déconvenue, le Grégoire n'avait d'yeux que pour Blandine.

— N'ayez crainte, douce dame, dit-il. Nous ne vous ferons nulle méchanceté... et notre péager, qui a sur nous droit de commandement, a bien trop de délectation ailleurs !

Ogier rendit les rênes au limonier ; la charrette avança sur le chemin bourbeux argenté çà et là de dépôts d'eau dormante. Bazire, Tinchebraye et Joubert étaient revenus devant. Les arbalétriers et parfois le Robert les observaient méchamment, mais derrière, pour Delaunay, Gardic et Lehubie, la surveillance apparaissait nulle. « Si ces malfaisants n'ont pas d'autres compères aux aguets, nous pourrons peut-être reprendre nos bourses ! » Attendre... Toujours.

— Tous ces hommes qui nous devançaient, dit Joubert, sont-ils passés par où nous passons ?... Leur avez-vous accordé le passage ?

Du piquant de sa guisarme, le péager repoussa son chapel de fer tandis que de sa main libre, il tapotait une escarcelle.

— Oui, je leur ai demandé le péage tout en sachant

qu'ils étaient gens de guerre, si c'est ce que vous voulez savoir. Et ils étaient trop...

— Ils ont refusé ?

— Hélas ! oui, dit Grégoire avec un rire déplaisant. Mais nous, quand on nous offense, on connaît un bon châtiment !

Il se réjouissait trop : sous ses façons doucereuses, il était peut-être pire que les autres.

— C'est-à-dire ? demanda Ogier.

Il menait soigneusement le limonier, évitant autant que possible d'entraîner les roues de la charrette dans des ornières profondes où le cheval, pour continuer d'avancer, eût mésusé de ses forces. Malgré la fraîcheur de l'air, il suait et n'osait se tourner vers son épouse de crainte d'attirer aussitôt sur elle l'intérêt d'un des malandrins.

— C'est-à-dire, dit Grégoire, que ça n'a jamais porté bonne chance à personne que de nous traiter de haut !... Vous voyez ce chemin-là, messire ?

L'arbalétrier désignait, sous une feuillée rousse, clairsemée, une voie assez large, apparemment meilleure que celle où présentement, tous s'engluaient.

— Ils voulaient gagner Alençon et on leur a dit que c'était par là !

— Et ça n'y mène pas ?

Ogier sentit son cœur se durcir tandis qu'un froid picotant le gagnait. Il lui sembla que le soleil n'éclairait plus ; c'était faux : il passait sous de grands arbres décharnés aux feuilles noires, pareilles à des fers de lance. Le sol clapotait sous les sabots des chevaux et l'odeur de mouillé devenait abominable. Jetant un regard sur Blandine, il la trouva plus pâle, découragée. N'osant la rassurer de la voix, il la toucha du coude tandis que le Grégoire révélait :

— Cette voie ne mène nulle part... ou plutôt si...

Dans les ténèbres lourdes, grasses, lacérées parfois par un éclair de ciel ou d'eau, le rire du Robert fut si pareil à celui du défunt Blainville qu'Ogier crut avoir affaire à lui. De dos, d'ailleurs, et clopinant dans les flaques, le malandrin lui ressemblait. Comme il sentait Blandine tressaillir, il chuchota : « *N'aie crainte* », sachant bien que désormais, toute parole rassurante serait d'une présomption folle. Cette certitude enflamma son dépit envers sa double malechance. Ses vêtements lui collèrent aux chairs. La demi-nuit, la puanteur tenace et surtout la jubilation du péager et de ses aides l'enragèrent au point qu'il gémit, sachant pourtant qu'il aggravait ainsi l'anxiété de son épouse. Élevée en ville, loin des embûches et malandrins de toute espèce, loin des vastes forêts plus terrifiantes, dans leur fixité glauque et moite, qu'une mer démontée par les souffles de l'équinoxe, elle avait longtemps dominé ses frayeurs pour se montrer digne de lui, Ogier, devant leurs compagnons. Son orgueil, maintenant, ne la secourait plus.

— Où sont allés ces vingt marauds ? dit Tinchebraye.

— Nulle part, répondit un arbalétrier petit et gros, dont le carquois ne contenait que trois viretons empennés de basane. Nulle part !... Là-bas, la terre est eau... et l'eau est terre, si tu comprends ce que je veux dire... C'est mou... Ah ! pour sûr que c'est mou... Parfois ça fait *glou glou* avec des bulles grosses comme des yeux de veau. Parfois, ça frémit et pourtant rien ne passe... On avance : *flic floc flic floc*, et on a de la boue aux genoux... Alors, on s'aperçoit qu'on a fait la bête, et que pour aller plus avant là-dedans, faut être serpent ou grenouille... Pas poisson, non, car l'eau, la bouillie d'eau n'est pas assez légère... On voudrait retourner. Ça vous colle aux genoux, aux cuisses, puis aux couillons et à la boudine — oh ! mille pardons, dame, bien que vous sachiez ce que c'est... Et puis, *vlac*, voilà la première bestiole...

— Quelle bestiole ? demanda Joubert.

— Pleure pas : tu vas en voir. Et pour en revenir à ce que je disais : on n'avance plus !

— C'est vrai : on n'avance plus, ricana le péager.

— Et comme on n'avance plus, dit le troisième arbalétrier, un rouquin barbu, on s'enfonce !... Les chevaux, s'il y en a, prennent peur car la bouillie, comme il dit, lèche leur ventre. Et comme ils sont plus finauds que les hommes, qu'ils sentent et voient mieux les choses, ils ruent, heurtent leur chevaucheur contre les branches basses... Ça tombe... *Floc floc* !... Les bêtes s'enfuient souvent par où nous sommes, si bien que Droon de la Croixille a plus de cent chevaux et juments dans ses écuries... Il les vend aux foires... Il est même allé en vendre aux lendits de Saint-Denis et de La Chapelle ! Mais j'en reviens aux hommes... Eux, ils s'effraient, crient au secours... avant de glouglouter comme des gargouilles un jour d'orage. Et alors...

— Suffit ! cria Grégoire.

Il voulait passer pour un chef, sans doute aux yeux de Blandine. L'entente de ces hommes, aussi gluante que les eaux des étangs, devait se composer de chamailleries, quérimonies et coups de poing. Jetant d'ailleurs un regard hostile à l'arbalétrier, Robert ne se gêna nullement pour continuer :

— Ces chevaliers et leurs flote [1] sont passés par où fallait pas.

— On les a ouïs crier, hurler, dit Grégoire. Bien sûr, s'ils avaient acquitté le péage, ils seraient arrivés à Alençon avec ce maudit chariot dont ils ont refusé qu'on regarde le contenu et qui a coulé comme une petite barge.

Ogier perçut un petit cri et un frisson : Blandine dominait de plus en plus mal son effroi. Quant à lui, il baignait dans sa sueur. Se pouvait-il que Cottbus, Prenzlau, Welf, leurs écuyers et gens d'armes eussent ainsi disparu ? Si cet engloutissement énorme avait eu lieu, c'en était donc fini du Saint-Bois ?... Après le

1. Troupe.

sable et le sang de Hattin, l'affreuse boue de ces lieux innommables !

Une brusque irruption de clarté le rendit aux réalités : le chemin contournait un étang. Là, dans un creux, immobiles ou presque et vêtus seulement de leur braies, trois hommes pataugeaient dans l'eau jusqu'aux genoux, sous la surveillance de deux chiens et d'un archer, la flèche encochée dans la corde. Plus loin, il y avait une quinzaine de chevaux fangeux et l'un, sans aucun doute, était celui que montait Prenzlau... Que Prenzlau avait monté avant de...

— Holà ! les baigneurs, revenez, cria Grégoire. Il suffit pour ce jour d'hui car si on continuait, *elles* vous mangeraient au lieu de vous sucer !

Il riait, fier du ton exigeant et rieur qu'il avait employé sans provoquer l'ire du Robert. Les hommes chancelants sortirent de l'eau, et cette fois Blandine ne put retenir un cri d'horreur.

— Les immondes, grommela Ogier.

Jusqu'aux genoux, les jambes des malheureux grouillaient, luisaient de noir : ils étaient bottés de sangsues.

— Des vorans [1] ! grommela Joubert.

— Pourquoi les mettez-vous en cet état ? demanda Tinchebraye dont le cheval semblait éprouver, lui aussi, de la répugnance et de la nervosité.

— Ce sont des prisonniers du seigneur de la Croixille... Ils se sont mal conduits... Messire Droon les a punis de cinq journées d'étang.

La main de Blandine serra la dextre d'Ogier et ses petits ongles s'enfoncèrent dans sa paume tandis que sans cesser d'observer Robert et ses complices, il imaginait le regard plein de compassion dont son épouse avait enveloppé les captifs. Jeunes, barbus, échevelés, ils étaient transis de froid, de souffrance et de honte. Las et affamés, ils tenaient péniblement sur leurs

1. Nom populaire de la *limnatis nilotica* ou sangsue du cheval.

jambes grossies des jarrets aux pieds par des vers tellement proches les uns des autres qu'on voyait à peine les coulures du sang dont ils se repaissaient. Sur un geste du Robert, ils les arrachèrent à pleines mains, tirant parfois très fort pour se soulager de l'un d'eux, plus avide que les autres. Deux tonnelets les recevaient.

— La cueillette est bonne, ce jour d'hui, dit Robert.

Son rire était aussi visqueux que les bestioles. Tourné vers Blandine, puis vers Ogier, les rênes du limonier immobile dans sa senestre, il ajouta :

— Hier, comme ils s'étaient montrés mauvais, on les a fait entrer là tout nus, et on les a fait tomber...

Il se délectait. Ogier devina jusqu'où les infernales sangsues pouvaient aller s'agglutiner.

— Ces hommes sont horribles... murmura Blandine.

L'archer, un barbu brun, maigre et arrogant, s'ébaudit :

— Ah ! ouiche, dame : ils sont horribles !... Ils s'étaient enfuis. Droon de la Croixille nous a fait battre de verges... Au sang !... Mais il nous a accordé le droit de nous revancher... Il disait trois jours d'étang ; on en a obtenu cinq !

D'où venait-il, lui ? Il était vêtu d'un haubergon de haute cloueure [1], chaussé de houseaux ornés de bossettes de fer et de cuivre. En dansant sur leurs longues pattes, les deux chiens poilus comme des moutons et hauts comme Saladin vinrent flairer les roues du chariot sans manifester, en se coulant parmi les chevaux, le moindre signe d'hostilité, puis s'en retournèrent, la queue basse.

— Que faire ? murmura Blandine.

Les prisonniers arrachaient toujours les vers noirs,

1. *Cloueure* : rivure de chacun des anneaux d'une pièce de mailles au XIVe siècle. On entendait par pièce de haute cloueure celle dont les anneaux présentaient un rivet à haute tête ronde ou grain d'orge, garantie de parfaite exécution et de grande solidité.

gonflés comme de petits boudins. Ogier détourna son attention de ces jambes maculées de longs filets vermeils, frémissantes de fatigue et de douleur. Il n'osait aussi dévisager ces victimes silencieuses. L'odeur des boues et des plantes palustres se révélait moins écœurante que la puanteur — vase et sang — exhalée par les malheureux. Les aider ? Certes. Mais comment ? Cinq soudoyers armés, prêts à la bataille, et dont deux, toujours, ne perdaient pas de vue Blandine, et deux chiens aussi, grands et musclés.

— Saligots ! dit Bazire qui n'en pouvait plus de colère et d'émoi.

Ces terres, ces herbes et ces arbres gluants d'eau, ces sangsues gorgées de sang, ces hommes — les uns forts, féroces ; les autres faibles et craintifs — plongeaient le gars de Livarot dans un bain d'horreur d'où il enrageait de ne pouvoir s'extraire. Le péager parut insensible à son insulte :

— On croit que pas un homme consentirait à se mouiller là-dedans deux fois de suite, mais suffit d'ardaier[1] ceux-là un tantinet pour qu'ils soient obéissants. Et puis, je vais vous dire : vaut encore mieux entrer dans cette forcière[2] que de hanter le reclusoir où notre seigneur aime à enferrer et taquiner ceux dont il a déplaisance... Quand ces trois-là voudront enfin qu'on envoie un message à leurs familles afin qu'elles payent rançon, ils seront libres... Mais voilà : ils sont plus têtus que des mulets !... Surtout lui : Yves !

Ogier lança un regard à l'un des trois otages. Pâle, osseux, tremblant, il devait avoir son âge. Quelques jours de plus dans cette géhenne, et il succomberait. Il se laissa soudain choir à terre et continua de détacher avec une répugnance infinie les bestioles collées à son jarret.

— T'en peux plus, Yves, à ce que je vois ! ricana

1. Aiguillonner.
2. Petit étang.

Grégoire. Si l'envie te reprend de nous fausser compagnie, on t'amènera là lié fermement, et ce sera la caboche en avant que tu goûteras à la fiente !

Le captif semblait sourd. Ses yeux mi-clos sous ses paupières chassieuses, purulentes, ne regardaient ni les sangsues ni les petites plaies en triangle qu'elles laissaient sur sa chair, mais les chiens qui parfois flairaient le sol autour de lui. Il semblait les craindre. L'avaient-ils déjà mordu ? Quel forfait lui reprochait Droon de la Croixille ? De quoi s'étaient rendus coupables les deux autres ? À nouveau, plus fortement que la première fois, Ogier sentit sur sa dextre la pression de la main de Blandine. Il vit luire une perle sur sa joue. Elle baissait la tête et ses lèvres tremblaient.

— Quel préjudice ces hommes ont-ils commis envers votre seigneur ?

Le Robert s'ébaudit. Il regarda Blandine et cette frayeur, cet écœurement, ces pleurs de femme le réjouirent davantage :

— L'Yves a donné une jouée[1] au baron parce que messire Droon voulait honorer sa sœur... La pucelle a fui pendant ce temps-là et on ne l'a pas retrouvée.

— Les autres ? demanda Tinchebraye.

Il avait pu placer son poignard sur le devant de sa ceinture sans qu'aucun des soudoyers ne s'en fût aperçu. Delaunay en avait fait autant. Joubert semblait fin prêt à manier l'épée.

— Les deux autres ? dit Grégoire. Ils sont frères. Ils chevauchaient l'un son mulet, l'autre sa jument et sont passés céans il y a trois semaines... Messire Droon était avec nous, vêtu en manant... C'est lui qui leur a demandé le péage... Oh ! ils ont accepté, mais cette maudite haquenée, d'une ruade, a tué un des veautres[2] du baron qui la flairait d'un peu trop près... Elle a été

1. Gifle.

2. Chien de meute. Maints procès d'animaux eurent lieu à cette époque.

jugée après un bon procès par le chapelain et messire Droon... On l'a mise elle aussi aux sangsues... Plus longtemps que ces trois-là... Si elle vit jusqu'à dimanche, ce sera par grâce du ciel !

— Où est-elle ?

Ogier se reprocha cette question lourde d'un courroux qu'il ne maîtrisait plus. Sentant poindre la menace, Robert cessa de rire, lança ses bourses au Grégoire et enfonça son épée dans son fourreau de bois noir orné de viroles de cuivre : il trouvait délicieuse à son orgueil l'attente d'une échauffourée où ses compagnons et lui obtiendraient l'avantage. De la pointe de sa guisarme, il désigna un endroit :

— La bête est là-bas, allongée comme une grande dame qui se pâme !

Debout, une main serrée sur le cintre de fer soutenant le prélart de la charrette, Ogier regarda, au-delà d'un taillis. Une haquenée blanche qui lui rappela Roxelane, la jument de Tancrède, gisait sur le flanc, époumonée d'horreur et de souffrance. Le rire du Robert et de ses compagnons l'empêcha de méditer longtemps sur la cruauté de ces cinq larrons :

— Les premiers jours, commenta le péager, elle résistait, la charogne, avant d'entrer dans l'étang... Fallait l'y obliger au fouet, l'aiguillonner à l'épée...

Un frémissement de Blandine émut Ogier tout en aggravant sa colère. Comme lui, elle imaginait cette bête choyée, ménagée avant de s'être fourvoyée avec son maître sur ces terres ; comme lui, elle *voyait* la noble bête épouvantée livrée aux excès de ces hommes ; comme lui, elle voyait l'eau glauque agitée par les ruades et celles-ci attirant les sangsues toujours plus nombreuses et goulues ; comme lui, elle imaginait les muscles plombés et roidis par la froidure liquide, les jambes qui se chargeaient d'un fardeau de viscosités grouillantes et, quand l'animal risquait de choir dans la fange, son retrait, aussi pénible, sinon plus, que l'avait été son avancée.

— Reste quiète, ma douce... Il me faut voir cette jument de près.

Ogier savait que sa curiosité enchanterait Robert, Grégoire et les autres. Il voulait ignorer les prisonniers. Un geste de l'un d'eux pouvait tout compromettre. Il voulut rassurer Blandine en la baisant sur la joue ; il ne fit qu'exciter le courroux de l'archer :

— Holà, vous voulez pas un lit ?

— Tinchebraye, Bazire, Joubert, veuillez garder mon épouse.

Lehubie avait disparu. « Enfin, une bonne chose ! » Gardic et Delaunay semblaient prêts à se battre, moins pour châtier les malandrins de leurs excès que pour récupérer leurs bourses.

Rassuré, Ogier marcha vers la jument et feignit de se gratter la poitrine et le ventre. Ainsi parvint-il à déplacer sa ceinture et amener son poignard à l'emplacement du nombril.

« Je ne peux pas me permettre une erreur... Le Robert a sa guisarme : il s'en servira de préférence à son épée... Comme nous avons acquitté le péage, il ne pouvait nous enjoindre de nous désarmer... Il doit le regretter... Je ne peux tirer Confiance de son feurre [1] : ça prendrait trop de temps et ce gars-là est habile... Un cri, et Blandine serait morte... Ah ! voilà la jument... »

Couchée sur le flanc, elle avait les naseaux serrés, l'œil terne, demi-clos : un frémissement agitait ses paupières assaillies par des mouches tout aussi avides que les gros vers noirs de l'étang. On les lui avait retirés, mais un seul, accroché au jarret dextre, se gorgeait et se gonflait. Dominant sa répugnance, Ogier arracha la sangsue, l'écrasa sous son talon et regarda la robe blanche tachée de sang, le poitrail boueux agité par un souffle tantôt violent, tantôt imperceptible, puis l'œil, à nouveau, où vivait une douleur sans pareille. Quel qu'il fût, il détestait voir souffrir un animal. Quand la

1. Fourreau.

nécessité de manger l'y poussait, il chassait — vite et bien. Occire un homme méritant la mort après l'avoir affronté à armes égales ou presque ? Oui. Et même se délecter en le voyant trépasser. Mais une bête sans défense, non !

— Elle n'en peut mais... ricana le Robert.

Sourcils froncés sous son chapel de fer, lèvres avancées, mi-inquiet, mi-moqueur, il gratta son menton couenneux tout en tapotant le sol de la hampe de son arme.

— On dirait que ça vous afflige... Vous avez jamais guerroyé ?

Ogier caressa le chanfrein de l'animal dont les paupières cessèrent de ciller. Ç'avait dû être une bonne bête, toute blanche, agile et forte à la fois. Il imagina l'atrocité des jours passés dans ces cloaques aux eaux pâles ; l'animal traîné plus que poussé dans la fange, son corps tombant, livré aux glus grouillantes...

— ... restera plus qu'à l'écorcher, et se sera ces deux connarts, Ybert et Bernier, qui s'en chargeront... C'était leur jument, pas vrai ?... Après, pour les remettre, on leur fera prendre un bain...

— C'est toi, coquin, qui le prendra !

Miracle de promptitude et de lucidité : Ogier, de la pointe de son poignard, piquait le cou du malandrin et l'un des arbalétriers tombait, une flèche vibrant dans son dos ; un second — le petit gros — lâchait son trait sur Lehubie, mais celui-ci avait déjà rencoché : tandis que le carreau se fichait dans un tronc, la sagette atteignait l'homme en plein cœur. Trop ébaubis par la soudaineté de cette attaque, le Grégoire et l'archer qui veillait sur les prisonniers renonçaient à se défendre :

— Bien, dit Ogier. J'égorge votre compagnon si vous remuez encore... Tinchebraye, prends ces cordes, là-bas... près des chevaux des Allemands... Attache les chiens... Ybert et Bernier, allez voir votre jument et dites-moi si elle peut s'en remettre... Toi, l'autre : Yves... Prends aussi des cordes... Allons, mes gars, aidez ces mal heureux à lier leurs tourmenteurs... Les poignets dans le dos !

— Çà ! grommela le péager, qui es-tu ?... Sais-tu que le baron de la Croixille...

Le poignard piqua la gorge et du sang goutta, presque noir.

— Ton baron, je l'incague[1] !

— Vous n'irez pas loin !

Le regard mat, presque blanc, vivait à l'ombre du chapel de fer, et c'était un regard de folie plus que de haine.

— Joubert !... Hâte-toi de lui lier les poignets.

— Qu'allez-vous faire ?

Le pennoncier ricana :

— Reprendre nos écus, mon bon... Quant au reste, nous laissons à messire Ogier le soin d'en décider.

Il riait tout en liant les poignets du péager. Il serrait fort, croisait le chanvre : en aucun cas la corde ne se délierait.

Ybert et Bernier revinrent, clopinant et se soutenant l'un l'autre tant leur faiblesse était grande. Sous leur friche crasseuse, Ogier leur trouva des visages avenants.

— Peut-on sauver votre jument ?

— Faudrait des soins et du bon picotin à la Blanchette. Mais vu l'état où elle se trouve, elle est incapable de marcher plus de vingt ou trente toises...

Ogier poussa rudement le péager vers l'étang, et tourné vers les deux frères :

— Notre chariot est vide. Lehubie, Bazire, Gardic et Delaunay, ôtez-en le prélart, faites-en une litière et aidez nos amis à monter cet animal dedans...

— Vélocement ! supplia Blandine.

Elle craignait la venue d'autres soudoyers ; Ogier la rassura d'un geste et d'un sourire puis, s'adressant à Tinchebraye :

1. *Incaguer* : couvrir d'excréments.

— Tu vas t'occuper de ces trois-là !

— Qu'est-ce qu'il va nous faire ? interrogea l'archer sans paraître s'émouvoir.

Il regardait ses chiens, quiets et indifférents. Une corde retenait chacun d'eux à un ormeau près duquel penchait un sac de bure contenant sans doute les victuailles amenées par lui-même ou ses compagnons. Il portait sur son visage arrogant et dur toutes les marques de la cruauté : front bas, yeux noirs chargés de malice et de haine, bouche large et mince dont un coin se soulevait comme pour cracher ; joues creuses, pelues. L'odeur qu'il dégageait à travers son haubergeon dominait celle de l'étang.

— Tire ton poignard, Tinchebraye.

— Pourquoi ? dit l'archer.

Il riait, s'évertuant à dominer une frayeur naissante.

— Je pense, dit Ogier impassible, que c'est bien votre tour de goûter aux sangsues...

— C'est plutôt à elles, messire de goûter à ces larrons !

Les malandrins bronchèrent et le Robert s'exclama :

— Non ! On n'a pas mérité ça !

La gorge sèche, les yeux brûlants, un léger sourire aux lèvres, Ogier oubliait sa malaventure. Le péager le regardait ardemment, doutant peut-être encore de la punition qui lui serait infligée.

— On vous a pourtant rien fait à vous ! protesta le Grégoire. Allons, messire, montrez-vous courtois... Tel que vous êtes... Voyez les trois gars que nous devions garder... Ils nous en veulent moins que vous... Et pourtant...

Ybert, Yves et Bernier, aidés par Joubert et Lehubie, approchaient la jument du chariot. Elle chancelait sur ses jambes, secouait parfois sa tête aux yeux exorbités, craignant peut-être, bien que soutenue par des mains amies, de revenir dans l'eau. Sur le banc, les rênes en main pour retenir le limonier, Blandine reprenait vie.

— Messire ! Messire ! insista le Grégoire. Tenez,

prenez-nous avec vous... Sans solde pour six mois... Nous vous servirons...

La peur des succions le rendait humble, suppliant. Écœuré, Tinchebraye saisit un des tonnelets à sangsues, s'approcha de la rive et le jeta dans l'eau.

— Ces malandrins m'écœurent, messire, dit-il en se frottant les mains. Je leur ai fourni un supplément de vers... Voulez-vous jeter l'autre ? Non... Adonc, je le fais !

Il dégaina son perce-mailles et s'approcha, rieur et menaçant, du Grégoire :

— Avance !

L'arbalétrier voulut résister ; une piqûre à la hanche l'en dissuada. Il pleurnicha : « Non ! Non ! » tandis que le Robert riait, refusant de croire à l'imminence d'un châtiment dont Ogier décida de confier le soin à ses compagnons. Quant à l'archer, il remuait sans cesse dans l'espérance de desserrer des liens pourtant solides. Personne ne l'avait encore traité ainsi ! À ses grondements se mêlaient les grognements des chiens : ces bêtes qui jamais n'avaient connu l'attache commençaient à montrer leur mécontentement.

Tinchebraye atteignit la rive. Après s'être assuré que Blandine ne les apercevait pas, il dénuda l'arbalétrier en quelques coups de lame puis le fit tomber d'un croc-en-jambe.

— Joubert !

Le pennoncier accourut.

— Ôte-lui ses heuses et pique-lui les jarrets, que le sang coule !

— Non ! hurla Grégoire tandis que sur le chariot où la jument venait d'être hissée, Blandine se bouchait les oreilles.

Et déjà, remis sur ses pieds par Tinchebraye et son compère, transi de froid et de frayeur, ses mains serrées dans le dos, le captif tentait de reculer loin de cet étang sur lequel les gouttes d'une averse légère ébauchaient des cercles que le vent effaçait d'un souffle.

— Avance !... Tu t'es trop desrisé [1] de la male peur des autres pour ne pas la connaître à ton tour !

Comme l'homme essayait de s'enfuir, excitant la joie du Robert, la pique de la guisarme de Bazire s'enfonça dans une de ses fesses ; il hurla et, menacé d'être à nouveau percé, dut entrer dans l'eau et y avancer, car protégé par des heuses solides, Bazire le suivait, lui picotant le séant de sa lame.

Ybert, Yves et Bernier s'approchèrent, silencieux. Quand leur tourmenteur, de l'eau jusqu'aux genoux, tressaillit, Yves dit simplement :

— La première...

— Plus loin ! hurla Tinchebraye. As-tu froid ? As-tu peur ?

Il se tourna vers Ogier :

— Messire, partez avec votre épouse... Attendez-nous à cent toises d'ici... Nous allons châtier ces malandrins en hâte... ce que je regrette, car j'aurais bien voulu les voir danser là-dedans une journée. Je vous rends grâce de nous les laisser !

Seul un pli à ses lèvres laissait deviner en lui un ressentiment et une fureur que même, face à un homme aguerri comme lui, Tinchebraye se refusait à trahir.

— Fais à ta volonté, compagnon, mais ne tardez pas à nous rejoindre car mon épouse est apeurée...

Ogier revint s'asseoir auprès de Blandine, saisit les rênes sur ses genoux et, sans même la regarder :

— Hue, bon cheval !... Tu n'iras pas à Troyes... Et moi non plus !

Le limonier aussitôt avança sans paraître s'apercevoir du poids de la jument. Blandine se laissa aller contre le dossier de la banquette :

— Que vont-ils leur faire ?

Ogier se détourna : nus, enfoncés dans l'étang jusqu'aux cuisses, les soudoyers du baron de la Croixille suppliaient leurs vainqueurs de les tirer de l'eau. Épau-

1. Moqué.

lant son arbalète, Gardic ajustait soigneusement le péager. Sous le coup qui lui brisait la hanche, le Robert tombait en hurlant. « *Il sait qu'il va avoir des vorants partout !* » Blandine avait frissonné :

— Qui était-ce ?

Elle parlait au passé ; elle *savait.*

— Ma douce, cette affreuse gent ne mérite aucun pardon... Je ne suis pas sûr que ces marauds nous auraient laissés poursuivre notre chemin... Nous aurions pris un bain — toi aussi peut-être — si je n'avais mis à profit l'affaire de la jument.

— Pauvre bête... Je n'ose la regarder...

Ogier immobilisa le limonier en un lieu large et solide :

— L'homme est mauvais... Quelque méfait que les Teutoniques aient commis à mon seul détriment, je les plains d'avoir eu la fin que ces malandrins leur ont réservée !

— Ne peux-tu me dire ce que tu emmenais et ce que tu voulais en faire ?

— Non... Parce que tu ne croirais rien de ce que je te dirais...

Bien qu'il se fût montré formel, il sentit que Blandine le relancerait. Il regarda le ciel à travers les ramures comme s'il espérait y découvrir un signe, une promesse de paix intérieure. Alors qu'il devait donner à son épouse une forte impression de maîtrise, il se sentait fragile et comme en état de péché : « J'ai failli à la parole donnée ! » Mais n'était-ce pas la volonté divine qu'il eût échoué dans son entreprise et que les Teutoniques eussent payé de leur vie une roberie [1] sans égale ?

Ogier prit sa femme par l'épaule et la baisa au front, au coin des lèvres, avec une gravité qui s'accordait à celle de Blandine. Puis il se détourna : couchée tant bien que mal sur le flanc, la jument semblait sommeil-

1. Vol.

ler. Des frissons couraient sur son corps ; de brefs tremblements agitaient ses jambes. Son souffle semblait plus fort. Son sang perlait çà et là par les petites plaies en triangle ; sa queue, parfois, fouettait mollement sa cuisse.

— Vivra-t-elle ? demanda Blandine.

— Il se peut... Oui elle vivra...

— Tu es bon.

Il s'en défendit mollement :

— Je ne sais... Cette jument me rappelle Roxelane, celle que montait ma cousine Tancrède.

— C'est pour cela que tu t'es apitoyé sur son sort !

Ce n'était pas une question mais une certitude énoncée d'une voix forte, donc l'expression d'une sorte de jalousie. Tout en sachant que si la jument avait été noire, pommelée, balzane ou mouchetée, il l'eût pareillement prise en pitié, Ogier répondit :

— Il se peut, ma douce.

Le « *ma douce* » lui coûtait pour la première fois.

— Roxelane était belle, Marchegai en était épris...

Se soulevant un peu, il vit que son destrier les avait suivis, puis, considérant Blandine, il s'aperçut qu'elle riait.

— Crois-tu vraiment qu'un roncin peut s'éprendre d'une jument, un chien d'une chienne, un sanglier d'une laie ?

— Pourquoi non ?... Les sentiments ne sont pas dévolus qu'aux seuls êtres humains... Mon chien m'aime, j'en suis sûr, et je lui suis attaché autant qu'il l'est à ma personne... J'aurais, souvent, plus d'amitié pour une bête que pour un homme... et même une femme !

Blandine parut contempler ses mains décloses, sur son giron froissé ; Ogier les effleura de sa paume.

— Cette Tancrède est belle ?

— Ne laisse pas courir ton esprit...

— Tu ne me fournis pas de réponse.

Que dire ? Que malgré ses défauts énormes, il avait

pour sa cousine une sorte de religion maussade, une indulgence souvent âpre et qui se dissolvait souvent dans des fureurs méritées. Elle était belle, harmonieuse et désirable. Pour d'autres que lui.

— Je ne l'aime pas... Je crois même que je la déteste...

— Tu crois seulement ?

C'était bien de la jalousie ; une ombre, un soupçon de jalousie. Elle touchait et décevait Ogier car elle signifiait un grand amour et un goût de possession en désaccord avec cette suavité, cette bénignité, cette beauté même qui composaient le charme essentiel de Blandine.

« Va-t-elle imaginer que j'ai aimé Tancrède ? » Il soupira. « Vais-je lui reprocher d'avoir vu des hommes tourner autour d'elle ? L'amour que Rochechouart lui vouait sautait aux yeux. Je n'en suis pas contristé pour autant !... Quelle qu'ait pu être la passion de ce chevalier pour elle, je ne me sens nullement enclin à prendre maintenant une mine déconfite ! »

Il se détourna, agacé :

— Tiens, voilà nos compagnons...

Joubert précédait les hommes d'armes. Derrière, les anciens otages de Droon de la Croixille montaient des chevaux teutoniques échappés au bourbier. Le pennoncier s'approcha et invita Ogier à se pencher pour qu'il s'exprimât à voix basse :

— Nus qu'ils étaient... Ils avaient eu nos bourses ? Les sangsues ont eu les leurs et leur boudine !... Puis, Bazire et Lehubie les ont occis... Faudra s'arrêter quelque part pour vêtir ces trois hommes... Quant aux malandrins, on ne leur a pris que leurs arbalètes et le haubergeon de l'archer... On le tirera au sort...

Yves chevauchait le destrier de Prenzlau, Ybert celui de Cottbus et Bernier un rouan cavecé de noir, paisible, et qui préférait ce nouveau venu sur son dos à l'homme qui l'avait monté jusque-là.

— Vous avez bien fait, dit Yves à haute voix, d'en

finir avec ces malfaisants. Chacun d'eux avait au moins vingt morts sur la conscience !

Repris soudain par sa colère et sa déception, et bien qu'il vît, maintenant devant lui, les roncins des deux chevaliers détestés, Ogier s'enquit :

— Quand vous pataugiez dans la fange, avez-vous vu passer une brousse[1] de guerriers ?

— Ah ! oui, messire, dit Yves. Ils se sont ri de notre géhenne. Ils se sont ri aussi du Robert et de nos gardiens qui leur demandaient humblement le péage... Mais quand ils ont été loin, c'est surtout le Robert et le Grégoire qui se sont moult ébaudis, car ils les avaient envoyés en un lieu où l'on s'embourbe à jamais... sauf certains chevaux qui, paraît-il, flairent un petit passage... Tous d'ailleurs, je crois, sont revenus. Eux, ils ont disparu, leur charroi certainement aussi...

Ogier songea : « C'est la volonté divine », sans pourtant être assuré du bien-fondé de cette résignation-là.

— D'où êtes-vous ? demanda Delaunay.

— Moi, dit Yves, du hameau de la Croixille. Mais j'y reviendrai jamais plus à cause de la fureur de messire Droon.

— Nous sommes de Fougères, dit Bernier. Ybert est mon puîné...

— Mariés ?

— Aucun de nous ne l'est, dit Ybert.

— Sais-tu, Yves, où ta sœur s'est enfuie ? Ne crains-tu pas, ajouta Delaunay, que vos parents aient à subir l'ire du baron quand il apprendra votre fuite et le trépas de ses malandrins ?

Yves rit pour la première fois depuis longtemps :

— Je vivais seul avec elle. Je suis tonnelier... Anceline a dû courir à Princé, à plus d'une lieue... Elle connaît les chemins... Son fiancé est charron, là-bas...

1. Troupe.

Je vous quitterai à la fourche d'une voie qui me mènera jusqu'à eux...

Blandine sortit de sa songerie :

— Ne craignez-vous pas que le sire de la Croixille vous recherche ?

— Dame, cette malaventure m'aura servi de pousse-au-cul ! Un mien parent, voilà un an, s'en est allé à Narbonne... Il est tonnelier comme moi... Je vais aller le rejoindre...

Pour ce gars-là, tout semblait simple. Ogier s'avisa des deux autres :

— Et vous, que faites-vous à Fougères ?

— Je suis drapier, dit Bernier. Ybert est tailleur... Nous allions visiter des tisserands de Laval [1] quand les veautres du sire de la Croixille nous ont poussés vers les marais et les marauds que vous avez châtiés... C'est ainsi que nous fûmes menés au châtelet, puis mis en geôle...

— La forêt devient moins épaisse, dit Joubert, gaiement. Et ces maudits étangs semblent avoir disparu.

C'était vrai. Entre les hachures des troncs, des clartés vert clair se faufilaient. Au-delà des frondaisons, le ciel apparaissait, pommelé de nuages blancs. Ogier se tourna vers son épouse : elle souriait ; elle avait, semblait-il, tout oublié : les Teutoniques, les malandrins et Tancrède.

— Dame, dit Bernier, vous coucherez ce soir en notre demeure... Quant à vous, messire, ainsi que vos hommes, vous ne regretterez pas le bienfait de ce jour d'hui !

Ogier s'inclina et garda le silence.

On avança sur des voies défoncées, rudoyant les sabots et les jantes. Yves prit congé sans façon lorsque

1. Après son mariage avec Guy IX de Laval, en 1289, Béatrix de Grave avait amené des Flandres des ouvriers tisserands, introduisant ainsi, dans le pays, une industrie qui allait devenir prospère.

se présenta le chemin de Princé. Il disparut dans des fourrés où sa main remua un moment. Blandine alors s'endormit sur l'épaule d'Ogier recru lui aussi de fatigue mais attentif à tout ce qui, de nouveau, pouvait leur advenir de mauvais. « Nous devrions cheminer à grand plaisir... Tous autant que nous sommes, nous avons eu notre content d'émois et de déceptions ! » Il était affamé de sérénité ; sans doute aussi de tendresse. Il n'osait trop contempler Blandine de crainte que son regard ne l'éveillât. Quel que fût son contentement de revenir à Gratot, il ne pouvait se retenir de penser qu'il s'y serait rendu d'un tout autre cœur si la charrette n'avait pas changé de contenu. Son silence devait surprendre ses compagnons, mais il ne voyait aucune nécessité à le rompre. Eux-mêmes parlaient peu. Parfois Bernier et Ybert se retournaient, jetaient un regard sur leur jument avant que de regarder plus loin, vers ces maudits étangs et ces arbres noirs sur lesquels roulaient de gros nuages pâles.

— Mon cheval est las, dit Delaunay. Que fais-je, messire ?

— Laisse-le suivre, et monte sur Marchegai.

— Croyez-vous qu'il m'acceptera ?

— Tu le verras bien.

Le destrier toléra fort mal un inconnu sur son dos, mais haussant la voix, Ogier lui enjoignit de se résigner à son sort :

— Allons, tout beau, accepte ce manant jusqu'à Fougères. Lui et moi t'en serons reconnaissants.

On rit du bout des lèvres. On était inquiets sans raison. On atteignit la vallée de la Cantache et Bernier désigna deux gros rochers, de part et d'autre de la rivière :

— Le pas de Roland, messires. Le preux chevalier franchit ce cours d'eau d'un bond de son destrier qu'il appelait Veillantif.

— Faut croire, dit Joubert, que Veillantif avait des ailes !

— J'ai connu un Veillantif... Il est mort en août dernier comme un preux.

Ogier s'aperçut qu'il avait parlé haut, réveillant sans doute ainsi Blandine. Elle l'observait avec une attention si aiguë qu'il en fut gêné. « Huit jours et neuf nuits, en comptant celle qui vient, que nous partagerons ensemble ! » S'il connaissait charnellement la jouvencelle en ses ardeurs et abandons, s'il avait pu mesurer son courage lors de leurs récentes mésaventures, il ignorait à peu près tout des sentiments assemblés sous ce front si parfaitement lisse, envers les choses de la vie. Le corps se livrait aisément, l'esprit se protégeait ou plutôt ne s'intéressait qu'aux faits et gestes d'un seul être : lui, Ogier d'Argouges. Elle nourrissait à son endroit une insatiable envie de connaissance et l'admiration qu'elle lui vouait s'en trouvait, parfois, comme alourdie ou attristée. Toutes ses actions, toutes ses pensées avant qu'il l'eût connue semblaient compter infiniment pour elle, bien qu'elle sût mettre entre ses questions des intervalles suffisamment spacieux pour ne pas l'incommoder.

— Tu t'étais endormie...

Ce mélange de passion, de fatigue et d'inquiétude exprimé en un seul regard, Joubert et Tinchebraye avaient dû le surprendre. Que pensaient-ils de Blandine ? Que pensaient-ils des nuits qu'ils traversaient ensemble ? Lâchaient-ils la bride à leur imagination ? L'enviaient-ils ? Le trouvaient-ils bien ou mal apparié à cette jeunette que peut-être ils jugeaient un tantinet maniérée ?... Était-elle hautaine envers eux ? Certes non, puisqu'elle leur devait d'être en vie...

« Voilà que j'entreprends son procès !... Je suis fou ! Ces deux embûches m'ont troublé !... Je l'aime, je l'admire... J'ai soif de ses étreintes... Je la... »

— Qui était Veillantif ?

— Vois, m'amie !... Une plaine !... C'en est fini des arbres et de la glu... Des eaux mortes et des sangsues... Veillantif ? C'était le destrier de Blanquefort, le sénéchal de mon oncle... Thierry en avait hérité... Veillantif est mort au pont de Poissy quand Northampton a conduit la menée des Goddons... Depuis longtemps, il avait perdu un œil. Il était hardi et loyal...

— Tu en parles comme tu parlerais d'un homme !... Les Berland ne parlaient pas ainsi de leurs chevaux.

À l'étonnement de Blandine se mêlait un acerbe mépris pour ces Berland dont elle avait souffert peut-être plus qu'elle ne l'avait avoué. Ogier, de son bras, lui enveloppa les épaules et, du menton, lui montrant Marchegai :

— Lui et moi sommes amis... La mort de Veillantif m'a fait mal. En perdant celui-là j'aurais plus mal encore... À en pleurer.

Blandine, songeuse, regarda le ciel où la nuit poussait des avant-gardes noires. À combien de lieues se trouvaient-ils de Fougères ? Se retournant, Ogier vit deux yeux d'ambre doux qui l'observaient. Il effleura d'un doigt le chanfrein de la jument tout en se demandant si elle survivrait à ses épreuves. Pour le moment, elle semblait mieux, ou du moins, si son état restait le même, la confiance à nouveau l'habitait.

« Et ma confiance ? Qu'en ai-je fait ? Il me semble que je n'en ai plus !... Et d'ailleurs, confiance en *quoi* ou en *qui* ? »

— Serre-moi de nouveau, dit Blandine. J'ai froid.

Était-ce la seule raison ?

— Je souhaite à cette jument de guérir... Dommage que Sirvin soit si loin !

— Tu devrais l'oublier... C'est à cause de lui que par deux fois nous avons failli trépasser !... J'aimerais pouvoir me dire que nous sommes au bout de nos peines...

— Et moi donc !

Dans trois jours, ils arriveraient à Gratot. En quel état trouverait-il son père ? Comment serait-il accoutré ? Il lui avait laissé suffisamment d'écus pour acquérir des pourvéances[1] et des vêtements. Il fallait qu'il combattît désormais cette inclination au laisser-aller, au laisser-faire : le vieillard avait trop accepté son opprobre et sa pauvreté. Certes, il y avait un légitime désespoir dans cet abandon de soi-même à l'adversité, mais aussi un pernicieux orgueil, une complaisance insensée dans cette façon de s'humilier en s'affublant de hardes qu'un goujat eût refusées.

« Si Blandine le voit tel que je l'ai trouvé à chacun de mes retours, elle le prendra pour un huron... et nous tous avec lui ! »

Méditant davantage — il en avait le temps —, Ogier convint que cette acceptation de la pire médiocrité, ce renoncement à son rang avaient dû parfois satisfaire son père. Outre que souffrir était un sûr moyen de mériter sa place au ciel, c'était aussi la meilleure façon de conserver le souvenir de l'iniquité royale. Or, le malheur s'était évaporé, la clémence — obligatoire — du roi avait guéri tous les ulcères, et même s'il devait en subsister des traces, les Argouges renaissaient ou du moins se créaient une nouvelle vie. Il se pouvait même qu'Aude fût enceinte car Thierry devait...

Bon sang ! Qu'allait-il penser ! Plutôt qu'imaginer Thierry jouant des reins et sa sœur aussi nue que Mélusine au bain, les yeux brillants, la bouche déclose et le souffle vif, que ne se souvenait-il de Blandine !... Blandine non pas serrée frileusement contre lui comme maintenant, mais nue, elle aussi, claire comme une fleur dans les ténèbres enfiévrées de leurs ardeurs... Blandine moite, ondoyante de félicités... Ah ! ces nuits traversées du bruissement des draps, des souffles et des soupirs, des craquements du lit, lesquels, parfois, les immobilisaient et leur tiraient un rire... Elle l'aimait. Elle l'aimait comme il avait souhaité qu'elle l'aimât, et bien qu'il la connût désormais tout entière, il lui semblait ne rien savoir d'elle, de ses qualités et défauts.

1. Provisions.

« ... car hélas », songea-t-il, « nul n'est parfait. Je suis un rustique, elle ne s'en aperçoit pas encore ou refuse de s'en apercevoir, mais il se peut que... »

— Te voilà loin de moi, mon époux, reprocha une voix soupirante.

— Oh ! non... Ne te fie point aux apparences.

Il souriait, considérant ce regard anxieux, cette bouche qu'il effleura de la sienne sans étancher la soif de connaissance et de vérité qui, d'un coup, lui labourait les entrailles.

— Alors, dis-moi à quoi tu pensais !

— Tu rougirais si je te l'avouais.

Elle comprit ; ses joues s'empourprèrent. Elle lutta contre son trouble, contre les images, les sensations qu'il lui donnait, soudaines, inattendues, partant plus aiguës. Il se dit qu'elle était simple, accommodante, et que plus encore qu'au lit, elle lui avait fourni la preuve de sa passion pour lui en acceptant un mariage hâtif suivi d'une espèce d'exil.

Elle s'endormit ou feignit de s'endormir sur son épaule. Il regarda le chemin entre les oreilles du limonier dont la tête oscillait en cadence, comme s'il écoutait des musiques ou des chants joyeux. À l'inverse du cheval, il gardait, malgré les secousses des roues, une immobilité de plomb. L'aventure qui lui était advenue avait bouleversé sa vision des choses. Il avait fait visage[1] aux Teutoniques, certes, mais ils l'avaient dépouillé du dépôt le plus précieux qu'un homme eût jamais pu recevoir. Sa défaite surnageait au-dessus des satisfactions qu'il avait éprouvées à vaincre les malandrins aux sangsues.

Ses compagnons restaient cois. Tous ressassaient les événements et les sensations d'angoisse et de fureur qu'ils avaient éprouvées. Après avoir erré sur les bords du chemin, leurs regards devaient s'envoler au-delà des feuilles. Parfois des gerbes sales jaillies des nids-de-

1. Faire visage : faire face, affronter.

poule écrasés par les jantes de la charrette leur remémoraient l'eau grise des étangs.

— Ces méchantes gens ! commença soudain Gardic. Il faudrait...

Il se tut, regardant devant lui cette nature inconnue, fruste, humide, et cette voie boueuse, étroite, bordée de loin en loin de roncières derrière lesquelles d'autres malandrins pouvaient apparaître.

— On a gagné, dit Delaunay, mais j'avoue que ce pays me dévore l'espérance. Il est temps que nous vivions des jours heureux.

— Tu l'as dit ! approuva Joubert.

Tous aspiraient au bonheur. Un bonheur qui, pour chacun d'eux, prenait un aspect différent de celui des autres.

« Et moi ? » se demanda Ogier. « Quelle sera la forme du mien ? »

Le bonheur dépendrait essentiellement de Blandine. De ses émois, de ses élans, de ses consentements, de ses extases. Devrait-il la vaincre au lieu que de l'apprivoiser pour qu'elle s'abandonnât ? Elle semblait d'une jalousie maladive. À cela, il ne connaissait aucun remède.

Et c'était bien ce qui le tourmentait.

XI

Ils atteignirent Fougères à la nuit noire. Les portes en étaient closes et le guet nombreux aux créneaux des courtines. Bernier hurla qu'on ouvrît. Observé à un guichet par un homme d'armes qui s'étonna de les voir, son frère et lui, sales, barbus, vêtus comme des mendiants, il dut se courroucer pour que les vantaux s'entrouvrissent.

— C'est bien nous, Garnelin !... Ybert et Bernier Birot !

— On vous a cherchés partout à une lieue à la ronde... et même plus !... Que vous est-il advenu, messires ?

— Nous te conterons cela demain... Qu'on ouvre les huis en grand !... Nous sommes las, nos amis, mon frère et moi !

Les grands panneaux béèrent. La cité apparut, aussi massive que l'ombre où çà et là les clartés frileuses des pots à feu arrachaient un peu de jaune et de rouge. Ces feux se dédoublaient et délayaient dans une rivière, au pied du château : un titan bourrelé de gros ouvrages sombres entre les merlons desquels luisait de loin en loin quelque barbute ou épaulière. Blême parmi les nuages dilacérés aux dents de l'énorme donjon, la lune éclairait à peine ; suffisamment toutefois pour qu'Ogier vît des manants et hommes d'armes assemblés près d'un pont. Leurs propos cessèrent au passage de la charrette, puis l'un d'eux ricana :

— Par saint Yves !... On dirait qu'on enterre un cheval.

— Et si c'était ? grogna Tinchebraye dont le roncin, aussi las que lui, fit un écart.

Blandine s'était retournée, angoissée :

— Elle n'est pas morte ?

— Non, non ! Rassurez-vous, dame, dit Bernier. Nous allons soigner la Blanchette...

— C'est tout près... dit Ybert.

Mais on dut avancer dans cette poudre de nuit humide et froide, entre des maisons sans lueurs et sans bruits. Ogier n'osait parler. Pas même à Blandine. Des forces tout aussi obscures que cette nuit d'octobre le poussaient. Vers où ? Vers quoi ? Le bonheur ? C'était étrange qu'il se sentît soudain si seul, si dépourvu de défense devant une adversité sans nom, sans visage !

« Si le Saint-Bois t'a été robé, confisqué et s'il gît, dorénavant dans la boue avec ces démons à la croix noire, c'est qu'il devait en être ainsi ! »

Voire... Dès demain, ils partiraient pour Gratot. Là-bas peut-être, dans une sérénité toute neuve, oublierait-il cette malaventure.

— Noble dame, dit Bernier à Blandine épuisée, voilà notre demeure.

Elle offrait à la vue une façade blanche à deux étages et deux portes, dont une charretière. Déjà sur le seuil, Ybert secouait le heurtoir et une chandelle animait des ombres derrière les vitraux losangés du rez-de-chaussée. Puis une femme se montra, en chemise, et s'écria :

— Messires !... Messires !

Trois autres apparurent. Elles accueillirent les deux frères avec des sanglots, des cris, des soupirs. Toutes étaient jeunes, échevelées, rondelettes. Un palefrenier bossu et chenu ouvrit la porte charretière, aida Blandine à quitter le chariot et, entre les ridelles, aperçut la Blanchette.

— Si c'est-y permis !... Adonques, elle a subi des malheurs, elle aussi !

Un jouvenceau survint, porteur d'un flambeau. Il sauta sur le devant de la charrette et considéra de près l'animal qui tentait de se mettre debout :

— Non, non, bouge pas, Blanchette !... On te sauvera !... Mon Dieu, elle a le corps couvert de petites navrures !... Qui lui a fait ça ?

— Des sangsues, Florent, dit Ybert, en relâchant l'étreinte nouée avec une des femmes.

Après un unanime cri de répulsion, les voix, les rires tissèrent de nouveau, à l'entour d'Ogier et de Blandine, muets et attentifs, un feston de joie sans faille. Les deux serviteurs, sans trop s'intéresser aux frères Birot, questionnaient Tinchebraye, Joubert et leurs compagnons.

— On le connaît, Droon de la Croixille ! C'est pire qu'un démon !

— C'est un suppôt du diable ! affirma Florent.

À la lueur des flammes, Ogier voyait des visages rieurs, avenants. Il se demanda, parmi ces femmes, quelles étaient les préférées d'Ybert et de Bernier. La plus grosse des quatre, Yvonne, qui semblait commander aux autres, fit entrer les inconnus dans une grand-salle au milieu de laquelle une table longine jetait une grande flaque de clarté.

— Vous allez souper !... Nous aurons vite fait !

Prenant Blandine par l'épaule, elle l'entraîna. Après quelques chuchotements, elles disparurent. Se doutant où elles allaient, Ogier regarda les deux Birot congratuler de nouveau leurs servantes à grands baisers sur les lèvres, les joues, et maints tapotements sur les fesses, tandis que Tinchebraye et Joubert apparaissaient par une porte sise non loin d'une haute cheminée.

— C'est fait, messire, dit le pennoncier. La jument est couchée sur de la bonne paille ; le goffe[1] s'en

1. Bossu, mal fait.

occupe. L'autre gars, Florent, va soigner nos chevaux avec Gardic et Delaunay... Juste ce qu'il faut, on fera mieux demain...

— Les écuries sont grandes et bien pourvues en tout, dit Tinchebraye. M'est avis que ces deux hommes ont moult richesses et que... (il cligna de l'œil)... que leurs meschines ont dû leur manquer !... Deux pour chacun, et bien en chair...

Son regard illuminé par une espèce de gourmandise contourna les femmes, en particulier Yvonne qui revenait, précédant Blandine à laquelle elle avait offert une touaille[1]. Elle désigna la fontaine de cuivre, dans un angle, et Blandine acquiesça.

Ogier rejoignit son épouse et tint la serviette tandis qu'elle se lavait les mains.

— N'es-tu pas lasse ?

— Oh ! si... Pourvu que ce dîner ne se prolonge pas !

Bernier et Ybert s'en étaient allés avec deux servantes. Après qu'Ogier et tous ses soudoyers se furent lavé et séché les mains, les drapiers revinrent, vêtus de huques de mollequin gris, les pieds nus dans des sandales de corde.

— Nous avons moult faim et sommes bien hodés[2], dit Bernier. Aussi, point de nourriture chaude : cela prendrait du temps, mais des pâtés de toute sorte : chevreuil, faisan, sanglier, et j'en passe... Cela vous convient-il ?

Tinchebraye, pour tous, affirma que ce serait parfait. On ranima le feu dans l'âtre, « pour la petite dame », dit Yvonne ; et assis sur des bancs, autour de la table, servis par les femmes souriantes auxquelles, parfois, Ybert et Bernier flattaient la hanche ou la croupe, on mangea.

Les flambeaux dispensaient partout leur lueur d'or

1. Serviette.
2. Fatigués.

striée de pourpre, et les yeux lourds d'Ogier, quittant le visage laiteux de son épouse, s'attardaient parfois sur les aîtres que seuls troublaient les tintements des couteaux contre les écuelles et les glouglous du vin dans les hanaps d'étain.

— Jamais, ce matin, dit Bernier, je n'aurais pu penser que ce soir, je prendrais céans un repas de cette espèce.

— Grâces vous en soient rendues, ajouta Ybert en s'inclinant, puis en versant du vin à Bazire et Tinchebraye, ses voisins.

« Jamais, ce matin », songea Ogier, « je n'aurais pu penser qu'une vingtaine de malandrins me préparaient une embûche ! »

Il ne songeait plus à la Croix, ou du moins, il n'y voulait plus songer. Près de lui, Blandine mangeait peu et lentement. Elle avait dû deviner quels liens secrets unissaient ces deux hommes et ces quatre femmes, et fronçait souvent les sourcils avec un air de réprobation indissimulable avant de rebaisser les yeux vers son écuelle, n'offrant plus à l'attention des Birot qu'un visage lisse et pur dont la sérénité dissimulait peut-être des orages. Lui, Ogier, las parfois de l'observer, regardait les deux tapisseries aux couleurs fortes, et qui représentaient, l'une la prise d'une unicorne, l'autre Mélusine au bain, puis le dressoir où les cruches et les aiguières se teintaient de l'or du foyer dans lequel Yvonne avait jeté un fagot de sarments.

— Ils sont riches... souffla Blandine.

Il l'approuva. Comment, après ce qu'il avait entrevu de sa vie, ne se serait-elle pas ébahie pour cette aisance grande et belle ? Et quelle douloureuse vision l'attendait à Gratot !

Bien qu'apprêté en hâte, le repas eût convenu à des princes, déclara bien haut Bazire en hésitant à reprendre, une troisième fois, une part de pâté de perdrix.

— Et vous, dame ? interrogea Ybert. Allons, entamez-moi cette tourte... Je vois que les ventres de nos meschines n'ont pas cessé d'avoir contentement de ce côté !

Il cligna de l'œil en direction de son frère, lequel chuchotait quelques mots à Yvonne, et comme Marguerite, la plus jeune des servantes, apportait un plat de panais accommodés au verjus, Joubert dit que ces légumes, à juste raison, constituaient les délices des Parisiens, lesquels aimaient aussi les concombres, ce qu'il réprouvait car ils étaient malsains.

— Tiens... et pourquoi donc ? demanda une autre servante, Philippine, accroupie devant l'âtre qu'elle tisonnait furieusement.

— Les hommes et femmes du Forez, qui en mangent souvente fois, sont sujets à des fièvres malignes...

— Holà ! fit la femme en se dressant. Vous tombez mal, messire... Le Forez, j'en viens, puisque je suis de Montbrison... Si les gens de par là-bas ont des fièvres, c'est à cause des vapeurs au-dessus des étangs...

— Ah ! non, se courrouça Bernier, ne parlez plus d'étangs ! Et toi, Guinarde, que je vois à rien faire, va donc chercher le fromage, s'il en reste !

— Il n'y a plus que du carré de Brehemont [1].

— Apporte !... Apporte !... Et des fruits aussi, pendant que tu y es !

— Ah ! oui, des fruits, dit Ybert en souriant à Blandine. Qu'as-tu à nous offrir ?

Ses regards contournaient éloquemment la servante pour s'arrêter sur son nombril. « Pourvu que nous ne nous attardions pas ! » souhaita Ogier. Il devinait que les vins et la liberté toute neuve grisaient les deux frères, et s'étonnait que malgré leur état piteux encore, ils pussent avoir une autre espèce d'appétit que celui qu'ils rassasiaient en sa compagnie.

— Peu de chose, messire, dit Guinarde, impassible.

1. En Touraine.

Du raisin et quelques rouveaux[1] achetés hier au marché...

— Apporte !

Ybert recommença à s'entretenir avec Tinchebraye et Delaunay, tandis que son frère répondait aux questions de Bazire et Lehubie. Gardic, lui, observait les femmes et donnait parfois un coup de coude à Joubert tout en lui glissant un commentaire à l'oreille. Et le pennoncier approuvait en riant. Ogier, la jambe de Blandine collée à la sienne, demeura quelques longs instants immobile. Dominant l'agréable senteur des nourritures et des vins, l'odeur fade et humide des étangs demeurait en lui, dans ses narines, son cerveau, ses muscles. Il vivait encore au milieu d'une incertitude saturée de haine et de violence, et rien ne lui prouvait qu'il en verrait la fin. Il essaya d'imaginer son arrivée à Gratot : *leur* arrivée, mais les images que lui fournissaient ses pensées ne correspondaient en rien à ce qu'il souhaitait. Il conservait la conscience aiguë d'un fourvoiement, même quand il posait ses yeux las sur Blandine. Elle lui avait juré sa foi, son amour, sa tendresse et il s'aperçut, soudain qu'il s'exaspérait des regards que les Birot portaient alternativement sur ses épaules et sa poitrine.

« Que croient-ils donc ?... Nous sommes à Fougères, non à Rome !... Qu'ils pensent à forniquer leurs concubines s'ils en sont affriandés !... Il se peut qu'ils en soient capables et qu'ils aient avalé un remède en allant quitter leurs penailles ! »

Comme Joubert se coupait une tranche de pâté de porc, Ybert déclara que les Mahomets perdaient gros à ne pas toucher à cette viande ; Bernier remarqua que les Juifs étaient tout aussi stupides et ajouta que les meilleurs pâtés de goret qu'il connût étaient apprêtés par les clarisses de la Guerche : elles cuisinaient si divinement, et des mets tellement relevés (il fit un

1. Calville rouge.

geste obscène) qu'un jour, recevant le légat du Pape et sa suite, ces dignes convives, après s'être jetés sur la pitance, s'étaient fort essannés [1], jusqu'à connaître avec ces bonnes dames, les délits [2] du paradis.

On rit mollement. De nouveau, Ybert appuya sur Blandine un regard précis, puis se reprit quand il reçut sur son dos un petit coup de poing de Guinarde. Alors, Bernier, qui ne voulait pas être en reste, raconta que le baron de la Croixille avait sept concubines : trois brunes, deux blondes, deux rousses. Il les avait fait dresser aux jeux de l'amour par une femme qui avait été des orgies de la tour de Nesle.

— Elles venaient nous voir à travers les barreaux de notre geôle ! Elles nous montraient leur... nudité, puis elles partaient derrière les torches que tenaient deux d'entre elles, en riant...

Blandine se pencha :

— Il te fait rêver, mon époux.

— Non.

Il n'y avait guère de différence entre la blancheur du tablier [3] et celle de la jouvencelle. Ybert, debout, brandit son hanap et porta la santé à la « femme aux cheveux d'or ». On se leva. On chancelait. Lehubie, Bazire et Delaunay, plus droits que Joubert, Gardic et Tinchebraye, se moquèrent de leurs compagnons. Le pennoncier et son compère excipèrent de leur fatigue :

— On était à Poitiers, nous, dit le grand archer. Et dans une appertise où vous auriez souillé vos braies...

— On a pas eu le temps de voir si les vôtres étaient merdeuses au retour, dit Bazire.

Comme Joubert se précipitait sur le gars de Livarot, toujours hilare, Ogier le saisit aux épaules et, le repoussant doucement :

— Allons !... Ces trop bons vins vous ont emmala-

1. De *essanner* : mettre hors de sens.
2. Délices.
3. La nappe.

dis... Contenez-vous !... Vous croyez-vous sur un foirail ? En taverne ou au bordeau ?

Si la querelle s'envenimait, il en subsisterait des traces. Il pria Marguerite et Guinarde de conduire ses soudoyers à l'écurie.

— Je ne tolérerai aucune querelle entre vous ! Pour moi, vous vous valez tous... Vos mérites sont différents et je saurai les employer !... Couchez-vous et dormez. Demain, je veux vous voir réjouis d'être unis les uns aux autres par une amitié qui défiera les buveries !

Il ne put ajouter un mot, car pour la soustraire aux remous de l'esclandre, Yvonne entraînait Blandine en la prenant par la taille tout en lui prédisant qu'elle aurait grande satisfaction de sa chambre.

Sans même se soucier de saluer ses hôtes et les servantes occupées à dégarnir la table, Ogier suivit les deux femmes dans la volute d'un escalier en haut duquel un falot jetait une lueur tremblée sur une porte à tympans ciselés.

— Allons, la bonne nuit !... Vous dormirez comme des anges, dit Yvonne, un tantinet compassée.

Et courant presque pour rejoindre l'un des Birot, elle dévala les degrés de pierre.

*

* *

Suivant son épouse, Ogier pénétra dans une pièce au plafond alourdi de larges poutres peintes. Fleurs, feuillages et petits animaux s'y mêlaient : oiseaux, souris, limaçons et abeilles semblaient vivre aux clartés tremblées de quatre cierges posés par paires sur le bahut et le linteau de cheminée où dansait un feu léger.

Il y avait un lit dans un angle, dans l'autre une table supportant des bassines et un broc d'eau fumante, odorante. À l'opposé, un faldesteuil et tout près, suspendue au plafond par des cordelettes d'or et d'argent tressés, une perche à vêtements qui peut-être était d'or, elle aussi. Un grand miroir d'acier poli couvrait presque tout entier le revers de la porte, et les petites flammes des luminaires y suscitaient des étincelles dorées. Telles des colonnes rouges aux replis ténébreux, des rideaux demi-clos ornaient la fenêtre en ogive, aux verres de couleur enchâssés de rhombes de plomb.

— Oh ! que c'est beau, dit Blandine.

À coup sûr, elle ne pourrait se merveiller ainsi en découvrant *leur* chambre, à Gratot !... Fallait-il l'en avertir ? En y renonçant, non sans amertume, Ogier se laissa choir en travers de la couche. Blandine à pas soudain légers s'en alla devant le miroir et s'y considéra sans la moindre complaisance :

— La lassitude m'enlaidit... Il est temps que nous soyons chez toi...

« *Chez toi* », nullement « *chez nous* ». Que répondre ? Et cela méritait-il une réponse ? Lui aussi se sentait laid, brisé. *Coupable*. Cette journée, cette soirée ; tous ces gens si différents... Toutes ces déceptions... Comme, hésitant à tresser ses cheveux pour la nuit, Blandine les ramenait en arrière, dégageant ainsi son front haut et pur, il se dit que le cher visage pouvait abriter un esprit beaucoup moins souple que le corps. Que serait sa vie, leur vie, à Gratot, « *chez eux* » et au-delà ?

« Blandine livrée aux misérables lions des Argouges ! »

Il réagit aussitôt : il se laissait influencer par la beauté de cette chambre et la façon dont leurs hôtes les avaient traités. Blandine serait accueillie à bras ouverts par Godefroy d'Argouges, Aude, Thierry et tous les serviteurs.

« Et puis », pensa-t-il avec joie, « j'en ferai une épouse de chevalier : elle m'a appris à danser un soir, chez dame Alix d'Harcourt ? Je lui apprendrai à se tenir en selle et à galoper aux quatre coins de notre chevance [1]. Elle ne regrettera ni Poitiers ni sa famille. »

1. Propriété.

Brusquement, parce que le sommeil efface tout et que la toilette de son épouse allait prendre du temps, il se déshabilla, se glissa dans les draps et, fermant les yeux, soupira de bien-être, car c'étaient des auversins[1] presque aussi doux que de la soie.

— N'envies-tu pas ces deux hommes ? demanda Blandine en étouffant un bâillement.

Il demanda, paupières closes :

— Pour leur fortune ?

— Je dirais plutôt : leurs bonnes fortunes.

Un silence couvrit cette mise au point.

— Ah ! tu vois que tu les envies... C'est, si j'ai bien compris, le grand concubinage...

Quoique dite sans doute avec le sourire — Ogier demeurait les yeux clos —, cette remarque révélait une tension. Mais pourquoi ? Ils allaient dormir et demain, les frères Birot seraient loin. Et leurs femmes ! Ils ne les reverraient jamais.

— L'Yvonne et la Guinarde semblaient te trouver à leur goût.

Ogier se garda de tout commentaire en se disant qu'il avait peut-être tort. Il n'avait rien vu, rien senti. Un regard cela se voit, cela se sent. Pour lui, la question de cet intérêt était vaine.

— Tu les as mieux observées que moi, dit-il enfin. Et puis, ces filles, je m'en moque...

Avant que Blandine, rendue à ses pensées, ait pu trouver une réponse et décidé de l'exprimer, il remua ses jambes et observa, ouvrant l'œil :

— Tu ferais mieux de te coucher.

Au plafond remuaient les ors pâles des cierges, et comme il entendait un clapotement, il vit que Blandine nue, tout entière à sa toilette, paraissait ne plus se soucier de lui. Comme elle se retournait pour saisir quelque chose, il ferma les paupières. Les gouttes d'eau recommencèrent à trouer le silence. Puis un

1. Draps non lainés ou draps blancs de cette espèce.

chien aboya, sans colère, et il fut certain que Saladin devinait son retour. Et quel retour ! Comme Blandine lui donnait à méditer !

Recroquillé sur le flanc, il l'admira, claire, longue, épanouie telle une fleur de neige dont les cheveux, de leurs doux ondoiements, mettaient sur les reins creux comme une flamme ardente qui s'accentuait sur les rondeurs tranchées d'une ombre veloutée, sur les cuisses et les mollets. Un peu penchée en avant, elle respirait comme dans son sommeil. Formes pures. Si pures... Vraiment la femme qu'il avait attendue, qu'il avait pressentie lors de leur première rencontre et dont il attendait... quoi au juste ? Elle l'aimait. Elle l'aimait infiniment, sinon elle n'aurait pas été si... si *quoi* ? Allons, il devait en convenir, il fallait qu'il se lançât la vérité en face : elle avait de l'amour, certes, mais aussi de la jalousie. Était-ce juste ? Non. Il n'était pas certain de pouvoir l'en guérir.

L'eau cessa de tinter. Un souffle, une lueur de moins, le plafond s'assombrit. En courant et protégeant ses seins, Blandine traversa la chambre, et il fit noir.

Elle entra dans le lit, fraîche et frissonnante, et parut hésiter à se serrer contre cet époux que d'autres femmes avaient regardé, admiré peut-être. Il ressentit une morsure au cœur ; un sentiment d'erreur gela son sang, ses entrailles. Bien vite, et comme prise d'un remords, Blandine l'étreignit avec une vigueur inconnue.

— Tu m'aimes ?

— Plus que tu parais le croire.

Il eût voulu lui dire de quelle tendresse il la chérissait, de quels rêves il avait nourri sa passion d'elle et sa solitude puis, moins aisément sans doute, tout ce qu'il espérait de leur union. Elle sentit sa poussée, se dégagea doucement et avec une fermeté qui le mécontenta moins qu'elle ne l'humilia :

— Laisse-moi... Je suis recrue... Et toi aussi, sans

doute... Tu as vu : ils nous ont offert des fruits en dernier. Ce sont des gens étranges [1].

Elle dut s'endormir. Il regarda la fenêtre entre-close, et les clous dont le ciel se parait, bien que la nuit commençât son déclin. « Je l'aime... C'est vrai qu'elle doit être lasse... Nous le sommes tous ! » Mais eût-il refréné son désir, qu'elle lui eût sans doute reproché sa nonchalance — surtout après ce qu'elle venait de lui dire.

Dès qu'il l'avait vue aux prises avec Lerga, dans la rue montant au château d'Harcourt, la rage d'aimer s'était levée en lui en même temps que le désir de protection, désir d'autant plus vif qu'il venait de perdre Adelis et qu'un repentir sans nuances emmaladissait son cœur et son âme. Certes, il n'était nullement responsable du trépas de l'ancienne ribaude. Elle avait commis une imprudence, peut-être plusieurs...

« *Nullement ?* » se demanda-t-il avec une espèce de fureur due sans doute au chagrin qu'il éprouvait tout à coup, comme si la malheureuse avait péri le jour même. À quoi bon, cependant, revenir sur cette pénible mésaventure ! Toutefois, il pouvait bien se dire maintenant que si Adelis avait vécu, elle l'eût peut-être mis en garde... Contre quoi ou contre qui ? Allons bon, il revenait à sa mélancolie. Adelis était une femme solide, hardie — et pour cause. C'était la fragilité, la beauté, et surtout la frayeur de Blandine qui l'avaient poussé à défier Lerga. Avec joie d'ailleurs : depuis des mois, il souhaitait d'être opposé à cet immonde...

Les yeux grands ouverts, il écouta le souffle lent de son épouse désormais désarmée de ses mots et de sa suspicion. Il l'envia d'avoir pu si aisément s'enfoncer dans un sommeil sans vagues, loin, bien loin de toutes les puissances ennemies, alliées aux ténèbres, et qu'il

1. Jusqu'au XVIe siècle, on commençait — en principe — un repas par des fruits.

sentait noqueter[1] à l'entour de Fougères. Vers quelle contrée bougeaient maintenant les Goddons ? Y avait-il des routiers sur les voies qu'il choisirait, demain, pour atteindre Gratot ? Malgré la tiédeur du lit et de Blandine, il conservait sur sa chair un peu de la froidure des forêts immenses et glauques qu'ils avaient traversées ; il ne pouvait oublier les sicaires du baron de la Croixille et surtout l'apparition des Teutoniques. Bien qu'il se défendît, maintenant, d'avoir failli à la promesse faite à Sirvin — il ne pouvait l'appeler Benoît de La Ferrière —, la perte de la Croix l'avait marqué au cœur, et la brûlure persistait, moins vive mais douloureuse. Jamais il ne pourrait remédier à la honte d'avoir perdu le Saint-Bois.

Il avait commis une imprudence impardonnable en s'engageant, sans grande compagnie, dans des profondeurs d'ombres telles que celles qu'ils avaient traversées. Jamais il ne guérirait de sa déception, même s'il se répétait comme maintenant que Dieu avait voulu qu'il en fût ainsi, non seulement pour protéger certains peuples de la férocité d'un Ordre honni du Temple, mais pour que rien ne subsistât sur terre du passage de Son Fils.

« Avec ou sans la Croix, ces guerriers feront leur guerre !... J'irai à Compostelle pour expier... Expier *quoi* ? J'ai failli à ma promesse, nullement à ma religion ! »

Il entrevit la figure blême de Blandine dans le somptueux désordre de ses cheveux. Elle avait remonté les draps et couvertures jusqu'à son cou, mais son sommeil s'était troublé, une épaule apparaissait. Il admira ce doux renflement que la lune et le feu mourant, tout proche, enluminaient.

« Elle voudra me compagner... Comment cheminer aisément avec elle ?... Elle n'a commis aucun péché. À quoi bon lui infliger une aussi lourde pénitence ! »

1. Errer pendant la nuit.

Tout autour, c'était la paix ; une sérénité aussi énorme que le château voisin ; et la grande maison dormait ou feignait de dormir car de petits rires vrillaient parfois le silence.

« Bon sang ! malgré ce qu'ils ont enduré, les Birot ont-ils encore assez de vigueur pour tâtonner et combler leurs meschines ?... À moins que des délaissées n'aient profité de mes hommes ! »

Il soupira, étouffé soudain par cette épaisseur de nuit, lisse, opulente comme les corps de ces servantes qui peut-être lui avaient prêté plus d'attention qu'il ne le supposait.

Fermant les yeux, il écouta les bruissements de la rivière dont le flot bouillonnait à la porte de la forteresse. Il se souvint qu'elle s'appelait le Nançon. Que dirait son épouse en voyant les douves envasées de Gratot et en respirant leur senteur ?

Et voilà ! De quelque façon qu'il conduisît ses pensées, il revenait à ses craintes.

— Ah ! Blandine, Blandine, soupira-t-il.

Elle se tourna sur le flanc. Il sentit un petit sein dur toucher son épaule, une cuisse glisser sur la sienne et le ventre moussu chatouiller sa chair et s'y appuyer avec insistance pendant qu'un bras le ceinturait sans douceur. « Je l'aime. » En vérité, c'était tout simple. Elle l'étreignait comme si la peur et l'horreur qu'elle avait successivement éprouvées la poursuivaient jusque dans ce lit peut-être trop doux, puisqu'il n'y pouvait dormir.

Dire qu'il avait parfois tremblé en plein jour rien qu'en imaginant ce bonheur trop grand pour lui : Blandine ! Elle était là, leurs corps et leurs tiédeurs se confondaient. Elle était un peu tendue comme un arc bandé pour un tir de près ; il sentait naître en lui le désir d'être flèche. Il pouvait doucement l'éveiller pour une fête brève. Mais si elle refusait de s'y prêter ? Il pouvait exiger qu'elle y consentît, sachant bien qu'après avoir vitupéré son désir, elle vibrerait tout autant que lui par la suite. Il connaissait le sens de ses soupirs, le tremblement ou la mollesse de ses gestes dans l'offrande ou la résignation, les « *Encore* » qui pouvaient exprimer l'avidité ou la lassitude, la succulence de ses lèvres, la suavité moelleuse de ce fruit de chair et d'étoupe où il étanchait sa soif d'elle, les élans et durcissements qui les scellaient l'un à l'autre dans un orage de bonheur qui les restituait pantelants, main dans la main, aux ténèbres.

« Je suis heureux. »

Était-ce vrai ? Devant lui, par-delà les contrevents mal clos, la nuit et ses cristaux dorés. Ils avaient épuisé la première à se prendre et se reprendre. Au point qu'au matin, ils n'avaient guère osé se regarder, lui, craignant d'avoir eu trop d'ardeur et de hardiesse ; elle se repentant sans doute d'avoir montré trop de complaisance, puis trop de volonté... Ils fuyaient l'un et l'autre leurs souvenirs ; ils les cuisaient. Nus... Nus... Maintenant, ils ne sentaient plus le poids de leur nudité... L'appétit d'amour de Blandine, si aigu, ne paraissait pas devoir s'émousser. Se pouvait-il qu'un jour après avoir warrouillé [1] à sa guise, sans fatigue aucune, elle refusât son désir d'elle en lui disant « Laisse-moi ! » et qu'il en fût ainsi au cours des nuits suivantes ?

Elle soupira ; il reçut son souffle sur sa joue, frais comme à l'accoutumée. Corps tendre plein de volupté que Rochechouart avait convoité ; que le fils Berland eût aimé lui aussi incestueusement connaître ! De quel cœur — celui de Blandine ou le sien ? — sentait-il les battements ? Tiens, elle se serrait plus fort. Elle avait toujours les yeux clos. Dormait-elle ?... Dormir comme elle ! À Gratot, il lui ferait aménager une chambre où elle se sentirait chez elle. Chez eux. Ils iraient quérir à Coutances des aunes de mollequin et de bordat [2] pour

1. Aller de çà et de là (se disait en Normandie).
2. Lainages d'ameublement.

se vautrer dans des coussins ; du velours ciselé[1] pour garnir la fenêtre et de l'yraigne d'Ypres ou de Gand[2] : avant de se mettre au lit, elle porterait une chemise si légère que sa nudité s'en trouverait magnifiée. Rien ne serait trop beau ni trop coûteux pour elle... Rien ! Et qu'importait si Aude et leur père réprouvaient sa prodigalité.

« Nous irons, Thierry, nos soudoyers et moi combattre en Bretagne. Ni pour Blois, ni pour Philippe, mais pour nous ! Nous rançonnerons les Goddons ! »

La pression du bras et du ventre s'affermit. Une sorte de plainte heureuse coula de la bouche de la dormeuse lorsqu'il posa sa senestre sur son ventre. Quelle félicité de la choyer avec cette religion de l'amour qu'il se découvrait, ébahi, depuis leur mariage ! Comme il aimait à effleurer, contourner cette nudité au pinacle de la jeunesse prime avant que de sentir l'exquise moiteur d'une intimité délicate, fleur et fruit, à travers le foisonnement d'un pelage aussi doux que les mousses, duvets et herbettes des nids de passereaux. Blandine... Blandine gonflée de charme, ourlée de suavités enivrantes, tels ce creux de hanche orné d'un grain de chair pareil à un pépin de pomme, et ce nombril plus petit qu'un chaton d'anneau sigillaire. Il frémit quand son index s'attarda sur ces affiquets qu'un souffle inégal remuait.

« Qui ne dit mot consent... »

Il ne cessait de s'étonner de prendre tant de plaisir à ces errances douces, parmi les ornements d'un corps dont un mouvement lui livra tout l'endroit, comme pour en susciter davantage. Immobile et perplexe, il s'avoua qu'il éprouvait ainsi, mieux qu'en l'étreignant à pleins bras, le sentiment de posséder Blandine tout entière. Se dire : « Elle est mienne » et en recevoir confirmation d'un regard, d'un baiser, d'un embrasse-

1. Velours de Gênes.
2. Pour sa légèreté, l'yraigne était comparée à la toile d'araignée.

ment et d'un spasme, certes, c'était délectable ; mais le savoir de ses doigts, de ses paumes... Une pensée lui vint, inattendue : il ressemblait à certains cupides plongeant leurs mains dans leur coffre pour palper, titiller leurs joyaux afin d'en mieux percevoir la splendeur ! Ses sens se dilataient au seul attouchement de ces trésors charnels. Il sentait, comme lors des nuits précédentes, une concordance étrange entre ses mains et les gonflements, les pentes, les sentes et les contours de sa bien-aimée. Ils savaient que leurs corps étaient faits l'un pour l'autre, et si la révélation de la volupté laissait encore Blandine égarée, à mi-voie de la stupeur et de la confusion, il pouvait, lui, s'étonner que cette dextre et cette senestre trop souvent emmaillotées de fer, et si fermes à serrer l'épée, fussent pour Blandine la douceur et la suavité mêmes, et qu'elle en reçut l'hommage avec tant de merveillement. Il serait demeuré tout un jour, plus encore, à la parcourir, la flatter, la consumer d'ardeurs et d'émois fiévreux... Tout ébaubi d'un ravissement qui l'asservissait à son épouse, il entretenait chaque nuit, en la dorlotant, le besoin impérieux, presque maladif, de la conserver éternellement dans la magnificence de son corps, comme il nourrissait la nécessité de garder Confiance à son flanc, toujours agile et prompte à satisfaire ses desseins... Ne rien changer à ce qui le liait à ces compagnes nécessaires à sa vie autant qu'à sa quiétude. S'il se pouvait que Blandine ignorât la puissance infinie de sa vénusté, il savait, lui, tout ce qui composait son charme. Il ne se rassasierait jamais de ses élans énamourés, de ses complaisances graves, de ses plaintes, soupirs et sourires exquis. Et s'il évoquait son épée, c'était parce que Blandine s'était étonnée, la veille au soir, en voyant ses mains s'égarer sur sa prise robuste, ses quillons et son pommeau parfaits. « On dirait que tu l'aimes », avait-elle remarqué en riant. C'était vrai : elle était sa compagne et sa protection, et il l'aimait. Elle était aussi nette, en vérité, que la grâce de son épouse ; inestimable, indispensable comme elle. La perfection et l'éclat de l'une et de l'autre, pourtant si différents, ne cesseraient jamais d'attirer le respect d'autrui, et les clartés du jour, sur l'or de l'une et les lueurs argentées de l'autre, lui fournissaient enfin ce sentiment de plénitude auquel, pendant tant d'années noires, il avait tellement aspiré.

Il sentit Blandine s'animer. Brusquement, ses bras se levèrent comme pour conjurer quelque malfaisance et ses jambes repoussèrent violemment les draps. Un cri de fureur ou de protestation : « *Non ! Non !* » perça le silence et elle se mit à trembler. Ce n'était plus le frémissement d'une femme investie de plaisir mais une sorte de frisson répulsif qui ne semblait devoir cesser. Inquiet, il se pencha et vit des yeux exorbités, une bouche béante : Blandine reprenait haleine comme à l'issue d'une agression cruelle.

— Qu'avais-tu ?

Bien qu'il fît très gris, autour d'eux, il aperçut une petite perle, roulant d'un œil à la joue en même temps qu'il se sentait retranché d'une aventure que peut-être il ne connaîtrait jamais. Il s'interdit de bouger, songea : « Est-ce Lerga qui l'assaillait encore ? » Et s'inquiéta.

— J'ai crié ?... J'ai très chaud... Je suis effrayée... Oh ! ce que j'ai chaud...

Il se leva et poussa les contrevents. La nuit allégea aussitôt les ténèbres, et quand il s'allongea, il constata que le visage de Blandine paraissait blafard dans le désordre de cette coiffure dont il venait de comparer le flamboiement à l'acier bleu argent de Confiance. Indécis, la trouvant plus fragile encore que lors de leur arrivée chez les Birot, il se dit qu'elle avait l'air d'une captive, qui, après une fuite éperdue, fût retombée au pouvoir de ses ravisseurs.

— Tu as crié.

Elle s'aperçut qu'elle était nue, livrée à des regards que pourtant il éloignait de ce corps tentateur ; elle ramena les draps sur elle.

— J'ai eu peur... Ne me regarde pas ainsi.

Elle frémit, bien éveillée. Quelles affres avaient pu la tourmenter à ce point ?

— Veux-tu me dire ce qui t'a mise en cet état ?

Il ne la touchait plus ; ni de la jambe ni de la poitrine ; elle repoussa la main qu'il posait sur sa hanche, bien que le drap l'en séparât. Ses yeux, dans l'ombre, avaient des luisances nacrées. Comme elle était inerte, à présent ! Pétrifiée par ce qu'elle avait vécu...

— À quoi as-tu pensé ? dit-il, se reprochant une curiosité à la mesure de l'irritation qui le gagnait.

— Tu ne te courrouceras pas ?

Il trouva surprenante cette précaution et se sentit happé par le malaise qu'il avait éprouvé dans la charrette, après que... Après *quoi* ?

Il retomba sur le traversin. Bien qu'il eût, sur sa joue blanchie par un rayon de lune, le regard insistant de Blandine, bien qu'il fût ceint par son bras et sentît comme une caresse mordillante ses petits ongles pointus lui pénétrer la cuisse, quelque chose les séparait.

— Cette cousine, y penses-tu souvent ?

Ogier réprima un soupir. Une nuit comme celle-ci, après tant de déplaisances, rien ne justifiait cette question malencontreuse, cette persévérance — presque cet acharnement. Que répondre ? « *Dors !* » C'eût été, par brusquerie, donner à penser que Tancrède comptait dans son existence. Or, certes, elle y avait compté, mais d'une autre façon que Blandine le supposait. Ils s'étaient fait respectivement envie, un fin lambeau de nuit les avait rapprochés pour, ensuite, les désunir davantage.

— Il m'advient de penser à Tancrède comme il m'advient de penser à tous ceux qui résistèrent aux Goddons et routiers de Robert Knolles lorsqu'il assiégea le châtelet de mon oncle... Il m'advient d'y penser comme je pense à Aude, à mon père, à Thierry... à ma défunte mère...

— Tu peux y penser *autrement*.

Il comprit où Blandine voulait en venir et eut recours à une astuce qu'il trouva désagréable. Mais que faire d'autre en l'occurrence ? Quel langage employer afin d'en finir et de dormir en paix ?

— J'y pense comme à une parente. Je ne la reverrai jamais, sans doute. Tu ferais mieux de dormir : le chemin sera long et il nous faut partir à l'aube.

Son sang bouillait. Il sentit la main de Blandine glisser sur sa poitrine, atteindre son ventre et l'empoigner avec une hardiesse qui le laissa sans voix.

— Tu es roide ainsi lorsque tu penses à elle !

Jamais Anne, jamais, surtout, Margot, Aliénor, Clotilde, Guillemette et Bertine — pourtant moult effrontées —, et Adelis, toute ribaude qu'elle eût été, n'eussent accompli pareil geste. Était-ce l'amour vrai, le désir effréné de possession et non celui d'être possédée qui avaient poussé Blandine à cette audace ? Dans leurs ébattements, il l'eût certes trouvée naturelle, il l'eût même accueillie plaisamment. Maintenant, cette impudicité lui paraissait odieuse.

— Mais non, dit-il. Je ne suis pas ainsi. Cesse de m'en parler.

Ne pouvant dire : « Lâche-moi », il eut envie de se placer sur le ventre, mais il se sentit promptement enjambé ; le corps tant aimé se dressa au-dessus du sien et s'embrocha sans qu'il eût osé remuer.

Le galop commença et, pour une fois, une expression de jubilation, de triomphe, même, parut sur le visage de Blandine : celle d'un plaisir décidé d'elle-même et follement assumé. Atteint, mais nullement enfiévré par la contagion d'une sensualité qu'il avait perçue autant, sinon plus qu'elle, dans cette maison où deux hommes se partageaient quatre femmes, il eût compris, accepté, satisfait ce véhément désir de volupté. Or, les Birot et leurs concubines n'étaient pour rien dans cette appétence. C'était Tancrède, l'image méconnue de Tancrède qui, aiguillonnant une jalousie absurde, avait fourni à Blandine cette hargne vengeresse. Elle le serrait aux épaules ; elle s'emblavait[1], se rassasiait à grands ahans et soupirs. Jamais il n'aurait pu penser qu'elle, la pudique, voudrait, une nuit, se rassasier de la sorte. Jamais il ne s'était senti aussi peu enclin à l'amour que maintenant : vide et morose, dominé sinon vaincu.

« Tu ne sais pas ce que tu veux. Tu devrais être content, au contraire... Ce n'est pas de la simplicité, cela. C'est... C'est quoi ?... Tu ferais mieux de la renverser, et puisqu'elle en veut, de lui en donner à grands ahans ! »

Il sentit Blandine s'éreinter dans une félicité qui la fit tomber, haletante et moite, sur sa poitrine et fut heureux d'éprouver aussitôt un contentement fade qu'elle prît pour du plaisir. Il voulut, d'un tour d'épaule, reprendre sa liberté, mais Blandine s'accrocha, riva sa bouche à ses lèvres. Une frénésie de jouissance semblait l'avoir subjuguée ; un besoin, peut-être, de lui arracher un nouveau soupir. Comme elle se reculait un peu, il parvint à s'en déclouer et la sentit désappointée. Et lui donc !

— Tu m'aimes ?

— Tu le sais bien.

— Ce n'est pas, messire, une réponse.

Voix dolente, désenivrée. Oui, il l'aimait ; elle était la beauté, la tendresse. Il avait rêvé de l'aimer (il n'osait penser l'*enfourcher*) ; il avait imaginé de sublimes joutes de chair ; elle en avait rêvé aussi, avec d'autant plus d'acuité qu'elle n'en connaissait rien. C'était fait ; consommé. En elle, avec elle, il avait trouvé la joie de vivre, et voilà qu'il avait été enclin à lui en vouloir parce qu'elle s'était conduite un peu follement.

— Je t'aime, dit-il.

D'un mouvement, Blandine reprit sa place et remonta les draps sur son corps. « Elle se caresse le

1. S'emballait.

ventre... Elle soupire... En veut-elle encore ? » Il ne remuait pas. Il eut le sentiment qu'ils s'épiaient l'un et l'autre.

— Je ne connais pas cette Tancrède, Ogier, mais je la sens au-dessus de nous comme un maléfice... Comme si elle t'aimait et voulait te reprendre.

— Sois quiète : elle ne m'aime pas.

— Comment peux-tu en être aussi sûr ?

— Je connais bien ma cousine.

— *Bien* ? Que veux-tu dire ?... Je la crains, moi, sans la connaître...

Il réprima un grognement. Ce qu'il nommait *jalousie* ne devait être que de l'angoisse — une angoisse d'autant plus aiguë qu'elle était sans fondement. Blandine avait néanmoins pressenti de quels traits inaltérables se composait la nature particulièrement forte de cette ennemie. Elle la savait fière, astucieuse, déterminée. Sans doute, par son audace de cette nuit, avait-elle voulu lui prouver combien elle pouvait être, elle aussi, décidée ; combien sa décence pesait peu devant son envie de lui ; mais ce dessein si bien conduit, cet assouvissement si violemment mené n'empêchaient pas qu'il fût, lui, plus mécontent encore de lui-même qu'il avait pu l'être d'elle. Plutôt que d'hésiter ou non à répondre à ses incessantes questions, il eût voulu pouvoir lui dire de quelle tendresse il la chérissait, de quels rêves de bonheur il fourbissait sa passion d'elle et combien il tenait à ce que tout fût toujours clair entre eux. Maintenant, immobile, jambes réunies et les mains sans doute assemblées sur son ventre, elle ne disait mot.

— Tu dors ?

Se penchant, il s'aperçut qu'elle dormait pour de bon. Il en fut soulagé. Sur ce lit imprégné de l'encens de leurs corps, dans cette ombre doucement pénétrée par les fraîcheurs onduleuses du Nançon, il se mit à penser à Tancrède avec une intensité qui ne fit qu'aggraver son mésaise. Il l'avait presque oubliée ? Blandine la ressuscitait ! La hanche de son épouse contre la sienne le contraignait aussi à des comparaisons !... Tancrède... Même flexibilité que Blandine, mais un corps plus solide, plus nerveux, épilé comme un marbre. On disait que les pucelles et dames nobles rasaient toutes leurs toisons... Pas Blandine. Et après ? Il n'aimait nullement Tancrède ; il ne l'avait jamais aimée. Il avait eu le fol et incessant désir d'y goûter, et cela lui picotait l'esprit plus que les reins et les entrailles. Sans doute la mâtine avait-elle éprouvé cette envie, mais sûrement avec moins d'insistance puisque férue d'autres embrassements. Qu'elle se fût décidée à lui ouvrir sa couche ne prouvait rien, sinon qu'il pouvait lui advenir de renier sa vraie nature et ses vrais penchants par solas[1] ou gratitude, sans que son cœur à elle aussi fût engagé... N'y plus penser. Elle n'y pensait sûrement plus, elle ! Mais à quels rêves inconcevables, à quelles méditations saumâtres pouvait bien se livrer Blandine !

« On dit que la jalousie est fille de l'amour... »

Sans doute. Cependant, si Blandine se révélait empeurée d'un fantôme, comment pourrait-il la rassurer ? Pareille anxiété le touchait, l'aigrissait, et la maussaderie née de cet état lui portait préjudice, puisqu'elle la tourneboulait, elle. Il se souvint d'un mal de dent lorsqu'il avait onze ans. Le premier. Terrible avec des rémissions qui apparaissaient comme des enivrements. Cette douleur dans sa mâchoire et dans sa tête, ses immobilités en l'espérance d'un mieux fugace, qui tardait de plus en plus à venir, et cette paix si fragile qu'un simple petit mouvement la mettait en charpie... Bon sang ! Il faudrait qu'il le lui dise à voix forte, une fois pour toutes : le passé était ensépulturé ; seuls le présent et l'avenir importaient et il n'accomplirait rien, pour sa part, qui pût en compromettre la tranquillité. Il lui dirait comment dans les ténèbres du donjon d'Angle

1. Plaisir, jeux.

lors de sa longue immuration, puis après leur seconde séparation, à Poitiers, trois mois plus tard, il avait été si occupé de ses sentiments pour elle que ses desseins de vengeance, pourtant si forts, si furieux, s'étaient trouvés amoindris ; comment dans son affreuse geôle, il avait supporté les souffrances de sa jambe rompue en pensant à elle, à tout ce qu'ils feraient une fois unis pour la vie. Il voulait non seulement l'étreindre et l'aimer de tout son corps, mais susciter tous ses plaisirs, toutes ses joies ; prendre en charge ses petits tourments — puisqu'elle n'en subirait aucun grand —, exaucer ses envies, joindre ses rires aux siens et aussi souvent que cela se pourrait, ses lèvres aux siennes. Oui, des jours de plomb et des nuits angoissées l'avaient séparé d'elle... Comment, maintenant, pouvait-elle reposer si bien après cette poussée d'ardeur et de crainte ? Quelles images avaient traversé son cerveau et quelles autres l'avaient apaisé ? Leur pâle accouplement ne pouvait justifier cette paix, cet ample reflux d'une rancune elle, injustifiée.

« Je l'aime. »

Était-ce une évidence ou voulait-il s'en convaincre ? Quand il l'avait tirée des griffes de Lerga, il avait mis en branle dans tout son être et son esprit des mouvements et des pulsations, des vouloirs et des engagements dont rien n'avait plus amoindri la violence. Il avait jouté devant elle, mais sa présence, pour si chère qu'elle fût, avait-elle vraiment eu quelque importance tout au long de ses appertises[1] ? N'avait-il pas tenu à être le meilleur parce que l'orgueil était dans sa nature, parce qu'il voulait dominer certains jouteurs et même occire des malfaisants, sachant qu'il disposait d'une énergie, d'une habileté, d'une fureur que ses muscles ne pouvaient trahir ? En vérité, jamais il n'aurait dû dire un mot sur Tancrède. Même pas son nom.

Il se rebella aussitôt : « Elle est ma cousine ! »

1. Prouesses.

C'était faux, et c'était bien pourquoi leurs sens avaient dominé leur raison. Tancrède était passée par Gratot début septembre ; elle pouvait y revenir avec les compagnons qu'elle s'était donnés...

« Si je m'étais abstenu d'en parler à Blandine et que cette voulenturieuse nous demande de l'héberger, ne serait-ce qu'un jour, *elle* me reprocherait de lui avoir caché son existence et tirerait de mon silence la même conclusion que de ma franchise ! »

Comme il paraissait difficile, soudain, de concilier les éléments d'une jeunesse qu'il se refusait à juger dissolue, et ceux qui, désormais, composaient le commencement d'une existence d'époux. Blandine ne saurait rien d'Anne et du fils que peut-être elle avait mis au monde. Rien d'Aliénor, Margot, Clotilde. Rien d'Adelis. Il allait devoir enjoindre à Thierry de tamiser ses propos ! Mais Guillemette et les autres ? Eh bien, il leur parlerait ; elles sauraient se montrer circonspectes.

« En es-tu si certain ?... Rien n'est plus malveillant qu'une femme blessée par la beauté d'une autre. As-tu raison de leur faire confiance ? »

Refusant de se répondre afin de dominer son inquiétude, il se dit qu'à mener une vie active et rude, Tancrède avait dû désembellir... Allons donc ! Une autre, oui, assurément, se fût durcie, ridée... Pas elle !... Cet épanouissement de la beauté dure, translucide comme ces glaives glacés qui l'hiver, telles des tresses de cristal, paraient les doublis [1], les corbeaux des mâchicoulis, les rebords, les cintres des fenêtres et changeaient les buissons en hérissons d'argent... Belle, oui ! Ces seins fleuris de rose pâle, ce ventre poli comme un galet... Était-ce elle-même qui l'avait essarté ? Avait-elle eu recours à une aide ? Comment s'y était-elle prise ? Ou bien, dans ce lit qui les avait réunis une seule fois, qui l'avait assistée ? Sûrement pas Clotilde. Margot peut-être... Où se trouvait-elle maintenant ? À qui s'était-

1. Tuiles débordant des toits.

elle prêtée ? Savait-elle que Passac, son amant, avait été occis à Chauvigny ?

« Même si on lui a dit : “*navré à mort par le chevalier au Poing Vermeil*”, elle ne peut savoir que c’était moi ! »

Au-delà de la fenêtre, la lune commençait à pâlir.

Ogier se tourna légèrement vers Blandine. Quelle opinion Aude se ferait d’elle ?... Et Godefroy d’Argouges, Thierry et les autres ?... Et même Saladin !... Après avoir flairé sa robe et ses sandales, le grand chien jaune rendrait aussitôt sa sentence... Attendre... Dormir... Ces ténèbres grises comme une chair sous le voile d’un long nuage... La chair !... En fait, s’il possédait charnellement Blandine, elle était libre de ses actes et de ses pensées. Ils étaient assujettis l’un à l’autre par moult autres choses qu’un organe turgide !... Il l’aimait, lui, sans suspicion ni égoïsme. Plutôt que d’essayer de lui interdire d’approcher Tancrède par la pensée, elle l’avait précipitée dans sa mémoire ! Involontairement, certes, et parce qu’elle l’aimait trop, elle venait d’ébrécher leur si parfaite entente... Était-il sûr de cette communion ? Cette jalousie brusquement révélée ne ressortissait-elle pas à sa nature ? De quelles qualités, mais aussi de quels défauts avait-elle hérité en naissant ? Cette soudaine fissure dans une indifférence à tout ce qui n’était pas *elle* ne révélait-elle pas, outre la fragilité d’une passion qu’il persistait à croire hors du commun, qu’il portait en lui, plus vif qu’il ne l’avait cru, le souvenir de Tancrède ? Oui. Et ensuite ? L’ardeur du corps, la fidélité de l’esprit, la constance du cœur ne pouvaient empêcher ces retrouvailles de mémoire, et le fait que Blandine eût été vierge n’empêchait pas qu’elle avait dû se défendre de certains attouchements du fils Berland, et sans doute de Rochechouart... Était-ce sa faute à lui si les convenances acceptaient que les gars jetassent leur gourme tout en l’interdisant aux filles ?

« Et si, quand tu l'as prise, elle n'avait plus eu son pucelage ? »

Il eût été contrarié, furieux même, sans doute, quelle eût failli... *Failli à quoi ?* Chaque corps avait ses ardeurs qui étaient aussi ses faiblesses... Allons, bon : voilà où il en était !

« Cet inique procès m'empêche de dormir... Je lui demanderai de cesser ses agaçins si elle tient à ne pas aloer[1] notre entente ! »

Il lui en voulait d'avoir précipité dans son crâne, avec un mal dont il se fût passé, un trouble sentiment de culpabilité contre lequel il devait se défendre. Tout ce qui avait eu lieu avant leur rencontre ne la concernait pas. Elle pouvait s'interroger comme il s'était interrogé, lui, sur l'affection que lui portait Rochechouart ; mais dès lors qu'ils avaient certifié leur amour devant Dieu, la quiétude devait régner dans leur esprit. Ah ! certes, il n'avait jamais bien compris les femmes : leurs élans, leurs reculs, leurs impudeurs et leur pudicité, leurs humeurs et leurs courroux injustes autant qu'inattendus. Il s'était fait une haute opinion de Blandine ; il fallait qu'elle ressemblât à l'épouse idéale ; elle n'aurait nul grand effort à accomplir en ce sens !

Soudain, avec une promptitude ennuyeuse, il craignit avec plus d'acuité sinon d'angoisse qu'auparavant, que Tancrède et son épouse fussent mises un jour en présence, à Gratot ou ailleurs. Il se rassura en se disant qu'à vivre parmi les hommes-loups, sales d'esprit et de corps, inquiétants, maussades, et sur lesquels elle régnait peut-être, sa soi-disant cousine avait dû devenir différente de ce qu'elle était dans l'enceinte de Rechignac. On ne choit pas sans dommage dans la fange. Quelque inflexible qu'elle se crût, elle n'avait dû pouvoir se garantir de l'influence néfaste de ces malandrins : on ne subit pas sans détriment, pendant un an

1. Compromettre.

et même plus, la contagion de la malfaisance... Tant de mois à respirer la mauvaiseté de routiers alliés aux Goddons, à ouïr leurs parlures, à subir leurs hommages aussi gras que l'axonge, ne pouvaient qu'avilir un être bien né, quel que fût son sexe. Tancrède devait avoir pris des façons de rustique. De ribaude, même. Sa chair plus que son esprit devait révéler sa déchéance.

« Allons, bon !... Il y a peu, tu pensais le contraire. »

Et si, lors de cet improbable affrontement et contre cette espérance-là, Tancrède paraissait inchangée ? Si elle était comme naguère ? Plus délicieuse encore ? N'existait-il pas des fruitiers sauvages plus beaux que ceux auxquels on fournissait des soins, et dont les fruits se révélaient d'une succulence rare ?... Blandine serait alors humiliée. Comment soulagerait-elle son dépit dès le départ de Tancrède ? Quelle revanche prendrait-elle sur... *lui* ? À moins que sa beauté ne subjuguât Tancrède et qu'elle tentât — malgré lui, infortuné mari — d'exercer sur sa « cousine » son pernicieux pouvoir de séduction !

« Qu'est-ce qui me prend ? N'ai-je rien d'autre à penser ? »

Il avait laissé galoper, cette nuit, une imagination aussi féconde que celle de son épouse ! Il en avait assez. Blandine, Tancrède, Anne, Adelis et les autres... À peu de choses près, le résultat de ces étreintes était le même : quelques soupirs, le corps qui se vide, s'allège en frissonnant d'une espèce de joie flamboyante où les viscères s'épanouissent toujours pareillement sans, parfois, convier le cœur et l'âme à leur liesse.

« Tiens, si Anne avait eu de l'estoc [1]... »

Il eût été fier qu'elle devînt sa femme.

C'était la première fois qu'il y pensait ainsi. Il pouvait ajouter que cet estoc, elle en eût été investie en devenant son épouse. D'ailleurs, à dire vrai, sa nature était noble, généreuse, avenante et, surtout, sans une

1. Race.

once de jalousie !... Elle se moquait secrètement de Tancrède qu'elle côtoyait chaque jour...

Il était bien temps qu'il éprouvât ce remords ! Mais après tout, qu'avait-il à se tourmenter ? C'était elle qui l'avait quitté. Par fierté, pour échapper, certes, aux routiers de Robert Knolles, mais aussi pour mettre au monde, loin de lui, leur enfant...

Le sommeil l'envahit sur cette pensée triste.

*

* *

Un clapotement l'éveilla. « Il pleut », se dit-il les paupières closes, fuyant ce jour dont il espérait beaucoup.

Ouvrant les yeux, il fut à peine surpris : dans la pénombre où l'aube ensoleillée délayait ses poudres de cinabre, Blandine, nue, procédait à ses ablutions et pour le moment se lavait la poitrine.

Elle allait lentement, presque amoureusement, et ce velouté pourpre, autour de sa chair pâle, rendait la scène aussi belle qu'un cérémonial. Beauté du jour levant, beauté de cette jeunesse prime dont aucun geste brusqué ne venait contrarier la grâce. Il se souvint de la cascade où il avait surpris, sans qu'elle s'en fût aperçue, Adelis nue. Il y avait quelque chose de païen dans cette toilette en plein air. Avec Blandine, il assistait à un rite. Ah ! comme elle révérait son corps !

Il hésita, puis se leva sur un coude, se demandant s'il n'enfreignait pas quelque loi dont jamais, cependant, elle n'avait fait état. Il s'aperçut qu'il avait peur de l'effaroucher, de la décevoir, bien que ces gestes fussent naturels et répétés chaque matin ; bien qu'il n'hésitât pas, lui, à être nu devant elle ; bien qu'elle n'eût pas hésité, la veille, à l'empoigner pour obtenir du plaisir !

— Tu es bien belle, dit-il.

Ahurie, furieuse sans doute, elle plaça la grande

touaille devant elle, des seins aux cuisses, tandis qu'il observait sans vouloir l'offenser :

— On dirait que tu cherches protection derrière un grand pavois !... Mais où sont ton carquois et ton arbalète ?

Il riait. Les miasmes de la nuit s'étaient évaporés. Il ne voulait pas retrouver, ce jour d'hui, l'épouse obstinée, ombrageuse, mais la femme qu'il avait pressentie, douce, charnelle, gaie, encline à la turbulence des sens ; la compagne sensible et subtile, en un mot, la fée de sa vie.

— Ferme les yeux... Laisse-moi finir...

Il reconnut à peine sa voix tremblante, impérative, et crut même, au mouvement qui venait de gonfler la serviette, qu'elle avait tapé du pied sur les dalles comme une fillette courroucée.

— Voilà que je t'effraye et te déplais, dirait-on !... Je connais ta nudité aussi bien que tu connais la mienne.

Il n'osait plus l'appeler « ma douce » tant il lui découvrait un côté rafleux et fier. Il n'osait plus, même, dire un mot. Il se compara soudain à un jeune arbre chargé d'espérance et de sève sur le tronc duquel s'abat le premier coup de hache. Fermant les paupières, il vit encore sa femme, liliale et limpide, avec ses hanches légères, ses flancs purement incurvés, les longues cannelures de son dos dissoutes entre les deux masses fermes baignées de lumière.

Dire qu'il avait rêvé de cette nudité, de ce blason. D'or au pal de sable... rose aussi... Ah ! oui, que de rêves, surtout chez Sirvin quand il devait rester au lit. Il était alors si occupé de ses sentiments, de ses desseins d'amour et des lascivités qu'ils susciteraient une fois exaucés, que les journées coulaient sans trop de lenteur. Le nom adoré cognait dans son cœur et sa tête... Et voilà que la surprenant nue, gracieuse, attirante, le mésaise de la veille le reprenait avec, semblait-il, plus de mordant, de vigueur... Se lever, s'emparer de ce trésor. De ces trésors... Il en avait le droit devant Dieu !

« Si elle s'est regimbée, c'est que... »

Que *quoi* ? Il n'allait plus au bout de ses pensées. Nue, le soir de leurs noces, il s'était montré doux et patient avant que de trouver en elle la vierge qu'il chérissait. Ils s'étaient emmêlés, essoufflés, se fournissant l'un l'autre, impudiquement et licitement, les preuves de leur passion. Et maintenant, un seul de ses regards faisait scandale !

Il se leva et tenta l'impossible :

— Viens dans mes bras.

— Non... Pas maintenant.

Elle avait répondu d'un air négligent, mais formel. Atteint, désenchanté, des ondes de fiel s'épanouirent en lui ; un colletin de feu serra sa gorge.

— D'ailleurs, n'as-tu pas ouï *tes* hommes ? Ils sont levés.

Elle avait dit « *tes hommes* » sur un ton pointu, comme si leurs relations eussent été des plus louches. Il se laissa retomber dans les draps, les dents serrées sur un gémissement de douleur, plus que d'enragerie. Tout en se reprochant son désir et sa promptitude à l'avoir exprimé, il conservait, cependant, le sentiment d'un bannissement injuste, intolérable, contre lequel il devait s'élever moins pour faire preuve d'autorité que pour se regimber d'une humiliation imméritée. Il l'avait toujours prise par la douceur après de longues et tendres commençailles. Il avait toujours envie d'elle, plus encore que le moment précédent : la fureur décuplait son désir de la voir étendue sous lui, palpitante, docile, attentive aux premières vagues de la fête ; mais il ne la supplierait pas !

Il se sentait inutile, griffé en plein cœur, vaincu. Bon sang, quelle affaire ! Incroyable. Oui, il aurait dû se jeter sur elle. Il *devait* se jeter sur elle et s'en repaître ; plonger dans cette ouverture, cette douceur ; pétrir ces seins, ces cuisses, ces fesses ; ruer lui aussi comme elle avait rué la veille ; la faire hurler de rage, oui ! La ravager. Il ne savait quoi imaginer d'assez... d'assez fou et d'assez rude. Quelque chose qui l'eût asservie une fois pour toutes.

Il serait demeuré sur le lit, muet, rongeant sa tristesse, épuisant son courroux à chercher des revanches si Tinchebraye, d'en bas, n'avait crié :

— Holà, messire, il faut partir !... Êtes-vous levé ?

Il soupira et ouvrit les paupières. Toujours dissimulée par la grande touaille de lin, Blandine l'observait, un sourire indécis, voire repentant sur les lèvres :

— Tu vois, si j'avais consenti, nous aurions dû nous interrompre...

Une nacre d'eau emperlait les poils de son aisselle, et la veine de son cou frémissait. Quant à son visage, il s'était empourpré. Mais de quoi ? De jubilation, de repentir ou de honte ? Sous l'arc de ses sourcils épilés et réduits à une ligne mince, elle dardait sur lui un regard où, cherchant vainement une lueur d'amour, il crut trouver de la pitié.

Il passa ses braies, courut jusqu'à la fenêtre et se pencha :

— Hé, les gars... Je descends.

Il se vêtit en hâte, agissant comme si Blandine n'existait pas ou n'existait plus. *N'avait point existé.* En fait, il ne l'avait jamais sentie si présente et si proche, si tentante et prête, cette fois, à subir ses ardeurs. Mais il était trop tard : la navrure était faite. Elle saignait abominablement.

Il sortit, descendit l'escalier, traversa vélocement la salle où subsistait, seule, sur la table, la nappe tachée de la veille. Tinchebraye et les autres s'étonnèrent de lui voir un visage inconnu.

— Holà, messire... Avez-vous mal dormi ?

— Pas assez, sûrement, dit Joubert en clignant de l'œil. Et ça se comprend avec une épouse comme la vôtre !

Puis ils se regardèrent les uns les autres, ahuris qu'il ne sourît pas à ce qui, pourtant, était un compliment.

— Les Birot sont-ils levés ?

— Ils nous attendent, dit Delaunay. Ils sont heureux car leur jument va mieux... Emmenons-nous la charrette ?

Elle eût été utile à Gratot, mais elle les retarderait :

— Non... Les chevaux sont sellés ?

Ogier pensa que sa voix avait dû trembler : Bazire et Lehubie avaient échangé un regard.

— Oui... Tous... Je n'attends pas pour vous dire, messire, ajouta Joubert, que les Birot vont offrir à votre dame une haquenée noire qu'ils ont dans une écurie toute proche... Elle est sambuée [1] comme une princesse.

— Ils n'auraient pas dû !

— C'est pas, dit Gardic en riant, ce que dira votre dame... Tiens, la voilà !

Blandine apparaissait. Il observa que pour abréger leur attente, elle avait renoncé à tresser ses cheveux. Elle lui tendit Confiance et sa ceinture d'armes :

— Tiens, mon époux, tu l'avais oubliée. Elle t'est pourtant, tu me l'as dit, aussi précieuse que moi-même...

Elle riait. Ogier se devina la risée de ses hommes : lui, Argouges, oublier son arme comme on oublie un attifet après des corps à corps autres que ceux de la guerre !

Il ceignit son épée, la tapota : Confiance. Elle au moins était toujours disponible. Ce n'était que dans un état de malerage noire qu'il l'avait oubliée ! Cela ne se reproduirait plus.

Il aperçut les Birot et leurs femmes sur le seuil d'une grange, et pensa que la jument préparée pour Blandine se trouvait là. Et comme son épouse et lui marchaient

1. Sellée. La sambue était réservée aux femmes.

assez loin des hommes d'armes, celle-ci l'attrapa par la manche, et passant son bras sous son coude :

— Tu m'en veux ?

Elle implorait un mot, un baiser. Il se contenta de sourire à ces quatre servantes dont les Birot se rassasiaient quand et comment ils voulaient. Ybert semblait en bien meilleur état que son frère, entre Yvonne et Guinarde.

— Dame, dit-il, nous avons pensé à vous regracier plutôt que votre époux.

Et tourné vers Marguerite :

— Le bouge[1]...

Il était grand, de cuir cordouan : Guinarde l'ouvrit devant Blandine saisie, émerveillée au point que des larmes roulèrent sur ses joues.

— Oh ! messires... Messires ! Je n'avais jamais rien vu d'aussi beau !

Il y avait là deux ou trois aunes de cendal vert tendre, autant de couvrechef si laiteux qu'il semblait avoir été ravi à un nuage, de l'yraigne rose, du mollequin grenat, du satanin d'azur et deux rouleaux de cannetille. Tout cela scintillait[2].

Blandine se pencha ; les étoffes ruisselèrent dans ses mains et il semblait qu'elle eût été moins aveuglée en regardant le soleil. Cédant tout à coup à la joie, elle baisa Ybert et Bernier sur les joues, à cinq ou six reprises, ébaudissant ainsi leurs servantes, et son plaisir s'accrut quand elle vit la jument et sa sambue de cuir incrusté d'argent.

— Pour moi ?

— Hé oui, dit Ybert dont les yeux de connaisseur montèrent des cuisses invisibles au visage empourpré

1. Sorte de valise

2. *Cendal* : tissu de soie léger, sorte de taffetas ; *couvrechef* : mousseline ; *mollequin* : mousseline de coton ; *satanin* : satin. *Cannetille* : fil d'or ou d'argent servant à des travaux de broderie.

de Blandine. La liberté dont nous jouissons à nouveau valait bien tout ceci !

— J'ajoute, dit Bernier, que nous avons récompensé les soudoyers de votre époux.

— C'est vrai, messire, murmura dans l'oreille d'Ogier Tinchebraye. Nous avons reçu moult écus... Mais dites-vous que c'est peu, sans doute, comparé à la rançon qu'exigeait Droon de la Croixille... Ils vont jouir à en crever !

— Vous avez fait des folies ! reprocha Ogier aux deux frères. C'est à moi de vous dire ma gratitude...

Ils protestèrent que c'était peu tandis que Guinarde et Yvonne pliaient les tissus précieux sous les regards humides de Blandine. La jument sabotait, comme prise d'impatience. C'était une belle bête noire, sans un poil blanc ou gris : la réplique de Roxelane et son contraire. Où était-elle maintenant ? Avec Tancrède ?

Tancrède encore, et cela malgré lui !

Il s'avança vers cette haquenée qui le considérait sans intention mauvaise. Ses narines, aussi douces que les étoffes offertes à Blandine, palpitèrent sous la caresse, et ses paupières aux cils légers battirent. Une belle compagne, capable à la fois de galoper longuement à la chasse et de se tenir quiète au cours d'une cérémonie, quelque bruyante et animée qu'elle fût.

— Elle s'appelle Hautemise comme l'épée de Turpin [1], révéla Ybert en bâillant.

— Bien, dit Ogier dont la dextre glissa sur les longs crins noirs. Tu es belle, sais-tu, et me plais grandement.

— Tu lui parles comme à une femme !

Était-ce un reproche ? Blandine riait. De lui ? Des présents qu'elle avait reçus ? De la paix qui s'était établie entre eux, qu'elle croyait forte et qu'il savait fragile pour peu qu'elle rechignât tout comme ce matin à leur prochain éveil ?

1. L'archevêque Turpin, héros de certaines chansons de geste : *Ogier, Roland...*

— Je suis comblée.

« Du dehors », songea-t-il hargneux. Cependant, cette joie, cet émoi étaient si plaisants à voir qu'il s'attendrit. Accoutumée à une vie contrainte et maussade — à l'image du chevalier Berland ct de sa compagne — où les robes, parures et plaisirs avaient dû lui manquer, elle pouvait éprouver cet enchantement. Et si plus tard elle était fière de se rendre à quelque joute sur Hautemise parée pour la circonstance, elle pourrait s'enorgueillir de porter ces étoffes devenues des robes assorties à sa beauté. Si elle s'abandonnait trop au plaisir d'être belle, les femmes et les pucelles l'envieraient tout en la détestant. Des flammes brilleraient dans les yeux des hommes de tout âge et toute condition, et lui, Argouges, ne pourrait lui en tenir rigueur, même si quelques envieux, pour tenter de l'abaisser dans l'estime de Blandine, ou dans l'espérance de l'occire afin de prendre sa place, venaient lui chercher querelle...

Son amertume disparut quand, après avoir hissé son épouse sur la jument, il constata qu'elle se tenait fermement en selle. Elle fit aller Hautemise au pas, puis au trot : elle montait excellemment. La haquenée sans doute était douce et docile, mais Blandine savait la mener d'une main ferme.

— Tout est parfait, dit-il. Il faut partir.

— Vous allez bien manger un morceau et avaler une bonne soupe ! s'écria Yvonne. Je me suis tôt levée : tout est prêt...

Comment refuser ?

Les présents, le repas que les hommes, surtout, apprécièrent, les congratulations prirent du temps. Bazire et Gardic s'en étaient allés attacher le bouge empli d'étoffes au bât de Tencendur quand, au château, une cloche sonna longuement.

— Tierce au moins, messire Ogier, dit Tinchebraye.

On se leva et d'un revers de main, on s'essuya la bouche pour les derniers baisers, soudoyers y compris.

Et l'on quitta Fougères, les hommes d'armes en enviant toutes les bonnes chances des Birot, Blandine en surveillant Tencendur dont Delaunay tenait la longe, Ogier en regardant, alternativement, la croupe de Haute mise et celle de son épouse.

XII

Le soleil vif donnait à la matinée l'apparence d'un jour d'été. L'air tiède rosissait les joues de Blandine aussi à l'aise sur sa sambue qu'Ogier l'était sur sa selle. Il ne put que l'admirer une fois encore, et songer qu'il n'avait jamais vu Tancrède monter si noblement Roxelane.

Cette constatation l'emplit d'un plaisir qui pouvait être l'expression d'une fierté inavouée. Il s'aperçut que le pas de Marchegai répondait à celui de Hautemise mais conserva cette observation pour lui. Blandine souriait au ciel et sans doute, quand elle abaissait son regard, aux robes dont elle s'imaginait bientôt parée. Le vent léger hurlupait sa chevelure que parfois sa main légère aplatissait. On était bien. Les arbres et les fourrés sans profondeur fournissaient à tous une sérénité qui les guérissait des émois de l'avant-veille. Les feuilles tombées roulaient devant eux, humides et brillantes comme des copeaux d'or ; les torches des peupliers bruissaient, et sous les voûtes obscures des petites forêts, les oiseaux semblaient préparer une fête.

— Nous ne serons pas ce soir chez vous, dit Tinchebraye.

— Qu'importe !... Ces Birot étaient courtois, généreux... N'est-ce pas ton avis ?

Blandine inclina la tête de côté, tout en flattant le col de Hautemise.

— Je ne croyais pas que tu montais si bien.

— Tu me connais bien mal encore.

Ogier en convint silencieusement, et bien qu'amoindri par le glissement du temps, son dépit du petit matin le réintégra cependant qu'il laissait aller Marchegai dont le pas dansant révélait le plaisir de goûter à un air enfin pur. Tout près, sous les cannelures de la robe seyante, mais d'étoffe rude, la cheville de Blandine remuait de temps en temps ; il devina que son épouse se chantait quelque lai ou carole tandis que ses doigts caressaient toujours Hautemise. Cette gaieté secrète le courrouça. Elle confirmait une évidence : elle avait oublié son *refus*.

— Tu te chantes à toi-même, dit-il d'une voix qu'il savait enrouée par une sorte d'humilité feinte... Chante pour nous tous si le cœur t'en dit !

Il pensait qu'elle se ferait prier, or, il n'en fut rien — peut-être parce que Joubert s'écriait : « Oh ! oui, dame. » — Sa ballade s'éleva, aussi claire que la lumière :

Chanson, va-t-en tout à loisir
Au puits d'Arras te faire ouïr
À ceux qui savent chants fournir.
Là seront les bons entendeurs
Qui jugeront bien les meilleurs[1]*...*

Elle montait aisément à cheval et savait sublimer un chant aux mots douceâtres ; elle serait habillée de robes magnifiques, et donc digne de lui, Ogier. Fallait-il qu'il se plaignît encore à lui-même d'avoir dû ce matin renoncer à l'étreindre ?

1. D'Adrien Douche, trouvère du XIIIe siècle. Les puits ou puys artésiens (!) ou du pays d'Artois, étaient des concours de chants et de poésies.

Baissant le front, il tenta d'échapper à sa confusion. Que Blandine ne ressemblât pas tout à fait à celle qu'il avait imaginée, soit... ou plutôt : tant pis. Il devait s'accommoder de la vraie ; la pétrir et modeler comme une argile humide. En ce moment, son beau visage reflétait le contentement et sa voix suave charmait les hommes d'armes. Elle se tourna et cligna de l'œil sans que le soleil en fût cause. Elle savait qu'elle l'ébahissait, et l'étonnement de cet époux maussade ajoutait à son plaisir.

Le jour bleuissait quand Avranches, au loin, leur montra les dents de ses tours au-dessus de la barbe rousse de sa haute et large motte. Il fallait renoncer à cheminer davantage, et d'ailleurs, peu accoutumée à de longues chevauchées, Hautemise, sensible aux petits coups de talon sur son flanc, suspendait parfois sa marche.

Il restait quelques chambres au *Gantelet d'argent*, près de l'église Saint-Saturnin ; on décida d'y hôteler.

— Il est vrai, dit Blandine, que tes soudoyers ont de quoi payer leur écot.

Ogier ne releva pas cette observation. Que ses hommes s'offrissent un bon lit et un bon repas, quoi de plus naturel ? Laissant son épouse suivre une chambrière, il les aida à l'écurie : il fallait abreuver, nourrir les bêtes et les panser, en commençant par Hautemise. Aux lueurs de la lanterne de Tinchebraye, il regarda les fers de chaque animal afin de n'être pas retardé dans les dernières lieues.

Il prit bien soin de Marchegai ; il lui semblait qu'il l'avait délaissé. Après une caresse au garrot et au chanfrein dépoussiéré, il se lava les mains à l'abreuvoir et invita ses compagnons à l'imiter puis, les précédant, il entra dans la salle commune et s'attabla.

— Mon épouse n'est pas encore descendue !

— Même lasses, les femmes font toujours un brin de toilette. Et plus elles sont hodées, plus ça dure.

Des grognements approuvèrent Joubert. Ogier ne dit

mot, mais son impatience et son appétit s'accrurent. Une servante posa trois pichets de vin sur la table ; ils furent aussitôt vidés.

— Qu'on apporte la soupe. Elle ne tardera pas.

Il n'en était pas si sûr, mais Tinchebraye et Gardic se mettaient à manger du pain. Ils avaient faim. Tous avaient faim. Blandine, elle aussi, devait avoir la faimcalle !

La servante apporta un potage, puis un autre : au choix selon les goûts. L'un était au cresson, l'autre à l'eau de craspois[1]. Elle emplit à grandes et lentes louchées les écuelles — sauf une —, et l'on commençait à tremper les cuillers quand Blandine apparut.

— Ah ! dit Ogier sans plus, en avalant une gorgée de bouillon au cresson.

Elle avait tressé ses cheveux et fait apparaître sur son cou les anneaux d'or qu'il lui avait offerts à Chauvigny. Elle avait cet air aimable qu'il aimait tant et qui se figea un peu quand elle entendit Bazire, Joubert et Tinchebraye avaler bruyamment leur soupe.

— Qu'y a-t-il là-dedans ? dit-elle en désignant la marmite de cuivre martelé où fumait le brouet de craspois.

— Un délice, dame ! répondit Tinchebraye. Goûtez-y !

Blandine se servit. Une louche. Dès la première cuillerée, elle trouva la soupe affreuse. Repoussant son écuelle et grimaçant un peu, elle admonesta Tinchebraye :

— Vous m'avez menti, l'ami ! C'est une soupe dépourvue[2]... Rien de plus !

— Pour moi, dame, dit le Normand paisible, elle n'est pas dépourvue d'attraits. Et n'étant pas dépourvu d'appétit, permettez que je m'en délecte.

1. Baleine salée.

2. Soupe faite en hâte pour les voyageurs inattendus, sorte d'*olla prodida*.

Il continua d'avaler le brouet, faisant sans s'émouvoir plus de bruit encore. Comme Blandine, contrariée, se détournait — ébaudissant ainsi les cinq autres compères — Ogier, caressant son poignet, lui glissa au creux de l'oreille :

— Chez dame Alix d'Harcourt, parmi les gentilfames, les nobles et les barons, n'aurais-tu pas trouvé ce brouet délicieux ?

Il riait. Il avait envie de rire. Le dépit léger de Blandine le replaçait dans sa peau d'homme et non de soupirant. À d'autres les cours d'amour, les jeux mielleux de l'esprit, les gages de passion et les propos plus mous que des coussins de duvet ou de laine. Il ajouta, serrant tout à coup les poings :

— Blainville, qui avait le roi dans sa manche et mangeait à sa table, et Guichard d'Oyré, qui rompait le pain avec l'évêque, faisaient plus de brouillis encore !

Ses hommes, il était prêt non pas à les défendre, mais à les louer bien haut — comme ils le méritaient. Sur la butte de Crécy, à défaut de savoir tenir une cuiller, ils avaient su tenir une arme. Joubert et Tinchebraye, à Poitiers, avaient su être plus silencieux que des ombres. Pour *la* sauver !

Blandine hésitait à répondre. Un reste de déplaisir et un regret qu'Ogier voulut trouver sincère s'affrontaient en elle. Rougissant un peu, elle s'amenda :

— Tu as raison.

Un visible soulagement parut sur les visages de ces convives faits pour la guerre et non pour les parlures et les façons de Cour, encore qu'il n'y en eût pas à Poitiers mais que peut-être, en leurs conciles, les nobles fissent semblant d'y être. Blandine avait-elle suivi ses parents à ces assemblées ? Avait-elle du goût pour ces sortes de fêtes ?

Le souper continua, sans gêne ni façons. La servante apporta des pâtés, un rôti de chevreuil, des fromages de Touraine et un de ces *auvergnats* à la confection desquels on n'employait, dit Bazire, que des gars de quatorze ans, « bien nets et bien sains ». Puis on mangea des pommes, le tout arrosé d'un vin aigrelet mais qui se laissait boire, même par Blandine.

On se leva, on souriait. Delaunay dit que l'écriteau [1], à l'entrée de l'hôtellerie, n'avait mentionné ni la soupe de craspois ni l'auvergnat.

— Parce qu'ils étaient mauvais, par ma foi ! dit Blandine à voix basse.

On rit. On eût ri pour n'importe quoi. Méditant un moment sur cette joie très simple, Ogier crut en découvrir la raison : Gratot n'était plus loin, les chemins deviendraient de plus en plus sûrs ; son épouse et ses soudoyers voulaient dès maintenant oublier les fatigues et les épreuves endurées depuis Poitiers et Chauvigny, et surtout l'anxiété qui, de l'aube au soir, petite ou grande selon les lieux et les gens de rencontre, n'avait cessé de les tourmenter.

Après qu'il leur eut recommandé la prudence, Ogier laissa ses hommes faire un tour de ville. Où iraient-ils ? Vider un gobelet dans une échoppe ? Se payer — ils avaient de quoi — une ribaude au bordeau ? Qu'importait. Il connaissait Avranches. Prenant Blandine par l'épaule, il proposa :

— Viens voir la mer... Tu ne la connais pas...

Un matin, à Gratot, Adelis qui non plus ne l'avait jamais vue, lui avait demandé de l'y mener, ce qu'il avait fait à la nuit. Contrairement à ce qu'il attendait, Blandine refusa de sortir : elle avait froid, elle était lasse. Il insista :

— Juste quelques pas... Tu verras les lueurs du Mont Saint-Michel...

Il s'était exprimé doucement, sachant quelle puissance avait parfois la douceur. Il ne vivait pas un moment difficile, comme au petit matin, et maîtrisait ses nerfs.

1. Le menu.

— Je t'en prie : juste quelques pas... Dis, Blandine... Quelques pas...

Était-ce un effet des flammes dans la cheminée vide de brochées, mais où craquaient toujours quelques brassées de bûches ? Il remarqua les cernures légères qui lui faisaient le regard triste ; le petit nez pincé, le pli dur de la lèvre inférieure, plus pâle, maintenant, qu'au début du souper. Sa main lâcha l'épaule sur laquelle, indécise, elle s'était posée. Blandine en parut contrariée.

« Une enfant », se dit-il.

Elle n'était qu'une enfant. Il sourit avec une indulgence contrainte :

— Bon... Bon... Veux-tu t'asseoir, ma dame, au coin du feu ?

Il crut percevoir un soupir et n'eut aucune envie de poursuivre : toute proposition obtiendrait un refus. Après tout, il était un homme solide et aduré[1] : que pouvait-il comprendre des faiblesses d'une jeunette telle que Blandine ?

— Je suis lasse, Ogier... Allons nous coucher...

Elle souriait avec un réel effort dont la signification le laissa perplexe. Il imagina les volets clos, la goutte d'or de la chandelle faisant danser les poutres et les murs ; leurs ombres se mêlant avant leurs corps ; le déshabillage, la toilette sommaire et la mise au lit : « Quel côté choisis-tu ? » Gisants de chair tiède, muets, — évidemment ; leurs deux haleines paisibles ; le temps suspendu où les désirs s'aiguisent, chacun guettant l'autre de tout son corps dans l'attente — l'espérance — du premier mouvement. Elle aurait le chandelier près d'elle et d'un souffle anéantirait les dorures de la pièce. Ensuite, elle resterait immobile : elle ne pouvait être hardie deux fois de suite... Ce serait à lui de la toucher, de l'enlacer... Il atermoierait. Pas trop : juste pour aiguillonner son impatience. Ses yeux

1. Endurci à la fatigue.

accoutumés au noir, il compterait dans les ténèbres ainsi clarifiées les poutres et les entrevous, puis les entrevous et les poutres. Oui, ils pouvaient aller se coucher. Pourquoi pas ? Et pourquoi même attendre ?

— Viens.

Ils quittèrent la grand-salle vide de consommateurs et s'engagèrent dans l'escalier aux degrés craquants dont certains bougeaient un peu. « On va s'aimer. » Les chairs qui se frôlent, se collent ; tâtonnements à l'aveuglette ; les lèvres trouvant les lèvres ; d'autres encore, et Blandine éperdue d'attente, espérant, paresse, caresse, d'être clouée à lui... Allons, la grande marée du plaisir valait mieux que celle qui, ce soir, cernait à grands festons d'argent les hauts murs du Mont Saint-Michel, ce Mont où Bressolles, peut-être...

Mais qu'allait-il penser à Bressolles ? Sa fête charnelle avec Blandine allait tenir ses promesses. Ils connaîtraient l'éclair du paradis, l'incendie de leurs nerfs, la clameur de leurs entrailles... Ils rendraient une sorte de dernier soupir ensemble... Ensuite, enlacés, ils se regarderaient. Elle aurait des yeux couleur de verglas dans l'ombre qui paraîtrait plus pesante et plus fraîche ; elle lui dirait : « M'aimes-tu ? » Question inutile après leur râle et le tocsin de leurs cœurs.

Elle ouvrit et poussa la porte, et comme elle allait clore les contrevents, il imagina ses jambes ; les genoux si doux touchant la cloche de la robe ; l'intérieur des cuisses si pâle, si laiteux...

Il s'assit sur le lit et quitta ses heuses ; puis il alla glisser le verrou dans sa gâche, huma l'air qui sentait la cire et n'osa dire un mot de peur de rompre quelque chose dont il ignorait le nom. Elle dit :

— Fait-il aussi froid que cela à Gratot ?

Les douves entretenaient autour du château une fraîcheur constante ; leurs vapeurs sentaient la vase et le soir amplifiait ces inconvénients. Mais c'était grâce à ce large collier d'eau que Gratot avait résisté aux mercenaires de Blainville...

— Nous sommes en automne... Il doit faire froid aux quatre coins du royaume...

La chandelle brûlait quand ils étaient entrés. Blandine en passa si près que la flamme affolée menaça de s'éteindre. Oui, ce serait délicieux qu'ils s'aimassent là, dans cet or ou ce cuivre léger qui donnait à toute chose : meuble, poutre, drap, miroir, une valeur sinon une vie vacillante. Il affirma :

— Tu te plairas là-bas... Oh ! certes, la besogne ne manque pas : les murs et les logis ont souffert comme je te l'ai dit, mais c'était le plus beau châtelet du Cotentin... Moins neuf que Pirou, moins hautain que Saint-Sauveur d'où Godefroy d'Harcourt s'est enfui ; moins épais et plus accueillant que Bricquebec... Tu donneras ton avis aux hommes chargés des travaux...

Elle l'écoutait ; elle enleva sa robe. Il la vit fouiller dans le sac qu'elle avait empli, avant de fuir Poitiers. C'était vrai qu'il voulait qu'elle fût heureuse. Il souhaitait qu'elle eût en lui une confiance à toute épreuve. « Noces de fer et confiance d'airain », songea-t-il tout en ôtant ses chausses, sa chemise et ses braies. « Sa famille en a fait une inquiète, mais je la guérirai ! » Il lui en avait dit beaucoup plus sur son existence qu'elle ne lui en avait raconté sur la sienne. Après tout, s'il n'était pas dans sa nature de se confesser, il ne pouvait lui en faire reproche !

Il se dit qu'ils venaient d'échanger des mots plats, et frissonna, assis au pied du lit, trouvant que la nuit toute mouillée de mer en avait accepté la froidure.

— Couche-toi et ferme les yeux, dit Blandine.

— Mais...

Il allait objecter qu'il la connaissait ; quelque chose l'en retint : le ton presque suppliant de son épouse. Il y avait de la honte, semblait-il, dans ses propos ; comme si son corps n'était plus ce qu'il était la nuit précédente et que tous les ornements de sa chair, soudain, lui procuraient de la déplaisance, voire de l'aversion.

— Soit, dit-il en se couchant dans les draps et en abaissant ses paupières.

Elle passa plus de temps que de coutume à sa toilette. Il respectait sa volonté bien qu'il en fût courroucé. Chaque soir, lui réservait-elle quelque nouveauté d'une espèce inattendue ? Quelle autre concession devrait-il lui accorder demain, à Gratot ?

L'hôtellerie demeurait animée. Il entendait des pas dans la cour — sabots et semelles —, des voix : le maître queux parlait à quelqu'un d'une viande à cuire et de volailles à embrocher ; on traînait aussi des bassines ou des seaux et un chien gémissait quelque part.

« Je vais aussi revoir Saladin !... Il m'a bien manqué... »

Ogier soupira et sourit, éprouvant tout à coup une impression de force, de plénitude et de bonté sans pour autant se sentir revigoré. L'eau gouttait, gouttait ; il entendait sur la chair nue, douce, le frottement de la touaille. « Je la frotterais bien plutôt que ce soit elle... » Bruits doux, et cependant légèrement lugubres... Et ce froid qui semblait traverser les flassarses[1]. Dire : « Viens te coucher, nous nous réchaufferons... » Or, Blandine ne semblait guère y tenir... Demain, Gratot : les cris, les baisers, les questions qui s'emmêlent. Pourquoi nier qu'il avait peur de tout cela ?

— Ouf... dit Blandine.

Il ouvrit les paupières et la vit en chemise. Une chemise inconnue, légère. Dessous, elle portait quelque chose : ses reliefs doux et drus le laissaient entrevoir.

Il ne dit mot ; elle se coucha et se serra contre lui, mais quand il avança la dextre, elle la lui prit et la serra très fort :

— Non... pas avant cinq ou six jours...

La main d'Ogier tâtonna, trouva le braiel de tissu si pareil à cette ceinture de chasteté qu'il avait vue un

1. Couvertures.

jour chez un forgeron de Périgueux sans pouvoir apprendre à quelle grande dame elle était destinée.

— Tu vois, j'ai mes empêchements.

Elle se serra plus fort contre lui, trouva ses lèvres et les baisa longtemps, frottant son corps à ce corps d'homme dur, prêt à l'amour et qui devait y renoncer.

Ogier ne disait mot. À quoi bon. Elle avait enchevêtré ses jambes aux siennes ; elle soupirait et frissonnait parfois, puis elle ne bougea plus, assommée de fatigue.

« Elle était vraiment lasse. »

Cette constatation lui faisait plaisir sans qu'il osât savoir pourquoi. Ce soir, en tout cas, elle n'avait pas pensé à Tancrède... Voire... Il n'en savait rien... Il avait vécu des mois sans y songer, alors qu'Adelis et Anne restaient en son esprit sans qu'il eût le sentiment d'une tromperie envers Blandine. Tancrède, non. Ou si peu. Où qu'elle fût, il souhaitait son bonheur, qu'elle le trouvât dans un amour pur ou impur, voire même dans la guerre. S'il en avait été deux semaines malade — pas davantage, en vérité ! — il en était guéri. Il saurait bien, chez Blandine, abolir cette inquiétude...

XIII

Petits et clairs, portés par un vent turbulent, des nuages moutonnaient l'azur où des mouettes entrecroisaient leurs vols avant d'enneiger de leurs mouvantes compagnies des sillons fraîchement creusés. Les ombres des bosquets dépouillés, étirées par le couchant, jetaient sur la campagne une espèce de deuil ou de maussaderie.

Tout semblait terne, ce soir, même les hautes herbes des pâtures si luisantes d'ordinaire aux ultimes flamboiements du soleil ; si mouvantes et argentées qu'elles semblaient des chenaux apportant à Coutances l'eau de la mer toute proche.

— Je reconnais le chemin, dit Tinchebraye.

Ogier se retourna pour voir une fois encore les murailles, les tours, les flèches toujours inachevées de la cathédrale, puis à Blandine :

— Si tu le veux, demain nous reviendrons... Cette cité vaut bien Poitiers, tu verras !

Elle eut un mouvement du cou, un sourire, et parut ne s'occuper que de ses mains serrées sur les rênes, bien que sa jument, Hautemise, se fût révélée, au cours des lieues, d'une docilité sans égale. Roxelane elle-même regimbait parfois...

— Oui, tu verras, répéta Ogier.

Il ignorait, en fait, si Coutances valait Poitiers. Il

s'évertuait même à ne pas trop observer son épouse, craignant de découvrir dans ses yeux ou le mince pli de sa bouche quelque signe de déception ou, comme au petit matin, les indices, mouvements et gémissements de douleurs cataméniales qui l'avaient apitoyé jusqu'à ce qu'il eût soupçonné, en raison de leur fréquence, une exagération destinée à lui interdire toute approche et jusqu'au moindre geste d'affection.

Joubert les précédait, bannière déployée. Les lions d'or frémissaient fièrement, fouettant de leurs queues sinueuses, le velours azuré déroulé depuis peu.

— Nous sommes beaux, dit-il. Aussi beaux que le jour de notre première venue...

— Hé ! s'écria Delaunay. Tu oublies notre dame...

— Moi, fit Blandine, je me sens laide. Ce qu'il me faut, c'est un bon bain chaud.

Elle s'interrompit brusquement. Avait-elle peur d'exprimer d'autres désirs ? Pourquoi ne regardait-elle pas les arbres, les prés, les ruisselets ? Pourquoi plus que jamais semblait-elle vouloir vivre en elle-même ?

— Nous sommes beaux ! Très beaux ! enchérit Lehubie. Surtout vous, notre dame.

Il avait gagné au jeu le haubergeon de l'archer du sire de la Croixille et une des arbalètes qu'il avait offerte à Gardic : il préférait son arc, un *long bow* gallois pris sur la butte de Crécy, avant sa fuite.

— Je suis moult heureux de retrouver Gratot, dit Delaunay. Je galoperai demain jusqu'à la mer et m'y enfoncerai jusqu'aux genoux, puis j'irai à Agon. Il y aura bien là un pêcheur qui me vendra des coquilles : palourdes, moules, huîtres !... Aimez-vous cela, dame Blandine ?

Elle n'en avait jamais mangé.

— Vous verrez si c'est bon, dit Joubert. Et il ajouta : Pas vrai, messire Ogier ?

C'était bon, mais comme maintes personnes ayant vécu loin de la mer, il se pouvait que Blandine fît la grimace. Il lui jeta un regard bref — un regard vide. À

Quettreville, elle s'était plainte du froid. Il l'avait aidée à passer sa chaucemante. Dans ce vêtement conçu pour se garantir des rigueurs du vent et de la pluie, elle ne perdait rien de sa beauté, mais elle paraissait plus humble... Dessous, ce corps qu'il n'oserait toucher quelques jours de crainte d'être rabroué... Quand cette chose serait passée, il s'en emparerait comme un affamé...

Marchegai levait la tête et respirait à pleins naseaux l'air vif et mouillé. Il savait que la chevauchée allait prendre fin. Ce soir, il retrouverait sa parclose à l'écurie, et Saladin le visiterait, aboyant peut-être pour lui montrer qu'il lui tenait rigueur de sa longue absence.

— Est-ce loin encore ?

— Une demi-lieue, Blandine...

Elle allait pour la première fois de sa vie se sentir chaudement en famille. Mais pourquoi lui avait-il répondu si vivement alors qu'il baignait dans une nonchalance triste ? Pourquoi craignait-il de plus en plus qu'elle fût moins choyée qu'il le souhaitait ?

Le chemin s'égara dans un champ et Ogier se sentit entouré de ses hommes. Entouré, aussi, d'amitié. Les uns regardaient le ciel, les autres les prés voisins parsemés de bosquets de hêtres et d'ormeaux. Comme s'il tentait d'apercevoir la mer au-delà des verdures, Tinchebraye se dressa sur ses étriers. En fait, ayant marché toute son existence, il souffrait de ses journées de selle. Dans une pâture close de frênes et de fougères, une jument allaitait son poulain... La paix ! Ici, les Goddons ne viendraient plus jamais ; ici, l'on pouvait bâtir une famille...

Luttant contre l'émoi qui lui nouait la gorge, Ogier se tourna vers Blandine et se retint de lui parler car enfin, elle voyait les champs et les arbres peu ou prou défeuillés dont les ramures, aux feux de la vesprée, emmêlaient leur sinople, leur or et leur pourpre. Les nuages, moins nombreux semblait-il, fuyaient toujours vers le Ponant et ses mystères. « C'est de bel augure qu'il ne pleuve pas ! » Pourquoi donc cherchait-il des présages et songeait-il à la pluie comme à une adversaire ? Qu'avait-il à s'émouvoir ainsi ?... Allons, bon, il eût dû se parler droitement : bien loin de s'émouvoir, il s'inquiétait.

Ils entrèrent un par un dans le bois du Bellais, à la suite de Joubert, bannière et têtes basses. Des bêtes se coulèrent sous les buissons et les oiseaux se turent. Hautemise glissa sur la mousse grasse qui, un moment, tapissait le sentier. D'un mouvement sec, Blandine lui donna appui sur le mors et la remit aisément dans la voie. Bonne cavalière. Godefroy d'Argouges en serait ébaubi !

Le bois se clairsema. Entre les troncs, on pouvait apercevoir les premières mottes de la lande où Blainville avait eu son châtelet. « Demain, je demanderai à Blandine de choisir entre la mer et Coutances... » Demain, c'était tout proche. Le soleil tombait, si peu rouge pour une fois qu'il amatissait tout. La clarté devenait verdâtre et les bosquets enténébrés semblaient les membres d'un géant occis, dispersés aux quatre vents. Les odeurs prenaient davantage leurs aises, collant aux narines et même à la bouche — que serait-ce quand il faudrait traverser les douves envasées ! — et les ruisseaux çà et là presque immobiles prenaient l'aspect vitreux de grandes lames abandonnées.

— Je le vois ! s'écria Joubert.

« Pourvu qu'il soit en meilleur état que lors de notre départ ! »

Le pennoncier pressa les flancs de son cheval ; Ogier en fit autant ; Blandine le suivit au petit trot de Hautemise.

Rien n'avait changé aux abords du château : la maison des Anquetil, ruinée, était toujours la proie des lierres et des arbrisseaux. Les hêtres immenses dont le double rang précédait la jetée versaient toujours sur le sol grenu leur fraîcheur lourde, et les ramures des deux derniers, débordantes, posaient sur l'eau morte de la douve un crêpe noir, ciselé, perforé de roseaux hérissés de massettes brunes. Au-dessus du logis seigneurial, une fumée voletait.

Avec ses hauts murs, ses tours, son étang lové autour de lui, à peine écaillé par le vent, Gratot exprimait la vigueur et la sérénité. Ogier vit que le pont-levis avait été dépouillé de ses flèches et qu'il était à demi remonté.

— Nous y voilà, dit-il à Blandine.

Elle regardait — elle examinait plutôt. Il perçut la tension de son esprit et de son corps. Quelles pensées s'éveillaient en elle ? Ni dédaigneuse ni enchantée sans doute. Façades sombres. Double porte derrière le tablier de chêne. D'où elle se tenait, voyait-elle le pied de la tour de la Fée ? Sous la course échevelée des nuages, les toits des écuries et des granges semblaient un peu trop noirs peut-être, mais ce qu'elle apercevait du logis seigneurial n'en paraissait que plus blanc.

Le pont s'abaissa. Un homme s'avança dont la voix chantante rassura Ogier : Marcaillou ! Un gars du soleil qui semblait bien se plaire en Normandie :

— Je vous ai vu venir de loin... J'ai reconnu, messire, votre bannière... J'ai prévenu, bien sûr.

Il s'inclina :

— Dame, veuillez entrer... Je vous souhaite céans mille choses bonnes...

Blandine, d'un petit coup de talon, poussa Hautemise vers la porte charretière. Courbé sur l'encolure de Marchegai, Ogier s'engagea sous l'arche de la porte piétonne afin d'atteindre la cour en même temps que son épouse.

Ils étaient tous présents, ou peu s'en fallait : famille, serviteurs, soudoyers. Blandine les considéra d'un œil aimable puis regarda les tours, les murs de granit, les toits dont quelques-uns ruinés par le malheur et les sicaires de Blainville n'avaient subi aucune réfection. C'était pesant, certes, Gratot, surtout vu de l'intérieur, mais ç'avait résisté aux assauts de la pire engeance !

Ogier mit pied à terre et s'approcha de Hautemise. D'un bond, au risque de déchirer sa robe, Blandine descendit de la haquenée sans qu'il ait eu le temps de lui tendre les bras. Il rit, et tourné vers son père immobile entre Aude et Thierry qui le soutenaient un peu :

— Vous voyez ? Elle est bonne chevaleresse.

Le vieillard semblait confondu. Une bru lui tombait du ciel — ou de jument —, et elle était belle, très belle. Peut-être concevait-il, lui aussi, combien du fait de cette présence nouvelle, ce château vieux, sombre, et qui avait tant souffert de la malignité des hommes et des intempéries pouvait paraître obscur ici, blafard là, en un mot : inhospitalier. Il ne s'était jamais montré verbeux, Godefroy d'Argouges. Ce soir, il semblait avoir perdu jusqu'à la faculté du langage. Encore heureux qu'il fût vêtu décemment et non plus des lambeaux d'autrefois !

— Ma fille, dit-il, soyez la très bienvenue.

Que dire d'autre, en effet ? Quelques clartés révélaient sa faiblesse, et Blandine en avait trop appris sur lui : elle marcha au-devant du vieillard, fit une génuflexion et, se relevant, lui tendit la joue :

— Mon père, je suis bien aise d'être arrivée jusqu'à vous. Mon désir était grand de vous connaître.

Quelque chose se rompit : le silence. Le moindre bruit, la moindre voix, le moindre cri joyeux furent doux aux oreilles d'Ogier. Ouf ! Il respirait enfin comme à l'ordinaire. Aude embrassait Blandine. Thierry lui assenait, à lui — il le pouvait —, de grandes claques sur l'épaule en disant : « Faudra que tu me racontes ça ! » Puis il baisait Blandine au front. Les servantes, les soudoyers, les serviteurs bavardaient amplement, certains en lançant parfois des regards sur la « dame » et en lui souriant très fort.

— Je te raconterai, Thierry. Rien ne m'a été facile...

Ogier s'apercevait qu'il était glacé. La sueur du soulagement. La funeste impression qui l'avait assailli s'était dissoute dans ce grand émoi des gens. « Après tout, *elle* sait que le château a souffert comme ont souffert presque tous ceux qui l'entourent et la congratulent. » Il entendit alors un aboiement et Saladin lui bondit dessus, pattes hautes, langue pendante, tellement heureux qu'il en bavait.

— Te voilà enfin ! Tu ne m'en veux pas trop ?

Où était Blandine ?... Avec son père. Avec Aude... Confabulations et sourires. Plus d'angoisse. Son épouse ne devait pas trouver Gratot pire que dans ses descriptions dépourvues d'enluminures. Elle riait. Elle était accueillie en fille. Combien c'était réconfortant !

Il s'approcha :

— Es-tu à l'aise ?

Il avait eu envie d'ajouter : « chez nous » et s'était découvert, soudain, pusillanime. Sans se forcer, Blandine lui rendit son sourire :

— Sois quiet... Je suis bien...

Avec émoi, gratitude même — aussi singulier que cela lui parût —, il la retrouvait parfaitement telle qu'il l'avait aimée au premier coup d'œil. Il baissa son regard pour présenter son chien, mais Saladin s'était escampé.

— Venez, Blandine, dit Aude familièrement.

Il parut à Ogier que le ventre de sa sœur s'arrondissait un peu. Elle avait tellement connu les privations, en cinq ans de malheur et de désespérance, qu'elle forçait sans doute sur la nourriture ; à moins qu'elle ne portât le premier héritier qu'il souhaitait à leur père. En tout cas, elle avait pris Blandine par le coude et la menait vers le perron, prenant soin d'éviter les tombes de Luciane d'Argouges et de Gerbold, l'ermite martyr. Le vent semblait doux et l'odeur des eaux envasées moins lourde. Entourée d'affection et d'admiration, Blandine devait se sentir comblée.

Des flambeaux et des chandelles furent allumés aux quatre coins du tinel où rutilait un grand feu. Dépouillée de sa chaucemante, installée presque de force dans la chaire de Luciane d'Argouges, Blandine fut invitée à choisir entre du vin, du grenache, de l'hydromel ou du cidre.

— Je vois, dit Ogier, tenant son père par l'épaule, que c'est désormais l'abondance.

— Oh ! non, dit le vieillard, mais cela va mieux. Tes Bretons et mes hommes remettent nos terres en valeur... Les femmes font tout ce qu'elles peuvent pour que nos murs aient un aspect plus jeune... L'ouvrage ne manque pas.

Il souriait, mais au tréfonds de son corps et de sa mémoire subsistaient quelques vieilles douleurs.

— Nous mangerons bientôt... Vois !

Un mouton ruisselait de graisse sur la broche. Après tant d'odeurs pénibles, ce fumet de viande chaude emplit agréablement les narines d'Ogier. Gratot enfin ! Saladin réapparu, aussi aimant, aussi vif, et qui, la langue pendante, hésitait à flairer la robe et les pieds de Blandine.

Elle buvait doucement. Or fin de ses longues tresses ; or soyeux, pétillant du cidre dans le gobelet d'étain qu'Aude emplissait derechef tandis que Thierry, le visage impassible, observait cette nouvelle parente en se demandant sans doute si elle s'accoutumerait à ces murs, à cette famille, « et si moi, Ogier, je serai content auprès d'elle ». Et contenté... Oui, il le serait. Tout commençait bien. Après les murs si froids de l'hôtel Berland, ceux de cette salle exhalaient du réconfort : soigneusement chaulés, peints en blanc avec des rechampis d'or et d'azur qui semblaient, dans les coins de pénombre, une tiède végétation venue de l'extérieur. Le feu donnait aux armes en sautoir des brillances telles qu'on eût pu les croire neuves, et la tapisserie qui célébrait la geste de *Raimondin et Mélusine* s'en trouvait rajeunie. Le bien-être était partout, et comme tous, ici, devaient apprécier ces hautes flammes rouges, hérissées d'or, ivres de vent ! Plus besoin, pour avoir chaud, de démolir les planchers et les charpentes. Les forêts et les friches voisines pourvoyaient chaque jour à la voracité de ce grand âtre sur lequel Bertine se penchait pour tourner le mouton.

« Que pense-t-elle de mon épouse ? Me le dira-t-elle franchement ? »

Et les autres — Madeleine, Isaure, Jeannette, Guillemette, Bertrande — toutes là, toutes attentives...

— ... et vous avez pu tout de même sortir de Poitiers ?

Aude s'animait ; Blandine posa sa dextre sur celle d'Ogier, appuyé sur l'accoudoir de son siège :

— Grâce à lui et à ses hommes : Tinchebraye et Joubert, surtout...

Elle ne les oubliait pas. Et elle s'animait, paraissait très heureuse, complètement engagée dans le bonheur comme elle s'était engagée, tête en avant, sous le porche charretier. Il semblait qu'elle désirât être aimée de tous, être comprise de tous. Avec plaisir, Ogier voyait les petites mains s'animer, oiselles de chair pâle, vives comme des colombes d'âge prime. Et plus encore que les paroles de son épouse, il trouvait en ces gestes-là, prompts et nullement affectés, des certitudes que tout irait bien. *Tout*. Car ces mains pour le moins possessives lui avaient laissé un souvenir qu'il commençait à trouver doux.

« Cette nuit-là, son sang la tourmentait ! »

Assis face à sa bru dans sa haute chaire, Godefroy d'Argouges écoutait, tendait parfois l'oreille et suivait l'envol des mains qui s'appuyaient soit sur l'accoudoir de chêne, soit sur le gobelet comme pour s'y reposer un moment. S'il continuait d'éprouver de l'étonnement devant la beauté de Blandine, son sourire rare exprimait peut-être un doute. Mais à quel sujet ? Il contemplait attentivement le visage de cette jeunette, ses yeux d'ambre, luisants comme deux émaux, ses pommettes roses, ses lèvres retroussées sur des perles ; il écoutait sa voix, inclinant parfois la tête quand elle le regardait et semblait requérir son approbation. Jamais Ogier ne lui avait vu cette contemplation minutieuse et les lueurs des deux chandelles placées sur la table, à proximité du vieillard, n'étaient pour rien dans la brillance de ses yeux. Aude ne s'apercevait de rien, mais Thierry surveillait alternativement ces deux êtres sans qu'on pût deviner ce qu'il éprouvait.

Aude alla trouver les femmes. Bientôt elles se dispersèrent. Elle revint alors près de la cheminée. Ogier fut sensible à son sourire. Davantage qu'elle ne l'imaginait.

— Comment vas-tu, ma sœur ?

— Bien... Nous sommes au manoir de Blainville plus souvent qu'à Gratot... Quand père a besoin de nous, il nous envoie un coulon. Blainville en avait ; Raymond et Marcaillou ont fait un petit colombier en haut de la tour d'Yvon... Il y a même quelques oiseaux qui étaient à Gerbold... Père dort dans ton ancienne chambre. Vous prendrez la sienne, celle de nos parents... Bertine va y faire du feu ; Bertrande, Isaure et Jeannette vont monter un baquet et des seaux d'eau chaude et froide pour *sa* toilette... Guillemette et Madeleine apporteront des draps et couvertures, et des touailles et serviettes...

Blandine se leva d'un bond, prit Aude par le bras et l'entraîna vers une fenêtre. Elle murmura quelques mots et l'air sérieux, Aude approuva. Ensuite, elles traversèrent la grand-salle et s'arrêtèrent sur le perron. Elles parlèrent avec plus d'aisance et Blandine s'écria que ça pouvait attendre un peu. Mais Aude descendait les marches et s'en allait.

— Que lui as-tu demandé ?

— Choses de femmes, mon époux... Tu pouvais demeurer au-dedans.

Un museau toucha la senestre d'Ogier.

— Voici Saladin... Je t'en ai parlé...

Le grand chien jaune à la queue frétillante passait et repassait devant eux sans prêter trop d'intérêt à Blandine, mais sans toutefois lui montrer du mépris. Il avait dû trouver le temps long, bien qu'il eût dû suivre souvent Thierry et Aude. Quant à Péronne, la femelle qu'il s'était trouvée à Gratot, elle devait dormir aux écuries en compagnie des chiens qu'il lui avait faits.

— Il m'avait accompagné à Chauvigny, mais il demeurait sous la tente quand nous partions dans la cité, Thierry et moi... C'est Raymond, là-bas, et Marcaillou, celui de la Langue d'Oc, qui l'ont ramené à Gratot...

Il s'aperçut que Blandine l'écoutait à peine. Elle regardait les murs devant elle et devait apprécier le sentiment de sécurité qu'ils lui fournissaient. Déjà la nuit s'était entièrement montrée. Des brumes épaisses, exhalées par les eaux, montaient grises et pâles, inlassables, dans les ténèbres où la première chevêche en chasse lançait sa plainte veloutée. Saladin s'était arrêté entre les tombes.

— Il n'est pas prêt de me quitter !... Je ne sais si je te l'ai dit : je l'ai adopté quand je suis arrivé au château de mon oncle... Des écuyers, pour jouer, l'avaient percé de deux sagettes...

Comme c'était loin ! Et c'était vrai, cela aussi, et désolant : Saladin vieillissait.

— Est-ce ta Tancrède qui le baptisa ainsi ? demanda mollement Blandine.

Il perçut dans le *ta* une intention plus moqueuse qu'inquiète. Il pouvait répliquer : « Ce n'est pas *ma* Tancrède. » Il s'en garda. Et cependant, en même temps qu'il décidait de s'abstenir, il observait qu'il commettait une erreur ; qu'il eût dû exorciser Blandine de ce fantôme, même si c'était elle et non lui qui l'avait suscité. Il s'était réjoui de sa contenance, une fois entrée dans les murs ; il avait pensé que sentant autour d'elle tant de joie, de tendresse, de confiance et d'admiration, elle deviendrait comme son entourage : gaie, nette, appréciant d'être aimée, donc insensible aux vieilles contingences. L'idiot ! Sa surprise — pénible — lui imposa un changement de ton :

— Cesse de m'en parler, veux-tu ?

Blandine lui jeta un regard dur et d'une opacité qui ne le troubla pas. Il voulut cependant ajouter quelque chose de doux, de réconfortant à son injonction, mais toute bienveillance excédait ses forces. Il se dit que les haquenées telles que Roxelane et Hautemise étaient douces, mais qu'avant de le devenir, elles avaient été subjuguées avec plus de sévérité que les mâles. Fallait-il qu'il procédât de même avec Blandine ?

« C'est son état... Cela va durer quatre ou cinq jours ! »

Faudrait-il que chaque mois il eût à subir ces aiguillons absurdes ? Qu'il se contraignît à faire bon visage en subissant un assaut d'allusions et sornettes ?

« Tu n'aurais pas dû te regimber. Ainsi, elle va te croire coupable... »

Coupable ! Un bien grand mot. Et puis, quoi, tout ce qui avait précédé leur mariage, c'était son affaire à lui, pas à elle !

Aude revenait, un petit sac sous le bras :

— Venez, Blandine, je vais vous montrer votre chambre...

Elles disparurent, bras dessus bras dessous. Thierry, qui leur avait laissé le passage, reprit sa marche vers le perron :

— Je vais voir nos gars, Ogier. Nous avons moult chevaux maintenant et il convient de les bien répartir... Viens-tu ?

Il n'hésitait plus dans le tutoiement. Sa condition de chevalier, hautement méritée, en avait fait un autre homme. Aude, assurément, se moquait de tout ce qu'il avait pu faire avant de la connaître.

— Vas-y seul... Je te rejoindrai.

Des torches brillaient dans les écuries : lueurs chancelantes, douces à regarder ; voix de guerriers, rires doux à entendre. Ogier s'immobilisa sur le perron :

— Occupe-toi de Marchegai... J'irai le voir avant de me coucher.

Un geste. Non plus un geste de légitime obéissance,

mais d'assentiment fraternel. Cela au moins, c'était solide et sans arrière-pensée ! Cette remarque appesantit encore la lourdeur des idées qu'Ogier entassait dans son esprit. Son crâne n'eût pas été plus lourd s'il avait porté son bassinet. « *Je vois tout en noir, et cependant je m'étais attendu à pire !* » Que savait-il de Blandine ? Peu de chose. C'était maintenant, demain, dans leur vie de chaque jour qu'il apprendrait à la connaître.

Une main le saisit par le coude.

— Père !

Le vieillard souriait, sans plus. Le chiche éclairement venant de la grand-salle rendait la plupart de ses rides invisibles, et il avait meilleur visage. Sans doute le Ciel offrirait-il à cette âme noble un long sursis avant qu'elle ne s'évaporât.

— Pas trop tané [1], mon gars ?

Ogier s'était attendu à une autre approche, d'autres propos. Était-ce intentionnellement que Godefroy d'Argouges évitait de lui parler de Blandine ? Il regarda cette face osseuse, ces crins rares et gris, cette bouche ferme au sourire oblique.

— Non, Père... Nous avons chevauché lentement.

Silence. Le garçon allait briser son embarras et demander : « Comment la trouves-tu ? » lorsque le vieillard le devança par une autre question dont la rudesse tranquille s'accompagnait d'un serrement de main si violent sur son coude qu'Ogier faillit le lui retirer.

— Crois-tu que tu ne l'as pas épousée trop promptement ?

Si Godefroy d'Argouges était sans vigueur en fait d'armes, il savait mener résolument d'autres assauts.

— Que veux-tu dire ?... Elle te déplaît ? N'est-elle pas belle ? Bien pourvue en intelligence ? N'a-t-elle

1. *Tanison* : fatigue. *Taner* ou *tanner* : fatiguer.

pas, selon toi, suffisamment de noblesse ?... Quelles sont tes idées sur Blandine ?

Son chuchotement et son tutoiement, surtout, donnaient plus d'âpreté à sa forcennerie. Il se retourna pour voir si quelqu'un les épiait, et fut aussitôt rassuré. Outre qu'on les croyait tout à la joie des retrouvailles, on allait et venait dans le tinel : il fallait donner quelque éclat au repas du soir.

— Je ne sais trop que te dire, mon fils... Elle arrive, je ne la connais pas... Il est vrai que sa beauté peut donner des idées aux trouvères... Je me suis toujours défié des jugements faits au galop, c'est pourquoi je ne te dirai rien d'offensant à son égard. Rien, non plus, qui puisse te tourner les sangs... J'ai connu ta défunte mère dans des conditions pareilles à celles où tu rencontras Blandine... Entre Luciane et moi quelque chose passa... L'admiration. Je dis bien : l'admiration.

Ogier reçut dans ses yeux le regard net, rajeuni de son père. Il se sentit sondé, jugé avec bienveillance en tant que fils, mais déprécié, condamné en tant qu'homme.

— Une admiration subite, réciproque, mon fils. Bien que son frère nous eût mis en défiance contre un mariage hâtif, j'épousai la pucelle et l'amenai céans presque sans la connaître...

— Comme moi... L'as-tu déploré ?

Ogier se souvenait d'un commentaire de Bertine selon lequel la baronne Luciane d'Argouges n'était pas portée sur les vuiseuses[1]. Était-ce de cela que son époux avait regret ? Comme pour détourner son attention, ce guerrier vaincu dans l'essentielle bataille — celle qu'on livre pour le bonheur — désigna la tour dans laquelle Yvon de Kergoet, l'écuyer de Jean de Montfort, avait été ensépulturé quand il était d'un grand danger d'aller du château jusqu'au seuil du cimetière.

1. Choses oiseuses et vicieuses.

— Les hommes, *tes* hommes ont remis des poutres et refait tout l'escalier...

Ogier se courrouça :

— Droit au bersail[1] père !... Tu as déploré cette passion... ton épouse... Je veux dire...

Pour Aude et pour lui, Luciane avait été un exemple de femme et de mère. Mais était-elle aussi bonne coucheuse ? Elle tenait parfaitement son rang de châtelaine ; les chevaliers se merveillaient de sa beauté ; Godefroy d'Harcourt en était amoureux... Se regimbait-elle au lit comme Blandine ?... Non ! Non ! Blandine ne s'était nullement regimbée ; elle était lasse... Et puis quoi ? Elle n'était pas la femme de Godefroy, mais d'Ogier... Quel singulier entretien que celui-ci, un soir où la famille, enfin, se trouvait au complet !

— Quand je vous ai parlé d'aller quérir Blandine, c'est vous-même...

— ... et par un tour que je ne comprends pas, insista le vieillard impassible, ce sont ces femmes-là les plus possessives !

Ogier fut près de remarquer à haute voix que son oncle, un jour, lui avait tenu pareil langage. À quoi bon. D'ailleurs, son père continuait, lâchant enfin son bras :

— Il y a les tisons de l'amour, les grands feux qui dévorent le cœur et tourmentent l'esprit puis, sans qu'on sache pourquoi, les sarments attiédis et les cendres fumeuses... Tu pars à l'ost ? Ton absence ne change rien : à ton retour, c'est l'aridité du cœur et du corps... Mais à quoi bon paroler davantage !

— Père, je suis furieux et... heureux que vous me parliez ainsi... Mais que ne l'avez-vous fait plus tôt !... Vous qui m'avez jadis conseillé pour les armes, que ne m'avez-vous conseillé pour... pour la vie ?

Il comprenait enfin l'appétition mystérieuse que Blandine avait exercée sur lui : contrairement à ses

1. But. Cible.

pensées envers les autres filles, le secret de sa sensualité ne l'avait jamais essanné[1]. L'amour qu'il lui vouait touchait à l'adoration pure. Erreur ! Le corps était aussi exigeant que le cœur. Au souvenir de l'empoignade de sa femme, il devait être rassuré : Blandine ne serait pas Luciane d'Argouges. Elle comblerait ses désirs amoureux ; elle lui ferait des appels de tendresse ; elle le tenterait, il la tenterait. Leurs étreintes ne lui donneraient point, comme à Luciane d'Argouges, le sentiment d'être luxurieuse... Dieu lui-même, par l'entremise des clercs, sanctifiait ces ébattements[2]-là ! Ils sauraient s'aimer ; ils y déploieraient une ingéniosité, une absence de scrupules — un art, même ! — sans penser à se damner pour autant. Et peut-être — oui, peut-être —, plus elle serait jalouse, plus Blandine s'offrirait et serait excitée !

— Qui connaît vraiment la vie d'un couple, Ogier, hormis ceux qui le composent ! L'homme n'est pas fait pour être tenu en laisse ; à plus forte raison l'homme de guerre !... Il est quasi désarmé pour gagner ces petites batailles domestiques où la femme se complaît, même si elle y reçoit moult navrures qui, pareilles à celles de son époux, ne cicatriseront jamais... Il faut bien que je te l'avoue : c'est à l'ost que je me sentais moi-même ; c'est à la bataille que je vivais avec plénitude et non pas, crois-moi, parce que mon devoir se réduisait à occire, mais parce qu'il y avait là une amitié commune et qui pouvait aller jusqu'au sacrifice de l'un pour l'autre... Ce que tu ne vois guère dans la vie d'un ménage !... Les mêlées et les coups, la cruauté, souvent, de l'ennemi, ne m'étaient nullement contrainte : je jouais un jeu d'enfer, mais rien d'obscur n'envahissait ma conscience : je dormais bien, ne craignais ni de faire le mal ni de jurer ; nulle voix pleureuse, rèche ou onctueuse ne cherchait à fausser mes intentions ou

1. Troublé, mis hors de sens.
2. Plaisirs.

mes actes. Je ne me sentais coupable ni de ceci ni de cela... Oui... Ah ! oui, j'étais moi-même.

— Aurais-tu préféré que je revienne seul ?

D'un pas très assuré, Godefroy d'Argouges descendit les degrés du perron et se dirigea vers les écuries. Ogier, aussitôt, fut à son côté :

— Aurais-tu préféré que j'épouse une Normande ?... Oublies-tu...

— Tu sais bien que je n'oublie rien... Une Normande ? À dix lieues à la ronde, aucune d'elles ne me paraît digne de toi, de nous !... Nos voisins nous ont traités comme des mécréants, comme si nous avions la morille[1]... Ah ! non, pas de Normande... bien que, voici plus de six ans, c'était mon vœu le plus obstiné.

— T'engrignes-tu contre Blandine ?... Pourquoi ?... Dis-moi quelle déplaisance elle a bien pu te faire... Dis-moi pourquoi tu ne l'aimes pas !

— C'est à toi de l'aimer.

En tout cas, songea Ogier, nulle autre créature que Blandine n'aurait pu leur donner tant de franchise à parler d'eux-mêmes !

— Je la crois très bonne, mon fils... Très affectionnée... Sensible... Plus attachée à toi que tu ne le penses... Or, c'est cela, le danger !

Godefroy d'Argouges s'en alla d'un pas sûr et pesant, vers Marcaillou et Raymond, devenus inséparables, et qui sortaient des écuries. « Raymond, qu'en pense-t-il, lui ? » Mais fallait-il aussi requérir son avis ? Pourquoi pas celui de toute la mesnie ?

Aude revenait, serrant Thierry de près sans que le froid du soir en fût la cause. Des épreuves différentes les avaient mûris, mais le passé n'était plus rien pour eux. Et pourtant ! Thierry avait connu la déchéance naturelle des hurons sans subir, cependant, la moindre marque sinon le moindre excès de mépris car il était nécessaire à la vie du seigneur : il savait œuvrer le fer,

1. La peste.

ferrer les chevaux et même, en bon taillandier, écrouir et amouler les armes. Aude avait connu le dédain, assorti du dénuement et de l'angoisse... Mêmes racines, mêmes élans vers le bonheur.

— Elle prend son bain, mon frère. Elle a refusé que je l'aide.

— Est-elle seule ?

— Oui... Bertine voulait demeurer...

Ce n'était pas une mauvaise chose que Bertine eût été éconduite ! Ogier sourit : la commère devait être déçue.

— Comment la trouvez-vous ?

Il s'adressait plus particulièrement à Aude. Thierry eut un sourire presque désincarné ; un peu plus de blanc éclaira ses yeux, ses lèvres :

— Je la connais, Ogier, depuis votre rencontre. Tu sais bien ce que j'en pense.

Il s'exprimait difficilement, mais cela se concevait : après tant de mois de sujétion, le tutoiement lui devenait parfois pénible. Ogier faillit dire : « Ce que tu en penses ?... Je n'en ai nulle souvenance. Répète. » Il ne l'osa mais avoua pour en finir :

— Vous formez un bien beau couple.

— Avec Blandine, celui que vous formez...

— Oui, oui, ma sœur, encense-nous !... Frère Isambert l'a fait si promptement...

On allait et venait autour d'eux sans leur prêter la moindre attention. Ici et là, un rire éclaboussait la nuit, un feu dansant y ajoutait ses ors, fleurissant un pan de mur ou le bois ténébreux d'une porte. Un hennissement retentit ; il se pouvait que ce fût Hautemise, qui jamais, depuis Fougères, ne retrouvait sa litière et ses aises.

« Demain, j'irai voir tous ces chevaux... »

Ogier voulut demander des nouvelles d'Artus et s'aperçut qu'Aude lui parlait sans qu'il se souvînt de l'avoir invitée à lui fournir une réponse.

— Elle est avenante... Sa beauté peut fournir des rimes aux trouvères... Et tu l'as choisie !

Nul reproche dans sa voix, mais une espèce d'enjouement rehaussé d'un soupçon d'inquiétude. Se pouvait-il qu'Aude fût bienveillante à l'égard de Blandine alors que leur père était enclin à la durement juger ?

— Elle m'a fait présent d'un coupon de cendal... Je n'ai jamais rien vu d'aussi beau... Elle m'a dit comment elle l'avait obtenu... ainsi que sa haquenée... Rares sont les filles donneuses, Ogier... Et m'offrir cette merveille à moi qu'elle ne connaît pas...

— Elle a bon cœur, dit Thierry.

Oui, elle avait bon cœur. C'était lui, Ogier, troublé par son retour, qui déformait tout. Qu'importaient maintenant les propos de son père : il était aigri par moult épreuves — dont le mariage. Opprimé [1] par son échec, il refusait d'associer la beauté d'une femme à la réussite d'un couple ! Or, tout bien considéré, si Luciane d'Argouges s'était montrée froide et distante, il se pouvait qu'il en eût été responsable.

— Qu'en pensent Bertine et les autres meschines ?

— Trouves-tu que leur opinion ait quelque intérêt ?... Je crois qu'après tant d'années cruelles, elles ont trop à se soucier d'elles pour penser aux autres... Ne les as-tu pas bien regardées ?... Elles sont comblées, repues... de tout !

Il fallait qu'Aude eût bien changé pour s'exprimer ainsi.

— Allez-vous avoir un enfant ?

Question rude, inattendue.

— Pas encore, mon frère, mais on fait tout pour ça !

Thierry riait, sans se douter que cette révélation pouvait passer pour obscène. Et Aude riait aussi. « Elle aime *ça* !... Elle ne s'en cache pas !... Elle ne tient donc pas de notre mère ! » Ogier tapa impulsivement sur l'épaule de Champartel :

— Tu me parais bien chanceux !

Tandis qu'il s'éloignait vers le perron, il devina que

1. Vexé.

ces deux-là le suivaient du regard, puis se concertaient sans rien oser dire.

*
* *

Le verrou condamnait la porte. Ogier colla son oreille contre l'ais de chêne à bonne senteur de cire en se disant qu'il entendrait, de l'autre côté, un bruit de gouttes, un chant menu ou quelque « *la la la* », tout simplement, puisque Blandine égayait ainsi sa toilette. Le silence l'inquiéta. Il donna quelques coups du crochet de l'index.

— Qui est là ?

— C'est moi... Ouvre.

— Attends... Je vais venir.

Il serra les poings tout en s'interdisant de se laisser influencer par les propos qu'il avait entendus. De même que son épouse devait se familiariser avec Gratot et les coutumes de tous et de chacun, il devait s'intégrer à une autre existence et savoir, si les événements le lui imposaient, demeurer devant une porte close aussi longtemps qu'il le faudrait.

La clenche fut levée. Couverte d'une serviette de lin ourlée de rouge, Blandine lui offrit l'image d'une femme à peine touchée de lassitude, débusquée, nue, dans le plus parfait état de sérénité. Ses seins ne se voyaient pas — « Même pour moi, elle les cache. » Ni ses cuisses. Drapés dans ses cheveux comme dans un linceul, ses joues, son cou, ses épaules avaient la blancheur du mur sur lequel, au clair des chandelles, tremblait son ombre élancée. Un moment — si bref qu'il crut avoir rêvé —, elle fit voler la serviette en tournant sur un talon.

— Comment me trouves-tu ?

Était-il opportun qu'elle usât de cette simagrée alors que le harnois qu'il venait d'entrevoir lui imposait l'abstinence ?

— Tu es belle... Aude a été touchée que tu lui donnes ce coupon de cendal.

La tête de Blandine disparut dans l'ouverture du doublet[1] qu'elle passait par le haut, laissant entrevoir, ainsi, le cilice d'étoffe rose qui la ceignait et le blanchet, qui la dissimulait toute.

— Il faut bien que je m'en fasse une amie.

Ogier trouva cette réponse niaise : ce qu'il avait pris pour une preuve de bonté se révélait une adroite manœuvre.

— L'amitié est sans prix... Elle ne s'achète pas.

Il s'était assis sur le bord du lit. Tandis que son épouse allait et venait, le frôlant parfois, il sentait vaguement son arôme, et ses lèvres, ses mains le démangeaient tant ce parfum de chair pouvait être attirant. Il observait à s'en brûler les yeux, l'entre-deux de sa gorge où perlait encore une goutte, les frisottements d'or des aisselles dont les jointures en évoquaient une autre. Il faillit crier « Non ! » quand elle mit sa gonne[2].

— On voit que tu ne connais pas les femmes !

Là encore, elle se méprenait. Bon sang, qu'était-il venu faire ici au lieu de l'attendre au-dehors ?

— Je connais ma sœur...

Il croyait en avoir fini. Il fut déçu :

— Tu m'as dit que vous ne vous étiez pas vus pendant cinq ans et qu'à peine retrouvée, tu l'avais quittée pour aller à Chauvigny, puis pour venir me prendre à Poitiers...

Il détesta le verbe *prendre* mais admit qu'elle avait raison. Refusant de continuer cet entretien, il demanda :

— Crois-tu que céans tu seras heureuse ?

La gonne tournoya, vert clair, propre : une robe « poitevine », simple mais seyante.

1. Chemise.
2. Robe.

— Comment pourrais-je te répondre ? Cela dépend de toi... des autres...

— Et de *toi*, Blandine... de toi surtout !

La gorge dure et le cœur battant fort, Ogier regarda, dans un angle, le grand baquet aux bois ruissclants dont le contenu, touché par les reflets des petites flammes dansantes, brillait comme un cuivre liquide. Il vit aussi les flaques sur les dalles et les deux touailles sur lesquelles les pieds de sa femme s'étaient posés. Une eût *largement* suffi. Les meschines de Gratot s'empresseraient-elles à son service ? Il se pouvait — c'était son droit — qu'elle désirât une chambrière... Qui choisir ? Surtout pas Bertine ! Encore moins Guillemette... Qui ?... Et s'il lui prenait l'envie d'engager une pucelle de Coutances ? Il fut tenté d'insister : « *De toi surtout, Blandine* », mais rejetant tout d'un mouvement des bras, elle s'ébaudit en s'avançant vers la porte :

— Oh ! de moi...

Il s'aperçut qu'elle était prête. Elle allait donc laisser ses longs cheveux épars, et vraiment, il n'y avait qu'elle pour éloigner, d'un souple mouvement de la main et du cou, les mèches inconvenantes. Elle avait mis des sandales légères ; il faudrait en acquérir d'autres, solides et couvrant bien : avec les pluies d'automne et d'hiver, la cour allait devenir boueuse. Il faudrait même la pourvoir en sabots.

— Irons-nous souvent à Coutances ?

— Chaque fois que tu le voudras.

S'il n'y avait que cela pour la faire sourire !

Tandis qu'elle passait devant lui, Ogier la poussa légèrement de la main sur le haut de la fesse, évoquant la plénitude attrayante, en dessous. Elle dit : « Oh ! toi... » mais sans mauvaiseté. Il alla même jusqu'à penser qu'elle en avait eu plaisir. Cinq jours !... Ils seraient peut-être aussi longs pour elle que pour lui.

*
* *

Bien qu'il eût réuni la famille, la domesticité et les hommes d'armes, Ogier trouva le repas plutôt morne. On s'ébaudissait pourtant autour de la table, même quand les hommes écoutaient Joubert et Tinchebraye leur conter comment ils étaient entrés dans Poitiers, suants d'angoisse et maculés de sang. Près d'Aude, Blandine souriait, mangeait avec autant de recherche que lors du grand régal chez dame Alix d'Harcourt, et baissant la tête, parfois, semblait admirer pour son plaisir l'une et l'autre des rondeurs de sa poitrine.

Assis entre son épouse et son père, Ogier lançait de temps en temps un coup d'œil à Thierry ou à Delaunay juste en face, entre Madeleine et Bertrande, et souvent aux Bretons qu'il avait retrouvés avec plaisir : Goasmat, Le Hanvic, Le Guevel et Mahé, ainsi qu'à ses Génois : Galeas et Sapienza. Entre deux bouchées, deux lampées, deux rires, tous ces hommes coulaient un regard sur Blandine, mais on eût dit qu'elle ne s'en doutait pas. Ni d'ailleurs Aude avec laquelle elle s'entretenait beaucoup — de robes, de tissus, de fleurs et broderies —, tandis que Godefroy d'Argouges dont l'appétit restait modeste, observait sa fille et sa bru, et se livrait sans doute à des comparaisons.

« Eh bien, qu'il compare, estime ou déprécie ! Je ne me mettrai pas martel en tête ! »

Morose, Ogier ranima quelques souvenirs, en particulier celui qu'il conservait, très vif, de son premier souper à son retour de Rechignac, après cinq ans d'absence. Certes, on avait énoncé maints événements pénibles, en pleurant ici ou là, mais ensuite, on s'était montré enjoué, les femmes surtout. Et leurs rires et gloussements charmaient ses oreilles. Ce soir, bien sûr, elles riaient aussi, mais d'une façon trop pointue, sans guère tourner leurs regards vers Blandine. « En notre absence, ils ont tous parlé d'elle... Les uns et les unes en bien ; d'autres en mal... J'aurais dû demeurer parmi eux. » L'idiot : ils eussent, simplement, différé leurs commentaires. Mieux valait que ce fût fait !

Mais qu'allait-il chercher là ! C'était dans la nature humaine de dépriser certaines gens, sinon de les dénigrer. On pouvait y procéder aimablement, sans la moindre intention de salissure. À cette forme de médisance succédaient presque aussitôt de bonnes et longues paroles d'indulgence. Lui-même avait été parfois sans complaisance envers certains et certaines : l'épanchement du fiel pouvait être un plaisir sinon un réconfort.

Il s'enfonçait dans l'ennui. Blandine dut s'en apercevoir, et lui tendant son gobelet pour qu'il l'emplît — d'eau seulement :

— À quoi penses-tu, mon époux ?

— Je regrette que Mère ne soit pas là, près de toi ou en face.

Avec une acuité cruelle, inattendue, il ressentait cette absence. Luciane d'Argouges eût su accueillir Blandine et la mettre en confiance. Elle eût fait de cette inconnue *sa* fille avec patience, délicatesse, amour, car elle pouvait être froide, voire glacée dans un lit, elle n'en avait pas moins le cœur bien chaud !

Et son oncle Guillaume ? Qu'eût-il dit après avoir vu et observé la jouvencelle ? Eût-il, lui aussi, désapprouvé ce mariage ? Pour quelles raisons ?

Sans vouloir compléter ces questions par quelques autres auxquelles, d'ailleurs, il se fût interdit de fournir des réponses, Ogier s'aperçut, s'il en était besoin, que l'opinion du seigneur de Rechignac lui manquait plus encore en cette occurrence que dans les événements grands et petits qui composaient sa vie quotidienne. Bien qu'ils se fussent séparés courroucés l'un envers l'autre — à cause de Tancrède —, rien ne s'était affaibli d'une affection avunculaire [1] que Guillaume croyait

1. Qui concerne l'amour que l'on voue à l'oncle, surtout l'oncle maternel, ce qui est ici le cas.

sûrement abolie. Sans doute eût-il été heureux et fier d'apprendre que la cessation des compliments et des reproches dont il avait abreuvé son neveu pendant cinq ans laissait parfois celui-ci anxieux sur le bord d'une existence où il ne figurait plus qu'en pensée.

« Je suis comme un oiseau qui hésite à voler. »

Plutôt comme un oiseau sujet au vertige. Blandine, sinon leur union, le précipitait dans un abîme dont il s'était efforcé d'ignorer l'existence malgré les admonitions de Benoît Sirvin qui, lui aussi, avait souhaité qu'il fût heureux.

Il s'aperçut qu'il déraisonnait : Blandine avait ses façons de vivre, de penser. Il l'avait aimée et épousée telle qu'elle était et non pas dans l'intention de la former selon ses vœux. Elle n'encourait aucun reproche...

Là encore, c'était déraison de méditer ainsi : il savait quel manquement aux conventions du mariage avait provoqué ce mésaise incisif dont il paraissait seul souffrir. Bien heureux qu'elle eût ses monstres car il se fût humilié et indigné d'un nouveau refus si proche du premier au coucher de ce soir...

Des gouttes roulaient dans son dos. Cette suée ranimait sur son cou et ses joues les feux pourtant morts du rasoir. Il se sentait observé. Les femmes qui s'étaient offertes à lui avant qu'il connût Blandine devaient se demander par quels émouvements ils finissaient par jouir l'un de l'autre. Et les imaginations des hommes devaient se rassembler sous cette robe dont Saladin s'apprêtait à flairer le pan lorsque, du bout du pied, on l'en avait empêché. Blandine se sentait-elle aussi et ainsi observée ? Sa chair dont il aimait le goût et la senteur était-elle moite d'émoi, de déception, de lassitude ? Aude multipliait les sourires envers cette belle-sœur qui semblait convenir à ses aspirations et Thierry se montrait aimable. Étaient-ils aussi francs, dans cette amitié neuve, qu'ils l'étaient en amour ?

« Tu t'égares, Ogier ! Tu veux le bonheur avec *elle* et rumines déjà comme s'il t'échappait ! »

Cessant d'épier Blandine, il considéra ces gens attablés, puis cette salle soigneusement restaurée par les hommes d'armes sous la surveillance et les recommandations d'Aude. Le feu éclairait les murs par secousses vives et les chandelles élevaient leurs clartés jusqu'aux poutres. Lancé dans des propos de guerre avec Joubert, Godefroy d'Argouges semblait avoir oublié ses anciens soucis d'homme pour ne parler qu'en chevalier, tout en quêtant l'approbation de Thierry dont il aimait la sagesse. Pour un noble tel que lui, déchu par un coquin et réhabilité par le roi, la vie jusqu'à son trépas redeviendrait simple, même si l'amertume des longues années d'opprobre le prendrait encore, parfois, à la gorge. Et, à y bien regarder, Blandine ne semblait pas étrangère à cette douce joie teintée de gravité : elle s'était mise à parler aux hommes — Tinchebraye, Delaunay, Le Hanvic et Bazire —, et c'était de Poitiers qu'elle les entretenait. Elle venait de lancer le nom de Rochechouart sans en éprouver de la gêne. « *Moi, si j'avais cité Tancrède...* » Et voilà que sans qu'il l'eût souhaité, sans qu'elle méritât qu'il l'eût suscitée, l'image de sa cousine envahissait sa mémoire. Et il avait beau la voir en son armure, il savait bien quel corps s'y enfermait ! Il devait l'oublier. Elle avait sans doute retrouvé en Guyenne ou ailleurs, Blanche de Passac avec laquelle on pouvait bien se dire qu'elle était abouchée ! Ces deux femelles lubriques — et c'était dommage — n'apprendraient jamais qu'il avait occis leur mari et concubin en courant une seule lance devers lui aux joutes de Chauvigny.

Il entendit le rire de Blandine. Elle avait maintenant les joues roses, les yeux pétillants, l'accent moins apprêté : moins velouté mais plus musical. Elle semblait cependant répugner à tenir les os à pleine main et chipotait sa cuisse de geline[1]. À coup sûr — et cela il le sentait avec force —, elle était maintenant et ici plus

1. Poule.

à l'aise et plus considérée qu'à Poitiers. Son absence de hautaineté devait plaire à tous les convives, même à Guillemette que Marcaillou semblait couver du regard, tout autant et même plus que Courteille. Son ventre était redevenu plat.

« Nul ne m'a parlé de son enfant !... Il est vrai que nous venons d'arriver ! »

— Donne-moi encore un peu à boire, Ogier, dit Blandine.

Mêlé d'eau, le vin piquant de Normandie [1] commençait à faire effet sur son corps fatigué. Mais quelle était belle ! Dans l'étroit croisillon de ses manches lacées, on devinait ses bras, le haut de ses épaules rondes, pâles, et l'on pouvait alors, par un jeu de l'esprit, essayer de la deviner toute, des chevilles au cou, en s'attardant çà et là pour des devinettes luxurieuses, comme Lehubie était en train de le faire. Jamais il ne l'avait tant contemplée. Jamais lui, Argouges, ne s'était senti aussi envié. Et comme Jourden, Courteille, Desfeux, Aguiton, d'autres encore tels que Goasmat et Le Guevel la regardaient trop bien, avec trop d'éloquence au fond de leurs prunelles, il fut transi par une vérité sévère : s'il commençait à s'offenser de ces regards-là, c'était qu'il devenait jaloux !

*

* *

Quand ils furent de retour dans leur chambre, Ogier s'accouda à la fenêtre moins pour laisser Blandine se préparer pour la nuit que pour jouir du ciel noir tout endiamanté, à tel point que les ardoises des toits, çà et là, se paraient de miroitements bleu sombre. Derrière, les arbres semblaient réduits à l'état de vapeur, une vapeur lourde où le vent se perdait, s'essoufflait et s'échevelait avant de fuir vers la mer.

1. Il y avait alors des vignobles en Normandie.

— Tu devrais refermer, dit Blandine. J'ai froid.

Faisait-il froid ? Non. Frais. En quittant la table, elle avait dit : « Ce qu'il fait chaud ! » Elle avait embrassé Aude, Thierry, Godefroy d'Argouges ; elle avait eu un geste, un mot pour les autres. Elle souriait. On s'était dispersé, sauf Bertine, Madeleine, Isaure et quelques serviteurs et soudoyers qui voulaient les aider à desservir et à laver les plats, les bassines et les écuelles. Il entendait tinter les étains et les cuivres ; les rires et les cris, en l'absence du baron et de sa famille, prenaient plus de vigueur. Mais pourquoi riaient-ils ? Les plaisanteries et les gestes hardis, certes... Toutefois, d'autres moqueries, d'autres propos pouvaient provoquer ces grandes poussées de gaieté...

Il vit des ombres derrière un flambeau. On allait s'assurer que tout allait bien à l'étable et aux écuries. Thierry et Aude, qui couchaient dans la pièce à côté, devaient, en s'apprêtant, échanger leurs idées sur cette soirée. Quant à Godefroy d'Argouges, allongé dans ses draps, qu'en pensait-il ?

Il soupira. Quelque chose de plus solide qu'une sérénité dissipa ses ténèbres intérieures : Blandine à Gratot, c'était le songe devenu vrai. Seul ce fait-là devait compter ce soir. Proche de lui, son épouse remuait doucement, et par les glissements de ses atours, il devinait qu'elle ne tarderait plus à être nue. Se retourner ? Non. Profiter du silence de cette vesprée, de ces bruissements du déshabillage, de cette ombre dont un mouvement s'éployait, proche de son épaule, comme un appel lascif. La chambre baignait dans un gris cuivré, apaisant, et l'arôme dont Blandine avait voulu parer sa chair, juste avant de souper — le flacon, c'était la réciproque d'Aude pour le coupon de cendal —, cette senteur semblait l'émanation, la respiration de la paisible campagne lovée autour de Gratot. À peine, se penchant comme maintenant, devinait-il l'odeur des douves.

— Tu devrais fermer la fenêtre...

— Oui... Laisse-moi profiter de cette nuit encore...

Il y avait des bruits d'eau, des frottements, des soupirs.

— Si je me retournais, tu serais mécontente.

— Oh ! oui... Je serais très irée [1] contre toi !

Alors, en ce cas, comment ne pas apprécier la quiétude du soir afin d'oublier le corps de Blandine ? Cette chambre allait devenir leur refuge. S'aimer, dormir, se reposer lors des après-midi de l'été. *S'aimer...* Y pensait-elle ? Sans qu'il se sentît atteint de lubricité, il ne put que l'imaginer encore dans ce harnois secret qu'Aude, sans doute, lui avait confié et qui lui en interdisait l'approche. Bruits subtils affleurant le silence perlé de gouttelettes révélant les ondoiements de cette ensorceleuse peut-être, elle aussi, pénétrée de désirs et qui, malgré sa blessure... À moins que Blandine, si fraîchement femme, ne fût tout heureuse et tout aise de cette trêve, et trouvât pour la première fois depuis son assujettissement à ces inflexibles et désagréables contraintes, une satisfaction malicieuse à subir celle de ce mois-ci...

Cherchant à s'apaiser, il se dit : « Ils vont l'adopter : elle est si avenante ! » Quels que fussent leur caractère et leur âge, soudoyers, serviteurs et servantes avaient été conquis par sa beauté, mais aussi par l'affabilité de ses manières, la douceur de sa voix, la simplicité de son rire. Tous avaient bien compris pourquoi il s'en était amouré... Certes, il avait exalté cette jouvencelle à vrai dire inconnue au-delà du convenable : les épreuves, éloignements et dangers qui, depuis leur rencontre et jusqu'au soir de Crécy, faisaient obstacle à sa quiétude avaient, au lieu de l'enténébrer, enluminé cette passion vivifiante. Peu importait que son père lui eût reproché un mariage hâtif. Il avait fait pour le mieux. Jamais il n'aurait pu courtiser Blandine selon les us et coutumes parce que jamais le chevalier Berland ne l'eût admis dans son entourage... Mais qu'al-

1. Courroucée.

lait-il touiller les débris du passé ! Vivre et jouir du présent, voilà ce qui devait devenir sa devise, à commencer par jouir de Blandine. Que faisait-elle maintenant que l'eau avait cessé son clapotis ? Le feu, lui, crépitait dans l'âtre et semblait même avoir attendu l'achèvement de ces ablutions soigneuses pour lécher, à grands coups de ses langues rouges, les pierres du contre-cœur.

Eh bien, non, Thierry et Aude n'étaient pas dans leur chambre : ils traversaient la cour, enlacés. D'une main, le garçon tenait une lanterne, de l'autre, enfouie dans le col de la camisole, il enfermait le sein de son épouse. Guillemette suivait de loin. Par qui se faisait-elle enfourcher ?

— Ogier... Ogier... Tu peux clore la fenêtre et te retourner...

Blandine avait passé une longue chemise. Elle souriait, le visage en partie couvert par ses cheveux qu'elle brossait ardemment. Les lueurs des flammes, au travers des fils d'or, faisaient mieux valoir la gracilité de son cou et la finesse de son oreille.

— Tu peux te coucher, dit-il.

Sans gêne aucune, il se lava, sachant qu'elle ne se privait nullement de le regarder. Lorsqu'il eut terminé, il se coucha. Elle brossait toujours ses cheveux, mais sans vigueur, désormais : la mollesse des pensées s'assortissait de celle des gestes.

— Crois-tu que je leur ai plu ?... J'ai tout fait pour... Pas vrai ?

Ainsi, elle s'était astreinte à se concilier une bienveillance qui peut-être, elle aussi, manquait de naturel.

— Tu leur as plu... je crois...

Il pouvait se permettre cette restriction. Immobile dans les draps, les yeux clos, il sentit sur son front la paume froide et dure de Blandine.

— Aude est bonne, serviable... Thierry se demande ce que je fais là... Ton père...

Elle s'était penchée ; dans ses yeux tout à coup

sombres dansait la flamme de la chandelle qu'elle tenait à la main pour mieux voir, sans doute, ce visage de gisant dont elle eût voulu sonder la cervelle.

— Ton père se demande si je suis bien la bru qu'il lui fallait... Sois sans crainte : je ferai tout pour lui plaire.

À lui aussi ! Allons, cette franchise témoignait de bonnes intentions et reflétait une jeunesse touchante... Touchante, car posant la chandelle sur la tablette, près du lit, elle se penchait : il sentit que sa main pétrissait son épaule et que son souffle devenait plus fort. Très près. Très près encore. Bouche entre-close, affamée. La main s'enfonçait dans les draps... et s'en enlevait d'un coup : on grattait à la porte.

— Qui est-ce ? demanda Blandine à haute voix.

Nulle réponse. Ogier se dressa sur un coude :

— C'est Saladin. Il veut entrer.

— On ne va tout de même pas ouvrir à cette bête !

Ogier sentit le mécontentement l'envahir :

— Il ne m'a pas vu pendant des mois, pour ainsi dire... Et c'est mon chien. Voilà plus de six ans qu'on dort de compagnie... N'importe quel coin lui suffit... Il ne comprendrait pas que je laisse ma porte close.

— Il a bien dormi ailleurs quand tu vivais loin de Gratot !

Blandine derechef se penchait. À ce regard, ce sourire qui semblaient être ceux d'une autre, comment n'eût-il pas deviné qu'elle voulait exercer sur lui un pouvoir qui, pour être doux, voluptueux même, n'en serait pas moins exorbitant. « *Elle va vouloir régner sur moi, on dirait !* » Bêtise énorme : elle régnait sur lui ! Il avait éprouvé à chacune de leurs rencontres, en même temps qu'un bonheur enivrant, une faiblesse merveilleuse : il se serait agenouillé à ses pieds. Sans qu'elle eût demandé ou exigé quoi que ce fût, il se fût répandu en un flot de promesses aussi franches qu'intenables. Et maintenant qu'il voyait sa poitrine par le col de sa chemise ; maintenant qu'elle penchait vers lui, dans leur coupe de satanin brodé, ces deux fruits tentateurs ; maintenant que ses lèvres allaient toucher sa bouche...

— N'ouvre pas.

Pourquoi disait-elle cela au moment même où Saladin gémissait ?

— N'as-tu jamais eu un chien ?

— Non.

— Tu ne peux savoir combien ces êtres-là vous aiment. Saladin m'a suivi partout, sauf à Crécy, bien sûr, et quand je suis allé te chercher parce que je craignais de rencontrer des Goddons en chemin et qu'il connaissait peu les soudoyers que j'emmenais... Sache-le : il est bon et doux. Pour me sauver la vie, il se ferait occire.

Assise au bord du lit, tête basse, Blandine tressait une mèche de ses cheveux. Ogier sentit sourdre en lui une chaleur pareille au désir ; mais c'était le désir de plaider la cause de Saladin. Il avait besoin de sa présence. Bien qu'il fût un animal, il ne pouvait pas l'offenser. C'était un compagnon discret, silencieux, attentif ; le confident des moments d'infortune dont les regards pouvaient être aimables, rassurants, courroucés ou moqueurs.

Sortant du lit, Ogier montra un angle de la chambre :

— Partout où nous avons couché, il s'est toujours tenu dans un coin, à senestre. J'avais mon épée à ma dextre...

— Tu n'as pas ton épée. Tu peux aussi te priver de ton chien.

Ogier ne releva pas cette réponse. Il continua :

— Dans la journée, il est auprès de Marchegai, aux écuries. Et Péronne, la femelle, n'est pas loin.

— Alors, si sa femelle est là-bas, qu'il y aille !

Blandine résistait, ergotait ; c'était son droit. Ogier soupira un grand coup tant il lui paraissait incroyable qu'il fît preuve de tant de patience envers elle.

— Ce n'est qu'une bête, Ogier... Si elle entrait...

Elle la détesterait, sans doute. Peut-être sous l'effet de ses menstres, la jalousie avait-elle délivré en elle un démon jusque-là bien caché. Après Tancrède, Saladin. Elle rit :

— Ton cheval est aussi un compagnon de choix... Va le chercher... Mais dis-lui d'ôter ses fers : je ne saurais dormir dans la frainte[1] !

Elle rit. Ogier se sentit las, égratigné, mais brusquement, il releva la clenche.

Saladin entra, soufflant fort pour bien montrer son soulagement. Il contourna Blandine sans même flairer ses pieds nus et se lova dans le coin senestre de la pièce, puis se lécha l'épaule, sans bruit, doucement.

— Il va dormir avec nous !

— Non pas *avec* ni *auprès*, mais là-bas !

— Il pue.

— C'est faux.

Ogier perçut un soupir de dépit. Il ne s'en troubla pas.

— Alors, quand nous ferons... ça... il sera là, nous épiant dans le noir...

Elle marquait un point. Ce serait gênant au début, surtout pour elle... Bien qu'il fît assez sombre — la chandelle allait expirer —, Ogier vit s'empourprer les joues de son épouse. Elle le considérait avec une extrême arrogance, et pourtant sa bouche, ses yeux conservaient il ne savait quoi d'enfantin. Ces lèvres si belles, ce regard d'une innocence miraculeuse, voilà ce qui l'avait tout d'abord enchanté...

— Cette riote[2] est indigne de nous.

Un repentir le prit, si douloureux qu'il eut envie, pour cette nuit seulement, de renvoyer Saladin. Or, d'un geste inattendu, Blandine tirait des deux mains sur le col de sa chemise, sachant bien qu'ainsi, elle la

1. Bruit.
2. Querelle.

déchirerait — ce qu'elle fit de haut en bas, avec un plaisir évident avant de s'enfouir dans le lit jusqu'au front.

— Tu es courroucée, je le suis aussi... Que dira Aude en voyant ce vêtement ainsi despiécé ?... Elle va me prendre pour un violeur et m'en réclamer le prix !

Il riait, refoulant mal sa fureur. Blandine l'écoutait-elle ? Aurait-il dû renoncer à la présence de son chien ? Il contourna le lit et se mit dans les draps. Sa hanche toucha celle de son épouse qui, aussitôt, s'éloigna. Il n'y avait plus d'amour entre eux, ce soir, et il ne pouvait dominer le regret de plus en plus ferme, hélas ! et acéré, de son ancienne solitude.

Ce n'était pas ainsi qu'il avait imaginé sa première nuit à Gratot. Il croyait avoir appris l'essentiel du caractère de Blandine et se découvrait ignorant et bafoué. Certes, il concevait son attitude envers Saladin. Elle lui semblait pourtant aussi pénible à supporter qu'une irrévérence infligée à lui-même, et d'autant plus intolérable qu'elle était imméritée. Dans l'éclair indigné des prunelles de Blandine après qu'il eut ouvert la porte au chien, il avait entrevu quelque chose de pis que de la rancune. Un sentiment pesant, mystérieux et fulgurant qui la rendait méconnaissable.

« Quoi ? » s'interrogea-t-il en n'osant sonder cette sensation de péril et d'angoisse jusqu'alors inconnue.

Il se refusait à bouger. Il devinait son épouse en grand état d'enfièvrement, les lèvres pincées, les yeux ouverts, la poitrine gorgée de soupirs exaspérés dont elle n'osait se soulager.

Comme lui.

Tout se taisait autour d'eux. Saladin lui-même demeurait immobile, savourant à coup sûr sa bonne chance d'avoir été accepté comme avant. Or, rien, à Gratot, ne serait plus comme avant pour personne.

Roulant sur le flanc, face au mur, Ogier grommela :

— Tu dois me prendre maintenant pour un huron.

— Un peu, oui.

Il ne se méprit pas : le ton sec et tranchant signifiait *beaucoup*.

DEUXIÈME PARTIE

LA VIE DE CHÂTEAU

I

Un matin de nacre et de pourpre. Le soleil dont les feux illuminaient les douves, la floraison des brumes denses et neigeuses sur les terres, les cris brefs et les vols amollis des oiseaux n'appartenaient plus à l'automne. Saladin le savait : il frémissait et frongniait[1], une haleine fumeuse à l'entour du museau. Cet air poivré, ce givre saupoudrant les fleurs sur les deux tombes, cette vaporeuse et rougeoyante paix où froidissait le vent d'est l'incitaient, pour se réchauffer, à vaguer dans les forêts et les brandes, dût-il en revenir trempé des babines à la queue. Ogier l'observa, jappant et gémissant auprès de ses heuses qu'il mordillait parfois : le chien l'invitait à sortir, non pour courre quelque bête mais dans l'intention d'errer sans autre plaisir qu'être ensemble.

Pour épurer son corps et son esprit, c'était à pied — tant pis pour Marchegai ! — qu'il devait parcourir sa chevance[2]. Il en percevrait d'autant mieux les dimensions et la valeur que la vue portait loin maintenant que les arbres avaient perdu leurs feuilles.

Il bâilla, s'étira et frotta ses paupières. Mauvaise nuit. Blandine avait dormi d'un sommeil tout simple,

1. S'agitait beaucoup.
2. Bien, propriété.

appuyée sans arrêt sur le ventre et les seins comme pour les protéger d'atteintes outrageantes tandis qu'il demeurait les yeux ouverts à dominer non sans fureur ce besoin pourtant légitime de l'enlacer. Le souvenir de ses soupirs, de ses postulations et de sa nudité offerte exacerbait ses sens. Il se fut méprisé de leur lâcher la bride.

— Bon sang ! on s'est aimés, pourtant, murmura-t-il.

Il ne pourrait guérir de cette mélancolie si Blandine le courrouçait et le désenchantait. Or, tout lui prouvait qu'elle devenait différente. Cette assurance... Cette aversion pour Saladin... et peut-être pour Marchegai, parce qu'ils étaient ses compagnons fidèles... Il devait ce matin, la fraîcheur l'y aidant, recouvrer son aplomb, sa sérénité, sa confiance.

Il aperçut son père allant aux écuries.

« Il ne m'a rien reproché hormis ma hâte... Belles paroles : il s'est marié aussi vélocement que moi !... Mère devait différer de Blandine. Elle était froide... Blandine, elle... »

Mieux valait qu'il interrompît sa pensée ! La veille, au souper, il s'était senti observé tout autant que son épouse. Il était même advenu qu'un de ses mouvements se fût soudain trouvé comme étréci du seul fait qu'il l'avait senti accompagné d'un regard. Et qu'importait qui l'épiait avec parfois tant d'insistance !

Il vit avec regret Saladin le quitter, la queue et le museau bas. Il allait soit rejoindre Marchegai, soit côtoyer Péronne sur quelque lit de paille ou de fourrage.

« C'est vrai qu'il a sa femelle et que la nuit, sa place est auprès d'elle... *Non* ! il s'est trop attaché à toi avant de la connaître. Il prendrait un renvoi pour une punition injuste... Il t'en voudrait et il aurait raison... Seule Blandine serait bien aise d'une brouille imméritée ! Tout chien qu'il est, il sait que tu n'es plus le même. »

Dire qu'il en était à méditer ainsi !

Ayant grimpé les marches du perron, il entra dans la grand-salle. Bertine était là, remuant au-dessus du feu une chaudronnée de soupe grasse.

— Ah ! c'est déjà vous... Voulez-vous que je vous en serve ?

Repoussant de son talon nu et corné le trépied à traire sur lequel elle s'était assise, la robuste commère lui présenta un visage aux joues rouges d'une chaleur qu'il devina tout intérieure. Ses yeux de gamande[1], d'ordinaire brillants, se ternirent :

— Avez-vous passé une bonne nuit avec votre dame ?

Le « *avec votre dame* » était superflu, mais volontaire. Ogier fut certain qu'il pourrait à loisir renfourcher Bertine. Il s'en abstiendrait. Ni elle, ni Guillemette, ni aucune autre. Toutefois, il serait bienséant que Blandine... Allons, bon : il ruminait encore sa déception. Un *huron*, lui ! Jamais il ne l'avait considérée comme une roturière, même s'il lui avait semblé que les Berland vivaient sans grands moyens.

Fallait-il que son ressentiment fût terrible pour imaginer, par dépit amoureux, de renouer avec des servantes qui jamais ne s'étaient dérobées, encore que ce verbe-là lui parût tout à coup bien mal approprié aux images dont son esprit s'encombrait ! Et n'était-ce pas leur faire injure, sans toutefois qu'elles s'en doutassent, de penser que loin d'être à sa dévotion, elles lui avaient été et lui étaient soumises parce que la coutume exigeait que le noble eût tous les droits sur la gent féminine de son fief ? Pour s'astreindre d'un meilleur gré à la volonté du seigneur, la plupart donnaient à leur consentement l'apparence d'un désir fervent. D'autres, le sacrifice accompli, se révélaient insatiables lorsque vraiment ou faussement conquises, elles s'apercevaient qu'elles pouvaient régner sur le despote et que la volupté le désarmait mieux qu'une épée. C'était le cas

1. Châtaigne sauvage.

de Mathilde envers son oncle Guillaume : ni épouse, ni servante ni concubine : châtelaine. Anne en riait souvent... *Anne* ! Il n'y pouvait songer sans émoi, alors que Tancrède et son souvenir épicé le laissaient aussi froid que ce matin d'octobre !

Comment aurait-il pu prévoir qu'il s'empêtrerait dans des méditations pareilles ? Succédant à la joie et à la félicité d'un mariage abruptement célébré, il ne découvrait qu'amertume dans la conviction quelque peu amoindrie maintenant, d'un fol attachement contraire à sa nature sinon à ses espérances. Parce qu'il n'avait jamais souhaité que Blandine devînt sa « chose », jamais il ne lui serait asservi. Les brandons des jouissances éprouvées en leurs moments de communion charnelle continuaient de brûler ses entrailles, mais son esprit, de plus en plus quiet et lucide, commençait à les étouffer. Plutôt que de penser à ses charmes, mieux valait se gaver du souvenir des autres, certes moins émouvants, mais bienfaisants aussi. Ses emmêlements avec Bertine — justement —, Guillemette, Isaure et celles de Rechignac avaient eu au moins un précieux avantage : il quittait leurs bras et leur corps repu, libre et rasséréné. Elles étaient ses remèdes et Blandine son mal !

— Allons, messire... Prenez place et mangez !

Il avala une écuellée de soupe et fut reconnaissant à Bertine de s'être éloignée sans ajouter un mot. Non, non, il n'allait pas user sa patience à entretenir son tourment ! Il allait, il *devait* se réconcilier avec Blandine. Il se pouvait qu'à son réveil elle trouvât bénigne cette querelle dont il n'avait cessé d'aggraver le ton et d'assombrir les conséquences.

Il se rendit aux écuries. Il ébahit Joubert et Tinchebraye en bouchonnant puis en étrillant Marchegai — ce qu'ils s'apprêtaient à faire.

— Il est mon ami et je m'en charge... Au lieu de t'ébaudir, Joubert, va donc t'occuper de Hautemise...

— Vous allez sortir ce matin ?

— Qui sait ?... Ma femme dort encore.

— On prétend que le mariage fatigue les hommes, messire, et non les femmes, dit Tinchebraye en bouchonnant Plantamor. Faut croire que non... Il est vrai qu'avec cette longue chevauchée... et tout ce que nous avons subi...

Le soudoyer riait, mais à peine. Ogier soupira. « Qu'ils croient tous ce qu'ils veulent ! » De nouveau, il se sentait pesant et vide, inquiet de voir cette journée en germe s'achever sur un malentendu.

Marchegai l'observait, paisible sous l'étrille — comme toujours. Les grands randons qu'ils avaient accomplis ensemble... Et quelle force, aux joutes de Chauvigny, lorsque, se partageant l'ouvrage, ils avaient malmené successivement Blainville, Guesclin, Oyré... Berland et tant d'autres ! Blandine l'admirait alors ; elle n'avait d'yeux que pour le chevalier au Poing Vermeil. Ignorant tout d'elle, il la parait d'infinies qualités. Quelle allait être son humeur ?

Il visita tous les chevaux et s'attarda auprès d'Artus, le fier moreau de Jaquelin de Kergoet, dont il caressa le chanfrein dur et soyeux :

— Si ton maître nous voit de Là-Haut, il peut vérifier que nous te traitons bien.

Le cheval sabota, secoua sa noble tête. « *En ce temps-là, je ne connaissais pas Blandine...* » Allons, bon : il n'allait pas s'apitoyer sur le passé ! Il alla caresser Broiefort et Passavant, belles bêtes de Rechignac, et qui paissaient ici, désormais, une herbe grasse à souhait. Puis il vit Facebelle et entra dans sa parclose :

— Vas-tu bien, beauté ?

C'était la jument d'Adelis, laquelle sans être bonne cavalière, en avait tout obtenu par la douceur. Dans l'ombre, sa robe semblait d'un gris léger, sa crinière et sa queue ténébreuses.

— Tu es aussi belle que cette Hautemise. Tu plies le cou mieux qu'elle, et je crois que tu danses mieux quand, libre dans un pré, tu te sens de bonne humeur... Il te faudrait un poulain... J'y veillerai... Adelis t'aimait bien... Je t'aime bien, moi aussi...

De là, et puisqu'il en était aux juments, comment ne pas se souvenir de Roxelane, très blanche, très belle, très douce... Et de là, aussi, à se demander si Tancrède la montait toujours...

Il revint sur ses pas, assena, au passage, une claque sur la cuisse brillante et dure de Marchegai, puis, d'un pas décidé, il quitta l'écurie. Dans l'ombre du seuil, levant la tête, il s'arrêta : en face, Blandine se penchait à la fenêtre de leur chambre.

— Ohé !

— Ohé ! fit-elle en agitant la main.

Ses cheveux tressés, roulés en templières, faisaient mieux ressortir le parfait ovale de son visage. Elle avait répondu avec tant d'empressement à son cri, à son geste, qu'il se rassura tout en se disant qu'elle était bien belle.

— Vas-tu descendre ?

— Il ne me reste qu'à m'habiller.

Elle semblait décidée à conclure une paix. Si de pernicieux souvenirs rendaient son humeur changeante, elle s'en affranchirait ici même. En quittant Poitiers, en unissant promptement sa vie à celle d'un hobereau dont elle ne savait rien, quelque confiance qu'elle eût en lui, elle avait dû vivre dans des doutes désagréables, envenimés par leurs aventures. Gratot, par ce jour pâle et frileux, pouvait être une déception. Tandis qu'ils le visiteraient, il assortirait ses commentaires d'une certitude qui, elle aussi, emplissait son esprit et son cœur : le château, bientôt, serait réhabilité. Déjà, comme chaque matin sans doute, les hommes s'employaient à réparer ses plaies : les uns portaient des pierres et les autres des poutres ; on entendait même les cris de Goasmat et Le Guevel occupés à curer les douves.

Thierry apparut :

— Le bonjour... Vas-tu bien, Ogier ?

Se détournant, il vit Blandine clore la fenêtre.

— Elle est bien belle.

— Sois franc : ne crains-tu pas que céans elle languisse ?

Une moue rapprocha les lèvres rases de Thierry :

— C'est une fille de la ville... Y as-tu pensé ?

— Et Aude ?... Qu'en pense-t-elle ?

Nouvelle moue mais avec un soupçon de sourire :

— Je n'en sais trop rien. Ce coupon de cendal que Blandine lui a donné peut avoir faussé son opinion... Elle la trouve avenante.

Ogier s'éloigna, perplexe. Aude dissimulait-elle son sentiment ? Pouvait-il la charger de façonner Blandine ? Et pourquoi donc la *façonner* ? Changeant de vie et de séjour, eût-il jugé tolérable qu'on voulût insidieusement modifier sa nature ? Blandine, céans, resterait elle-même. Lui, en revanche, n'était déjà plus pareil. Ainsi, au lieu de se réjouir de les côtoyer de nouveau, il était tenté d'éviter sa sœur et Thierry, son père et les serviteurs alors que la compagnie des soudoyers lui paraissait agréable : ils n'étaient curieux que d'eux-mêmes. Et s'il lui semblait étouffer en cette familière enceinte, c'était moins à cause de la venue de Blandine que parce qu'il s'y trouvait à l'étroit.

Il douta tout à coup qu'un tel malaise l'eût envahi à Rechignac. Là-bas, entre deux merlons du donjon ou des courtines, il avait éprouvé, quels que fussent les jours et les saisons, un sentiment de bien-être au seul fait de contempler, à l'entour, les terres doucement mamelonnées couvertes de forêts verdoyantes où l'aurore et la vesprée creusaient des étangs bleus et des torrents obscurs. Là-bas, les souvenirs de ses enfances étaient partout ; ici ne subsistaient que ses remembrances de garçonnet et de jouvenceau très choyé, jusqu'à ce jour de juin 1340 où son père, aussi content qu'il l'était lui-même, l'avait emmené à la guerre... Sortir, aller de grand randon jusqu'à la mer et repaître ses yeux de cette immensité ? Soit. Mais guérirait-il de sa mélancolie ? N'allait-il pas l'aggraver, au contraire ? D'où tenait-il ce goût des chevauchées sinon des sangs mêlés de hardis bataillards. Deux surtout, d'alliance toute proche : les Rechignac et les Argouges. Bel et noble héritage, certes, mais assorti d'un inconvénient qu'il relevait avant même que ne le fît son épouse : la détestation de l'immobilité. À peine de retour, à l'issue d'une visite aux chevaux et juments avec lesquels il avait cheminé, il se remémorait, délectation amère, ces grands champs, ces mottes crépues, ces ruisseaux et rivières aux luisances d'argent dont il était aussi friand qu'un oiseau pouvait l'être du ciel. C'était comme un appel puissant et inutile.

« Je ne suis rien d'autre qu'un chevalier aventureux ! »

N'eût-il pas dû en convenir plus tôt et se déterminer à vivre en conséquence ? Pourquoi, en ce cas, vouloir fonder une famille ? Il s'était dit que l'amour allégeait tout et que le mariage lui ferait oublier ses épreuves antérieures. Erreur : rien n'était allégé par l'amour quelle qu'en parût la sublimité... À moins qu'il confondît ce sentiment naturel avec la passion, plus rare, et sa procession de désirs effrénés... Eh bien, s'il le fallait, il saurait de temps à autre dominer les siens comme il avait su dominer son destrier et d'autres chevaux rétifs !

L'envie le reprit de seller Marchegai. Ils iraient, galopant et amblant, au manoir de Blainville. À défaut d'avoir pu fouler cet ennemi de son vivant, il foulerait à plaisir son terroir.

« Non, je ne le puis : *elle* va descendre... Je me dois d'être présent, sans quoi, elle penserait que je suis toujours iré contre elle... »

Avait-il donc cessé de l'être ?

« Je l'aime vraiment comme un fou ! »

De quoi se composait sa vie ? D'amour, de guerre et d'amitié. En parts égales ? Il n'osa se répondre. Il avait toujours rêvé d'un grand amour. À peine obtenu, et par son intransigeance, il lui avait porté le premier coup. L'amitié lui semblait indispensable, qu'elle eût ses attaches parmi les nobles ou les hurons, et jusqu'aux chevaux et aux chiens avec lesquels il se sentait de bonne accointance... La guerre ? On l'avait rudement éduqué pour la faire et il l'avait faite au mieux... La satisfaction qu'il éprouvait à se sentir délivré maintenant de la moindre contrainte, ne lui prouvait-elle pas qu'il était un solitaire ? Ses deux grands buts ayant été atteints — la mort de Blainville et la conquête de Blandine — que ferait-il désormais ?

« Pourquoi t'es-tu marié si tu pressens que tu la rendras mal heureuse ? »

Il s'empiffrait de mots et de pensées déraisonnables. En fait, il était apeuré au sujet de Blandine. Quelle se plût à Gratot et qu'elle y plût à tous : il s'en réjouirait et perdrait peu à peu cette humeur exécrable. Dans l'évidence du contraire, eh bien...

« Eh bien, quoi ? » se demanda-t-il en marchant jusqu'aux entrées.

Il franchit la porte charretière. Immobile au milieu du pont baissé, sans se soucier de Le Guevel et Goasmat occupés au curage de la berge, là où un tremble dissimulait en partie l'église, il regarda les grands ormes et les hêtres dont le vent essaimait les dernières parures. À la fin d'un vol tressaillant, la plupart des feuilles tombaient dans la douve qu'elles marquetaient de loin en loin. Quelques bulles échappées des profondeurs vaseuses ou le secret serpentement d'une anguille animaient parfois ces écailles d'or brun.

— Il est vrai que ces douves empunaisent... Il faudra que nous nous y mettions tous...

Avançant sur la jetée, il cracha dans l'eau, moins écœuré par son odeur que par la souvenance du matin où il était allé chercher là-dedans le corps de Gerbold mutilé et crucifié. Il n'en fallut pas davantage pour que le désespoir d'avoir perdu le Saint-Bois le reprit, plus écrasant que lorsqu'il l'avait dû céder aux Teutoniques.

En fait, il s'était montré trop ambitieux. Il aurait dû reprendre sa parole et laisser Sirvin périr avec son prodigieux secret.

Il revint sur ses pas. Marcaillou, un madrier sur l'épaule, lui fit un signe.

— Comment va messire ?

Un sourire : tout allait bien. Mensonge. Il n'était que remords et incertitude. Il fallait y remédier. Pour Blandine. Lorsqu'ils auraient fait le tour du château, il l'emmènerait à Coutances. C'était marmouserie de s'abrocher le cœur.

Elle apparut. Elle avait passé la même robe que la veille, et ce vert tendre lui seyait bien. Elle dansait presque dans ses escafignons[1]. Elle était splendide, épanouie, et donnait de la joie aux vieux murs de granit. Ogier se sentit comme usé, « dépassé » avec ses idées grises. Son cœur, soudain, s'enflamma : cette beauté, cette divine majesté était sa femme !

— Pourquoi souris-tu donc, mon époux ?

Elle avait mis sa petite main dans la sienne. Signe de confiance ou désir d'y enfoncer ses ongles aussi pointus que des becs de passereaux ?

— Je me disais que ta mère devait être bien belle... Elle avait, avant d'épouser ton père, deux noms que j'aime bien : Tiphaine[2] et Ogier !

Il riait, se rassurait. Il entraîna Blandine aux écuries afin qu'elle vît Hautemise, mais elle refusa d'en dépasser le seuil :

— Je ne tiens pas à me crotter les pieds.

— Je te ferai faire des sabots légers.

— Des sabots !

Elle riait à son tour, d'un rire différent du sien. D'un rire qui partait d'ailleurs que de son cœur. Tout l'édifice d'admiration qu'il venait d'ériger à nouveau pour

1. L'usage de ces chaussures légères se développa aux XVe et XVIe siècles. *Escafe* : coup de pied surtout donné dans un ballon.
2. Épiphanie.

elle chancela, se fissura. Devenait-il trop exigeant ? Certes, elle avait des jambes aux chevilles exquises, des jarrets purs...

— Je n'ai jamais mis des sabots et n'en mettrai point.

L'écurie où il avait fait placer Hautemise était petite, et c'était celle que les gars nettoyaient en premier. Parce qu'il y avait Marchegai. Il aurait aimé lui montrer Facebelle — sans pour autant lui parler d'Adelis — et Artus — et là, il l'eût entretenue de Kergoet. Il s'aperçut qu'il n'avait plus sa main dans sa senestre. L'avait-il lâchée ? Était-ce elle qui s'était déprise ?

— Viens, dit-il sans la regarder.

Elle saisit son bras. Pour sauver les apparences devant les soudoyers et les serviteurs ? D'une main crochetée contre sa cuisse, elle soulevait sa robe. Les pavés de la cour avaient été lavés à grande eau et l'herbe, au milieu, râtelée. Elle dit, montrant les tombes :

— Qu'est-ce que ces deux tas de terre ?... Et pourquoi ces croix de bois ?

Il lui raconta la fin de sa mère, moins horrible mais tout aussi cruelle que celle de Gerbold. Animé contre elle en raison des sabots, il forgeait des phrases nettes d'où il pouvait sembler que la pitié était absente. Blandine se recueillit puis, se penchant, trouva les fleurs « bien laides ». Flétries par le gel nocturne, elles l'étaient.

— Pourquoi garde-t-on ces corps en ce lieu alors que le cimetière est de l'autre côté de l'eau ?

— Quand ils ont trépassé, il n'était pas bon de franchir la jetée : les démons de Blainville épiaient nos entrées, une sagette ou un carreau encoché...

— Ce temps est achevé... Cela doit être désagréable de déterrer des cercueils, mais ne trouves-tu pas qu'il faudrait...

Que se passait-il là-dessous ? À quels terrifiants appétits avaient été livrés ces corps ? Ogier comprenait que Blandine fût troublée : ces sépultures pouvaient être transférées au cimetière.

— Tu as raison. J'en parlerai à mon père... Mais pas maintenant.

— Tu le crains ?

— Je le respecte.

Il la mena dans les tours, lui fit voir les communs et, au-dessus du pont, le logis des soudoyers. La sentant maussade, il renonça à lui montrer le reste. Il avait remarqué que les commères s'éloignaient promptement d'eux... ou d'elle. Tandis que Saladin passait, indifférent, il fut près d'observer : « Tu vois, il ne t'a pas gênée », mais s'abstint de crainte d'envenimer leur désaccord. Sur les herbes désormais ensoleillées, leurs ombres n'en formaient qu'une seule comme au lit leurs deux corps pouvaient n'en former qu'un. Prenant Blandine par l'épaule et craignant qu'elle en eût assez de l'enceinte, il demanda :

— Que veux-tu faire ?

— Je ne sais.

— Veux-tu que je selle Hautemise ?

— Non... Je suis lasse encore...

— Veux-tu que nous marchions au-delà de ces murs ?... Nous pourrions aller...

— Non.

— As-tu faim ? As-tu soif ?

— Non... Tu es bon, mais je n'ai besoin de rien.

Ces mols refus d'une hypocrite fermeté frappèrent Ogier de paralysie devant l'escalier du perron. Le sentiment de culpabilité qui n'avait cessé de couver, de brasiller entre ses tempes — il y porta ses mains et les enleva, moites —, flamba et devint cendre. Ne savait-il donc pas comment s'y prendre — en quoi que ce fût — avec elle ? Il la baisa sur la joue, se demandant ce qui l'y poussait. L'indulgence ? La charité ? L'affection ? Le désespoir de s'être amouré trop hâtivement d'elle et le besoin de se prouver ainsi le contraire ?

Touchant du doigt l'endroit où il avait posé ses lèvres, il le trouva froid, dur, et sentit, dessous, le muscle de la mâchoire : Blandine serrait les dents et ce ne pouvait être que pour deux raisons toutes deux violemment retenues : le mécontentement ou la tristesse.

— As-tu quelque souci ? Quelqu'un s'est-il montré outrageux envers toi ?

Silence... Non ! Un petit bruit de déglutition ; puis rien. Et derechef, au plus profond de lui, l'inquiétude comme un large et profond coup de lame. Il était impossible qu'elle fût aussi changeante ! Elle n'allait tout de même pas ressembler à Isabelle, dont on disait qu'elle devenait détestable chaque fois que son ventre saignait !

— J'ai grande cuidançon [1], m'amie... Que puis-je te proposer ?... Tu ne vas pas passer tes jours à ne rien faire !

Il n'avait aucune intention de laisser le mal sans remèdes. Il fallait en administrer immédiatement un à Blandine... Seulement lequel appliquer dans un cas tel que le sien, où toute intervention trop rude pouvait avoir des conséquences fâcheuses *pour lui* ?

— Veux-tu qu'Aude vienne te voir ?

— Que fait-elle de ses journées ?

— Je suppose qu'elle coud, brode... fait une tapisserie... Je pense qu'elle va partir pour le châtelet de Blainville avec Thierry... Je peux atteler le chariot... Si tu es trop lasse pour chevaucher...

— Le chariot, Ogier... Je ne monterai pas en chariot avant longtemps... J'en ai bien trop mauvaise souvenance.

Elle fronçait les sourcils comme si le soleil l'indisposait, mais ses rayons n'atteignaient que sa nuque. Que faire ? Apercevant, entre les deux arches de pierre,

1. Inquiétude.

la campagne verdoyante, riche d'odeurs et de clartés, Ogier suggéra :

— Et si nous allions à la mer... Tu l'as à peine vue quand nous sommes partis d'Avranches...

— Demain.

Il se sentit à court de suggestions. Il eût préféré un désaccord avoué, hargneux, à cette offensante mélancolie.

— Qu'as-tu ? Si c'est du remords d'avoir quitté Poitiers, songe à l'état qui serait tien si tu y étais demeurée... À moins que tu regrettes *ton* Poitou, Chauvigny et la seconde dame Berland !

Elle fit un geste d'une main. Protestation ou acquiescement ? Comment eût-il pu le savoir : sa bouche restait close.

— S'il doit en être ainsi de notre vie, tu aurais dû me décourager... Qui te déplaît céans ? Mon père et mes parents ? Nos gens ? Ces murs qu'ils ont eu tant de peine à défendre et qu'ils s'efforcent de remonter ?

Il s'était exprimé sans élever le ton, de sorte que ceux qui les épiaient — il sentait maintenant qu'il y en avait sans chercher à savoir où — pouvaient penser qu'il venait de lui murmurer des mots tendres. En fait, il eût aimé les prononcer, encore qu'il se sentît assez peu fait pour ces propos de guimauve auxquels les trouvères réussissaient si bien. Il avait trop embelli Blandine et trop pensé à la choyer. Elle profitait d'une faiblesse dont il s'était enchanté, mais qu'il désavouait désormais. S'il l'avait fréquentée ne fût-ce que trois mois dans des conditions voisines de celles de maintenant — l'amour charnel en moins —, il se serait *peut-être* éloigné le cœur gros, mais soulagé, de cette beauté trop parfaite.

— Je veux ta joie... ton bien... ta satisfaction en tout...

Saladin traversa la cour pour aller sautiller autour de Thierry.

— Est-ce à cause de lui ?

— Il me semble que tu l'aimes un peu trop... Tu me l'as prouvé, non ?

— J'aime certains êtres, certaines choses... J'aime mon père, ma sœur... ce châtelet qui me paraît te décevoir... J'aime mon cheval, mon épée, mon armure... J'aime l'ombre quand le soleil est furieux et le soleil quand il gèle à pierre fendre... Un cœur d'homme peut être très aimant tout en gardant, inviolable, une place de choix à la femme qu'il a choisie.

Comme Blandine demeurait silencieuse, il se dit que contrairement à ce qu'il avait cru, il ne connaissait rien à l'âme féminine. Que se serait-il passé si elle avait eu un chien, et lui non, et quelle eût exigé qu'il dormît dans leur chambre ? Se serait-il accommodé de sa présence ?... Allons, aussi grand que pût être son appétit de bonheur avec elle, il devait attendre qu'elle s'accoutumât tout d'abord à lui et ensuite à Gratot : femmes, hommes, choses, odeurs... Il l'avait tellement sanctifiée qu'il avait cru qu'ils marcheraient sur une jonchée de roses ! Eh bien, pour le moment, il se piquait à leurs épines, et face à son courroux, la paisible beauté de Blandine rendait plus évidentes que jamais son erreur et sa rusticité.

Se détournant d'elle et prenant le ciel à témoin de son amertume, il vit avec plaisir, sur la tour d'Yvon, la bannière des Argouges. Azur sur le bleu tendre des nuées où les lions brillaient comme des éclairs d'or.

« Père m'a dit que ses anciens compagnons s'arrêtaient pour le saluer lorsqu'ils se rendaient à Coutances... Et il les reçoit ! Il leur a pardonné leur indifférence, leur mépris, peut-être leur haine ! Il est bien moins ferme que moi ! »

Il réprima un grognement. C'était cela, son défaut essentiel : la rigueur. Il n'oubliait, quant à lui, ni l'injustice ni les outrages.

Il prit Blandine par la taille. Il s'attendait à ce qu'elle cherchât à se dégager, mais devant les serviteurs, les soudoyers et les meschines, la tête chère se posa sur son épaule, et le corps si flexible se souda au sien.

— Je t'aime, Ogier... Il faut me laisser le temps...

— Je t'aime... Nous t'aimons tous... Regarde leurs sourires... Où veux-tu aller, ce matin ?

— Où tu voudras... Dans les chemins hors du château.

— Alors, viens.

À quoi bon méditer sur ce retournement ! Peut-être fallait-il prendre Blandine à la légère et ne pas s'affecter de ses étrangetés. Comme Saladin les devançait sur la jetée, Ogier serra son épouse un peu plus fort :

— Tu n'es pas gênée qu'il nous accompagne ?

Elle abaissa son regard sans lui fournir de réponse.

II

Novembre vint. Le Cotentin subit ses vents, ses pluies, ses grêles même par deux fois. Endiamantés de rosée, les matins pâles se chargeaient de l'odeur d'une mer courroucée. Blandine voulut la voir à trois reprises, blafarde sous des nuées d'ivoire et de ténèbres, aiguisant dans son flux les pointes des vagues énormes qu'elle venait briser sur les rochers d'Agon, le hameau de pêcheurs qui, ces jours de violence, demeuraient dans leurs masures. Elle revenait à Gratot les joues rouges, luisantes de poudre d'eau. Elle se léchait les mains : « J'aime ce goût de sel ! » Elle montrait une santé parfaite et sa beauté s'en trouvait rehaussée. Ogier lui disait, quand il l'aidait à descendre de la sambue de Hautemise :

— Tu deviens de plus en plus belle !

Elle se montrait sensible à ces louanges. Le visage en repos, les yeux pétillants, les cheveux flottant aux souffles — elle ne les apprêtait jamais ces jours-là et passait sa langue sur les mèches égarées, collées à ses lèvres —, elle semblait pétrie d'une grâce divine. Il remarquait combien son front exprimait de hardiesse, combien sa bouche entr'éclose donnait à son sourire une expression de fermeté. Cette joie inspirait confiance. Il n'y avait aucune ressemblance entre cette femme-là et celle qui, à Gratot, se complaisait dans une tristesse qu'elle ne cherchait jamais à dissimuler. Avait-elle donc un si profond dégoût de ces murailles grises ? Des gens qui les animaient ? « Parle ! Dis-moi tout. Maintenant que tu es gaie, profitons-en. Je sais qu'il nous faut apprendre à vivre : dis-moi comme tu aimerais et je m'efforcerai de te faire plaisir ! » Pourquoi hésitait-il à lui parler ainsi ? Parce que sa beauté le troublait toujours autant qu'à leur première rencontre. Sa raison lui soufflait comme cette fois-là : « Trop belle pour toi. » Comment guérir de ce sentiment d'infériorité ? Face à cette beauté *qui l'aimait*, il devait refuser de se croire un rustique. Il était chevalier, champion du roi de France ; il devait secouer cette chape de plomb, s'interdire de se dépriser... Sans doute cette mélancolie dont il était atteint par la faute de Blandine — et non par contagion de celle où elle s'enlisait — authentiquait les grandes amours des livres : Tristan s'était langui auprès d'Yseult la Blonde, et Lancelot près de Guenièvre. Ogier le Danois, épris de la fée Morgane, avait enduré, lui aussi, moult tourments du cœur. Mais c'étaient là des détresses et des afflictions fausses, inventées par des clercs ou des eunuques ; c'étaient des maux de l'âme dus en quelque sorte, à la non-consommation d'un amour impossible. Lui, Ogier, il avait possédé Blandine consentante. Et il la possédait. Elle ne se refusait pas — ou si peu... Il connaissait son corps, ses élans, sa saveur, ses sacrifices changés en adhésions ardentes. Ils se mêlaient étroitement. Pourquoi leurs esprits s'éloignaient-ils si souvent l'un de l'autre ? Ne seraient-ils vraiment unis que dans un lit ? Quand il la regardait, affligée sans raison, une expression lui venait, peut-être fausse mais parfaite : elle ne l'aimait qu'à son corps défendant ; elle tirait de leurs étreintes des plaisirs égoïstes en pensant à un autre. Pourquoi pas Rochechouart ?

« Et Gratot qui devient de plus en plus beau !... Le voit-elle ? »

Quelle femme serait demeurée de glace aux égards

qu'on lui témoignait ? Quelle autre ne s'en serait grisée ? Aude venant rarement, désormais, Blandine pouvait régner en maîtresse, en régente sinon en reine. Mais elle semblait souvent bien loin de ce qui se faisait dans et hors des murs. N'avait-elle d'autre orgueil que sa beauté ? D'autre ambition que de la parfaire ? Elle lui parlait, ces temps-ci, de prendre une chambrière et ajoutait parfois qu'elle ne pourrait en trouver une bonne qu'à Coutances. Il craignait de finir par la lui accorder, soit par lassitude, soit parce qu'elle saurait bien l'amener à céder.

*

* *

Le dimanche 26, au sortir de la messe, Thierry qui, avec Aude, était venu passer la journée à Gratot, fit part à Ogier d'une nouvelle apprise l'avant-veille :

— J'ai rencontré, à Lessay, Nicolas de Chiffrevast.

— Vous avez, ensemble, combattu les Goddons jusqu'à Caen.

— Je l'ai trouvé plongé dans un courroux terrible. Il venait d'apprendre par un sien cousin échappé de Calais — dont le siège se prolonge — que Philippe s'apprêtait à tout pardonner à Godefroy d'Harcourt.

— Impossible, dit Ogier. Après ce qu'il a fait : tout ce sang répandu non seulement en Cotentin mais aussi partout où il a conduit Édouard III...

Puis, se retournant et cessant de marcher :

— Vous avez l'ouïe fine encore, Père. Approchez et dites-nous ce que vous pensez de cela !

Le vieillard quitta Aude et Blandine auxquelles il donnait le bras pour s'accrocher à son fils et à son gendre :

— Tous est possible... Harcourt aime avant tout la Normandie... Saint-Sauveur lui manquait déjà quand il n'en était qu'à quelques lieues, lors de sa fuite... Qu'il veuille le réintégrer, en trahissant Édouard, cette fois, au profit de Philippe, ne me surprend guère. Il est pareil à une épée à deux tranchants, et nous prouve, si c'était nécessaire, que l'esprit de certains hommes est aussi mouvant que celui des femmes !

— Oh ! s'écria Blandine tandis qu'Aude se taisait.

Saladin se glissa parmi les jambes des serviteurs et des maîtres, et courut vers la jetée au bout de laquelle Péronne l'attendait. Blandine ne s'étonnait plus qu'il assistât, tranquille et assis, à la messe, comme elle ne s'indignait plus qu'il couchât dans sa chambre. Ogier pensa : « Il grossit. L'action lui manque », puis tendit l'oreille car sa sœur, rougissant un peu, ses paumes sur son ventre, annonçait que « ça y était », approuvée par Thierry réjoui autant qu'elle.

— Un enfant ! s'écria Godefroy d'Argouges. Ah ! mes chers petits, quelle joie vous m'offrez là !

Il baisa Aude au front, congratula Thierry à grandes claques sur les épaules comme si tout le mérite de cet enfantement lui revenait. Dépassé par cette joie, Ogier se tourna vers Blandine, redoutant de trouver quelque dépit dans son visage et son maintien. Il n'en fut rien, et tout en baisant Aude aux joues, elle dit :

— Je crois bien...

Puis faisant face aux hommes :

— Je crois bien que moi aussi...

Elle n'ajouta rien, mais tandis que son père la complimentait avec autant de plaisir que pour Aude, Ogier fit un calcul prompt et troublant : elle aurait dû avoir ses « empêchements » entre le 16 et le 21 ; l'on était le 26.

Les serviteurs et les soudoyers présents poussèrent un « Noël » qui réjouit les deux jeunes hommes. Ogier vit Guillemette essuyer une larme et Bertine sourire, imaginant sans doute, l'effrontée, comment s'était passé l'accouplement fructueux. On marcha plus vélocement vers le château, même Godefroy d'Argouges, décidé à fêter cette double bénédiction.

Jamais commencement de repas ne fut plus animé

que ce dimanche-là. Jamais Ogier ne vit épouse si exquise. Était-ce l'envie d'enfanter qui l'avait tourmentée depuis sa venue en ces murs ? Assise auprès d'Aude, elle ne tarissait pas de détails sur cette maternité qui commençait à peine. Aude semblait plus réservée, plus secrète, bien qu'elle sourît aussi.

— Si c'est un gars, dit Joubert, quel nom lui donnerez-vous ?

— Ogier, dit Thierry, envoyant un clin d'œil à son beau-frère. Nous en sommes d'accord.

— Et si c'est une fille ?

— Luciane, évidemment, dit Aude en s'adressant à son père.

Godefroy d'Argouges baissa la tête. Un silence entoura cette tristesse inattendue dans une liesse jusqu'alors sans ombre. Les dents serrées, Ogier se détourna du vieillard pour observer Blandine. Sa plaisante félicité s'était amoindrie. Pourquoi, sinon parce que Thierry et Aude l'avaient devancée dans le choix des prénoms, et que sa belle-sœur enfanterait la première.

D'un bout de table, Tinchebraye se pencha :

— Et vous, dame ?... Avez-vous déjà trouvé comment appeler votre gars ou votre fille ?

— Nous n'avons pas encore arrêté notre choix parce que mon époux a appris cela en même temps que vous tous.

C'en était presque offensant, mais Blandine, serrant la main d'Ogier fermement, comme pour le rassurer, ajouta :

— J'attendais la fin du mois... Or, comme Aude a fait cette... révélation ce jour d'hui, je me suis dit qu'il fallait en profiter.

On murmura, on approuva, mais l'unanimité était loin d'être évidente. Ogier s'était senti rougir : honte et colère. Que dire ? Que faire ? Il fut certain que son épouse chercherait des noms lointains, étranges sinon étrangers à sa famille, et qu'au lieu de se révéler naturelle, cette grossesse deviendrait, du fait qu'elle était sienne, un mystère dont lui-même, bien qu'il l'eût suscitée, n'apprendrait rien.

Il trouva dans la face souriante de Thierry, un regard d'amitié chargé d'une componction qu'il jugea odieuse, et s'étonna de son propre comportement : il n'avait pas ri, il ne s'était pas merveillé à l'annonce de Blandine ! Il eût dû pourtant, plus qu'aucun autre, exprimer son plaisir et montrer son orgueil.

— N'es-tu pas heureux, mon époux ? glissa la voix de feutre à son oreille, si proche qu'une haleine fraîche y coula.

Blandine se penchait, attentive et suave, et comme il levait son regard pour voir il ne savait quoi encore, leurs joues se touchèrent ; il sentit contre sa tempe, les effiloches de la templière et se souvint d'autres froissements tièdes et doux à ses lèvres. Comme tout passait promptement ! Il allait avoir un hoir [1] dans neuf mois... Autrement dit, si tout allait bien, en juillet. Belle saison... Il aurait dû, à l'annonce de cette paternité, serrer Blandine dans ses bras, danser ou la tenir longtemps contre lui sans même qu'il eût à parler. Un feu noir — orgueil et crainte — brûlait entre les cils dorés de son épouse ; elle était en vérité comblée, mais son sourire demeurait étrangement fermé.

Commencèrent alors pour Ogier des jours divers, parfois heureux, parfois décevants ; des nuits d'enivrement qui tenaient du miracle tant elles se faisaient rares. Il semblait qu'enceinte, Blandine fût assurée d'avoir acquis une dignité nouvelle. Il advenait qu'elle se défendît violemment de ses approches comme s'il menaçait sa virginité recouvrée puis, sans qu'apparemment un remords l'y poussât, elle était à la fois femme, épouse, ribaude. Délivrée de sa froideur soudain dissoute — mais pour quelle raison ? — elle redevenait *l'autre*. De pudique et d'insaisissable, elle cédait aux

1. Héritier.

épanchements. Et c'étaient des baisers, des attouchements, parfois des rires : il tenait dans ses bras une épouse amoureuse. Dès l'aube du lendemain, il arrivait qu'elle refusât de poser sa tête sur son épaule.

Et vint le soir où sans que son corps eût pourtant grossi, elle exigea que « pour faire ça », il convenait de souffler les chandelles, — ce qu'elle fit immédiatement.

— C'est une absurdité, dit-il, de s'aimer au grand jour devant tous...

Là, il se surprit en flagrant délit de mensonge, avala sa salive et sa rage, et continua :

— ... et une fois seuls, la nuit venue, de s'accoler dans les ténèbres !... Est-ce parce que tu ne peux plus me voir ?

Il riait mais son cœur lui pesait et son âme blessée s'était désenchantée. Son désir lui parut avili en même temps qu'il se sentait humilié comme jamais encore. Mue par un soudain repentir, Blandine ébaucha un geste d'étreinte. Il la repoussa violemment de son coude, « et tant pis », songea-t-il, « si je l'ai touchée au ventre ! » Il se garda de remuer dès qu'il entendit ses pleurs.

Il avait repris le maniement d'armes auprès des soudoyers heureux de le voir parmi eux. Ils saluaient avec joie l'apparition de Thierry prêt à jouter et behourder dans le grand champ où jadis les Argouges conviaient à leurs fêtes d'armes la noblesse du Cotentin et des châtellenies normandes. Désormais, son beau-frère et lui n'employaient plus des lances taillées à même la haie mais de bons glaives fournis par un menuisier de Saint-Nicolas-de-Coutances et pourvus de rochets provenant d'une forge de Bricqueville et qui employait du fer de Dielette[1]. Les soudoyers s'exerçaient deux à

1. Port de la Manche où se trouvaient des mines de fer, dites de *Flammanville*, qui furent exploitées longtemps, notamment par des Allemands à la veille de la Grande Guerre.

deux, à pied et à cheval, et bien que ce fût une sorte de sacrilège — les hommes de cette condition ne devant tenir ni l'épée ni la lance —, Thierry et lui leur apprenaient à jouter avec l'assentiment de Godefroy d'Argouges.

Entre-temps, il y avait Blandine. Souvent, il l'accompagnait à la mer. Il y allaient non plus au trot mais au pas, et tandis que Hautemise cheminait, sa cavalière se frottait doucement le ventre. Elle le faisait d'ailleurs fréquemment afin de rappeler à tous son état. Il lui avait demandé : « Comment veux-tu les appeler, garçon ou fille ? » Elle avait le temps.

Il neigea fort, le dimanche 3 décembre. Tous les feux de Gratot se mirent à ronfler. Entre les murs épais, Ogier se sentit bien, soit qu'il fût auprès de Blandine, soit qu'il aidât les hommes à leurs labeurs, soit encore, à midi, qu'il attendît le repas sur un banc de la grand-salle, observant dans l'âtre enfumé les bûches mordues au feu cracher leurs escarboucles. Au-dehors, c'était gris, c'était blanc, c'était froid. Dans la cour poudreuse, les deux tombes conservaient leur couleur châtaine. Il semblait qu'elles refusaient ces couvertures de duvet ou que les corps, dessous, tièdes encore, les faisaient fondre.

— Si Blainville n'était pas mort, dit Godefroy d'Argouges en s'approchant d'Ogier, nous aurions succombé ! Cet hiver-là sera cruel ! Les Anglais qui cernent Calais vont souffrir !

— Et les assiégés aussi, Père. Thierry, qui a eu quelques nouvelles auprès de Nicolas de Chiffrevast, dit qu'on craint de manquer de vivres, et que les nefs d'Angleterre empêchent le passage des barques chargées de vitailles... Le roi Philippe tient sûrement à se venger de son échec de Crécy... Hélas ! il fait surtout confiance aux défenseurs de la cité...

— Est-il là-bas ?

— Non, Père... Il paraît qu'Édouard a fait bâtir une grande ville en bois tout autour de Calais et qu'il s'est installé là pour longtemps... Car il est avec ses hommes et non pas à la Cour de Londres... C'est son épouse, en son absence, qui fait la guerre aux Escots, soulevés une fois de plus [1].

— Si les manants et bourgeois de Calais n'ont plus de nourriture et rien pour se chauffer, l'hiver leur deviendra infernal !

Bras croisés, le flanc et l'épaule offerte à la chaleur du foyer, Godefroy d'Argouges regardait les flocons

1. Édouard III arriva devant Calais le 3 septembre 1346 au soir. Philippe VI était encore à Amiens, qu'il avait regagné après sa nuit au château de la Broye, lors de sa fuite de Crécy. Il quitta Amiens le 7 septembre. Pendant une bonne partie de ce mois et presque tout le mois d'octobre, il séjourna au Moncel-les-Ponts-Sainte-Maxence (aujourd'hui Moncel-Oise près de Senlis). C'était plus qu'hésiter à se venger ! Souhaitait-il vraiment affronter Édouard ? D'après l'auteur de la *Chronique des quatre premiers Valois*, il chevaucha vers Calais avec *ses hostz* (son armée qui devait être bien mince, après Crécy). Il dut rebrousser chemin, recevant des lettres communatoires de sa femme. Et les grands barons également. L'auteur de la *Chronique* relate : *« la male royne, Jehenne de Bourgoingue (...) qui estoit comme roy et faisait destruire ceulx qui contre son plaisir aloient (...) manda aux grans barons qui estoient avec le roy que, comment qu'il fust, qu'ilz ne souffrissent que le roy son seigneur combastit ; à Monseigneur Godefroy de Harecourt et au comte d'Aucerre, à Falcon de Revel, à ceulx le manda sur la hart* (le gibet) *et puis en escript aux prélas. En oultre, tant avoit de paour de son mary le roy qu'elle en escript au duc Jehan son fils. »* Philippe approcha d'une lieue de Calais et se mit à atermoyer selon son habitude, sur la façon de vaincre son ennemi. Dans une note de son édition des *Grandes Chroniques de France*, M.P. Paris explique ces atermoiements, et fait remarquer que la grande raison des irrésolutions du roi de France venait de la crainte qu'il avait de laisser Paris à la merci des Anglais. Comme s'ils allaient récidiver leur campagne ! En fait, relate Siméon Luce, commentateur de la *Chronique des quatre premiers Valois*, les harcèlements, conseils, menaces de Jeanne de Bourgogne « *causèrent en grande partie les lenteurs, les ajournements, l'inconsistance de résolutions et de conduite de ce prince dans tout le cours de cette désastreuse campagne.* »

On constate qu'Harcourt avait changé de camp avec une hâte excessive. Quant à David Bruce, roi d'Écosse, il avait, à l'instigation du roi de France, son allié, profité de la présence d'Édouard à Calais pour envahir l'Angleterre avec une puissante armée. Cela ne l'empêcha pas d'être vaincu et fait prisonnier à Nevill's Cross, le 17 octobre 1346.

incessants et serrés. Ogier frissonna. Pauvres gens de Calais ! Jamais Édouard ne lèverait ce siège, à moins que Philippe ne l'y contraignît en le prenant à revers... Mais fallait-il compter sur un roi aussi niais ? L'air, dehors, brûlait les narines et les poumons, et la neige tombait si dru qu'on entendait ses bruissements. Ici, le feu ouvrait sa brèche tiède jusqu'aux portes du perron et des cuisines. Ogier fit un pas, s'avisa de la table, s'assit dessus d'une fesse et regarda au-delà de la fenêtre, devant lui. Les toits se matelassaient ; les arbres, hors des murailles, devaient ployer sous cette fleuraison qui les faisait tous frères. Saladin apparut, suivi de Péronne et de leurs deux fils. Ils se couchèrent devant l'âtre avec un soupir d'aise.

— Infernal, Père, dit Ogier. Nous vivons des temps difficiles et les Goddons sont les plus forts ! Il paraît que dans cette ville en bois qu'Édouard a baptisée Ville-Neuve-la-Hardie, on trouve de tout. Non seulement ce qui convient à une armée, mais ce qui est nécessaire aux gens du commun, dont certains sont venus de la Grande Île : mercerie, halles de draps et de pain, boucheries... Le marché y a lieu le mercredi et le samedi... Et tous les jours, par mer, de Flandre et d'Angleterre, les Goddons sont confortés en vivres et marchandises... ainsi qu'en armes, bien sûr !

— En somme, dit Godefroy d'Argouges, il ne manque plus que des bordeaux !

Il souriait ; tout ce blanc devant lui, cette chaleur derrière, procuraient à cet homme tourmenté une sérénité dont Ogier fut content. Il se leva et tapotant l'échine de Saladin :

— Hé oui, Père. Mais on peut faire confiance à Édouard pour cette nécessité ! On lui donne un fort appétit de chair... Je suis sûr qu'il a des femmes à sa disposition...

— Philippe devrait réunir d'autres guerriers et l'affronter !... Si l'on parvenait à bouter le feu à toutes ces charpentes, il y aurait moyen, sans doute, de vaincre

Édouard... Qui commande à Calais du côté de la France ?... Le sais-tu ?

Ogier s'assit dans la cathèdre paternelle. « Hier, il faisait beau et sec... Au soleil, il faisait bon... Blandine aurait dû m'accompagner au manoir de Blainville... Maintenant, si cette neige dure, elle sera comme recluse et s'en plaindra... » Il avait trouvé Aude rayonnante, et Thierry, parmi ses soudoyers, ne lui avait pas caché que s'il feignait d'être joyeux devant son épouse, il redoutait que leur bonheur ne fût rompu par une nouvelle guerre.

— Thierry, qui est au mieux avec Nicolas de Chiffrevast, m'a donné quelques noms de capitaines... Il paraît qu'ils sont entrés à Calais par la mer au commencement du siège. Il y a là Jean de Vienne, quelques chevaliers de l'Artois et de la comté de Guines : Arnoul d'Audrehem, Jean de Surice, Baudouin de Bellebrune que nous connaissons, lui et moi, puisqu'il était à Chauvigny ; Enguerrand de Beaulo, le sire de Grigny, Geoffroy de La Motte et Pépin du Wer... Vous le voyez : les Calaisiens ne manquent pas de chefs bien adurés, vaillants aux armes... Jean de Vienne, pour être à l'aise, a fait sortir, sans doute contre leur gré, près de deux mille Calaisiens qui ne pouvaient combattre...

— Bouches inutiles...

— Oui, Père : vieillards, femmes, enfants, malades... Comme Édouard s'est opposé à leur passage et comme Vienne a refusé de les reprendre, ils sont tous morts entre les deux armées...

— Quand cela s'est-il passé ?

— Tout au long du mois dernier[1].

1. Tous les chroniqueurs relatent différemment l'événement. Froissart dit : *« Dix sept cents »*, Knighton *« cinq cents »*, Froissart rapporte que les malheureux, bien accueillis par le roi d'Angleterre, furent nourris et pourvus en argent (deux esterlins par personne, et Jean le Bel, trois) ; Knighton dit que tous ces exclus périrent de froid et de faim.

— Que te dire, mon fils ? Lorsque les Anglais sont arrivés à Calais, il les fallait assaillir. Il importait de les empêcher de bâtir cette cité. Mais Philippe était Dieu sait où ! Il doit être furieux de ce qu'il lui advient, mais tel que je le connais, plutôt que d'épancher sa fureur sur les Goddons, il trouvera bien quelqu'un d'autre !

— Hélas ! vous dites vrai, Père. Au siège de Carentan, deux chevaliers de chez nous que vous connaissez peut-être, Nicole de Gronssi et Roland de Verdun étaient tombés au pouvoir de Philippe le Dépensier, qui ne tint pas — ils sont pauvres — à les envoyer en Angleterre en attendant d'en obtenir rançon... Il paraît qu'il les a fait remettre à Philippe et que celui-ci instruit leur procès[1], alors qu'un couard notoire tel que Godemar du Fay, dont l'orgueil et l'impéritie sont en partie responsables de notre défaite à Crécy, a recouvré grâce à ses yeux !

— Philippe est un sot comme son père, comme son fils Jean... Je ne sais pas ce que vaut l'autre, le duc d'Orléans, le puîné, mais je crains qu'il ne leur ressemble : un père fol, une mère tantôt molle et tantôt excitée...

Il parut à Ogier que le regard de son père, plongé dans le sien, devenait plus opaque. Il s'en sentit, pourtant, brûlé jusqu'au fond des prunelles et craignit qu'il ne pensât, en refusant de le lui dire : « Quel fils enfantera ton épouse ? Elle te donne plus d'émois et de soucis qu'il ne t'en faudrait ! » Mais déjà le vieillard se penchait pour placer dans l'âtre une souche qui aussitôt grésilla. Venant du dehors, Bertine, poudrée de blanc, lança que « ça glissait ». Elle disparut, laissant entrebâillée la porte de l'escalier menant aux cuisines. Ogier entendit les voix de Bertrande et d'Isaure :

1. Le jeudi après la Conception-Notre-Dame (28 décembre), ils allaient être menés aux Halles de Paris, avoir leur tête tranchée et être pendus par les pieds au gibet.

— ... elle se languit !

— Elle ne fait rien et rien ne lui plaît ! Une huiseuse [1] pareille, je n'ai jamais vu ça !

— Ce jour d'hui, elle veut avoir bien chaud... Avant le coucher, j'allais chauffer leur lit avec la bassinoire. Elle vient de me dire qu'elle y voulait un moine [2].

— Crois-tu que son époux ne la réchauffe plus ?

Il y eut des rires, puis les reproches chuchotés de Bertrande, un *« Oh ! »* effaré d'Isaure, et la porte claqua, violemment rabattue dans son chanbranle.

Ogier se tourna vers son père :

— Ce ne sont pas des propos pernicieux... Elles savent au moins, elles, comment disposer de leur temps !

Il rit, dissimulant tant bien que mal son déplaisir. Que l'existence de Blandine apparût comme infiniment vide à toute la gent de Gratot lui semblait une injustice d'assez piètre importance : les commères confondaient à plaisir, semblait-il, son goût de la solitude et son refus d'une oisiveté complète : n'étaient-ils pas allés, à Coutances, quérir ce qu'il fallait pour qu'elle entreprît une tapisserie ? De quelles rêveries s'accompagnaient ces travaux d'aiguille, voilà surtout ce qui le souciait !

Quittant son père, il alla retrouver Blandine dans leur chambre où, à belles dents, un feu y dévorait des bûches de fayard. Elle était assise devant, sur un trépied à traire, les coudes sur ses cuisses, la tête entre ses mains.

— Pourquoi ne prends-tu pas le faldesteuil ? Il est plus large, plus profond...

— Je suis bien ainsi.

— Soit... As-tu vu ce temps ?... L'hiver sera rude.

1. Oisiveté.

2. Ustensile composé de lattes de bois cintrées entre lesquelles est placée un récipient de cuivre, sorte de bassinoire, contenant des braises. Très en usage en Normandie.

— En Poitou, il l'est rarement.

Était-ce, formulé doucement, tendrement même, une sorte de reproche ?

Ogier regarda les doigts de feu contourner un bout de branche. Caresse et morsure à la fois. Succion ardente sous laquelle la ramille se tordait comme un membre. Blandine l'observait aussi, sans doute, mais immobile derrière elle, il n'eût pu l'affirmer. Se penchant, il passa ses mains par-dessus les épaules de son épouse et enveloppa ses seins. Elle ne remua pas. Ni satisfaite ni mécontente. Était-ce son cœur ou celui de Blandine qu'il sentait battre sous sa paume ?

Toute sa tendresse, parfois si chancelante, renaissait. Cet amour neuf, plein de séduction, existait. Leur chambre était leur reclusoir, et au printemps, il l'embellirait. Tout près, dans un panier, des pelotes de fils semblaient des fruits étranges, fraîchement cueillis. Plus loin, dans son cadre de chêne clair, la tapisserie changeait au gré du feu le peu de couleurs qui l'éclairaient encore. Il y avait, autour d'une princesse, une unicorne et un lion. La femme avait un visage vide, mais sa coiffe d'or était presque achevée. À ses pieds sommeillait un petit singe vert.

— C'est moi, là ?... Tu avances ?

— Un tantinet... Tu le vois bien.

Elle se leva. Il crut discerner de l'irritation dans sa façon de s'approcher du feu qui crachotait un peu de rouge.

— Gare à ta robe...

N'ayant cure de cet avertissement, elle parla d'un vol d'oies sauvages qu'elle avait vu passer avant la chute des premiers flocons et ajouta qu'il faudrait balayer le perron et y jeter du pain pour les oiseaux. Il acquiesça et apprécia qu'elle fût charitable. Aude, sans doute, n'aurait pas eu cette idée de nourrir les oiseaux parce qu'elle avait manqué de pain pendant cinq ans. Cinq ans où le moindre moineau avait été une nourriture.

— Tu es bonne... Aussi bonne que belle...

Il se pencha, déposa un baiser sur le dessus de ce front tiède, sur ce cou enrichi de mousse transparente, si clair qu'en se relevant, il y vit la trace rose de ses lèvres.

— Si ce temps-là continue, nous allons passer des semaines bien tristes... J'ai peur que tu ne t'ennuies...

Elle eut un frémissement et porta sa senestre à son cœur comme si une fraîche cicatrice venait de s'y rouvrir. Les flammes, dans ses yeux, jetaient des floches d'or ; ses joues, son front étaient fleuris de clartés vivantes et un sourire vint éclore sur ses lèvres. Inattendu. Inespéré. Ogier se pencha sur cette fleur de chair, en aspira le suc et le parfum, et se dit que sans doute avec peu d'insistance, Blandine eût consenti à se tendre vers sa chaleur, quitte à revenir, ensuite, devant cet âtre où une bûche se cassait, répandant sur la pierre quelques poignées de sciure vermeille.

— Si cet hiver doit durer plus que d'autres, ne pourrais-tu m'offrir une pelisse d'écureil, de renard ou de bièvre[1] ?

— Holà, dit-il, je t'en ai payé une.

— Nullement fourrée... Bonne pour le printemps...

— On verra...

Il s'approcha de la fenêtre et regarda la neige au travers des verres à vitre[2] grossiers, épais, à demi opaques, parsemés de nœuds en forme de cul de bouteille. C'était une dépense folle, mais il avait tenu à remplacer les parchemins huilés pour Blandine. On avait pu penser que c'était un changement effectué à l'instigation de son épouse, or, c'était faux : cette idée lui revenait, et son père n'avait exprimé aucun blâme. Il songea sans plaisir aux deux chandeliers de laiton à grand picot qu'il avait achetés dix sous et à ce pelisson nullement fourré, mais chaud, pour lequel il avait dû

1. Castor.
2. Cette « industrie » allait se développer vers 1360-1370.

en débourser soixante. Ce jour-là, il était heureux au sortir d'une nuit qui l'avait éreinté... Blandine avait aussi exprimé d'autres souhaits : porter un chaperon de penne[1] gris, à sept boutons d'argent, et une ceinture ferrée de clous d'or, semée de perles, émaillée et armoriée de lions. « Ce ne sont pas ceux de ta lignée, mon époux, mais vois comme ils sont beaux ! » Loin derrière eux, à l'ombre de la cathédrale, Tinchebraye et Joubert, qui les voyaient entrer et sortir des boutiques tout en veillant sur Hautemise et Marchegai, désapprouvaient sûrement ces excès. Lui, le mari prodigue, s'émouvait d'acheter à ces commerçants qui, pendant cinq ans, avaient dû eux aussi mépriser les Argouges.

— Pourquoi *verra-t-*on ? Si l'hiver est froid, il me faudra ce pelisson.

Ogier croisa les bras et serra les poings sous ses aisselles. « Non », fut-il tenté de dire. Il avait tant puisé dans sa maigre fortune qu'en songeant tout à coup à ce qu'il en restait, un ruisselet de sueur poissait son dos. Il devait approvender ses soudoyers en sagettes et carreaux, et bien qu'il trouvât ces derniers superflus en raison de son mépris pour l'arbalète, ses Génois n'eussent pas compris qu'il les privât de munitions. Jamais ils n'échangeraient leur arme contre un arc. « Si je peux, au printemps, guerroyer en Bretagne avec ou sans Thierry et ses hommes, il me faut avoir de quoi ! » Or, une gerbe de sagettes barbelées coûtait 14 deniers, une gerbe de sagettes simples 12, et un carquois de carreaux, 20. Il y avait aussi trois arcs à changer : ceux de Le Guevel, Bazire et Delaunay dont le frêne mollissait. Ils faisaient d'ailleurs en sorte de manquer quelquefois les bersails et imputaient à grands cris leur fausse inhabileté à la faiblesse de leur arme. Or, un arc de bois blanc valait 12 sous tournois, un arc de frêne peint — était-ce bien du frêne ? — 18, et c'étaient là les plus communs. Le bon bois d'if devenait hors de

1. Velours.

prix du fait de sa rareté ; les Anglais eux-mêmes l'importaient d'Espagne, les Espagnols consentant d'ailleurs à leur en vendre à condition qu'ils achetassent leur vin. Le bon frêne et l'orme soigneusement travaillés devenaient chers : 22 deniers.

— À quoi penses-tu ? s'inquiéta Blandine.

— Tu vas soupirer et lever les yeux aux poutres : je pensais aux sagettes, viretons et matras [1] dont mes hommes ont besoin... Depuis belle heurette, le roi Édouard a prohibé tout autre jeu que le tir à l'arc en son royaume afin d'avoir une archerie parfaite. S'il fait tout pour disposer d'une armée puissante, Philippe nous affaiblit en nous appauvrissant : Thierry m'a appris qu'il va imposer un tribut sur les cordes des arcs [2]...

— Ne pourrais-tu cesser de penser à la guerre ?

— Je pense moins à la guerre qu'à cette maltôte injurieuse [3]... et à ton pelisson fourré.

Afin de l'obtenir, elle consentirait à une nuit d'amour. Ou plutôt, elle était prête à anticiper sa gratitude, ce qui, de toute façon, s'appelait payer de sa personne. Cette pelisse valait plus qu'une douzaine d'arcs et leur gerbe de flèches. À ce prix-là, au bordeau de la rue des Armoises, à Saint-Lô, il eût pu s'offrir moult journées de délices.

— Pourquoi t'ébaudis-tu ?

— S'il te déplaît souvent de frayer en ce lit, tu ne répugnes pas à frayer en boutique [4].

1. L'empennage d'un *vireton* donnait au trait d'arbalète un mouvement semblable aux rayures spirales d'un canon de fusil. Les *matras*, terminés par un fer en dé ou en sphère étaient destinés à fracasser les os.

2. Cet impôt existait encore en 1359, année où il fut sans doute supprimé.

3. Impôt extraordinaire ; *injurieuse* signifie injuste.

4. Si le verbe *frayer* signifiait en vénerie : *frotter, se frotter*, il signifiait aussi dépenser, *faire des frais*. On frayait « grandement et grossement ».

Il riait, certes, mais c'était moins par satisfaction d'avoir trouvé cette formule que pour dissimuler son mésaise : entre elle et lui, désormais, l'indigence — ou presque — allait creuser un fossé que pour sa part, quelque bon et accommodant qu'il se crût, il devinait infranchissable. Si Blandine avait pensé qu'il se merveillait de son goût des onéreuses parures, elle s'était méprise. Sans l'approuver ni le condamner, il l'avait satisfait dans la mesure de ses moyens en se disant que pour rehausser leur beauté, toutes les femmes étaient enclines aux dépenses déraisonnables. Elle refuserait de comprendre qu'il fût contraint de la priver de cette sorte de jouissance tout en voulant qu'elle continuât de lui en accorder d'autres.

« Elle ne bronchait pas avec les Berland, j'en jurerais !... Me suis-je montré trop tendre envers elle ? »

Maussade, d'autant plus qu'il s'était répondu par l'affirmative, il imagina Joubert confiant à Bazire, Le Guevel et Delaunay : *« Il a point d'écus pour vos arcs et sagettes, mais si vous saviez tout ce qu'il débourse pour elle !... Pas vrai, Tinchebraye ? »* Et celui qu'ils nommaient le Grand d'approuver en silence.

— On verra, chuchota-t-il sans que Blandine se fût courroucée de sa repartie. Je sais tout ce à quoi tu consentirais pour endosser cette pelisse... Tiens : si je te proposais par ce temps affreux de nous rendre à Coutances pour l'acquérir, tu ferais seller Hautemise sans craindre qu'elle attrape mal ou se rompe une jambe en glissant... Mais je te l'ai bien dit avant de t'épouser : les Argouges, présentement, n'ont pour richesses vraies que ce châtelet et les terres à l'entour... Le trésor de mon père est à sa semblance : épuisé... Je ne veux emprunter à quiconque ni pour satisfaire mes hommes ni pour te satisfaire...

— Car tes hommes passent avant moi !

Plein d'écus, il lui eût offert cette pelisse. Même fourrée de menu-vair ou d'hermine. Mais à quoi bon rêver. N'avait-il pas déjà trop rêvé pour Blandine ?

— Dans ton Poitou dépourvu d'hivers rudes, combien le chevalier Berland et son épouse t'achetaient-ils, chaque année, de manteaux, pelissons et pelisses ?

Toujours ce silence nullement hostile, du moins apparemment.

Lorsqu'il lui avait offert les présents auxquels il venait de penser, il l'avait crue heureuse, et même rassasiée pour longtemps.

— Pense au prochain printemps, dit-il. Avec les étoffes des frères Birot, tu vas pouvoir te faire préparer des robes que toutes les femmes t'envieront !

Pas un mot. « Voudra-t-elle autre chose ?... Quoi, Seigneur ? Quels besoins devrai-je satisfaire ? » Il n'avait jamais éprouvé cette peur exaspérante. « *Jamais !* » Le sentiment qu'il serait pris de loin en loin dans des rets imprévisibles l'irritait, mais il voulait à toute force et non pas à tout prix, demeurer quiet, et, somme toute, heureux de cette quiétude.

— Tu m'aimes moins, dit enfin Blandine en se rasseyant sur son banc à traire, face au feu. Si tu m'aimais comme à Chauvigny et Poitiers, tu parlerais autrement.

Et voilà : c'était là toute sa rhétorique, assortie d'un soupir et d'un tremblement de larme entre deux cils.

— Et tu es chevalier !

Il s'étonna de cette sortie où perçait, sous la lamentation, une pointe d'effronterie. Les mains en coque sur les genoux, Blandine semblait admirer la même flamme que lui : un grand lambeau de pourpre et d'or où tressaillait de haut en bas une lueur verte veinée de bleu.

— Oui, je suis chevalier. J'ai mérité de l'être, et sans me croire plus vertueux qu'un autre, j'en ai les qualités. Toute ma vie, je m'efforcerai de mettre en pratique les commandements de la Chevalerie...

— Ah ! oui ?

Cette fois, cessant d'être une simple piqûre, la moquerie devenait aiguillon.

— En tout cas, mon époux, au lieu de *faire largesse à tous* comme il convient dans l'Ordène dont tu es fier, fais largesse à ta femme, elle s'en portera mieux !

Ogier fut tenté de quitter la chambre ; il y renonça : c'eût été lâcheté. Il se pencha sur cette oreille dont Blandine avait tant souffert peu avant et pendant leur mariage avec la sensation grisante d'y cracher les mots qui embrasaient sa gorge :

— Tu as tout à suffisance. Tu as même plus qu'il ne t'en faudrait et j'en suis moult réjoui pour toi. Je ne t'ai jamais rien celé de ce que j'étais, te disant même que si le roi ne m'avait pas reméri [1] après Crécy, je n'aurais pas eu dix écus à t'offrir... Si tu trouvais alors mon état inférieur au tien, il te fallait me repousser... Tu aurais même dû, quand nous sommes sortis de Poitiers, demeurer auprès de ta marâtre et prier pour qu'un miracle te rende ton père et ton demi-frère...

Eût-elle été si éprise de belles choses, eût-elle accordé tant d'importance à ces coûteuses acquisitions si elle l'avait aimé vraiment ? Sa seule présence eût suffi à son bonheur.

— Tes chers affiquets ! murmura-t-il.

Puis il se tut, car Anne s'imposait à son esprit. Anne qui n'avait rien que son amour pour lui ; Anne qu'il n'avait choyée que de caresses... Ils étaient pauvres l'un et l'autre et leur tendresse avait valeur d'hommage et d'ornement. Blandine semblait décidée à ne rien sacrifier à ses goûts et au rang qu'elle avait pris en entrant à Gratot.

— C'est un roi que tu aurais dû épouser !

Adossé au chambranle de la fenêtre, il la dévisageait, hautaine et parée des éphémères perles de ses joues. Il était perplexe, le cœur picoté d'échardes et tellement certain que Blandine ne l'aimait pas qu'il se fût sans doute senti aussi atteint et désespéré en apprenant qu'elle lui était infidèle. Il s'était dit parfois, à

1. *Remérir* : récompenser.

Chauvigny, que tout habile et admiré qu'il fût aux joutes, elle pouvait le considérer comme un rustique. Était-ce donc vrai ? Un loudier[1] ou un sot ? Y avait-il d'ailleurs dans son esprit une quelconque différence ? L'avait-elle suivi seulement pour échapper à cette famille qu'il avait d'emblée détestée sans rien connaître d'elle ? S'il était dans le vrai, alors quel pouvoir de duplicité chez cet être dont il avait pensé que la beauté sans reproche révélait un esprit vierge d'imperfection et de malignité mais enclin, au contraire, à toutes les bontés, à tous les appuis, désirs et renoncements qu'un homme se devait d'attendre de sa compagne.

— Ce serait, Ogier, une preuve d'amour.

Elle avait jeté ces mots comme un pêcheur l'hameçon ; il n'y mordrait pas. Elle pouvait maintenant « amorcer » en remontant sa robe au-delà des genoux et présenter ses jambes aux douceurs de l'âtre, il se garderait d'y toucher !

— La preuve d'amour, dit-il, embrassant les jambes d'un coup d'œil, puis s'en détournant, elle est sans prix... Elle est partout, elle...

Mais son regard revint vers cette apparition des secrètes beautés de Blandine. Elles semblaient provoquer le feu plus encore que lui-même. Jambes nobles... Le rouge du foyer s'y muait en soie rose. Ce n'étaient plus des membres féminins mais des trésors auxquels les flammes rendaient justice ; et les reflets de cette chair dorée sinon adorée lui faisaient invinciblement songer à des ombres cuivrées, mousseuses ; à des saveurs et des frissons dont elle saurait le priver, sachant bien que pour y goûter, il n'emploierait jamais la violence.

— Eh bien quoi ? dit-elle en rabattant sa robe.

Devait-il lui dire, pour en finir, que la preuve d'amour n'existait pas plus dans quelque offrande

1. Manant, paysan.

excessive que dans ces anneaux de rapine, sanctifiés par Isambert et qui soudain, peut-être, leur agaçaient pareillement le doigt. Elle se trouvait simplement dans le vouloir et la faculté de rendre heureux *l'autre* : regard et sourire de tendre connivence, baiser même léger, étreinte même chaste. Il possédait cette capacité d'aimer ; il y avait ajouté de bon gré quelques largesses folles eu égard à sa presque indigence.

— Tu sembles décidée à ne vivre qu'à mes dépens... Soit... Mais où est donc l'amour selon toi ? Où crois-tu qu'est le mien ? Dans mon cœur ou dans mon escarcelle ?

Cette fois, il s'en alla.

Le froid sec de l'escalier le tira de son mésaise. Dans la cour, il croisa Madeleine Gosselin coiffée d'une aumusse noire et toute vêtue de mailles blanches : la neige tombait toujours.

— Je vais au puits... Si ce temps continue, l'eau y gèlera.

— Il est bien trop profond. Laisse-moi faire.

Il jeta la seille, prit plaisir à sentir le chanvre chauffer ses paumes et à le remonter du fond par grandes tractions lentes. Un moment, voyant Madeleine la tête levée vers le logis seigneurial, il fut certain que Blandine les épiait derrière les verres miroitants. « Et alors ? Que peut-elle trouver à redire ? » Le seau apparut, plein à ras bord.

— Je te le porte où ?

— Au seuil de la cuisine.

Sous les sourcils poudrés de neige, le regard de Madeleine était tendre ou compatissant. Pourquoi ? Que disait-on de lui et d'*elle*, maintenant à Gratot ?

Ogier déposa le seau sur le perron et s'en alla vers l'écurie tout embrumée de l'haleine des chevaux et des juments qui, sentant la neige et le froid, restaient plus quiets que d'ordinaire.

— Holà ! Tinchebraye, Bazire, Le Guevel, Sapienza

et Galeas, que je ne vois guère... Tendez des toiles à l'entrée : je veux que nos bêtes aient chaud !

— Où sont les toiles ? demanda Sapienza.

L'ancien arbalétrier de Grimaldi — cheveux longs et moustache courte — ne rechignait jamais à l'ouvrage, mais attendait pourtant qu'on le lui eût commandé plusieurs fois. Quant à Galeas — face ronde et plate —, c'était un mélancolieux épris de solitude, plus enclin à s'exercer à la guerre qu'à accomplir des besognes de huron.

— Foi de Crescentini, dit-il, révélant ainsi son nom qu'Ogier ignorait encore, on se sent bien aise en vos murs, messire, par ce temps... Prenons soin de toutes ces bêtes afin qu'elles soient disposes au printemps... Vous souvenez-vous de Crécy ?

— Par Dieu, oui !

— Je n'oublierai jamais cette fin d'août...

— Ni moi !

— Septembre, octobre, novembre... Nous voilà en décembre, messire.

Le Génois avait mordu dans l'énumération comme dans un fruit amer tandis que ses prunelles s'allumaient dans leurs orbites profondes sans qu'un seul cillement vînt en troubler l'éclat.

— J'ai compris... À quoi bon ces détours... Tu veux, vous voulez tous votre soudée[1].

Ogier dévisageait ce gars sévère, brun et sec comme un Mahomet et dont le regard un moment immobile exprimait moins de courroux que de sollicitude.

— Douterais-tu que je ne puisse m'acquitter sur-le-champ ?

Crescentini s'ébaudit aussitôt tout en accompagnant son rire d'un secouement des mains comme s'il les égouttait avant de passer à table.

— Tous mes compains, messire, sont moult heureux céans, quoique la guerre en vérité leur manque. Vous

1. Paye des gens de guerre.

nous avez parlé d'aller escarmoucher l'Anglais en Bretagne afin d'emplir votre escarcelle et les nôtres... Y avez-vous renoncé ?... Est-ce à cause de votre épouse ?

Ogier sortit de sa détresse. À défaut d'être payé, le Génois se payait sa tête :

— Sais-tu qu'avant de quitter ma femme, il y a peu, je me disais que deux arbalètes, c'était trop pour ma lance[1]. Armes lourdes et lentes : elles jettent un carreau quand un arc tire dix ou douze sagettes... qui la plupart piquent le bersail... Adonques armes inutiles... Adonques bouches inutiles que ceux qui les manient...

Le Génois ne riait plus. Ni Sapienza, tout près, gêné par cet affrontement qu'il réprouvait. Mais où se plaçait-il ? À côté du seigneur ou de son compère ? « Dire que je vais manquer d'écus et qu'elle veut ce pelisson fourré ! » Il n'avait jamais connu le moindre ennui pécuniaire. Au service de son oncle et lors des joutes en Périgord, il s'était empli l'escarcelle ; il avait laissé l'essentiel de ses gains à Gratot avant de cheminer vers Chauvigny et jamais il n'eût osé en demander restitution à son père. Ensuite, la générosité du roi lui avait permis de constituer sa petite lance. Il ne subsistait rien — ou presque — de ce qu'en riant parfois il avait appelé sa fortune. Crescentini se trouvait dans son droit, et sans son allusion à Blandine, il eût accueilli sa demande avec sérénité alors que de dépit, il avait envie d'attraper cet homme par son colletin et de le pousser ainsi jusqu'au pont-levis. Mais céder à l'attrait de la turbulence eût mécontenté les autres soudoyers. Afin de les dominer, il devait se dominer lui-même. Il considéra Sapienza, incertain de l'issue de cette altercation, puis il vit arriver avec plaisir Joubert.

— Ho, toi... Ma bourse est dans le bahut, près de la cheminée. Va en demander la clé à mon père et apporte-la-moi.

Le pennoncier partit, pataugeant dans la neige, suivi

1. Petite compagnie d'hommes d'armes aux ordres du seigneur.

de Saladin et de Péronne qui venaient de quitter l'étable. Ogier fit face à Crescentini :

— Je vais te solder.

Le Génois eut un geste d'apaisement :

— Il n'y a pas de hâte, messire, je...

— Oh ! si, il y a hâte... Tu as douté de moi. Selle ton cheval, prépare tes armes et ton harnois et quitte Gratot avant midi.

— Mais, messire...

La stupéfaction du Génois et des compères qui l'entouraient contenta Ogier sans pourtant le tirer de sa maussaderie. Enfin, il rivait son clou à quelqu'un ! Dommage qu'il se fût montré moins intraitable envers Blandine.

Il regardait Crescentini au fond des yeux, si violemment que l'arbalétrier dut baisser les paupières.

— Tu me diras que c'est un sale temps ; je te répondrai qu'avec ta solde, tu peux passer une semaine ou deux à l'hôtel, en attendant des jours meilleurs. Celui dont j'ai pitié, vois-tu, c'est ton cheval. Mais Coutances n'est qu'à une lieue : il subira les atteintes du froid sans dommage.

Crescentini glissait vers Sapienza un regard suppliant lorsque des pas précipités firent crisser la neige. Une paume se tendit, soutenant la bourse. Ogier, la soupesant, eut honte de sa légèreté ; Joubert aussi, apparemment.

— Nous étions tombés d'accord, en considération des paiements adoptés dans l'ost [1] : trente sous tournois

1. Philippe Contamine à l'auteur : « En 1350, un chevalier banneret était payé par les soins des trésoriers de guerre du roi de France 30 sous tournois par jour, un chevalier bachelier 15 sous tournois : un écuyer monté sur un cheval de 30 livres tournois et plus, 7 sous 6 deniers tournois ; un écuyer monté sur un cheval au-dessous de ce prix 5 sous tournois ; un archer à cheval 4 sous tournois, un archer ou un arbalétrier à pied 3 sous tournois, un sergent à pied 2 sous tournois. Quant au prix d'un arc, il pouvait être alors de l'ordre de 10 à 20 sous tournois, et le double pour une arbalète. » Habituellement, les gens de guerre étaient payés au mois. Il suffit donc de multiplier par 30 (ou 31) les tarifs journaliers.

par jour pour les chevaliers bannerets, quinze pour ceux de mon espèce et deux pour vous en rétribution des ouvrages de maçonnerie et de charpenterie qui vous feraient atteindre ce printemps où nous irons guerroyer, le butin étant partagé avec équité entre nous, moi-même recevant la même jointée [1] que chacun...

— Messire, dit le pennoncier, nous n'avons à nous plaindre de rien. La chère est bonne et plantureuse, nous avons de bons lits et un logis chauffé. Vous nous avez soldés d'avance, contrairement à la coutume. Par le temps qu'il fait et pour ce qui me concerne, je remets au printemps votre prochain paiement. Pas vrai, compères ?

Tous opinèrent, même Sapienza. Seul Raymond demeura immobile, comme gêné d'assister à un tel différend.

— Je veux rester, dit Crescentini.

Le froid l'apeurait davantage qu'une compagnie de routiers affamés, rencontrés sur quelque chemin perdu. Où serait-il allé ? À Paris, retrouver d'autres Génois au service du roi ? Il savait, depuis Crécy, en quelle estime Philippe VI tenait ses mercenaires.

Tout en finissant de compter les pièces, si nerveusement qu'une d'elles tomba sans qu'aucun homme osât la ramasser, Ogier, d'un coup d'œil, chercha au moins une approbation. En vain. « Voilà que je les mécontente ! » enragea-t-il.

— Oh ! non, Crescentini, tu ne demeures pas : tu

« Dans tout cela, il s'agit de monnaie de compte. Qu'est-ce que cela pouvait représenter en espèces monétaires réelles ? Ne retenons qu'un exemple. Nous voyons que le 6 mai 1349, Philippe VI ordonne l'émission d'écus d'or équivalant au poids actuel de 4 grammes 532 et en poids d'or fin à 3 grammes 965. Or, ces écus couraient pour 25 sous tournois. Autrement dit, pour un mois de solde, un chevalier bachelier pouvait recevoir 18 de ces écus, un écuyer à 5 sous tournois journaliers 6 de ces écus, et un sergent à pied 2 écus plus 4/10e d'écu. Il faut dire que souvent le roi ne payait pas en or, mais en argent (exemple : gros tournois). »

1. Les mains réunies en coupe.

pars, voici tes sous... Vingt de plus qu'il ne faut, pour la cévade de ton cheval !

Le Génois comprit que toute obstination eût été vaine. Sapienza fit un pas et, posant sa main sur son épaule :

— Résigne-toi... Moi, je reste. Peu me chaut d'être payé pour le moment : je mange bien et j'ai partout mes aises. Je cheville le bois, je le façonne à l'herminette : mes jours sont meilleurs que lorsque je suivais Grimaldi ployant sous le carquois, le cranequin, le grand pavois et l'arbalète... Je ne peux rien pour toi, sauf seller ton cheval pendant que tu te prépares...

Serrant les cordons de sa bourse, Ogier traversa la cour. Il n'atteignit pas le perron : Raymond le retenait par un bras et lui donnait le sou mouillé de neige :

— Faut surtout pas vous tourmenter. Franchement, Galéas, c'est loin d'être une mauvaise graine... Il parlait sans y trouver malice... Voilà un mois qu'il pense à cette solde... Il a joué aux osselets et aux dés... sans se méfier, pour ces derniers, des piperies... Et puis, pour essayer de regagner ses pertes, il a voulu s'essayer au jeu de naïbi[1]. Il n'a fait que subir la male chance... Il devait rembourser... Il a de l'honneur, même si ça ne paraît pas...

— Qui a sorti ce jeu ?... J'en avais interdit la pratique.

Raymond eut un geste offensé :

— Je vous sers de mon mieux depuis longtemps déjà, mais ne dénoncerai personne !

1. L'interdiction du jeu de dés remonte à 1256. Une ordonnance de 1291, prohibant ce jeu, en rappela les ravages, et une troisième interdiction s'attaqua aux *dez mal poins* (mal marqués) et aux dés pipés. Avant ces proscriptions, les dés avaient été interdits par l'Église à cause des blasphèmes que criaient les joueurs perdants. Quant aux cartes, venues d'Inde et de Chine, connues des Arabes (comme les échecs), elles avaient été rapportées en Europe par les Croisés. Les Arabes les considéraient comme un jeu militaire ; *naïb* signifiant capitaine, lieutenant. Les Italiens les appelaient *naïbi*.

— Cela te déplaît que je renvoie le Génois ?

— Il doit être tout marri de ce qu'il lui advient !

— Je le suis aussi d'avoir dû sévir... Et je t'ai demandé ton avis !

Ils parvenaient devant le perron : Crescentini passait ployant sous le double fardeau de son arbalète et d'un bissac. Du menton, Ogier le montra au sergent :

— Crois-tu qu'il n'aurait pas dû s'y prendre autrement ?

— Oh ! si... Moi, à sa place, je serais venu vous voir seul à seul... J'aurais tout dit... sans pour autant désigner le vainqueur, un finaud qu'on ne peut pincer.

— Est-ce un soudoyer ?

— Non, messire.

— Un serviteur !

— Cela va de soi.

Abandonnant sa bourse dans la dextre de Raymond, Ogier courut jusqu'au Génois :

— Va reposer tout ça... Je te garde.

La mansuétude dont il faisait preuve lui réchauffait le cœur et l'âme. Le mercenaire le regardait, ébaubi, n'osant croire à ce retournement, mais il avait laissé tomber son arbalète et dans ses yeux comme éblouis par la neige, une étincelle dansait.

« En m'y prenant ainsi je peux perdre mon autorité, mais qu'importe ! J'aurais dû mieux les surveiller ; j'aurais dû me mêler à eux après souper... Je ne l'ai pas fait, trop empressé à rejoindre ma femme... Je trouverai ce profiteur et le mettrai hors d'état de nuire ! »

— Raymond ne m'a pas tout révélé, Galéas, mais j'en sais assez pour faire preuve d'indulgence à ton égard... Ou d'équité... Appelle ça comme tu voudras ! Garde ta solde et paie tes dettes, mais surtout ne joue plus !

— Oh ! messire, je vous rends grâces... Vous êtes l'homme le plus...

— Baisse l'encensoir. Entre gens comme nous, il n'en est nul besoin !

Cela lui faisait du bien de se montrer généreux envers quelqu'un d'autre que Blandine. Certains soirs, tandis qu'il la tâtonnait — et plus encore —, il avait entendu les cris, les rires des soudoyers et des serviteurs. « Ne vont-ils pas cesser ? » disait-elle en le repoussant un peu comme s'ils attentaient à son plaisir. « Tu devrais leur dire qu'ils nous laissent dormir en paix ! » Il l'interrompait d'un baiser qu'elle refusait de lui rendre. Tout ce qui n'était pas eux et leurs corps assemblés ou près de l'être était pour lui sans importance ; mais elle était sensible aux bruits les plus communs : quelques pas dans la cour, Saladin qui s'étrillait à grands coups de patte arrière, une chevêche en chasse, un craquement de bois. Si l'amour — ou ce qu'il en restait — leur offrait l'occasion d'exclure de leur chambre tout ce qui n'était pas *eux*, Blandine n'en pouvait rien effacer : quelque plaisir qu'il lui donnât, quelque geste qu'il accomplît, jamais elle n'atteignait la plénitude. Elle conservait toujours une partie d'elle-même en deçà de la félicité qu'il lui avait connue et dont il la savait capable. Cette retenue — cette anxiété peut-être —, il l'eût assurément comprise s'ils s'étaient emmêlés en hâte dans un abri peu sûr, ou si l'un des deux eût forniqué dans l'adultère. Mais ils étaient époux, le verrou était mis...

Crescentini s'en allait, droit comme un baliveau, et sans doute respirait-il à grands traits. Ogier sourit à son sergent :

— Je déteste m'emporter ainsi, mais je t'en fais l'aveu, Raymond : je retombe dans la pauvreté... J'ai fourni moult deniers pour Gratot à mon père et n'en ai nul regret. En quittant le Poitou, Blandine n'avait rien... J'ai dû dépenser pour elle...

— Vous avez voulu la jolier... Je comprends tout cela et les autres aussi.

Le regard de Raymond, derrière la brume de son haleine, était d'une droiture absolue. Ogier fut sur le point d'en dire davantage et sentit que le sergent aussi se retenait. Peut-être voulait-il l'exhorter à la quiétude et lui livrer ses pensées sur l'immédiat et l'avenir tout en l'assurant de sa féauté [1].

— La Bretagne, messire... Nous nous y enrichirons aux dépens des Goddons !

— Nous y partirons au printemps. Chaque fois que les Goddons seront en nombre égal au nôtre... ou guère plus élevé, nous leur ferons sommation.

— À votre place, je les assaillirais sans façons !

— Je laisse ces turpitudes à Guesclin. Je suis un chevalier...

— Il l'est à ce qu'on dit...

— Un malandrin... Allons, assez parlé : va trouver les autres et dis-leur de se taire sur ce déplaisant tençon... Mais si je trouve le serviteur dont tu me tais le nom, je le châtierai... Mettons-nous à l'abri : les flocons tombent dru. Avant cette vesprée, il gèlera à pierre fendre.

Le froid vint avec la nuit quand cessa la tombée de neige. Tout Gratot se retrouva dans le tinel, assis ou debout devant la cheminée où les chiens s'étaient depuis longtemps assemblés. Crescentini fourbissait son haubergeon de mailles ; Mahé et Le Hanvic affûtaient leur guisarme à grands coups de queux [2] et Sapienza, de son couteau, taillait une bille de bois fermement maintenue entre ses genoux : des cheveux courts, un front, des yeux apparaissaient. Goasmat et Le Guevel conversaient en breton et riaient parfois, sans doute de quelque histoire indécente. Tinchebraye, Lehubie et Bazire, une grosse aiguille en main, réparaient, le premier les rênes, les deux autres la sellerie de leur cheval. Gardic et Delaunay enferraient des flèches que Joubert, Courteille et Desfeux empennaient.

1. Loyauté.
2. Pierre à aiguiser.

« Ils m'épargnent des écus », songea Ogier en leur souriant.

Jourden, Barbet et Gosselin tressaient des paniers, Aguiton et Lesaunier aidaient les femmes à dresser la table. Asselin et Marcaillou se relayaient à tourner la broche où cuisait un mouton. Assis dans sa cathèdre, les pieds au feu, Godefroy d'Argouges méditait ; près de lui, Blandine brodait une ceinture de lin roux.

Ogier se détourna pour regarder, dans la cour, les deux boursouflures des tombes enfin couvertes. Il ne savait s'il s'ennuyait ou non. Les rires de Bertine et de Bertrande lui paraissaient forcés et les petits cris de Jeannette et d'Isaure en bas, aux cuisines, picotaient désagréablement ses oreilles. Dans un angle, assise et les yeux clos, Guillemette berçait son enfançon, un petit gars maigre et jaune, criard. Bientôt sans doute elle chantonnerait. Bertine éléverait la voix exprès pour la contrarier ; Madeleine en serait offensée. Asselin qui peut-être avait fait cet enfant souffreteux commencerait à grogner. Raymond se retiendrait d'invectiver contre lui et se mettrait à marcher, les mains jointes sur la boucle de sa ceinture. Il s'ennuyait aussi même si, visiblement, Guillemette ne lui refusait rien. La guerre lui manquait moins, sans doute, que les grandes chevauchées...

« J'en ferai mon écuyer. Il le mérite. Avec lui, je peux au moins parler de Rechignac et de tous ceux que nous y avons connus ! »

— Aviez-vous ce temps-là, l'hiver, en Poitou ? demanda Godefroy d'Argouges à sa bru.

— Non, Père... Un soupçon de neige en janvier... Quelques journées...

— Ah !

Silence. Épais comme le blanc suaire dans la cour et glacé comme lui.

Ogier se demanda si tous, autour de lui, avaient perçu cet afflux subit, devant l'âtre, de la gelée du dehors. Il s'approcha de son épouse et posa une fesse sur l'accoudoir de la cathèdre où sa mère, puis Aude s'étaient assises. D'un geste empressé, Blandine mit sa main sur sa cuisse. Ce mouvement pouvait paraître aux autres impudique ; même à son père. Il s'en moquait. Froids, immobiles, cette paume et ces petits doigts le brûlaient. Il n'avait pourtant pas eu à secourir Blandine. Il ne lui avait même pas semblé qu'elle se trouvait en difficulté ; il avait fallu qu'il fût présent près d'elle, qu'il la rassurât peut-être sur cette froidure différente de celles qu'elle avait connues si toutefois elle ne mentait pas sur la clémence des hivers poitevins.

— J'espère, mon fils, qu'Aude et Thierry ont aussi chaud que nous.

— Thierry, Père, a fait rentrer du bois en suffisance. Il me l'a dit.

— Aude...

— Elle est endurante et accoutumée à nos hivers.

Ogier sentit la main de Blandine quitter sa cuisse et se demanda si son épouse lui manifestait ainsi sa réprobation pour ce qu'il venait d'affirmer.

— Oh ! oui, Aude est endurante et Thierry doit s'en merveiller, mon fils !

Ogier s'abstint d'acquiescer, bien qu'il pensât de même. Son père semblait vouloir éperonner sa quiétude pour le pousser à un éclat dont les effets retomberaient sur Blandine. Et si la main de celle-ci revenait sur sa cuisse et s'y crispait un peu, n'était-ce pas par crainte d'un danger ? « Ton père ne m'aime pas », lui avait-elle dit un jour. Quand, déjà ?

Allons, bon ! Qu'avait-il à s'attrister encore...

*

* *

Le soir même, le moine brasillant tiré d'entre les draps, Blandine serra sa nudité contre celle de son époux toujours perplexe tandis que Saladin, dans la tremblante clarté de la cheminée, s'étendait de tout son long avec un soupir d'aise.

« Si nous vivions ailleurs, elle et moi, avec *nos* serviteurs et *mes* soudoyers, rien ne viendrait ternir notre entente. »

C'était penser sainement, mais c'était une existence impossible : ce châtelet serait son héritage. Quand le roi remettrait le manoir de Blainville à l'un de ses parents ou de ses favoris, les Champartel réintégreraient Gratot où lui, Ogier, exercerait ses prérogatives. Si Thierry s'accommoderait aisément d'une « suzeraineté » légalement acquise, Aude, à juste raison, pourrait s'en offenser : elle avait tant souffert en ces murs qu'elle les aimait sans doute plus que lui. L'entente familiale se gâterait dès que Blandine prétendrait faire valoir des droits licites et sans grande portée, mais qu'Aude trouverait toujours immérités. En dépit des baisers, sourires, apparences, les deux belles-sœurs en viendraient à se détester. Et si les serviteurs s'en mêlaient...

— À quoi penses-tu ? Je te vois à peine mais je sais que tes yeux sont ouverts.

— Je pense à nous.

Elle avait inséré sa cuisse entre les siennes. Il était bien ; elle était bien. Parfois un léger frisson la remuait ; elle avait les pieds froids malgré la tiédeur laissée par le moine dont Saladin profitait autant que du feu dispensé par l'âtre.

— Sais-tu que j'ai failli renvoyer Galéas ?

— Quand je suis descendue pour souper, Sapienza et Tinchebraye en parlaient. Ils disaient que tu avais bien fait de pardonner... Non, ne me touche pas... Je suis bien ainsi... Et puis, il fait trop froid pour de pareilles choses...

Elle disait cela d'une voix douce, amoureuse — et renonçait ! Pour ajouter dans un murmure :

— Si ce temps-là continue, m'achèteras-tu ce pelisson fourré ?

— Fourré comment ? dit-il la main mouvante. Ainsi ?

Elle soupira et ses jambes se firent tenailles davantage pour lui faire mal que pour interrompre la caresse.

— Me le paieras-tu ?

— Je suis presque démuni... Même pas de quoi solder mes hommes.

— Pourquoi ne vas-tu pas dormir dans leur logis ?... Tu les aimes tant !

Brusquement Blandine dénoua leur étreinte et lui tourna le dos.

Il en fit autant.

La colère et la déception le ravageaient. Si elle l'avait aimé vraiment, elle aurait compati à son embarras et se serait serrée plus étroitement contre lui. Elle se refusait, décidément, à le comprendre et semblait déterminée à lui faire la guerre.

*

* *

« Attendre », se disait Ogier de loin en loin.

Comme au cœur de l'hiver on languit du printemps, il espérait pour les jours à venir une bonace dans la froideur de Blandine. Comment, grâce à quel événement se produirait-elle ? Pour qu'une trêve interrompît leur désunion, il eût fallu que leurs imaginations parvinssent à coïncider sur des scènes d'intimité paisible. Or, son épouse ne condescendrait point à cet accord. Jamais il n'avait tant sondé l'abîme du temps perdu. L'amertume de l'échec le plongeait dans une sorte de furibonderie où, à force de ressasser ses griefs envers Blandine, il désespérait d'obtenir enfin le bonheur qu'ils méritaient l'un et l'autre. Leur intimité s'était déflorée, décharnée. Ils découvraient que l'amour n'était possible qu'entre deux êtres issus d'univers semblables, s'exprimant et s'épanchant avec une même franchise, « sans rien craindre des conséquences d'icelle ». Se pourrait-il qu'un jour ils pussent échanger de nouveaux sourires et de nouveaux propos dépourvus d'animosité ? Il en doutait, hélas ! et certainement elle aussi. Même s'ils recouvraient l'entente du passé, leurs sentiments ressuscités resteraient malades d'une angoisse dont il n'osait évaluer la teneur.

La désillusion accroissait sa lucidité. Il se sentait de plus en plus sans besoins, sans courage et surtout, surtout, dépourvu de ces envies dont l'accomplissement avait enchanté, embrasé Blandine avant que de lui répugner. Un matin, l'idée lui vint qu'elle ne l'avait épousé que pour fuir sa famille. C'était sans doute une absurdité, mais cette hypothèse empoisonnée ne cessa dès lors de hanter son esprit.

Sauf à table, ils ne s'adressaient plus la parole. Leurs quérimonies et rancunes s'affrontaient jusque dans leurs regards. La froidure du temps envahissait leurs cœurs et rien ne semblait devoir les réchauffer. Parfois, les mises en garde de Benoît Sirvin revenaient agacer la mémoire d'Ogier. Il s'obstinait à se dire que le mire de Chauvigny s'était mépris sur la nature profonde de son épouse et qu'à force d'escarmoucher en vain, elle finirait par s'abonnir. Rien n'était moins certain. Il vivait avec, au-dessus de lui, le risque suspendu d'une désunion complète mais se refusait à en imaginer les conséquences. Allait-il falloir qu'il privât le mot amour des enluminures dont il l'avait paré ? À supposer qu'il eût été riche, aurait-il débonnairement accédé aux désirs de son épouse, bien différents de ceux qu'il avait espérés et espérait d'elle ? Non, certes. La gravité de leur mésentente ne changerait point son comportement ni envers elle ni envers les autres. Sa mélancolie devait demeurer toute intérieure et se traduire, hors de son cœur, par une insouciante apparence — qui devait faire enrager Blandine. Elle voyait désormais en lui un huron pourvu d'un constant esprit de contradiction, un traître différent du chevalier au grand cœur qu'il avait prétendu être. Il advenait qu'il se réjouît de sa désillusion, mais c'était pour mieux en souffrir ensuite — certainement autant qu'elle.

Il se couchait le premier sitôt que Saladin s'était lové devant la cheminée. Il savait que Blandine faisait semblant de ne pas le voir, lui, et qu'elle était tentée de frapper le chien du pied. Elle s'abstenait d'une déclaration de guerre à l'animal pour ne pas envenimer leur discorde. « Sale bête ! » devait-elle enrager tout au fond de sa gorge. Eût-elle parlé que c'eût été d'une voix méconnaissable, pleine d'un chagrin léger et d'une âpreté lourde...

III

Sous un ciel blanc et comme vide, la neige enveloppa Gratot une semaine. Un froid cinglant l'avait durcie, vernissée, le soir même de sa tombée, de sorte que dans la cour, pourtant jonchée de paille aux endroits de passage, les chutes furent nombreuses. Isaure se démit un bras en revenant du puits. Madeleine Gosselin la soigna.

Des grésillins pendaient aux doublis[1] des toitures comme des larmes ou des épées de cristal. Sous les coups du vent accouru de la mer, la cloche de l'église tintait, et des portes mal closes claquaient contre leur chambranle. Parfois, un cheval hennissait. Chaque matin, sur la blancheur épaisse ou éparpillée lors de la nuit, le soleil jetait ses lances ensanglantées. Seul, Godefroy d'Argouges accédait au faîte de la tour de la Fée pour, droit et superbe, défier les éléments qui, après les routiers de Blainville, cernaient sa forteresse. Il semblait un privilégié. La nature lui parlait un langage autrement net qu'à n'importe qui. Les plaintes de la bise lui récitaient des histoires. Il accueillait avec une sorte de plaisir les troubles émois de chaque souffle glacé, les soubresauts des ramures fustigées à tel point qu'elles perdaient leur blancheur : ils le régé-

1. Tuiles dépassant des toits.

néraient. Bien que répugnant à mettre des gants, il était l'un des rares à ne point souffrir des pornions [1] dont se plaignaient surtout les femmes.

Uniformément pétrifiées, les douves attirèrent quelques audacieux : Joubert, Gardic, Delaunay et Mahé y firent chaque jour des glissades. Leurs cris montaient dans l'air sec qui poivrait les yeux et les narines tandis qu'appuyés au parapet de la jetée, soudoyers et serviteurs emmitouflés dans une couverture assistaient à leurs jeux, riant lorsque l'un d'eux achevait sa glissée sur le dos, le séant ou la hanche.

— On peut être heureux en toute saison, dit Godefroy d'Argouges en les voyant s'ébattre ce matin-là. Mais tu devrais les prévenir, mon fils, que l'eau dégèle un tantinet... et que la glace va se rompre.

On était le 10 décembre, après la messe. À deux reprises, de leur vol lancéolé, des oies cendrées avaient effleuré la tour de la Fée. Comme deux attardées passaient, le vieux baron les désigna de l'index :

— Elles vont droit sur Pirou... Le temps va changer.

Effectivement, les nuées bleuirent. Le vent d'est s'adoucit. Un soleil mat, rond et d'un gris sale comme une peau de tambour, réapparut. Ses clartés pâles, hésitantes, suffirent cependant pour amollir la neige. Elle glissa, de jour, sur la pente des toits pour s'y convertir, le soir, en longs écheveaux de verre. L'herbe pointa dans la cour et le linceul abandonna les tombes. On fit sortir les chevaux. Sous leurs fers, le sol devint brun et gluant ; on y enfonçait jusqu'aux chevilles et y laissait ses socques. Les robes des destriers, sommiers, juments fumaient comme au sortir d'immenses étuves.

— Maintenant, dit Joubert, nous allons vers le printemps... Pas vrai, messire ?... Décembre est bien entamé : nous voici au dix-huit...

— Ne te réjouis pas trop : Noël est toujours rude,

1. Engelures.

et à la Saint-Hilaire[1], j'ai connu dans ma jeunesse prime des froids pires que ceux que nous avons subis !

Ogier se tourna vers la fenêtre de sa chambre ; Blandine qui venait de l'ouvrir, remua la main.

— Veux-tu prendre l'air ?... Je peux te faire seller Hautemise...

— Oh ! non : sans pelisson fourré, je resterai céans jusqu'au printemps.

C'était un refus formel. Joubert compatissant fit une tentative :

— Comme vous êtes pâle !... À votre place, dame...

— Abstenez-vous de vous y mettre, Joubert !... Occupez-vous de la bannière et de vos armes... C'est tout ce à quoi vous êtes bon !

Ogier rit du dépit de son pennoncier, et comme Aude arrivait en croupe du cheval de Thierry, il regarda avec envie ce beau-frère tranquille et cette femme que les ténèbres de la porte charretière obligeaient à cligner de l'œil, ce qui donnait à sa gaieté une expression moqueuse.

— Eh bien, vous n'avez pas perdu de temps pour nous visiter après cette gelée !... En avez-vous souffert ?

— Nullement... Nous aurions brûlé une forêt dans l'âtre... Il fait bon, ce jour d'hui. J'ai voulu vous annoncer notre venue par un pigeon, puis j'y ai renoncé : il fait si bon qu'il nous fallait en profiter...

— Vois, mon frère : je n'ai qu'un fin manteau sur mon surcot et ma robe...

Ogier chercha vivement des yeux son épouse. Elle venait de clore la fenêtre. Allait-elle descendre au-devant d'Aude ? Comment l'accueillerait-elle ? En parente ou en amie ?

— Dans six jours, c'est Noël, dit Thierry.

— Nous viendrons céans, bien sûr, dit Aude en souriant à Blandine.

1. 14 janvier.

Elle venait d'apparaître sur le perron, enfouie dans son manteau, ses lourds cheveux épandus sur le col du vêtement gris. Elle rit :

— Je ne vais pas plus avant : je n'ai que mes petites sandales.

Pour piéter dans la boue, Aude avait mis des heuses.

— Je viens, ma sœur... Comment vous portez-vous ?... Et le petit ?

Ogier les laissa entrer, bras dessus, bras dessous, dans le tinel puis il y entraîna Thierry, juste pour entendre Aude s'étonner :

— Père n'est pas là ?

— Il a un petit rhume... Il garde la chambre.

— Vous ne semblez pas bien non plus, Blandine... Qu'en dis-tu, Ogier ?

Elle avait certes un visage d'albâtre mais il savait, lui, que sa santé n'avait rien à envier à celle d'Aude. Elle manquait d'un peu d'air vif et se serait revigorée en allant à la mer, en faisant un crochet par le manoir de Blainville et en buvant là-bas une soupe chaude avant de se coucher dans la chambre qu'Aude eût fait préparer. Ils pouvaient faire cela demain. Il lui en fit promptement l'offre, espérant, devant sa sœur et son beau-frère, obtenir une acceptation. Blandine secoua la tête :

— Les changements de temps ne me valent rien... Un vent coulis dans l'oreille et je serai malade pendant cinq ou six jours.

Ogier sentit son cœur marteler ses côtes. Aude seule perçut sa déception :

— Les vents coulis, Blandine, peuvent vous atteindre partout.

Thierry profita de ce que les deux femmes s'affrontaient du regard, sans méchanceté mais sans amiableté, pour s'adresser à son beau-frère :

— En chemin, nous avons croisé Hervis d'Heugueville. Selon ce qui se dit de Lessay à Coutances, Harcourt ne tardera pas à revenir en son château.

— Que me chantes-tu là ?

— La vérité... Son neveu, le blessé de Crécy, l'a fait mettre en présence du duc de Brabant qui lui a servi d'intercesseur... Le Boiteux est allé s'agenouiller devant le duc de Normandie, lequel lui a ménagé une entrevue avec le roi son père... Derechef à genoux — ils devaient le brûler ! — Harcourt a assuré Philippe de sa féauté.

Ogier s'abstint de tout commentaire. Il demeurait immobile, ébahi qu'un tel événement se fût produit. Si le refus de Blandine avait fait battre son cœur, la nouvelle que Thierry lui rapportait sans émoi apparent — il n'était pas Normand, lui ! — le meurtrissait autant qu'un coup de poing au creux de l'estomac.

— C'est écœurant, dit-il enfin.

Il ne pouvait s'exprimer davantage. Son sang croupissait. Traître, Harcourt n'avait que sa détestation. Son retour dans le giron du roi, ses génuflexions et ses promesses étaient des simagrées immondes. Il n'oubliait pas, lui, Argouges, la boucherie de Crécy à laquelle, parmi les Anglais, Harcourt avait participé. Il n'oubliait pas, surtout, qu'Adelis avait trouvé la mort à Chauvigny en le suivant dans la cohue des manants et des bourgeois en fête. À travers les frissons qui le parcouraient circulait soudain l'odeur du sang, des entrailles et des cervelles.

— J'en ai envie de vomir !

— Il paraît, ajouta Thierry, que le roi a annulé la sentence de bannissement, qu'il a rendu tous ses biens à notre voisin... et que celui-ci sera chez lui pour la Noël.

— La mansuétude royale est immense, grinça Ogier.

Puis, tourné vers Aude :

— Philippe n'en avait pas fait tant pour notre père. Il est vrai que Blainville était encore en vie !... Que le Boiteux ait trahi, je l'ai compris : les menées du roi l'y ont contraint... Il s'en est ouvert devant moi quand je croupissais dans ma geôle d'Angle. Bertrand de Bricquebec avait tout fait pour envenimer les choses... Mais qu'Harcourt trahisse Édouard maintenant après avoir pris un bon bain de sang avec lui...

— Voilà que tu te courrouces ! interrompit Blandine comme si elle s'adressait à un malade. Dame Alix d'Harcourt, à Chauvigny, va se réjouir grandement !

Chauvigny. Ogier fut sur le point de cracher dans l'âtre tant, soudain, il avait de fiel dans la gorge. Ce nom qui avait tant flamboyé dans sa tête, il lui advenait de le détester. Il avait connu là Blandine et Sirvin, et après sa victoire aux joutes, des tourments dont l'insidieux rappel brisait souvent ses sommeils. Jamais il ne retournerait en Poitou, et si Blandine souhaitait y revenir, ce serait hourdée[1] de quelques soudoyers, mais sans lui. Ah ! comme l'ardeur d'aimer l'avait abandonné ce jour d'hui. Le bonheur de sa sœur et de Thierry, leur réciproque confiance et surtout leurs mains unies révélant de secrètes ententes étaient comme une offense à sa maussaderie. Passion simple et belle que la leur... Lui, Ogier, pour un pelisson refusé, ne touchait plus Blandine depuis une quinzaine...

« Un jour », décida-t-il, « j'empoignerai Bertine ! »

Elle rirait mais se prêterait à son envie : le don charnel, elle le faisait sans façons ni remords. Sans conditions. Et peut-être valait-il mieux faire l'amour sans amour avec un tant soit peu de bonne volonté que de se ronger les sangs et l'imagination dans une passion absurde !

— Après Noël, c'est promis, dit Blandine.

Ses joues s'étaient teintées, son sourire brillait ; elle montra du menton la cathèdre paternelle. Aude s'y assit et remonta son jupon et sa robe pour ne pas les souiller à la boue de ses heuses.

« Et voilà que ma chère épouse me prend la main et m'invite à m'asseoir sur l'accoudoir de son siège ! »

1. Escortée.

Fou de colère, il arracha sa dextre ; mais il devait donner le change :

— Quelque chose me pique... Une écharde, sans doute...

Un rire tinta. Blandine :

— Si tu laissais faire certaines tâches à tes soudoyers, cela n'arriverait pas. Tu te prends plus pour un huron que pour un chevalier !

Ogier eut envie de lui faire très mal ; de la pincer et de hurler devant Aude et Thierry : « *Mais sois donc telle que je te veux ! Telle que tu peux être sans renoncer à rien de ce qui fait ta grâce !* » Il se maudissait parfois de s'être épris d'elle comme d'une divinité. Il saisit Thierry par l'épaule :

— Viens, je vais te montrer quelques sagettes et un arc que Tinchebraye a ramenés de Coutances...

Il fuyait. Thierry, silencieux, le suivit jusqu'à l'armerie, et quand il en eut clos la porte, l'ancien écuyer dit aussitôt :

— Ça ne va pas avec ton épouse ?

— Ça se voit tellement ?... Un jour bien, deux jours mal... Foi d'Ogier, je...

Soudain, le récit de ses déceptions lui parut susceptible de le déshonorer tout en forçant Thierry à une sollicitude dont il n'avait aucun besoin, bien qu'il fût le seul homme capable de le comprendre. Il tremblait de honte, de rage : voilà où en était son mariage sans qu'il eût rien commis pour le détériorer.

— Elle croit que le bonheur s'achète... Pas moi. Je n'ai plus un sou, je n'ai pas soldé mes hommes... Ils ont compris mes difficultés... Au printemps nous partirons pour la Bretagne.

— Veux-tu que je te donne...

— Garde ta bourse close... Blandine a dû manquer de moult choses à Poitiers. Elle en veut trop... et sans patience.

Tout cela semblait contradictoire, mais Thierry hochait la tête comme s'il comprenait.

— Même si j'avais cent écus d'or, il y a des envies que je ne satisferais pas... Nous nous sommes aimés, enflammés l'un pour l'autre, et tout me paraît consumé... Je désire son bonheur, mais je ne puis toujours accéder à ses volontés... nullement parce que je suis rude, mais parce que si j'accepte de les satisfaire, elle me jettera sur une pente où tout ne deviendrait pour nous que des échanges.

— Je crois comprendre.

— Je ne me soucie plus qu'elle m'accorde ses faveurs comme une récompense à quelque don, quelque présent de plus ou moins grande valeur... Je commence à avoir envie d'une femme dont l'existence serait vide d'hésitations et de marchandages !

— Tu en es là !

Thierry n'ajoutait pas : « Déjà », mais sa bouche tordue, un peu tremblante, le disait. Ogier sourit, toute violence et tout ressentiment abolis :

— J'en suis là depuis quelque temps.

Peut-être des pleurs de Blandine, des pleurs de fillette injustement déçue, sermonnée ou malmenée, ne l'eussent pas porté à tant d'indignation. Mais elle était si forte, si résolue, si peu encline à céder... même à ses sens !

— Je ne sais que te dire, Ogier... En chemin, je me suis souvenu d'Anne. Elle t'aimait, te révérait et ne se contentait que de ton amour... Elle était toujours à ta disposition — hein ? — et elle l'aurait été même si tu ne l'avais pas aimée... Je me suis dit souvent que les hurons avaient plus de bonne chance que les huronnes. Moi, par exemple : en me battant contre les malandrins de Knolles, puis en devenant ton écuyer, j'ai accompli deux pas de géant... Le troisième à Crécy, en sauvant le roi... Me voilà chevalier... Mais les femmes de ma condition n'ont pas ces opportunités-là, et plutôt que de les aider, la guerre les jette parfois à un niveau plus bas que celui des ribaudes... Je hais cette inégalité entre elles et nous, bien qu'il me faille l'accepter comme un mal sans remède... Et si je t'ai dit tout cela, c'est pour ajouter qu'Anne, bien née, tu ne l'aurais pas quittée.

— Sans doute... C'est elle qui m'a quitté, tu le sais.

— Bien née, tu l'aurais épousée, j'en suis sûr. Tu serais revenu avec elle à Gratot ; elle s'y serait plu parce que le sang de la terre coule en elle. Votre enfant maintenant jouerait dans cette cour...

Ogier baissa le front. Tout cela était vrai. Que dire ? Qu'il regrettait souvent Anne ? À quoi bon : Thierry l'avait deviné.

— Tu as raison, mais quel ébaudissement si j'avais annoncé à mon oncle, deux ou trois jours avant mon départ : « *J'emmène Anne et vais l'épouser à Gratot.* »

— Tu aurais dû, si tu l'aimais vraiment, n'en avoir cure !

Ogier l'admit d'un hochement de tête et se défendit mollement :

— Toutes les femmes de Rechignac, Mathilde en premier, m'auraient désapprouvé d'avoir eu cette idée. Conviens-en. Elles-mêmes auraient parlé de mésalliance.

— Ce qui ne les aurait pas empêchées d'envier Anne de folier[1] avec toi ! Si tu lui avais parlé de mariage, elle y aurait consenti... Les femmes aiment les beaux rêves... Et quand elles les vivent vraiment, c'est l'amour solide !

— Anne ne rêvait pas de se soustraire à sa condition.

— Tu le sais mieux que moi : un seigneur n'épouse ni une lavandière ni une chambrière... À part une exception comme Robert le Diable[2]... Or, toi, tu pouvais en faire autant.

1. Faire cette folie.

2. Robert Ier le Magnifique — ou le Diable —, duc de Normandie, avait fait reconnaître pour son successeur un fils naturel qu'il avait eu d'Arlette, une roturière de Falaise, et qui devint Guillaume le Conquérant.

Ogier vit le bras de Thierry se lever comme pour lui entourer l'épaule, mais l'ancien huron n'osa pousser plus loin un geste d'amitié qui, en l'occurrence, eût pu paraître dominateur.

— Regrettes-tu vraiment ce mariage ?

Ogier eut un rire amer :

— Ai-je besoin de te répondre ?

*

* *

Le dimanche 24 décembre, il y eut deux messes : l'une à midi, l'autre au seuil de la nuit. Le souper qui suivit dura plus que les autres. Un seul convive abandonna la table avant qu'il fût achevé : Godefroy d'Argouges.

Ce départ parut délivrer Blandine d'une sujétion légère, mais désagréable. Elle se mit à rire, à parler *coram populo* [1], et pour donner plus de poids à ses mots, à se pencher vers Thierry, Joubert et Tinchebraye attablés devant elle. Cet enhardissement, tous, hommes et femmes, pouvaient le constater. Ogier en fut plus gêné que dépité.

« Tous vont penser que mon père l'effraye ! »

— Harcourt est revenu, dit Thierry. Par crainte de chagriner ton père, j'ai attendu pour t'en parler. Le Boiteux a traversé Coutances bannière déployée. Quatre sergents l'accompagnaient. Des hurons, des manants lui ont tendu le poing, jeté des pierres, mais des nobles lui ont fait ovation...

— Il n'aurait pas dû faire baloier [2] sa bannière. Quand nous sommes arrivés, nous, de Rechignac, nous avions de bonnes raisons de procéder ainsi : j'étais victime d'une iniquité et n'avais pas un mort sur la

1. S'exprimer hautement et sans crainte.
2. Balancer, voltiger.

conscience... Harcourt en a des milliers en notre Normandie, à commencer par celle de son frère... Pourtant...

— Pourtant ? demanda Blandine en levant son hanap pour le porter à ses lèvres, puis en le reposant sèchement, sans avoir bu.

— Pourtant, je n'oublie pas qu'il m'a sauvé la vie... Il est des êtres qu'on ne peut détester, même s'ils ne cessent de vous en fournir l'occasion !

Il vit Blandine blêmir un peu ; elle rit et se pencha vers lui :

— Est-ce mon cas ?

Elle avait parlé bas, avec une sorte de componction sucrée, tout en le prenant par le cou comme une femme très aimante. Était-ce enfin la reddition ? Croisant le regard étonné de Thierry, puis celui indéchiffrable d'Aude, Ogier songea : « S'ils savaient que je suis comme une viande havie : brûlé à l'extrême mais nullement cuit en dedans... » Néanmoins, il entoura la taille de Blandine, ferme et flexible à travers le tissu d'une robe émeraude. Vingt jours, même plus, sans l'avoir touchée. Et tout à coup, d'un mouvement accompli par elle, il sentait le renflement de son sein — dur, insistant, prometteur. Or, nul désir ne s'éveillait en lui ; nul besoin d'ivresse vertigineuse, nulle préméditation. « Quand nous serons couchés je serai comme un marbre. » La passion l'avait déserté. Ce geste n'était qu'une feinte, un moyen de ne pas déchoir aux yeux de sa sœur, de son beau-frère et de quelques autres dont Joubert et Tinchebraye, Bertine, Isaure et Guillemette, plus clairvoyants qu'ils ne le laissaient paraître.

Il quitta la table accroché au bras de son épouse et souhaita la bonne nuit à Thierry et quelques soudoyers apparemment insensibles au sommeil. Un feu brûlait dans la cheminée de leur chambre : Isaure, de loin en loin, s'était levée pour l'entretenir. Saladin, qui dormait sur un tapis devant l'âtre, se leva, s'étira, les pattes en arrière, puis s'en alla.

— Pour une fois nous dormirons sans ton chien lige ! dit Blandine avec satisfaction. Veux-tu tirer le moine ?

Il le fit, tandis qu'elle se dévêtait avec une lenteur exagérée. Elle se jeta dans les draps et y grelotta longtemps.

Ogier, dans l'angle de la fenêtre, regardait le jour pâle et fumeux et les gerbes d'or que le soleil déployait çà et là du côté de la mer. « Tiens, Aude et Thierry entrent dans leur chambre... » Petits bruits et craquements. Puis un silence doux comme leur entente.

— Tu ne te couches pas ?

Il tombait de sommeil mais se refusait à entrer dans le lit pour ne pas y capituler sans honneur. Il regarda sa main et se souvint de la chair bombée qui l'avait emplie tout entière. Puis il entrevit sa face dans la vitre toute proche : cheveux blonds récemment coupés à l'écuelle par Tinchebraye ; front haut, nez petit et menton volontaire ; fortes lèvres qui ne touchaient plus celles de Blandine.

— Allons, viens te coucher... J'ai froid...

Saladin traversait la cour. Dans les logis des serviteurs, tout dormait. Dans celui des soudoyers, une chandelle s'éteignait. « Maintenant, je suis seul debout... et je chancelle. Parce que j'ai trop bu... Tiens, Bertine... Elle ne s'est donc pas couchée !... Que va-t-elle faire à l'étable ? Pourquoi regarde-t-elle cette fenêtre ? » Il fit un pas de côté pour qu'elle ne le vît pas, mais il fut certain qu'elle l'avait aperçu.

— Viens donc te coucher.

Voix douce et impatiente. « Sitôt après l'amour, elle me reparlera de cette pelisse et si je lui dis *Non*, elle se jouera de mes désirs plus longtemps que ces derniers jours... » Lui céder malgré tout ? C'eût été trop simple.

Il se tourna vers elle. Ses cheveux scintillaient à l'or de la chandelle. De ce corps tant aimé, réfugié dans les draps et couvertures, il ne voyait qu'une oreille, un peu de joue et de nez. L'attrait qu'ils avaient exercé sur ses yeux et ses sens était bien révolu.

— Où vas-tu ? demanda Blandine quand les gonds de la porte grincèrent. Tu ne te couches pas ?

— Pas sommeil... Je vais enfourcher Marchegai et galoper pour m'éveiller tout à fait.

Il savait — et il en sourit à l'avance — qu'il n'enfourcherait pas que son cheval...

*

* *

L'air frais et le silence de la cour lui offrirent une sensation des plus exquise. Il passait de la sujétion à la liberté, de la déception à une espérance sordide, mais régénérante, et peut-être à une sorte de perversité dont il n'était en rien responsable. Gratot reposait dans un silence aussi léger que les nuages dans lesquels s'empêtrait la lune. Pour un peu, il eût avancé sur la pointe des pieds afin de conserver autour de sa personne cette impression d'exister dans du feutre, au-delà ou en deçà de tout, et de disperser dans les demi-ténèbres l'intolérable sentiment de vergogne qui le rongeait. Un attendrissement soudain l'envahit : il était à plaindre. Le bonheur longtemps convoité, atteint et « dépassé », s'éclipsait peu à peu. Seul !... Saladin lui-même était loin de lui, Saladin auquel il eût pris plaisir à offrir quelques caresses car il avait besoin, cette nuit, non pas qu'on lui dispensât des douceurs, mais qu'il en prodiguât pour recouvrer sa vraie nature.

Il s'arrêta sur le seuil de l'étable et, après une hésitation, décida d'aller dormir sur la paille de l'écurie voisine.

— Hé ! fit la voix bien connue. Ça ne va pas ?

Elle avait prononcé sourdement sa question. C'était

un accent indéfinissable. Il y discerna moins d'ironie que d'apitoiement.

Il n'osa lever les yeux pour la voir, mais il savait que c'était elle et qu'elle l'attendait, sans doute, de nuit en nuit depuis longtemps.

IV

Décembre s'acheva dans le vent, la pluie, la boue. Les mouettes dédaignant le ciel de plomb, de grandes compagnies de corbeaux l'envahirent. De l'éveil du jour à la vesprée, leurs cris retentirent autour et audessus de Gratot, aggravant, s'il se pouvait, l'austérité de la demeure des Argouges dont ils animaient parfois les toitures. Quelques caillots de neige grisâtre s'accrochaient encore aux ajoncs enracinés au bord des douves.

— Nous pourrions tout de même sortir un peu, dit Blandine, un matin, en cessant de tresser ses cheveux. Pourquoi n'irions-nous pas visiter Aude et Thierry ?

On était le 13 janvier. Des nuages nombreux annonçaient une averse. Fallait-il la dissuader de chevaucher par ce temps ?

— Soit, dit Ogier. Je veux bien.

Dans les écuries vides d'hommes, puisqu'ils s'exerçaient, sous le commandement de Raymond, dans le grand champ derrière l'église, Ogier sella Hautemise puis Marchegai. Alors que fréquemment elle se faisait attendre, Blandine apparut sur le seuil, souriante, un gros sac à la main.

— Que contient-il ?

— Tu n'as pas besoin de le savoir.

Mécontent, Ogier la vit accrocher les anses de cuir

au pommeau de sa sambue. Et quand il l'eut aidée à s'y asseoir, elle se pencha et révéla :

— C'est pour ta sœur... si elle veut bien.

Qu'avait-elle emporté ? Pourquoi cette réserve ? Il fut tenté de demander : « Est-ce un présent ? » mais se retint : il eût accru, ainsi, le plaisir qu'elle éprouvait à lui dissimuler ce qu'elle emportait.

Aguiton, toujours bienheureux d'être de garde et d'échapper au maniement d'armes, les salua au sortir de la porte charretière. Une fois la jetée franchie, Ogier fit un détour pour voir ses hommes.

Raymond les menait fermement. Entre un double rang de pommiers où çà et là un gros gousset de gui verdissait une aisselle, Joubert, Desfeux, Gardic et Delaunay s'affrontaient avec des épées de bois. Sur trois bersails de paille tressées lors des veillées, Tinchebraye, Mahé, Lehubie, Bazire, Gardic, Sapienza et Crescentini se mesuraient à l'arc, et les deux Génois semblaient les plus habiles, — ce qui mécontentait les autres. Plus loin, Le Hanvic et Goasmat, son poignet dextre serré dans un bracelet de cuir, maniaient le couteau de brèche, surveillés par Le Guevel qui, une lance écourtée à la main, empêchait certains coups d'aboutir.

— Comment va, Raymond ?... Ils ne te donnent pas trop de mal ?

— Nullement !... À si peu que nous sommes, nous pourrions harier[1] quatre douzaines de Goddons. Les survivants, s'il en restait, s'escamperaient la queue basse !

Les hommes s'ébaudirent cependant que Blandine, d'une crispation des lèvres, leur signifiait son indignation.

Ogier laissa Marchegai l'entraîner à la suite de son épouse.

— Pourquoi t'offenses-tu ?

— Raymond est indécent !

1. Harceler.

— La queue basse ?... On pourrait en parler entre nous.

— Toi, oui... Est-ce ma faute si tu ne me touches plus ?

— Est-ce la mienne si, quand je veux te toucher, tu t'éloignes et t'offenses aussitôt ?

Un jour qu'il se trouvait porté aux confidences, son oncle Guillaume lui avait dit : « Tu verras, cela te fera comme à moi, comme à tous avec ton épouse, même si tu t'en crois moult aimé, car elles sont toutes pareilles, une fois passées devant l'autel. Elle te dira d'abord, une nuit, qu'elle est lasse. Puis : *pas ce soir ;* puis : *laisse-moi* ; puis : *Encore !* et enfin : *Il n'y a que cela qui importe pour toi*, et d'autres trouvailles de la même farine qui t'humilieront d'autant plus que tu seras dans ton bon droit d'amoureux et de mari. Si tu les aimes tout bonnement, les épouses, ma foi, en sont comme outragées ; si tu les aimes trop, avec ardeur et constance, elles prennent tes désirs en détestation ! L'amour qui les charmait et les affriandait, devenu lubricité, atteinte à leur pudeur. Les voilà offensées, pis que des nonnettes voyant les vits à l'air des routiers de passage !... Que faire ? songeras-tu. Eh bien, tu te prendras en commisération puis, ayant faim, tu quêteras ta pitance ailleurs. Et si, tout au début, tu avais des scrupules, tu en auras de moins en moins jusqu'à te réjouir de cocufier ta femme ! » Il avait bien ri ; ce matin, remâchant ces propos, il les trouvait d'une pertinence terrible.

Il s'insurgea contre cette superstition, née tout à coup, que les hommes de sa famille avaient tous fait de mauvais mariages, en dépit des apparences. Dans cette chaucemante qu'elle avait portée de Chauvigny à Gratot et qui l'enveloppait pourtant bien, Blandine demeurait éminemment charnelle. Il semblait que son regard, à l'abri de ses longs cils, le perçait et plongeait dans toutes ses pensées. S'ils s'étaient trouvés en été, il l'eût fait passer par quelque chemin creux pour la désarçonner et se jeter sur elle. Il avait moins envie, désormais, de l'aimer que de la violenter. Envie d'annihiler à jamais cette hautaineté qui l'induisait à la colère parce qu'elle le mettait en un constant état de recréance [1] où qu'ils fussent — surtout au lit.

« Tu as tort de la ménager. Tes tourments sont ta faute, non la sienne. Tu devrais faire valoir tes droits par la force... Les rois eux-mêmes ne se privent jamais d'être hardis !... Édouard et la comtesse de Salisbury, tiens ! Elle a dû lui céder après qu'il l'eut assagie à coups de poing... Il lui a fait l'amour de toutes parts... Un homme, et à plus forte raison un homme de guerre, ne devrait jamais s'amourer d'une seule femme ! »

Il savait qu'il allait trop loin et qu'il avait des torts, sans doute, dans ce conflit qu'aucun sourire de Blandine ne pouvait plus apaiser. Il l'observa de nouveau, cambrée, légère à travers ses vêtements grossiers sous lesquels il ne devinait pas mais *voyait* toutes ses formes. La souplesse d'un arc qui ne ployait guère sous son étreinte. « Tu devrais l'empoigner, même si elle se regimbe... Il se peut — pourquoi pas ? — qu'elle n'attende que ça ! » Et si elle criait et réveillait tout le château ? « Bertine a deviné. Les autres aussi, sans doute. D'ailleurs cette baveuse [2] ne garde jamais rien pour elle ! » Eh bien, soit : des hommes et des femmes *savaient*. Il se moquait de toutes les opinions, à commencer par celle de son père.

« Tu te mens... Regarde-les donc ! »

Blandine était quiète. Sous son corps et sa volonté, Hautemise semblait tout aussi paisible. L'une et l'autre paraissaient contentes de leur sort, et si la haquenée eût pu sourire, elle ne s'en fût sûrement pas privée !

— Ne fronce pas tes sourcils, messire Argouges. Tu voulais que nous sortions ? Nous sortons... Je me plie à ta volonté.

1. Infériorité, soumission.
2. Bavarde.

— Ce soir, dans notre lit, saurais-tu t'y plier ?

— Comment pourrais-je te répondre ?... Nous n'y sommes pas.

— Tiendrais-tu à ce que je te supplie à genoux ?

— Par ma foi, j'en serais fort honorée !

À genoux, sa joue, son nez, ses lèvres contre ce ventre nu qu'il imaginait, justement, avant qu'elle eût provoqué cet échange aussi froid et aigre que le vent. Bon sang ! Elle lui parlait comme à un coupable. De *quoi* ? Quel délit avait-il bien pu commettre ? Quel reproche informulé contenaient ces propos, ce regard insistant ?... Eh bien, qu'il l'aimait mal parce qu'il l'aimait trop !

— J'aime la douceur...

Ogier ne dit mot. Sa passion aggravait-elle le poids des gestes et mouvements qu'il souhaitait pourtant doux et tendres ? Il en douta. Nulle fille encore ne s'était plainte de ses façons... Si seulement cette gêne sourde entre eux s'évaporait, ne pourraient-ils redevenir les amants de Chauvigny ?

« Non ! jamais plus. »

Pouvait-il accuser son père d'être aussi responsable de ce malaise ? Sa conduite envers Blandine demeurait décevante. Nul accueil chaleureux à sa venue, mais une acceptation sereine de cette bru trop belle ; puis, sans doute en raison de cette vénusté, une indifférence entrecoupée d'amiabletés qui, pour sincères qu'elles fussent, paraissaient contraignantes. Aux repas, il s'en souciait un peu — elle lui passait le pain et le vin — ; loin de la table, elle n'existait pas. S'il reconnaissait sa noblesse et sa beauté, il n'en paraissait honoré ni pour son fils ni pour la famille.

« Qu'aurait-il souhaité ? Que j'épouse une fille à poigne comme la Clisson ou la Montfort... ou Tancrède, qu'il a vue en armure et commandant à des hommes de la pire espèce ? »

Et voilà : malgré lui et par l'involontaire entremise de Blandine, il retrouvait Tancrède !

Pour effacer de son esprit cette cousine qui n'en était pas une, il se tourna vers son épouse, bien décidé à reprendre leur entretien. Mais comment ?

« Est-ce parce qu'elle sent qu'elle est plus supportée qu'admise par mon père et quelques serviteurs et servantes, qu'elle se venge sur moi de sa déconvenue ?... Eh bien, s'il faut, pour qu'elle devienne telle que je la souhaite, que nous quittions Gratot, je puis faire un échange : nous prenons logement au manoir de Blainville ; Thierry et Aude viennent occuper notre place. Peu m'importe où je vis, dès le moment que c'est près d'elle, en bonne et belle entente ! »

Voilà où il en était ! Voilà quels singuliers desseins elle lui mettait en tête ! Tout un côté de lui-même, si plein de fermeté, tombait dans une bassesse indigne d'un homme. C'était tout de même inquiétant, ces défaites de l'esprit, ces atermoiements du cœur et cette tergiversation : « *Je l'aime ? Je ne l'aime plus ? M'aime-t-elle ? M'a-t-elle aimé ? Ne m'aime-t-elle plus ou m'aime-t-elle encore ?* » Elle était apparue dans son ciel noir à la façon d'une étoile. Dès lors, c'était sur elle qu'il avait dirigé sa marche et ses pensées. Eh bien, elle devait être l'étoile Polaris, celle dont Bressolles, un jour, lui avait dit qu'elle était la plus belle de toutes, mais que ses feux étaient glacés.

Sans avoir échangé le moindre mot, ils arrivèrent au châtelet où Blainville avait séjourné sous la protection de ses truands et de ses Navarrais. Au baiser à la fois tendre et impétueux qu'il reçut de sa sœur, Ogier fut certain que Thierry lui avait rapporté ses confidences ; puis Aude embrassa Blandine — son grand sac à la main — et l'entraîna vers le logis, contournant d'assez loin des soudoyers occupés à tirer à l'arc.

— Tu le sais, dit Thierry en le prenant par l'épaule, nous n'avons pas de serviteurs. Ces six gars-là nous aident. Aude nous fait la cuisine... Ils ne se plaignent de rien... Je leur ai dit qu'au printemps nous partirions toi et moi pour la Bretagne... Voilà qui leur plaît :

chaque jour, ils s'exercent. Le petit roux est le plus habile... À deux cents pas, il touche encore au milieu du bersail...

— Il te faudra un écuyer.

— Je sais... Deux me plaisent : Aubert, celui qui tape du pied dans un caillou, et Baudrain, que tu vois tirer les sagettes de la paille... Je n'ai pas fait mon choix... J'ai le temps...

Ogier plongea ses yeux dans ceux de son beau-frère :

— Et toi, cela te plaît de devoir quitter ma sœur ?

Thierry hésita et soudain sourit, mais derrière son front se formaient des nuages :

— Ce sera pour nous deux un déplaisir cruel... Je l'aime... Tu as vu : elle s'arrondit un peu... un peu plus que Blandine... Je ne voudrais pas la quitter, mais j'ai besoin d'avoir un coffre plein... Oh ! certes, un petit coffre... Aude mérite mieux que ce qu'elle a maintenant, même si elle est heureuse de son état...

Thierry ne souriait plus. Ogier se sentit dévisagé avec une gravité dont son beau-frère était peu coutumier :

— *Elle* te laissera partir sans ruire[1] ?

Ogier sourcilla. Une telle question méritait une réponse prompte ; or, il était incapable d'en fournir une. S'il avait été heureux, aurait-il tant songé à la Bretagne ?

— Mon départ lui sera sans doute un soulagement !

Thierry ne put que rire, puisque lui, Ogier, riait.

— La Bretagne, parent !... Je nous y vois déjà !

Les yeux de Thierry eussent brillé de la même façon à la vue d'une friandise : les Goddons que l'on assaille, les chevaliers que l'on capture, les négociations pour en tirer bon prix ; le parchon[2] du butin ; la vengeance, aussi, contre ces malfaisants, grands robeurs et brûleurs

1. Sans crier.
2. Partage.

de maisons et d'églises, tout cela excitait son avidité. Pour la satisfaire, il aurait toutes les hardiesses. Aude était belle, aimante ; leurs retrouvailles seraient des noces nouvelles.

Ils virent les deux femmes apparaître. Blandine, au sourire épanoui, ne tenait plus qu'un sac vide. Aude semblait se contraindre à ne pas baisser les yeux.

— Vous voulez déjà partir ! s'étonna Thierry comme Blandine se dirigeait vers Hautemise dont le nommé Baudrain tenait la bride. Vous pourriez au moins partager notre repas !

— Bien sûr ! dit Ogier.

Blandine rosit un peu ; son regard se voila sous ses cils tremblants :

— La dernière fois que nous sommes restés, nous sommes demeurés si longtemps que nous avons cheminé de nuit. J'ai eu peur.

— Même en compagnie de votre époux !

— Hé, oui, Thierry !... Même en sa compagnie.

— Voilà, Blandine, qui n'est guère flatteur pour mon frère !

Aude cachait péniblement sa déception — et peut-être son courroux — ; Thierry s'ébaudissait, bien que son opinion fût définitivement faite. Ogier, lui, se sentait épuisé. Ce n'était pas le fait d'avoir à parcourir deux nouvelles lieues à l'envers, assurément, mais la certitude que Blandine avait accompli cette chevauchée dans un besoin précis où l'affection n'avait aucune part et qu'il réprouverait lorsqu'il en recevrait révélation. Pendant que son beau-frère essayait de convaincre son épouse de demeurer, il la considéra tout à loisir. Oui, elle était belle. Mieux même : elle était *parfaite*, bien que cette autorité sourde qu'il combattait vainement fût, dans son maintien, aussi visible qu'un joyau dans sa châsse. Aude, toute proche, douce en dedans et non en apparence, présentait des traits nets et de fermes contours. Cinq ans de géhenne s'étaient effacés de sous son front et de son cœur du seul fait qu'elle aimait

Thierry et en était aimée. Elle eût pu arborer cet amour comme une bannière ou un bouclier aux armes de cette passion même : *d'azur à deux cœurs d'or accolés* ; elle préférait le tenir clos en soi-même, et si son ardeur sensuelle ne se pouvait lire ni dans ses yeux, ni sur ses lèvres qui maintenant souriaient, Ogier la vit en évidence dans sa main qui serrait la dextre de Thierry.

— ...et puis, Père s'inquiétera, disait Blandine. Je lui ai dit que nous reviendrions tôt...

— Va-t-il bien ?

— Oui, Aude... Il aime bien ma présence... Pas vrai, messire Ogier ?

Paroles chargées d'une moquerie que seul « messire Ogier » pouvait comprendre. Quelle erreur que cette visite ! Quels commentaires échangeraient Thierry et Aude dès qu'ils seraient seuls !

— ... ils sont tous si bons avec moi ! ajoutait Blandine.

Malice ? Enfantillage ? « Je dois avoir l'air d'un grand niais ! », songea Ogier. « Et même si je n'en ai pas l'air, mais qu'ils me plaignent, c'est pis ! » Il pouvait insister pour rester — Blandine ne serait pas repartie seule —, mais rien de bon ne résulterait de cette halte prolongée contre sa volonté.

— Adonques, partez, dit Aude d'un ton bref alors que Blandine exprimait des regrets insincères.

Ce n'était plus l'expression d'une contrariété résultant d'une affection blessée mais un congédiement auquel se ralliait Thierry.

— Viens, Blandine, partons...

Ogier l'aida à prendre place sur sa sambue. Sans ménagement.

— Oh ! murmura-t-elle, oublies-tu mon état ?

Certes non, il ne l'oubliait pas ! Quelle sorte d'enfant allait-elle lui donner ? Quel visage ? Quel caractère ? Les soudoyers de Thierry avaient cessé leur jeu. Tous les observaient et s'étonnaient du peu de temps que ces visiteurs, des *parents*, avaient passé en ces murs. Tous, sans doute aussi, admiraient Blandine et l'enviaient, lui, Argouges de coucher avec elle !

Thierry avait saisi Aude par l'épaule :

— J'irai te voir, Ogier, avec mes hommes. Ils se confronteront aux tiens !

Ogier enfourcha Marchegai :

— Bonne idée ! Viens la semaine prochaine... À bientôt, ma sœur...

Il souriait sans effort. Il laissa Blandine le devancer sous le porche, pour se retourner et envoyer un baiser à Aude. « Elle me plaint, j'en suis sûr. » Autrefois, cette compassion lui eût été odieuse, maintenant, il voulait s'y croire indifférent.

Il précéda Blandine dans le chemin menant vers le bois où un jour, de bon matin, il avait sauvé Jean de Montfort des truands de Blainville. Montfort qui l'avait poussé vers Chauvigny.

Un chien apparut, aboyant avec force.

— Holà ! c'est toi...

Saladin, langue pendante, tourna autour de Marchegai qui hennit joyeusement. De derrière, une voix s'éleva, pointue :

— Que fait-il là ?

— Il chassait, mais il nous a sentis, et le voilà...

— Il n'a pas voulu te suivre, ce matin ?

— Il ne nous a pas vus partir, je suppose. Il était occupé avec Péronne.

— Je vois ce que tu veux dire...

— Tu ne vois rien... Je ne pensais pas à ce que tu penses.

— Ce serait bien la première fois !

Ogier renonça de nouveau à croiser le fer. Laissant Marchegai l'emporter, il regarda les arbres, les prés jonchés de grandes nappes liquides où les nuages prenaient un bain. Le vent brusquement apparu galopait comme une chevalerie lancée, l'acier au clair, vers Saint-Malo-de-la-Lande dont le clocher levait vers le ciel son pal gris calotté d'ardoise. Il aimait ce vent-là, cette violence impalpable. Ce jour d'hui, c'était celle de son cœur.

Ils parvenaient à l'entrée du village quand Blandine, soudainement apeurée, demanda :

— As-tu vu ces gens qui arrivent ?... Qui sont-ils ?

— À voir leurs armures de fer, sûrement des hommes d'armes !

Il riait et n'eût pas été mécontent même, dût-il en mourir, de devoir tirer l'épée et d'entendre dans le bruit familier des estocs et des tailles, les cris d'angoisse de son épouse. Puis il pâlit et sa gorge se serra : un coup de vent venait d'éployer l'enseigne.

— *De gueules à deux fasces d'or* ! lut-il pour lui-même d'une voix rageuse.

— Eh bien, quoi ? dit Blandine dont l'anxiété s'aggravait. Qui est-ce ?

— Godefroy le Tort[1] et quelques hommes liges... Car certains compagnons lui sont restés fidèles...

Il se détourna : Blandine fronçait ses petits sourcils ; sa bouche tremblait. Elle eût certes montré un autre visage si Rochechouart était apparu d'une façon tout aussi fortuite que le Normand.

— Ils viennent sûrement de Saint-Sauveur... Sans doute se rendent-ils à Coutances... Harcourt, trois chevaliers, un écuyer, deux sergents !... Ah ! je ne m'attendais pas à le revoir si tôt !

Saladin courait, flairait, levait la patte.

— Dis à ton chien...

— Que veux-tu que je lui dise ? Il sera quiet comme à l'accoutumée.

Ogier considérait cette bannière rouge et or, battue, froissée de vent, et d'une outrecuidance insoutenable. « J'ai de l'estime pour cet homme. J'ai tout compris à son histoire et de plus, je lui dois la vie... Mais qu'il ait renié son hommage à Édouard !... La féauté, bon

1. Le Boiteux.

sang, chez un prud'homme, est chose aussi précieuse que la fidélité chez la femme... Ce n'est pas quelque bas-de-chausses qu'on jette quand ça gêne ! » Ils passaient sous des arbres décharnés, effeuillés, dont la noirceur humide, cependant, faisait une ombre tout autour d'eux, puis ils apparurent sur la place de l'église dont le gravier mêlé de sable gargouilla sous les fers des roncins.

— Tiens, Ogier !... Je pensais à toi... N'es-tu pas à Calais ?

— Vous voyez bien que non.

Sous la visière relevée, Harcourt avait toujours la même face rouge, avenante. Il s'était rasé puisqu'il n'avait plus rien à craindre autour de lui.

« Un boiteux qui cloche fort mais retombe toujours fermement sur ses jambes ! Pourquoi s'est-il adoubé comme s'il partait en guerre ? Craint-il quelque embûchement ? Quelques volées de pierres ? Se regimberait-il alors à coups d'épée ? » Plutôt que de s'incliner, Ogier se repoussa contre son troussequin et, lâchant les rênes, croisa les bras :

— Que faites-vous ici, messire ? Pourquoi n'êtes-vous pas à Calais, près d'Édouard, dans cette cité en bois qu'il a fait élever autour de l'autre ? Pourquoi n'êtes-vous pas non plus à Windesore ou à Westmoutiers ?... Ou à Tykill près de la veuve de Montfort ?... Ou au diable vauvert avec Jeanne de Clisson ?... Ne redoutez-vous pas l'ire des Normands, du commun aux barons ?

Harcourt se tenait coi. Ce courroux sans nuances, il s'y était attendu, lui, mais nullement ses compagnons couverts de fer, soit en plates, soit en mailles : ils grognaient et trouvaient qu'on passait la mesure. Le pennoncier, un jeunet à la moustache blonde et tombante, ne cessait de remuer la hampe de la bannière comme pour l'assener sur ce malappris qu'il ne connaissait pas mais dont il enviait la compagne.

— Je suis revenu au terroir. Contrairement à ce que

tu crois, je ne suis pas à Saint-Sauveur, trop ruiné, trop venteux cette saison pour que j'y vive... Les religieux du manoir de Ham m'ont offert l'hospitalité en attendant que mon châtelet soit habitable... Et je ne redoute rien ! Philippe m'a pardonné mes erreurs.

— Erreurs vermeilles, si je puis dire sans vouloir vous offenser... De la Hogue-Saint-Waast à Crécy, des milliers de corps saignés ou arsés [1], coupés, émasculés, démembrés, dépiautés ont jonché votre chevauchée ! Leurs mânes gênent-elles un tantinet votre sommeil ?

— Ogier ! protesta Blandine dont la crainte empirait.

— Ces morts, c'est Philippe avant moi qui en porte le fardeau !... Je t'ai raconté nos querelles. Je n'y reviendrai pas... Je t'ai dit que ces trépas et destructions m'étaient une souffrance... Tu m'as cru !... Ne revenons pas là-dessus !

— De vous voir désormais accointé au roi de France me fait autant de peine que lorsque je vous ai trouvé près d'Édouard...

Ogier vit Harcourt faire un geste au chevalier situé à sa droite, et dont le cheval noir piaffait et semblait vouloir charger Marchegai. L'homme tira un carré de parchemin plié du rebras [2] de son gantelet de fer.

— Lis-lui, Raoul...

Ce devait être Raoul Patri, le compère des bons et mauvais jours qui, en l'absence d'Harcourt, avait subi la colère royale — assez petitement, d'ailleurs, puisque non seulement il vivait, mais qu'il ne se putréfiait point en geôle. Et l'homme au gros nez rouge et aux yeux de mouton lut, sans presque reprendre haleine :

— *Philippe par la grâce de Dieu roi de France, à tous ceux qui verront ces présentes lettres, salut. Savoir faisons que pour l'amour et considération de notre aimé et féal cousin le comte de Harcourt et à sa*

1. Brûlés.
2. Crispin, manchette.

requête, nous avons quitté et remis, quittons et remettons, de grâce spéciale et de science certaine, à Godefroy de Harcourt, chevalier, oncle dudit comte, eue aussi considération de la grande contrition et humilité que ledit Godefroy a montrées en venant à nous demander merci et pardon des méfaits qu'il a commis envers nous au temps passé, que lui et plusieurs autres de ses compagnons ont juré en la présence de Jean, notre très cher fils, duc de Normandie, qu'il sera bon et loyal à la Couronne de France et à nos hoirs et successeurs, et lui avons pardonné et pardonnons par la teneur de ces lettres...

— Tu vois le sceau royal, Ogier. Cette grâce est datée de Maubuisson, près Pontoise, le 21 décembre de quarante-six... Qu'en dis-tu ?

La nervosité d'Ogier n'avait cessé d'augmenter au fur et à mesure de la lecture. Cet homme de fer dont il connaissait la force, les faiblesses et l'espèce de loyauté à une Normandie qu'il souhaitait belle est prospère, mais qu'il avait ensanglantée, le troublait tout autant que lorsqu'il l'avait vu dans son ergastule d'Angle.

— Ce qui me plaît, dans ces lettres de rémission, messire, c'est que le roi n'y cache pas que vous vous êtes humilié devant lui et son fils pour les obtenir !

Le héraut qu'Harcourt s'était choisi broncha :

— Messire, vous êtes bien chanceux d'être vêtu comme vous êtes, et désarmé, pour ainsi dire, car moi...

— La paix, Raoul !... Je t'ai parlé d'Ogier d'Argouges et de son père. Ton comportement me déplaît. Ogier peut s'enorgueillir d'être un des rares qui ne me craignent pas. Au lieu de l'en blâmer, j'apprécie son langage. Il le sait. Il en profite.

Raoul Patri baissa sa tête rouge, remit son parchemin en place, et sa dextre, qui s'était portée à son épée, serra de nouveau la rêne de son cheval. Harcourt, souriant, se tourna vers Blandine et contempla un moment ce visage auquel la frayeur donnait une pâleur émouvante où seules les joues semblaient fleurir un peu.

— Ton épouse ?

— Oui.

Insensible à la violence de la réponse, Harcourt s'inclina :

— Des pucelles et gentilfames du Cotentin, vous deviendrez assurément, dame, la souveraine !... Je vous vois régner sur nos joutes et tournois... et sur nos cœurs.

Blandine avait battu des paupières. À la terreur que cet homme lui avait inspirée succédait maintenant, pour elle aussi, la rémission. Son époux la privait, lui faisait grise mine ? Ce grand seigneur la louangeait et ses compagnons lui souriaient !

— Elle est de Poitiers. Je l'ai connue à Chauvigny lors des Pâques dernières... Je suis allé la chercher...

— Et ce fut malaisé, dit Blandine. Les Anglais de Derby assiégeaient la cité...

— Vous êtes là, tant mieux !

Délaissant brusquement cette horzaine [1] ébaubie, les yeux d'Harcourt trouvèrent ceux d'Ogier :

— Nous allions à Gratot voir ton père.

Une subite lâcheté empêcha Ogier d'enjoindre à cet homme : « Passez votre chemin ! » Mais cette sommation, seul Godefroy d'Argouges pouvait se la permettre. Or, il recevrait sans plaisir mais sans répulsion le seul homme qui avait essayé de l'aider à sortir de la déchéance. Harcourt avait échoué, et cet échec était une des raisons de sa discorde avec Philippe VI. Rien n'était simple, décidément.

— Sais-tu que mon frère est mort à Crécy ?

— Douteriez-vous que j'y étais ?... Quand je costiais votre frère et son fils, vous serviez Édouard et le sien... Et vous avez eu la hardiesse d'aller en demander

1. De *horzain* : étranger pour un Normand. Il y a beaucoup de dépréciation dans ce terme.

pardon à un roi que vos alliés et vous-mêmes avez vaincu d'une terrible manière !

— Ogier ! Ogier ! souffla Blandine en approchant sa jument de Marchegai. Modère-toi !

« À me parler ainsi comme à un marmouset, voilà qu'elle me rabaisse aux yeux de tous ces hommes !... Ah ! là là... La pire des guerres, la cruauté sanglante en moins, c'est peut-être celle que les époux se livrent entre eux ! »

— Jeune coq, dit Harcourt aussi quiet que s'il quittait confesse, mon frère vivait encore quand je l'ai retrouvé à la nuit parmi tous ces corps roides ou près de le devenir... Il m'a fait jurer, avant d'expirer, de reprendre place auprès du roi de France...

— Jurer vous gêne moins, peut-être, qu'abjurer !

Ogier entendit des grondements. Allons, il indisposait tous ces hommes de guerre plus que leur chef ! Quel dommage que Thierry fût absent, lui qui pour contrester à ce Wandre[1] s'était battu non seulement en Normandie, mais à Poissy, en Artois et en Picardie ; lui qui avait failli périr au gué de la Blanche-Tache et à Crécy !

Que dire maintenant ? Rien. Après que du regard il eut défié Harcourt, Ogier affronta Blandine, bien que son jugement fût de peu d'importance. Elle frissonnait de le sentir si courroucé tandis que le Boiteux le considérait avec la même amitié débonnaire que lorsqu'il lui avait remis, dans la geôle d'Angle, ce crucifix-poignard grâce auquel il s'était évadé.

— Si tu l'ignores, Jeanne de Montfort est de retour à Hennebont.

— Peu me chaut ! Permettez-moi, pour en finir, de vous avouer que vous me faites peur... Oh ! pas maintenant !... Mais qui a bu boira. Je crains que vous ne

1. Résister, s'opposer à ce vandale.

recommenciez vos manœuvres dès que Philippe ou son fils vous contrariera[1].

Harcourt n'en disconvint pas, mais un sursaut de ses épaulières trahit son irritation tandis que de son gantelet, il cachait une grimace.

— Quand vous m'avez porté ce crucifix, à Angle, saviez-vous ce qu'il contenait ?

— Non... Tu vois, je pourrais te mentir et m'attribuer le mérite d'une échappée qui m'a empli de stupeur et de crainte... C'est lorsque j'ai appris ta disparition qu'Isambert m'a avoué que le pied de cette croix dissimulait une lame...

Ogier sourit moins à Harcourt qu'au ciel et aux arbres, dont après la grande nuit du souterrain d'Angle, il prisait plus que jamais la beauté. Le souvenir de son évasion lui revenait soudain, et il le savourait avec une joie exquise. Et pourtant ! Sa jambe brisée, serrée dans des attelles rustiques... Cette douleur terrible à chaque mouvement. Les incessants « *Courage !* » de Calveley qui, bien que vigoureux, peinait à le porter... Leur chute au pied du mur de la forteresse et leur bain dans l'eau glacée de l'Anglin... Leur amitié, bien qu'ils fussent ennemis, était née de leurs efforts, de leurs transes et de ce commun dégoût pour ce châtelet d'Angle et ceux qui le peuplaient...

— Nous nous sommes tout dit, je crois, hélas !... Permets-moi d'insister une dernière fois : tu ne peux pas savoir ce que c'est que de trouver un être cher au seuil du trépas, après une grande bataille...

Ogier, qui s'était apaisé, fut traversé d'une nouvelle indignation :

— J'ai éprouvé ces choses-là bien mieux que vous et avant vous... Me battant toujours du même côté, je puis vous assurer que j'ai eu de grands amis occis par les Goddons...

Comment n'eût-il pas pensé, en premier, à Blanque-

1. Lire en Annexe III : *les revirements de Godefroy d'Harcourt.*

fort, le sénéchal de Rechignac dont les leçons, les conseils, les admonestations avaient fait de lui un chevalier convenable ? Comment aurait-il pu oublier Haguenier de Trélissac, l'écuyer de son oncle, tourmenté par les routiers de Robert Knolles et s'éteignant après avoir crié le nom d'une pucelle ? Et le petit Gauric écorché vif ; et le Moyne de Bâle mourant pour complaire à l'orgueilleux roi de Bohême sur cette pente de Crécy où Jean d'Harcourt avait expiré ? Pénible sensation de petitesse et d'impuissance devant cette conséquence affreuse de la guerre, même si l'on est accoutumé au sang, aux cris, aux hurlements de détresse ! Et cet homme-là, resplendissant tout autant du plaisir de vivre que des lueurs de son armure, prétendait lui faire partager un chagrin que le temps, sans doute, avait bien amoindri !

— Tu as réponse à tout... Tu connais le roi. Je sais qu'il t'a pris pour champion après que tu as occis Blainville : il me l'a révélé, sans savoir que nous nous connaissons, avant de me dire qu'il me voulait à lui et me remirait[1] grandement... Il paraît que les chevaliers tels que moi sont rares...

— Vous me semblez, messire, bien présomptueux !... Qu'avez-vous répondu à Philippe ?

— La vérité... Édouard, en ruinant la Normandie m'a trahi.

— Holà ! vous l'avez exilée[2] côte à côte ! C'est un peu fort !... Si vous vouliez abandonner Édouard, vous pouviez le faire à Rouen, à Poissy... Mais le soir de Crécy vous mangiez à sa table !

Harcourt cherchait ses mots ; lui, Ogier parlait d'abondance :

— C'est parce que vous n'en espérez plus rien que vous le lâchez !... Que pense-t-il de vous, désormais ? Voulez-vous que je vous le dise ?

1. Admirait.
2. Ravagée.

— Inutile ! Je le sais mieux que toi !... Mon neveu Jean, que tu connais, et qui fut navré[1] à Crécy, m'a poussé, ainsi que le duc de Brabant, à revenir à la France... Sache bien, même si je te dis que Philippe m'admire, que je le fais sans joie... avec l'intention de retrouver mes murailles et d'y vivre en paix... L'homme est faillible, mon gars : tu l'apprendras peut-être un jour à tes dépens... Mes courroux, mes aigreurs avaient brouillé mon sang... ma vue... J'en avais oublié mes propres intérêts...

Harcourt ne pouvait être entièrement sincère : la preuve en était cette dernière phrase. *Ses* intérêts, c'était ce duché de Normandie sur lequel il eût voulu régner sans partage.

— Il me plaît de vous imaginer, messire, ployant le genou devant le duc Jean que vous exécrez ! Il sait votre appétit pour le duché normand. Il vous hait tout autant que vous le haïssez... Je pense que, pour une fois, votre voisin et grand ennemi, le vieux Bricquebec, a de justes raisons de se courroucer.

— Il écume.

— On écumerait à moins. Il vous a résisté lors du débarquement d'Édouard. Résisté avec trois cents hommes contre des milliers de Goddons !... Son fils, que vous détestiez aussi, fut meurtri à Crécy, peut-être par vous-même.

— Ogier ! s'indigna Blandine.

Elle était effrayée, mesurant d'autant mieux le danger de ces reproches que Raoul Patri venait de tirer son épée. Ogier lui jeta un regard dont la moquerie l'emportait sur une aversion sans limites :

— Vas-y !... Ton protecteur t'en congratulera !

Harcourt s'ébaudit mais, pour une fois, une sourde lassitude apparut sur sa bouche et ses yeux. Trahir successivement deux rois sans le moindre remords, c'était beaucoup. Ogier eût pu se livrer à un méchant rappro-

1. Blessé.

chement entre l'instabilité d'esprit et la claudication de cet homme ; il ne l'osa.

— On m'a dit que tu faisais relever les ruines de Gratot. Je vais m'employer à relever les miennes... Finies les guerres !

Ogier trouva cette assimilation odieuse et se demanda si ce grand rioteux[1] pouvait être las des batailles. Il régnait sur un des plus riches terroirs du Cotentin ; ses forêts giboyeuses, ses rivières poissonneuses, ses champs immenses suffiraient-ils à lui fournir de quoi employer ses journées ? S'il était vraiment d'humeur pacifique, il eût chevauché seul ou peu accompagné ; il n'eût pas restraint ses plates[2]... Et même dans le cas où il se serait adoubé, il eût cheminé tête nue.

Dans l'ovale scintillant du bassinet, le sourire du Boiteux devint plus vif :

— Sache-le, et tu seras le premier prévenu : Philippe va me nommer capitaine-souverain pour le baillage de Rouen et de Caen.

Ogier pensa que le roi était décidément un sot. La nouvelle le suffoquait et l'indignait. Néanmoins, il se pencha :

— J'en suis ravi pour vous.

Puis, complétant cet acte de courtoisie par un aveu dont le mépris s'assortissait d'un sourire dont Harcourt pouvait aisément percer le mystère :

— Je n'aime pas Bertrand de Bricquebec, mais je me réjouis qu'il conserve le Cotentin.

Il fit faire demi-tour à Marchegai.

— Mais... objecta Blandine.

Il comprit ce que ce petit cri signifiait.

— Nous allons gambier[3] un peu... Ces gens-là vont

1. Faiseur de riotes (querelles).
2. Il n'eût pas mis son armure.
3. « Nous promener ».

à Gratot... Tu ne crois tout de même pas que je vais chevaucher en leur compagnie !

Il se réjouit : Harcourt, cette fois, posait sur lui un regard mécontent. Tant de mépris affectait sa bonne conscience. Il fit signe à ses gens ; ils passèrent dans un cliquètement de fers, dignes comme des paladins de Charlemagne. Ogier se retint de rire au spectacle de cette fierté un peu trop contristée.

— Je sens, dit-il sans baisser la voix, que je vais détester bien fort le roi de France... Jamais on aura vu tête couronnée sans plus de cervelle qu'une souris... Ah ! là là... S'il devient capitaine-souverain, Harcourt aura des privilèges insensés ! Il percevra tous nos impôts... Il aura pouvoir d'assembler les hommes d'armes, et ce, des chevaliers aux piétons de l'arrière-ban ! Il recevra aussi de quoi s'adouber, s'armer et armer ces hommes que nous venons de voir... et d'autres encore, pour prendre part aux guerres décidées par le roi !... Il ne sera pas duc de Normandie, mais ses volontés seront pires ! Il voudra régner sur le Cotentin.

— Tu n'y peux rien... À quoi bon faire cette tête... C'est bien le frère de dame Alix d'Harcourt ?

— Je te l'ai dit.

— Sa repentance peut être vraie... Tu lui en veux de ce qu'il est.

Ogier trouva cette phrase admirable. *Envieux*, lui ? À quoi bon répondre. D'ailleurs, Blandine ajoutait :

— Je ne comprends rien à vos histoires d'hommes de guerre.

Elle ne s'était souciée vraiment du conflit entre le roi de France et son cousin d'Angleterre que lorsque les Goddons avaient cerné Poitiers. Il fut près de lui en vouloir pour cette indifférence dont il se serait égayé quelques mois plus tôt, trouvant qu'elle lui révélait un esprit jeune, d'une féminité aussi naïve et pure que son visage et son corps. « Nous avons bien changé ! » Elle peut-être pas, après tout ; mais lui, assurément.

Saladin se retourna et aboya.

— Que lui prend-il ?

— Il voit que nous nous attardons. Il a hâte de courir.

— C'est comme s'il te commandait.

Blandine trouvait les injonctions du chien inadmissibles. Était-ce un nouveau malaise qui s'ébauchait entre eux ? Ne pouvaient-ils aller doucement, et même descendre de leur selle pour traverser ce grand champ dont les herbes dodelinant sous le vent semblaient de fines lames de pur acier. La pureté. Voilà qu'il y revenait.

— Tu ne dis plus rien.

Ogier se sentait lâche. Étrange tout de même qu'une femme, la sienne, le mît dans cet état d'amenuisement !

— Demain matin, j'irai aviser Thierry de cette rencontre. J'en profiterai pour lui faire ferrer Marchegai.

— Il ferre les chevaux et il est chevalier !

— C'est vrai... Y vois-tu du mal ?... Avant de gagner ses éperons, il était... maréchal !

Blandine sourit enfin. Et parce que la gaieté refleurissait en elle, Ogier demanda doucement :

— Qu'as-tu donc porté à Aude ?

— Le coupon de mollequin grenat que m'ont offert les Birot.

— Tu lui avait fait présent d'un des autres. Il me semble...

Blandine sourcilla. Elle eut du bout des lèvres un sifflotement silencieux :

— Ce jour d'hui, ce n'était pas un présent... Je le lui ai vendu.

— Vendu !

— Je le lui ai présenté. Je lui ai demandé, s'il lui plaisait, de me l'acheter en lui disant qu'avec ce qu'elle me donnerait et ce que je vendrai à d'autres, je m'offrirai ce pelisson fourré que son frère me refusait.

— Tu as fait ça !

— Ta sœur s'est moins offensée que toi : elle a

ouvert un coffre et en a tiré une escarcelle... Ainsi, j'ai fait deux bien-heureuses : elle et moi.

Que dire ? Rien. Que penseraient Aude et Thierry ? Ogier se sentait joué, et s'il n'était plus, pour le moment, dominé par Blandine, réduit tout de même à peu de chose. Certes, ce qu'elle lui révélait était affaire de femmes. Plutôt que de refuser, Aude avait accepté ce petit négoce où son épouse avait prouvé une hardiesse et une habileté parfaites. Cependant, il y trouvait de la perversité.

— Heureusement que ma sœur me connaît... Et Thierry ! Sans quoi tu m'aurais fait passer pour un avaricieux !

— Ils sont plus riches que nous.

Non, ce n'était pas dit sur un ton de reproche, mais l'amertume, bien que légère, se répandit dans le cœur d'Ogier.

— Thierry a pris six soudoyers, j'en ai douze...

— Si tu n'en avais pas pris...

— Commandement du roi... Il m'a donné des écus pour cela... Il m'a dit d'aller le voir en leur compagnie... Si tu étais un jour menacée, tu me demanderais pourquoi je n'en ai pas vingt... ou cinquante !

— Mais les Goddons ne nous menacent plus !

— Ils sont en Bretagne, en Poitou, en Guyenne... Un jour, Derby peut décider de venir jusqu'à nous... Et puis, par pitié, cesse de javotter !

Il n'ajouta rien ; Blandine se tint coite. Lorsqu'ils arrivèrent à Gratot, Harcourt venait d'en partir. Godefroy d'Argouges dit simplement :

— Je devais le recevoir avec courtoisie par remembrance de ce qu'il a fait pour moi et pour toi... Si j'étais Philippe VI, je me défierais, bien sûr, d'un tel allié ; mais je ne suis pas roi de France.

Le soir, à table, le vieillard reparla de la visite du Boiteux. Il fut interrompu par Tinchebraye :

— Messire, Joubert, Lehubie, Bazire, Gardic et Delaunay sont Normands de naissance, tout comme moi... Tout comme moi, ils ont bataillé contre les Anglais que conduisait cet homme... Tout comme moi, ils l'ont en détestation... Et nous ne sommes pas les seuls !

Godefroy d'Argouges acquiesca et révéla :

— Il prépare des joutes pour le printemps... Iras-tu, Ogier ? Il t'y veut.

— Non, Père.

Les Bretons, les Normands et même Sapienza et Crescentini approuvèrent cette réponse. Raymond leva son gobelet à la santé des seigneurs de Gratot, décidant Marcaillou à en faire autant. Blandine leur jeta un regard mécontent, tandis que les serviteurs et les servantes battaient des mains.

— C'était pourtant une occasion de riole[1] !

Ogier considéra sa femme. De dépit, elle pleurait presque. Il voulut lui parler, son père le devança :

— Le Boiteux n'aura personne, ma bru, ou peu s'en faudra... La réponse de mon fils, si elle vous apporte une déconvenue, me satisfait... Avant que de reprendre avec Harcourt des relations de bon voisinage, il faut nous assurer qu'il est d'une loyauté sans faiblesse.

— Bien, Père, dit Blandine d'une voix tout aussi pâle que ses joues.

Et comme après s'être détournée du vieillard, son épouse, d'un regard, lui signifiait son courroux, Ogier lui offrit un visage froid et résolu.

— Pourquoi sembles-tu si contristée ? Il y aura d'autres joutes à l'entour !

— Contristée ?... Nullement. Je me disais que si j'étais un chevalier, plutôt que d'ignorer le pardon d'armes de messire Harcourt, je m'y serais rendue avec la ferme intention de le bouter hors de selle dès la première course... Mais voilà, je ne suis qu'une femme...

La remarque fit son effet. Tous les hommes, même

1. Partie de plaisir.

les serviteurs, s'entre-regardèrent. Blandine avait parlé doucement, avec une franchise dont Ogier fut bien près de la louer. Il se tourna vers son père : apparemment retranché en lui-même, le vieillard opposait à cette hardiesse féminine peu commune un détachement non feint.

« Il la méprise, dirait-on. Si c'est cela, il va trop loin ! »

Le vieux chevalier condamnait avec froideur cette incursion de la féminité dans un entretien d'où toute sensibilité devait être exclue. À plus forte raison celle d'une bru qui s'esseulait le plus possible, ce qui semblait un outrage pour sa mesnie [1].

— Parlons d'autre chose, décida-t-il.

Aussitôt, frottant doucement son ventre, Blandine se leva, dit que son enfant lui faisait mal et s'éloigna sur un « bon soir » peu amène. Raymond secourut Ogier, contrarié, en louant les joutes de Chauvigny, les plus belles qu'il eût vues ; et comme l'intérêt des soudoyers et des serviteurs faiblissait, il leur parla d'Hérodiade qui dansait couverte de sept voiles ni plus épais, ni plus lourds que des nuages, et qu'elle enlevait un à un.

— Jusqu'à être nue ? demanda Bertine, les yeux écarquillés.

— Elle faisait toujours en sorte de conserver le dernier, dit Marcaillou. C'est pourquoi, partout où elle dansait, elle provoquait des poignis [2] entre ceux qui avaient grand-hâte de la voir nue et ceux qui prenaient leur plaisir à petits coups... Je vous ai dit que j'étais de la jonglerie et savais aussi bien souffler dans un chalumeau qu'une cornemuse, frotter les cordes d'une viole ou d'un rebec... J'étais avec elle et son demi-frère, et je les ai quittés...

— Pourquoi ? demanda Godefroy d'Argouges.

1. L'ensemble des gens vivant à Gratot.
2. Combats à coups de poing.

— Le goût du changement... L'envie de prendre racine en un lieu plaisant.

— Tel que Gratot ? demanda Madeleine Gosselin qui soudain semblait éprise de Marcaillou sans se soucier de son époux occupé, pourtant, à lui pincer la hanche.

L'ancien bateleur cilla des paupières et se recueillit un moment. Nul ne parlait. On n'entendait que le glouglou d'un pichet emplissant un hanap — celui de Sapienza.

— Gratot peut plaire ou déplaire, c'est selon le cœur et l'esprit de ceux qui y arrivent.

« Pense-t-il à Blandine ? »

Ogier repoussa toute réponse à cette question. Son fromage avalé, il erra dans la cour, s'attarda aux écuries et sortit sur la jetée en compagnie de Saladin et de Péronne. Seul — ou presque —, il était bien. Il se félicita que nul ne l'eût suivi, et quand il revint dans le tinel, il n'y trouva que Madeleine, Jeannette et Guillemette occupées à desservir la table. Il vit qu'elles cessaient leur bavardage et se passa de tergiversation :

— Comment trouvez-vous mon épouse ?

Par avance, il acceptait la vérité. Elle ne pouvait qu'être défavorable à Blandine et son attente ne provoquait en lui nulle anxiété, rien qu'un léger tremblement bien différent d'un émoi quelconque.

D'un regard, les femmes s'étaient consultées pour se demander sans doute si elles devaient répondre franchement. En apparaissant par l'escalier des cuisines, Bertine les sauva de leur confusion :

— On la trouve belle... Elle est belle et vous le savez bien !

— Mais encore ?... Vous plaît-elle ?

— C'est pas à nous qu'elle doit plaire, dit Madeleine, la bouche soudain gonflée de dédain.

« Si je voulais, je pourrais l'enfourcher, elle aussi... » Mais à quoi bon. Il était sûr, maintenant, qu'aucune de ces femmes ne ferait preuve d'indulgence envers Blandine. Elles devaient la trouver trop pleine d'elle-même, trop secrète. Peut-être se sentaient-elles traitées, par un regard, un sourire condescendant, d'une façon pire que celle de leur condition de serves, et là, elles se méprenaient. En cette occurrence, elles pouvaient tout lui dire, et pourtant, elles rechignaient. La confiance qu'il leur accordait dépassait leur entendement, voire excitait leur méfiance. Chacune, même au plus intime d'elle-même, se conseillait de s'abstenir de crainte, nullement ce soir mais plus tard, de subir les conséquences d'une sincérité trop entachée de dérision.

— Allons, dites-moi tout ! Nous nous connaissons trop pour que vous usiez de finesse envers moi !... Jeannette ?... Non ?... Et vous, Guillemette ?

Pourquoi, depuis qu'elle avait un enfant, s'était-il mis à la voussoyer ? Elle en était à la fois heureuse et dépitée : heureuse d'être traitée en dame ; dépitée car la distance entre eux lui paraissait injustifiée. Ils s'étaient tant mêlés, pendant quelques semaines, qu'elle prenait sans doute cette courtoisie nouvelle pour une moquerie savamment déguisée.

— Du moment qu'elle vous satisfait *en tout*, votre épouse, dit-elle, en frottant ses mains sur son devantier. Oui, du moment...

Elle s'interrompit. Elle ne savait trop que dire, même si sa voix révélait de l'aversion.

— *En tout*, ça c'est pas sûr, dit Madeleine. Les femmes de cette espèce, à ce qu'on prétend, faut pas trop les toucher : ça les salit et ça les endommage ! On les dit froides de la tête au cul... Mais ça, c'est sûrement des malveillances !

Elle provoqua des rires ; elle y mêla le sien, et Guillemette laissa tomber son grain de sel :

— Elles sont comme ces soieries, ces cendals, ces yraignes qui attirent tant d'œil chez les marchands... On les convoite, on s'en pare mais on n'en fait guère usage !

Ogier sourit et s'en alla. Saladin le rejoignit. Il

entendit des rires. C'était bien fait pour lui : il les avait provoqués.

Sitôt dans la chambre où craquait un bon feu, Saladin se lova dans son coin. Ogier se dévêtit, se coucha. Blandine tenait presque toute la place ; elle se poussa puis se colla contre lui. Sans qu'il sut bien pourquoi, ce serait une nuit *avec*. Il eut peur, en se soustrayant à son vouloir, de la courroucer, et dans un ou deux jours d'être pris de regrets et d'un mécontentement envers lui-même pire encore que celui de cette épouse à laquelle les femmes de Gratot, dans leur lit, près de leur homme sans doute indifférent après tant et tant d'années de mariage, penseraient les unes avec envie, les autres avec une acerbité sans frein ; Guillemette la première.

*
*

Le lendemain, rasséréné, il prit à l'aube le chemin du manoir de Blainville. Il souriait. L'amour satisfait lui faisait envisager la vie autrement que la veille. Il pleuvait, mais il ne sentait pas les gouttes, et bien qu'ayant un fer usé, gênant, à la jambe arrière dextre, Marchegai semblait deviner sa gaieté : il amblait fort. Saladin, quelquefois, aboyait de plaisir. Quant à lui, Ogier, il chantait la chanson de Caron de Croisilles :

Devant partir de la douce contrée
Où la belle est, m'a mis en grand tristour
Laisser je dois, celle qu'ai plus aimée
Pour m'en aller servir mon Créatour
Et cependant, tout remain à l'amour[1]

1. *Je reste tout entier à l'amour*. Caron de Croisilles, chevalier, participa, en 1198, à la Croisade.

Il en fallait bien peu, après tout, pour qu'il se sentît débarrassé du malaise des semaines précédentes. Qu'importait, maintenant, ce que son entourage pensait de Blandine : il l'aimait, elle l'aimait ; ils se l'étaient prouvé.

Le voyant heureux, Aude et Thierry l'accueillirent avec plus de plaisir que la veille. Quand Marchegai eut été ferré des quatre pieds, on passa à table. Là, devant une soupe épaisse, Ogier demanda :

— Es-tu contente, ma sœur, de ce coupon que Blandine est venue te proposer ?

Le mariage avait appris à Aude bien des choses ; pas tant, sans doute, que cinq années d'opprobre, de privations, de disette de vivres et d'argent. Elle sourit sans effort :

— Nous y avons gagné, je crois, toutes les deux... Et sois sans crainte : elle ne t'a pas fait passer pour un pauvre, un avaricieux... Elle sait tes mérites, ceux de Père et des autres... Elle trouve notre Normandie froide et triste... Voilà...

— Qu'en penses-tu vraiment ?

Aude, un moment, regarda Thierry comme si elle en espérait un encouragement. En fait, Ogier comprit qu'elle allait s'exprimer pour eux deux, parce qu'ils pensaient pareillement, non seulement sur Blandine, mais à propos de tout.

— Quand notre ancêtre a rencontré la fée dans un des bois de Gratot, il s'en est épris à ta façon... Quand j'ai vu Thierry, je m'en suis amourée à la mienne... Elle est noble... Moi, Thierry, c'était un rustique...

Aude posa sa petite main sur la senestre épaisse et rude de Champartel. Et sourit :

— Entre nos deux amours, c'est la différence... Pendant que tu traversais moult épreuves, le souvenir de cette pucelle a été comme un onguent sur tes plaies, un remède à ta désespérance... Tu l'as parée des qualités d'une fée alors qu'elle n'est qu'une simple mortelle... comme moi... Nul n'est parfait... Ni toi ni moi...

ni Thierry ni personne... La perfection de la beauté n'a jamais signifié la perfection de l'esprit et du cœur... Mais je crois justement que Blandine est bonne... Seulement...

— Seulement ?

— Elle ne sera jamais pareille à celle dont tu rêvais chez ce mire qui t'a soigné ou du fond de ta geôle d'Angle... Elle a eu un seul père, mais deux mères dissemblables ; l'une qui l'aimait — la vraie —, l'autre qui feignait de l'aimer. Elle a vécu d'une façon différente de nous autres, et si elle a subi des contrariétés, elle n'a pas connu nos épreuves... Je pense que Mère aurait été fière de l'avoir pour bru... Vois-tu, maintenant, elle me fait penser à Péronne...

— Péronne !

— Quand on lui donne à manger : elle flaire, elle hésite, elle se sent observée... Elle n'est pas si goulue que Saladin, qui veut tout d'un seul coup et qui te ressemble...

Ogier se récria, Thierry également, puis ils rirent, et Champartel imita les jappements d'un chien.

— Vous pouvez vous ébaudir ! continua Aude, sans s'offenser. Tu aurais pu penser, Ogier, qu'elle serait peut-être dépensière à bon escient, et te demander comment tu jugerais ce désir d'être bien acesmée[1]... Moi-même, j'ai envie de belles parures, mais une envie moins vive que la sienne... Elle doit avoir très mal...

Pour Ogier, ces propos semblaient neufs. Jamais l'idée que la parure pût exercer sur un esprit féminin des convoitises aussi persévérantes ne l'avait préoccupé. La vénusté, pour lui, c'étaient la nudité, la pureté, ce besoin qu'on avait à la fois de tâter, de sonder, et aussi de ne pas toucher en raison d'un respect, d'une admiration impossibles, d'ailleurs, à soutenir longtemps tant la beauté excitait le désir de se mêler à elle, de s'y confondre et de s'y fondre... Cheveux d'or,

1. Parée.

peau soyeuse, sourire de nacre : Blandine était d'or, de soie, de perle, tout cela enveloppé de rêve ; mais tout cela aussi transmuté en femme avec un caractère, des besoins et des rétractations, des élans et des dédains, des affections et des indifférences, voire aussi des mépris et peut-être des haines sourdes qui ne voulaient pas s'avouer.

Conscient d'être parvenu à l'extrémité de ses confidences, Ogier sourit pour exprimer la dernière :

— J'ai pensé moult fois à quitter Gratot pour venir vivre avec vous. La présence de Père m'en a empêché.

Aude balança entre le sourire et la moue. Thierry devança une réponse qu'il imaginait embarrassée.

— Holà ! beau-frère, nous aurions fait valoir un droit de remaisance[1]. Mais je suis sûr, qu'une fois acquitté, tu en aurais eu du remords et serais reparti pour Gratot, non pas au trot mais au galop.

— Certes ! approuva Aude sans sourire.

Puis, presque froidement car cet entretien commençait à lui déplaire :

— Si tu t'étais dit, mon frère, qu'elle n'était ni pire ni meilleure qu'une autre en oubliant, assurément, qu'elle était sans doute plus belle que d'aucunes, tu n'en serais pas à t'infliger de pareils tourments... Tu la prendrais telle qu'elle est, sans chercher à la vouloir telle que tu la veux...

Aude se leva pour aller prendre, dans la cheminée, une lèche-frite fumante qu'elle apporta les anses enveloppées de chiffons :

— Du merlu ? Cela te convient, mon frère.

— Tout me convient pourvu que ce soit à mon goût !

Des lueurs de gaieté dansèrent dans les yeux d'Aude. Au-delà, le garçon y vit un bonheur dru et lisse ; il sourit à Champartel :

1. Droit payé au seigneur pour résider sur son domaine.

— Thierry, je crois bien que tu es un peu magicien... Tu as fait d'Aude une femme comblée...

Il regarda le ventre de sa sœur ; elle rit :

— Je m'arrondis un peu... En mai et juin, je serai comme un baril !

— Blandine également... Prendra-t-elle bien cette chose ?

— Bien sûr !... Elle sera une bonne mère, tu verras !

Les lèvres d'Aude tremblaient un peu. Émoi ou dissimulation ? Voilà qu'il recommençait à douter, à s'interroger. Ogier considéra ce ventre plein, ensemencé par un huron devenu chevalier. Quel enfant naîtrait de cet accouplement-là ? Un garçon solide sans doute.

« Et quel fils me donnera Blandine ?... Sera-t-il pareil, plus tard, à mon père et à moi-même... ou à Herbert Berland ? »

Il se pouvait aussi que ce fût une fille.

« Non », se dit-il. « Non : ce serait la fin de notre lignée. »

Dieu ne pouvait-il lui réserver une déception pareille !

Que ce gars eût ses traits ou ceux de Blandine le laissait indifférent. Seuls importaient la richesse de l'esprit et la santé du corps. Comme il serait déçu, cependant, si un membre de sa famille ou quelque connaissance s'écriait un jour lointain, dans l'intention de lui complaire : « *C'est tout votre portrait* » alors que d'évidence, l'enfant ou l'adolescent ressemblerait en tout et pour tout à Blandine ! Il lui fallait pour hoir un chevalier solide.

Et si c'était une fille ?

Eh bien, il craindrait qu'elle ne devînt pareille à sa mère. Non pas qu'il voulût découvrir en elle une preudefame à la façon de Tancrède — surtout pas ! — mais parce qu'il souhaitait qu'elle portât elle aussi son empreinte — « *le sceau des Argouges* », comme disait son père. Il fallait, fille ou garçon, plus tard jouvencelle ou jouvenceau, qu'ils fussent droits et solides, capables de supporter toutes sortes d'épreuves et, surtout, d'en triompher.

Parfois, il imaginait l'intérêt peut-être exagéré qu'il porterait à l'un ou l'autre de ces enfants et l'ébahissement presque répulsif qui le secouerait en découvrant dans son comportement ou l'un de ses propos un trait de caractère hérité de Blandine. Et plus le terme se rapprochait, plus il craignait d'éprouver, conjointement à la joie d'être père, un désenchantement sans limites, sans substance et sans nom.

Son regard revint à sa sœur soudain quiète, immobile et attentive : « Comme si elle avait suivi mes pensées. » Et pour mettre un terme à leur gêne, il tapa du poing sur la table :

— Quand même, Aude, tu y vas mal de l'avoir comparée à Péronne !

V

Les jours s'écoulèrent : un bon, quatre maussades et de nouveau un bon. Impuissant à s'assurer cette sérénité sans déchirure qu'il avait tant crue procéder du mariage, Ogier se démenait de l'aube au soir, essartant, labourant, sciant en long avec Tinchebraye ou Raymond — les seuls capables d'affûter le cran[1] — et aidant aussi au curage des douves, labeurs qui le rabaissaient dans l'opinion de Blandine, sans qu'elle osât pourtant s'en montrer contristée. Chaque mardi matin, il visitait Thierry avec six soudoyers qu'il renouvelait la semaine suivante : ils passaient la journée au manoir de Blainville. Chaque samedi, Thierry et ses hommes — trois Normands, deux Bretons et un Tourangeau — venaient à Gratot. Ils s'étaient révélés de force égale dans les affrontements aux épées, épieux et armes d'hast[2] aux fers émoussés, mais sur les cibles, c'était souvent les sagettes et les carreaux de Gratot qui hérissaient la paille en son centre. Les deux beaux-frères se combattaient, eux aussi, puis Raymond de grand cœur affrontait l'un ou l'autre.

1. Cet outil n'était autre qu'une scie égoïne géante (1,80 m de long, 0,30 m de large au talon, 0,15 m à l'extrémité). Deux hommes la maniaient, l'un tirant, l'autre poussant.

2. Armes dont le fer est emmanché sur une longue hampe.

— Tu t'y prends comme un preux ! s'écriait parfois Ogier, suant et haletant. Tu feras un bon écuyer ! Pas vrai, parent ?

Champartel acquiesçait ; Raymond doutait encore. Sans doute enviait-il l'élévation de Thierry, qui le traitait aussi familièrement qu'autrefois et se fût courroucé qu'il lui signifiât par le geste et le ton, la moindre déférence.

Ogier prisait leur compagnie. Au déclin du jour, moulu de lassitude, assoiffé, affamé, il prenait soin de Marchegai, Raymond d'Artus, et quand ils se quittaient — ils ne se reverraient qu'à table —, il advenait qu'il s'éloignât du château soit pour aller soulever jusqu'à l'exténuation quelques grosses pierres afin de fortifier ses bras, soit pour s'époumoner en des courses longues ou brèves et obtenir ainsi un souffle, un cœur et des jambes solides. Bientôt, il annoncerait à son père, puis à Blandine, sa partance pour cette Bretagne dont il ne savait rien sinon que la guerre s'y continuait, que la famine y devenait terrible et que Northampton, qui avait été nommé par Édouard III lieutenant-général pour soutenir la cause des Montfort [1] avait été remplacé par Thomas de Dagworth.

Aux bons jours, il différait son départ : ce serait pour l'issue du mois d'avril ; lors des autres, il le fixait à la fin de la semaine en cours. Ainsi s'étaient passés les mois de février et mars. Nul ne pouvait connaître ses atermoiements, et il s'interrogeait sur la façon dont il aviserait son épouse, bien qu'elle eût pu déjà connaître son dessein en assemblant des bribes de conversations : s'ils devaient s'abstenir à table de tout propos sur la Bretagne, les soudoyers et serviteurs pouvaient en discuter ailleurs.

1. Northampton avait été nommé lieutenant-général en Bretagne le 23 avril 1345. Dagworth le remplaça le 10 janvier 1347. Il avait avec lui 15 chevaliers, 65 écuyers et 120 archers.

« Quel visage fera-t-elle ? Quels mots dira-t-elle ? Sera-t-elle sereine, affligée, courroucée ? »

Cette nécessité de la séparation ne lui rendait que plus sensible la beauté de Blandine. La grossesse seyait à sa charnalité. Elle avait désormais un petit ventre rond qu'elle caressait amoureusement, et s'il se forgeait des muscles et une habileté, elle passait ses journées en travaux d'aiguille : l'enfant à naître ne manquerait de rien. Elle savait rénover les étoffes fanées, rapiécer, repriser, broder, et faisait l'émerveillement d'Aude à chacune de ses venues à Gratot, tout en refusant de lui retourner sa visite : la reclusion lui plaisait, disait-elle. Elle se rattraperait lorsqu'elle serait relevée de ses couches.

Sans doute, en s'évertuant à ne bouger qu'à peine espérait-elle mettre au monde un enfant plus robuste que celui de sa belle-sœur, « replète comme une citrouille », mais qui ne se ménageait point et affirmait que de petits trots sur le dos de Pomme, sa jument morelle, accoutumaient le futur chevalier qu'elle portait en son sein à ses chevauchées futures. Elle riait en prétendant cela, et Godefroy d'Argouges, qui lui aussi ne sortait guère, hochait la tête, un sourire tout au fond de sa moustache en jachère.

« Nous sommes à Pâques », songea Ogier en les observant, un soir, tous les trois. « Il y a un an, je rencontrais Blandine et j'en devenais fou ! »

Il fut tiré de ses pensées par la voix flûtée de son épouse :

— À trop vouloir un fils chevalier, méfiez-vous, Aude, de ne pas lui faire aussi des éperons !... Il vous abrocherait au passage...

« Elle est gaie, ce jour d'hui », se dit-il pendant que sa sœur et son père s'ébaudissaient. Lui, cette repartie ne lui faisait penser qu'à ces sexes béants par lesquels les deux cousins sortiraient. Qui accoucherait son épouse ? Bertine sans doute... Blandine en voudrait-elle ?... N'était-elle pas, parmi les servantes, celle qu'elle dédaignait le plus ? Allons, il avait tout loisir de songer à ces choses, et d'ailleurs ce n'était guère à lui, un homme, de s'en mêler. Blandine était prudente et diligente : son enfantement serait réussi.

— Vous devriez, ma bru, dit soudain Godefroy d'Argouges, aller passer quelques jours au manoir de Blainville... La mer, le grand vent vous seraient profitables.

— Mais Gratot, Père, me convient bonnement !

Était-ce vrai ?

Pâques, et rien de décidé pour la Bretagne. « J'ai dit aux gars que Père n'allait pas bien... C'est vrai et ils le savent... Quand Aude vient, il fait semblant d'être à son aise, mais il tousse ; il tremble jusque devant le feu. C'est lui qui a voulu vendre nos deux veaux à Lecaudey pour que je donne une avance à mes hommes... Il va bien falloir que je m'acquitte de mes promesses envers eux, non seulement en sous, mais en actions de guerre ! »

Pâques, déjà ! Et avant, un février frileux alors que l'autre, à sa fin, avait été si chaud. *L'autre* ! Comme il semblait lointain après douze mois chargés d'événements de toute sorte... La veille de leur départ pour Chauvigny, il avait emmené Adelis jusqu'à cette mer dont Blandine se montrait rassasiée, et il ne pouvait qu'imaginer maintenant l'ancienne ribaude confondue de ravissement devant l'immensité d'acier noir, mouvant, écumant, où la lune versait à profusion ses ors. S'il se tournait trop fréquemment peut-être vers le passé, c'était moins pour y revoir de chers ou détestés fantômes que pour s'y retrouver lui, tel qu'il était « avant Blandine » : farouche quelquefois, ardent et décidé, la tête pleine d'intentions et d'idées grâce auxquelles il trouvait jusqu'au tréfonds de sa déchéance, des éléments vivifiants. Cette capacité de souffrir sans se plaindre, cette endurance aux revers grands ou bénins, cette volonté qui triomphait de tout parce qu'aussi pointue que son épée, semblaient avoir appartenu à un autre. Devant Blandine, il avait trop renoncé à être cet Ogier-là — vif et voulenturieux, acharné au besoin — pour conserver entre elle et lui une sérénité propice aux amours dignes d'eux. En pure perte.

*
* *

Le mardi 1er mai, un héraut apparut, devançant un roi d'armes portant une cotte aux armes du chevalier au Vert Lion. À leur suite chevauchaient un poursuivant d'armes et des écuyers. Sitôt les portes de Gratot franchies, le roi d'armes leva son épée de tournoi tandis que le héraut clamait à l'intention d'Ogier et de son père, immobiles sur le perron :

— *Pour la vaillance, prud'homie et grand-chevalerie qui est en la personne du sire Ogier d'Argouges, je lui envoie cette épée en signifiance que je querelle de frapper un tournoi et bouhourdis d'armes contre lui, en la présence des dames, damoiselles et tous autres, duquel tournoi, je lui offre, pour juges diseurs, de huit chevaliers et écuyer...*

C'était un honneur extrême que d'avoir été choisi pour défendant d'un tournoi décidé par Robert Bertrand de Bricquebec ; néanmoins cette requête constituait également une insulte. Cet homme-là, pendant cinq ans, avait ignoré la misère d'un de ses amis injustement dégradé : Godefroy d'Argouges. Ensuite, il conviait son fils alors que cette invitation eût dû être formulée au chef de famille même s'il n'était plus en état d'accepter. Enfin, s'il sollicitait le fils, c'était parce qu'il avait appris que Philippe VI l'avait fait son champion. Cependant, refuser était chose délicate. Il fallait y mettre des formes. Sur un clin d'œil de son père, Ogier interrompit le discours du héraut :

— Je regracie messire Bertrand de l'offre qu'il me fait... Quant aux grands biens qu'il pense être en moi, je souhaiterais qu'il plût à Dieu qu'ils y demeurent...

D'autre part, il y a en Cotentin moult seigneurs qui ont mieux mérité cet honneur que moi, et moult d'entre eux sauront prendre l'épée que vous me destiniez... Veuillez m'en excuser auprès de messire Bertrand... Dites-lui que j'ai des affaires à mener à leur fin, qui touchent à mon honneur et ma sécurité, et qu'il me faut les accomplir...

— Lesquelles ? demanda le roi d'armes, un sourire de biais dans sa face de fouine.

Ogier, qui pensait à la Bretagne, sentit la colère monter en lui. Il parvint à rire :

— Je ne sache pas, messire, que j'aie à vous en fournir le détail.

— Mais encore ?

Qui était donc ce sot ? Il insistait ! Ogier pensa que le vieux Bertrand avait introduit quelques grains de sable dans un autre engrenage que celui de sa vie à Bricquebec. Les doutes qui venaient de l'effleurer se précisèrent :

— Quand doit avoir lieu ce pardon d'armes ?

— Le dernier dimanche du mois.

— Tiens donc !

— Pourquoi êtes-vous ébahi, messire ?

— Je ne suis nullement ébahi... Il me semble que Godefroy d'Harcourt veut aussi, ce jour-là, fêter sa nomination de capitaine-souverain... Oh ! rassurez-vous, messire : je n'irai pas non plus... Mais voyez-vous, j'ai de la mémoire... Pendant une géhenne qui a duré cinq ans, Robert Bertrand de Bricquebec s'est abstenu de défendre mon père... Il a vu en lui, comme moult seigneurs à l'entour de Gratot, un traître, un déchu... Ce sont des faits qui ne se peuvent oublier... En croyant m'honorer, cet appelant m'insulte... Dites-le-lui, je vous prie... Rapportez-lui également que je n'irai point à Saint-Sauveur...

Il leva les yeux : Blandine était à la fenêtre de leur chambre. Aux autres se penchaient les serviteurs et les servantes. Dans la cour, immobiles, Raymond, Marcaillou et les soudoyers avaient écouté, bras croisés ; leurs visages exprimaient l'approbation — et la moquerie.

Le roi d'armes s'inclina et partit, emmenant ses hommes.

— Ai-je bien fait, Père ?

— Tu as fait ce qu'il fallait... Ils diront que tu favorises Harcourt...

— Qu'importe ce qu'ils diront : je les incague[1] !

Il était brusquement devenu grossier pour déplaire à Blandine, qui venait d'apparaître, car à sa mine, il avait pressenti des reproches aigres-doux. Il ne s'était d'ailleurs pas mépris :

— Tes raisons sont bonnes, Ogier... mais à répondre toujours ainsi, tu vas nous esseuler... Ne le craignez-vous pas, Père ?

Godefroy d'Argouges sourcilla et tapota la petite main posée sur son avant-bras :

— Vous avez raison, Blandine... Mais alors que nous dépérissions en ces murs, une seule chose s'est fortifiée, aussi bien en nos serviteurs qu'en nous-mêmes — Aude et moi — : l'honneur... Or, cet honneur, par son silence et son indifférence, Bricquebec l'a foulé aux pieds !... Il aurait pu venir me demander des comptes sur la trahison dont on m'accablait ; il s'en est abstenu. Et pourtant, s'il s'était entremis auprès du roi, j'étais sauvé... J'approuve Ogier, ma bru, et sachez-le : si Aude avait été présente, elle leur aurait jeté des pierres.

*

* *

— Aude ! Aude !... Toujours Aude !... Ton père ne cesse de me comparer à ta sœur. Il voudrait que je sois comme elle !

1. *Incaguer* : couvrir d'excréments, braver avec mépris.

— Il a parlé d'elle parce qu'ils ont peiné ensemble et que Bricquebec...

— Bricquebec !... Allez-vous donc toujours remâcher vos tourments ? Par ma foi, vous semblez y prendre vos délices... Soit, vous avez connu l'opprobre et la misère, mais c'est fini ! Te voilà désormais le champion du roi. Cesse de regarder en arrière ! Vois le présent et l'avenir !

Blandine s'encolérait ; Ogier demeurait quiet, lourd, incapable de réprouver ces reproches puisqu'ils étaient en partie fondés. Ce n'était pas une mince trouvaille de découvrir que son attachement pour elle restait entier mais qu'il était dans l'incapacité de le lui dire, et ainsi de l'apaiser.

— Il est malaisé à tous ceux de Gratot d'oublier leur géhenne. S'il m'advient de n'y plus songer, c'est parce que ces cinq maudites années, je les ai passées chez mon oncle, qui me considérait comme un fils, et Blanquefort, son dapifer[1], également... Mais eux ! Si tu avais été comme eux persécutée, affamée ; si tu avais craint chaque jour, chaque nuit pour ta vie, tu n'oublierais pas toutes ces épreuves... Et qui sait ! Tu en parlerais peut-être davantage que mon père, ma sœur et leurs serviteurs.

Il s'était efforcé d'employer un ton bas, melliflue ; elle était trop occupée de sa fureur et de sa déception pour essayer de le comprendre. Derechef, il se demanda s'il était capable de la rendre heureuse autrement que dans une étreinte — et encore ! Il pressentit une nouvelle marée de jours tristes, et cela le rendit plus inhabile à lui dire qu'il la comprenait, que vus de

1. C'est en hommage à sa mémoire qu'Ogier nomme ainsi Blanquefort. Il fait en sorte du sénéchal de Rechignac le maire du Palais, le vice-baron du lieu. Dans les joutes et tournois, cette fonction était très souvent signalée. Ainsi, pour l'immense tournoi d'Anchin (1096) on trouve sur la liste des « compétiteurs » Almaric de Landas *(Almaricus de Landast*), Rénier, son maître d'hôtel (*Reinerus, dapifer meus*), Rénier de Trith, son neveu (*Reinerus de Trith, nepos ejus*).

son côté, les événements lui donnaient raison et qu'ils ne devaient plus, à cause du passé, empoisonner leur existence. Mais il l'avait piquée, elle se rebella :

— ... et cesse un peu de me parler d'Aude ! Laisse à ton père le soin de me l'exemplier [1] !... Faut-il avoir enduré la géhenne pour être acceptée par lui ?... Je suis toujours telle que tu m'as aimée, et j'ai moi aussi mes mérites. C'est toi qui as changé parce que tu te trouves en ces murs, épié par les uns et les autres, et que tu n'oses t'y montrer l'homme que tu es devenu.

Qu'elle eût ou non raison, un fait était certain : il l'aimait. Il l'avait admirée avec une dévotion peut-être un peu trop simplette ; il commençait à l'aimer au sens le moins noble du terme : charnellement. Un violent appétit de son corps le poussait d'autant plus vers elle qu'elle condamnait cette ardeur. Et d'autant plus sèchement qu'elle se sentait mère avant que d'être amante et épouse. Si les jeux du lit lui semblaient indécents, était-ce donc qu'elle croyait que son enfant y assistait ? Qu'il en percevait les échos ? Il ne la prenait plus que d'une façon et sans tendresses préalables. S'il essayait de la vouloir plus docile, *plus aimante*, elle le frappait des poings et lui tournait le dos. Comme cette nuit !

« La Bretagne », songea-t-il comme au seul remède susceptible de le guérir de Blandine. De tout. « Crescentini m'a dit ce matin même que les gars commençaient à trouver le temps long... Père est bien mal et tient à peine sur ses jambes. Il sait qu'il me faut amasser des écus et que prise d'homme et saisie de butin sont les seuls moyens dont je dispose... Si je demeure céans que deviendrais-je ?... Obligé d'aller solliciter Thierry afin qu'il me consente un prêt pour solder mes hommes !... Et eux ? "*C'est ça le chevalier que nous servons ?... Mordieu, sa femme l'a ensorcelé !*" Ce en quoi ils auront raison ! »

1. Donner en exemple.

Tristesse des jours à venir : Blandine portant son fruit comme un fardeau de prix ; craignant pour sa beauté, empirant à dessein jusqu'au moindre malaise... Fils ou fille ? Déjà, elle avait des gestes plus lents, plus mous. Elle semblait s'enfoncer dans un mal de langueur qui peut-être était une astuce pour qu'on la plaignît tout en la laissant seule.

— Tu t'en vas ?

— Il est midi... Marcaillou corne l'eau. Nous nous retrouverons à table.

Elle leva sur lui des yeux ternes, un peu gonflés comme lorsqu'elle s'éveillait. Une griffe de mécontentement soulignait le pli de sa bouche.

— Où allons-nous, Ogier ?... Si nous étions seuls, avec nos gens, entre les murs d'un autre châtelet, je crois que nous serions heureux.

Il y avait pensé bien avant elle, mais Gratot serait à lui : il ne pouvait aller s'enraciner ailleurs, pas même à Rechignac où son oncle manquait, ce qui devait exciter maintes convoitises.

— Il se peut que tu aies raison... Tu as même raison... Cela est impossible.

Blandine ne descendit pas. Ogier prétexta un malaise et le dîner se déroula, moins animé que lorsqu'elle y assistait. Le soir, elle se serra contre lui et accepta quelques tendresses avant de se lier avec un soupir qui devait révéler de l'ennui.

— Tu ne m'aimes plus, lui dit-il à mi-voix. Tu te sacrifies aux usages...

— Avec ce gros ventre qui pèse et remue, crois-tu que je me sente belle et disponible ? Je suis contre mon gré une femme lendore.

Craignant de l'entendre récuser cette maternité dont elle paraissait pourtant si fière, il s'abstint de lui répondre.

Mai fut ensoleillé comme enluminure, et le rire fleurit dans les prés, les arbres, et sur les bouches. Les plaies dont Gratot avait souffert se voyaient à peine : quelques pierres plus claires que les autres, des ardoises plus brillantes, des portes et des poutres blanches, et quelques verres aux fenêtres de la grand-salle : Godefroy d'Argouges avait raclé les fonds de son coffre.

— Au moins, dit-il un midi qu'Ogier réprouvait doucement cette dépense, pourrai-je trépasser en ayant vu Gratot tel qu'autrefois.

— Père, dit Blandine en cessant de mordiller dans une cuisse de poulet, pourquoi ne faites-vous pas porter, maintenant, les corps de votre épouse et de Gerbold au cimetière ?

Le baron jeta sur sa bru un regard neutre tout en passant sa main dans la filasse rare, usée, qui tel un bandeau ceignait sa tête.

— Leur vue commence-t-elle à vous contrarier, ou cela remonte-t-il aux premiers jours de votre venue ?

— Aux premiers jours, Père.

Elle avait un mérite : la franchise. Cette facilité à parler — quand elle y était évidemment disposée — ne rendit que plus accablant le silence qui, après s'être crûment appesanti entre le vieillard et elle, s'étendait, en larges ondes, à la tablée tout entière. Ogier lança un bref regard aux convives : soudoyers, serviteurs et servantes — sauf Guillemette et Bertine — approuvaient sa femme et peut-être admiraient sa hardiesse.

— Qu'en penses-tu, toi, mon fils ?

— Je pense que Mère et Gerbold méritent d'être plus près de l'église qu'ils ne le sont depuis leur trépas. Plus près de Dieu...

— Ces tombes t'inspirent-elles autant de répugnance qu'à ton épouse ?

Le ton demeurait uni mais l'hostilité y était aussi perceptible que l'odeur de rôti qui flottait sur la table.

— Elles ne sauraient me répugner, Père, mais je trouve qu'il serait plus convenable d'ensépulturer Mère en l'église, comme le mérite lui en revient, et de placer Gerbold... et Yvon de Kergoet en un meilleur lieu.

« Et même », songea Ogier, « l'avorton de Madeleine Gosselin qui fut enfoui près de l'ermite et dont elle semble avoir oublié le trépas. »

— Pour Yvon, je comprends : nous le déterrerons de la tour. Pour mon épouse et l'ermite, jamais, tant que je vivrai... Cela, ma bru, peut dépasser l'entendement, mais c'est ainsi.

Le regard de Blandine flotta vers les poutres tandis que le vieillard grommelait :

— Jamais Aude n'aurait conçu pareille idée !

— Cela n'est pas certain, Père.

— Tu prends donc *sa* défense, mon fils ?

Du regard — un regard toujours neutre — et du menton, Godefroy d'Argouges désignait Blandine à l'attention de tous. Il ajouta, mordant un peu plus dans les mots, mais remuant une main comme si quelque mouche le gênait, annonçant ainsi, par avance, une constatation dénuée d'importance :

— Après tout, c'est ton droit. Tu es son époux... Je passe après, et les morts de la cour, on y pense de moins en moins...

Ogier eût pu répondre qu'il y pensait, et que le fait qu'ils fussent ensevelis à cent toises des murs ne changerait ni la piété ni les égards dont on les entourait. Et c'était vrai que toutes simples qu'elles fussent, ces deux tombes donnaient à la cour un aspect lugubre. De plus, elles étaient une gêne aux allées et venues. Les chevaux y posaient leurs fers, les roues des chariots, parfois, en écrasaient les bords. On y voyait des marques de sabots et de heuses...

— Père, dit Blandine, ma défunte mère est ensépulturée à Poitiers. J'étais trop jeunette à sa mort... mais je pense à elle avec autant de respect que si je l'avais moult connue, et que je voie ou non sa tombe ne change rien à l'amour que je lui porte... Quant à Aude, que vous ne cessez de comparer à moi, et moi à elle, demandez-lui ce qu'elle en pense... Si sa réponse est franche, vous en resterez mécontent !

Elle se leva, salua, quitta la table. Des murmures accompagnèrent sa sortie. Ogier y décela plus d'admiration que de blâme. Tourné vers son père, il fut surpris de ne trouver aucune malveillance sur son visage, mais plutôt de la stupéfaction.

— Hé ! Hé ! fit-il, la lionne sort ses griffes.

Ogier s'en alla dans un silence dont la signification lui importait peu. À peine refermée la porte de leur chambre, Blandine commença à se déshabiller.

— Holà, que fais-tu ?... Tu as bien fait de dire ce que tu pensais.

— Tu m'approuves ?

— Oui.

— Les autres ?

Il se souciait peu de leur opinion, et Blandine, il en était sûr, n'y accordait qu'une faible importance. Ah ! certes, ils allaient javotter à s'en assécher la bouche...

— Tu te couches ?

Nue, elle se glissa promptement dans les draps.

— Oui, je me couche... Ton père me supportait. Il me hait maintenant... J'en suis tout adolée [1]... Tu peux venir me consoler.

Il put la consoler trois nuits.

Godefroy d'Argouges les ignorait. Aux repas, son visage n'exprimait ni courroux ni pardon, mais ses paupières déjà gonflées d'ordinaire, désormais lourdes et blettes, révélaient des sommeils difficiles. L'animation des convives dans ce silence où Ogier, Blandine et le vieillard se confinaient en paraissait forcée. Souvent, le garçon surprenait le regard de son père prestement dirigé sur son épouse. Qu'en pensait-il ? Recouvrait-il en son caractère des éléments qui lui remembraient sa défunte femme ? Qu'était-elle pour lui, Blandine ? Se disait-il qu'il fallait être bien sot

1. Attristée.

pour avoir succombé à la tentation d'une telle fée ? Se demandait-il quels puissants liens de sensualité attachaient ce fils décevant à cette bru impertinente ? Là, Ogier se sentait enclin à sourire : son père l'imaginait-il mignotant son épouse et la baisant, la palpant, la besognant dans cette chambre où jadis il en avait fait autant — du moins les premiers temps — avec Luciane d'Argouges ?

« S'il savait !... »

Car excipant de sa grossesse trop avancée pour « faire tout ça », Blandine se refusait violemment et ne se privait point de l'accabler d'injures.

Bien qu'il les eût connues au temps de sa jeunesse prime, dans le malheur tenace et l'espérance menue, Ogier, de nouveau, regretta Anne, Aliénor, Margot, Clotilde. Il dut se contenir pour ne pas avoir, une fois encore, recours aux bons offices de Bertine. C'était même une étrangeté qu'il se sentît enclin à forniquer avec elle alors qu'elle était à Gratot la moins attrayante de toute la gent féminine. La prendre dans une fornication brève et maussade, c'était s'humilier, c'était déchoir, tomber dans une complicité dont il mesurait la vilenie. Volupté de huron qui, si elle en avait eu conscience, eût provoqué de Bertine un cri pointu d'indignation, voire de répugnance. Elle croyait que sa bienveillance la hissait à un niveau plus haut que ses pareilles... Et lui ? S'abaissait-il au niveau du commun ?... Bertine ! Cette opulence charnelle docile à ses envies, ces pâleurs tristes et moussues, cette hardiesse d'un corps prêt à tout lui convenaient-elles vraiment ? Était-ce là le fond de sa nature ? Qui, de Bertine et de lui, était le plus infâme ?

« Il est des breuvages qui puent et sont âcres, comme du posset [1] ou la frênette, mais qui vous guérissent du mal ! »

Il résista. La nuit, près du corps tiède de Blandine,

1. Mélange de bière — cervoise — et de lait.

il voyait Bertine se tordre sur la paille, la face à demi perdue dans les lambeaux de sa crinière. Il sentait ses bras épais sur son dos, sa taille ; son ventre mou, ses seins fiers, opulents, écrasés sous son torse, et ses palpitations dans la glu de ses grosses cuisses... Non ! Non ! Ne pas recommencer. Par respect envers lui-même, rien de plus... *Respect* ! Un mot qui l'encombrait, oui ! Réduit en ce domaine aux abois, il ne pouvait songer qu'à se trouver une aide auprès de sa bienfaitrice habituelle ! Oui, *bienfaitrice* ! Encore un mot qui semblait incongru s'agissant de Bertine. Et pourtant... Il aurait dû être ravi de pouvoir de temps en temps exterminer ses ardeurs avec elle... Fallait-il que, contrairement à ce qu'il avait cru, il fût si peu assujetti à Blandine pour ne se défendre que mollement contre le pernicieux attrait de cette succube !

Il céda. Plaisir fade et remords amer, mais soulagement de se sentir plus léger, plus lucide voire plus enjoué lorsqu'il s'exerçait à la guerre avec Thierry, Raymond et les soudoyers. Audace également d'emprunter à son beau-frère de quoi « faire patienter » ses hommes d'armes. Champartel refusa ses remerciements :

— Je te dois tout et suis ton parent. Il est juste que je t'aide.

— Toujours décidé pour la Bretagne ? Ce coup-ci, pour moult raisons, je ne puis plus attendre...

On était le mercredi 4 d'un mois de juillet qui s'annonçait aussi chaud que juin, entrecoupé de pluies et d'orages. Ils s'étaient affrontés à l'épée de tournoi dans la cour du manoir de Blainville, devant Aude, grosse et inquiète qu'ils se donnassent quelque coup sanglant. Mais non, ils souriaient. Cependant, le sourire de Thierry baissa et devint une sorte de grimace.

— Décidé, oui, mais j'aurais préféré partir plus tôt...

— Tu sais que Père s'est plaint d'avoir mal au cœur et qu'il a gardé la chambre... Le délaisser alors eût été lâcheté... Mais nous allons partir : les gars ne tiennent plus en place... Viens-tu ?... On dirait que ça te contrarie... Tes coffres sont-ils tellement pleins ?... As-tu trouvé le secret du grand-œuvre ?

Ogier riait sans envie. Toute proche du puits d'où elle venait d'extraire une seille, Aude les observait de ses yeux sombres fermement sertis sous les arcs brillants des sourcils.

— J'ai trouvé mieux : le secret du bonheur... Aude me rendra bientôt père. Je voudrais être présent... C'est d'ailleurs pareil pour toi.

Ce n'était pas une question, bien que cela lui ressemblât fort. Ogier acquiesça et tapa du pied dans une pierre :

— Évidemment.

Mais Thierry ne s'y trompa pas : le ton était bref, serein. La main de l'ancien forgeron, rude, épaisse, pesa sur l'épaule de son beau-frère :

— Père est-il toujours plein d'attayne[1] envers Blandine ?

— Je n'en sais rien... Il se domine en se disant qu'elle aussi va lui donner un hoir... Tout ce dissentiment pour deux tombes encombrantes.

— Aude a voulu le convaincre, elle aussi, d'exhumer les corps et de les ensépulturer ailleurs... Elle a échoué.

— Je sais... Mais s'il ne lui en tient aucun grief, il n'en va pas de même pour Blandine... qui se revanche sur moi de cette dissension. Du moins je le crois !

Le soleil étalait à leurs pieds deux courtes ombres qui se mêlaient, et autour d'eux tournaient les deux fils de Péronne et de Saladin qu'Aude avait demandés et qu'elle dressait à garder les moutons.

— Tu tiens, pas vrai, à t'éloigner de Blandine ?... Il te semble que tu y verras plus clair en toi, mais je crois

1. Animosité.

bien que tu te fourvoies... Tu l'aimes, elle t'aimait... Je ne vous comprends pas.

— Pour cela, il faudrait que tu vives avec elle !

« ... que tu couches avec elle », acheva Ogier pour lui seul.

À pas menus, Aude les rejoignit. Thierry la baisa sur la tempe et lui offrit sa main. Après les avoir vus si souvent enlacés, c'était la première fois qu'Ogier les trouvait si pleins de retenue. L'amour fort devenait une harmonie feutrée, plus chaude aux cœurs qu'aux sens, peut-être. Il eut le sentiment d'avoir entrevu là une accointance belle et riche d'émois, de commune confiance en tout, plus tendre encore que ce que pouvaient imaginer les trouvères, et révélée involontairement.

Soudain séparée de son époux, comme si elle regrettait d'avoir trahi leur secret, Aude dit presque sèchement :

— Mon frère, Thierry m'a parlé de la Bretagne.

Ogier sentit son bras happé par une main solide.

— Je me refuse à ce qu'il t'y convoye [1]... Nullement parce que je tiens à lui comme une avaricieuse à son trésor, mais parce que les Anglais peuvent revenir...

— Je ne vois pas pourquoi ils reviendraient en Cotentin !

— Pour se saisir d'Harcourt.

Thierry donna un coup de coude dans le flanc d'Ogier :

— Que veux-tu répondre à cela ? Elle pense juste, non ?

C'était, en effet, bien pensé : Édouard III pouvait vouloir capturer Harcourt et se venger mortellement de sa traîtrise. Mais sacrifierait-il des milliers d'hommes à un seul ? Il avait obtenu du Boiteux tout ce qu'il en avait espéré. Il se pouvait même que leur rupture fut tout simplement une astuce.

1. *Convoyer* : accompagner.

— Je n'oblige pas Thierry à me suivre... Nous avons parlé de la Bretagne mais je ne l'ai jamais titillé pour qu'il m'y suive !

Ogier s'était approché de Marchegai. Brusquement, il sauta en selle et s'éloigna aussitôt, suivi de Raymond qui seul l'avait accompagné.

— Hé ! attends, lui cria Champartel, une main sur l'épaule d'Aude.

« Je me conduis comme un marmouset ! » Il fallait réparer.

— À après-demain, les amoureux... Moi et mes hommes passerons vous faire nos adieux, puisque vous vous trouvez sur notre chemin !

De la main, il envoya un baiser à sa sœur, et comme il venait de franchir le portail, il invita Raymond à chevaucher à sa hauteur :

— Il se peut qu'à Gratot tu aies noué un lien assez solide...

— C'est vrai... Guillemette m'aime bien... Je sais qu'elle en a connu quelques autres, mais ne m'en soucie pas.

Raymond riait du bout des lèvres. Il était rasé, les sourcils à la lisière du chaperon. Ses yeux sombres brillaient d'un plaisir sensuel dont Ogier, dans les siens, ressentit la brûlure. Encore un qui avait une femme docile !

— Je te fais écuyer.

— Oh ! messire...

— Après-demain matin, nous partons en Bretagne... Malgré Guillemette.

— Elle m'attendra.

Tout était simple.

— J'attends de toi un dévouement pareil à celui de Thierry.

— Vous l'aurez.

Ogier envia Raymond : lui, au moins, ne se complaisait pas dans des atermoiements stériles.

— Nous avons vécu ensemble moult aventures.

Le menton lourd de l'ancien sergent tremblait. De joie. L'éclat de son regard était plus vif : du bon acier. Sans doute, pour le moment, ne pensait-il plus à Guillemette. D'où venait-il ? Nul ne le savait, à vrai dire. Il était arrivé à Rechignac quelques mois avant l'Écluse, et Blanquefort l'avait pris en estime. Ce simple fait valait pour qu'on lui fît confiance.

« Je n'ai jamais eu à m'en plaindre, sauf après la mort d'Adelis, qu'il chérissait... Il sera aidable et dévoué comme elle. »

— Il faudra que tu t'imposes aux autres.

— Ils m'aiment bien.

— Justement !... Plus on t'aime et plus tu dois te garder à carreau. C'est l'amour qui engendre les pires déceptions en ce monde !

En riant pour clore cet entretien, Ogier lança Marchegai au galop.

*

* *

Comme ils entraient dans la cour de Gratot, ils furent surpris d'y voir cinq chevaux inconnus dont deux sabotaient les tombes. Un sergent les gardait, la tête couverte d'une cervelière de mailles, le torse serré dans un plastron et une dossière de fer, les jambes enfouies dans des heuses à chevaucher, poudreuses. Deux lances étaient posées dans l'encoignure d'un des contreforts de l'étable et plus loin, un gonfanon.

— *D'azur semé de fleurs de lis*, dit Ogier, le cœur battant désagréablement. Et vois, Raymond, le penniau[1] de cette selle, là-bas... Les fleurs de lis encore. Manquerait plus...

Sa voix s'était altérée. Il sentait sa gorge serrée par

1. Panneau de selle, coussin qui se mettait à chacun des côtés de la selle ; de *pannum* : drap.

quelque chose de semblable à une angoisse mitigée d'espérance.

D'un geste, et comme pour échapper à l'ombre versée par le bourrelet de son chaperon, le nouvel écuyer se décoiffa :

— Pensez-vous comme moi, messire, que ce sont des chevaucheurs du roi ?

— Nous allons le savoir... Viens !

Dans la grande-salle, embossé profondément dans sa cathèdre, Godefroy d'Argouges écoutait un homme qu'il interrompit en disant, le doigt tendu :

— Hé bien, vous n'aurez guère perdu votre temps, messire !... Voilà justement mon fils !

Puis, tourné de côté vers Ogier et Raymond :

— Un message [1] du roi... Notre sire Philippe te souhaite près de lui.

L'homme se leva de sa chaise à tenailles ; les trois autres, debout, s'inclinèrent un peu ; juste ce qu'il fallait.

— Hé oui, messire !... Le roi vous veut à son côté. Je suis Morelet de Courvaudon... Notre sire, que j'ai quitté à Arras et qui doit maintenant chevaucher vers Calais, veut vous voir parmi ses capitaines... Il m'a demandé également de requérir un certain Thierry Champartel, chevalier, dont il dit aussi moult bonnes choses...

Le nom de Thierry sentant trop le manant, le messager avait cru bon d'insister sur son appartenance à la Chevalerie. Ogier sourit et vit, sur la table, le parchemin scellé par lequel le souverain lui notifiait sa demande. Inutile de le lire. Quant à son porteur, c'était un homme de trente ans, brun, maussade. L'armure neuve, de fer apparemment très épais, l'épée longue dans un fourreau clouté d'or, les éperons dorés, sans molette mais terminés par un gland qui les rendait indécents, révélaient un caractère hautain, ombrageux, de coureur d'aventures. Il regrettait d'avoir quitté le roi : son vrai domaine, sa passion, c'était la guerre.

1. Messager.

— Hé bien, messire, qu'en dites-vous ?

Ogier en chancelait sur ses jarrets. Raymond, lui, s'était appuyé d'un poing sur la table. Ils se remirent d'aplomb en même temps. « *Nous devons être aussi pâles l'un que l'autre* ! » Ogier, se sentait sans voix. Mais il fit un effort :

— Messire, le roi commande...

Courvaudon eut un rire très supérieur :

— Je conçois que vous soyez tout ébaubi... Le Cotentin, par où je suis passé, semble un pays de paix.

— Il le mérite, dit Godefroy d'Argouges, après tout ce qu'y firent les Goddons !

— Ah ! certes... Mais la guerre est partout, messire baron : au Ponant, au Levant, au Nord, peut-être au Sud... Et entre nous, les grands seigneurs semblent peu enclins à la reprendre... Le roi s'en montre courroucé... Mais il veut battre Édouard ! Il s'en est rendu malade à son départ de Paris... Cela va mieux [1]. Je suppose qu'à présent il est en vue de Calais !

1. Mal remis du sanglant échec de son armée à Crécy, Philippe VI avait fait commander par tout le royaume que les chevaliers, écuyers et piétaille fussent réunis en la cité d'Amiens le jour de la Pentecôte 1347 (le dimanche 20 mai) et il avait pris la route sans se douter que, peu enclins à mourir pour un si piteux stratège, les seigneurs se montreraient réticents. Il s'arrêta en l'abbaye du Moncelles-Ponts-Sainte-Maxence (Pontpoint, près de Senlis) pour y fêter Pâques (25 mars-13 avril), puis se rendit à Breteuil-en-Beauvaisis (Breteuil-sur-Noye) où il séjourna les 23 et 24 avril. Il atteignit Montdidier le 27 et se trouvait à Davenescourt les 1er et 2 mai ; à Amiens dans la première semaine. Après avoir campé entre Beauquesne et Lucheux (près de Doullens), il fit halte à Lucheux du 6 au 13 mai pour se rendre à Arras entre le 14 et le 25, et il y était encore le 19 juin. Le 21, il campait à Cercamp-sur-Canche (Pas-de-Calais, commune de Frévent-sur-Canche), d'où il se dirigea vers Hesdin. Il y resta un mois environ et en partit entre le 17 et le 22 juillet, jour de la fête de la Madeleine, pour aller à Coupelle-Vieille (Canton de Fruges, Pas-de-Calais). Après un passage à Fauquembergue, il dut se trouver à Lumbres dans la soirée du 22, et le 24, il campait entre Ausques (Nordausques) et Tournehem. Gilles li Muisis dit que Philippe VI arriva près de Calais le lendemain de la Saint-Christophe, soit le 26 juillet, et le vendredi 27, il parvenait au-dessus des marais de Calais, à Guînes « *qui était toute arse* — brû-

Le messager s'assit. D'un geste, Ogier invita ses trois compagnons à prendre un siège tandis qu'imitant Raymond, il s'appuyait d'un poing sur le bord de la table.

— Vous allez bien boire et manger !... Voulez-vous coucher là cette nuit ?

— Boire et manger, soit, mais maintenant si cela vous agrée.

Puis levant les yeux sur Ogier, après une légère interruption lors de laquelle on sentit que cet homme-là doutait encore d'être en présence du champion de Philippe VI :

— Votre père a fait envoyer un coulon à son gendre... J'espère voir ce Champartel avant mon départ... Je n'ai guère de temps à perdre.

La voix révélait à la fois l'intention d'humilier et le désir de marquer résolument les distances. Un affrontement s'engageait, imprévisible et inutile. Ogier feignit d'ignorer cette sotte envie d'une passe d'armes :

— Mon beau-frère, depuis que mon père est malade, fait visiter quatre fois par jour son colombier... Nous avons chacun quinze oiseaux vifs et bien volants. Il sera là, le temps de couvrir deux lieues.

Courvaudon s'inclina comme un prêtre à confesse. Ou plutôt comme un prélat recevant une confidence légère :

— Que savez-vous des Anglais ?

lée — *et tout le pays gâté* » (Jean le Bel) et s'en allait, le surlendemain, « *logier sur le mont de Sangate* (Sangatte) *assez près de l'host des Angloys ; et avoit si grande compalgnie avecques luy que je ne scavoye nommer ne extimer le nombre. Quand ceulx de Calais le virent sur le mont de Sangate, ilz eurent moult grande joys car ils cuidoient bien estre dessiegiez, mais quant ils virent que on se logoit, ilz commencerrent ung petit à desesperer.* »

Cette note anticipe légèrement sur les événements décrits plus loin. Il nous est apparu nécessaire de la placer ici pour rapporter ce lent cheminement vers Calais entrecoupé de longues étapes. Il prouve que les hommes d'armes n'arrivaient pas. On ignore combien le roi en eut à sa suite. Il appert aussi (cinq mois pour couvrir quelque soixante lieucs) que Philippe VI se déplaçait comme à regret.

— Les ayant affrontés à Crécy, je ne les oublie guère et me demandais, avant votre venue, si le roi s'en irait délivrer Calais... Je me réjouis qu'il en ait l'intention... Quant à moi, je voulais ces jours-ci m'en aller en Bretagne afin d'y guerroyer.

— Auprès de Charles de Blois ?

Ogier hocha la tête et ne dit mot. Par ce qu'il avait appris de ce prince lors d'un entretien avec Jacquelin de Kergoet, il le détestait. Comme tous les sodomites. Ses soucis, présentement, étaient ailleurs : « *Que va dire Blandine ?* » Courvaudon, après avoir digéré sa question sans réponse, croisa les bras et se composa un visage sévère :

— Charles de Blois ne bataillera plus. Il est depuis quelques jours au pouvoir des Anglais... Hé oui !... Il y a eu une grande estournie à la Roche-Derrien, et cela s'est mal achevé pour les Charlots !

— Est-ce tout frais ? demanda Godefroy d'Argouges. En ce qui nous concerne, nous l'ignorions.

— Si l'on veut, messire, « *tout frais* », comme vous dites. Le roi Philippe lui-même n'en est peut-être pas encore avisé. À Argentan, nous avons rencontré quatre chevaliers qui s'en allaient l'avertir... Je ne sais où ils le trouveront[1]. Calais ? Avant Calais ?... Cette année,

1. Thomas de Dagworth, lieutenant de Guillaume de Bohun, comte de Northampton, était devenu capitaine et lieutenant d'Édouard III dans le duché de Bretagne et ses dépendances par des lettres données à Reding, le 10 janvier 1347. Son but était d'assister la veuve de Jean de Montfort, qu'Édouard III avait autorisée à quitter l'Angleterre, dans sa lutte contre Charles de Blois.

Dagworth était secondé par Jean de Hartzel (*Jean Articelle*, selon Jean le Bel ; *Rasse de Harselle, Herselle, Hartecelle, Hartecile*, selon Froissart). La comtesse avait à son côté Tannegui ou Tanguy du Châtel. Il avait fait sa soumission vers le milieu de 1344 et Philippe VI lui avait accordé des lettres de rémission « *pour plusieurs excès et malefices durant les guerres et rebellions de Bertaigne* ». Or, ce prud'homme était revenu aux Montfort.

Ces trois chevaliers et leurs hommes avaient assailli la Roche-Derrien, que Tassart de Guyenne, qui la défendait, leur avait livrée en demandant d'être remis à Jeanne de Montfort. Il avait été maintenu

jusqu'à ce jour de juin où je l'ai quitté, ne lui aura apporté qu'une joie qui dut fort contrister Édouard...

— Messire, dit Raymond, voilà bien des paroles énigmatiques !

Courvaudon se pencha. Ses yeux eurent une luisance crue sinon cruelle. Se faisant plus courtois qu'il en avait envie, Ogier demanda :

— Dites-nous-en davantage, messire.

— Je ne vous dirai que l'essentiel... Or donc, Édouard voulait marier sa fille aînée, Isabelle, au comte de Flandre, Louis II de Male dont le père fut occis à Crécy, et qui vient d'avoir quinze ans, afin de tenir les communautés de Flandre en amitié...

— Ce que je sais, dit Ogier, c'est qu'il y a cinq ans, le défunt Louis Ier était retourné en Flandre. Ensuite, craignant pour sa vie, il était revenu en France [1]... Ces

dans la ville, une ville habituée aux sièges, puisque Northampton l'avait déjà prise en décembre 1345, puis perdue. Prévenu de cette nouvelle perte, Charles de Blois avait rassemblé tous ses partisans à Nantes. Le siège de la cité devint acharné et les assiégés envoyèrent des messages à Jeanne de Montfort. Les trois chevaliers revinrent, conduisant une grande armée qui fit halte sur la rivière de Jaudi, et à minuit, après avoir convenu d'un mot d'ordre leur permettant de se reconnaître, ils attaquèrent les Charlots. Il y eut une pause pendant laquelle Charles de Blois réintégra sa tente. Dagworth avait été pris, libéré, repris et libéré. Ce fut alors que Garnier de Cadoudal, pour la comtesse, reprit la lutte. La mêlée fut terrible, les Anglais et les Bretons de Montfort y combattant à la hache. Charles de Blois y reçut dix-sept blessures avant de se rendre à Robert du Châtel. Selon l'inscription de Guy de Laval, dans la collégiale de Vitré, ce combat eut lieu le 18 juin 1347, mais une lettre de Thomas de Dagworth le fixe au 20, « *environ le quarter avant le jour* ». Défaite sévère : si le nombre des piétons morts de l'armée de Blois reste inconnu, on sait qu'il y perdit sept cents chevaliers et écuyers dont les chefs des plus grandes familles de Bretagne : les Rohan, les Laval, les Rougé, les Châteaugiron, les Châteaubriant. Les seigneurs de Rochefort, de Beaumanoir, de Tinténiac, de Lohélac furent pris. Amaury de Clisson, fils puîné d'Olivier de Clisson et d'Isabeau de Craon, qui s'était réconcilié avec Charles de Blois en 1344, paya de sa vie sa défection aux Montfort. Le parti de Blois ne se remit jamais de cette défaite.

1. Voir Annexe I.

gens de Flandre sont changeants... Et si Louis fut occis à Crécy, l'autre Flandre, Henri, peu avant cette bataille, avait assailli l'Artois et voulu prendre Béthune[1] !

— J'étais à Béthune, dit Courvaudon, avec Godefroy de Charny, Eustache de Ribaumont, Baudouin Dennekin, Jean de Landas... Ah ! certes, nous avons moins subi de pertes que vous autres à Crécy, mais Oudart de Renti, que Philippe avait banni de France, menait le siège, et il nous angoissa fort... Le roi, à ce qu'on dit, vient de lui pardonner.

Ogier frémissait : il entendait parler de guerre et il en était presque heureux. Là au moins, en armure et l'arme au poing, on n'avait qu'une seule pensée : vivre.

— Revenez à ce mariage, demanda Godefroy d'Argouges à Courvaudon... J'ai fait la guerre en Flandre... Il y a sept ans, il avait déjà été convenu que Louis II épouserait la fille du duc de Brabant, et Philippe, notre sire, était très favorable à ce mariage...

— Il l'est toujours... Mais sachez que sitôt qu'il fût de retour en son fief, les Flamands, pour complaire à Édouard, mirent le jeune Louis en prison...

— En prison !

— Prison courtoise, mais avec vingt gardes tout autour... Or, plus on pressait Louis d'épouser Isabelle, plus il pensait à Marguerite de Brabant, et plus les Flamands le trouvaient trop Français et mal conseillé... Sentant, depuis la Noël dernière, un fort danger à persister dans son refus, Louis dit qu'il acceptait mais tenait, pour récompense, qu'on lui permît de chasser en rivière... Les Flamands, réjouis, envoyèrent un message à Édouard et à son épouse, qui séjournaient à Calais, et leur demandèrent d'amener leur fille entre Neu-Port et Gravelines, en l'abbaye de Saint-Winox, à Bergues... Le mariage pourrait être célébré les premiers jours de mars... Le roi et la reine vinrent dès qu'ils

1. Henri de Flandre était fils d'Henri de Flandre, comte de Lodi, petit-fils de Guy de Dampierre.

eurent reçu les lettres par lesquelles Louis approuvait les conventions stipulées par Édouard. Tout fut prévu pour la cérémonie et l'on se retira contents : le roi et son épouse à Calais, Louis en sa geôle...

— Certains mariages forcés, dit Godefroy d'Argouges, sont parfois meilleurs que d'aucuns accomplis dans la joie.

D'un regard sec, Ogier se contenta de défier son père. « Qu'adviendra-t-il de Blandine quand je serai au loin ? » Mais était-ce maintenant *seulement* que cette idée devait l'incommoder ? Il avait disposé de longs mois — presque un an — pour se préparer et la préparer à une séparation de cette espèce.

— Or donc, continuait Courvaudon, Louis put chasser au bord des rives avec deux compagnons : Roland de Poukes et Louis Van de Wale. Un matin, ils partirent avec leurs fauconniers et les vingt gardes... Comme un héron venait à passer, ils lancèrent les faucons et galopèrent à leur suite en criant : « *Hoie ! Hoie !* » tout en abrochant fort leurs chevaux... Et Louis fit tant et si bien que les gardes ne purent le rejoindre... C'est ainsi qu'il atteignit l'Artois où j'étais. De là je le conduisis à Paris...

— Quand cela s'est-il passé ? interrogea Raymond.

— Le 5 des calendes d'avril[1].

— Édouard s'est-il vengé ?

— Comment l'aurait-il pu ?... On dit que son courroux cessa quand il vit paraître le neveu de feu Robert d'Artois, Robert de Namur, de retour d'un séjour en Prusse et au Saint-Sépulcre.

Courvaudon se tourna vers ses compagnons, soit pour les prendre à témoin de l'ignorance de leurs hôtes, soit pour leur demander, d'un regard, s'il n'oubliait rien. Le plus âgé des trois ôta sa cervelière, aplatit d'une main ses cheveux en javelle, et sourit :

— Après cette évasion, les Flamands sont sortis de

1. 28 mars.

leur pays pour détruire et brûler tout autour de Saint-Omer, mais ils furent battus par Morel de Fiennes et Guy de Nesles... Et maintenant, ils s'entre-tuent[1]

— Ils s'entre-tuent ?

— Hé oui, messire Argouges !... Tout ça pour des histoires où il y a un évêque, à ce qu'on raconte... Dire que sans cette engeance, on vivrait en paix !

— Je crois que tant qu'Édouard vivra, nous ne serons jamais en paix, dit Ogier. Je l'ai vu comme je vous vois. Je lui ai senti l'âme noire ; moins noire, toutefois, que celle de son fils... C'est un prince... hé oui : un prince noir ! Et nous sommes bien peu, nous, devant ces alliés que ces deux malandrins rassemblent en s'endettant !

— Nous allons, pour commencer, bouter Édouard hors de Calais !

Courvaudon se rengorgeait, approuvé par ses compagnons. Ogier hocha la tête, son père également. Raymond avait fermé les yeux, enfermant peut-être dans un rêve rouge des scènes du siège de Rechignac,

1. L'attaque des Flamands contre Saint-Omer et sa région se produisit vers le 15 avril 1347, en représailles de l'évasion de Louis de Male, puis un conflit les divisa à la suite du meurtre d'un sujet de l'évêque de Liège, Engilbert de La Marck, par un bourgeois de Huy. Il y avait déjà eu des dissensions entre eux et, fratricide, une bataille à Vottem, le 19 juillet 1346, puis le siège du château de Clermont-sur-Meuse, le 3 septembre. Mais l'affrontement le plus sanglant eu lieu à Tourinne, le 21 juillet 1347. Ce fut alors que Jean III de Brabant, le beau-père de Louis, mitonna une alliance avec la Flandre et la conclut avec les villes de Liège et de Huy, le 21 septembre 1347. C'est dire quel était le climat politique complexe de ces années-là.

Autre notation nécessaire : bien que plongés dans la guerre civile, les Flamands savaient faire front contre les Français. Si ces derniers les avaient attaqués en masse, ils auraient dominé la situation et porté un coup terrible au roi d'Angleterre ; ils se contentèrent d'escarmoucher au cours du printemps de cette année 1347, à Cassel, Aire, etc. Le 8 juin, après l'échec du siège de Cassel, les Français battirent en retraite après avoir subi des pertes considérables. Il est vrai qu'ils étaient commandés par un déplorable stratège, le triste héros du siège d'Aiguillon : Jean de Normandie, futur roi de France.

et se réjouissant peu ou prou d'être à son tour assiégeant.

— Qui est auprès du roi Philippe ? demanda Ogier.

— De fort bonne chevaleries et écuyeries... Le duc de Normandie son ains-né ; le duc d'Orléans, son mains-né[1] ; les ducs de Bourgogne et de Bourbon ; les comtes de Foix, d'Armagnac, de Forez... Messire Jean de Savoie et Jean de Hainaut, lequel vous connaît bien, messire, et m'a conté comment vous aviez tué Richard de Blainville...

Cette fois, l'admiration de Courvaudon apparaissait nettement. Ogier s'inclina :

— Dieu m'est venu en aide.

Il sentit une présence dans son dos, vit les chevaucheurs se lever et s'incliner : une femme. Il fut tenté de se retourner mais y renonça, certain que c'était la sienne en surprenant le froncement des sourcils de son père.

— Que se passe-t-il, mon époux ?

Il se leva, prit la main tendue de Blandine et la présenta. Courvaudon, après avoir admiré le petit visage inquiet, effleura d'un regard le ventre rondelet et parut désolé d'avoir, par sa venue, interrompu des amours profondes.

— Le roi, m'amie, me requiert à son service. Il s'est mis en chemin pour délivrer Calais... Sa volonté prime tout...

Lui montrait-il une face suffisamment affligée ? Sa voix soupirante l'était. Il n'avait d'ailleurs accompli aucun effort car brusquement, du fait de cette obligation de se séparer d'elle autrement qu'en ses prévisions, le passé se chargeait d'une importance nouvelle d'où le mauvais s'était retranché. Son cœur le tourmentait plus qu'aux jours difficiles. Que lui prenait-il soudain ? N'obtenait-il pas, par l'entremise de Courvaudon, cette liberté qu'il avait tant souhaitée ? Au lieu

1. Aîné et puîné.

de chevaucher vers le Ponant et la Bretagne en alléguant la pauvreté plus que le désir d'escarmoucher les Anglais, il irait vers Calais la conscience en repos : mandement du roi ! Nul ne se pouvait soustraire à cette volonté, mais il pensait, et son père avec lui, qu'il était trop tard pour assaillir cette cité de bois édifiée autour de la vraie ville où la famine avait dû meurtrir plus de manants que les carreaux et les sagettes.

— Tu vas partir ?

— Il le faut bien, dame, dit Raymond.

Ogier lui sut bon gré de l'avoir devancé. Il avait pensé que la solitude le soulagerait ; il pressentait qu'il n'en serait rien : au fur et à mesure que la distance entre Blandine et lui s'élongerait, leur confrontation s'étirerait aussi, d'autant plus pénible qu'elle serait lestée de remords, et que toutes sortes d'envies leur brûleraient les sangs. Pour le moment, il n'osait trop la regarder, mais il voyait ses joues durcies par le serrement des mâchoires, ses yeux, ses cils mouillés et sa bouche tremblante. Et il s'en trouvait déchiré. Une partie de son être acceptait la séparation, l'autre se regimbait, affirmait que tout avec Blandine était encore possible et qu'il tenait à elle ; qu'ils payaient chacun sans doute au même prix, une mésentente sourde, une guerre dont les plaies, brusquement et pour ce qui le concernait, venaient de se cicatriser alors que d'autres apparaissaient et saignaient, qu'il ne saurait comment soigner lors de cet exil-là, plus périlleux que celui de Bretagne puisqu'il ne pourrait y décider quoi que ce fût de convenable. Il devait obéir : il était chevalier, champion du roi de France ; il appartenait davantage à Philippe VI qu'à son épouse, et c'était une constatation lamentable. Ah ! pourquoi fallait-il que depuis les Pâques de Chauvigny son existence se fût allégée de tant d'envols d'espérance pour s'alourdir ensuite, ses vœux d'amour exaucés, de cette foison de déceptions, de regrets, de colères ? Il eût voulu trouver maintenant, au tréfonds de sa personne, sous la lie accumulée au fil des semaines, les mêmes sentiments neufs, simples, passionnés, que lors de leur rencontre, mais Blandine n'y aurait vu qu'un artifice grossier destiné à rendre leur séparation moins sévère.

« Tant pis pour moi, tant pis pour elle ! »

Il se trouva stupide de s'être laissé envahir par la maussaderie, le mécontentement, la fureur. Il s'était cru parfois dégoûté du mariage ; or, il avait envie de tout recommencer. Il le lui dirait comme il lui dirait aussi que, persistant dans un désespoir fondé, certes, mais qu'elle eût pu guérir avec plus d'affection, il s'était montré trop fier, cruel même, et qu'il en éprouvait un repentir sincère.

Il effleura des lèvres le bout des petits doigts aux ongles pointus et soignés qui parfois s'étaient enfoncés dans ses flancs, ses bras, ses cuisses. Naguère, ce simple geste l'eût comblé d'émoi ; il s'étonna d'en ressentir et même de trouver ce trouble plus parfait, car délivré de toute idée de concupiscence.

— Et tu vas partir...

Il n'eut pas à répondre, du moins immédiatement, car Bertine apparaissait, tenant les anses d'un plateau chargé de pâtés, suivie de Madeleine, Isaure, Jeannette portant l'une du pain, l'autre des écuelles, l'autre, plié, un tablier aussi blanc que les joues de Blandine.

— J'ai prié votre sergent, messire, dit la servante, de laisser vos chevaux à nos hommes. Ils s'en occupent... Lui se lave les mains... Approchez-vous... Voici, pour commencer, des confits de porc, chevreuil, lièvre...

Elle parlait, les poings aux hanches, avec un air de défi qui ressemblait fort à celui de Mathilde, à Rechignac. « Le bon temps », se dit Ogier. Mais de cela, on ne s'apercevait que bien plus tard.

— N'y va pas, Ogier...

Blandine avait chuchoté cette prière. Blafarde, elle dévisageait son irascible mari avec une intensité rare, et ses lèvres, ses yeux, le tremblement de son menton reflétaient une affliction, une angoisse, un deuil du cœur auxquels il compatit.

— Viens, dit-il.

Il n'avait pas regardé son père, de crainte d'entrevoir dans ses prunelles ou le pli de sa bouche, une satisfaction qui le lui eût rendu odieux. Mais il avait peut-être eu tort : le vieillard connaissait les boucheries humaines.

— Ces hommes-là, Ogier, c'est l'effoudre [1] qui détruit notre vie.

— Nous en avons entrepris la destruction nous-mêmes.

Blandine serrait son bras à la saignée du coude ; de sa senestre, elle soutenait ce ventre qu'il sentait remuer, la nuit, sans même qu'elle s'en doutât, car depuis quelques semaines, elle dormait longtemps, d'un sommeil impénétrable.

Il la mena, docile, jusqu'au seuil de Gratot, plus sensible que jamais à ce qu'il voyait au-delà des arches de l'entrée : le verdoiement des arbres et des pâturages, la coiffe violacée du clocher, la fine brume des douves de part et d'autre de la chaussée dont les cailloux humides avaient des brillances de mailles.

— Tu ne peux point partir !

La fureur, l'anxiété de Blandine ajoutèrent aux regrets d'Ogier une irritation qui ne la concernait point, mais visait à l'absurdité de leurs vies. Dieu avait apparié leurs destinées ; eux-mêmes les avaient désunies ; Dieu les ressoudait ce jour d'hui, le dernier, sans doute, de leur commune existence.

Insensible aux regards de Gardic, Tinchebraye et Joubert, occupés à fourbir leur harnois de fer, il froissa de son nez les cheveux de son épouse jusqu'à sentir, dessous, l'odorante tiédeur de cette peau de lait.

Il ne s'étonna pas qu'elle lui offrît ses lèvres : elle voulait oublier, elle aussi, et présentement elle était

1. L'orage, l'ouragan.

douce, tendre, tentatrice — oui, malgré ce ventre lourd du fruit d'une de leurs rares ardeurs, riche de leur enfant, un gars peut-être. Miraculeuse Blandine : il la retrouvait presque ainsi qu'à Chauvigny lorsque son cœur battait plus fort du seul fait qu'elle répondît à ses propos ne fût-ce que d'un sourire ou d'un hochement de tête. Il la serra dans ses bras tandis qu'elle enfouissait son visage dans les plis de ce sarrau grâce auquel il avait semblance de rustique, ce qui la mécontentait — d'où son insistance à se vêtir ainsi.

— Point de larmes, dit-il, ses mains montant et descendant sur le dos secoué de sanglots. Ce qui nous advient là est sans doute une bonne chose. L'éloignement est un remède que Dieu nous envoie.

— Dieu !... Dieu !... Je n'y pense pas, moi ! Je pense à toi !

— Je t'en sais bon gré...

À la voir et à l'entendre maintenant, tout paraissait possible : une suite de jours paisibles, exempts de tout grief et de toute amertume, beaux et clairs comme l'été commençant. Mais cette bonace arrivait trop tard.

— Nous aurions dû, Ogier, vivre à deux quelques mois...

Seuls, loin de Gratot, eussent-ils vécu différemment ? C'était d'eux, sûrement, que venait leur mal de vivre et non pas des lieux qu'ils hantaient. S'ils n'avaient à Gratot, jamais manqué d'occasions d'être ensemble, en revanche, excepté dans leur chambre, ils avaient rarement été seuls. Peut-être, de par sa nature, Blandine avait-elle espéré un amour un peu plus détaché des liens de la chair... Eh bien, elle allait être seule dans leur lit et sans doute, certaines nuits, regretterait-elle ces exigences qu'elle avait vigoureusement repoussées pour imaginer, en se touchant, des enlacements luxurieux !

— Reste !... Tu ne peux pas me quitter maintenant !... Trouve une bonne cautelle[1] pour demeurer céans... Feins d'être malade !

— Courvaudon et ses hommes m'ont vu... Et mon devoir...

— Je vais te rendre père dans quelques jours... Tu vois : je ne compte même plus en semaines... Il faut que tu sois présent !... Je n'ai jamais cessé de penser que cette guerre finirait par nous séparer tout à fait... Depuis que tu es venu me chercher, c'est mon plus grand tourment... Il faut que tu sois près de moi quand notre enfant paraîtra !

Elle avait une façon particulière de dire : « *il faut* », « *il me faudrait* », « *il nous faudrait* ». Une supplication douce, couvrant une volonté inflexible. À ces souhaits feutrés qu'elle savait réitérer aux moments où tout recul était impossible, il avait souvent opposé une indifférence légère, répondant quelquefois : « *Attends un peu* », « *Patience !* » ou « *Nous avons le temps* ». Pas un instant, alors qu'on en parlait très souvent aux repas, alors qu'elle en avait pressenti les horreurs à Poitiers cerné par les Goddons, elle n'avait paru s'inquiéter de la malfaisance de cette guerre où Français, Anglais, Bretons, routiers de toute espèce s'entretuaient avec un égal courage. Pas un jour, elle n'avait paru sensible aux périls que la présence de Godefroy d'Harcourt en Normandie, après son retournement d'alliance, faisait peser sur le Cotentin. Ogier crut comprendre que cette contenance avait dissimulé des angoisses profondes, et qu'elle s'effrayait à l'idée de devoir les supporter seule. La veille ou l'avant-veille, il se serait réjoui de cette anxiété en feignant un étonnement énorme : « *Tiens, je compte donc un tantinet pour toi* ! » À quoi bon la tourmenter davantage. Elle sortait de la mélancolie et du silence dans lesquels elle s'était confinée ces temps-ci par crainte, peut-être, d'enfanter dans des douleurs mortelles : tout rire, toute

1. Ruse.

joie, toute conversation portait préjudice aux apprêts de sa gésine...

Ils marchèrent lentement dans les champs aux herbes chaudes, brossées par le vent de mer. Ogier ne montra guère d'étonnement à voir paraître Thierry et Aude, à cheval. Blandine, elle, en parut scandalisée :

— On dirait que notre malheur les attire.

— Père leur a fait envoyer un coulon.

— Comme quoi ton idée aura au moins servi une fois.

C'était plutôt l'idée de Godefroy d'Argouges ; une idée vieille de sept ans. Mais le dressage des oiseaux en compagnie de Thierry lui avait fait passer des moments pendant lesquels son esprit s'était vidé de toutes ses pensées amères.

— Thierry aussi doit partir. C'est pourquoi on l'a mandé.

— Aude n'en paraît guère affligée.

— Ses yeux sont éplorés.

— Le sel du vent de mer.

Comme la mer, Blandine semblait en plein revif. Ogier soupira de déception et d'aise car Thierry et Aude trottaient à leur rencontre.

— Tu sais ?

— Le message était court mais clair, Ogier !... On vous emmène ?

— Oh ! non, Thierry. Dans mon état...

— Le même que le mien, ma sœur... Montez, Blandine. Nous serons deux femmes grosses sur une haquenée qui gésira, elle aussi, dans trois semaines !... Allons, aide-la, mon frère, à se jucher derrière moi !

Contrairement à ce qu'Ogier prévoyait, Blandine accepta la proposition d'Aude pour ne pas déchoir aux yeux de tous. Elle eut un petit rire aigu :

— Après tout, si j'accouche maintenant, tu verras au moins, mon époux, ton fils ou ta fille !

Aude rit, sans envie. Thierry, dont Artus portait Ogier en croupe, eut un geste las, lourd de déception :

— Quand le roi décide, le vassal n'a plus qu'à obéir et se taire...

Cheval et jument avançaient de front. Ogier put voir ainsi une larme rouler sur la joue de sa sœur et tomber sur la main de Blandine qui la serrait sous les seins, pour ne pas comprimer un ventre aussi rond que le sien.

— Dites-leur, ma sœur, dites-leur que c'est...

Blandine s'interrompit ; Aude renifla :

— Que c'est *quoi* ?

Ogier regardait le ciel, les arbres ; le clocher de l'église et les tours de Gratot. Quitter cela. Une fois encore ! Lui aussi aurait dû enrager.

— Ah ! je ne sais que vous dire, Aude !... Le roi a suffisamment d'hommes auprès de lui !... Pourquoi a-t-il pensé aux deux nôtres ? A-t-il mandé le sire de Marigny, qui ne se montre jamais et auquel les Argouges, pourtant, ont fait aveu ?

— Nos hommes sont vaillants, ma sœur, et le roi le sait bien... Vaillants, hélas !... Voilà où mènent les qualités ; la satisfaction de notre suzerain nous conduit à le haïr parce qu'il nous prend nos époux pour les jeter dans une guerre infecte !... Une guerre dont il perd toutes les batailles... Et c'est ce qui m'effraie...

Ils s'engagèrent sur la jetée, les femmes devant, les hommes derrière. Quand ils eurent tous mis pied à terre, Ogier laissa Thierry et Aude entrer dans le tinel.

— Viens, Blandine... Allons jusqu'à cette orière [1]...

— Comme tu es serein !

Ce n'était pas un reproche. Devait-il lui révéler que sa sérénité n'était qu'apparente ? En parlant de batailles perdues, Aude l'avait quelque peu apeuré. Avec un roi tel que Philippe VI à l'avant des armées, tous les échecs étaient possibles. Échecs sanglants. « J'ai failli mourir cent fois sur la motte de Crécy... Reviendrai-je à Gratot dans quelques semaines ? »

1. Bord d'un champ entouré de haies.

Blandine se serrait contre lui. En cette journée de soleil et d'angoisse, elle l'aimait sincèrement. Ce soir, sans doute, ce sentiment deviendrait plus fort, plus absolu, alors que son amour à lui, à force de se heurter à des sévérités qu'il ne pouvait oublier, ne guérirait jamais des lésions, ulcérations et saignements qu'il lui dissimulait si bien, mais avec tant de peine.

— Reste... Ne va pas servir ce roi que ta sœur, Thierry et tes soudoyers ont en horreur... Tu m'as dis parfois combien tu méjugeais de ses qualités... qu'il portait malheur... Je le hais !... S'il avait vraiment voulu délivrer Calais, eh bien, il l'aurait fait après ce Crécy dont vous nous rebattez les oreilles, toi et tes hommes !

Ogier ne pouvait blâmer ce courroux d'une femme grosse depuis plus de huit mois. Elle avait l'audace du bon droit, la fureur de la désespérance. Et c'était vrai qu'il s'était parfois complu, autant que ses soudoyers, à revivre en pensée l'assaut de la sanglante butte du Val-aux-Clercs où les lis de France, le roi et l'ost tout entier, quatre fois supérieur en nombre aux Goddons, avaient été sanglantement humiliés. Il prit Blandine par l'épaule. C'était un geste vif et sincère, non pas une hypocrite preuve de tendresse, un moyen de dissimuler les premières fissures d'un détachement d'une nouvelle espèce. Il s'était souventefois departi d'elle par la pensée, par le corps même avec Bertine ; il allait s'en séparer de par le roi ! Aude, qui passait, fière en apparence, parut se merveiller pour cette tendresse imprévue.

— Courage, Blandine, cria-t-elle.

Où allait-elle ? Aux écuries ? Pourquoi ? Après tout, peu importait.

— Tu as raison, Blandine, pour tout ce que tu viens de me dire. Il est vrai que j'ai moult parlé de Crécy... Ce serait chose étonnante qu'un chevalier oublie complètement ses batailles... Mes hommes en parlaient aussi... Nous nous entraînions les uns les autres à revivre d'autant mieux tout cela que nous eussions pu figurer dans les monceaux de corps sans vie que nous avons vus s'élever autour de nous... Mais sache qu'après Crécy, le roi a dû licencier l'ost... ou plutôt les débris de cette armée dont il était si fier... Et s'il a attendu, c'est pour une raison que tu connais aussi bien que moi : nous ne sommes tenus à le servir que quarante jours par an... Il a attendu la saison propice, voilà tout !

Thierry passait, allant aussi aux écuries :

— Il faudra que tu me prêtes un sommier...

— Bien sûr.

— Qui emmenons-nous, Ogier ? Tes hommes et les miens ?

— Certes non ! Il va falloir que tu confies ton manoir à un homme sûr... et qu'il n'en dégarnisse jamais les défenses... Aude reviendra vivre à Gratot...

— C'est ce dont elle a envie... Cela vous réjouit-il, Blandine ?

La réponse fut différente de celle que Thierry espérait :

— Je vous vois prendre vos dispositions pour le départ comme si vous prépariez je ne sais quelle joute. Vous allez encourir la male mort, mais vous n'en avez cure.

Ogier sourit à son beau-frère :

— L'affliction la rend furibonde. Pardonne-lui... Or, donc, le roi tient à nous voir ensemble. Inutile d'arriver devant lui avec une lance bien fournie : ce serait condamner nos hommes à la tuerie. Tu sais que plus il y en a, plus Philippe en fait occire... La plupart de mes soudoyers resteront à Gratot. Père leur versera leur solde...

— Avec quoi ?

Ogier sourit derechef :

— Il avait cent agnels d'or enfouis quelque part. Il les a déterrés la semaine dernière... Quant aux gars qui vont nous hourder, les trésoriers des guerres les paieront comme de coutume... par mon truchement...

Ogier se sentit pincé fortement au poignet.

— Tu ne m'avais rien dit du trésor de ton père.

— Il m'avait enjoint de me taire. J'y ai trouvé plaisance.

— Je suis ton épouse, tout de même !

Thierry se méprit sur la soudaine pâleur de Blandine :

— Il nous en coûte à tous deux de partir. Cependant, la volonté du roi, c'est la volonté de Dieu,

— Une volonté qui s'accommode bien de votre esprit servile !... De votre amour du sang !... Car je crois bien, en vérité, que la guerre vous plaît et même vous excite !

Comme pris en faute, Thierry s'éloigna tête basse. Il fuyait sans même s'être rebiffé. Ogier fut près de l'appeler sous un prétexte quelconque, puis renonça.

« Et s'il était vrai que nous aimons la guerre ? » se demanda-t-il, perplexe.

Alors, il se fût réjoui d'y partir. Ce n'était pas le cas. Il convint aussitôt que sa tristesse venait surtout du fait qu'il ne savait comment quitter Blandine, et qu'il doutait, maintenant, que leur séparation lui rafraîchirait l'esprit et les sens. Le besoin absolu de laisser quelque chose de vivant et de pur entre eux ne concernait en rien l'enfant à naître. Il fallait qu'à son retour — car il ne doutait pas de revenir —, leur vie commune fût différente de celle qu'il devait abandonner.

Il vit avec plaisir Courvaudon et ses hommes sortir du tinel et marcher vers leurs chevaux dont Gardic, Marcaillou, Lehubie et Sapienza s'étaient occupés.

— Ainsi, messire Courvaudon, vous ne voulez pas coucher à Gratot.

— Le chemin est long... Nous dormirons à Saint-Lô.

— Assurez le roi de ma présence à son côté dès que possible.

— Je le ferai... et lui dirai quel sacrifice fut pour vous ce départ... Je pense que votre épouse va vous rendre père dans quatre ou cinq jours.

— Sans doute.

Le soleil ruisselait sur les murs. Au-delà, les grands arbres levaient leurs chevelures autour desquelles volaient des mouettes ; flocons de plumes, neige qui plutôt que de tomber du ciel y remontait sans relâche. Sous les deux voûtes de l'entrée, des poules picoraient, et près de l'escalier accédant au treuil du pont-levis, Saladin semblait attendre. « *Je ne l'emmènerai pas.* » Plus loin, Madeleine Gosselin rassemblait au râteau une jonchée de fourrage ; pâleur, dans l'ombre, de deux bras nus, lents et solides, doux au regard, et sur lesquels, d'ailleurs, celui de Courvaudon s'était appesanti avant que d'effleurer le ventre de Blandine.

— Allons, le temps passe... J'aurais été heureux d'accepter votre hospitalité... Ce sera pour une autre fois.

Déjà son pennoncier levait la bannière ; il le suivit, les chevaucheurs eurent un geste large à l'adresse des hommes et femmes de Gratot qui assistaient à leur départ ; la cour redevint paisible tandis que s'éteignait sur la jetée, le bruissement des fers foulant les graviers.

— Il nous a à peine salués au passage, Thierry et moi !... Malgré ses grands airs, ce Courvaudon est un rustique...

Ogier, en se forçant, sourit à son épouse. Elle avait raison. Elle avait raison pour *tout*. Mais en une telle occurrence, que pouvait-il faire ? Contrevenir à la volonté du roi, c'était se perdre, recouvrer l'infâmie, la honte ; subir un remords insupportable. Pire encore que celui de la Croix disparue...

Aude décida de rester à Gratot. Thierry repartit vélocement pour le manoir de Blainville : il s'y préparerait quiètement tout en fournissant des recommandations à ses hommes. Afin d'éviter à Artus un cheminement inutile, il avait emprunté Broiefort à son beau-père. Le vieil Asselin l'avait accompagné :

— Si je suis trop âgé pour le suivre à l'ost, j'aurai tout de même préparé son départ à la guerre !

Bien que son mari fût absent au souper, Aude y parut plus sereine que Blandine, encore qu'elle tendît fréquemment l'oreille dans l'espoir de voir apparaître Thierry plus tôt qu'il ne le pouvait. Sauf Godefroy d'Argouges, qui acceptait le départ de son fils sans broncher, hommes et femmes exprimaient leur mécontentement : on était bien, on vivait en paix, pourquoi fallait-il que ce Courvaudon fût venu rompre une infinité de jours tranquilles ? Meschins[1] et soudoyers s'interrogeaient : si Thierry et Ogier voulaient ébahir le roi en prenant avec eux grande suffisance d'hommes, lesquels d'entre eux choisiraient-ils ? De tous les serviteurs, seuls Courteille et Desfeux, semblaient épris d'aventure. Depuis qu'il s'était attablé non loin d'eux, Ogier sentait leurs regards attachés à sa personne. Eh bien, s'ils voulaient se frotter à la peur plutôt qu'aux commères de Gratot et des hameaux voisins, pourquoi non ?

— Combien d'hommes emmènerez-vous ? demanda Tinchebraye.

Il savait qu'il serait de la partie ; il s'en réjouissait et c'était pourquoi Blandine le regardait durement.

— Toi, dit Ogier. Joubert, Le Hanvic et Mahé, ainsi que Courteille et Desfeux qui en meurent d'envie !

— Mille grâces, messire, dit Courteille.

Les femmes murmurèrent : elles réprouvaient cette allégresse. Godefroy d'Argouges, lui, adressa aux deux compères un regard approbatif.

— Et Raymond, ajouta Ogier, dont j'ai fait mon écuyer.

1. Domestiques mâles.

Une ovation salua cet avancement après laquelle Crescentini demanda :

— Et vos deux Génois, messire ?

— Hé oui... Et nous ? dit Sapienza.

La tablée murmura. Blandine se pencha pour souffler à l'oreille de son époux :

— Ils sont heureux aussi à l'idée de se faire occire !

Ogier remercia les deux compères d'un clin d'œil.

— Puisque vous y tenez, vous viendrez avec nous.

On servit des pichets de vin de Normandie, « piquant et dur comme un fer de sagette », dit Gardic tout heureux de demeurer à Gratot. Blandine se leva. Aude se mit malaisément debout et se pencha sur son père ensommeillé mais fermement assis dans sa cathèdre :

— Nous ne sommes plus en état de veiller, ma sœur et moi.

Était-il nécessaire de justifier leur retrait ?

Ogier quitta son siège. Pour ce qui concernait son départ et celui de sa femme, certains allaient penser — sauf Bertine et quelques autres — qu'ils avaient hâte de s'accoler une dernière fois...

Après qu'elle eut allumé une chandelle dans l'âtre, il baisa sa sœur au front, écouta son pas décroître et suivit Blandine dans l'étroite vis de l'escalier. Elle tenait l'esconse [1] qu'elle préférait à tout autre luminaire et soupirait de degré en degré. Au baiser d'Aude, où la compassion l'emportait sans doute sur l'estime, elle avait répondu par un attouchement de sa joue sur celle de sa belle-sœur.

Son corps bouffi dansait sur la pierre des murs et s'effaçait quand, de sa paume, elle feignait de protéger une flamme pourtant résistante.

— Je suis lasse... lasse de tout !

Ogier repoussa la porte de leur chambre. Ils étaient seuls, maintenant. Prêts à quoi ? S'aimer ou se déchirer ?

1. Sorte de lanterne en usage au Moyen Âge.

— Je ne veux pas que tu t'en ailles.

Blandine se coucha tout habillée. Elle bâilla. Elle luttait contre le sommeil mais aussi contre la déconvenue qui la possédait depuis l'apparition de Courvaudon et de ses hommes. Ogier n'osait s'approcher ni du lit ni de la fenêtre.

« Ils ont couvert tant de lieues pour moi !... Le roi veut-il m'opposer au champion du roi Édouard ? »

Bah ! Il *verrait*. Pour le moment, il devait réussir ses adieux.

— Je voudrais pouvoir demeurer, bien que...

En s'aidant du lumignon de l'esconse, il alluma les mèches d'un chandelier à quatre branches posé sur le petit bahut, près du lit. La clarté aggrava la pâleur de Blandine.

— *Bien que*... Que veux-tu dire ?

— Quand je veux être très près de toi, tu me repousses. J'ai toujours pensé qu'un jour tu repousserais ma main en criant au sacrilège.

— Tu n'as qu'à t'y prendre mieux !

— Allons donc !... Tu m'intentes un procès désagréable et injuste !

Car rien n'avait varié dans la douceur de ses approches. Considérait-elle celles-ci comme de froides et habiles manœuvres destinées non pas à l'aimer mais à la vaincre ? Ah ! certes, maintenant, elle arrivait à terme, mais il n'en avait pas toujours été ainsi. Naguère, à Chauvigny, elle s'était donnée sans honte, avec avidité, sans rien trouver d'impur dans leurs enlacements.

— Il n'est plus temps d'instruire nos procès. Car tu ne penses pas, j'espère, que je suis seul coupable de notre division !

— Voilà un bien grand mot !

— Il me paraît petit opposé à divorce !... Or, sache-le, une fois pour toutes : il me déplaît d'aller servir un roi qui ne sait que perdre ses batailles. Le fait que j'accomplisse sa volonté me met dans mon tort à tes yeux... Voilà que tu te réveilles pour t'apercevoir, soudain, que je suis ton mari et que je t'appartiens sans que tu m'appartiennes !... C'est trop tard... Tu te regimbes, après m'avoir mal aimé, plus que d'autres dames aimant corps et âme leur époux, et qui, elles, accepteront dignement la même séparation que la nôtre, en véritables chevaleresses... Je crois que tu me détestes mais refuses d'accepter cette évidence pour maintenir en des limites supportables ton remords de m'avoir amouré quelques semaines. D'ailleurs, nous te déplaisons tous : parents, serviteurs, soudoyers, bien que nous n'ayons toujours voulu que ton bonheur, moi tout le premier... Et j'oubliais les chiens...

Elle avait fermé les yeux pour se soustraire aux regards de ce visage penché sur le sien, si près que leurs nez venaient de se toucher. Ses traits, sa peau, ses paupières demeuraient tellement immobiles qu'on eût dit une morte, et cette tête figée dans la pureté de sa beauté, dans le désordre de ses cheveux qu'elle ne tressait plus depuis deux semaines, n'exprimait rien.

— Ton épouse, dit-elle enfin, c'est la guerre... Tu ne penses qu'à elle et ne t'emploie qu'à y briller !

Elle exagérait, mais il fallait bien qu'elle tentât de grever cette sérénité qu'elle sentait en lui et qui, sans doute, la mécontentait plus que tout, en l'occurrence.

— Heureusement que je me suis employé à frapper d'estoc et de taille, à tenir lance, masse et fléau d'armes ! Si je n'avais été préparé avec soin, et si je n'avais eu conscience de ma force, je ne t'aurais pas sauvée des Anglais !

— Tu t'en glorifies trop. Une belle et bonne action rappelée moult fois par celui qui l'a commise à celui ou à celle qui en a profité finit par perdre ses mérites !

— Soit !... Tu peux mettre à profit mon absence pour revenir en Poitou.

— Mon devoir est de demeurer céans et d'y élever notre enfant.

— Un devoir qui accable est une servitude !

Demeure à Gratot si tu y tiens, mais tu m'en détesteras davantage... car tout, alors, céans, te parlera de moi !

— Je t'aime.

Elle fermait toujours les yeux ; il fut tenté de lui montrer son poing. Allant et venant près du lit, il grommela d'une voix qui lui parut inconnue, chargée de détresse et de malerage :

— Tu m'as admiré... Tu t'es montrée jalouse du présent et du passé...

Il n'osa dire : « Je t'ai aimée », ce qui eût signifié qu'il ne l'aimait plus.

— Quand je t'ai rencontrée, je patouillais dans l'opprobre. Un coin de ma vie est devenu soudain doux et beau grâce à toi. J'ai subi les pires tourments sans défaillir en te portant dans ma tête et mon cœur... Le premier vrai bonheur que j'aie connu et dont je me souviens plus nettement que toi, sans doute, pesa aussi lourd d'affliction et d'amertume que de joie et d'espérance : c'est lorsque Sirvin, ayant guéri ma jambe rompue, je te vis à Poitiers, devant l'hôtel Berland, avant que de cheminer vers Paris pour me joindre à l'ost de France... Tu avais un visage et des yeux si dolents que je fus sûr de la...

Cherchant un mot et n'en trouvant pas, il prit le premier venu :

— ... de la qualité de ton amour pour moi... Je n'eus plus qu'un désir : revenir à Poitiers pour t'amener en Normandie...

Il oublia, puisqu'elle s'en serait courroucée, les mortelles difficultés affrontées avec Tinchebraye et Joubert. Immobile devant la fenêtre, il regardait dans la cour ténébreuse les taches claires, au seuil des écuries : ses hommes, déjà, préparaient les chevaux.

— ... et tu fus mienne... Et bientôt tout changea... Pourquoi ?

Il ne s'était pas détourné vers Blandine, mais devina qu'elle se déshabillait. En fait, plutôt que de l'interroger, il se questionnait lui-même en sachant bien, pourtant, qu'elle seule pouvait lui fournir la réponse.

— Je n'ai jamais cessé de t'aimer... Sans quoi, cette nuitée, serais-je tant affligée ?

Il fut tenté de rire, mais ne l'osa. D'ailleurs, un émoi violent le serrait à la gorge. Blandine pleurait silencieusement sur leur lit, à demi découverte, impudique et ne le sachant pas, avec son gros ventre nu, ombreux, ses seins toujours virginaux et ses parfaites cuisses pâles. Même ainsi, le corps déformé par sa proche gésine, elle était belle.

— Tu vas prendre froid, dit-il en la couvrant du seul drap.

Et comme, attendri par cette douleur muette, il se baissait pour baiser Blandine au front, il entrevit l'éclat presque sauvage de son regard : elle pleurait sur elle-même, sur sa prochaine solitude, et non sur son absence à lui. Mais peut-être s'abusait-il, son propre émoi lui faisant interpréter méchamment une affliction sincère et dont il était cause.

— Allons, dit-il enfin, cesse de maugréer !... Je conçois que tu sois mal heureuse et j'en suis affligé... Mais que ta fureur s'exerce contre moi, voilà ce que je refuse. Je suis féal du roi. Est-ce ma faute s'il m'enjoint de le rejoindre ? J'ai été son champion contre Blainville. Comment aurais-je pu deviner qu'il continuerait de penser à moi ?... Et qu'a-t-il en tête ? Veut-il qu'en son nom j'affronte Dymoch ?

— Qui est cet homme ?

— Un chevalier, je présume... Le champion d'office du roi Édouard à son couronnement.

Il se mit à se déshabiller lentement, pensivement, comme s'il allait endosser ses dessous de bourras et passer son armure pour combattre l'Anglais.

— Aude accepte de voir partir Thierry sans indignation... Elle est dans le même cas que toi.

Il regretta cette observation sans malice : elle impliquait une comparaison défavorable à son épouse. Et pourtant, il eût pu ajouter : « Elle aime son mari, elle ! Son affliction est plus cruelle que la tienne, j'en jurerais, mais elle la dissimule avec noblesse ! » À quoi bon. D'ailleurs, un rire éclatait. Ce n'était plus Blandine, la femme jalouse, ombrageuse, qu'il voyait assise à la tête du lit, couverte par le drap comme par une toge, mais une justicière hautaine et moqueuse. Il s'était préparé à enlever ses braies, il les conserva et, bras croisés, défia son épouse. « Que va-t-elle me dire encore ? » Bon sang, était-ce le moment d'envenimer les choses ? Il sentait sourdre en lui, avec le pressentiment d'une déception sévère ou d'un malheur, une colère, un vertige où se mêlaient une tristesse féroce et une pitié sans nuance pour sa femme et pour lui-même.

— Ta sœur !... Je m'y attendais !... La parfaite épouse du chevalier Champartel !... Si fait... Je ne m'en daube pas, je l'aime bien... Elle pourrait vivre en un châtelet perdu dans la forêt de Brocéliande en haut d'une montagne ou dans une île ténébreuse, elle y serait heureuse avec ou sans Thierry. Elle est ainsi... Elle n'a cure d'être aimée... Moi, si !

Blandine déraisonnait. Aude avait répondu à l'amour de Thierry justement parce qu'elle savait qu'il l'aimerait toujours avec l'admiration du huron pour la princesse lointaine. Et c'était peut-être parce qu'ils appartenaient à deux races différentes, communément séparées quand elles n'étaient pas opposées, qu'ils s'accordaient à merveille.

— Telle que je te connais maintenant, je sais que tu serais incapable d'aimer un rustique, Blandine. Même un garçon pourvu d'immenses mérites et de ces qualités de cœur qui font les bons époux.

— Tu parles pour toi ?

Ogier éloigna cette question de la main et poursuivit :

— Aude n'est pas à ta semblance... L'amour qu'elle voue à Thierry est plus fort que celui que tu m'as porté même le premier jour où tu me l'as voué... En vérité, tu voulais sortir de ta famille, échapper à ton demi-frère dont les tâtonnements t'ont tant répugnée que tu n'acceptes plus les miens ! Tu y as consenti au début par devoir, rien d'autre...

Elle ne répondait pas, elle mâchait sa réponse.

— Tu as voulu échapper à cette mère qui n'était pas tienne et à ce père qui avait trahi le souvenir de la vraie pour forniquer avec une autre... Je regrette de l'avoir ménagé à la joute de Chauvigny pour te complaire, car il est d'esprit bas et outrecuidant... Mais il est mort, sans doute...

— Et tu en as plaisance !

— Certes non... Chaque fois qu'un homme quel qu'il soit meurt à la guerre, fût-ce un Goddon, j'en suis marri... Je préfère l'amour à la haine.

Figée, silencieuse, Blandine le considérait d'un regard inappuyé. Le sourire qui relevait sa bouche était à la fois dédaigneux et pitoyable. Elle luttait furieusement contre il ne savait quoi.

— Je t'ai aimé, Ogier, autant qu'Aude a pu aimer son... son huron !

— J'en doute... si j'avais été un huron, même en te sauvant de Lerga, tu ne m'aurais pas aimé... Tu t'es complue à inventorier... voire à inventer ma jeunesse... La tienne ne m'a jamais donné force souci et jalousie...

— Si je n'avais été pucelle quand tu m'as prise qu'aurais-tu dit ? Qu'aurais-tu fait ?

— Vierge ou non, je t'aimais. Le reste était sans importance.

— Tu m'en aurais voulu d'avoir succombé à la tentation ?

Il semblait qu'elle s'acharnait à mettre à mal tout l'édifice d'admiration, de songeries, de desseins et décisions qu'elle avait incarné. Qu'elle voulait le pousser aux extrêmes de son être ; il sourit, et c'était miracle qu'il fût parvenu à s'apaiser.

— Je ne t'en aurais point voulu, Blandine, d'avoir cédé à ces exigences charnelles auxquelles tu ne cèdes plus... ou si peu... La tentation est en chacun de nous... La passion t'aurait conduite à sacrifier cette virginité à celui que tu aimais... Même s'il ne te l'avait pas demandée comme une preuve d'amour... La raison ploie parfois devant ces inclinations qui n'ont rien de condamnable... Et qu'un autre ait trouvé avant moi place en ton cœur, comment pourrais-je t'en vouloir ?

— Et toi ?

— Quoi *moi* ? Que vas-tu me reprocher ? D'avoir existé avant de te connaître ?

Elle ne répondit pas, elle baissait la tête. Ainsi, elle semblait contempler son ventre ou le prendre à témoin de sa déconvenue.

— Si tu crois que des femmes ont enchanté ma vie avant ton apparition, tu te fourvoies... Je n'aurais pas été si prompt à t'aimer !

Pourquoi pensait-il à Anne ? Pourquoi, surtout, ce désespoir ? Il l'avait aimée ; il lui avait fait un enfant. C'était elle qui l'avait quitté, le laissant pantois de saisissement, de honte et de fureur. Ah ! Blandine eût été bien ébahie d'apprendre que pendant cinq ans, il s'était attaché à une ancienne lavandière devenue chambrière. Et de qui ? De Tancrède, qu'elle exécrait sans l'avoir vue !

— Je n'ai jamais vraiment aimé jusqu'à notre rencontre, dit-il sans honte. Tu as rempli d'un coup ma vie, mon cœur...

Là, il devenait d'une absolue franchise. Il passa le revers de sa dextre sur son front moite. La chaleur devenait forte ; il allait suer bientôt dans son armure.

— Je me croyais indigne de ta grâce, de ta beauté... Que tu acceptes... et mieux : que tu partages ma passion me semblait impossible...

Il s'agenouilla et prit les mains de Blandine dans les siennes. Comme il voulait la regarder au fond des yeux, elle ferma promptement les paupières et demeura immobile, muette, insondable. En n'éclairant que son visage, les chandelles rendaient plus troublante encore sa détresse mêlée d'un courroux qu'il sentait se développer sans pouvoir ni vouloir y porter remède.

— Je déteste toutes celles que tu as connues... ces filles, ces femmes, ces putes !

À tant vouloir avilir les autres, elle s'avilissait aussi. Ne comprenait-elle pas qu'alors même qu'ils s'apaisaient, elle détruisait d'un coup l'espoir d'une trêve ?

— Une femme, une jouvencelle qui consent à l'amour sans passer par l'autel n'est pas forcément une pute...

Il eût dû renoncer, mais il lui semblait qu'il perçait un abcès mûr depuis quelques mois et dont ils avaient farouchement ignoré le grand état de purulence. Ensuite, tout pouvait aller mieux — ou plus mal, s'il se pouvait que le mal empirât.

— Tu ne me réponds pas.

— Je n'en ai nulle envie.

Dans quelques jours, loin de Gratot et trop soucieux de sa personne pour s'inquiéter de Blandine, il aurait oublié cette absurde querelle.

— As-tu aimé quelqu'un avant moi ?

Elle secoua la tête, éparpillant ses cheveux sur ses épaules. Elle avait sûrement eu des tentations. Qui pouvait s'y soustraire ? Certains clercs eux-mêmes y succombaient. Elle avait su y résister puisqu'elle était vierge à leur mariage. Soit qu'elle en eût du regret, soit qu'elle en fût satisfaite, elle soupira. Sentant son souffle sur sa main, il dit en soupirant aussi :

— Faut-il ou ne faut-il pas oublier sa jeunesse prime ? Plus on vieillit, plus on y pense et plus elle vous fournit des regrets... Parce qu'elle était sans souci, la mienne fut d'une beauté que j'ai payée très cher lors de mes enfances[1]... Et la tienne ?

Il lui parut que Blandine réprimait un sanglot.

— Quand ta mère a trépassé, ton père s'est remarié en hâte... Une hâte qui t'a fait penser qu'il connaissait

1. Époque où le jouvenceau apprend le métier des armes.

la seconde lors de la vie de la première... C'est ce que tu lui reproches. C'est aussi pourquoi tu détestes cette dame Berland qui a eu l'audace d'offrir un fils à ton père !... Et de savoir comment ils l'avaient fait t'a peut-être donné l'amour en haine... Car aimer, pour toi, c'est forniquer... Ce n'est pas l'amour qui te plaît, c'est le culte, la vénération, parce qu'ils se font mains jointes... On admire et ne touche pas !

Il fut soudain certain que Blandine avait exécré la seconde dame Berland sans jamais oser le lui montrer sauf lors de leur séparation. Ce dépit nourri au cours des jours et des nuits sans sommeil avait corrompu son esprit, lui fournissant à l'égard de l'amour et des hommes cette aversion qui s'était effacée avec lui, Ogier, mais dont elle n'était qu'incomplètement guérie et qui, maintenant, reprenait force et venin. Oui, elle avait détesté son père : en se remariant avec damoiselle Philippa Lanière, il avait bafoué, trompé feue dame Tiphaine. Et un gars était né de ces amours-là comme un enfant d'adultère. Elle n'était plus rien, elle, ou peu s'en fallait. Les hommes ne pensaient qu'à s'accoler aux femmes. Elle les avait jugés selon trois modèles : Herbert le jeune avide de la cueillir comme une fleur, sans souci qu'il y eût inceste et qu'il fût son puîné ; Aimery de Rochechouart, faussement tendre, mais serviable, avenant ; Herbert Berland le vieux, dur, hautain et qui peut-être, parvenu à satiété avec sa seconde épouse, courait à l'aventure, comme disait Tinchebraye lorsqu'il partait de Gratot pour Coutances... Mais lui, Ogier, là-dedans ?

— Les hommes te répugnent à cause de leurs envies, de leurs jeux, de leurs guerres... Tu m'as rencontré un jour où, agressée par un démon, Lerga, je t'ai fait l'effet d'un ange... Mais le rêve est passé : te voilà replongée dans ton horreur des mâles...

Ogier marcha de nouveau jusqu'à la fenêtre, l'ouvrit et respira un grand coup comme s'il remontait du fond d'un étang aussi maléficié que celui de la forêt de la

Croixille, les sangsues en moins. La nuit répandait sur Gratot sa fraîche douceur bleu sombre. Le vent tiède et ténu voletait vers la mer. De ce temps, elle devait être immobile, percée çà et là par les épées de lune.

— Un bien beau pays que je vais quitter... Il vaut bien le Poitou... Tu aurais dû t'y plaire, mais je sais que plus cela ira, plus tu le prendras en détestation...

Il pensa au Boiteux de Saint-Sauveur : allait-il rejoindre l'ost de Philippe VI, lui qui avait servi Édouard avec tant de foi et de diligence ?

Il entendit des froissements. Derrière lui, Blandine se recouchait. Ensuite, ce furent des sanglots étouffés sous le drap et la couverture. Elle pleurait moins de son proche départ que de dépit : il allait être libre !

« Libre devant la mort, sans doute ! »

Elle pleurait aussi d'être esseulée. Elle oubliait qu'un enfant, *son* enfant, *leur* enfant — un fils peut-être — occuperait ses jours et ses nuits. Un enfant sans nom de mâle ou de femelle. Blandine y pourvoirait, certes, mais de quelle façon ?

Quatre pas les séparaient, Ogier n'osa les franchir pour la bercer, la consoler, l'assurer de son affection, voire de sa fidélité. Son cœur, lui aussi, s'était couvert de fer.

Ils auraient dû s'aimer toute la nuit... s'aimer au moins une fois avec ardeur comme juste après leur mariage, or ni elle ni lui n'en avait envie.

Au temps de Chauvigny et de Poitiers, aurait-il pu penser qu'un jour viendrait, comme celui-ci, où ils n'oseraient plus se regarder en face ? Auraient-ils pu imaginer en ce temps-là que leurs cœurs seraient taris et qu'après s'être exprimés sans violence excessive, ils se sentiraient dévorés par un sentiment auquel ni l'un ni l'autre n'oserait fournir un nom bien qu'il leur fût connu comme étant l'inverse de l'amour ? Il proscrivait cette expiation, cette expiration, lui qui avait imaginé une entente douce, éternelle avec Blandine. Elle aussi, sans doute. Dans leur commune révolte, lui au moins obtenait la meilleure part : il allait s'éloigner sans que cet exil eût l'aspect d'une rupture délibérée.

Comme il ne lui montrait que son dos, il savait qu'elle l'observait avec soit du remords, soit une affliction sincère, soit encore une sorte de volupté colérique dans laquelle son esprit ébranlé trouvait son compte. Il trouvait intolérable qu'après lui avoir intenté maints procès qu'il s'était efforcé de trouver bénins, bien qu'ils l'eussent aigri et mortifié, elle se fût lancée, un jour tel que celui-ci, dans une espèce de réquisitoire qui n'était peut-être qu'un prétexte pour provoquer une déchirure dont, toujours inconséquente, elle souffrait et souffrirait autant sinon davantage que lui.

Qu'allait-il trouver loin d'elle ? Certainement pas la paix et, à coup sûr, la guerre. Or, il ne se sentait enclin ni à férir des adversaires ni même à les occire. Il était son propre combat et il en ignorait l'issue.

— Nous étions alliés, dit-il. Nous nous découvrons ennemis. Aucun de nous deux ne vaincra l'autre, mais s'il faut qu'il existe une trêve, ce sera... ou c'est à toi de me la signifier.

Il remit ses habits et quitta la chambre.

« Cette fois, mes hommes vont se douter que quelque chose ne va plus... »

Allons donc, ils le savaient déjà.

TROISIÈME PARTIE

LA TOUR DE SANGATTE

I

— Par saint Michel, messire ! Ai-je la bellue[1] ? Je m'attendais à trouver l'ost sur pied de guerre et, bien que nous en soyons encore loin, il me semble apercevoir une assemblée de nobles et de bourgeois en pleine gogue[2] !... Qu'en dites-vous ?

Ogier se pencha sur l'encolure de Marchegai :

— Ces hommes me paraissent peu enclins à assaillir les Anglais. Toutefois, Raymond, nous pourrons en juger en les voyant de près.

— Oyez, messire, interrompit Joubert. Dirait-on pas un air de gigue et de chevrette[3] ?

Il chevauchait devant, la bannière au poing, roulée dans sa custode.

— De loin ou de près, ajouta-t-il, la vie en ces lieux paraît agréable.

— Tant mieux pour nous ! dit Tinchebraye.

— *Tant mieux ! Tant mieux !* grommela Raymond, tiens donc ta langue ! Faut se garder de s'égayer avant une bataille. Ça porte malheur.

S'il partageait l'ébahissement de son écuyer, Ogier

1. Berlue.

2. Divertissement ; on disait aussi *gogues* ou *goguettes*.

3. La *gigue* était une sorte de mandoline à trois cordes façonnée en cuisse de chevreuil, ct la *chevrette* une cornemuse.

n'en éprouvait pas l'indignation. Ils arrivaient en vue de Hesdin après douze longs jours d'un cheminement maussade : ils avaient tous quitté Gratot à regret. Dès l'aube, ayant enfin appris où se trouvait le roi et son armée, ils s'étaient adoubés pour la guerre. Tant mieux si avant d'affronter les Goddons, ils pouvaient s'alléger de leur harnois et se délasser convenablement.

— Tu vois, Raymond, une armée en repos depuis fort longtemps, j'en jurerais. On la dirait victorieuse !... Cela m'ébahit autant que toi et les autres. Si tu avais usé tes semelles ou chevauché avec Thierry, Tinchebraye, Joubert, Le Hanvic et Mahé ainsi que nos Génois sur les voies où, l'an passé, nous avons épuisé notre orgueil et nos forces avant d'affronter les démons d'Angleterre, tu te réjouirais peut-être de voir que ces hommes d'armes, devant nous, vont et viennent comme s'ils ne redoutaient rien... surtout pas un échec sanglant !

Pressant Marchegai, Ogier rejoignit son pennoncier au sommet d'une motte herbue, couronnée d'ormes.

— Là, on a bonne vue ! dit Joubert, la hampe de la bannière contre son épaule.

Ils découvraient dans les champs et les bosquets ceignant la cité, des centaines de tentes dont quelques-unes, à l'écart du large anneau coloré, brillaient de leur velours ou de leur soie retorse : c'étaient celles du roi, de ses fils, des maréchaux et seigneurs fortunés. Dix ou douze, de toile bise, touchaient aux murs de ce qui semblait être une abbaye ; certaines s'entassaient autour d'un monastère [1], d'autres processionnaient aux rives de la Canche : il était plus aisé ainsi de procéder aux ablutions et lessives, d'abreuver les chevaux et même de pêcher, tâche impartie aux goujats et aux moines groupés presque côte à côte en un lieu où la rivière formait un coude avant d'aller se perdre dans

1. Monastère de Sainte-Austreberthe.

une forêt d'où sortaient quatre garçons[1] portant un chevreuil mort.

— La belle vie, dit Thierry en s'approchant d'Ogier. Ils sont ici depuis peut-être deux semaines.

— Avec toute cette gent mâle autour d'elles, les commères et les pucelles de Hesdin doivent rarement quitter leur logis !

Disant cela, Courteille semblait déçu. Mahé fit entendre son rire bas ou toussotant :

— À moins qu'elles ne soient putes. En quel cas, elles font fortune.

— Le lavoir est vide, remarqua Le Hanvic.

— La belle vie, reprit Thierry. En cheminant, je me suis dit parfois que je trouverais céans des milliers de compagnons prêts à partir guerroyer comme s'ils n'attendaient plus que nous... Je me disais aussi que leur nombre serait rassurant... Je t'avoue, Ogier, que je suis inquiet... même s'il y a là, sans doute, plus de cinquante mille hommes.

— Avant Crécy, dit Crescentini dont le cheval mâchait son mors, nous étions las, affamés... L'armée que nous voyons n'est ni hodée[2] ni tourmentée par la malefaim.

Il replaça dans son dos l'arbalète qui l'incommodait à la hanche :

— Cela me paraît prometteur de victoire. Pas vrai, messire ?

Ogier l'approuva en silence.

— S'ils sont ici depuis plusieurs semaines, dit Sapienza, c'est que le roi Philippe ignore ce qu'il veut !... Une fois encore !... Nous avions cru le trouver non loin de Calais. Nous avons dû revenir vingt lieues en arrière... Nous aurions pu rencontrer un parti de Goddons...

1. Valets d'armée.
2. Fourbue, fatiguée.

Tinchebraye, qui venait de mettre pied à terre, compissait un tronc d'orme.

— Je vous avais conseillé, messire Ogier, de ne pas aller vers Saint-Valéry et le Crotoy, mais vous avez voulu revoir la Blanche-Tache, passer à gué puis, de là, cheminer vers Boulogne... Heureusement que nous y avons croisé ce chevaucheur qui nous a dit où nous rejoindrions l'ost !

Ogier remua sa tête nue et passa sur son front le revers de son poignet. Il suait. La chaleur, certes, mais également une mauvaise fièvre. Elle infectait son sang chaque fois qu'il pensait à Blandine ; il y avait songé juste avant de découvrir, dans la faille de deux collines, les premières tentes de l'ost royal.

— J'ai voulu repasser par la Blanche-Tache pour savoir...

— Savoir quoi ? demanda Tinchebraye en rabaissant le devant de son haubergeon.

— Savoir, en ce lieu où j'ai vu périr tant d'hommes de chez nous par la faute d'un seul — Godemar du Fay, que le roi n'a pas châtié à ce qu'il semble —, savoir si j'avais toujours la même haine des Anglais.

Il reçut sur son épaulière la main dégantée de Thierry que tant de scrupule égayait :

— L'as-tu toujours ? Moi si... Nous avons ensemble levé l'épée et féri de bons coups dans ce gué où tu nous as fait patauger !

Ogier serra les dents. Privé d'Aude, Thierry aurait dû se montrer d'humeur sombre ; or, il paraissait gai. L'amour de son épouse était un baume à leur séparation.

— Plutôt que la haine de nos ennemis, beau-frère, j'ai la haine de la guerre... Oh ! rassurez-vous tous : je combattrai avec autant de hardement qu'à Crécy, mais il m'advient de penser à Bressolles... À ce qu'il disait sur l'amour du prochain... à tout le moins son respect... Je pense aux commandements de la Chevalerie... J'ai dû occire trop de Goddons et de malandrins, et c'est comme un fardeau sur toutes mes idées...

— Holà ! messire, dit Joubert, n'ayez point ce parler de presbytérien !... On vous prendrait pour quelque Templier qu'il fallait assaillir trois fois avant qu'il ne donne un peu d'air... et de sang à sa lame !

Ogier mit Marchegai au pas sans répondre à son pennoncier. Il avait quitté Gratot en se disant que les angoisses et les horreurs d'une boucherie telle que celle de Crécy lui seraient épargnées, non seulement parce qu'une pareille bataille ne pouvait se renouveler, mais parce que, pour l'avoir mandé, Philippe VI projetait de l'employer seul, moins comme messager que comme son champion face à celui du roi d'Angleterre. Honneur parfait mais redoutable si Édouard III acceptait que d'un heurt de cette espèce dépendît le sort d'une cité qui lui résistait depuis un an sans que le roi de France eût fait en sorte de la dégager.

— Ne vous souciez de rien, dit Raymond. Essayez de vider votre crâne...

Il était plus avare de *messire* et autres marques de féauté que ne l'avait été Thierry, lequel cheminait très souvent à l'arrière avec son écuyer, Hustin Jaucourt, un gars blond, solide, qui portait aussi sa bannière. « Il évite de parler de son épouse et de la mienne... Il m'a vu faire mes adieux à Blandine... Elle avait les yeux secs, la malerage au cœur... Bah ! Il s'est toujours douté, sans pourtant prendre parti contre elle, que jamais rien n'irait entre nous ! » Champartel vint à son côté ; il sourit sous la ventaille de son bassinet soigneusement repeint en noir :

— Cesse de te tribouler... Si Édouard acceptait un combat de champions, tu sortirais vainqueur de cette épreuve !

— Voire !... Au soir de Crécy, Blainville a bien failli m'occire. Je me croyais très fort et très habile, pourtant... Je ne suis pas craintif — ça non ! — mais j'ai acquis, depuis ce soir-là, et pour ces sortes de choses, de la circonspection !

Maintenant, sa maussaderie mise à part, il se faisait l'effet d'un animal agile et bien portant et pouvait se dire qu'il avait tant subi la géhenne que Dieu le sauverait des périls extrêmes. Et puis, qu'avait-il à se soucier de mourir ? Édouard, qu'il connaissait bien, refuserait le combat d'homme à homme, et l'armée qui se déployait sous leurs yeux, sans être aussi énorme que celle en laquelle ils avaient cheminé avant d'atteindre la motte de Crécy, se révélait considérable. Elle n'avait pas dispersé ses forces et perclus ses bataillards à la suite du roi Philippe, de Paris à Rouen, puis de Rouen à Paris, et enfin de Paris à Crécy !

— Oyez ! dit Tinchebraye. Joubert avait raison : si mes oreilles ne me jouent pas un tour, il y a des musiciens en bas : luths et psaltérions... clochettes... On danse peut-être quelque part !

Il se pouvait que l'on dansât, donc qu'il y eût des ribaudes. Çà et là, dans les champs et placettes entre les tentes, des feux destinés aux mangeailles exhalaient leurs fumées et odeurs.

— La fête, en vérité ! dit Joubert.

Assurant la hampe de la bannière sur le faucre de l'étrier, puis levant les yeux sur la custode, il demanda :

— Ne faut-il pas la déployer, messire ?

— Maintenant ou plus tard... Sois prompt. Nous t'attendons.

Ogier amena Marchegai jusqu'au sentier qui descendait vers Hesdin. Avant de s'y engager, il fit face à Thierry et Raymond :

— Nous choisirons un lieu à l'écart — s'il y en a —, près de la forêt, pour dresser notre tref[1]. Je ne tiens pas à me mêler à cette foule.

— Il est vrai, dit Thierry, que ce pays peut inspirer

1. Tente.

de la sérénité, voire de la gaieté : à moins de deux lieues d'ici, les cités et hameaux ont subi moult dommages. Tout y est gâté, ruiné... Comme Hesdin n'a pas souffert, le roi, ses maréchaux et sa grand-baronnie se sont efforcés d'y recréer le décor de ces liesses qu'ils aiment tant...

— Une armée s'amollit ainsi, dit Sapienza.

Son cheval portait de part et d'autre du garrot son écu et son arbalète : une arme assez petite fonctionnant au moyen d'un pied-de-biche et non d'un cranequin comme celle de Crescentini. Il la touchait parfois de la tête à la crosse, en s'attardant sur l'arc fait de lames de bois alternant avec des nerfs de loup. Aux boyaux tressés formant la « corde » de l'arbalète de Sapienza, il préférait les durs fils de chanvre. Il portait sur son dos trois carquois de carreaux faits de sa main, à fer aigu et pyramidal, aux empennes de bois sculptées les soirs d'hiver. Il était coiffé d'une barbute, le corps couvert d'un gambison de mailles renforcé d'un plastron de fer, les cuisses protégées de chausses de cuir et les genoux de genouillères. Pour que nul ne le reconnût s'il rencontrait d'anciens compagnons d'armes, il s'était laissé pousser barbe et moustache — Crescentini également.

— Descendons et informons-nous du lieu où est Philippe...

Thierry s'approcha d'Ogier :

— Je n'aime pas cela... Je suis sûr que pendant le temps, Édouard, informé de ce qui se passe céans, a renforcé toutes ses défenses et fait venir d'autres compagnies de la Grande Île !

— On serait mieux à Gratot, dit Mahé qui, avec Le Hanvic, avait la charge des sommiers.

S'était-il amouré de quelque fille de Coutances ou d'ailleurs ? Il était le premier à révéler son regret, et plutôt que d'en rire, tous approuvaient, même Jaucourt qui n'avait jamais quitté le manoir de Blainville où quelque attachement l'avait peut-être maintenu : vu son état, Aude avait engagé deux servantes.

Ils avancèrent en silence, le dos courbé moins par le poids de leurs habits de fer et de leurs armes que par une incertitude infinie.

Dans un champ, des chariots, dolmons, haquets et trinqueballes supportaient ou soutenaient les pièces détachées des machines de guerre : mangonneaux, trébuchets, arbalètes à tour ; des béliers aussi pour ébranler portes et murailles et des trépans aux gros aiguillons de fer pour les percer. Un homme veillait sur toutes ces charretées ; torse nu, il était coiffé du hanepier, ce chapel de fer conique à bord très large : ainsi se protégeait-il du soleil. Plus loin, c'étaient les tentes aux victuailles, les feux et leurs brochées et marmitées fumantes ; une forge où l'on ferrait un bœuf de trait, une autre où un haulmier[1], sur une petite enclume, martelait une pansière, et derrière le déploiement des pennons et des bannières, les tentes des guerriers et le grouillement, le charivari de tous ces hommes avant le repas de midi.

— Il y a moult arbalétriers de chez nous ! s'étonna Crescentini.

— En vérité, compère, approuva Sapienza. C'est comme si nos trépassés de Crécy avaient ressuscité.

Il y avait, en effet, des Génois en abondance. Appuyés aux râteliers d'armes d'où pendaient des centaines d'arbalètes, leurs grands pavois en forme de cœur allongé, fraîchement repeints, scintillaient.

« Encore des arbalètes et ces écus énormes qui empêchent la course et gênent les mouvements ! »

Tout en considérant l'étalage de cet armement lourd, d'un maniement lent et pénible, Ogier ne put résister à un sombre pressentiment. La preuve de l'impuissance des compagnies d'arbalétriers lui avait été administrée en partie à Crécy, où le *long bow* anglais, simple et

1. Armurier.

terrible, avait fait merveille dans les mains d'archers prompts et habiles. Tandis qu'en son royaume Édouard III interdisait tout autre jeu que le tir à l'arc, on méprisait, en France, les hurons et manants qui s'y livraient, et pour faire bonne mesure à ce dédain, on avait décidé d'un impôt sur les cordes ! Au moins, leurs carquois vidés, Sapienza et Crescentini sauraient-ils combattre à l'arme d'hast et s'il le fallait, à l'épée.

— Aussi vrai que mon nom est Argouges, dit Ogier à ses deux Génois, vous êtes mes soudoyers. Nul ne peut vous soustraire à mon service... Hâtons-nous pourtant de traverser cette cohue...

Au-delà du canton réservé aux mercenaires s'étendait la cité de toile et de bordat, d'estanfort et de cariset [1] de la petite baronnie, de l'écuyerie, des manants et des hurons ; mais si les tentes de toutes formes et couleurs ne se pouvaient comparer avec celles des nobles, ceux qui les habitaient — du moins les hobereaux — rivalisaient d'élégance. Ogier et ses compagnons se trouvèrent plongés dans une armée riche en armes et en vêtements, étrange émanation d'un pays qui, depuis la défaite de l'Écluse, sept ans plus tôt, n'avait subi que de sanglants revers. Et plus ils avançaient, plus ils s'ébahissaient :

— Voyez donc ces tissus ! s'exclama Tinchebraye. Du velours ciselé sur ce gars à face de charcutier !... Du vert de Douai et de la brunette d'Amiens sur ce sauvatier [2] qui vient du fin fond du royaume !

— Des jambières de mollequin sur cet écuyer, au lieu qu'elles soient en coutil ! s'étonna Courteille.

— Et cette cotardie de drap pourpre, tachetée ! continua Desfeux.

1. Le *bordat* était un lainage d'ameublement plutôt que de costume ; *l'estanfort* un drap de laine solide (le *stamen forte* de la fabrique de Stanford) et le *cariset* une grosse serge flamande.

2. Homme placé, moyennant redevance, sous la protection d'un seigneur.

— Cette carcaille de satin ! reprit Le Hanvic. Est-ce un temps pour porter pareille parure à son cou ?[1] Nous ne sommes pas dimanche, mais lundi...

« Le 16 », calcula Ogier. « Nous n'avons guère perdu notre temps ! »

— Voici les pavillons des grands seigneurs, dit Thierry. Par Dieu, où sommes-nous ?... Que sommes-nous venus faire ? Après ce que nous avons vu, considérez-moi ça !

Ils passaient de la pompe à la magnificence, et certains n'osaient croire ce qu'ils voyaient, comme si quelque enchanteur les avait soudain plongés dans une agreste Cour où seules manquaient les femmes. Les seigneurs, attablés ou non, portaient des sarraus de velours broché ou parfilé d'or, des pourpoints si serrés qu'ils étranglaient leur taille, et si courts qu'on voyait le sommet de leurs fesses ; des heuses à grelots ou clochetons d'argent, des souliers cloutés d'or, voire de ces pigaches[2] qui jadis avaient fait scandale. Au-dessus des chaperons brodés remuaient des plumes d'autruche adornées de perlettes ou de piécettes d'or. De gros colliers brillaient sur les poitrines, et des bagues pareilles à des cailloux étincelaient sur les mains. Certains poignets portaient des bracelets d'émail.

— Merdaille ! dit Joubert. Une armée de femelles.

— Certains de ces affiquets, dit Thierry en rejoignant son beau-frère, valent bien...

— Cent ou deux cents moutons[3], tu peux me croire.

1. La *carcaille* était un collet boutonné sur le devant. Les mœurs s'étaient soudain fort relâchés. On trouvera en Annexe II un commentaire des *Grandes Chroniques* à ce propos.

2. Ces chaussures étranges, « tarabiscotées », avaient été en vogue au XIIe siècle.

3. Il s'agit d'agnels d'or. Louis d'Évreux, comte d'Étampes, quelques années plus tard, emprunta 1 000 moutons d'or et donna en gage son chapeau d'or, du prix de 200 moutons, pour avoir un vêtement à la mode.

Ils se montrèrent d'un clin d'œil un chevalier à la cuirasse constellée de pierreries.

— Le connais-tu, Ogier ?

— Nullement.

Un autre passa, vêtu simplement d'une chemise de lin et de haut-de-chausses de velours noir. Ogier allait d'emblée prendre cet inconnu en estime quand son regard tomba plus bas : il portait *ad ostentationem* des chaussures à la poulaine si courbes et si longues que pour ne pas gêner sa marche elles tenaient en place par un fin cordon de soie tressée fixé à une jarretière, de soie également, ornée de grillettes [1].

— Voilà des hommes singuliers ! dit Thierry. Pour eux, tout ce qui compte semble être frisqueté [2], joliveté, hautaineté...

— Comment des princes et des barons amollis, émasculés, pourront-ils gagner les prochaines batailles ? demanda Courteille, inquiet.

— Et voyez comme ils nous regardent ! dit Hustin Jaucourt, sortant de son silence. Par ma foi, ils nous prennent pour des rustiques !

— Je pourrais m'ébaudir, confia Ogier à son beau-frère. Or, ils ne m'égaient pas : ils m'effraient !... Je suis sûr qu'à Calais, les Anglais sont...

— D'une enviable décence, termina Thierry. Et prêts à un accueil sans bobant [3] ni courtoisie. Quant à notre suzerain...

— Nous approchons de son gîte : il dépasse tous les autres.

Une couronne de logis somptueux ceignait celui du roi de France avec assez d'espace entre eux pour permettre le passage de deux ou trois chevaux allant de front. Les grands vassaux avaient leurs cuisines et leurs serviteurs. Panetiers, échansons, bouteillers, maître-

1. Petits grelots.
2. Élégance.
3. Pompe et vanité.

queux aux riches livrées grouillaient autour des feux et des barils ; et tandis que çà et là, sous la protection de quelques guisarmiers, des commères d'Hesdin préparaient des légumes, des viandiers découpaient des quartiers de mouton qu'ils embrochaient avec des volailles. Comme quatre picquenaires convenablement accoutrés se portaient à leur rencontre, l'arme en avant, le regard mauvais, Thierry fut pris d'un doute :

— Crois-tu, Ogier, qu'ils nous laisseront avancer ?... Ils ont bien vu ta bannière et la mienne...

— Nous entrerons d'autant plus aisément que voici l'Henri... T'en souviens-tu ?

— Le comte d'Alençon nous l'avait désigné pour garde, à Chauvigny.

— Il était à Crécy. Je le croyais occis. Il a dû avoir un bon cheval ou de bonnes jambes !

Ils sourirent, sans se regarder, tandis que le sergent se hâtait à leur rencontre :

— Ah ! messires, quelle joie de vous retrouver !... Je savais que vous viendriez, de même que j'ai su, par la bouche du roi qui, un soir, en parlait à ses fils, comment vous avez vaincu Blainville, vous, messire Ogier... Je sais aussi qui vous êtes vraiment.

Le fourreau de son épée touchait des genoux et des mollets sans que ceux qui eussent dû s'en plaindre émissent une protestation : on connaissait l'Henri. Dans l'ombre du roi dont il avait servi le défunt frère, ce huron tenait des pouvoirs sans conteste incongrus, mais solides. Ses yeux brillaient sous le bourrelet de la barbute ; il avait toujours le même air avenant et résolu, et son visage tanné par le grand soleil et le vent du Nord exprimait, au-delà du plaisir des retrouvailles, une mélancolie assortie d'une inguérissable fatigue. Il se découvrit, faisant apparaître un crâne à la peau claire, presque rose, à travers des cheveux rares et cendrés :

— Je vois une seconde estranière[1]... et un marteau... Thierry, vous étiez écuyer...

Raymond amena son cheval à la droite d'Ogier :

— J'ai pris sa place auprès de messire d'Argouges, puisque le roi a armé Champartel chevalier, ce que tu ne savais pas !

Alors que ses compagnons s'en souciaient peu, et que l'usage s'en raréfiait parmi les hommes de guerre, il tenait, lui, à la particule. De plus, établissait-il ainsi une différence entre la naissance noble du seigneur qu'il servait et celle, plébéienne, de Thierry sans qu'il fût pour autant jaloux de celui-ci. Peut-être nourrissait-il le secret désir d'avoir un jour l'occasion de sauver quelque haut personnage et d'accéder ainsi à la Chevalerie.

— Ah ! Raymond, se réjouit l'Henri sans s'incliner cette fois. Bien content de te revoir aussi !... Écuyer ? Je t'en louange... Pourquoi as-tu cet air maussade, puisque la vie te sourit !... Écuyer, c'est un sort enviable !

Sans doute avait-il rêvé d'être écuyer sans se douter que son service auprès des Grands lui fournissait tout à la fois plus de pouvoir et de liberté.

— J'ai l'air maussade, ami, à cause de tout ce que je vois à l'entour de moi.

— Moins fort ! intima l'Henri en désignant, de biais, un seigneur dont l'armure scintillait au point que, le matin, il pouvait se mirer dedans pour se raser.

— Qui est-ce ? demanda Thierry.

— Gauthier de Brienne, duc d'Athènes... connétable de France.

— A-t-il toujours quelque influence sur le roi ? Philippe a besoin d'éloges et de soutien... Blainville est mort. L'a-t-il remplacé ?

— Non, messire Ogier, dit l'Henri. Pas à ma connaissance.

1. Drapeau.

Et clignant de l'œil :

— Il doit y avoir une place à prendre !

— Qu'un servile l'occupe ! s'écria Ogier sans pouvoir contenir un geste de dégoût. Je laisse volontiers la brigue et les honneurs aux autres. Le roi est-il présent ?

— Non... Il est parti chasser avec ses fils et quelques compagnons... Hier soir, au souper, Geoffroi de Charny a dit qu'un huron lui avait rapporté avoir vu un cerf blanc.

— Allons bon ! fit Ogier. Le cerf blanc a cessé d'exister depuis les temps lointains du roi Artus... Dois-je m'ébaudir, l'Henri, que le roi courre cette bête ?... Ah ! certes, j'y ai cru tout comme j'ai cru aux unicornes, mais je suis bien guéri de mes illusions.

— J'y crois, moi, dit Joubert, au cerf blanc...

— Le roi est mon aîné d'au moins trente ans ! acheva Ogier, riant plus fort. Il devrait mépriser ces sornettes.

L'Henri eut un geste de résignation :

— Corps d'homme, tête d'enfant. Rien ne le pourra changer. Où allez-vous loger ?

— Au seuil de la forêt... Nous y serons à l'aise !

Ils partirent aussi fièrement que possible sous les regards de quelques nobles qui s'attablaient en se souhaitant bruyamment bon appétit.

— Et les malheureux de Calais, pendant ce temps, n'ont plus qu'à manger des souris et des rats ! grogna Thierry. Un an qu'ils souffrent la géhenne ; un an que tous ceux-là gloutonnent !... Voyez ces gouliafres aux faces rouges jusqu'aux oreilles ! Bon sang, ils me font peur !... Ce ne sont pas ces repus qui vaincront à Calais.

Il avait cent fois raison, mais sa fureur était vaine. Avec nervosité, car il se contenait, Ogier serra ses jambes sur les flancs de Marchegai, et sans se retourner puisque, près de Joubert, il avait pris le commandement :

— Apaisez-vous et dites-vous que nous ne sommes

rien dans cet ost : une poignée de gars qui sauraient faire la guerre autrement mais auxquels on ne demandera aucun conseil. Si j'étais venu seul, le roi, j'en suis sûr, m'en aurait voulu : il aime à voir la foule autour de lui. Si nous combattons, faites de votre mieux... Faites votre possible... Obéissez, certes, aux mandements des capitaines, mais oyez aussi ceux de votre cœur !

Ils rirent. Tinchebraye s'exclama : « Vous alors ! » et ce fut tout. Et comme ils s'éloignaient du bruit, des odeurs, des brillances, Ogier fut sensible aux cliquetis de leurs armes, aux craquements des cuirs et des lormeries des chevaux et des branches écrasées ; à la tiédeur des ombrages qui donnaient à penser que la forêt avait la fièvre. Après s'être brisées sur les eaux de la Canche, les flèches du soleil se reflétaient sur la ramée, pâlissant par touffes les feuilles jusqu'à donner à certaines d'entre elles l'apparence de l'argent... L'argent et l'or, le *luxus* des Romains et sûrement la luxure, car tous les appétits de ces hommes devaient se satisfaire à coups d'écus. Mais où forniquaient-ils ? Jusqu'à présent, il n'avait aperçu aucune ribaude. Dormaient-elles dans quelques chariots en attendant la vesprée, ou y avait-il des bordeaux dans les grandes cités voisines ?

— À quoi penses-tu ? demanda Thierry.

— À moult choses. Tiens, il me vient en tête que le châtelet de la Broye doit être à une lieue d'où nous sommes.

— Veux-tu que nous y allions demain ?

— Je n'y retournerai jamais. C'est pour moi un endroit maudit... mais je comprends qu'il en aille différemment pour toi, beau-frère, puisque le roi t'y fit chevalier.

— Holà ! s'écria soudain Tinchebraye, ne trouvez-vous pas, messires, que nous serions bien céans ?... La forêt fait un creux et la rivière est proche : nous avons de quoi placer nos chevaux...

— C'est vrai qu'on serait bien, dit Joubert.

— Alors, soit : arrêtons-nous... et si tu vois, Joubert... et toi, Jaucourt, un cerf blanc débucher non loin d'où nous sommes, ne soufflez pas dans l'olifant : le roi accourrait et nous mettrait tout en l'air sans pourtant réussir à l'atteindre.

Ils rirent, montèrent la tente et mirent les chevaux à l'aise. Sapienza et Crescentini étalèrent sur l'herbe le pain, les gourdes de vin et les victuailles achetés à Boulogne.

— Dieu seul sait, dit Tinchebraye, si nous mangerons encore ensemble dans une semaine, à Calais ou ailleurs.

Tous s'assirent. De la pointe de son poignard, Sapienza égratigna d'une croix le bombé de la miche.

— Que le Seigneur, dit-il, nous conserve la vie.

Le Hanvic, Thierry et Mahé s'entretinrent, en attendant leur part, de ces bombardes dont on rapportait qu'Édouard avait entouré ses défenses :

— Un boulet vous coupe un homme en deux, dit Mahé.

— Ça vous arrache un bras, une jambe comme nous une patte à une mouche ! grommela Le Hanvic. Des armes pareilles, ça devrait pas exister...

— La Papauté, jadis, a proscrit l'arbalète, dit Joubert en roulant la bannière aux lions d'or. Elle en fera autant pour ces engins... Les perrières et ribaudequins, c'est de la merdaille à côté... Paraît qu'un de ces boulets peut te faire rouler la tête à plus de cent toises !

Courteille et Desfeux, les seuls qui n'avaient jamais ostoié[1] et s'étaient merveillés de passer pour des guerriers éprouvés, se levèrent après avoir reçu leur part de pain et de saucisse, et se mirent à marcher en mangeant.

— Tu crois que ça peut nous arriver ? demanda Courteille.

Desfeux ne lui répondit pas. Devinant que la peur les

1. Guerroyé dans l'ost.

mordait aux entrailles, Raymond les rejoignit à grandes enjambées.

— Bombardes ou pas, dit Jaucourt, faut obliger ces maufaiteurs à dessiéger Calais !

— Je vais me demander une fois de plus, dit Tinchebraye, comment c'est fait, le paradis !... Ça me plairait s'il y a des tavernes et des femmes !

Moins affamé qu'ils ne l'étaient, Ogier les écoutait sans mot dire. Il n'ignorait rien de ce qu'ils éprouvaient. Depuis la percée d'Édouard III en Normandie et la boucherie de Crécy, la guerre n'avait cessé de les tourneboulér, bien qu'ils s'en défendissent. Leurs rires, maintenant, n'étaient que des charpies dissimulant, chair et esprit, des plaies suintantes. Après avoir longtemps bataillé par métier, les Génois avouaient qu'ils avaient été sots : la vie de Gratot leur avait apporté l'aisance des mouvements, la liberté de parole, la chaleur, l'amitié, la bonne nourriture — et il se pouvait bien qu'ils eussent plus que les autres, le regret de la Normandie. Leurs compagnons, tout à coup moins diserts, se demandaient quel degré de frayeur atteindrait la bataille et s'ils en réchapperaient. Les souvenirs vermeils descendaient en eux à petits coups brûlants ou glacés. Et s'ils en avaient oublié certains, la souvenance précise d'un compère régénérait parfois quelque détail tiédi au fond de leur mémoire.

— C'est comme à moi... disait Tinchebraye.

— Tout juste ! approuvait Le Hanvic. À moi aussi, ça m'a fait ça !

— J'y étais... C'est vrai... C'est là que j'ai trespercé un Goddon !... La bonne chance : il me restait un seul carreau dans le carquois... Tu te souviens de cette pluie d'orage, Mahé... et de l'envol de tous ces corbeaux ?

Chacun narrait quelque échauffourée terrible dont il eût été vain et malséant de savoir si elle était authentique, mais qu'importait : parler ainsi les rassurait. À Gratot, ils étaient bien trop aisés pour songer à la mort sur un champ de bataille, et pendant longtemps, lors du cheminement de la Normandie à Hesdin, ils avaient évité d'en parler pour déjouer le mauvais sort qui, peut-être, n'attendait qu'eux. De crainte, aussi, en éveillant maints souvenirs, d'altérer leur courage, leur endurance et leur foi en un destin miséricordieux, ou encore par humilité, comme Thierry qui sans la guerre et ses horreurs n'eût jamais accédé à un rang élevé, surhaussé par la considération royale. À cause également de la médiocrité de leurs aventures, puisqu'ils en avaient réchappé, les plus méritoires étant celles dont on revenait amputé, amoindri, horrifié à jamais par un cri de souffrance ou la vue du moindre filet de sang. De plus, combien de cités, de hameaux, d'églises, de monastères avaient-ils vus, ruinés par les Goddons ! Ces destructions aussi révélaient des terreurs, des douleurs effrayantes, des fuites et des supplications vaines ; ces manants, ces hurons, ces nonnes et ces clercs n'avaient, bien souvent, même pas eu la ressource de se défendre. Pourquoi les avoir occis ? Pourquoi Dieu n'avait-il pas protégé ceux qui louaient Ses Pouvoirs et Sa Justice, Ses Sentences de Bien ou de Mal selon les actes de tous les pécheurs de la terre ?

Ogier but quelques gorgées de vin et offrit sa gourde à Thierry.

« Aude doit se demander où nous sommes. Mais *l'Autre* ? »

Quoiqu'elle lui eût souvent reproché le contraire, il avait rarement parlé de la guerre à Blandine, non seulement parce qu'elle en avait deviné les abominations dans *son* Poitiers cerné par Derby et ses armées, mais aussi parce qu'aucune description ne l'eût tirée d'un nonchaloir qu'après tout il lui enviait. Ce fléau-là n'était imaginable que par ceux qui en avaient éprouvé la malédiction dans leur esprit, leurs entrailles et leur chair. Il fallait avoir galopé l'épée haute sous la grêle serrée des sagettes ; il fallait avoir taillé, estoqué de l'homme et gauchi[1] ses coups ; il fallait avoir vu anéantie l'œuvre de toute une vie de noble, de huron, de manant pour demeurer attentif à de tels récits. En sus, toujours pour ce qui concernait Blandine, il s'était abstenu par pudeur et par crainte : pudeur de révéler des émois dont elle n'avait que faire et d'amoindrir une vérité plus effroyable encore qu'elle ne l'eût supposée ; crainte, aussi, qu'elle ne lui dît avec cette langueur enchatonnée d'une aigre moquerie qu'il ne lui connaissait que trop : « *On dirait, à ouïr tes propos, que tu regrettes de ne plus férir des coups mortels.* » Parfois, à table, les soudoyers décrivaient quelques scènes de ces batailles aussi bien qu'il l'eût fait. Blandine les écoutait sans vouloir le laisser paraître, sans qu'on pût deviner le moindre de ses sentiments. Feinte ou vraie, cette impassibilité qui les insultait sans qu'ils s'en doutassent semblait son suprême asile. C'était elle qui décidait ou non d'en sortir ; elle et personne d'autre. Pas même lui, son époux devant Dieu et les hommes. Vraie ou fausse, profonde ou non, il était désarmé devant tant d'insouciance.

— Qui loge en ce grand tref surmonté d'une croix ? demanda Raymond, l'index tendu vers une tente située à l'écart des autres. Je vois cinq ou six clercs à l'entour.

— Les légats du Pape, sûrement, dit Ogier. Ils ne cessent de s'entremettre pour que la paix règne entre les deux rois, mais je crains qu'ils n'enveniment plutôt leurs désaccords[2].

Tout en se reprochant de retomber dans sa mélancolie, il accepta sans plaisir la tranche de bacon et le morceau de pain que lui offrait son beau-frère.

1. Paré, esquivé.

2. C'étaient Annibal Ceccanu, évêque de Frascali, et Étienne Aubert, cardinal prêtre du titre des saints Jean et Paul. Déjà, le 15 janvier 1347, Clément VI avait écrit à Édouard III pour l'amener, par leur intermédiaire, à conclure une paix durable avec la France. Cette tentative échoua comme plusieurs autres dans les années qui suivirent.

— Demain, Ogier, il nous faudra manger chaud.
— Tu y veilleras.

Une fois rassasiés, ils dormirent à l'ombre. Peu avant la remontée[1], ils revêtirent leur armure afin de se présenter au roi.

— Mais nous irons à pied, décida Ogier. Il nous faut ménager nos chevaux. Jaucourt, Thierry, portera ta bannière. Joubert, tu t'assureras de la mienne. Raymond et Tinchebraye nous suivront... Nous traverserons la cité.

*
* *

Hesdin semblait avoir été déclaré interdit à la piétaille. Jamais, sans doute, les échoppes et les tavernes n'avaient accueilli tant de chalands vêtus comme des princes. Joubert, Jaucourt, Raymond et Tinchebraye saluèrent des manants qui, assis sur leur seuil, attendaient la soupe, et dont la réserve pouvait faire écran à une aversion justifiée. Après des jours de chevauchée et des nuits passées sur la paille ou dans l'herbe, les quatre compagnons devaient imaginer l'intérieur de ces maisons et maisonnettes : les bahuts odorants, la table et les écuelles, les pichets de vin ; le pain cuit avec amour, la cheminée aux cendres rougeoyantes, et toutes proches, les bûches qui, sitôt en travers des landiers, craqueraient comme des cliquettes. Ils imaginaient aussi, sans doute, la chambre au lit clos ou non dont on allumerait bientôt le chaleil pour chasser les démons tout en attirant les moustiques. En chemin, ils n'avaient guère pensé à ces vies immobiles, douillettes au moins le printemps et l'été, au lieu qu'ici, près de ces hommes dispensés de la guerre, de ces femmes entraperçues à leur fenêtre et de ces enfants jouant avec des épées de bois, ils découvraient, tout comme à Gra-

1. Le coucher du soleil.

tot, les bienfaits d'appartenir au commun. Et les odeurs de mangeaille, en flattant leurs narines, les enchantaient et courrouçaient, puisqu'ils souperaient froid.

Ils traversèrent le logement[1] réservé à la noblesse. Le marteau qui ornait la bannière de Champartel provoqua quelques sourires et même une saillie proférée hautement :

— Voilà que nous avons une hanse[2] avec nous !

Parmi tous ces hommes qui les observaient, ni Thierry ni Ogier ne purent savoir qui avait lancé cette sorne. Tinchebraye fit entendre son grand rire d'homme sans souci ni gêne :

— Ce marmouset semble avoir peu de cœur et pas de courage !... Le contraire de vous, messire Thierry.

— Je reconnaîtrai sa voix, dit Ogier. Mais pour nous mépriser ainsi, sans savoir qui nous sommes, il faut qu'il ait l'âme crasse... aussi crasse que le potron de sa mère.

Il y eut des murmures sans que la provocation suscitât le courroux du perfide.

Ils trouvèrent le roi devant son pavillon d'azur fleurdelisé. Debout, les mains à plat sur ses reins — signe qu'il avait chevauché longuement —, Philippe VI était vêtu en chasseur : une chemise dont seul le col dépassait d'un pourpoint fourré de gris, une housse courte, serrée par une ceinture de cuir d'Irlande à laquelle était suspendu, dans sa gaine de corne à viroles d'or, le long couteau pour affronter le sanglier : le *quenivet*. Aux talons de ses bottes tintaient des éperons à molettes de fer, et à son cou pendait un petit cornet d'ivoire dont il tordait et détordait l'enguichure de fils d'or tressés.

— Argouges !... Je viens de revenir de chasse avec mes gens, et l'Henri est accouru pour m'annoncer votre venue !... Courvaudon m'avait dit : « *Il viendra, il*

1. Le cantonnement.
2. Association d'artisans, de commerçants.

m'en a donné l'assurance », mais tant que je ne vous avais pas vu...

Il s'aperçut de la présence de Champartel, qui s'inclinait comme pour solliciter cette paumée[1] qu'il n'avait pas reçue, bien que le roi l'eût fait chevalier :

— Ah !... Evvous[2] venir mon sauveur de Crécy !

— Thierry Champartel, sire, dit Ogier.

— Êtes-vous nombreux ?... Avez-vous chacun votre lance[3] ?

— Nous sommes venus, sire, dit Thierry prudemment, avec autant d'hommes que nous le pouvions.

— Bien ! Bien !... Qu'on m'apporte un siège !

Un sergent apporta une chaise à tenailles et le roi s'y laissa choir sans chercher à cacher qu'il était éreinté. Un chien gris-jaune sortit de dessous la tente ; il ressemblait à Saladin quoiqu'il fût efflanqué comme un lévrier. Philippe VI lui tortilla l'oreille :

— Voici Souillard, qui nous a bien aidé dans nos quêtes précédentes, mais qui, ce jour d'hui, nous a déçu...

Pluriel de majesté, pour une chasse déplaisante ? Le roi, peut-être, associait ses compagnons à sa déconvenue.

— D'ordinaire, il sait débucher un cerf... Il est vrai que nous chassions le cerf blanc... Hé oui, Argouges : le cerf blanc !... Celui que tout un jour poursuivit Charlemagne. Un manant a vu cette bête rare non loin d'Hesdin... Souillard l'a flairée, mais elle l'a joué... Savez-vous que l'aïeul de ce chien naquit en Terre sainte et que saint Louis l'apporta à la Cour de France ainsi que les renoncules ?

Ogier se demandait quelle contenance prendre. Il

1. Coup asséné sur la nuque ; acte par lequel on faisait d'un guerrier un chevalier.

2. Expression cérémonielle signifiant *voici : Evvous, le roi de France ! — Evvous venir chevauchant, monseigneur Louis de Blois...*

3. Groupe d'hommes armés accompagnant le seigneur.

était venu pour guerroyer ; or, le roi tenait sa Cour aux champs et s'occupait de chasse.

— Heureusement, si je n'ai apporté qu'un chien, j'ai deux tahorotes[1]. Je les ai fait lâcher hors de cette forêt et ces oiseaux m'ont apporté six videcoqs[2]... Qu'en dites-vous ?

Que dire ? Quelles louanges adresser à cet homme insensé ? Ce fut Thierry qui s'en chargea :

— Sire, nous savons tous votre habileté ! Vous allez, à la chasse d'Édouard, faire merveille !

Le roi sourit, sensible au compliment, mais son regard, à son insu, venait de révéler une lassitude nullement due à une journée de galop dans les bois, les taillis, les garennes. Édouard était un animal autrement plus rusé qu'un cerf, quelle qu'en fût la robe. Ogier se dit que l'austérité de sa mise lui eût attiré, s'il n'avait été le suzerain de France, la même moquerie que celle que Thierry venait d'essuyer. Lâchant le chien qui s'en revint sous la tente, Philippe VI, d'un ongle noir et griffu, gratta une croûte de boue sur son genou senestre :

— Édouard !... Quand il verra mon ost, il souillera ses braies... Il nous faut en finir une fois pour toutes !

Cette résolution de vaincre était pareille à celles réitérées de plus en plus ardemment, tout au long du mois d'août dernier, jusqu'au pied de la motte de Crécy, mais à l'inverse de l'Henri qui venait d'apparaître et n'avait pas ou peu changé, le roi, lui, n'était plus le même. Son orgueil semblait s'être amolli — à son insu —, et les mèches de ses cheveux devaient leur blancheur à la vieillesse plutôt qu'à la poudre des chemins. Il se cabra sur son siège comme il avait dû se cabrer sur sa selle pour tenter d'apercevoir l'impossible cerf blanc :

— Nous allons partir pour Calais. Je proposerai à

1. Faucons de Barbarie.
2. Bécasses.

mon cousin d'Angleterre soit une bataille en grand champ, soit un affrontement entre nous...

Le ton vibrait moins fort que l'année précédente, avant qu'il n'envoyât ses cartels à Édouard — vainement.

— ... soit encore un *duellum* entre champions.

Il employait le latin à dessein pour donner à cette dernière affaire un air de cérémonie, et ployait en avant son grand corps éreinté moins par la chasse que par ce conflit où tout ce qu'il entreprenait depuis sept ans s'achevait à son détriment.

— ... où je vous représenterais, sire ?

— Oui, Argouges... Vous comprenez qu'il me faut en finir. Les Anglais à Calais, c'est un abcès dans mon royaume... Mais avant de vous désigner pour mon substitut, je me dois d'offrir à mon cousin une bataille devant cette cité de bois qui affame la mienne, et devant ces Goddons qui y vivent, m'a-t-on dit, comme sur leur Grande Île ! Je suis maître chez moi et veux lui prouver que...

Le roi s'interrompit. Il avait parlé de cette nouvelle épreuve dont il n'avait reçu ni satisfaction ni revers — et pour cause — comme d'une procédure dépourvue du moindre intérêt. À quoi pensait-il, pour s'être ainsi interrompu ?

— Ils sont vingt-cinq mille, nous presque autant qu'il y a un an...

Il n'avait pas cité Crécy, pour exorciser, sans doute, ce souvenir détestable, mais il ajouta précipitamment :

— J'ai bonne chevalerie, bonne écuyerie...

Bien qu'il eût pu voir, à Crécy justement, des hommes d'armes de tout poil unis aux chevaliers d'Angleterre et victorieux avec eux, il persistait à croire que le gain d'une bataille ne pouvait revenir qu'à la noblesse.

Ogier lança un regard consterné à son beau-frère : au lieu d'en employer de nouveaux, on allait maintenir les vieux principes. Ils avaient côtoyé la piétaille et savaient ce qu'elle valait lorsqu'elle n'était pas conduite avec mépris, voire avec haine. Manants et hurons de toute force et de tout âge eussent pu donner à certains Grands des leçons de vaillance, bien qu'ils fissent la guerre sans nul plaisir — pas même celui d'y pouvoir occire quelques nobles — ; sans outrecuidance joyeuse, bien que leurs chants fussent toujours allègres ; sans illusions sur leur mérite et leur mortalité prochaine, car aucun d'eux, depuis sept ans que duraient la guerre et les échecs de Philippe VI, ne pouvait plus croire au miracle d'une victoire.

— Sire, dit Ogier se courbant un peu, j'ai vu moult arbalétriers, mais les archers me semblent en petit nombre...

Le roi se renfrogna : cette constatation formulée d'un ton pourtant benoît, respectueux à l'extrême, prenait valeur de reproche. Un moment, il parut interdit, révolté ; puis il rit. Ogier sentit peser sur lui le même mépris que Philippe VI vouait à sa piétaille :

— Je laisse l'archerie à Édouard... Armée de misère que la sienne, où les seigneurs ne se sentent pas déchoir en délaissant l'étrier pour se mêler à la ribaudaille !... Nous avons, céans, de bons glaives [1] ; des épées de bon acier poitevin et des machines de guerre... Quand je pense que Philippe le Long avait pris un édit enjoignant à tous ses sujets de renoncer aux jeux de quilles, palets, soule, lutte pour s'appliquer au tir à l'arc [2] !... J'en prendrai un, moi, pour que la noblesse multiplie joutes et tournois afin d'être toujours prête à la guerre... J'en prendrai un pour qu'elle ait belles armes et armures de fer... J'avais, avant Crécy, bonne et belle chevalerie, grand-baronnie, maréchaux et capitaines que le monde entier eût pu m'envier... Eh bien, Argouges, j'ai recréé cette élite, et vous et votre ami en faites partie !... Vous allez voir bientôt Jean, mon

1. Lances, dans l'acception ancienne.
2. 1319.

ains-né ; le duc d'Orléans, mon mains-né ; Eudes de Bourgogne, le duc de Bourbon ; le comte de Foix, Louis de Savoie...

Tandis que le roi cherchait d'autres noms, Ogier se dit que Louis de Savoie eût peut-être succombé, sur les pentes du Val-aux-Clercs, à Crécy, s'il n'était arrivé au lendemain de la bataille.

— Jean de Hainaut, que vous connaissez ; les comtes d'Armagnac, de Forez et Valentinois...

Et brusquement :

— Vous semblez en bonne santé, vous !... Savez-vous que je pense souvent à mon frère ?

Le comte d'Alençon était mort bêtement. Ah ! certes, il s'était bien battu contre les meutes d'Édouard, mais en laissant s'approcher de lui deux traîtres dont il se refusait à reconnaître la malignité. Et puis, sans doute, Dieu s'était chargé de châtier cet homme qui, juste avant la bataille, avait fait occire ses propres piétons parce qu'ils pouvaient alentir sa chevauchée.

Menant au frein, entre les tentes, son cheval écumant et tremblant sur ses membres, un chevaucheur parut. Il était coiffé d'une barbute, le torse serré dans un jaque de mailles sur lequel un court tabard gris de poussière portait un écusson aux armes royales. L'Henri s'empressa devers lui tandis que Philippe VI s'exclamait :

— Ancelin !... Bon sang ! Hier c'était Guillaume, avant-hier Guyot ; d'autres avant ceux-là !... Que me veut-elle encore ?

Ogier comprit que la male reine abreuvait son époux de lettres lourdes, sans doute, d'injonctions et menaces. Le front du roi s'était froncé ; sa bouche avait frémi d'indignation ou d'amertume et ses longues mains blêmes s'étaient serrées. Il les agitait devant sa poitrine, et ce geste révélait du courroux, de l'impuissance, voire un désespoir cuisant.

— Femelle ! murmura-t-il. Ah ! là là...

Il prit le parchemin avec un évident dégoût et tressaillit quand le chevaucheur lui en tendit un second :

— Pour votre fils le duc Jean, sire, de la part de la roine[1].

Le roi eut un sursaut :

— Pour Jean !... Elle se remet à se plaindre à mon fils !

Il avait descellé son billet. Il le lut. Quelques lignes qui le firent cligner et bredouiller : « Non ! Non ! » comme s'il avait, menaçante, son exigeante femme devant lui. Puis il fourra le parchemin dans le col de son pourpoint. Un moment, regardant le message destiné à son fils aîné, il fut tenté d'en briser la cire ; il se reprit, plaça le bref[2] au même endroit que l'autre, fit signe au messager de s'éloigner et à l'Henri de regagner la tente :

— Continue de fourbir mon armure... Quant à vous deux...

Il considéra Ogier, puis Thierry d'un regard doux et comme apitoyé :

— Je vous disais que j'ai bonne chevalerie et que nous pouvons vaincre...

Il ne prétendait plus « *nous vaincrons* », comme à Crécy, mais « *nous pouvons vaincre* » et cette restriction révélait, en dépit de la grande armée qui l'entourait, une disposition d'esprit nouvelle, une défaillance de l'orgueil, un doute énorme, prodigieux même, chez cet homme dont l'absolue confiance en lui-même avait fait des milliers de morts : cent mille, disait-on, depuis son couronnement. La supériorité de son cousin d'Angleterre l'avait bien ébahi. À la stupéfaction avaient succédé l'indignation et les intentions de revanche — cela, c'était au soir de Crécy. Maintenant, si sa malefaim de gloire — donc de victoire — demeurait la même, il se découvrait un appétit d'oiseau ; pis encore : d'oiseau plumé de la tête à la queue. Les Calaisiens pouvaient mourir de faim, Édouard III, ses

1. Reine.
2. Lettre brève.

maréchaux et jusqu'à leurs archers faisaient bombance jusqu'au pied de leurs défenses. Quelle vexation lui préparait le prétendant au trône de France ? Allait-il, lui, Philippe, le dominer cette fois ? Parviendrait-il à expurger de son royaume, en commençant par Calais, ce fléau qui hantait, la nuit, ses rêves, et le jour ses pensées ? Lorsque les Flandres relâchaient leur pression au nord, la Bretagne prenait feu ; si la vie venait à s'y apaiser, le Poitou souffrait à son tour ou bien les seigneuries du Périgord, proches des marches de Guyenne. Il s'était bien battu, lui, Philippe, à Crécy : trois blessures, et comme tout guerrier, il avait moins souffert de ces plaies à la chair que des navrures faites à sa fierté d'homme.

« Qu'il soit niais », songea Ogier, « n'empêche pas qu'il soit hardi ! »

Mais Édouard III possédait tout autant de courage ; de plus, bien fourni en intelligence, il savait mener son ost.

— Oui, nous pouvons vaincre, Argouges !... Soyez-en assurés, vous, vous, vous et vous !

S'il avait levé le menton vers Thierry, le roi venait de désigner du doigt Jaucourt, Tinchebraye, Raymond et Joubert, tous immobiles, respectueux — et indécis. Ogier estima qu'il pouvait prendre congé. Il en fut empêché par deux hommes jeunes, vêtus de velours bleu aux fleurs de lis, les jambes prises dans des chausses dont l'une était rouge, l'autre bleue, et les pieds enfermés dans des poulaines de cuir vermeil — on eût dit qu'ils avaient pataugé dans du sang. Ils portaient l'un et l'autre des épaulières de soie blanche, tressées, auxquelles pendaient des grelots d'or, et leur pourpoint serré était taillé si court qu'on voyait leur nombril juste sous leur ceinture. Le grand feston de leurs manches à barbe d'écrevisse touchait terre. On eût dit des bateleurs.

— Ah ! mes fils, s'écria Philippe. Vous avez vu passer Ancelin ?

— Oui... Comme il menait son cheval à l'abreuvoir, il m'a dit que Mère lui a remis une lettre pour moi...

— Et pas pour moi ? demanda le fils puîné, Philippe. Je n'ai rien lu de Blanche [1] depuis une semaine !

Jean considéra son frère assez dédaigneusement tandis qu'Ogier se disait qu'il voyait enfin le véritable maître de la Normandie. Devant cet homme-là, funeste guerrier tout autant que le roi, et de mœurs détestables, comment se serait-il senti à son aise ? Haut sur des pattes grêles, étroit du bassin, large d'épaules, le duc lança sur les inconnus auxquels parlait son père un regard sec, chef-d'œuvre d'importance, dont aucun d'eux ne fut troublé. Il avait des yeux d'un châtain pâle, la barbe claire, fricheuse, des lèvres plates sous la moustache mal taillée ; une sorte de bouc obombrait son menton épais aussi mou, semblait-il, que ses joues un peu creuses ; ses cheveux abondants, d'un roux blafard, collés de sueur par places, étaient loin de ressembler à ceux d'une femme, mais la main qui ramena une boucle frisottée rejetée par le vent derrière son oreille, avait une douceur presque féminine. Ogier cessa de regarder cet être singulier pour observer son frère. Plus court, plus solide, le duc d'Orléans n'avait, lui aussi, rien d'avenant. Des cheveux courts, blonds, des sourcils fournis, un nez droit, une bouche épaisse et un menton imberbe et pointu : il rassemblait tout à la fois dans sa personne, outre cette fierté inhérente aux Valois, une sorte de lourdeur puissamment charnelle et une vigueur qui peut-être, à défaut d'être guerrière, appartenait bien à un mâle.

— Que te dit Mère ? demanda-t-il au roi.

Ogier voulut se retirer, mais Philippe, d'un geste, lui

1. Philippe, duc d'Orléans, avait épousé, le 18 janvier 1345, Blanche, fille de la reine Jeanne (fille de Louis de France, comte d'Évreux) et de Charles IV, dernier des Capétiens directs. Elle était née le 1er avril 1328.

enjoignit de demeurer tout en répondant au duc d'Orléans :

— Elle veut mon retour... dit que je perds mon temps...

Il tendit à son aîné le bref qui lui était destiné :

— Tiens... que t'écrit-elle ?

Il ne devait y avoir que quatre ou cinq lignes, Jean de Normandie releva son visage de vieille pucelle velue :

— Elle va se rendre à Saint-Denis... Oraisons, messes chantées... Elle va faire prêcher au peuple pour que Dieu préserve notre royaume et le roi... Elle dit qu'elle y demeurera huit jours [1].

Le roi eut un geste. On eût dit qu'il repoussait une porte.

— Est-ce tout ?

— Elle insiste pour que tu reviennes au palais.

— Elle sait pourtant que c'est impossible !

Et lançant sa main par-dessus son épaule pour exprimer plus de moquerie que d'irritation, Philippe VI désigna Ogier à ses fils :

— C'est Argouges... C'est lui qui a mis fin aux bassesses de Blainville !

Bassesses. Un petit mot pour des années de trahison et un mépris que, tout roi qu'il fût, Philippe VI avait reçu en plein visage. Mais si le regard de Philippe le Jeune était demeuré inchangé — assez terne et maussade —, celui de Jean s'était illuminé ; son visage, qu'il venait d'étayer de ses poings, comme si son cerveau s'était brusquement alourdi, exprima une sorte de joie assortie d'amertume.

— J'ai toujours trouvé Richard déplaisant... Et voyez si j'ai bonne souvenance : vous l'avez estoqué

1. La reine se rendit à Saint-Denis le 20 juillet, selon les *Grandes Chroniques*. Le 22, à sa demande, une procession fut organisée à Paris. On porta dans les rues les reliques de sainte Geneviève.

avec une haste[1]... Si ç'avait été moi, quand il vint à la Cour, je l'en aurais fait chasser...

« Voire », songea Ogier. Car c'était Jean *aussi* qui avait contribué à l'ascension du félon. Ce prince jeune encore semblait avoir le sang plein de fiel. Cela, sans doute, tenait moins à une acerbité héritée de ses géniteurs et ancêtres qu'à un impatient désir de régner auquel son père faisait obstacle. Il devait avoir la tête pleine de desseins : rêves de grandeur, de pompe, d'amours de toutes sortes — à moins qu'il ne se contentât de Bonne, son épouse, et de Charles d'Espagne, son amant — ; et face à l'Angleterre, il devait méditer quelque invasion qui, à défaut de lui conférer la gloire d'Alexandre, rappellerait au moins celle du Conquérant.

— La Couronne a besoin d'hommes de votre espèce, Argouges, dit-il avec tant d'assurance que son père en demeura pantois. Nous ferons de belles appertises ensemble... Je ne sais comment, demain, après-demain... bientôt, nous mettrons les Goddons dans la déconfiture, mais nous les y mettrons ! Sitôt qu'Édouard tombera en mon pouvoir et son damné fils aussi, je les réduirai à la faim, et quand ils seront bien maigres...

Il s'interrompit, à court d'idée, puis son regard s'assombrit méchamment :

— Je n'oublie rien... Rien !...

Et tourné vers son père :

— *N*'est-ce pas *lui* qui, à la joute, buche ses adversaires en galopant un temps lance basse ?

— C'est lui, dit le roi. Ton oncle, Alençon, m'en avait moult parlé... Il l'avait vu courir des lances à Chauvigny.

— Adoncques, c'est vous... Mon précieux ami Charles d'Espagne a subi votre courroux, m'a-t-il dit... Il conserve de vous un souvenir exécrable !

1. Broche.

« Moi aussi », eût pu dire Ogier. Thierry également, que l'Espagnol avait poursuivi de propositions insensées. Contrairement à ce qu'ils craignaient, le duc Jean s'ébaudit et branlant cette tête chenue d'où sortaient des oreilles jaunâtres, comme si ses cheveux avaient déteint sur elles :

— C'est un jouteur sans fortes qualités... J'ai grand regret qu'il ne soit pas des nôtres : il combat les Flamands. Ces maudits tisserands nous ont donné du mal... À plus de cent mille, ils se sont répandus... Ils ont assiégé Aire... Ils ont ruiné tout le pays jusqu'aux portes de Saint-Omer et de Thérouanne... À Cassel, ils m'ont contraint à reculer... Bon connétable, Charles d'Espagne, accomplit ma vengeance aussi bien sinon mieux que ne l'aurait fait Guînes [1] !

Certes, se dit Ogier, Guînes était médiocre en tout, et puisqu'il était question de joute, aussi nul que l'Espagnol. De plus, c'était un mou et un couard : il s'était rendu presque sans combattre aux Anglais, lors du siège de Caen. Enfin, on le prétendait amant de la duchesse de Normandie. Pour l'une ou l'autre de ces choses, ou pour leur somme, Jean le haïssait et ne s'en cachait point. Thierry toussota pour inviter tous ses compagnons à se retirer, mais le roi fit un pas en avant, et les mains sur les épaules de son champion comme s'il voulait lui donner l'accolade :

— Saint-Venant, qui était des nôtres à la chasse,

1. Charles d'Espagne exerçait la charge de connétable par commission, le comte d'Eu et de Guînes étant prisonnier en Angleterre. C'est à sa mort, décidée par Jean, alors roi de France, que Charles d'Espagne allait être véritablement pourvu du titre (en janvier 1351).

Au début de cette année 1347, Philippe VI avait tenté de détacher les Flamands du parti anglais, leur offrant de faire lever l'interdit jeté sur la Flandre, d'y entretenir le blé pendant six ans à très bas prix, de leur faire porter des laines de France qu'ils tisseraient avec le privilège de les vendre, en France, à l'état de draps ; de leur restituer Lille, Béthune et une troisième cité, *Rowacum* ou *Bowacum*, qui pourrait être Bavay ; de les défendre envers et contre tous et de leur envoyer de l'argent. Les Flamands rejetèrent ces propositions.

me parlait justement de vous alors que nous revenions céans... Il a pour vous une considération telle que c'est lui qui m'incita à vous mander... Il se souvient de la manière dont vous avez estoqué Blainville et dit que vous devriez enseigner à tous les damoiseaux de la Cour comment il faut escrémir[1] avec un malandrin !

Ogier s'inclinait, prenant enfin congé, quand une ombre le noya tout entier. Se relevant, il vit qu'il s'agissait d'un homme en armure, bassinet en tête, visière relevée.

— Geoffroi de Charny, notre cher porte-oriflamme ! s'écria Philippe VI ravi.

Visage glabre, effilé, avec un nez pointu qui devait encombrer le nasal de la ventaille, des lèvres minces, incurvées vers le bas ; des yeux petits sous des sourcils touffus comme des chenilles, et dont la danse noire, effrontée, incommoda Ogier.

— C'est donc lui qui dénonça et tua Richard !

Pour que cet homme usât du prénom de Blainville, il l'avait fréquemment côtoyé. Peut-être avait-il eu de l'amitié pour lui. De plus, et comme pour ajouter à l'irritation d'Ogier, c'était *sa* voix qui avait lancé, sur son passage et celui de ses compagnons : « *Voilà que nous avons une hanse avec nous* ! » Que dire ? En présence du roi, la circonspection s'imposait.

— C'est moi, messire.

— Je vous avais entrevu l'an passé, sur les chemins, je ne sais où...

C'était une fausseté. Ogier s'en réjouit :

— Et vous n'auriez pas cru, connaissant *bien* Blainville, que je serais capable de m'imposer à lui ?

— Non... Qu'il eût été un traître, soit. Peu m'importe...

— Holà !... Il nous importe à nous, Geoffroi ! protesta le duc Jean, associant son père et son puîné à son

1. Jouer de l'épée.

indignation. Nous vous connaissons bien, mais soignez vos paroles !

Charny s'inclina, rougissant plus qu'il n'était nécessaire, et affrontant le roi, puis ses fils :

— Je ne voulais, sire, vous faire offense... Je savais Blainville invincible à l'épée... C'est pourquoi je suis ébaubi que ce soit... lui... qui l'ait dominé...

Le ton devenait dur et malintentionné. Les yeux noirs sertis d'un cerne gris, révélaient des fatigues et des sommeils pénibles. Ogier se dit qu'il avait peut-être entrevu cet homme sur le chemin de Saint-Denis, avant la messe propitiatoire qui avait précédé l'épuisante courre aux Anglais achevée à Crécy.

« Était-ce lui le porteur d'oriflamme tandis que nous pourmenions [1] les Goddons jusqu'en Ponthieu ? Non, assurément, puisque ces mêmes jours, il défendait Béthune contre les Flamands avec Courvaudon et d'autres [2]. »

Au début de la bataille, sur la pente du Val-aux-Clercs, Blainville avait tenté de s'approprier l'étendard sacré. Saint-Venant l'en avait empêché. Ensuite la grande flamme rouge avait disparu. Qui l'avait retrouvée ? Édouard III l'avait-il restituée au roi de France en même temps que le corps de son frère, Alençon ?

— Dommage, dit Charny, que vous m'ayez devancé dans le châtiment de ce larron. J'en avais envie depuis belle heurette. Richard prenait de plus en plus de hautaineté, ce dont je me courrouçais.

C'était faux, manifestement. Offense pour offense, Ogier s'estima en mesure de mentir :

— Par ma foi, messire, il m'a bien semblé vous voir un jour vous incliner devant lui plus bas que vous venez de le faire devant le roi.

1. *Pourmener* : poursuivre.

2. Il y avait aussi, à Béthune, Eustache de Ribemont, Beaudouin d'Annequin, Jean de Landas, Jean d'Aubenton, écuyer de Lorraine, Jean de Marquais. Le châtelain de la cité était Hugues de Bours.

Le duc Jean s'esclaffa, entraînant son père dans une hilarité dont Tinchebraye fut atteint, ce que voyant, Charny eut un mouvement vers son épée. D'une main ferme, le duc d'Orléans y mit un terme.

— Allons, allons, chevalier !

— Messire, je ne permettrai pas qu'un ribaud...

— Paix, messire de Maraut[1] !

C'était intentionnellement que Philippe le Jeune employait ce nom-là. *Maraut*, détaché du reste des titres possédés par Charny, le mettait au même niveau — ou peu s'en fallait — qu'un soudoyer. Le roi ne riait plus, mais son fils Jean ne s'en privait pas. Les dissensions devait lui plaire. Rien de mieux, pour être informé par les uns et les autres, de ce qui se passait autour de soi. Il recouvra soudain sa gravité :

1. Seigneur de Maraut, Pierre-Perthuis, Montfort près de Montbard, Geoffroi de Charny avait épousé successivement Jeanne de Toucy et Jeanne de Vergy. Sans doute fut-il vaillant, mais la corruption fut son arme préférée. Elle se retourna contre lui au siège (toujours) de Calais, en 1348, lorsqu'il proposa à Aimery de Pavie de lui livrer la forteresse dont il assurait la défense contre 20 000 écus. À malin, malin et demi : le Lombard fit prisonnier Charny dans la nuit du 31 décembre 1349 au 1er janvier 1350 et le livra à Édouard III, présent. L'affaire fit de nombreuses victimes et Charny se retrouva captif en Angleterre. Un an plus tard, libéré contre une forte rançon, il se vengea d'Aimery de Pavie en pénétrant de nuit dans son château de Fretin. Quand il l'eut emmené à Saint-Omer, il le fit mourir dans d'atroces tortures. Ce chevalier, sans grandeur d'âme ni mérites exceptionnels, sut obtenir par flagornerie la considération de Philippe VI. Il en profita amplement. Au mois de juin 1343, le roi avait amorti pour lui 140 livres tournois de rente annuelle pour lui permettre de fonder une chapellenie à Lirey (Aube). En 1348, au mois d'octobre, il lui avait offert une maison et ses appartenances à Paris, rue du Petit-Marivas. Elle venait d'être confisquée à Girard d'Ormes, notaire royal. Enfin, le 19 avril 1349, Philippe VI lui avait accordé, pour lui et ses héritiers, en place de 1 000 livres de rente à vie qu'il lui avait données sur le Trésor, 500 livres de rente à héritage à prendre sur les premières forfaitures qui pourraient lui échoir dans les sénéchaussées de Toulouse, Beaucaire et Carcassonne. Dans les dernières années de sa vie, Charny fit partie du Conseil secret du roi. Se piquant de poésie, il écrivit sur cette chevalerie, dont il respectait si peu les commandements, un poème de 1 800 vers. Il mourut lors de la bataille de Poitiers.

— Charny, on dirait que vous enviez Argouges. Parce qu'il est le champion de mon père ?... L'honneur d'être porte-oriflamme vous est-il indifférent ?

— Certes non, messire duc !

Et prosterné devant Philippe VI, comme s'il s'apprêtait à s'élancer en rivière :

— Sire, votre champion s'engrigne pour un rien !

Brusquement tourné vers son contempteur, quelque chose joua sur sa bouche, qui pouvait être un sourire ou l'expression d'une abomination contre laquelle Ogier se sentit désarmé. Sans la présence du roi et de ses fils, il eût dégainé Confiance.

— Vous me semblez aigri, Argouges... Seriez-vous mal heureux en amour ? C'est le mal d'amour qui fait grossir la bile... et donne les humeurs peccantes !

Ogier se sentit atteint en plein cœur. Il rougit, d'où un surcroît de fureur.

« Des mots ! » tenta-t-il de se dire. « Et les mots d'un sot ! »

Il se devait pourtant de relever l'offense : le roi le surveillait d'un œil froid, inquiet.

— Admettons que ma bile ait grossi, surtout quand je suis en votre présence... Dites-moi donc, messire Charny, à votre tour, ce qui fait grossir si énormément votre sottise... et quand je dis sottise, je reste bienséant !

De nouveau, Philippe le Jeune s'interposa :

— Depuis un mois que nous sommes à Hesdin, messire Charny, vous multipliez les discordes !... Je sais que vous êtes, vous aussi, un sang-bouillant...

Ogier n'écoutait plus — ou à peine. *Un mois* ! Un mois ! L'on riait, chantait, mangeait à sa faim. À Calais, le Calais de France, les hommes, les femmes et les enfants mouraient faute de nourriture, et peut-être aussi de désespérance. Il regarda Charny, lui trouva un visage de marmouset et s'aperçut que le duc Jean s'éloignait, tandis que le roi, trop las pour demeurer debout, se rasseyait sur sa chaise à tenailles.

— ... et je n'ai pas de leçons à recevoir de cet homme, même s'il est votre champion, sire, s'emportait Charny. Quand il s'agit d'honneur et de guerre, je me sens à l'aise !

Tourné vers Ogier, il cracha presque :

— Quand je n'étais que chevalier-bachelier, j'ai servi en Flandre dans la bataille du comte d'Eu[1]...

— Mon père était dans celle de Robert Bertrand de Bricquebec.

— Votre père...

Ogier s'attendit à une offense. Il n'en fut rien : le roi venait de dire : « Paix, Charny ! » mais le porte-oriflamme n'en avait pas fini :

— J'ai défendu Béthune en septembre dernier !

— Vous seul ?... Il devait y avoir moult chevaliers près de vous, et surtout grand-foison de ces ribauds dont vous avez fort mépris !... Quant à guerroyer lorsque l'on est jeunet, messire, je dois vous dire qu'à treize ans, j'étais sur le *Christophe*, à l'Écluse... Vous pouvez donc rengainer vos leçons comme vous venez de rengainer votre épée !

Sans prêter plus d'intérêt à cet outrecuidant, Ogier plia légèrement l'échine, face au roi immobile et rêveur :

— Puis-je me retirer, sire ?

— Oui... Allez...

Thierry s'inclina, les hommes également ; ils allaient partir, assez contrits et courroucés, quand le monarque appela :

— Argouges !

Ogier se retourna :

— Sire ?

Se refusant à voir Charny, il enfermait Philippe VI dans son regard et retrouvait comme à son arrivée, un suzerain usé, à l'œil tout aussi indécis que la bouche, mais qui se rengorgeait tout à coup :

1. Avec six écuyers, du 27 avril au 1er octobre 1340.

— Ne quittez pas Hesdin... Nous partirons demain ou après-demain et je vous veux à mon côté.

D'une dextre pesante, il rompit l'entretien. Et dès qu'ils eurent fait dix ou douze pas, Tinchebraye grommela :

— Ce Charny, je le mettrais au charnier !

Joubert rit ; il fut le seul. La cubitière de Thierry toucha celle de son beau-frère.

— Tu t'es fait un ennemi.

— Sans doute... Il se prend pour un aigle et n'est qu'un alérion[1] ! Je suis Ogier d'Argouges. Ma famille a trop souffert de l'infamie des gens — chevaliers et manants — pour que je souffre, moi, la moindre moleste.

Sa tête le brûlait. Il avait le cœur lourd et du fiel sur les lèvres. « Mal d'amour ! » C'était vrai. Mal de Blandine. Mal de la séparation. Mal du mariage. Mal de tout. S'il avait pu recommencer sa vie à partir du moment de leur rencontre, il serait certes allé à Poitiers ; il l'aurait épousée à condition qu'elle y eût consenti après qu'il lui eût dit : « *Voilà comment je suis et quelle sera notre vie.* » Mal d'amour ! Ah ! là là. Charny avait montré une subtilité diabolique en le disant atteint de ce mal-là, et c'était de cela, surtout, qu'il lui tenait rigueur.

— Ça commence bien !... Mais que pouvais-je faire d'autre ?

D'une voix âpre et malade elle-même, issue des profondeurs de son amertume, il ne pouvait qu'interroger Thierry, le seul parmi les autres qui connût bien sa vie. Le seul qui se fût douté, depuis longtemps, qu'entre Blandine et lui tout périclitait.

— Tu t'es emporté, Ogier, mais j'en aurais fait autant à ta place. Oublie...

— Tu sais que je n'oublie rien... Et Charny est bien de mon espèce !

1. En héraldique, petite aigle sans bec ni pattes, au vol abaissé.

— Il nous laissait penser, dit Joubert en changeant la bannière d'épaule, qu'il est heureux en amour... Or, si ça se trouve, il est plus branchu qu'un cerf de dix cors... Ne dit-on pas : *Cocu et content* ?

Ogier sourit ; les autres, surtout Raymond, s'ébaudirent. Thierry, sûr de ses amours avec Aude, dit qu'il n'était plus temps de penser aux femmes.

— Ça amollit...

— Pas quand elles sont nues ! dit Tinchebraye. Tiens, la Berthe, la fille du fournier de Coutances... Vous la connaissez... Elle est fessue comme...

— Elle a les nasches [1] en goutte d'huile, dit Raymond, dédaigneux.

— Sans doute, sans doute, mais c'est de l'huile bouillante, crois-moi !

Thierry interrompit cette gaieté qu'il eût partagée naguère.

— Vous feriez mieux de penser à Calais... Ça va saigner...

Sans doute construisait-il en imagination ces murailles de bois derrière lesquelles Édouard, ses hommes d'armes et ses manants vivaient une vie aisée, tandis que dans la vraie cité ce n'étaient que cris d'angoisse et gémissements de mort par la faim : le trépas le plus long, certainement le plus horrible.

Ogier se coucha dans l'herbe aussitôt avalé le repas du soir. Il était las, pourtant il dormit mal. La malsaine confrontation de ses espérances et des courroux, déceptions et rancœurs assenés comme une punition céleste recommença, tissant un demi-rêve où Blandine apparaissait parfois, virginale et douce. La beauté même. Mais il était désormais dégrisé par cette magnificence charnelle. Il s'était bercé d'illusions. « *Je n'ai pas su la mériter !* » Il devait reconnaître le bien-fondé de certaines mélancolies de son épouse. Gratot, même restauré, conservait dans ses pierres la tristesse des jours

1. Fesses.

d'opprobre. Telle une eau noire, cette détresse rejaillissait plus ou moins fort sur les êtres qui vivaient là. Luimême n'était pas un gars joyeux, insouciant. « *Tu sais bien mieux t'y prendre avec une épée qu'avec ta femme !* » Sur cette pensée, son mal de tête empira ; il allait se lever pour errer dans le camp lorsqu'une sonnerie le dressa, frissonnant, dans la nuit grise.

— À l'arme ! À l'arme !... Tous debout !... Nous partons ! hurla quelque part un héraut.

Un grand vacarme se répandit aussitôt parmi les tentes. Les chevaux assoupis hennirent. Les bœufs qui traînaient les artilleries meuglèrent tandis que les trompes et trompettes sonnaient toujours avec une insistance folle.

— Ça y est, dit Thierry. *Il* a dû se décider dans la nuit.

— Tu sais qu'il ne pourpense rien... Où va-t-il nous mener ?

— Soit au succès, soit à la déconfiture.

— Nous le verrons bien assez tôt, messires, dit Joubert, en s'étirant et en bâillant si fort qu'il semblait gémir de douleur.

*

* *

Entouré de ses chevaliers, écuyers, barons, Génois et d'une demi-douzaine de porte-flambeaux, le roi, adoubé d'une armure vermillonnée par les feux et le pourpre du soleil levant, considérait alternativement Jean et Philippe, ses fils, comme s'il craignait qu'ils ne prissent la parole à sa place. Il n'avait pas coiffé son bassinet. Parfois, il passait une main dans ses cheveux qu'un souffle d'air prenait plaisir à disperser sur son front et ses joues.

— Quel jour sommes-nous, déjà ? demanda-t-il.

— Le dix-sept, sire, s'empressa Geoffroi de Charny plus gluant qu'un pot d'axonge.

Alors, comme rassuré, le monarque prit la parole :

— Calais nous attend, messires !

Le petit front tomba dans une large paume. Puis, le visage brusquement relevé prit une expression menaçante qu'Ogier connaissait :

— Or çà, messires, voici comment nous irons.

Un silence broya les paroles de la plupart des prud'hommes qui s'étaient entretenus comme sur un foirail.

— La première bataille sera celle de Robert de Wavrin, sire de Saint-Venant.

Le maréchal s'inclina et attendit la suite.

— Il aura près de lui le Galois de la Balme, notre maître des arbalétriers, puis Montmorency et les piétons qu'ils choisiront.

Montmorency était absent. Le roi en parut consterné. Il semblait que l'approbation de ce grand meneur d'hommes allait lui manquer. Ignorait-il qu'en appariant deux preux à l'avant d'une multitude, il provoquerait d'emblée leur discorde ?

— La seconde bataille sera au duc de Normandie, mon ains-né fils. Je le compagnerai...

L'ains-né fils en parut courroucé, ce qui réjouit son puîné.

— ... et nous aurons avec nous soixante-trois bannières. Mon second fils vous dira lesquelles.

Le petit duc Philippe parut furieux, mais le roi n'avait pour lui aucune attention particulière. En fait, il regardait le ciel pour le prendre à témoin, sans doute, de ses qualités d'homme de guerre. Revenant sur terre, il indiqua :

— La tierce bataille aura pour elle Jean de Hainaut, le comte de Namur... Sont-ils présents ?

— Oui ! Oui ! dirent deux voix.

Le roi se tourna vers son parent qui peut-être lui était le plus cher :

— Et vous, duc de Bourbon, assurerez l'arrière-garde.

Le duc s'inclina si bas qu'Ogier ne put voir son visage. « Je jure Dieu », se dit-il, « qu'après une ou deux lieues, toutes ces batailles seront mêlées et leurs chefs confondus. Il se peut même que Bourbon se retrouve à l'avant sans savoir ni pourquoi ni comment. » Tout cela lui rappelait en partie les préparatifs du cheminement vers Crécy et leur funeste conséquence.

Le roi semblait avoir oublié quelqu'un de cher.

— Non, Charny, dit-il sèchement. Point de doléances : vous savez bien que vous chevaucherez près de moi.

Ogier vit le nez du porte-oriflamme se pincer sous l'effet d'une puissante inspiration. On eût dit qu'il humait une grosse bottelée de fleurs... ou une venaison.

III

Philippe VI décida de faire halte à Auchy pour y déjeuner en compagnie de ses fils, de ses maréchaux et de sa grand-baronnie ce qui, dit-il, n'empêchait pas sa chevalerie et son écuyerie d'avancer avec la piétaille. Le repas fut plantureux et les conversations abondantes. Ensuite, on chemina vers Coupelle-Vieille et Fruges. Quelques tentes furent plantées alors que le soleil se couchait.

Ogier avait été contraint de prendre part à la lippée. Il retrouva Thierry et leurs compagnons avec plaisir et leur dit simplement :

— L'histoire se répète.

L'armée demeura dans les champs une nuit et un jour, et ces champs étaient si vastes qu'ils permettaient une montre [1] après laquelle on eût pu rectifier l'avance et le déploiement de ces milliers d'hommes dont la progression désordonnée, pour Ogier, Thierry et certains de leurs compagnons, ressemblait à celle qui avait précédé l'arrivée de l'ost au bas du Val-aux-Clercs. Il n'en fut rien.

Le vendredi 20, Fauquembergue reçut Philippe VI sans cérémonie, et le 22, Lumbres l'accueillit. Entouré de quelques notables, le mayeur, un grand maigre blan-

1. Revue.

choyant aux vêtements de fête passés en hâte, s'inclina tandis que trois pucelles se portaient en avant pour accomplir une génuflexion qui révélait au roi un bon tiers de poitrine.

— Ah ! bon... fit-il.

L'une lui présenta un drageoir plein de confiture sèche, l'autre un pichet et un hanap d'or qui peut-être était un petit ciboire, et la troisième une bottelée composée d'épis, de marguerites et de coquelicots.

— Ah ! bien, dit-il en mettant sans aide pied à terre.

Le duc de Normandie imita son père et le duc d'Orléans, après avoir guigné dans les camisoles entre-closes, en fit autant.

— Bienvenue, sire ! cria le mayeur.

L'aînée des jouvencelles, les paumes réunies autour de son drageoir, présenta les fruits confits au souverain, qui n'en prit qu'un seul. Ses fils abondamment se servirent.

— On dirait, chuchota Joubert à l'oreille d'Ogier, qu'ils n'ont pas mangé depuis deux jours... Qu'en pensez-vous, messire ?

— Je pense que ce sont les jolies pommes de ces pucelles qui semblent surtout allécher le duc Philippe... Six d'un coup et il n'a qu'une bouche et deux mains.

Tinchebraye hoqueta ; Thierry dit : « Toi, alors... » tandis que le roi buvait le vin, empoignait les fleurs et remontait en selle — cette fois aidé par l'Henri.

— Sire, dit le mayeur, nous pouvons mettre à votre disposition...

— Rien, dit Philippe VI d'un ton sec. Nous sommes des guerriers, nos pavillons suffiront...

Quelques maréchaux grognèrent, mais on avança, longeant les murailles courtaudes d'une cité qui avait souffert de l'Anglais et peut-être du Français ou du mercenaire.

Après un petit trot, le roi jeta les fleurs en riant :

— Holà, mes fils... Ces trois colombes... Seriez bien entrés dans leur colombier.

L'armée se répandit autour de la cité. Les tentes du roi et des chefs à peine dressées, des bans furent publiés que cinq ou six hérauts clamèrent en tous sens : le pillage et les violences étaient interdits. Qui volerait ou violerait périrait sur la hart[1]. Défense était faite de s'écarter hors des limites fixées par les capitaines ; nul ne devrait prétexter de chercher du fourrage pour entrer, de jour, dans les granges, et comme les cuisines roulantes et le ravitaillement avaient suivi, nul ne pourrait alléguer de la faim pour tenter de se repaître d'un cochon ou d'une volaille ; enfin, nul ne devait mettre à profit les ténèbres pour essayer de s'introduire en ville : les portes en seraient gardées par les Génois. Ces recommandations parurent à certains complètement absurdes : l'Anglais était passé sur ces terres, vélocement, certes, mais il avait ruiné, tué, violé ; même les trois jouvencelles avaient dû subir ses ardeurs. « Alors, pourquoi pas nous ? » On se résigna, et dès la nuit tombée, aux chandelles, le roi tint son conseil devant son pavillon.

Le duc d'Athènes, Gauthier de Brienne, connétable de France, recommanda la prudence au souverain, pour les prochaines lieues à couvrir : les Goddons pouvaient vouloir leur couper le chemin ; il fallait désigner des avant-gardes. Aussitôt le duc Jean s'esclaffa :

— S'ils avaient cette intention, messire duc, nos ennemis guerpiront en nous voyant.

— Savent-ils seulement que nous venons à eux ? interrogea le duc d'Orléans, le seul qui n'avait pas enlevé son armure, comme s'il craignait quelque assaut nocturne.

— Ils le savent, dit Robert de Wavrin, approuvé par Jean de Hainaut.

— Raison de plus, Saint-Venant, dit Guillaume Flotte, le chancelier de France, pour ne point trop nous attarder... N'est-ce pas, sire ?

1. Le gibet.

— Vous avez raison, Flotte !... Ne faisons pas attendre mon cousin Édouard !

Le roi riait ; d'un geste, il mit un terme au conseil, et le dos plus courbé qu'à l'accoutumée, il se retira sous sa tente. Il y demeura presque deux jours « à pourpenser son assaut », selon ce qu'affirmaient ses fils et ses grands capitaines.

Le 23, l'armée dont la dislocation ne faisait aucun doute s'immobilisa aux environs de La Montoire, le lendemain entre Ausques et Tournehem. Philippe VI voulut alors se diriger vers Gravelines. Les Flamands lui envoyèrent des messagers pour lui signifier qu'ils lui interdiraient le passage, dussent-ils, pour cela, engager un combat mortel. Le roi se résigna.

— Allons à Guînes, dit-il.

On arriva le 26 dans la cité arse et ruinée. L'air sentait la mer toute proche ; il faisait beau, mais le roi se montrait d'humeur maussade.

— On dirait, dit Thierry, qu'il craint de batailler.

— Je crois que tu as raison, beau-frère.

L'odeur de cette mer qu'il n'apercevait pas revigorait Ogier. De plus, on allait se battre. Ensuite, il reviendrait à Gratot ; il y verrait Blandine et leur enfant. Leur vie prendrait une autre tournure.

« À moins que je ne sois occis ! »

Allons, bon ! Voilà qu'il s'assombrissait, bien que la mort eût pu seule anéantir ses tourments.

Peut-être parce qu'il souffrait de cette incertitude du bonheur comme d'une plaie inguérissable, il sentait Blandine plus vivante et plus proche de lui qu'elle ne l'avait jamais été lors de leurs séparations, même des plus courtes comme celles qui les éloignaient quotidiennement à Gratot. En cachette, il lui advenait de flairer le volet de soie dont à Chauvigny, fièrement, il s'était fait une manche honorable. Il n'y retrouvait plus l'odeur chérie, mais celle de sa propre sueur, aussi amère que sa salive, aussi âcre que ses pensées. Il revoyait les larmes sur les joues pâles de son épouse tandis qu'elle enlevait, d'un geste las, les cheveux crochetés sur son front ; puis sa main apposée sur son ventre bien rond — la perfection de la rondeur. « Nous nous sommes quittés comme des ennemis en sauvant les apparences devant mon père, Aude et nos serviteurs. » Même si elles lui avaient semblé dues au dépit davantage qu'à la détresse, ces larmes signifiaient qu'elle l'aimait toujours.

Tout comme lui, elle était asservie à la volonté royale. Elle avait épousé un chevalier ; partant, elle devait comprendre les exigences d'un tel état et s'y conformer dignement, même en n'étant, au fond d'elle-même, que fureur et que haine.

« Si c'était à refaire... », songea-t-il.

Au lieu d'essayer de la consoler, au lieu de la rassurer sur la brièveté de son absence et, surtout, sur la stabilité de leur devenir ; au lieu d'affermir sa force, sa confiance, il l'avait quittée en hâte.

Il essaya de se rassurer une fois encore :

« Aude est seule, elle aussi ; elles se conforteront. »

Or, rien n'était moins sûr, Blandine, son enfant mis au monde — il se pouvait qu'il y fût mis —, pourrait devenir ombrageuse. Pour peu qu'Aude eût un fils et Blandine une fille, dame Argouges serait terriblement déçue. Et si elles enfantaient l'une et l'autre un garçon et que celui d'Aude paraissait plus solide que le sien...

Voilà où il en était... Il prêtait à son épouse des sentiments qu'elle n'éprouvait sûrement pas... Se serait-il contristé ainsi en Bretagne, s'il y était parti de son plein gré ?... Non : il aurait eu trop de choses en tête : guetter les Goddons, les escarmoucher en des lieux propices, partager le butin...

« Je suis trop tourné vers le passé. Est-ce parce que je vais mourir bientôt ?... Philippe est un roi mortel ! »

Il pensait aussi à la Croix disparue, à Sirvin, au jugement de Dieu sur cette affaire qui sentait plus le soufre que l'encens.

« Que fait Blandine en ce moment même ?... L'enfant tète-t-il son sein ? Y prend-elle un plaisir de mère ou de femme ? En est-elle fière ou dégoûtée ? Avec elle, peut-on savoir ? Elle diffère toujours de ce qu'on en espère ! »

Il revit sa chevelure d'orfroi au fils tors, légère et lourde à la fois selon qu'elle frémissait au vent ou s'étalait sur l'oreiller, ajounuque fine et dorée... Que de baisers leur avait-il donnés !... Et ces yeux d'ambre roux, aux brillances superbes jusque dans la délicate dentelle des nervures... Et ce nez si pur aux narines pincées dans l'amour ou la colère ; cette bouche où fleurissait la moquerie, la tendresse, et des lamentations et reproches qu'il avait peut-être exagérés...

À ce souvenir, car il voulait oublier tous les charmes du corps, il frissonna, seul parmi des milliers d'hommes dont aucun n'avait pu aimer comme il avait aimé ; seul, les oreilles emplies des bruits des plates, des grésillements de mailles, des cris et cliquetis de harnois et des tintements des bassines décrochées du bât de Tencendur et dans lesquelles Tinchebraye, Joubert, Courteille, Desfeux et Sapienza s'en iraient quérir la mangeaille.

— Demain, Ogier, nous commencerons à *les* voir.

— Sans doute... S'il m'advenait de ne pas revenir au pays, pour cause de malemort, prends bien soin de Blandine et de notre enfant.

— Tu y reviendras ! Tu appartiens à ceux qui trépassent grands-pères !

— Champartel a raison, dit Raymond tout en aidant Jaucourt à soulager Artus de sa selle. Dieu veille sur vous avec bienveillance.

— Qui sait ? Qui sait si je mérite un tel soutien... Qui sait ce qu'est la mort pour Lui : une punition ou une récompense ?

Chaque fois qu'il avait dû guerroyer, il avait accueilli cette nécessité d'un cœur tranquille sans éprouver le sentiment que son âme s'avilirait. Verser le sang, verser son sang en hurlant « *Montjoie-Saint-Denis !* » était une obligation à laquelle bien peu de nobles — et de gens du commun — pouvaient se soustraire. Avant que d'assaillir l'ennemi ou d'être assailli par lui, il se gavait la vue des contrées traversées pour se dire que la France était belle et valait la peine qu'on la défendît, même affligée sur son trône d'un Philippe VI de Valois. Ces jours-ci, rien ne l'avait intéressé : ni les arbres, ni les prés, ni les ruisseaux, ni le ciel pommelé. Rien ou presque. Il suivait l'armée sans plaisir, se préparant à la prochaine épreuve que le roi lui réserverait avec une bonne volonté qui peut-être était l'acceptation d'un châtiment mérité : « *Tu as fait du mal à Blandine, tu vas le payer.* » Absurdité. Il attendait de l'affrontement de Calais, quel qu'en fût le jour, et surtout quelle que fût la forcennerie des adversaires, qu'il lui permît d'aller jusqu'au bout de lui-même.

Jusqu'au bout de ses forces. Aurait-il à les employer ? Il se pouvait qu'avant la mêlée, un boulet de bombarde lui arrachât la tête ou lui ouvrît le ventre. On ne cessait de parler de ces armes qu'il trouvait, lui, déshonorantes, parce qu'elles tuaient de loin et sans aucun risque...

« Voilà que je pense à elles comme si j'appartenais à un monde révolu ! »

Se battre d'homme à homme à grands fracas d'épée : c'était beau, c'était mâlement beau... Se battrait-il d'homme à homme ?

— Si nous ne nous quittons pas dans la presse, dit Crescentini, aucun de nous ne mourra !

— Y aura-t-il seulement bataille ? interrogea Jaucourt en insérant la bannière de Thierry, roulée, dans sa custode. Je n'ai jamais vu la guerre de près, mais le roi Philippe, je le crains, ne m'en fournira pas l'occasion.

— Tant mieux pour toi, peut-être, dit Tinchebraye.

*

* *

Avant l'aube, les trompes sonnèrent et les tambours, pour la première fois, envahirent la nuit d'un long bourdonnement. Il y eut des protestations : « *Déjà ! — Merdaille ! — On ne peut plus dormir son soûl ?* » Thierry et Ogier s'adoubèrent puis se joignirent aux chevaliers qui, certains une torche au poing, se dirigeaient vers le pavillon royal afin de savoir, disaient-ils, comment l'armée aborderait Calais.

Le roi tenait conseil en plein air tandis que l'Henri, aux lueurs de quatre flambeaux, le revêtait de son armure.

— Allons, allons, sergent, hâtez-vous de restraindre[1] ces plates !

— Remuez moins, sire, et je me hâterai davantage.

Philippe était nerveux. Chez ce mou qui, sans être un valétudinaire, semblait sécher sur pied, était-ce un bon ou mauvais signe ? Il souriait du bout de ses grosses lèvres, et quand il eut le torse pris dans son fer, il se cambra autant qu'il le pouvait puis tapota de l'index un parchemin étalé sur une table basse :

— Messires, nous allons y aller... Mais en bonne et belle ordonnance, et malheur à tous ceux qui contreviendront aux mandements que je donnerai.

C'était un ton nouveau. La leçon de Crécy avait-elle été salutaire ? Des barons, des grands seigneurs arrivaient, tels les ducs d'Athènes et de Bourbon qui ceignaient leur épée tout en trottinant dans leur fer. Les fils du roi apparurent l'un, Jean, prêt à combattre, l'autre, Philippe, vêtu d'une huque de lin sous laquelle il était nu. Puis vint Geoffroi de Charny, l'oriflamme au poing et le sire d'Offémont, qui ne s'était rasé qu'un côté du visage, le colletin de fer luisant d'une dentelle de savon. Près du roi, Jean de Hainaut regardait, réprouvait, et Beaujeu, d'un bref mouvement de tête,

1. Les *plates* étaient les pièces d'une armure. Restraindre ses plates signifiait soit s'armer, soit resserrer les sangles et les aiguillettes de cuir qui assuraient le maintien de l'habit de fer.

saluait Ogier et Thierry avant Charny qui s'en trouvait offensé.

— Messires ! Messires ! tonna le roi. Du silence...

Il en obtint car il avait menacé du poing tous ceux qui s'apprêtaient à ouvrir la bouche : le duc d'Athènes, Philippe d'Orléans et Geoffroi de Charny.

— Messires, nous allons partir pour Calais... Des coureurs que j'ai envoyés en avant dès hier matin, m'ont rapporté de quoi dresser le relèvement des défenses que nous trouverons devant nous et qui figure sur cette feuille. Je vous engage, quand j'en aurai terminé, à en prendre connaissance.

Assurément, comparé à la confusion qui avait précédé le départ pour Crécy, ce prologue avait de quoi réconforter Hainaut, Beaujeu, « Thierry et moi », songea Ogier au moment où, l'apercevant, Philippe VI décidait :

— Vous et votre beau-frère, Argouges, chevaucherez derrière mes fils.

Il n'y avait qu'à acquiescer ; et déjà le roi disposait ses connétablies :

— Vous, Athènes, et cent armures de fer, et votre lance à l'avant ; vous, Hainaut, aurez le privilège de tenir la senestre, et les chemins vous conduiront ici...

Le médius du gantelet royal désigna un point, sur le parchemin, tandis que le duc Jean demandait, en jouant des cubitières pour atteindre la table :

— Et moi, Père ?

— Plus tard ! Plus tard ! Sache attendre ton tour...

Ainsi les grandes décisions prises à Hesdin étaient remises en question.

— Ce n'est pas tout, déclara le roi haussant le ton.

Le duc d'Orléans reculait dans la foule ; Ogier eut envie d'en faire autant, mais Thierry le retint par sa dossière.

— Vous, Charny, chevaucherez près de moi. Chacun se reconnaîtra à ses bannières et à celles de ses voisins ; nous ne déploierons l'oriflamme que pour lancer l'assaut. Que chacun ait toujours au côté l'épée prête et le bassinet en tête, car il faudra occire quiconque nous interdira le chemin. N'oubliez pas d'avoir cordes, grappins, scies, poudre noire... Le bagage de mon ost en est plein : faites-les quérir... Entre le corps d'armée que je commanderai et celui du chancelier de France et de ceux que je vais nommer, notre artillerie sera tirée par les bœufs, sommiers et mulets qui, en un mois, ont eu le temps de prendre des forces... Quand nous arriverons en vue de la cité, nous nous arrêterons pour un autre conseil.

— On prétend, dit Charny, que le roi a son épouse près de lui.

— Certes, dit Philippe VI d'un ton neutre qui occultait péniblement sa plaisance d'être éloigné de la sienne. Mes espies m'ont rapporté qu'elle est grossement enchainte... Vous pouvez sourire, Geoffroi ! La reine, en l'absence de son époux, a guerroyé contre les Escots. Elle a vaincu Bruce, leur roi et notre ami, l'a fait enchartrer en la Tour de Londres, et quelques jours après, sans s'être reposée malgré son état, elle était auprès d'Édouard[1]... Trois jours avant la Toussaint,

1. Les Bruce, qui régnaient sur l'Écosse, n'étaient autres que des Normands. Ils descendaient de Robert de Brix qui avait combattu à Hastings dans l'armée du Conquérant avec 200 guerriers réunis dans son fief proche de Valognes. Ils reçurent d'immenses domaines et fournirent alors une lignée de rois. Citons Robert VII, né en 1274, mort à Cardoss en 1329. Il avait été couronné en 1306 (25-27 mars) et arracha sa patrie à la domination anglaise grâce à sa victoire sur Édouard II à Bannockbum (1314). Dès son avènement, Édouard III reconnut l'indépendance de l'Écosse. Le descendant de la grande lignée des Bruce, David (1324-1371), eut un règne désastreux et fut détrôné par Édouard Baliol. Fuyant son pays, il séjourna en France (1334-1341), revint en Écosse et fut battu à Nevill's Cross, le 17 octobre 1346.

Philippe VI, dans ses propos, mélangeait tout, faute de renseignements précis, car la reine Philippa, au moment de la bataille de Nevill's Cross, n'était pas avec l'armée anglaise, mais à Ypres, auprès de sa sœur, l'impératrice Marguerite. Elle avait quitté l'Angleterre le 10 septembre. Elle y revint et y vit Bruce qu'on allait enfermer à la Tour de Londres. Il avait été capturé à Newcastle par un écuyer, Jean de Copeland, qu'elle récompensa. Elle repartit pour Calais où, effectivement, elle débarqua trois jours avant la Toussaint 1346, refusant de laisser

pour mieux dire... Elle fera ses couches à Ville-Neuve-la-Hardie. Elle s'est entourée d'une grand'foison de gentilfames.

— Hé ! Hé ! fit le porte-oriflamme. Nous les aurons bientôt à discrétion !

— *Tsitt ! Tsitt !* ajouta le roi comme s'il appelait son chien. Ces dames étaient hourdées de leurs maris, pères, frères, fils et amis.

Ils lantiponnaient[1] tous, sans souci apparent des Calaisiens qui devaient se ronger les foies d'impatience.

Ogier estima en avoir suffisamment entendu. Thierry également. Ils partirent. Leurs compagnons avaient fait place nette. Les chevaux, sellés, attendaient et Marchegai semblait de bonne humeur.

— En selle, dit Ogier. Courteille et Desfeux, veillez sur Tencendur.

— On a le temps, remarqua Thierry. Le roi n'a pas fini...

Il se hissa tout de même sur Artus.

— Encore un chevaucheur ! s'exclama Joubert.

C'en était un, à la livrée royale. Il venait de Paris et marchait à pied, précédant son cheval fourbu.

— Encore un pli de la reine pour son époux !

— Hé oui, Tinchebraye. Mais crois-moi, ce n'est sûrement pas une lettre d'amour.

— J'ignore, messire Ogier, ce qu'est l'amour, dit Joubert. Mais à voir votre visage en ce moment, il me paraît que c'est triste.

Ogier s'apprêtait à répondre quand Le Hanvic demanda :

— C'est quoi, messire, selon vous, l'amour du roi et de son épouse ?

longtemps seul un époux volage. Après le départ des Français, elle donna le jour à une fille, Margaret de Calais, qui, plus tard, épousa John Hastings, comte de Pembroke.

1. *Lantiponner* : tenir des discours vains, importuns.

— De la rage, et encore de la rage ! La reine exige de départ du roi non pas vers Calais mais vers Paris...

— Que va-t-il faire ?

— Tu vas le savoir bientôt. Vois qui nous vient...

— Merdaille, dit Thierry, le duc de Normandie... Que nous veut-il ?

*

* *

Le prince Jean, souriant, s'approchait :

— Quel beau cheval, Argouges, avez-vous là !

Tandis que le fils du roi considérait attentivement Marchegai, le cheval l'observait de ses grands yeux d'onyx en couchant un peu les oreilles. Ses narines exhalaient un léger brouillard ; le gantelet du prince en fut aspergé quand il voulut toucher à son chanfrein.

— Un noble animal... Un peu court peut-être, mais vigoureux... L'épaule oblique comme il sied, la poitrine profonde... Bonnes jambes... Bonnes jointures...

Il caressa le cheval au garrot ; son gantelet descendit sur le poitrail et de son pouce il éprouva les tendons bien fouillés. Ogier laissait au destrier la bride lâche bien qu'il sentît, aux frémissements de ses flancs, que cette inspection commençait à lui déplaire.

— Ce destrier doit être redoutable aux joutes...

Le fils aîné du roi était-il bon jouteur ? En tout cas, il imaginait des courses fracassantes, et sans doute aussi de meurtriers tournoiements dans les mêlées, qu'elles eussent lieu avec des lames émoussées ou des tranchoirs homicides. Les doigts de fer revinrent au garrot de Marchegai et suscitèrent sur sa robe noire, luisante, des moires frissonnantes — comme un caillou tombant au fond d'un puits.

— Voulez-vous me le vendre ?

— Jamais, messire.

Refus plus irritant qu'un *Non* sans courtoisie, dont Ogier n'eut aucun regret. Cet homme-là pouvait tout se permettre. Il régnerait un jour sur la France — s'il ne trépassait pas prochainement, percé d'une sagette ou d'une épée goddonne... à moins que ce ne fût d'un boulet de bombarde. Il semblait peu enclin à rire, sans doute parce que ce Guînes où il avait dormi lui rappelait des choses intimes, déplaisantes ; il se départit pourtant de sa réserve et se laissa aller un moment, tapotant de ses paumes couvertes de basane la pansière de son armure :

— Par le nombril de notre Saint-Père le Pape, vous êtes prompt et vif, Argouges... Et j'aime ça !

Ogier se demanda si ce prince à la hautaineté douceâtre n'allait pas le circonvenir d'amiabletés odieuses, mais, soudain songeur, Jean de Normandie poussa d'un cran l'ardillon de sa ceinture d'armes constituée d'anneaux d'argent alternés à des fleurs de lis d'or.

— Moi aussi, j'aime mon cheval, et m'en offrirait-on un grand coffre de pierreries que je refuserais de m'en séparer... Votre armure est belle !

— Pas autant que la vôtre, messire.

C'était moins un vêtement de guerre qu'une sorte de parure destinée à des cérémonies dépourvues du moindre danger. La cuirasse gravée aux fleurs de lis, très affinée à la taille et bombée à la poitrine semblait avoir été forgée pour une femme. Elle se continuait en une longue baconnière composée de six lames à recouvrement fixées par des rivets et enveloppant le bas du torse. Un jupon de mailles tombait sur les cuissots et protégeait les reins. Les épaulières, garnies de velours d'azur en dessous, étaient de tailles différentes ; massives, elles devaient déjouer tous les coups, et si les solerets n'étaient pas prolongés de poulaines de fer, leur extrémité carrée prouvait que cette armure venait des Allemagnes : les pieds à l'aise dans ces défenses-là, on devait se sentir ferme sur le sol dès qu'on était obligé d'y combattre.

— Bah ! De même que l'habit ne fait pas le moine, Argouges, vous savez aussi bien que moi que l'armure ne fait pas le chevalier !

— Assurément, messire duc...

— Hé bien, sur ces bonnes paroles, venez donc nous costier avec votre beau-frère... Je vois que mon père et Philippe sont enfin prêts... Hâtez-vous... Il me tarde d'entamer la bataille !

Dans le camp, les soudoyers démontaient les dernières tentes ; les palefreniers bouchonnaient les chevaux déjà sellés, admonestés par des seigneurs prêts à partir. Toutefois, de grands barons passaient seulement leur armure. Une fois de plus, on allait perdre du temps. Il semblait qu'à l'inverse du duc de Normandie, peu de prud'hommes voulussent courir droit aux Anglais, la lance ou l'épée pointée ; et s'ils avaient bien ri depuis un mois, la maussaderie les avait tous contaminés. De loin, sans respect ni crainte, les bonnes gens de Guines assistaient à ces préparatifs. Derrière leurs visages las et figés, Ogier imagina des détresses profondes.

— On y va ? demanda Thierry dont l'armure noire semblait capter, à elle seule, les feux ardents du soleil enchâssé dans les ramures d'un boqueteau.

Raymond aussi était en selle. Joubert et Jaucourt enfourchèrent leur roncin.

— Ne déployez pas encore nos bannières, les gars.

Tourné vers les soudoyers, Ogier les invita à imiter les pennonciers. Tinchebraye semblait réjoui ; Le Hanvic et Mahé mâchonnaient un brin d'herbe, sourcils froncés : sans doute pensaient-ils à la mort ; Courteille et Desfeux se parlaient à voix basse, et leurs mains, sur les rênes, tremblaient ; Sapienza chantonnait dans sa langue natale et Crescentini, qui hésitait à s'asseoir entre les arçons, dégaina soudain son épée, la saisit par les hans [1], la planta dans le sol et s'agenouilla, mains jointes, devant la croisette de sa prise.

— Seigneur, dit-il, nous allons affronter les enfants

1. Les quillons. La prise — ou poignée — et les quillons, forment la *croisette* ou *croisée*.

de Satan. Faites en sorte que nous puissions les vaincre et revenions tous sains et saufs à Gratot !

— Amen ! dit Thierry.

Tous se signèrent, et nul ne parla tandis qu'ils s'approchaient de la tente royale dont l'immense poivrière de tissu azuré tomba, révélant une membrure enveloppée de velours de diverses teintes, le mât central arborant à quelques-uns de ses pendoirs de cuivre, le linge sale que Philippe VI abandonnait : chausses, chemises, braies de haut prix sur lesquels d'aucuns, des nobles aux palefreniers, jetaient des regards de convoitise.

— À quoi penses-tu ? demanda Ogier à Tinchebraye.

— Qu'une bonne lessive, c'est comme une ablution : ça rend tout comme neuf !

— Pense donc plutôt, dit Joubert, au butin que tu te feras à Villeneuve-la-Hardie quand nous l'aurons conquise.

— Moi je pense, dit Thierry, que c'est un peu comme il y a un an : de grands seigneurs sont partis en avant... sans souci de ceux qui s'attardent.

C'était vrai mais, entourant le roi et ses fils, il y avait Charny, Saint-Venant, Beaujeu, Louis de Savoie, Guillaume Flotte et quelques autres occupés à serrer les sangles de leurs chevaux et à donner des commandements à leurs capitaines.

— Ah ! vous voilà, Argouges.

Ogier put constater que le ton de l'accueil restait le même quand le roi vit paraître son coursier mené haut la main par l'Henri :

— Ah ! te voilà, toi, Broieguerre !

Puis, enfournant sa tête dans un bassinet au plumail bleu.

— Comment vont les deux autres ?

— Flori, sire, est prêt pour les mêlées... S'il n'y survivait pas, Tachebrun lui fera un parfait successeur[1]. Je n'ai pas cru bon de les houchier[2]. Il va faire chaud, ils pâtiraient sous leur toile !

— Moins que nous dans nos fers !... Voyons voir...

Philippe VI fit le tour de Broieguerre, lentement. Il remit droit un étrier de travers, examina l'attache de la culière puis le culeron ; il vérifia la tension de la ventrière et vit que les rênes, cirées, luisaient autant que du métal. « Bien », disait-il parfois, et sa main s'égarait sur la robe blanche de Broieguerre, aussi immobile que s'il avait été en bois.

Ces simples apprêts, Ogier y avait assisté durant le long cheminement de Rouen à Paris, puis de Paris à Amiens et Abbeville, l'année précédente. Ils étaient pour le roi un prologue au plaisir de chevaucher : à l'évidence, entre les arçons, il se sentait plus sûr et plus dominateur que sur son trône.

— Henri... Philippe, dit-il.

Aidé par son fils puîné, il posa le pied sur l'étrier, puis s'enleva pendant que le sergent tirait sur l'étrivière pour contrebalancer ce poids de chair et de fer cliquetant. Affectant ou éprouvant une sorte de délice, le roi prit contact des fesses et des reins avec le creux de selle et la palette arrière. Ses doigts jouèrent sur les rênes tandis que le bout du soleret remuait entre les branches de l'étrier puis s'immobilisait, le pied reposant fermement sur la grille. Les genouillères à grands oreillons serrèrent le coursier, et sans qu'il eût reçu

1. Les *coursiers* ou *moyens*, relativement légers, menaient les seigneurs et le roi à la guerre ; les *destriers* ou *grands chevaux* étaient surtout destinés aux joutes ; le *palefroi* servait à la parade ; le *roncin* ou *roussin*, bête plus commune, était la monture des chevaliers sans fortune et des hommes d'armes de toute espèce.

2. Couvrir d'une housse. Le mot caparaçon (capparasson) ne peut être employé, puisque datant de 1498. On lit dans Froissart : *Et étolent les seigneurs montés sur chevaux couverts de leurs sambucs et parés de leurs armes dont les houssements alloient jusques à terre.*

l'éperon, il se mit à contourner les deux princes, qui se préparaient à monter.

— Ne perdons plus de temps ! Tu chevaucheras près de moi, Philippe... Toi, Jean, tu iras voir ce qui se passe en avant.

Disant cela parmi ses maréchaux désormais en selle, le roi semblait voguer béatement sur une mer tranquille. Son puîné le rejoignit et l'attention d'Ogier se porta sur le duc Jean, qui s'asseyait en selle.

— Comment trouvez-vous mon cheval, Argouges ?

C'était un grand brun cendré aux yeux et au nez, blanchi aux pâturons. Sa crinière et sa queue grisonnées avaient été tressées par des mains expertes. Si la jambe était longue, l'encolure avait de la roideur. « Il est aussi orgueilleux que le duc ! » Celui-ci se tenait roide aussi, la tête haute, non pas comme un prince promis à un brillant destin, mais par coutumière arrogance. Un fils de roi, certes ; un chevalier aussi, mais pas un homme de cheval : sous sa visière levée, le peu que l'on voyait de son profil fuyait, ses épaules tombaient sans que ses lourdes épaulières en fussent cause ; son buste trop rejeté en arrière lui donnait une mauvaise contenance : ses pieds cherchaient de forts appuis — sans paraître les trouver.

« Un perdant, lui aussi ?... Après tout, il tient de famille ! »

Ogier regardait le nez mince et pointu d'animal fouineur, la ligne décolorée de la moustache pourtant fournie aux commissures, l'œil étroit, finissant en pointe vers la tempe, et qui semblait éteint, sinon ensommeillé.

— En avant, cria le roi. Ce soir, nous serons à Calais !

« Qu'y ferons-nous ? » se demande Ogier. « Si les Goddons nous y attendent, le sang coulera. Certains de nous ne verront pas le soleil se coucher. »

Son attention se porta sur son entourage.

« Nous ne nous sommes pas leurrés, en arrivant. Il

semble que nous allions à un tournoi, nullement à la guerre !... Nous ébattre[1] et non nous battre ! »

La plupart des seigneurs étaient de son espèce : armures simples, haubergeons de mailles, cottes de lin, de camocas et de cette « toile rouge » qui, depuis dix ans, disait-on, avait fait la fortune des frères Bonis, de Montauban. Leurs armes — lance, épée, masse ou plommée, fléau — brillaient aux clartés du jour nouveau, et leurs formes, elles aussi, se révélaient simples, sévères. Mais çà et là, des changements apparaissaient, prouvant que de grands seigneurs, voire des barons fortunés, se souciaient davantage de l'embellissement de leurs armes et harnois que de leur efficacité. Guy de Nesle montait un cheval dont le seul chanfrein d'argent ciselé devait valoir cent sous tournois ; Jean de Hainaut, tout armé à blanc, miroitant, dodinait des hanches et des épaules sur un coursier enharnaché de satin gris semé d'orfèvrerie à ses armes : *d'or au lion de sable lampassé de gueules* ; Charny montait un lourd destrier houssé de velours azuré ; le fourreau de son épée semblait garni d'or et de quelques pierres scintillantes ; son écu rehaussé d'émaux certifiait à lui seul l'orgueil de son possesseur. Le chancelier de France, Guillaume Flotte, vêtu simplement, semblait humble et triste comme un écuyer esseulé par le trépas de son seigneur.

— Une armée de riches...

— Que dites-vous, messire ?

— Je dis, Raymond : *une armée de riches* ; plus nous perdons nos batailles, plus nous sommes superbes.

— Pas nous, messire, pas nous !

Le *messire* devait exprimer une angoisse. Raymond n'était pas allé à Crécy. Et pour cause : il avait dû quitter Chauvigny pour revenir aussi vélocement que possible à Gratot. Il connaissait la guerre ; il avait combattu hardiment lors du siège de Rechignac. Mais

1. Égayer.

il allait maintenant au-devant d'autre chose : assailli, il devenait assaillant, et savait les dommages inséparables de ce nouvel état de guerrier pour les avoir infligés lui-même. Il considérait, ébahi, ces seigneurs pleins de présomption, parés et armés de fers et d'aciers gravés, ciselés, niellés avec une délicatesse qui contredisait ce pourquoi ils avaient été faits : la force, le courage ; ce que frère Isambert nommait *virilitas*.

— La parure !... Le goût, la frénésie de la parure...

Ogier baissa la voix :

— Ce que je puis affirmer, Raymond, c'est que les Goddons ne l'ont pas... Que sommes-nous ?

— Des fressures serrées dans des grands plats coûteux ! ricana Joubert, pâle sous sa barbute.

Ils rirent, bien qu'ils n'en eussent plus envie. Leur gaieté ne fit se retourner qu'un seul homme : Charny, qui sans doute s'était cru distingué au cœur de cette procession sans croix où pullulaient, dans l'immense futaie des lances et des armes d'hast, les pennons et les bannières.

— Ce chevalier vous a en détestation.

— J'en suis acertené[1], Joubert... Allons, suivons le roi. Ne pensons plus à rien.

On contourna la forêt de Guînes dont le château, peu à peu, disparut. Voies et sentiers poudreux, étroits ; rocailles : l'acheminement du bagage en fut contrarié. Quelques charrettes versèrent ; on les remit d'aplomb sans fureur et sans cris. Hormis ces inconvénients dus à des charges mal disposées, on avançait en arroi convenable, et lorsqu'il regardait, devant ou derrière lui, ces connétablies éblouissantes de leurs fers avant, peut-être, que de l'être de leurs prouesses, Ogier les trouvait différentes de celles auxquelles, un an plus tôt, il avait appartenu. Les piétons eux-mêmes s'étaient départis de cette allure farouche et clopinante qui, sur le chemin de Crécy, courrouçait tant de capitaines. Ils

1. Certain, assuré.

ne se plaignaient ni de la faim ni de la fatigue. Leurs harnois de fer ou de cuir sentaient le propre. Aucun d'eux ne traînait sa corsesque, son vouge, sa guisarme ou son fauchard ; les arbalétriers — armes, carquois et pavois aux épaules — semblaient décidés à maltraiter l'Anglais. L'œil dur, la bouche gaie, le buste droit, ils avaient eux aussi la fierté des vainqueurs. Le bariolage de leurs draps et livrées formait au sol, qu'aucun nuage n'assombrissait, une vaste bannière en marche.

Et de considérer ces cavaliers superbes et ces hommes de pied prêts à la vaillantise, Ogier sentit sa sérénité lui revenir : Calais serait dessiégé. Dût-il, d'ailleurs, en trépasser, il se battrait comme cet homme, ce suzerain, devant lui, l'exigerait.

« Je suis son champion et lui ferai honneur... Et si je meurs en preux et que le roi le clame, Blandine se haussera du col et du menton ! »

Mourir pour le royaume !... Il eût préféré mourir pour les siens. Car ce roi et son fils aîné ne valaient rien : ils tenaient les rênes de la France aussi mal que celles de leur cheval... « Race de perdants ! » s'était écrié leur plus fidèle allié, le roi de Bohême, avant de galoper aveuglément sur la pente du Val-aux-Clercs... Ce soir, demain, après-demain, allait-on encore perdre et laisser ceux de Calais se rendre aux envahisseurs ?... Qu'allaient-ils découvrir aux abords de cette cité suante de chaleur et d'angoisse mortelle ? « Oncques ne vit de gens plus durement étreints ! » Quelle liesse que celle de ces malheureux en voyant apparaître leurs sauveurs, ce vendredi 27 juillet si plein d'azur et de soleil que Dieu semblait l'avoir béni pour leur donner l'espérance et, s'il le fallait, l'ardeur de combattre.

Un souffle gonfla la poitrine d'Ogier, tellement fort qu'il se sentit gêné par son plastron de fer. « Il faut les délivrer ! » S'il succombait lors d'un assaut ou sous les coups du champion d'Édouard, Blandine — il y revenait ! — ferait une veuve accomplie. Belle, digne, ses pleurs seraient silencieux. Que leur enfant fût mâle ou femelle, elle lui conterait les vertus d'un époux plus cher à son cœur qu'il ne l'avait jamais été de son vivant, jusqu'à ce que, n'en trouvant plus, elle en imaginât sans scrupule et sans peine...

— Quelle chaleur ! dit Joubert. Messire, nous étions cent mille avant Crécy. Plus je regarde à l'entour, plus je me dis que nous sommes le double [1] !

Blandine, en voyant tous ces hommes, eût peut-être senti son chagrin s'alléger : « *Ils vaincront sans coup férir... Les Anglais, en les apercevant, guerpiront comme des moineaux devant l'épouvantail...* » Pensée de femme. Nul homme de bon sens, parmi tous ces milliers, ne croyait à quelque frayeur des Goddons, ni à leur dispersion, ni même comme lui, Argouges, à leur défaite. En ce moment, le soleil cuivrait, à Gratot, les vitres de leur chambre. Dans son petit lit, « celui où Aude et moi avons dormi », l'enfant s'éveillait, et Blandine se penchait sur lui pour la première tétée. Elle avait les seins lourds, épanouis ; elle soulevait l'enfant et lui en offrait un... Bouche avide, « semblable à la mienne avant qu'elle ait trouvé ces jeux pervers, indignes d'elle... de nous... Mais là, elle y prend moult plaisir, j'en jurerais ! » Repoussant vivement ces visions dont il n'était point trop fréquemment assailli, Ogier se retourna pour une brève inspection de ses hommes. Il n'y avait que les deux pennonciers, Le Hanvic et Tinchebraye.

— Les autres ?

— On leur a dit de se mettre en arrière.

— Qui ?... Je veux savoir, Tinchebraye.

— Charny.

— De quel droit ?

— Le duc Jean, à ce qu'il prétend.

« Je n'ai pas vu Charny s'arrêter pour se faire dépasser par nous... Mais il est vrai qu'il n'est plus devant...

1. C'est en effet l'opinion de Froissart.

Il me faut tenir cet homme en défiance... Tiens, le voilà qui galope et se replace à la dextre du roi. »

Ogier se faufila parmi les grands barons, cria : « Place ! » à Guillaume Flotte et à l'orgueilleux comte de Foix qui allait tête nue pour qu'on admirât ses cheveux longs et cuivrés. Ils se poussèrent en s'indignant qu'on les eût dérangés dans un entretien d'importance. Le roi se retourna du mieux qu'il put :

— Argouges !... Que voulez-vous ?... Ne voyez-vous pas que vous abîmez notre bel arroi ?

— Sire, je veux que vous m'accordiez la permission de rejoindre mes hommes... S'ils ont le devoir de m'obéir, j'ai celui de veiller sur eux...

Il y eut des rires, des moqueries auxquels il fallait se montrer insensible, du moins en apparence. En vérité, bien qu'il eût l'estime du roi, Ogier se sentait gêné parmi ces grands seigneurs.

— Allez ! dit Philippe VI, mais quand nous parviendrons devant Calais, rejoignez-moi incontinent.

— Je vous rends grâce, sire !

— Il n'y a pas de quoi ! cria quelque part le duc Jean.

Des rires, encore. Même des quolibets. Il y avait de la joyeuseté dans l'air. Et au-dessus de cet ébaudissement, le rire de Charny, coupant comme un hachoir.

— Laisse-les gaber [1], conseilla Thierry.

— C'est bien ce que je fais. Nous allons à vauvent, mais gare à la tempête !

Ils s'arrêtèrent sur un bas-côté du chemin. Tinchebraye, Joubert, Le Hanvic et Jaucourt en firent autant. Un homme passa et les salua : Courvaudon. Il riait au soleil ; nul doute : il était certain de la victoire. Roide dans une armure blanche dorée au colletin, cubitières et genouillères, les éperons ornés de fins grelots, il chevauchait un roncin roux dont il avait couvert les sabots de dorures.

1. Moquer, railler.

— Une chevalerie de fous et d'orgueilleux, dit Jaucourt.

— Oui, approuva Thierry. Nous lui appartenons, cependant... Apprends à tenir ta langue car si ces hautains se complaisent à se moquer des autres, surtout des hurons et manants, ils ne permettent pas que l'on se rie d'eux.

— Moi, dit Ogier, j'ai l'intention de honnir [1] Charny à la première occasion.

*

* *

— Je sens la mer, dit Sapienza le nez au vent.

— Moi, dit Courteille, je sens les sueurs de ces milliers d'hommes qui piètent dans ce pays qui n'est pas si beau que la Normandie.

— ... et la Bretagne ! ajouta Mahé.

Ils chevauchaient dans un chemin creux, deux par deux, et la piétaille dont les longs cordons discontinus occupaient les crêtes jetait sur les cavaliers une ombre interminable et dansante. Nul ne savait où l'on était, le seul village entraperçu ayant été ruiné par les Goddons l'année passée : des arbrisseaux poussaient à l'intérieur des maisonnettes ; des ronces, des chardons, des herbes verdoyaient sur la suie des gravois.

Le chemin s'éleva, les champs réapparurent envahis de chevaux, de guerriers, de chariots ; l'armée s'y déploya autant qu'elle le pouvait avec, semblait-il, la volonté que rien ne subsistât sur les terres, sauf les arbres, qui ne se pouvaient écraser. Il devait être midi ; le soleil frappait les épaules, les bassinets et les chapeaux de fer, les crinières et les croupes, et certains bœufs du bagage et de l'artillerie, qui n'en pouvaient mais, beuglaient comme à l'abattage.

1. Faire du mal, vexer, maltraiter.

— Nous allons lentement, dit Ogier. Nous devrions être en vue de Calais.

— Le roi s'est arrêté deux fois pour crotter dans des boqueteaux... Ça nous a retardés, dit Thierry en bâillant soit de faim, soit de lassitude.

— Je suis sûr, dit Joubert, qu'il souffre de coliques.

— Avant Crécy, dit Tinchebraye, il m'avait semblé constipé !... Comme quoi il a changé : il a peur...

— On s'arrête, dit Le Hanvic.

Il disait vrai : toute la chevalerie peu à peu s'immobilisait, laissant aux écuyers le soin de galoper le long des colonnes piétonnes afin de leur signifier la pause à grands coups de gueule et, parfois, de plat d'épée. Les armes oscillèrent puis tombèrent avant les hommes. Certains, de leur panetière, tirèrent des miches, des saucissons ; des gourdes glougloutèrent, et sur le vaste échiquier des champs, l'armée du roi s'offrit, conjointement à la gogaille de ses chefs, un repas maussade et sommaire : le dernier, sans doute, avant la bataille.

— C'est presque le silence, dit Courteille.

Sa voix, ses mains tremblaient ; il avait enlevé sa cervelière et tapotait parfois son haubergeon de grosses mailles comme pour s'assurer qu'il était bien là et le protégerait des tailles et des estocades. À demi allongé parmi des mottes sèches, Desfeux, les yeux fermés, mâchonnait le pain que Tinchebraye avait coupé en treize portions, de sorte qu'il en restait un morceau — la part du pauvre — sur lequel revenaient souvent les regards de Jaucourt et de Crescentini.

— À chacun sa rate [1], dit Ogier.

Criant « Hop ! » il lança le quignon à un guisarmier de treize ou quatorze ans qui semblait perdu ou abandonné des siens.

— Mille grâces, messire.

— Pour quatre ou cinq bouchées, c'est trop !... Que Dieu te garde !

1. Part, portion.

Le piéton s'en alla, s'arrêtant parfois, la dextre en visière afin de mieux considérer cette énormité d'hommes et de bannières où se cachaient involontairement ses compagnons. Certains, étendus de tout leur long sur le dos ou le ventre, semblaient déjà occis par les archers d'Édouard.

On repartit, et comme il se trouvait à l'avant de sa Chevalerie, Philippe VI, tête nue sur son coursier, immobile comme une figure équestre, regarda passer ses grands et petits vassaux, mais aussi — « et cela », dit Thierry, « c'est une nouveauté » — les picquenaires, guisarmiers et vougiers, puis les sommiers — mulets et mules — que les piétons tenaient en main tandis qu'au loin, le charroi des balistes, trébuchets et ribaudequins avançait avec la lenteur d'une marche funèbre.

— Nous vaincrons ! dit le roi à ses fils et maréchaux derrière lesquels Ogier et ses hommes avaient été contraints de venir se placer sur un commandement du duc Jean.

— Oui, Père, nous vaincrons, dit le duc d'Orléans.

Nul doute que les trois Valois éprouvaient du contentement, mais il était, tout comme leur peau sous le fer, poisseux d'incertitude. Et les hommes passaient, saluant parfois le roi d'un cri, d'une élévation des armes, des enseignes, des écus. Et quand vinrent les Génois, compagnons des mercenaires que Philippe et son frère Alençon avaient fait occire à Crécy afin d'obtenir le passage, le roi, repentant peut-être, leva très haut les bras et s'écria :

— Amis très chers, faites votre devoir !

Thierry se pencha vers Ogier :

— Ils l'ont toujours fait !

— Ils seront inutiles, mon serorge [1]... J'admets l'arbalète en défense, nullement en assaut... Mais vois...

Des soudoyers du Tournaisis s'approchaient — un

1. *Serorge* ou *serourge* : beau-frère.

bon millier. Ils allaient trois par trois, sans bannière, sans capitaine, criant « *Tournai ! Tournai au roi de France !* » Un borgne les menait, vêtu de cuir noir, une hache danoise attachée dans son dos, une langue de bœuf à l'épaule [1]. Tous étaient porteurs d'armes d'hast bâtardes et d'arcs de fer œuvrés dans leurs forges. Et le roi rit :

— On reproche à Godemar du Fay d'avoir perdu la bataille qu'il a livrée à Édouard, l'an passé, au gué de la Blanche-Tache... Comment voudriez-vous, mes fils, qu'il l'ait gagnée avec des hurons tels que ceux-ci ?

Ainsi, le roi pensait au gouverneur du Tournaisis avec bonté. Il savait bien, pourtant, qu'il s'était enfui sans presque combattre !

Ogier cracha ; le fiel qu'il expulsa macula la croupe du destrier de Charny, et il fut tenté d'en rire.

— Partons, décida le roi. Il y a quelques milliers d'hommes encore. Ne nous usons pas la vue à les regarder... Venez, mes fils...

Ils s'éloignèrent au petit galop, et comme il y avait çà et là des traînards, le duc de Normandie et le duc d'Orléans se mirent à en stimuler certains à coups de plat d'épée, tandis que le roi, parfois, les tançait en riant :

— Allons, fainéants !... Ne voulez-vous plus voir Calais !

L'armée se sépara en deux, non plus au gré des chemins et des sentes, mais selon les commandements. Tandis qu'il cheminait sur une motte déclive, en bordure d'un bois de hêtres, Ogier crut voir étinceler la mer.

— Où sommes-nous ? dit-il à voix haute.

Guy de Nesle, qui passait au galop, lui lança :

— Nous avons passé les ruines de Peuplingues, nous parvenons à la forêt de Coquelles... Allez à

1. C'était une arme d'hast au fer large comme une main, long de deux et terminé par une pointe de fer taillée comme une dague.

senestre, vers le mont Sangatte... Le roi y va aussi... Moi, je vais vers Calais, à dextre...

Ogier prit à gauche avec ses hommes. Se retournant, il vit la bannière de Philippe VI, derrière l'épaisse herse des lances, se diriger, elle aussi, vers Sangatte. On entendit des hurlements : les palefreniers retenaient des chariots trop lourdement emplis. En peu de temps, toutes les crêtes furent couronnées d'hommes d'armes, et leurs rangs étaient d'autant plus serrés qu'en contrebas, la terre était humide et traîtresse :

— N'avancez plus ! criait-on çà et là.

Par un sentier caillouteux, Ogier atteignit le sommet d'une motte et vit la mer grise et échevelée d'argent, pareille à celle du Cotentin.

— Nous les voyons enfin ! dit-il à Thierry tout proche.

Le soleil embrasait les deux Calais : le vrai, constitué de pierre et d'ardoise, et le faux avec ses murs de bois, ses toits de chaume et de genêt, ses hourds dominant des portes larges ouvertes, ses bannières hautes et insolentes, et les floches des fumées signifiant qu'ici, hors de la vieille enceinte, on mangeait, buvait, riait à satiété. Sur le pourtour de la cité d'Édouard, et comme pour affermir ses défenses, des milliers de tentes dressaient leurs entonnoirs colorés : l'armée goddonne séjournait là pourvue de ses échoppes, forges, enclos pour chevaux et bêtes de trait. Bien que l'existence en ces lieux fût ce qu'elle était partout ailleurs en prévision d'une bataille, Ogier, sourcils froncés pour avoir meilleure vue, lui trouva l'apparence plus tranquille que celle qu'il avait pressentie en découvrant Hesdin.

— Ils vont et viennent comme au marché.

— Oui, Thierry. Cependant sois acertené qu'ils nous attendent de pied ferme.

Quant au Calais martyr, des ombres et des clartés se disputaient ses murailles. Les tours fléchées de ses églises semblaient des bras levés vers le ciel comme pour implorer sa clémence ou son aide.

— Les oiseaux et les mouettes sont rares, dit Tinchebraye. Il doit en passer fort peu au-dessus de notre Calais, par crainte d'y recevoir quelque trait d'arc ou d'arbalète !

— Cette cité de bois, dit Courteille, on dirait un grand fer à cheval dont les branches touchent la mer.

— Ils sont pris en tenaille, dit Raymond, pour ne pas être en reste.

— Avançons, les gars, dit Ogier tout en flattant l'encolure de Marchegai, immobile, mais qui humait à pleins naseaux l'air marin recouvré. La vue nous sera meilleure...

Se frayant un chemin dans la cohue des piétons indécis, il entraîna ses compagnons quelque deux cents toises plus loin.

— Holà ! s'exclama Thierry en arrêtant Artus. Voyez ces barges, ces vaisseaux, ces flettes[1] ancrés de part et d'autre du port... Toute nef, voire toute barque qui voudrait y entrer pour secourir les malheureux serait assaillie avant même de franchir le chenal... Et je suis sûr que d'où nous sommes, nous ne pouvons voir toutes les défenses des Goddons, car au Levant, si je n'ai la berlue, je crois que ce sont des vaisseaux que ces malandrins ont tiré sur les dunes plutôt que d'y construire des châtelets de bois !

— Ce que je vois, moi, dit Ogier, ce sont des tours, devant leur camp de toile, pour renforcer toutes les défenses !... Et elles n'ont pas été bâties la semaine dernière !

— Ils ont eu un an pour s'apprêter à nous recevoir, dit Le Hanvic, maussade.

« A-t-il peur ? » se demanda Ogier, tandis que Joubert, sa bannière droite sur l'étrier, ricanait :

— Un an ! Le roi Philippe leur a donné bien du loisir !

— Nous sommes là, sous le soleil, dit Raymond. Si

1. Chaloupes.

nous n'en étions informés, nul d'entre nous ne pourrait deviner qu'à moins d'une lieue, de hardis et fiers citadins crèvent de faim !

Autour d'eux, piétons et chevaliers attendaient : Calais était en vue. Pour prendre ses décisions, il fallait que le roi vînt ici. Le regard d'Ogier tomba sur le rivage.

— Des dunes, compagnons, comme celles qui vont de Blainville à la pointe d'Agon ; mais alors que celles que nous connaissons si bien sont faites de bon sable dur, celles-ci semblent un long et large marécage...

Il s'interrompit car Philippe VI, ses fils, Geoffroi de Charny, les ducs de Bourbon et d'Athènes et, plus loin, Jean de Hainaut, s'approchaient.

— Ah ! vous êtes là, Argouges... Bon... Bon... Mais où est donc passé cet homme qui a fui Calais ?

— Ce *chevalier*, sire, dit le duc de Bourbon. Il ne tardera pas : votre chancelier lui a fait donner à boire... et il doit dévorer la saucisse et le pain que Ribemont a tirés de sa panetière !

Qui était ce messager ? Comment avait-il pu quitter Calais ? En attendant cet audacieux, le roi mit pied à terre, seul — ce dont il parut plus satisfait que cela ne le méritait. Ses fils se virent ainsi contraints d'en faire autant : le duc Jean sauta de son cheval plutôt qu'il n'en descendit et se reçut assez bien ; son puîné, lui, faillit tomber. Un guisarmier qui passait le retint : le jeune soudoyer auquel Ogier avait donné du pain.

— Laisse-moi, maraud ! intima le duc d'Orléans. Sais-tu que ton aide m'offense grandement ? Mes amis vont penser que je ne sais sauter hors de ma selle.

Ogier cligna de l'œil. Le guisarmier le rejoignit.

— Merdaille, murmura-t-il. J'ai cru bien faire : il allait s'effondrer.

— Sois quiet... et plutôt que de chercher tes compagnons, reste avec nous. Quel est ton nom ?

— Guillonnet, messire. Je reste. Je suis de ceux de Tournai.

— Nous avons des chevaux, pas toi, dit Thierry, mais ils vont devenir inutiles. Tu veilleras sur eux quand ce sera ton tour.

Bien qu'il eût le soleil dans le dos, le roi s'était fait, de sa dextre, une seconde visière afin de mieux observer la ville assiégée. Ogier ne pouvait voir son visage, mais il le devinait : les chairs lourdes, fanées, rendues soudain solides par l'aversion qu'il vouait à son cousin Édouard, et les yeux d'autant plus fixes qu'il avait, disait-on, courte vue.

— Je demanderai à mon cousin de nous livrer bataille. Pendant ce temps, ceux de Calais feront une sortie... Cette cité de bois qui les entoure flambera comme un feu de sarments... Après avoir pris notre bonne ville dans leurs pinces, ils seront pris par nous en trésailles. N'est-ce point une belle et bonne semille [1] ?

Philippe VI émit une sorte de rire, tandis que Jean de Hainaut, de l'index, lui désignait la grève, en contrebas :

— Sire, je crains que nous ne puissions approcher de ce côté... Il y a grand'foison de marécages, moères et crolières : les chevaux s'enfonceraient jusqu'au ventre là-dedans, les hommes jusqu'aux genoux... Quant à faire passer nos machines de guerre, ce serait les embourber à jamais...

— Ils doivent dessiéger cette cité ! dit Philippe en tapant du pied.

Ses deux fils avaient échangé un regard. Le duc Jean proposa :

— Et si nous allions de l'autre côté ?

Le roi n'eut pas à répondre : entre le sire d'Offémont et Geoffroi de Charny, la hampe de la bannière sur l'épaule, un homme s'approchait, qu'Ogier, Thierry et Raymond reconnurent, qui les reconnut, lui aussi et le

1. Invention.

leur montra d'un geste avant d'aller s'incliner devant le roi :

— Ainsi, vous vous nommez Baudouin de Bellebrune et vous sortez de cette ville !

— Oui, sire... J'en suis sorti depuis deux jours.

— Comment ?

— En noant[1], sire, de nuit...

Ogier se dit que Bellebrune avait changé : maigre, la face jaune couverte d'une barbe sombre, les yeux creux, ce n'était plus le fier chevalier présent à Chauvigny pour y faire merveille en champ clos, mais un homme rompu, désespéré, malade de faim et d'amertume : le menton quelque peu fier s'était abaissé ; l'éclat des yeux, si dur et presque insoutenable, faisait penser à la lueur d'une épée enrugnie[2] ; la bouche avait une expression boudeuse, et ses tremblements n'étaient pas dus à l'émoi : Bellebrune n'avait jamais adressé la parole au roi, et ce souverain vieillissant, au regard hautain et lugubre, ne lui inspirait aucune déférence. C'était peut-être de la colère qui l'animait en présence de ce falourdeur[3] entouré de seigneurs si bien pourvus en harnois et armes resplendissantes qu'ils semblaient avoir considéré la prise de Calais comme une cérémonie où le sang serait rare et la liesse immense. Il avait vu les batailles approcher ; il en avait estimé l'importance ; il savait qu'autour des Anglais, pris à revers, et de ses compagnons affamés, il allait y avoir quelque cent mille guerriers. Il eût pu s'en réjouir mais trouvait, selon l'adage, tout cela trop beau pour être vrai.

— Parlez !... Mais parlez sans nulle crainte ! insistait le roi. Nous venons de constater que nous ne pouvions aller sur Calais par ces dunes. Elles nous paraissent traîtresses...

— Elles le sont, dit Bellebrune.

1. Nageant.
2. Rouillée.
3. Prétentieux.

— Nous avons décidé d'aller de l'autre côté, plus au nord.

— Au nord-est, sire.

— Soit ! Soit !... Qu'en pensez-vous ?... Je suis déjà venu en ce pays, même à Calais... Il y a, de l'autre côté, un pont...

— Le pont de Milays [1], sire, par lequel on accède à la ville.

Le roi se frotta les mains :

— Nous le franchirons !

Baudouin de Bellebrune sursauta. Ses yeux ternis recouvrèrent tout leur éclat :

— Sire, d'après ce que nous savons — sa bannière est assez haute pour que nous la voyions de nos créneaux —, le comte de Derby, cousin d'Édouard, en a la garde... Ses archers sont des milliers... Des Gallois, aussi habiles qu'à Crécy.

Bien qu'exprimée d'une voix douce, épuisée, le roi fut offensé par cette mise en garde :

— Si nous voulons passer, nous passerons !

— Certes, certes, sire ! consentit Bellebrune. Mais avant que d'atteindre ce pont, je dois vous dire que les Anglais ont tiré sur les dunes tous les vaisseaux et nefs dont ils n'avaient besoin... Ils ont moult guetteurs partout... Ils ont su tous vos déplacements et vos haltes, brèves ou longues...

Il y avait du ressentiment dans cette chute de phrase, et seul Charny en parut scandalisé ; mais il n'avait pas la parole.

— Ces nefs, ces bâtiments, sire, sont autant de petits châtelets de défense, bien garnis d'espringales [2], bombardes et archers...

— Nous ne pourrions passer, selon vous ?

Le roi se fâchait : ses joues se gonflaient, s'empourpraient. Il avait croisé les bras et ses doigts de fer tapo-

1. Le pont de Nieulay.
2. Machines à lancer des pierres.

taient ses cubitières. Bellebrune attendait, respectueux, une décision astucieuse, puis, pressentant une déconvenue, se tournait vers les ducs de Normandie et d'Orléans, espérant de leur part quelque exhortation à combattre. Charny souriait béatement, une main sur sa pansière de fer, comme s'il digérait de copieuses friandises tandis que Jean de Hainaut montrait ouvertement sa désapprobation et soufflait :

— Sire, sire ! Il nous faudra passer coûte que coûte.

— Bien dit, messire ! approuva Bellebrune. Vous avez des chariots ? Il faut mettre les bœufs et les mules à l'envers des timons et brancards et faire avancer ces caisses cul en tête, avec de bons archers mussés dedans... Ils rouleront en cet endroit : le sable est dur... Derrière, vos Génois avec leurs grands pavois bord à bord, mais avec un épieu, une guisarme, un vouge au lieu de leur arbalète... Derrière enfin, vos chevaleries et écuyeries...

— *Derrière !*

Le roi pouvait tout accepter en ce qui concernait la piétaille, mais que sa chevalerie et son écuyerie n'ouvrissent pas la première brèche lui semblait inadmissible.

Ogier et Thierry échangèrent un regard. Philippe VI n'avait certes pas oublié Crécy, mais il refusait d'en accepter la leçon première, à savoir que c'était aux piétons de dégager les champs pour qu'ensuite les chevaliers et écuyers pussent y galoper à l'aise et bouter à coups de lance et d'épée l'adversaire hors de ses défenses.

— Vous avez des idées de manant, Bellebrune !... Si elle doit passer, ma chevalerie passera la première... Croyez-vous que du haut des murailles, ceux de Calais — je veux dire : *les nôtres* — nous aient vus arriver ?

— Je le crois, sire, mais ils ne sont pas nombreux, là-haut... Ils sont en vérité si affaiblis qu'ils évitent de monter sur le chemin de ronde, sauf en cas d'inquiétude ou de nécessité.

— Que devient Jean de Vienne ?

Le roi se soucierait des nobles avant que de s'apitoyer sur le sort de sa « bonne gent ».

— Il a perdu patience, espérance, mais son courage demeure... De braves et hardis chevaliers le secondent : le sire de Beaulo, messire d'Audrehem, Jean de Surice, Geoffroy de La Motte, Pépin du Wer, Gérard de Werière, et moult autres qui sont de corps faible et d'esprit solide[1].

— Bien, bien... Nous porterons remède à cela...

« Comment ? » se demanda Ogier. Il imagina les affamés sur les murailles. Sans doute quelques-uns d'entre eux avaient-ils hurlé : « *Voilà les bannières de France ! Voilà le roi et son armée !... Des milliers, ils sont des milliers !* » Et les gens étaient montés près des guetteurs pour se repaître au moins la vue de l'arrivée de ce grand ost qui les délivrerait enfin de la géhenne. Ah ! comme ils devaient s'ébaudir et chanter ; comme cette ville blessée à mort devait réapprendre à vivre !

— Messire, chuchota Joubert, que croyez-vous que le roi va faire ?

Plutôt que de répondre : « Rien », Ogier feignit une surdité qui lui coûtait.

À Crécy, Philippe VI s'était montré décidé à l'attaque ; ici, sur ces hauteurs du mont Sangatte où le jubat[2] fraîchissait, il donnait à ses compagnons d'armes grands et petits l'image d'un homme las de la guerre, dépourvu de courage et d'imagination. Cependant, il se reprit : ses fils l'observaient.

— Quelle est cette chose, là-bas ?

— Une tour de merrain comme ils en ont bâti quelques-unes...

— Bien pleine d'hommes d'armes ?

— Une trentaine d'archers, sire, et un capitaine... Souvent un grand seigneur vient y faire visite...

1. Voir Annexe IV.
2. Brise de mer qui souffle le jour et cesse la nuit.

— Aisée à conquérir !

— N'en croyez rien, sire, dit Bellebrune dont le courroux s'envenimait. Deux doubles fosses l'entourent, sauf en un lieu qui est la pente même du mont Sangatte...

— Il nous faut prendre cette tour sans barguigner.

« Et après ? » se demanda Ogier, tout aussi consterné que Bellebrune.

À travers les rejetons des arbres que les Anglais avaient abattus pour charpenter leurs défenses ou leurs maisons, et par une échappée entre deux rochers, il regarda la mer dont la mousse léchait cette grève où toute marche, toute course était aventurée. Il imagina les grésillements de cette eau vive absorbée par le sol et glissant sur les coquilles, les écheveaux de varech, les fragments d'épaves rejetés, les crabes morts et les sauts des grosses puces grises. Puis, au-delà, ses yeux se posèrent tout d'abord sur le Calais d'Édouard, et sur celui de Philippe VI, le Calais de la faimvalle et de la mort lente d'où un brouillard de bruits semblait monter, révélant une joie qu'il trouva malvenue.

— Sire, suggéra Bellebrune, vous et votre ost pouvez contourner ce beffroi.

« Que faisons-nous ici ?... Le roi ne m'emploiera pas. Il ne sait pas ce qu'il doit faire... Ni ses fils qui pourraient émettre au moins une opinion... Les maréchaux se taisent : ils craignent que leur avis — car sauf Charny, ils en ont un — ne soit rejeté comme une offense !... Nous serions tous mieux à Gratot... Il fait si chaud que la mer doit être douce... Se rouler dedans... Ah ! certes, Blandine ne s'y vautrerait pas comme une nuit Adelis, mais elle soulèverait sa robe et se mouillerait jusqu'aux jarrets. Elle l'a déjà fait... »

Il avait soudain la tête pleine de Blandine. Il la vit penchée sur un enfant... Un fils qui lui ressemblait... Comment l'avait-elle appelé ? Godefroy ? Ogier ? Elle n'avait pu l'appeler Herbert !... Ni Aimery ! Qu'en pensait le vieux Godefroy d'Argouges ? Était-il fier de ce gars ?... Il fallait que ce fût un gars... Il eût même fallu, pour adoucir les sentiments du vieillard envers Blandine, qu'Aude eût mis au monde une fille.

— Toi, tu penses à Gratot, dit Thierry.

— Comment peux-tu le savoir ?

— Quand tu as l'œil mi-clos et la bouche affaissée... Quand tu tords et détords les rênes comme maintenant...

Ogier sourit. Quels que fussent les sentiments qui l'agitaient, il s'était imaginé qu'il les dissimulait aisément ! Ceux de Bellebrune, en revanche, étaient des plus criards. Sa voix tremblante de fureur portait loin :

— Sire, les gens de Calais meurent chaque jour par douzaines. Le mal de grande faim est pire qu'une épidémie... Ils ont tenu des mois, mangeant leurs bœufs, puis leurs chevaux, puis leurs chiens et ceux qui en avaient, leurs chats... Puis les rats...

— Les rats ! grimaça le duc Jean.

Son frère, lui, porta sa dextre à sa bouche tandis que Philippe VI se courrouçait :

— Vous avez tenu un an ! dit le roi sur le ton d'une semonce. Pour *quoi* croyez-vous que nous sommes venus ?... On m'a dit que les Calaisiens se battaient bien, ce qui suppose de bons bras et une vaillance à laquelle je rendrai hommage...

— Les bras étaient solides au début, sire, et la vaillance à toute épreuve, mais devant moi, Jean de Vienne vous a adressé un message [1] par lequel il vous faisait

1. Jean de Vienne, qui commandait à Calais depuis le 4 septembre 1346, descendait d'une des plus illustres familles de Bourgogne. Le défenseur de Calais, de la branche des seigneurs de Pagny et de Seignelay, était l'un des quatre fils de Jean de Vienne et de Jeanne de Genève. Seigneur de Pollans et de Rothelanges, il avait reçu, le 14 novembre 1338, une pension sur le trésor royal de 100 livres, portée à 300 le 17 septembre 1340 et à 600 au commencement de 1348. Jean de Vienne mourut à Paris le 4 août 1361.

Peu après le commencement du siège, un convoi de 30 vaisseaux avait pu ravitailler les Calaisiens. Les Anglais devinrent vigilants. Le lendemain de la Saint-Jean-Baptiste (25 juin 1347) Gautier de Masny,

connaître l'extrême disette dont nous avions à souffrir, pire encore que la mauvaiseté de nos assiégeants !

— Je ne l'ai jamais reçu.

— Vous m'en voyez marri, sire !

Le roi broncha et se détournant à peine :

— Beaujeu et Saint-Venant...

— Sire ? firent avec un ensemble parfait les deux hommes en se portant devant le roi.

Le duc Jean observait son père avec un mépris à peine dissimulé ; le duc d'Orléans regardait la pointe de ses pédieux, effilée en poulaine et, tout autour, un grouillement de fourmis dont les sabots de son cheval

les comtes d'Oxford, de Northampton, de Pembroke et plusieurs autres s'embarquèrent et affrontèrent quarante-quatre vaisseaux de différentes grandeurs, dont dix galères. Quelques bâtiments se réfugièrent au Crotoy, mais douze s'échouèrent et leurs équipages périrent. Le lendemain, à l'aube, les Anglais virent sortir deux vaisseaux et leur donnèrent la chasse ; l'un revint à Calais avec beaucoup de peine, l'autre s'échoua et l'équipage et les passagers furent pris. Le capitaine de cette nef, se voyant sur le point de tomber au pouvoir de l'ennemi, jeta à la mer, après l'avoir liée à une hache, une lettre que Jean de Vienne écrivait au roi de France ; elle fut trouvée le lendemain sur le rivage à marée basse.

Dans cette lettre, le gouverneur de Calais adjurait Philippe VI de secourir les assiégés et s'étonnait implicitement que cela n'eût pas été fait. Il disait le grand état de détresse des citadins et prévenait le roi que, après accord avec les assiégés, si les secours n'arrivaient pas, une sortie serait faite afin de combattre pour vivre ou pour mourir honorablement.

Alors qu'on nous parle abondamment des fameux bourgeois de Calais, expression de la résignation et de la défaite, il faut rendre hommage à la hardiesse de quelques défenseurs tels que les mariniers Marant et Mestriel, d'Abbeville qui, « à grand péril » ravitaillaient la ville et « pris et attrapés entre Boulogne et Calais », non seulement s'échappaient mais tuaient ou noyaient les Anglais lancés à leur poursuite.

Dans les rangs des nobles, on trouve, outre Baudouin de Bellebrune, Geoffroy de La Motte, Pépin du Wer, Gérard de Werière, le sire de Grigny. Il y eut aussi les capitaines des arbalétriers et les écuyers : Jean Nicaise, Jacques Rosquart, Robert Paumier, Jean Roger, Guillaume Zémine, Jean le Grand, Florent de Maunmes, Guillaume de Ferranville, Tassart de Gournay, selon les *Journaux du Trésor*. Voir également l'Annexe IV.

avaient ruiné le nid. Il semblait s'ennuyer ou mépriser la guerre. Le roi avait pris familièrement Beaujeu et Saint-Venant par l'épaulière :

— Vous êtes maréchaux de France et j'ai grande foi en vous... Ainsi, vous allez regarder et considérer les passages et les détroits et me direz comment nous pourrons avancer...

Bellebrune eut un sursaut :

— Sire, je vous l'ai dit : les marais sont profonds ! Nul n'y pourra passer !

Le roi se courrouça. Pour que Bellebrune pût mieux voir sa colère, il ôta son bassinet et le tint sous bras :

— Je décide souverainement et fais ce que bon me semble, messire. Et pour cette fin de jour, la première action que je dois accomplir, c'est de planter mon pavillon en ce lieu...

Les chevaliers et écuyers qui étaient demeurés à cheval mirent aussitôt pied à terre. Un commandement retentit, hurlé par Geoffroi de Charny :

— Qu'on plante la tente du roi !

Ogier pensa : « L'attente du roi », mais pouvait-il faire reproche à Philippe VI de prendre son temps après avoir péché, à Crécy, par excès contraire ? Les chevaliers parlaient entre eux ; les hommes d'armes allaient et venaient ; c'était la vie d'Hesdin qui peut-être, disaient certains, allait reprendre. On rassemblait les chevaux, on assemblait les chariots en piquant les bœufs au sang car sur ces herbes molles, les jantes glissaient plutôt qu'elles ne roulaient ; on allait lentement : chaque geste avait d'autant plus de poids et d'importance qu'on pouvait demain, si le roi décidait de donner l'assaut, être roide à jamais, la face et le ventre dans la vase salée.

— Sire, dit Bellebrune, ceux qui vous ont vus, vous et votre ost immense, du haut des aleoirs[1] et aux archères des courtines sont pleins d'une espérance...

1. Chemins de ronde.

— Je sais, je sais, interrompit Philippe VI... Et moi également !

Geoffroi de Charny, souriant, et comme accroché des deux mains à la hampe de l'oriflamme, se pencha vers Eustache de Ribemont et le duc d'Athènes, resplendissants dans leurs coquilles de haut prix où leurs ombres grisaillaient :

— Toutes ces femmes, aux créneaux... Savez-vous à quoi elles doivent penser en voyant nos milliers d'hommes ?

— Que leur délivrance est pour demain, dit Gauthier de Brienne, approuvé par Ribemont.

— Ta ta ta, dit Charny en secouant la tête tandis que son sourire s'agrandissait. Ces femmes et filles de mariniers et de manants recrus par ce long jeûne doivent se dire que ça en fait, des braquemarts, à leur disposition !

— Et le double de couillons ! dit le duc de Bourbon qui, passant, avait tout entendu.

Tous s'esclaffèrent si fort que le roi et ses fils se retournèrent.

— Hé hé ! dit Philippe VI, je vois qu'il y a de la liesse dans l'air... Je vous avoue que j'y suis sensible.

Au lieu de prendre les dispositions nécessaires à un assaut victorieux, on commençait à jangler et langager, et l'on pensait plus aux femmes et à leurs appas sans doute décharnés qu'aux Goddons et à leurs armes. Ogier fut heureux qu'aucun de ses hommes ne se fût ébaudi bruyamment de la plaisanterie de Charny. Ce fut avec plaisir qu'il vit Bellebrune quitter le roi et son entourage.

— Fenouillet ! Vous êtes en bon état, à ce que je vois... J'en suis moult heureux !

— Mon vrai nom est Argouges, messire, et je l'ai repris avec joie, une revanche accomplie.

— Vous vous êtes sorti d'Angle !... On me l'avait dit ; je ne pouvais y croire ! Tant mieux, ami ! Tant mieux !

Très entouré, le roi ne s'occupait plus que de l'endroit où les sergents établiraient son pavillon. Côte à côte, bras croisés, ses fils plongeaient leur regard dans la mer à défaut de pouvoir y plonger leur corps. À la marée du soir qui festonnait de blanc l'eau rouge de soleil, s'opposait la lourde, étincelante marée des hommes d'armes indécis. À défaut d'avancer, on s'éparpillait bruyamment, sauf sur le versant du mont Sangatte défendu par la tour anglaise au sommet de laquelle une longue bannière secouait au vent les lis usurpés à la France et les léopards d'Angleterre.

— Que vas-tu faire ? demanda Ogier, passant au tutoiement.

— Revenir auprès de ceux que j'ai quittés.

— En brassant ?

— Comment faire autrement ?... La nuit, en faisant un grand détour, la chose est possible... Ah ! certes, il faut ouvrir l'œil : les Goddons ont des écumeurs partout sur de petites barges...

— Que diras-tu à tes amis ?

Bellebrune sourit. Ses prunelles flambèrent et sa bouche frôla l'oreille d'Ogier :

— Je pourrais leur dire que le roi est un sot, mais je m'en garderai pour ne pas briser leurs dernières espérances... et leurs forces... Ne crois pas que nous sommes tous liés face aux Goddons... Certains, depuis les premiers jours du siège, nous ont adjuré de nous rendre... Et chaque jour qui passait et ajoutait ses maux à ceux de la veille a renforcé leur envie de céder à l'ennemi ou de se vendre à lui.

— Et vous les avez laissés en liberté ?

— Ce sont des hommes connus, respectés... Rares sont les bourgeois qui savent faire la guerre. Eustache de Saint-Pierre est de ceux-là... D'autres aussi : plus la malefaim a tourmenté les gens du commun, et plus ils ont eu d'aise à leur montrer que vivre sous le poids de la couronne anglaise ne serait pas pire que vivre sous le poids de celle de Philippe, qui ne nous secourait pas !... Et vois-tu, j'ai grand peur que le Valois n'ose affronter son cousin Édouard !... Ah ! certes, il a le nombre, mais il sait désormais que c'est insuffisant et porte en lui, telle une maladie, la crainte de la défaite... Allons, je te quitte : il me faut attendre la nuit en un lieu sis loin d'où nous sommes !

— Loin, vraiment ?

Bellebrune tendit la main vers un boqueteau éloigné au moins d'une demi-lieue :

— Dans la failloise [1], là-bas.

Sans un adieu, en hâte, il s'éloigna. Il avait le dos voûté, la démarche chancelante, mais la fatigue n'y était pour rien.

— Que faisons-nous ? demanda Thierry.

— Que veux-tu que nous fassions ? Demeurons là. Mettons nos chevaux près de ces troncs d'arbres et mangeons un morceau... Ça nous empêchera de ronger notre frein !

Ogier tendait à Courteille la bride de Marchegai quand l'Henri apparut, essoufflé d'avoir couru :

— Messire ! Messire ! Le roi vous mande auprès de lui.

— Qu'a-t-il en tête, maintenant ? dit Joubert, exprimant les pensées de tous.

Ogier eut un geste d'impuissance. Il quitta ses compagnons, contourna des chevaux et des hommes et atteignit le petit cercle de chevaliers groupés autour de Philippe VI. Le sire d'Offémont en Vermandois, qui connaissait bien le pays, et le maréchal Guy de Nesle, sire de Mello, lui sourirent en lui accordant le passage.

— Argouges !... Mais où donc étiez-vous passé ?... Non, non : point d'explications ! Nous n'avons pas de temps à perdre pour prouver à mon cousin notre hardement et notre volonté de lui faire la guerre.

Le roi suffoquait, les veines de ses tempes s'étaient gonflées, chenilles bleues sur sa face rouge ; sa langue

1. Lieu où le soleil se couche.

devait être sèche, car il la portait souvent à ses lèvres pour l'humecter de sa sueur.

— Vous avez bien vu cette tour de merrain, là-bas ?

— Oui, sire.

— Il paraît qu'elle renferme trente Goddons.

— Oui, sire.

— Avant que d'envoyer, demain, une ambassaderie à mon cousin Édouard, je veux lui montrer que nous sommes en force. Adoncques, nous allons prendre cette tour.

Le *nous*, cette fois, ne ressortissait point au pluriel de majesté : Ogier comprit qu'il avait été choisi pour cette conquête et agirait ainsi par délégation royale.

— Voyez ! cria tout à coup Geoffroi de Charny.

Tous regardèrent dans la direction de son index.

Les Calaisiens avaient allumé des feux sur leurs aleoirs. Telles de grosses fleurs pourprées, leurs flammes mettaient entre les merlons une sorte de joie, de plaisir vivace, tandis que les fumées montaient, hautes et claires.

— S'ils crèvent de faim, dit Charny, ils ont de quoi nourrir leurs flambées.

— Allons ! Allons ! reprocha Jean de Normandie avant que de tomber dans une espèce de mélancolie sans doute sécrétée par une peur qui n'osait transparaître.

— Ah ! soupira le roi, je conçois qu'ils aient envie de nous voir de plus près. Si seulement quelques renforts nous arrivaient. Tiens : ceux — seulement — du Brabant qu'on nous avait promis, il y a peu, au Louvre [1] !

1. C'était une allusion à Henri, fils aîné de Jean III, duc de Brabant, qui venait d'épouser au Louvre, Jeanne, fille du duc Jean de Normandie, le 21 juin de cette année 1347. Ce même jour, Geoffroy de Brabant avait épousé Bonne, fille de Pierre de Bourbon. Ces deux événements pouvaient faire concevoir de grandes espérances, mais les renforts n'arrivèrent pas. Cinq jours après ce double mariage, le 26 juin, Louis de Male épousait à Tervueren, près de Bruxelles, Marguerite, fille puînée du duc de Brabant et Renaud III, comte de Gueldre, Marie sa troisième fille. C'était l'époque des mariages en série.

« Cent mille hommes à ce qu'on dit, car je crois que nous sommes moins », songea Ogier. « Et il lui faut des renforts ! »

— Nous sommes dans notre bon droit, dit le sire de Saint-Venant. Je sais que nous avons à cœur de reprendre cette cité. Mais je me dis que la France semble avoir déplu à Dieu...

— Oh ! s'indigna le duc de Normandie.

— Puisque, continua le maréchal impassible, notre bon ami Charles de Blois, qui tant l'aimait, a tout de même été vaincu à la Roche-Derrien[1].

— Vous êtes trop anxieux, Wavrin, reprocha le roi. Nous sommes en force et ne subirons nulle mésavenance.

« Voire », songea Ogier. « Quand leurs ventres ne sont pas pleins de nourriture et de vin, leurs cœurs se vident et leur courage s'éteint comme un lumignon sur lequel souffle une simple brise. »

— Ils sont peut-être dans les mêmes dispositions que nous, reprit le sire de Saint-Venant dont le visage débiffé trahissait des insomnies irrémédiables. Ils attendent des renforts[2]. Si ceux-ci sont en chemin, nous n'avons rien pour interdire leur avance.

— Hélas ! soupira le roi. Ils se permettent ce que

1. Un événement funeste avait précédé le cheminement vers Calais : la défaite de Charles de Blois à la Roche-Derrien (20 juin 1347). Prisonnier de Thomas de Dagworth, le prétendant au duché de Bretagne fut livré à Jeanne de Montfort avant d'être enfermé à la Tour de Londres. La fleur de la noblesse bretonne (700 chevaliers et écuyers) succomba ce jour-là en ayant voulu assurer sa défense.

2. Édouard III, qui connaissait l'importance de l'ost français, avait demandé des renforts en Angleterre ainsi que des prières à son peuple. Les 23 et 26 juillet, il insista auprès du maire et des baillis de Sandwich pour obtenir sans retard le plus de vivres et de guerriers possible, particulièrement des archers, car, écrivait-il, son ennemi n'était plus qu'à 3 lieues de lui. Le 28, il exigea des vivres et derechef des hommes. Or, il avait déjà vu son ost renforcé de 30 000 Flamands. Néanmoins, craignant, lui aussi, un siège plutôt qu'une bataille rangée, il envoya des messagers en Allemagne et contacta même la ville de Gênes pour obtenir des mercenaires.

nous ne pouvons leur faire sur leur Grande Île. Mais patience : un jour, nous irons jusqu'à Londres...

Philippe VI suspendit sa phrase, devinant que dans son entourage, nul ne croyait à ses propos. Pas même ses fils.

— Ils nous prennent tout, enragea le duc de Normandie. Si seulement je m'étais trouvé là quand ils sont venus rober les bestiaux qui nous font désormais défaut [1].

— Peu me chaut le passé, grommela Philippe VI. Le présent seul importe !

Ogier se sentit examiné, soupesé, cependant que le roi balançait sa tête comme pour y entendre le tintement d'un grelot.

— Vous êtes mon champion, Argouges. Adoncques, il me faut cette tour !

— Maintenant, sire ?

— Évidemment.

Philippe VI s'exprimait comme un homme qui, de sa vie, n'avait jamais perdu, en tout acte, la moindre parcelle de temps. Le duc Jean, à sa dextre, hocha sa tête insignifiante tandis que son frère puîné, plus veule que jamais, mâchonnait, les yeux au ciel, une cuisse de volaille.

1. Le 18 juillet, donc le lendemain du jour où l'armée française quitta Hesdin, Édouard III avait envoyé Henri de Lancastre en « patrouille » avec 800 hommes d'armes et des archers. Leur mission consistait à ruiner le pays où pouvaient passer Philippe VI et son ost tout en s'approvisionnant. Alors que la fleur de la Chevalerie française faisait bombance puis « marchouillait » sur les petits et grands chemins, les Anglais de Lancastre, certains de ne pas être interceptés, se procuraient des vivres. En un jour et une nuit, ils firent merveille puisque selon Knighton (tome II, page 50 de ses *Chroniques*) ils revinrent à Calais en ramenant plus de 2 000 bœufs et vaches, et 5 000 moutons. Cette razzia de bovins et d'ovins paraît exagérée car opérée dans une contrée appauvrie par la guerre. Il n'empêche que le roi d'Angleterre put recevoir, en même temps que les animaux, des renseignements sur le comportement de son adversaire et sa particulière façon d'aller au combat.

— Je dois vous dire, Argouges, que lorsque l'idée m'est venue de conquérir cette tour dès ce soir, je me suis demandé : *avec qui ?* Charny m'a soufflé votre nom.

Ogier se tourna vers le porte-oriflamme :

— Je vous rends grâce de m'avoir, par l'entremise du roi Philippe, imputé une mission dont un gonfanonier tel que vous ne saurait s'acquitter à merveille !

Il avait frappé fort ; il vit Charny lâcher l'oriflamme et le duc d'Athènes la retenir ; mais le roi repoussa l'épée du malveillant dans son fourreau :

— Allons, allons, Argouges !

Il riait, crachotant un peu.

— Vous avez le sang vif. J'aime cela ! Je suis sûr que vous allez nous faire une belle appertise !

— Sire, cette tour sera votre propriété.

S'il en avait la certitude, Ogier savait également que des douzaines de compagnons d'armes périraient inutilement dans une aventure qui n'ajouterait rien à la gloire des lis de France. En outre, la possession de ce beffroi ne gênerait ni ne perturberait les manœuvres des Anglais.

— Sire, vous le savez, ma bataille est petite... Avec qui dois-je m'allier pour assaillir cette bastille ?

Le roi étouffa un bâillement — ou un soupir. Fermant un moment les paupières, il parut se placer par l'esprit à une longue distance des hommes silencieux qui l'entouraient, sans qu'aucun d'entre eux parvînt à deviner en quel lieu et quelle compagnie ses pensées s'attardaient.

Jean de Normandie se pencha pour une suggestion qui n'ébahit point Ogier.

— Nous avons, messire Argouges, dans l'ost, quinze cents hommes du Tournaisis. Ils sont venus sans Chevalerie... Ce ne sont que bidaus[1], archers et

1. Hommes d'armes équipés à la légère.

picquenaires... Menez-les de la façon dont vous voudrez, mais prenez isnellement[1] cette tour !

Un moment les lèvres royales se soudèrent et sous la double voûte ombreuse des sourcils enduits de sueur, les prunelles brillèrent de satisfaction :

— Mon ains-né a raison ! Menez ces tuffes et guicliers[2] de la façon que vous voudrez. Les Goddons ne sont que trente... À quinze cents, vous devez aisément les occire !

Le roi avait oublié qu'à Crécy, vingt-cinq mille Goddons, peut-être moins, avaient anéanti son armée grandissime.

— Nous ferons de notre mieux, sire... Où sont ces gens de Tournai ?

— Là-bas, dit Geoffroi de Charny.

Et d'un mouvement dédaigneux du menton, il désignait une grande masse de piétons immobiles, en rangs serrés, dont les armes d'hast étaient si proches les unes des autres qu'elles formaient, vues de loin, une haute palissade. Une bannière en émergeait, si lacérée, si poudreuse qu'elle eût pu rallier n'importe qui autour d'elle.

— Issez, chevalier[3], dit le roi qui se croyait sans doute en son palais.

Forçant sur le cérémoniel, Ogier s'inclina devant Geoffroi de Charny comme il l'eût fait en présence d'un bienfaiteur auquel Philippe VI lui-même eût envié la munificence :

— Messire, je conçois votre immobilité. Quel dommage, cependant, que vous en soyez affligé : vous seriez venu avec moi, ne serait-ce que pour tenir ma bannière.

Loin de lui l'idée de se poser en victime : il ne pouvait, en l'occurrence, que se montrer acerbe, consen-

1. Rapidement.
2. Guerriers particulièrement mal armés.
3. Sortez, chevalier.

tant et déterminé. Toutefois, il se sentait coupable d'être jeune, vaillant, sans autre richesse que celle du cœur, encore que celui-ci fût en piteux état. Insoucieux de l'attitude du porte-oriflamme, il s'adressa au roi que ses fils, le puîné à dextre, l'aîné à senestre, semblaient étayer afin qu'il restât debout.

— Sire, dit-il, ce soir, vous aurez cette tour.

*

* *

— Non, Thierry, tu ne m'accompagneras pas ! Tu connais leurs archers : même à un contre vingt, ils nous infligeront des pertes... Il faut que tu demeures auprès de nos hommes... Soyons humbles en cette épreuve... Laissons la fierté au roi... Nous avons besoin, chez nous, de gars solides et unis... Gardons-les... Ils nous aiment bien et nous servent à merveille... Le fait n'est pas si courant pour qu'en contre-partie nous les fassions occire...

— Qui te dit qu'ils seraient occis ?

— Personne... Mais je te l'avoue : j'ai peur... Cette aventure est inutile et d'une janoterie[1] à la semblance du roi... J'ai toujours pensé que je mourrai pour quelque fait sans importance, et voilà qu'il s'en présente un... Non ! Laisse-moi parler... Si je ne reviens pas, veille sur Blandine et notre enfant... Si tu peux le rencontrer un jour, demande à Calveley de retrouver mon oncle et, s'il vit encore dans quelque geôle de la Grande Île, qu'il l'aide à revenir mourir en son châtelet... S'il t'est loisible de l'accompagner, reviens à Rechignac quelques jours et mets-toi en quête d'Anne... Garçon ou fille, je lui ai fait un enfant, tu le sais... Si Thibaut, qui la protégea des Anglais, la rend heureuse et considère ce garçon ou cette fille comme

1. Niaiserie.

sien ou sienne, laisse-les en paix. Mais si Anne te paraît dolente et le petit ou la petite aussi, emmène-les.

— Holà !... On dirait que tu me fais ton testament !

— C'est un peu cela.

Ogier poussa un soupir et resserra, las de ses pensées, la boucle de sa ceinture d'armes. À quoi bon tant de mélancolie ? Il suffisait d'enlever une tour mal défendue. C'était simple... Trop... Sans plus parler, droit dans son armure noire, Thierry le regardait avec une attention lourde d'incertitude. Et de désespoir.

— Tu n'as pas à testamenter... Mais si tu...

Thierry hésitait, la tête à demi penchée.

— À quoi songes-tu ? Dis-le-moi. C'est le moment ou jamais !

Recouvrant inopinément peut-être son humilité d'ex-écuyer, Thierry semblait partagé entre l'audace et la pitié. Relevant enfin son visage, il demanda, inquiet :

— Et si je revois Tancrède ?... On ne sait jamais...

Ogier soupira. Tancrède... Où était-elle ? En Bretagne ? En Angleterre ? Était-il nécessaire qu'il entendît son nom ?

— Tu l'aimais, Ogier. Cet amour t'empeurait. À Rechignac, c'était l'opinion de tous... Et si je te le dis maintenant, *c'est qu'il faut que tu en conviennes toi-même*... Je savais... et d'autres, qu'elle n'était pas... qu'elle n'est pas ta cousine... Et je crois bien qu'elle t'amourait, elle aussi.

Était-ce possible ? Champartel n'exagérait-il pas pour lui mettre du baume au cœur avant peut-être qu'il cessât de battre.

— C'est vrai, Thierry, que je l'ai parfois admirée... et détestée. Inégalement. Je me disais qu'elle avait une ardeur d'Amazone, ces guerrières dont me parlait Arnaud Clergue, notre chapelain... Mais crois-moi : elle ne se tranchera jamais le sein dextre afin de bander un arc.

— Je vous trouvais faits l'un pour l'autre.

C'était une révélation. Ogier en éprouva du plaisir. Chacun des mots qu'il avait entendus suscitait dans son être une infinité de sensations qu'il avait crues éteintes. Or, elles subsistaient et brasillaient. Mais il n'était plus temps de relire le livre de ses enfances. Ses yeux avaient changé, son esprit également. La simplicité de ses sentiments s'était irrémédiablement évanouie et Blandine en était la cause.

— Blandine est belle, mais...

Ogier voulut s'abstenir de poursuivre ; cependant il ajouta, poussé par un souci de vérité qui lui nettoyait l'âme :

— Crois-moi, Thierry : dans la vie, mieux vaut manquer d'amour que de courage. C'est désormais mon opinion. Elle me console de celle des autres, excepté de la tienne. Sache-le, compagnon, toi qui es heureux : il existe quelque chose de plus triste que l'agonie d'une passion. C'est la corruption de son souvenir, car cela vous fait pressentir la fin de vos illusions et, sans doute, la fin de vous-même.

— Tu vivras, j'en suis sûr... Tu as aimé Blandine *autrement*. À Chauvigny, elle a été le ferment et le garant de tes appertises.

— Voire, mon cher Thierry. À Chauvigny, après le trépas d'Adelis dont je n'ai jamais cessé de m'accuser, et malgré ta présence et celle de nos compagnons, je me suis senti seul... Je me noyais, du moins me l'a-t-il semblé... Blandine est passée. J'ai été... ébloui comme Raimondin devant Mélusine, Milles devant la belle Sadoine, Amys devant Bellisande, Philippe de Madien devant la douce Amordelis [1].

— Tu as trop lu d'ouvrages de chevalerie !

— Certes. Mon oncle Guillaume en possédait quelques-uns. Je ne saurais te dire si leur influence, sur ma façon de penser, est encore bonne ou néfaste.

1. Héros de la littérature épique : *Mélusine, Milles et Amys* et *l'Épervier blanc*.

Toujours est-il que j'ai paré Blandine de toutes les qualités... J'ai vu ou cru voir en elle, par l'esprit et par la chair, la sublimité faite femme. C'était... C'était un ange auquel involontairement j'ai rogné les ailes tandis que sciemment elle me coupait les...

— Je vois.

— Tancrède, quant à elle, n'était ni ange ni démon. Mais alors quoi ? Je me le suis demandé longtemps et me le demande encore. Qu'en dis-tu, toi qui l'as connue ?

— Je ne saurais te répondre.

— Ma cousine, si j'ose dire, c'était certes la beauté, mais c'était aussi la liberté incarnée. Rien ne la rebutait. Elle aimait tout passionnément.

Elle lui avait dit un jour : « *Mon Graal à moi, c'est l'espace.* » Il se merveillait encore de cette formule qui la résumait toute comme il se merveillait encore de son audace envers lui-même et de ses hardiesses en toute chose. Il n'eût certes pas excusé les façons et prétentions de Tancrède chez son épouse, moins par crainte qu'elle ne lui échappât tout à fait que parce qu'elle n'était pas de taille à soutenir une émancipation pareille. Elle jouissait — s'il pouvait employer ce verbe incongru à son intention — d'une complexion tellement différente ! Plus saine, assurément, malgré sa fragilité, ses malaises et migraines vrais ou simulés ; humble et résignée, du moins en apparence. Quelquefois, excédé par ses propos, reculades et suspicions, et dans le dessein fort improbable d'obtenir, faute d'une paix définitive, une trêve à leur désaccord, il avait été tenté de lui révéler de quelles sortes d'amours se délectait Tancrède. Il y avait renoncé davantage par mansuétude envers sa cousine et ses égarements que par une sorte d'indulgence à l'égard de Blandine qu'une telle révélation eût saisie d'un ébahissement à la mesure de sa candeur, aussitôt assorti d'une indignation répulsive. C'était d'ailleurs de cette simplesse hautement hypocrite et de cette grâce qui le troublait toujours, mais petitement, que procédaient les onéreuses exigences de son épouse, ses refus, dénégations et rancunes d'où naissaient les conflits dont elle semblait friande. Jamais, évidemment, elle n'en eût convenu et ne s'en fût par conséquent repentie.

— Au moins, dit-il en s'efforçant à sourire, que d'escarmouches et de batailles Blandine aura-t-elle engendrées avant que ce soit notre enfant !... Qu'en penses-tu du fond du cœur ?

Thierry parut se sentir coupable d'avoir provoqué une confidence qui se retournait contre lui. Il ébaucha un pas en arrière comme s'il était tenté de s'éloigner, puis il fit front, les yeux dans les yeux :

— Je ne me sens ni le droit ni l'humeur de condamner ou d'innocenter Blandine. Elle est très belle, trop belle, et cette sorte de sublimité, comme tu dis, ne saurait se passer d'un soupçon de mystère. On se dit, la voyant : « Comment est-elle vraiment ? A-t-elle des qualités d'esprit en accord avec sa beauté ? » Tu as conquis ta femme en hâte... ou plutôt tu as cru la conquérir. Elle s'est rendue sans que tu en aies entrepris le siège... mais plutôt que de déposer les armes, elle les a conservées au tréfonds de sa personne pour se venger parfois de sa dépendance envers toi.

— Il lui est advenu de m'infliger des navrures que j'ai pansées comme je le pouvais... avec Bertine et sans remords !

Ogier s'attendait à une approbation et à un rire. Il n'en fut rien. Thierry secoua la tête, crainte de trop en dire. Un geste ancien — celui du seigneur envers l'écuyer — lui enjoignit de continuer.

— À quoi bon, mais puisque cela semble te soulager... Tu n'as cessé, Ogier, de penser à Blandine dès le jour où tu l'as vue. À sa voix, son corps, à ce que pouvaient être ses étreintes. Cela m'est advenu pour Aude. Cependant, la perfection et la nudité attrayante d'un corps ne sauraient dévoiler la vérité d'un être... Dieu et tes parents ont fait qu'Aude est à mes yeux la meilleure de toutes... Pour toi, continua Thierry visiblement à contrecœur, tout est différent.

— À quoi songes-tu ?

— Je me dis qu'on voit des enfants hériter d'une difformité, d'un de leurs parents quand ce n'est de leur caractère, et que cette infirmité est hélas ! inguérissable. Blandine est une Berland. Souviens-toi de la hautaineté de son père qui, bien que te sachant chevalier, t'a traité, à Chauvigny, comme un manant.

Cette fois, d'un geste des mains, Thierry signifia qu'il rompait l'entretien. Ogier fut sur le point de défendre Blandine, d'affirmer que jamais elle ne l'avait considéré comme un homme du commun, mais une dispute lui revint en mémoire : celle du soir où il avait accueilli Saladin dans leur chambre.

— Un mystère, dit-il quasiment pour lui-même. Quand je l'ai vue, j'ai douté de la pouvoir séduire. En fait, tu as raison : plutôt que de la conquérir, c'est elle qui m'a captivé : elle avait trouvé en moi, peut-être à son insu — qui sait ? — le vassal que n'eût pas été Rochechouart.

La méprise amorcée aux joutes de Chauvigny et promptement sanctifiée six mois plus tard, en cette même ville, lui donnait presque la nausée. Il dit pourtant, à la recherche d'une excuse :

— Elle a été ma fée. Je n'ai point devers toi vergogne à l'avouer.

— Je n'ai pas oublié votre rencontre. Si ce jour-là nous étions demeurés quelques poignées de temps auprès de nos compagnons ou de nos chevaux, tu serais libre ou marié à une autre. Qui sait...

Une question s'imposait, qu'Ogier formula d'une voix basse, meurtrie :

— M'as-tu envié ?

— Tu sais bien que non... J'étais amouré de ta sœur. Les autres filles ne comptaient plus.

C'était à l'égard d'Aude une réponse élogieuse.

— Aucune autre pour moi, Thierry, n'existait plus.

— C'est ce qu'on appelle de l'aveuglement, car moi je voyais les autres, mais elles ne pesaient pas lourd dans la balance de mon cœur !

Ogier soupira et ses yeux se mouillèrent. Avant même qu'il se fût élancé à sa conquête, la prise du donjon de Sangatte avait au moins une conséquence inattendue et bienfaisante : celle de tirer les leçons d'un fourvoiement qu'il se refusait bêtement sans doute à croire irréparable.

— Elle m'a charmé, dit-il. C'était pour moi la plus belle de toute la damerie de Chauvigny... et du monde.

C'était cette féminité simultanément modeste et accomplie et cette grâce apparemment foncière, mais peut-être apprêtée pour le séduire, qui l'avaient ébloui. Dans l'enivrement de la passion et la sereine jubilation d'une brève cérémonie nuptiale acceptée par Blandine sans la moindre réticence, comment eût-il pu pressentir que leur union susciterait en quelques semaines, chez son épouse, moins d'élans que de dérobades comme si ce qu'elle prenait chez lui pour une intempérance charnelle pouvait préjudicier sa beauté, sa jouvence et ce qu'il fallait bien appeler sa suzeraineté sur lui. Sans doute — sauf une —, ses rares et moelleuses soumissions à ses devoirs d'épouse n'étaient-elles que des simagrées relativement plaisantes destinées à maintenir entre eux le lien desépaissi du mariage, et ses refus des punitions qu'elle s'infligeait autant qu'à lui pour avoir éphémèrement laissé son corps régner sur son esprit. Benoît Sirvin, qui l'avait prévenu de cet échec, eût certainement trouvé un nom à cette froideur désespérante. Que n'avait-il accepté ses conseils !

Il sentit une main tapoter son épaule. Thierry compatissait à la mort de tant et tant d'espérances.

— N'y pense plus, Ogier. Songe plutôt à ta prouesse dont le roi te saura bon gré. À la tête de Charny lorsqu'il saura ta réussite.

— Impossible.

Par quelle faiblesse insigne, en vérité, un bataillard

tel que lui s'était-il privé de se revancher par des coups d'un fardeau de désillusions et d'humiliations intimes dont la gent de Gratot se doutait tout entière et sans doute patrocinait chaque jour ? Quelques jouées[1] opportunes eussent certainement assagi Blandine sans pour autant nuire à la douceur de sa peau. Certes, il avait songé à de tels châtiments et sa dextre l'avait maintes fois démangé. S'il avait renoncé à sévir, c'était après s'être dit qu'il ne pourrait guérir ainsi, définitivement, une épouse si obstinément enjalousée de tout ce qui le concernait. Une pimpesouée qui, bien que sa grossesse fût quasiment inapparente, semblait avoir pris en aversion une nudité toujours tentatrice et qu'elle dissimulait à ses propres regards autant que faire se pouvait. Or, puisqu'il était incidemment question d'habillages et de déshabillages, de quels noms affublait-elle les légitimes désirs de l'homme qu'elle avait moins choisi qu'accepté pour époux et grâce à la dévotion duquel elle avait fui sa famille ? Éprouvait-elle désormais quelque regret de son absence ? À défaut d'être choyée par lui, se satisfaisait-elle toute seule ? Dans le grand lit devenu son entière propriété rêvait-elle d'amours chastes et prudes auprès d'un chevalier issu de la haute noblesse et pourvu d'un cœur mou, spacieux comme un bassinet, et d'un sexe d'enfançon ?

« Si je survis et reviens à Gratot, je la molesterai pour chaque reculade !... Je la forniquerai quand l'envie m'en prendra... Je la contraindrai à s'abonnir. Si je n'y parviens pas, je la ramènerai à Poitiers avec ou sans enfant ! »

Et il songeait à tout cela maintenant, dans la déréliction et l'incertitude la plus pénible qui se pussent concevoir !

Il réintégra les réalités :

— Je ne prendrai que Joubert et Tinchebraye... Jou-

1. Gifles.

bert, parce qu'il portera ma bannière. Tinchebraye, parce qu'il est fort et plein d'astuce... Et parce que avec ces deux-là j'ai pu entrer dans Poitiers et en sortir... C'était pourtant une tout autre entreprise que de conquérir un beffroi mal défendu !

— Soit, Ogier : je resterai, capitula Thierry. Je suivrai le roi... S'il donne l'assaut à Calais, nous en serons, nos soudoyers et moi... S'il décide de revenir au palais sans rien tenter — je n'ose y croire, mais avec un tel homme tout est possible —, nous reviendrons à Gratot... Mais je suis sûr que tu seras des nôtres !

— Tu penses bien que je vais faire en sorte de ménager la vie de tous ces hommes, et celles de Joubert, de Tinchebaye et la mienne !

Ogier partit sans se retourner.

Ceux de Tournai semblaient l'attendre.

— Qui vous a dit que je viendrais vous commander ?

— Le porte-oriflamme, messire, dit un borgne, la main tendue.

« Ce gars-là va se défier de moi », se dit Ogier. « L'odieux Charny a dû lui dire que j'étais chevalier de petite naissance. S'il savait combien son opinion pèse peu, maintenant ! »

Il pressa la dextre du borgne dans la sienne.

— Ogier d'Argouges.

— Le Borgne de Bapaume, messire... Je commande... Hé oui !... Ce devrait être Godemar du Fay, allez-vous penser... Or, il est malade...

— Depuis la Blanche-Tache ?

Le Borgne rit sans bruit. Il lui manquait trois dents : deux en haut, une en bas. Pour être moins laid, sans doute, il s'était fait coudre les paupières sur son orbite vide. Son œil vivant, bleu clair, avait l'éclat de la mer sous les feux du soleil où le couchant jetait sa pourpre. Il était coiffé d'un cappelet ramassé sans doute au cours d'une bataille, couvert d'un hoqueton passé sur une chemise de mailles ; les jambes, elles aussi, protégées d'anneaux, renforcés aux genoux par des coques de fer façonnées de sa main, sans doute. Les lanières de ses sandales étaient couvertes de clous de cuivre.

— Hé oui, messire ! Notre bon Godemar ne se remet pas de sa défaite.

— Et de sa fuite alors que s'engageait la bataille.

— Vous y étiez ?

— Oui... Et toi ?

— Moi aussi... On prétend que le Godemar est malade... Malade de vergogne... En tout cas, il n'est pas avec nous... Ni Girard de Montfaucon qui servait sous sa bannière... Mais ne vous mettez pas martel en tête : j'ai là de bons capitaines... Hé, les gars, approchez !

Une demi-douzaine d'hommes quittèrent la masse des guerriers toujours immobiles. Ils étaient vêtus de fer : gambisons, vieux hauberts raccourcis aux genoux, cottes treillisées ; tous avaient leurs pieds et jarrets protégés par de grosses heuses. « Me voilà loin, bien qu'ils soient tout proches, de la frisqueté [1] des Grands du royaume ! » Dans l'ombre de la barbute ou du chapel de Montauban, les manants souriaient, sans orgueil ni malice.

— Voici Ogier d'Argouges, compagnons... Il doit nous commander pour que nous fassions nôtre cette tour, là-bas, avant la nuit... Et voilà, messire, mes fidèles compagnons : Perrinet Domat, Hannequin Ratbold, Liébrand Le Doulx, Yvon Marle, Gilles de Trassignies, Robert DeConinck... Et lui, qui c'est ?

Tinchebraye s'était approché, balançant sa lourde carcasse, les mains enfoncées entre son jaque de velours élimé passé par-dessus ses mailles et sa ceinture d'armes. Sa force paisible, sa débonnaireté d'homme des champs plurent au Borgne : son œil cilla davantage ; sa bouche crénelée eut un frémissement.

— Qui c'est, messire ?

— Le meilleur de mes soudoyers... qui sont tous

1. Élégance.

bons, mais que je laisse à mon beau-frère... sauf lui, Tinchebraye, et mon pennoncier.

Il observait ces hommes et les trouvait avenants, bien qu'ils eussent des yeux et des bouches de fauves. En alliant les siens à leurs quinze cents compagnons, ils eussent pu former une bonne compagnie de routiers pour vivre à la façon d'Arnaud de Cervole qui, tout dévoué au roi qu'il se prétendît, ne se montrait pas dans son ost. Alors, où était-il ? En Pierregord ? En Langue d'Oc ?

— Vous pourriez tous, capitaines du Tournaisis, être mes pères... Que je sois chevalier à un si jeune âge... et que je vous commande doit vous embarrasser, vous indigner peut-être... J'aurai vingt ans dans un mois, le vingt-deux...

Le Borgne eut un mouvement des deux mains, qu'il avait grosses et dépourvues de mailles. Dans son œil dansait une lueur pareille à une larme, et sa bouche ébréchée semblait retenir un fou rire :

— Messire, la vie est comme un escalier dont le roi serait au sommet : il vous commande, vous nous commandez, nous commandons à nos piétons... qui chez eux commandent à leur femme, leurs enfançons ou enfants, et à leur chien... C'est ce qu'on nomme d'un mot nouveau : la hiérarchie... Et nous obéirons parce que nous sommes patriotes [1], un mot nouveau, lui aussi, qu'on emploie, chez nous, dans les moutiers plus que dans les boucheries et, faut bien l'avouer, les tavernes !

Tinchebraye siffla :

— Tu m'en diras tant !... Et parce que patriote,

1. *Hiérarchie* fut employé vers 1332 (*Ierarchie*) ; quant au mot *patriote*, il apparut pour la première fois dans la *Chronique* de Gilles Li Muisis, abbé de Saint-Martin à Tournai et contemporain des événements. Parlant des Gantois, Brugeois, Yperlins groupés au pont de Stairs lors des troubles qui secouèrent la Flandre, il les nomme les *patriotes* : *Et convenerunt patriotoe*, écrit-il.

comme tu dis, je hiérarchirais bien sur Édouard et son fils !

Le Borgne et ses compagnons s'ébaudirent. Ogier fut reconnaissant au Normand d'avoir à sa façon bruyante et malicieuse mis un terme à des présentations désagréables pour ces capitaines :

— Je sais, dit-il, qu'il doit vous en coûter d'obéir à un inconnu tel que moi. Sachez qu'à l'encontre de moult chevaliers qui sont présents autour de nous, je pense qu'à la guerre, les piétons et ceux qui vont à cheval — même le roi — sont dans le même panier, et qu'on ne fait rien de bon avec de la hauteur, de la jactance et moult autres choses qui sont le lot de la noblesse... À Crécy, dans les mêlées, j'ai vu autant de piétons nobles que de seigneurs de grand et petit estoc [1]. Et c'est le plaisir que les prud'hommes ont à désobéir qui nous valut la déconfiture... Je vous conduirai comme des frères d'armes et non comme des soudoyers qui ne sont même pas de mon terroir ! Je serai avec vous à l'avant... Nous cernerons ce beffroi, et quand nous serons dans le second fossé, puisqu'il y en a deux, vous me rejoindrez avant l'assaut pour que nous le menions à bien en évitant des pertes inutiles : les archers Goddons sont les meilleurs que je connaisse... Il faut, pour nous en protéger, de grands écus...

— Nous en avons, mais point trop, dit le Borgne de Bapaume.

— Il faudra mettre tous ceux qui en ont à l'avant... Nous formerons un grand anneau qui se resserrera, derrière les écus, autour du beffroi... Il nous faudrait un bélier pour enfoncer l'entrée.

— Nous avons mieux que ça, dit Perrinet Domat. De bonnes torches, de la graisse, et même quelques onces de cette poudre qu'on met dans les bombardes...

1. Race, lignée.

Il était assez grand, roux, le visage rasé, crottu [1]. Une de ses heuses bâillait à son extrémité ; une de ses chausses mal ravaudées béait au genou et son surcot verdissait de vieillesse, sauf sur la poitrine couverte de petites écailles de fer. À sa large ceinture pendait un perce-mailles enfoncé dans un fourreau de bois. Trente-cinq ans, peut-être. Courrait-il aussi vélocement qu'il le faudrait ? Ne trébucherait-il pas avec cette heuse malade ?

— Il faut des échelles, dit le Borgne de Bapaume, pour ressortir des fossés.

— Certes, approuva Ogier. Il convient d'avoir tout ce qui est bon pour un siège... Mais je sais que vous en savez autant que moi !

— C'est folie, grogna Yvon Marle, d'aller surquérir cette tour qui ne nous servira à rien !... Pas plus que cette guerre !

Brun de poil et de peau — il avait les bras nus jusqu'aux coudes afin de manier sans gêne la lourde épée qu'il portait dans son dos —, l'œil ténébreux et vif, les dents d'une blancheur étonnante, il incarnait la violence et la joie, cette joie franche, entraînante, qui s'exprimait en tempête de rires souvent disproportionnés à leur raison d'être. Ogier sourit à cet homme assez petit et bedonnant qui maintenant immobile, silencieux et toujours souriant, irradiait du tumulte.

— Je crains aussi que cette guerre ne soit vaine...

« Mais tout n'est-il pas vain ? Les amours et les haines, les saisons, la vie ? Rien n'y correspond aux souhaits que l'on se fait ou qu'on exprime... On plante et viennent les orages... Que fait Blandine ?... Ce petit ou cette petite, en est-elle fière ?... Les verrai-je bientôt ? »

Le Borgne adressa quelques recommandations à ses compagnons sur la façon de réunir les hommes. Ils approuvaient tout en regardant la tour, que l'on eût dite

1. Piqué de petite vérole.

inhabitée mais, frappant une archère, un rayon de soleil révéla un éclat blanc et brillant : un homme veillait. À ses pieds, Ogier imagina de pleins carquois de sagettes.

« Mourir ainsi percé ?... Non ! Non !... Si je meurs que ce soit mon épée à la main. »

— Bien, dit-il au Borgne et à ses amis. Je vais rejoindre les miens juste le temps de me dépouiller de cette armure... Il me faut être léger pour cette course... Plus nous courrons vélocement, moins nous perdrons d'hommes... Je n'aurai pour toute arme que cette lame... Confiance, elle s'appelle...

— Hâtez-vous, messire, dit Perrinet Domat. Bientôt, on n'y verra plus clair !

*

* *

Il conduisait ce que Joubert avait appelé son armée. Il commandait à cent archers, cent guisarmiers, vougiers et picquenaires ; cinquante porteurs de hoyaux[1] et de pics ; cinquante hommes chargés de ridelles prélevées sur des chariots ou d'échelles empruntées au bagage royal afin de franchir aisément les fossés. Il y avait aussi, à l'arrière, vingt gars chargés de mantelets et trente boute-feux : les flammes échevelées de leurs torches semblaient avoir été ravies au soleil flamboyant.

Il avait refusé d'entraîner quinze cents hommes en cette aventure. Mieux — et cela n'avait pas manqué d'ébahir le roi, ses fils et l'orgueilleux Charny —, il avait demandé trois cent cinquante volontaires, arguant même qu'avec deux cents, on eût pu conquérir la tour.

La mer en son flux apportait d'Angleterre un vent froid et picotant. Des brumes ondoyaient dans les marais et fondrières, et s'accrochaient aux chicots des troncs sur lesquels certains trébuchaient en jurant. De

1. Sorte de pioches.

loin en loin, une mare reflétait la pourpre vespérale, et l'on eût dit qu'une bataille avait eu lieu sur cette berge d'où s'essoraient des oiseaux noirs : corbeaux, grives, pinsons et merles ; et des oiseaux gris : mouettes et pigeons.

Avant de se resserrer autour du beffroi, la petite armée se déployait en demi-boucle. Ogier commandait en haut, à senestre, le Borgne de Bapaume en haut, à dextre, les autres capitaines, espacés, dans le creux. Chacun d'eux portait un olifant, et les hommes savaient à quels signaux obéir. Ils marchaient, le regard soit baissé sur le sol, soit levé vers cette tour encore lointaine d'où une sonnerie de trompe avait retenti et où chaque archère devait avoir son Gallois bien approvendé en sagettes, voire en huile, poix ou eau bouillante.

« Pourvu que nous les prenions sans trop de mal ! »

Les pieds d'Ogier trempaient dans le jus des marais hérissés d'herbes, barbelés de panicauts ; il sentait l'humide glu froidir ses orteils, ses jarrets ; mais ses heuses étaient bonnes : il se trouvait au sec. Le vent chantait parfois dans les hampes des armes. Seuls les corbeaux lançaient leur cri lugubre.

« Sans trop de mal... Et pourvu que j'en revienne ! »

Il avait toute confiance en ces manants, ces hurons qui l'entouraient, et plus il repassait en son esprit les événements des derniers jours, plus il pensait que la mort pouvait être une délivrance.

« Si j'expire, Thierry prendra soin de Blandine... de notre enfant... de Marchegai et Saladin... »

Il trébucha comme il trébucherait, peut-être bientôt, sans se relever.

« Si je trépasse, *elle* se remariera... De toute façon, elle quittera Gratot... »

Le hu[1] confus et gras des semelles sur le sable et les cailloux, la vase et les herbes lourdes, suintantes d'eau,

1. Bruit.

lui était doux. Il ne devait penser qu'à ce qui allait se passer. Tinchebraye eut un grognement :

— Même conquise, cette tour ne servira à rien !

— Me serais-je rebellé que le roi m'eût pris pour un couard, malgré tout ce qu'il sait de moi... Rassure-toi : une fois ce beffroi conquis, nous avancerons vers Calais pour y tenter, durant la nuit, quelque gros coup...

Des visions montaient au front d'Ogier : coups d'épées, sursauts et cris des gars percés de carreaux ou de flèches ; commentaires du roi qui les voyait toujours, sans doute, de l'éminence sur laquelle il était monté pour assister à leur départ. La tour grandissait et le val qu'elle devait défendre apparaissait vaste et dangereux : pas un arbre ; en bas, de petites nefs échouées volontairement et d'où pouvaient sortir des centaines d'hommes d'armes. Mieux valait prendre des précautions pour que l'assaut ne devînt pas boucherie :

— Sonne la trompe, Tinchebraye... Trois coups.

Trois mugissements ondoyèrent et les hommes cessèrent d'avancer. Aussitôt, Domat, Ratbold, Le Doulx, Marle, Trassignies, DeConinck et le Borgne de Bapaume coururent parmi les hommes et rejoignirent Ogier.

— Que se passe-t-il ? dit le Borgne sans pouvoir refréner son courroux.

Ogier leur désigna les vaisseaux sur le sable, et devant, des roulis [1] solidement plantés :

— Je jurerais que tout cela grouille d'Anglais... Quand nous serons bien engagés dans l'action, ils nous prendront à revers.

Ses yeux cillèrent :

— Tiens, tu es là, toi !... Je t'avais pourtant dit de demeurer avec mes compagnons !

Le jeune guisarmier souriait :

— Je suis venu pour batailler, messire...

1. Palissades de bois.

— Soit, Guillonnet, soit !

« Batailler pour quoi ?... Tu es pauvre et n'as rien à gagner en cette guerre, et même si tu t'y montrais hardi, je crains que notre roi ne t'en sache aucun gré ! »

— Guillonnet, tu vas revenir en arrière.

— Ah ! non...

— Si... Tu vas amener avec toi, mandement d'Ogier d'Argouges — c'est moi —, le reste des gars du Tournaisis, qui doivent être un millier... Qu'ils ne courent pas vers la tour, mais qu'ils se placent ici, où nous sommes, en bon arroi, afin de pouvoir courir vers ces nefs et ces palis que tu vois là-bas, s'il en sortait des Goddons... Quant à nous, nous allons commencer l'encerclement... Bien sûr, si nous sommes en difficulté, les Tournaisiens en renfort nous prêteront assistance.

— Je suis jeunet, messire : ils n'obéiront point.

— Tu n'iras pas seul, dit le Borgne... DeConinck, pars avec lui !

Contrairement à ce que pensait Ogier, l'homme de Tournaisis s'éloigna en hâte avec le jouvenceau.

— Il est d'Arras, dit le Borgne... Cinq enfants... S'il peut en réchapper, tant mieux... On y va ?

— On y va !

Dès que les capitaines eurent repris leur place, la petite armée repartit. La tour grandit.

« Un toit de bois... Des hourds ! Ils ont donc des pierres et des boulets qu'ils nous jetterons dessus... De grandes archères : ils nous perceront avant que nous ayons atteint le premier de leurs fossés ! »

Ogier se tourna vers Joubert :

— Détords ma bannière !

— À côté d'elle, messire, il devrait y avoir l'oriflamme.

— Pas de danger que Charny soit présent !

— Il fallait un successeur à Blainville. Il semble que ce soit lui.

— Il est du Vexin... Normand comme nous...

Cela n'empêchait pas qu'il fût détestable. Sa courtoisie fallacieuse envers Philippe et ses fils dissimulait peut-être soit de la peur, soit un certain orgueil à l'égard d'un suzerain et de ses hoirs dont il connaissait les défauts incorrigibles.

— Charny n'a pas deux sous de chevalerie dans le cœur !... Foi d'Argouges !

Il l'avait peu mais suffisamment observé. Par ses flatteries, non seulement il avait obtenu la faveur de Philippe, mais encore il s'était acquis les bonnes grâces des maréchaux. À la table royale, en plein air, alors que les façons de Cour étaient exclues ou presque, il parlait sur tout : un flot d'histoires, de louanges, comparaisons, promesses et poésies dont les échos attiraient les regards des seigneurs et piétons de passage, et même ceux des chevaux assemblés ni trop loin ni trop près, afin que l'odeur des pissats et crottins ne pussent troubler le roi, ses fils et leur coutumier entourage. Mais qu'allait-il penser à Geoffroi de Charny : la tour grandissait ; il pouvait en évaluer les dimensions : cinq toises de haut, autant de large ; une sorte de seille immense pour géant. Des ferrures scintillaient çà et là sur la charpente : du bon chêne noirci par les vents et poudrins, résistant comme ces rocs qui commençaient à émerger du sol.

— Ont-ils des bombardes ?

— Non, Joubert : ils nous auraient déjà tiré dessus... Je n'ai jamais vu quel effet faisaient ces gros tubes qui crachent feux et boulets !

— Vaut mieux pas, messire ! dit Tinchebraye.

Il avait emprunté une fourche de guerre ; il la poignait comme à la fenaison, comme s'il allait jeter des bottes de Goddons par-dessus son épaule. Joubert n'avait que son épée, une lame assez courte, guère large, aux biseaux abrupts et qu'il logeait dans un fourreau trop spacieux : elle y tressautait à chaque enjambée.

— Une armée de manants, sauf vous, dit Tinchebraye.

Pas de messire, et c'était tant mieux : « *Je ne me suis jamais senti à ce point dans le commun !* » Il avait scandalisé le duc de Normandie en apparaissant devant le roi et son entourage tête nue, habillé d'un hoqueton, de ses chausses et de ses heuses. Sans ses éperons d'or, Confiance, nue, au poing. « *Holà, Argouges !... Pourquoi vous êtes-vous momé*[1] *ainsi ? J'eusse préféré vous voir sur votre coursier, adoubé de votre belle armure !* » Ce roi ne comprendrait jamais rien à rien. « *Sire, les archers goddons, que vous connaissez aussi bien que moi, meurtriraient aisément mon cheval. Et si je suis ainsi vêtu, c'est pour avoir plus d'aisance en mes mouvements : nous n'allons pas courir sus à des chevaliers, mais à des manants et des hurons habiles...* » Alors que le duc Jean crachait de mépris, trouvant du déshonneur là où il y avait tout bonnement de la circonspection, le duc d'Orléans avait approuvé, étouffant la moquerie que Charny avait sur les lèvres.

« Édouard, lui, j'en suis sûr, m'aurait congratulé ! »

À nouveau lui venait un dégoût envers ce Valois et ses fils, leurs maréchaux et grands seigneurs.

« Si nous perdons cette bataille de Calais, ils ne manqueront pas d'arguments pour expliquer leur échec ! Ils ont d'excellentes raisons pour tout !... Nous, au moins, nous aurons pris cette tour... Et ce sera peut-être, avant longtemps, la seule victoire des lis face aux léopards !... Petite victoire, et même victoire sans mérite : à moins de quatre cents contre une trentaine, ce sera même humiliant... »

Ils marchaient toujours. Plus lentement.

— Il faudra bouter le feu à ce beffroi...

— Non, Tinchebraye... Nous ferons en sorte de le conserver. Nous l'occuperons afin de contrarier, par la suite, les mouvements des Anglais de ce côté-ci de Calais... Nous sommes sur le point de le dépasser...

1. Déguisé.

Comme, en bas, les Goddons ne bougent pas, remontons un peu...

Leurs suivants virent la manœuvre et remontèrent. Nul ne parlait. Les aciers des armes, frappés par les traits du soleil, luisaient de rouge. En haut, le Borgne de Bapaume, à grands coups de gueule, entamait avec ses hommes l'encerclement tandis que ceux du milieu, retenus par Domat, Ratbold, Le Doulx, Trassignies et Marle, alentissaient leur progression. Certains d'entre eux, même, s'arrêtaient et se retournaient afin de voir si DeConinck et Guillonnet venaient avec les renforts. Effectivement, ils arrivaient en rangs serrés, formant sur le fond vert-gris de la butte de Sangatte, un long et lourd bourrelet d'étoffe et de fer hérissé de tout ce qui piquait, accrochait, tranchait, écrasait ; et des cris et des chants augmentaient l'impression de force impitoyable de ces hommes dont tous, sans doute, avaient subi la férocité des Flamands.

Une trompe sonna au faîte de la tour.

— Ils demandent de l'aide... Croyez-vous qu'Édouard leur en fournira ?

— Je ne sais, Joubert... Aide ou non, ils se préparent.

— J'aperçois le premier fossé, dit Tinchebraye.

— Moi aussi... Rien ne le protège... Tant mieux !

— Il me paraît très large, mais je n'en puis donner la profondeur : nous en sommes trop loin.

— Je crois que nous l'atteindrons sans dommage... Voyez, par cette pente, à senestre, il doit être aisé de se glisser dedans...

— Oui, messire... Mais voyez toutes ces archères !... Putain de tour !

— S'ils sont trente, ils ne garniront pas toutes ces ouvertures !... Sonne quatre coups !

Tinchebraye emboucha son cor. Lorsque ses meuglements brefs eurent retenti, les porteurs de mantelets et de grands écus s'ordonnèrent en première ligne, suivis de près par les hommes munis de cordes ou chargés d'échelles et de ridelles.

— Cette tour peut contenir cent hommes...

— Je sais, Joubert... Et nos compagnons savent qu'entre les deux fossés, nous serons à découvert... Quand nous serons à l'abri du premier, les gars qui portent les mantelets se prépareront à sortir omniement [1] les premiers... Nous les suivrons en nous gardant des sagettes... Vois-tu, c'est sous les hourds que l'adversité nous sera féroce !... Tu peux prier pour que nos boutefeux fassent en hâte flamber la porte !

Bien que désormais éloignés de la mer, ils piétinaient encore dans des flaques et de petits marais où des joncs cuits au soleil semblaient autant de flèches fichées au sol. Au fur et à mesure que le soleil déclinait, la végétation prenait une apparence noire. Quelques ruines apparurent : plutôt que d'occuper deux maisons de pêcheurs, les Anglais les avaient anéanties.

— Nous voici à cent toises du premier fossé... Sonne un coup...

Tinchebraye s'exécuta ; la petite armée, aussitôt s'immobilisa :

— Fais passer, Joubert : que chacun de nous reprenne haleine et se prépare à courir, car nous allons être à portée de leurs arcs...

« Voilà... Le plus dur reste à faire... Si le roi nous avue [2], il prend cette dernière précaution pour de l'hésitation, voire de la couardise... Charny doit s'ébaudir ! Je sens frémir mes gars... De peur ou de malerage. Les armes bougent... Seules les armes bougent. »

Une sorte de chuchotis montait de toutes les poitrines oppressées. Un homme éternua ; un autre s'ébroua, excité par la proximité de la bataille. Ogier pouvait distinguer, dans les archères, les faces claires des ennemis et constater que le crénelage du beffroi se

1. Tous ensemble.
2. Cibles.

garnissait de barbutes. Il pouvait voir aussi, sur une élévation du terrain que le Borgne de Bapaume et ses hommes allaient devoir contourner, les deux bersails sur lesquels les archers d'Édouard avaient parfait leur habileté.

— Pour le moment, ceux qui sont là-haut sont les plus menaçants... Fait passer, Joubert, que nous allons courir... Que tous soient prêts !

Les hommes remuèrent ; toutes les armes d'hast s'inclinèrent en avant. Le remuement devint agitation ; des coudes, des épaules se touchèrent dans un long remous de harnois ajustés.

— Ho ! cria quelque part Trassignies.

Jaillie du sommet de la tour, une volée de flèches écorcha le ciel et s'abattit avec des *floc floc floc* hargneux à une toise d'Ogier.

— Trop court... Et comme nul n'a crié, aucun d'entre nous n'est navré !

Ses tripes se nouaient. « Bon sang, je n'ai jamais ressenti ça ! » Son esprit, en perdant de sa dureté, maintenait moins solidement son corps dans son ardeur et sa jeunesse. Il devait infailliblement prendre cette tour. Parce qu'à la loi du nombre s'ajoutait celle du mérite — nullement son mérite, encore qu'il s'en trouvât, mais celui de tous ses compères. Oui, on pouvait prédire sa victoire, *leur* victoire, mais elle serait si piètrement utile qu'il eût mieux fallu laisser ce beffroi aux Goddons et se ruer en masse sur quelque autre tour de leur cité pour l'investir et se répandre, ensuite, dans les rues attenantes. Là, au moins, la vengeance eût été exemplaire, tandis qu'ici, sur ce versant du mont Sangatte, tous ceux qui tomberaient trépasseraient pour rien.

— Ils sont tous prêts, messire... Hé, messire ! insista Joubert.

Ogier hurla, sachant bien que tous ne l'entendraient pas :

— Nous allons courir... Prenez garde aux creux et

bosses de ce terrain... Plus vous irez vélocement et moins ils pourront vous atteindre !

Tinchebraye sonna sans qu'il l'y eût invité ; les hommes se ruèrent en direction du premier fossé en hurlant davantage de « *Ha !* » et de « *Ho !* » que des injures. Un sifflement furieux passa au-dessus d'Ogier, et cette fois, derrière, il y eut des cris et des sanglots. Les lamentations se renouvelèrent quand une seconde bourrasque blonde, jaillie des créneaux de la tour, faucha des hommes de Trassignies et de Marle.

— Les vingt plus vieux derrière !... Secourez ceux qui sont tombés !

Combien ? Peu importait, hélas ! Courir. Toujours. Derrière, le gros des gens du Tournaisis approchait. Ils avaient assisté aux premiers effets de la défense anglaise. La fureur et le goût du sang les avaient poussés à désobéir : plutôt que d'y être contraints à sons de trompe, ils attaquaient aussi, en masse, alors que la dispersion s'imposait.

— Courez ! Courez !

La tour devait être bien pourvue en sagettes. Elles tombaient dru. Des hommes s'affalaient, foudroyés, lâchant leur vouge, leur taloche [1], leur guisarme. Leurs cris effarés dominaient la grande rumeur de cette première vague de Tournaisiens qui, quelle qu'en fût la profondeur, s'élancerait dans la première fosse comme on se jette en rivière.

La terreur mordit Ogier à plein cœur : « *Et s'il y a, au fond, des épieux et chausse-trappes, voire des archers embûchés ?* » Il avait pensé aux profondeurs de ces fossés, nullement aux défenses qu'ils pouvaient dissimuler... Eh bien, il sauterait lui aussi. À la grâce de Dieu ! Vider son esprit de tout... Courir... Rien que cela. Dans son harnois de fer, il n'eût pas couru si aisément. Il précédait de quatre ou cinq foulées tous ses hommes. Son armure l'eût dénoncé comme un

1. Petit bouclier.

capitaine : il eût été percé de toutes parts... Maintenant, sa vélocité le désignait peut-être comme un couard !

— Hâtez-vous ! Hâtez-vous !

Il ne se souciait plus du vol des sagettes. On courait derrière lui, sur ces ondulations molles, toutes poilues d'herbes blafardes. Il avait Confiance au poing et se félicitait aussi de l'avoir prise nue : ainsi, aucun fourreau ne lui battait la jambe.

Et la tour grandissait, se défendait de l'approche : pas le temps de regarder d'un côté ou de l'autre. De loin en loin, bondissant sur les mamelons sableux, où en étaient le Borgne, Marle, Le Doulx et les autres ? Les jeunes hurlaient, allaient plus vélocement que les vieux ; deux s'abattirent sans lâcher leur fauchard. Des hurons. Morts pour un roi qui incitait davantage à la dérision qu'au respect et dont la victoire sur cette tour ferait s'ébaudir Édouard et son fils...

— Les fossés... dit Tinchebraye.

— Elle pèse, votre... haleta Joubert.

Un vol de traits chuinta ; l'un d'eux entra dans la poitrine du pennoncier qui tomba d'un coup, sans un cri.

— Merdaille ! dit Tinchebraye en ramassant la bannière.

Courir. Pauvre Joubert. Dévié [1]. L'événement avait été si violent et si net qu'Ogier en éprouvait une sorte d'incertitude. Impossible, pourtant, de se dire : « Ce n'est pas vrai. » Ça l'était. Un nouveau feulement ; un homme bascula dans un trou ; un autre leva les bras et tourna sur lui-même. Il y eut un alentissement chez les porteurs d'écus, d'échelles, de ridelles, mais il n'était en rien dû aux archers ennemis : les Tournaisiens arrivaient devant la fosse ; ils en connaissaient enfin la profondeur ; certains s'y jetèrent, d'autres hésitèrent, mais la poussée des suiveurs les contraignit à bondir.

— Allez ! Allez !

1. Mort.

À grands gestes, Ogier les encourageait à sauter. Deux flèches frémirent à ses pieds.

— Hé, messire ! cria Tinchebraye.

Deux autres traits avaient troué la bannière.

Droit, sans se soucier des mortels frissements, Ogier leva haut Confiance en signe de défi aux Anglais dont le tir cessa.

— Messire ! Messire ! hurla Tinchebraye d'en-bas. Venez !

Il sauta et se dit, en se recevant assez mal auprès du Normand, que la profondeur de cette première défense devait être d'au moins une toise et demie.

— Aplatissez-vous contre la paroi pour que les autres sautent bien !

Il y eut un remuement, puis des sanglots et des plaintes : en tombant, certains s'étaient rompu une jambe ou un bras ; d'autres se laissaient extraire des traits plantés dans leur corps. En-haut retentissait la clameur des renforts, et bientôt les premiers d'entre eux churent dans la fosse accroissant la grande rumeur de cris de toute espèce et de fers aheurtés.

Le dos à la paroi de terre et de sable, Ogier, près de Tinchebraye, regarda grêler cette pluie de guerriers qui souvent s'invectivaient tant l'espace que leurs compagnons réservaient à leur chute rétrécissait de moment en moment, de sorte qu'ils tombaient parfois l'un sur l'autre et se blessaient au tranchant de leurs armes.

— La fosse commune ! ricana Tinchebraye.

Il regarda la bannière. Orgueil, compassion. Ogier leva les yeux sur ses lions d'or. L'un avait pris le dard de la sagette en pleine tête, l'autre à la cuisse.

— Après tout, c'est grand honneur, messire... Votre père sera fier de la revoir ainsi !

— Oui... Oui... Tais-toi... Prends le temps d'inquiner[1] !

Il s'exaspérait. Le Borgne de Bapaume et ses

1. Souffler.

compagnons auraient dû le rejoindre. Ah ! jouant des coudes, DeConinck s'approchait, souriant mais contrit.

— Je sais : on n'a pas obéi... Il n'y a personne en bas ! Vaut mieux qu'on soye ici... On a fait le plus gros !... L'autre fosse est à cinq ou six toises...

« Le plus gros ? Certes non », se dit Ogier. « Le plus gros sera la prise de cette tour, la verse des boulets sur nos têtes... »

Mais à quoi bon affaiblir l'ardeur de ce manant. Il vit avec plaisir apparaître Ratbold et Le Doulx, puis le Borgne, Marle et Trassignies.

— Où est Domat ?

— Au ciel, messire... Ne perdons pas de temps : que fait-on ?... Le soleil va se coucher avec cet avantage, lui, qu'il se relèvera demain.

— Beaucoup de pertes ?

— Point trop, je pense... Certains se sont allongés par couardise... D'autres par astuce : ils sauteront quand nous aurons dégagé... Ils nous rejoindront...

Le Borgne parlait à petits mots : il était essoufflé, non de la course mais des encouragements qu'il avait prodigués. Son œil sec, écarquillé, trahissait l'attraction vivace, haineuse, que cette tour exerçait sur lui. Ogier pensa qu'il la convoitait si âprement qu'il n'eût pas été marri de le voir tomber avant d'avoir atteint le redoutable édifice.

— En rejoignant vos hommes, commandez de faire placer les échelles et ridelles en position de grimpée... Les porteurs de mantelets et grands pavois passeront les premiers... Qu'ils s'arrêtent entre cette fosse et la suivante... Que tous fassent de leur mieux pour faire écran aux traits de ces démons... Que les autres gars ne craignent pas de racler le sol de leur ventre... Courir à nouveau, c'est s'exposer à la malemort... Allez, amis... Et que Dieu vous garde !

Ses jambes le soutenaient à peine. Serait-il bientôt... Non ! Il reverrait Blandine, il connaîtrait son fils. « *Saligots de Goddons !* » Allons donc ! Tout comme lui,

Tinchebraye et ceux de Tournaisis, ces Anglais ne faisaient qu'accomplir leur devoir. Il eussent pu jeter leurs arcs et leurs carquois en signe de rendage [1]. Ils ne le faisaient pas, assurés, peut-être, que leur roi les ferait secourir.

Les échelles se dressaient ; certaines dépassaient de la fosse alors que les ridelles n'en atteignaient pas le bord. Il allait falloir s'y pousser. Les porteurs d'écus et de mantelets se plaçaient en avant. « Des mantelets d'osier. Ils sont légers : les sagettes les traverseront, mais nous n'avions que ça ! » Il y avait des murmures, quelques cris ; les armes d'hast remuaient comme des baliveaux sous le vent. Vent de mort. « Ils sont presque cernés... Les Goddons doivent passer au-dessus de ces fosses au moyen de ponts de bois qu'ils emportent avec eux... Si la seconde ressemble à celle-ci, le Borgne me rejoindra par senestre... Nous atteindrons la porte ensemble. Elle est presque en face d'où je suis... Basse, épaisse... Quelques marches y accèdent... Trois peut-être... Que Dieu m'aide ! » Une rumeur de plus en plus bruyante signifiait que les hommes étaient en place. Frémissements d'anxiété : « Je les commande ; il faut que je me décide... » Regarder autour de soi. Derrière, contre ses talons, un homme était couché, un oreiller de sang boueux sous la nuque. Un jouvenceau éploré lui caressait la joue.

— Ça l'aide à trépasser, messire, dit Tinchebraye.

D'une main, il poignait la bannière, de l'autre, il tortillait l'enguichure de cuir tressé de son cor, une corne de taureau, noire, un peu tordue à l'embouchoir de cuivre.

— Vas-y : forhue [2] !

Tandis que le Normand sonnait, Ogier hurla :

— Allez compères !

Il n'avait pas crié : « *Pour Dieu et le royaume* » ni

1. Reddition.
2. *Forhuer* : sonner du cor. Encore employé en vénerie.

« *Montjoie !* » Il écarta des jeunets apeurés, atteignit une échelle et grimpa derrière un homme qui tenait un pavois de Génois.

Derechef la tour. Les sagettes. Un essaim. Derrière, un remous, une sorte de brassage, de cliquetis ; des jurons. Les échelles frémissaient et craquaient sour leur charge. Ne pas s'en occuper. « *Tu ne t'es pas soucié de Joubert, à quoi bon t'inquiéter des autres !* » Courbé derrière son pavois, l'homme du Tournaisis avançait. Ogier le suivait de si près qu'il sentait son odeur ; odeur de sueur, odeur de peur ; odeur de mort. Le pavois tressaillit : une flèche. Avancer. Avancer. Nouveau sursaut, nouvelle flèche. « Un Goddon nous en veut ! » Avancer. Tout autour, un champignonnement d'hommes : les uns courbés derrière leur écu, les autres ventrouillant, courant et se couchant, tirant les échelles. Parfois, touchant le fer d'une arme ou d'un chapeau de fer, un dard anglais faisait un bruit de claque suivi d'un grognement, d'un cri, d'un pleur.

Le second fossé, tout proche... Voir ce qui se passait. Se lever un peu. *Vfuuut !* Celle-là venait de lui venteler la joue. Il rit : « *Tu ne tireras plus longtemps, Goddon !* » Les vagues d'hommes avançaient. Si lentement qu'un jeunet hurla et se mit à courir. Il battit des bras. Une fleur rougeoya au dos de sa cuirie. Il tomba, se remit à genoux, tomba et cette fois resta roide.

— Faut-y être bête ! dit Tinchebraye.

Il se vitulait, lui[1]. Il avait peur et ne s'en cachait pas. C'était pourtant moins horrible qu'à Crécy ! Les autres ? Vifs, endurants, hardis, ils approuvaient cette avancée prudente que tous les chevaliers de l'ost royal eussent blâmée. Les jours fastidieux d'Hesdin, la vue des magnificences de la noblesse eussent pu les pousser à s'interroger : « Pourquoi soutenons-nous ces hommes ? Nous n'appartenons, nous, à aucune bataille.

1. Il rampait.

Nous sommes libres et nous contrestons [1] suffisamment aux Flamands pour nous engager dans une aventure avec les Goddons... » Pendant ce temps, confits dans leur coûteuse armure de fer, le roi, ses fils, les maréchaux et des centaines d'autres dissertaient peut-être sur les vertus de quelque vin, de quelque femme ou du dernier lai d'amour... Et Thierry ? Il devait s'angoisser. Raymond et les autres également.

« Et moi, Argouges ? »

C'était parce qu'il était différent de ces nobles outrecuidants que le roi, pour complaire à Charny, l'avait envoyé sur ces lieux avec les gens des communes... S'il mourait, il serait un preux ; s'il vivait, il aurait remporté une piètre victoire.

Le fossé. Celui-ci avait-il des épieux au fond ? Il retint l'homme au pavois par sa ceinture :

— Allez, demeure ici... Tu cherras le dernier.

Il sauta, entraînant avec lui une coulée de sable et de mottes de terre et sentit aussitôt une odeur de charnier. C'était là, peut-être, qu'on avait enseveli au printemps les affamés de l'hiver dont les édiles de Calais s'étaient débarrassés peut-être sans remords et auxquels, sans remords non plus, Édouard avait refusé d'accorder le passage. Morts de faim et de froid. Morts l'estomac vide et le cœur plein de haine.

Des hommes tombaient, par trois ou quatre, en criant. Ce fossé, plus profond que le précédent, rendait leur chute dangereuse. On se rompait un membre, on se coupait aux armes de ceux d'en-bas, et les tirs des Goddons étaient si efficaces qu'on ne se souciait point de la façon dont on atteindrait le creux, l'essentiel étant de se mettre à l'abri.

Ogier ferma les yeux et les cris, les plaintes lui parurent excessifs.

— Pas trop de morts ? Tinchebraye.

— Moult moins que si nous avions couru !

1. *Contrester* : résister, s'opposer.

Ogier serra les dents, éprouvant soudain la sensation physique d'être *vu* — mais par *qui* ? — et la certitude que si la tour, bientôt, serait française, le destin — mais ce pouvait être aussi la male chance — lui réservait une épreuve. Pourquoi ? Parce qu'il avait fait souffrir Blandine ? Il déraisonnait et fut soulagé de voir paraître le Borgne de Bapaume à sa gauche, comme il l'avait prévu. Ratbold et Le Doulx l'accompagnaient ; Marle, Trassignies et DeConinck arrivaient de l'autre côté.

— Oh ! ils vous ont atteint.

— L'épaule, messire, dit Trassignies. Ce n'est rien... Le plus gros reste à faire.

— Nous le ferons, compères, et prouverons au roi que la ribaudaille vaut mieux que sa chevalerie !

Présomption ? Effet d'une exaspération légitime ou d'une volonté de venger Joubert ? Les chefs tournaisiens avaient ri. Et approuvé.

— Nous sommes des ribauds, des bidaus et gens de peu, messire, dit le Borgne. Mais à la Blanche-Tache, alors que la chevalerie tournait bride, nous avons tenu bon devant Northampton et ses démons... avant de nous jeter dans la Somme pour échapper à leur fureur. Nous avons l'honneur chevillé au cœur... Que faisons-nous ? Bientôt la nuit nous couvrira...

— Une échelle...

On en apporta une. Ogier y grimpa et, sa tête au ras du sol :

— Nous sommes à dix toises de la tour... Juste devant la porte... As-tu quelques arbalétriers, le Borgne ?

— Une vingtaine.

— Fais-les chercher. Vingt sur quinze cents, la proportion me plaît, et pour une fois, ils seront utiles.

Ils vinrent. Ils avaient des armes différentes : arbalètes à moufle, à tour, à cranequin. C'étaient des jeunes, Ogier s'en félicita :

— Êtes-vous habiles ?

— La plupart d'entre nous, messire, dit un brun, sont les meilleurs de par chez nous au papegai.

— Bien !... Vous allez vous répartir autour de ce maudit beffroi, monter sur une échelle et pointer vos carreaux sur les archères... Tandis qu'autour de vous les autres courront à l'assaut, vous berserez [1] sur ces ouvertures. Ou vous occirez les archers qui sont derrière, ou vous gênerez leur tir.

— Ils feront merveille ! affirma le Borgne.

— Tirez coiteusement [2] au premier coup de trompe... On va vous donner le temps de vous aposter...

Puis à nouveau tourné vers le Borgne et ses compères :

— Nous disposons de grands pavois... J'en veux une trentaine ici, avec moi. Faites dégager l'aire autour de nous, faites amener cinq ou six échelles... Et réunissez ici vos meilleurs pavescheurs [3]...

Il s'adossa au fossé tandis que Ratbold, Le Doulx et Marle s'éloignaient, bousculant les hommes apeurés, indécis, époumonés, dont certains rajustaient leur harnois ou venaient en aide aux blessés plus nombreux, dont quelques-uns se démenaient contre la souffrance ou la mort tandis qu'en haut des malheureux criaient à l'aide.

— Tout se passera bien, affirma le Borgne.

— Je n'en ai jamais douté... Mais plus j'épargnerai des vies, plus je serai satisfait.

— Vous n'êtes pas comme notre sire Philippe et tant d'autres !

Ogier ne répondit pas. Et pourtant, insidieusement, le Borgne lui faisait un compliment dont Tinchebraye prisait la qualité :

— Il n'est comme aucun autre... C'est pour ça que mes compagnons et moi lui sommes attachés !

1. Tirerez, viserez.
2. Hâtivement.
3. Guerriers portant un pavois.

Ils levèrent les yeux sur la bannière. Deux crevures nouvelles mettaient des taches noires au flanc d'un des lions.

— Heureusement, messire, qu'il n'y a pas dix fossés, dit en souriant le Borgne, car parti avec des lions, vous arriveriez avec des panthères !

— Vivement, l'homme, que tes pavescheurs arrivent avec les gars aux échelles...

« Ma voix a tremblé... L'émoi ?... Sans doute... Que deviendront mes lions si je meurs ce jour d'hui ?... Père n'en a plus pour longtemps ; Thierry peut succomber au cours d'un affrontement... Qui prendra soin de mon fils et en fera un chevalier ?... L'unique présence de Blandine a son côté serait néfaste... Sans le vouloir, elle l'émasculerait... Façon de penser... Oh ! certes, elle ne cesserait point de vanter mes mérites... Et qui sait ? Son ventre la démangerait !... Mais pour l'amour, bernique !... À moins qu'elle ne me trouve un remplaçant avec lequel elle sera douce et docile ! »

Il devenait odieux. Un inassouvi, voilà ce qu'il était ! En fait, il n'avait pas su conquérir Blandine...

« Mais je saurai conquérir cette tour !... Ah ! les pavescheurs. »

Les hommes qui venaient à sa rencontre, auxquels Ratbold, Le Doulx et Marle ouvraient un chemin à coup de bourrades et de jurons, étaient solides, coiffés et vêtus de mailles ; la trentaine ; le regard vif, décidé.

— Les meilleurs sûrement, commenta le Borgne de Bapaume.

Ogier leur sourit sans envie : ceux-là pourraient trouver la mort. Et la pire : l'écrasement.

— Vous avez des pavois génois : ils sont épais, durs aux coups... Quand sonnera le cor, vous bondirez des échelles que vous allez gravir maintenant et courrez former deux tortues sous les murs de part et d'autre de la porte.

— Par les hourds, ils nous jetteront des boulets...

peut-être de l'eau bouillante. Mais ça ne fait rien : leur tour n'est pas si haute et nous résisterons aux coups...

Celui qui parlait, un brun, barbu à tête ronde, saignait à un genou : peut-être, en tombant dans la fosse, avait-il heurté une arme. Ce devait être un grincheux. Près de lui apparut Guillonnet, qui dit fièrement :

— C'est mon père... Je vais avec lui... On vient de me donner de la graisse, un fusil, un briquet, des mèches, pour le cas où les feux prendraient mal.

Ogier aperçut, sinuant au-dessus des timbres des chapeaux et barbutes, les touffes rouges des torches.

— Soit... Il y avait des hommes avec des houètes, des haches et des hoyaux. Où sont-ils ?

— Là, messire, dit une voix. Vingt-cinq...

— Cinq ou six doivent suffire. Nous n'allons pas les assaillir partout, mais seulement aux abords de la porte... Quand nous serons bien actifs, menez l'assaut de toutes parts... S'ils ne sont pas sots, ils se rendront : j'exige que vous leur laissiez la vie sauve.

Le Borgne de Bapaume hocha la tête. L'idée de ne pas châtier ces Anglais qui lui avaient meurtri des compères le remplissait d'indignation, mais plutôt que de vitupérer la clémence d'un chevalier qu'il désavouait du regard aussi durement que possible, il préférait se soumettre à son commandement par prudence et non par respect.

— Soit, ils vivront... du moins ceux qui se rendront.

— Et si, dit Ratbold, les Goddons du rivage viennent à la rescousse ?

— Il suffit, maintenant, de cent gars pour maîtriser ce beffroi. Et je vois grand !... Si les Goddons d'en bas se montraient dangereux, nos hommes couraient au-devant d'eux, mais je doute qu'ils cherchent à nous détruire.

— Pourquoi, messire ? demanda le Borgne de Bapaume.

— Ne prends pas, l'ami, ce sourire moqueur. Si les Goddons avaient convenu de secourir cette tour, ces démons, déjà, nous auraient assaillis... D'ailleurs, que vont-ils perdre ici ?... Quelque trente guerriers. S'ils nous affrontaient, ils en perdraient bien davantage... Pour rien... Les maréchaux et capitaines de la Grande Île sont respectueux de la vie de leurs hommes d'armes... De plus ils n'ont pas pour la ribaudaille le même mépris que les nôtres !

— Nous sommes trop, sans doute, dit Guillonnet. Nous les effrayons.

— Rien ne les effraie, sachez-le tous !... Qu'on m'apporte une échelle !

Et fixant l'œil étincelant du Borgne de Bapaume :

— Elle est pour moi et mon porte-bannière... Nous sortirons les premiers de ce trou... Allons, préparez-vous !

Il y eut un remuement. Ogier ferma les yeux. « Peur ? » Il se répondit affirmativement avec une sincérité qu'il trouva lugubre. « Encourir la mort dans ce petit enchas [1] est impossible ! » Impossible ? D'autres, pourtant, jonchaient le sol avant et entre les fossés, et quelques-uns avaient expiré au fond. Bientôt, il entrerait dans cette forteresse. Le premier, exemplairement. Quelques moments très durs, homicides encore.

« Si je portais mon armure... »

Allons bon ! Voilà où il en était !

Il s'approcha de l'échelle que deux hommes venaient d'installer, et dont l'extrémité débordait de la fosse. « *Ils* vont porter leur attention dessus... » Il fit signe à Tinchebraye d'approcher, ce que le Normand fit avec le sourire.

— Sitôt dehors, tu planteras la bannière au sol et tireras ton épée.

— Bien, messire.

Ogier monta trois échelons et considéra, autour de lui, les hommes qui participeraient à l'assaut. Faces livides, yeux qui tous semblaient enténébrés de haine,

1. Combat.

mais c'était un effet de la nuit commençante. Ils poignaient leur pavois, leur arme, leur houette, leur pic ; les torches crachotaient ; des lueurs de sang tremblaient sur les visages des boutefeux... Le sang toujours, toujours...

Encore trois échelons. Faire signe aux hommes de monter. Voilà, ils grimpaient pour la male ruée. Silence et le bruit tiquetant des fers de toute sorte. L'étoffe de la bannière près de la joue. Pauvres lions d'or ! Il les exposerait dans la grand-salle de Gratot. Il dirait...

— On y va, messire ?

Encore un échelon ; les mains serrées, l'une sur Confiance, l'autre sur le barreau qui affleurait le sol herbu... La terre... Des fourmis... Un échelon encore et *il serait vu*. Il voyait, lui, pour le moment, le crénelage de la tour. Personne, apparemment. Dessous, une archère ombreuse où brillait quelque chose, une espèce de ver luisant : la pointe d'une sagette. Dessous ? Une sagette encore, prête à être décochée. « *Sur qui ? Sur moi ? Sur rien ?* » Avec la nuit, les mouettes tournoyaient une dernière fois.

Il regarda encore les hommes, *ses* hommes. Il fut heureux de ne trouver en aucun d'eux, malgré la grande course qu'ils avaient fournie, la néfaste lassitude de ceux de Crécy. Ils suaient et s'interrogeaient sur leur sort.

— On sonne ?

L'œil de fauve de Tinchebraye reflétait une curiosité, une impatience infinies. Quelqu'un dut se hisser trop haut sur une échelle. Deux froufroutements révélèrent un vol de flèches et le *tchac tchac* des fers heurtant des graviers. Ne plus attendre. Défier cette peur. Guérir de ces tempes battantes, de cette bouche engluée, mais pourtant sèche ; de ces yeux malades à force de regarder ces archères...

— Sonne, Tinche...

Mot trop long ; le cor mugissait ; c'était la ruée.

Debout. Il était debout et sauf. Si vite qu'il eût agi,

il avait eu le temps de voir du rouge à une archère. Du sang. Un Goddon de moins. Derrière, c'était la male et ultime empainte [1], la longue vibration des cris de haine et de mort ; un tumulte d'hommes avides de meurtre, et certains devaient tomber. Les pavois sur les têtes... Les dos courbés... Le vent furieux de l'aversion passait sur ces manants du Tournaisis qui avec lui, Argouges, recevaient carreaux et sagettes. Que crier ? Rien. Tinchebraye et la bannière... La bannière plantée, abandonnée... Courir.

La porte massive ; plus de fer que de bois. Les pics et les houettes en attaquaient la base, sous la protection des grands pavois. Parfois, l'un d'eux recevait un boulet, une grosse pierre et s'enfonçait, entraînant ses voisins dans sa plongée, puis tous se redressaient, et bien qu'il ne les vît pas, Ogier imaginait les grands ahans des hommes, leur dos, leurs reins endoloris, et tout près d'eux, recevant sans doute leurs coups de coude et de genou, les gars chargés de la démolition hurlant de fureur tant le merrain résistait aux piquants et tranchants de leurs outils.

À l'entour, les sagettes tombaient ; nul assaillant ne pouvait plus s'abriter. Un jouvenceau sortit d'une des tortues :

— Où en est-on, Guillonnet ?

— Le bois est dur.

Ogier s'avisa d'un des boutefeux, le dos collé à la paroi de chêne sans doute aussi impénétrable que de l'acier :

— Entre là-dessous et fais en sorte que ça flambe !

L'homme s'enfourna sous les pavois. Ogier se tourna vers un autre :

— Va sous l'autre tortue et fais-en autant !

Il s'était mis devant la porte et s'étonna de n'avoir reçu aucun trait. Levant les yeux, il comprit : « Les archères ont été mal faites : aucune ne défend cet

1. *Male* : méchante, mauvaise ; *empainte* : attaque.

huis ! » Les boulets tombaient des hourds, moins nombreux cependant qu'au début de l'attaque ; les tortues oscillaient ; la terre tremblait ; les haches, les pics et les hoyaux mordaient sans répit le chambranle, et la porte commençait de bas en haut à frémir. Il vit des planches apparaître, expulsées d'une tortue, puis une crémaillère épaisse, et une autre.

— Ils sont venus enfin à bout de l'escalier !

Tinchebraye avait toujours autant d'assurance, mais son visage blafard était secoué de frémissements. Il poignait son épée à deux mains ; des mains nues, fermes, où les veines saillaient comme des cordelettes. Du menton, il désigna la bannière :

— Je l'ai bien plantée, mais elle s'incline... Et elle a souffert un peu plus...

— Une flèche est même demeurée dedans, dit Ogier. Retenue par son empenne... Nous la reprendrons et l'emporterons comme une relique.

Les hommes grouillaient à l'entour du beffroi. De toutes parts, on l'assaillait. Il tremblait de la base au sommet comme un tronc d'arbre gigantesque, un arbre dont les gros fruits de pierre écrasaient certains de ceux qui le maltraitaient. Et chaque mort supplémentaire, plutôt que de dissuader les Tournaisiens de leur acharnement, ne les rendait que plus furieux.

— L'huis cède ! hurla quelque part DeConinck.

— Allons-y, Tinchebraye. C'est à moi d'entrer le premier... Tu me suivras.

La porte craquait. Sous les fendoirs des haches, les gros clous à tête ronde projetaient des étincelles. Les pentures vibraient ; les gonds tordus grinçaient.

— Alors, merdaille ! hurla Tinchebraye.

Ogier regarda la faîte de la tour et poussa un hurlement :

— Ôtez-vous tous ! Tous !

Les écus des tortues se dissocièrent ; les guerriers, soudain apeurés, s'éparpillèrent, suivis par les démolisseurs ; et déjà une pierre tombait d'une trappe aménégée à sa mesure. La plus lourde, celle que les Goddons avaient réservée pour la fin et qui, péniblement hissée au sommet, ne pouvait être portée que par trois ou quatre hommes.

Elle chut sur DeConinck et Guillonnet, et le vent qu'elle fit en tombant, après avoir courbé les flammes du pas-de-porte, les épaissit et fortifia. Le bois gluant de graisse crépita. Trassignies, Marle et Le Doulx apportèrent une échelle et s'en servirent ainsi qu'un bélier. L'ais résista. Quatre guerriers se joignirent à leurs chefs, et l'huis à demi rompu, que devait maintenir, à l'intérieur, des barres traversines, résista encore et encore.

— Ils ne tirent plus, dit Tinchebraye. Vont-ils se rendre ?

— Ils s'apprêtent plutôt à nous recevoir !

— Pauvres d'eux ! dit le Normand.

De dessous le rocher dépassaient une jambe et un bras : Guillonnet. Une tête et un torse : DeConinck. Du sang sinuait, noir. Deux de moins... Le feu ronflait ; l'échelle, à force d'être précipitée dessus, craquait autant que la porte et cent hommes, autour de ceux qui la maniaient comme un bélier poussaient des « *Oh ! Oh !* » pour accompagner des efforts auxquels le Borgne de Bapaume joignit les siens.

Le battant céda, tomba à la renverse dans un grésillement de flammes et de fumées dissimulant l'intérieur de la tour.

— Entrons ! dit Ogier.

Il sauta sur la grosse pierre sous laquelle gisaient les deux Tournaisiens. De là, il pouvait accéder au-dedans. Il y fut d'une enjambée, trébucha contre ce qui pouvait être un banc et les yeux mouillés de larmes dues aux fumées, se jeta contre une paroi.

Il avait bien fait : le trait qui lui était destiné frappait un compagnon tout proche dont la chute le faisait trébucher.

— Bougez pas, messire ! hurla quelque part Tinchebraye.

Une torche vola, bientôt suivie d'une autre, et d'une autre. « Quels marmousets ! Il n'était plus besoin qu'ils boutent le feu ! » Des sagettes percèrent les fumées. Il y eut des cris de fureur et d'effroi. Apercevant un coffre, Ogier se jeta contre son flanc. Deux sagettes vibrèrent au-dessus de sa tête, et il vit les archers embûchés derrière une table renversée. Cinq ou six. Les autres devaient se répartir dans l'escalier menant au faîte de la tour.

— Rendez-vous ! Je vous garantis la vie sauve !

Deux traits écaillèrent du bois au-dessus de sa tête. « Les sots ! » Sa sueur gluait sur la prise de Confiance. Même sans armure, il ruisselait comme jamais encore. « Bah ! Il n'y a que des archers. Je n'aurai pas à batailler... » Un émoi l'accablait imprévisiblement ; il en ignorait la nature mais savait que le seul moyen d'y mettre un terme, c'était de bondir dans le brouillard des feux jaillis de toutes parts et de déloger les Goddons.

Il courut jusqu'à eux, fut percé à l'épaule senestre et tomba de toute sa fureur sur ces archers dont un eut cependant le temps de l'ajuster : son trait lui déchira l'oreille.

— Ah !... S'il en est ainsi...

Ce fut comme un orage d'acier : les arcs volèrent, les Anglais renversés hurlèrent et les Tournaisiens accoururent. Une épée entailla une tête, une autre rompit un bras. Insensible à la douleur de son épaule et de sa tempe, Ogier entreprit de gravir l'escalier. Il n'alla pas plus loin que la seconde marche.

« Merdaille !... Manquait plus que ça ! »

Un homme lui interdisait le passage ; un homme en armure et poignant une épée. Un homme qui le repoussait et férissait avec force.

Reculer. Les lames tintaient. Reculer encore et dégager l'escalier. Déjà les Tournaisiens s'y précipitaient.

Certains tombaient, mais degré par degré, mort après mort, la tour serait investie.

Cet homme ferrvêtu ? Un chevalier ? Un capitaine ? Il combattait ventaille close, en silence.

« J'aimerais voir ta goule... Tu sais te battre... Même si je t'atteins, ma lame s'ébrèchera sur tes fers ! »

Tout allait vélocement. Plutôt que de désarmer ce Goddon qui devait valoir un bon poids d'or, les Tournaisiens jouaient des coudes pour grimper dans le beffroi et venger leurs trépassés.

« Il m'a poussé sur le seuil... Plus personne !... Où sont-ils ? »

Sauter tant bien que mal sur ce rocher que DeConinck et Guillonnet avaient pour dalle mortuaire... Et l'autre suivait, plein d'aisance en son fer !... L'y retenir un brin de temps. « *Il rit ! Il me hait ! Me connaît-il ?* » Là, maintenant, tomber dans l'herbe... Et les Tournaisiens ? Ne s'en trouvait-il plus *un seul* pour venir lui prêter main-forte ?... Il devait y en avoir douze ou treize cents au-dehors !... Étaient-ils par effroi, demeurés dans les fosses ?... Non : il entendait leurs cris sur la pente du mont Sangatte. Ils couraient droit aux Anglais, en-dessous... Une ou deux compagnies avaient donc voulu secourir leurs archers...

« *Ou bien secourir cet homme-là, parce qu'il est un de leurs connétables !* »

Un répit. Des cris. Toujours. Des cris *anglais*.

« Qu'ils leur fassent barrage le temps que... »

Le temps que *quoi* ?... Mal à l'épaule, à l'oreille — ou ce qu'il en restait. Appeler à l'aide ? C'eût été indigne d'un chevalier. Se battre dans l'épaisse grisaille du soir.

« Je recule ! »

Un taillant qu'il devait éviter de justesse. Une estocade qu'il maîtrisait... mal ! Qu'advenait-il des archers ?... Bon sang, aucun des Tournaisiens n'allait-il se soucier de lui ?... Que faisait le Borgne ? Les autres ? Qu'était devenu Tinchebraye ? Mort ? Reculer sur un côté de pente qu'il ne connaissait pas... Tout ce qu'il pouvait deviner, c'était que là, les fossés se réduisaient à deux creux profonds d'un pied... C'était là qu'*ils* passaient pour se relever les uns les autres... Il y avait des corps : par les fossés, des Goddons avaient essayé de s'opposer à l'avance des Tournaisiens. Ils en étaient morts.

Pente toute velue d'herbes hautes... Là-bas, *sa* bannière... Penchée comme si elle allait tomber... Tinchebraye aurait dû être là... Et si Thierry avait flairé la déconfiture, il eût fallu...

Un taillant si rude qu'il faillit lâcher Confiance !

Cet homme-là ne lui ferait jamais quartier. Qui était-ce ? Une sensation horrible : une sagette, tirée du haut de la tour, sans doute, lui traversait l'omoplate dextre.

Il restait donc des Goddons ?... Qu'ils les tuent [1] !... Qu'ils...

Il mollissait. Son enragerie aussi.

Essayant le tout pour le tout, il se fendit pour une estocade et ne trouva que du vide... Dans son élan, il perdit pied, chavira et roula sur la pente.

« À genoux promptement !... Debout ! »

L'autre, alourdi par son armure, ne pouvait courir, mais il arrivait, l'épée levée comme une hache.

« Debout, Ogier !... S'il te faut mourir ce jour d'hui pour ce roi de merde nommé Philippe, que ce soit debout ! »

Il retomba, se remit à genoux... Effort-tourment, mais il était debout. Mal aux reins, à l'oreille, à l'épaule... Une toux le secoua... Du sang poissait sa joue senestre et son cou.

1. D'après Gilles Li Muisis, la tour de Sangatte fut prise par les gens de Tournai et la garnison — vingt-sept hommes — n'aurait pas été occise : sept furent remis aux gens d'Arras, trois purent se racheter, un mourut et les autres furent enfermés à Tournai d'où ils s'échappèrent peu après, Froissart confirme l'exploit des Tournaisiens mais rapporte que les Anglais furent massacrés et la tour « abattue et renversée ».

Il eut encore le sentiment que cet ennemi le connaissait et s'ébaudissait sous sa ventaille.

Il se jeta sur lui tête baissée et lui porta, sous le colletin, une estocade aussi roide qu'il le pouvait ; mais ses mains tremblaient trop de peur, de fatigue et d'exaspération : la pointe de Confiance glissa.

Rire encore ! Et plus loin, en bas, les rumeurs d'une bataille.

« Il n'y en aura donc pas un qui verra que je suis en difficulté ? »

Il chancelait, *lui*, Argouges. Il perdait son sang comme une passoire. Encore un coup de taille. Inutile... Mais que Confiance était lourde !

D'un formidable taillant, l'autre tenta de lui fendre l'épaule.

« Manqué ! »

Il chancela, mit un genou en terre et se releva, haineux et hurlant, pour recevoir en plein coude le heurt de la lame adverse, à plat, heureusement.

« Il mollit peut-être, lui aussi. »

Il avait failli lâcher son arme. Reculer toujours... Toujours... Il étouffait. Ses yeux suivaient mal, dans la nuit, les luisances de l'épée anglaise.

L'armure miroitait sous les premières clartés de lune, mais il distinguait mal les bras, de sorte qu'il ne pouvait prévoir l'élan et la force des coups.

Il crut entendre un rire doux et moqueur. Blandine ?... Allons donc !

Encore cette brillance !

Sous le coup, il faillit à nouveau lâcher sa lame.

Il haletait et voyait de plus en plus mal. Son corps le brûlait. S'appesantissait. Le cri aigre d'une mouette.

La dernière...

Cet atroce craquement dans sa poitrine... Estocade... Son cœur était-il touché ? Il était plein de frissons et soupirs, de férocité molle. Il se sentait environné de noir profond ; d'ombres... Ce qui était affreux, c'était le sentiment de se battre dans des conditions d'iniquité honteuses pour celui qui le dominait... Aucun chevalier digne de ce nom n'eût accepté un affrontement aussi peu conforme aux préceptes de l'Ordre. Il ne voyait pas les yeux de cet homme. Il n'entendait pas son rire. Seul son souffle lui parvenait parfois pareil à un rugissement... Parlerait-il avant de l'occire ? Lui, Argouges, ne savait plus manier son épée ! Il ne savait plus, même, où il était et comment, par quel miracle, il demeurait debout. Il aurait tout offert, même son âme au diable, pour être à Gratot, pour tenir une ultime fois Blandine dans ses bras, pour entendre au moins une fois la voix de son fils ou de sa fille. Trop tard ! Il allait payer de sa vie une vaillantise inutile... Sentiment de l'irréparable... Trop tard !... Pense à Dieu... Quelque chose coulait sur sa joue : larme et sang.

Il vit le geste et, lâcha son épée car elle eût volé en l'air.

Il sentit une déchirure énorme... Mais où ? Il tomba à la renverse et s'enfonça dans les herbes... Se noya dans la nuit. Sa nuque lui faisait mal et ses yeux le brûlaient... Des cris lointains... Une grande flamme... La tour brûlait... Tout s'embrassait : son corps, les herbes, le ciel... Ses yeux ne bougeaient plus ; il les sentait se ternir. Il voulut lever sa dextre, non pour demander merci mais pour signifier à son vainqueur que plus rien n'avait d'importance... Il le vit planter son épée dans l'herbe, s'agenouiller, relever sa ventaille et rire :

— Te voilà dans un bel état, manant. Cela t'apprendra à te considérer comme un chevalier !

Qui était-ce ? Les sourcils froncés, mais la vue toujours brouillée. Et ce rire, ce rire... Une ombre... Une ombre miroitante... Un autre seigneur. Voix forte :

— Venez, Regnault. Il suffit !... Vous vous êtes acharné sur lui...

— Je devrais l'achever !

— Je vous l'interdis !... Venez jusqu'au rivage. Nous l'avons nettoyé de cette piétaille française : ils ont guerpi quand ils ont vu qu'ils auraient le dessous. Venez !

— Il me faut l'achever, vous dis-je !... Sur mon honneur...

— Vous n'en avez aucun !... Je vous connais... Relevez-vous et rengainez cette épée !... Vous me devez obéissance... Jamais un chevalier digne de ce nom ne se serait battu avec tant de forcennerie... Il n'avait rien sur la tête et le corps pour se protéger de vos coups... Il vous a résisté bellement, et de la façon dont il poignait sa lame, je jurerais qu'il n'est pas un manant... Venez : vous vous en êtes donné à cœur joie... Lâchez cette arme ! Laissez ce garçon. Il a le droit de trépasser en paix... Descendons : ils sont cent là-haut, nous sommes deux ; le temps nous presse... Il nous faut voir Robert Knolles. Aussi vrai que je suis Gauthier de Masny, vous vous êtes conduit en routier.

— Soit !... Vous me privez d'un grand délit[1]. Foi de Cobham[2], je l'aurais achevé à plaisir !... Et lentement, Masny... Mais il est vrai que Knolles nous attend.

Ogier frémit, écarquilla les yeux... Gauthier de Masny et Cobham... et... Knolles !... Knolles !... C'était Rechignac... C'était l'enfance en Pierregord, l'apprentissage du métier des armes... Il allait mourir là, sur cette pente, lui qui... lui qui...

Il réunit péniblement ses mains. La nuit pesait de son immense noirceur sur son corps comme pour en exprimer le sang jusqu'à la dernière goutte... Il avait mal, grand mal et seul Sirvin, peut-être... Disparu comme la Croix... Il y avait des éperons d'or dans le ciel, et la mer toute proche, cette mer qui frottait aussi les sables du Cotentin, murmurait comme on prie.

Un nuage passa... Noir...

1. Plaisir.

2. Regnault (Renaud) de Cobham était fils de Jean Cobham et Jeanne Nevill. Il avait épousé Jeanne, fille de Maurice de Berkeley. Il mourut le 5 octobre 1361.

« Seigneur !... Que vous ai-je fait pour dévier de la sorte ?... Très Sainte Vierge, secourez-moi... Saint Michel, permettez que j'embrasse mon fils ! »

Il avait des lèvres de pierre, les yeux glauques, et son souffle s'amenuisait. Il hurla :

— Seigneur ! Seigneur !

Une ombre s'approcha, miroitante. Un archange ?

— Il a la vie dure ! s'étonna l'exécrable voix.

Une ombre encore. Un fantôme de fer. Muet.

— Seigneur ! Seigneur !... Ayez pitié !

Dieu pouvait-il entendre une voix de statue ?

ANNEXES

ANNEXE I

L'ÉVASION DE LOUIS DE MALE

Louis II de Male — du nom de sa cité natale — était fils de Louis Ier, comte de Flandre, de Nevers et de Rethel. Louis Ier avait succédé à son père, Robert de Béthune, comme comte de Flandre, en 1322. Marié à Jeanne, comtesse de Rethel, il avait eu pour fille Jeanne de Flandre qui, en 1329, avait épousé Jean de Montfort. En 1320, il avait épousé Marguerite, seconde fille de Philippe V et de Jeanne de Bourgogne. Il avait été dépossédé de ses états par la révolte du bourgmestre de Bruges, Guillaume de Deken, lequel avait reconnu Édouard III pour roi de France. De retour en son pays, le comte en avait été de nouveau chassé par les bourgeois de Jacques d'Artevelde qui, lui, avait réalisé la difficile union des trois villes : Gand, Bruges et Ypres (1337).

Le projet de mariage entre Louis II de Male et Isabelle, fille aînée du roi d'Angleterre, tarabustait le souverain anglais depuis le 13 novembre 1339 : ce jour-là, il avait donné à Guillaume de Montaigu et à plusieurs autres chevaliers, les pleins pouvoirs pour la domination du comté. Quant à la réconciliation de Louis II et des Flamands, elle remontait à la Toussaint 1346, et c'était peu après cette fête que Louis était rentré en Flandre. Le 7 novembre, il arrivait à Courtrai ; il se rendit ensuite à Ypres, Bruges, Gand. Au mois de janvier 1347, Philippe VI lui permit d'aller et venir en Flandre à condition « *qu'il garde touzjours sa loiauté* » envers le roi de France. Cette loyauté ne devait avoir qu'un temps, puisqu'en 1359, Louis s'alliait à Édouard III avec quantité d'autres chevaliers attirés par la fortune du roi d'Angleterre... qui sut d'ailleurs leur manifester bien du mépris.

Pour ce qui concerne le projet de mariage avec Isabelle, Louis s'était apparemment soumis aux volontés d'Édouard par un document signé à Dunkerque le 13 mars 1347, et le lendemain, à Bergue, le roi anglais en avait pris connaissance. Le 27 mars, par écrit, il confirmait sa volonté de voir Louis épouser sa fille et lui enjoignait de se mettre à la tête des Flamands pour marcher contre le roi de France. C'en fut trop pour l'adolescent qui s'enfuit le lendemain, 28 mars. Tous les chroniqueurs en sont d'accord, sauf les *Chroniques de France* qui situent cet événement retentissant le mardi des fêtes de Pâques : 3 avril. Le 1er juillet de cette année 1347, Louis épousait Marguerite, fille de Jean III, duc de Brabant.

ANNEXE II

LA CORRUPTION DES MŒURS VUE PAR LES *GRANDES CHRONIQUES*

... Dieu a souffert cette chose par les désertes de nos péchés, jasoit ce que à nous n'appartienne pas d'en juger. Mais ce que nous voyons, nous témoignons ; car l'orgueil était moult grand en France, et mêmement ès nobles et un aucuns autres, c'est assavoir : en orgueil de seigneurie et en convoitise de richesses et en déshonnêteté de vêtements et de divers habits qui couraient communément par le royaume de France, car les uns avaient robes si courtes qu'elles ne leur venaient qu'aux nashes[1]*, et quand ils se baissaient pour servir un seigneur, ils montraient leurs braies et ce qui était dedans à ceux qui étaient derrière eux, et elles étaient si étroites qu'il leur fallait aide à eux vêtir et au dépouiller, et semblait que l'on les écorchait quand on les dépouillait. Et les autres avaient robes froncées sur les reins comme femmes, et si avaient leurs chaperons destrenchiés mêmement tout en tour ; et si avaient une chausse d'un drap et l'autre d'autre ; et si leur venaient leurs cornettes et leurs manches près de terre, et semblaient mieux jongleurs qu'autres gens. Et pour ce, ce ne fut pas merveille si Dieu voulut corriger les excès des Français par son fléau, le roi d'Angleterre.*

1. Fesses.

ANNEXE III

LES REVIREMENTS DE GODEFROY D'HARCOURT

Après avoir trahi, pour de bonnes raisons, le roi Philippe VI, Godefroy d'Harcourt, au lendemain de Crécy, abandonna son complice, Édouard III qui, sans lui, n'eût pu commettre tant de ravages en Normandie... et au-delà, jusqu'à la motte du Val-aux-Clercs. La mort de son frère, Jean IV d'Harcourt, lors de l'immense boucherie, provoqua-t-elle, chez le Boiteux, une terrible crise de conscience ? C'est peu probable. Il n'était pas homme à se ronger de remords ni pour le trépas de son frère ni pour celui de tous les malheureux qui avaient péri, soit de sa main, soit de celle de ses compagnons de bataille. Il avait espéré, en s'alliant à Édouard III et en l'aidant, devenir son substitut en Normandie à défaut d'en être duc. Peu lui importait d'être « Anglais » dès l'instant qu'il gouvernerait le duché. Mais Édouard avait renoncé à conquérir cette contrée. D'ailleurs, s'il avait dû y régner, il l'eût certainement confiée à l'un de ses vrais hommes liges.

Philippe VI n'était certes pas un fin politique. Il décida que mieux valait avoir ce trublion avec lui que contre lui, et il n'était pas homme à plaindre ses milliers de sujets (Normands et autres) victimes de la randonnée d'Édouard III — sans compter les destructions : maisons et champs incendiés, églises et monastères ruinés, bétail massacré, arbres abattus, etc. Qu'il eût « passé l'éponge », soit : c'était dans les mœurs d'alors, mais qu'il ait nommé Harcourt, son capitaine-souverain dans la partie du baillage de Rouen située au sud de la Seine et dans tout le baillage de Caen, voilà qui stupéfie. Que Bertrand de Bricquebec en soit, dit-on, mort de fureur, cela se comprend. Car les pouvoirs de l'ex-traître étaient énormes : il était autorisé à lever des impôts dont nul propriétaire ne pouvait s'exempter ; il avait loisir d'assembler des gens d'armes — chevaliers et piétons — et devait veiller à leur équipement tant pour défendre son territoire que pour prendre part aux expéditions décidées par le roi. Sans en être duc, il régnait sur la Normandie ! On le vit à Honfleur le 17 août 1347, à Caen, le 4 septembre, au Pont-Autou, le 21 octobre : par une sorte de décence, il ne fut pas auprès du roi devant Calais.

Il s'aperçut alors que, de par ses fonctions, il avait cessé d'être un guerrier. Il tourna son humeur belliqueuse contre ses voisins, s'estima au-dessus des lois et le fit savoir au grand bailli du Cotentin. Ainsi, Saint-Sauveur-le-Vicomte devint une place forte à part, dans l'état. Refusant d'obéir à quiconque, il eut la prétention de commander à tous et se rallia à Charles de Navarre, un fauteur de désordre plus finaud qu'il ne l'était — fils de Jeanne de Navarre et de Philippe d'Évreux, petit-fils de Louis le Hutin et arrière-petit-fils de Philippe le Bel, il pouvait avoir des prétentions au trône de France, d'autant plus que Jean de Normandie, succédant à son père, se révélait un souverain exécrable. Le meurtre de Charles d'Espagne, le 8 janvier 1354, auquel le Boiteux prit part, envenima une situation déjà mauvaise.

Et justement, ici, voilà qu'Harcourt, cet homme fort et sanguinaire, se révèle être un sentimental. Il avait trouvé dans la forêt de Saint-Sauveur, une petite biche qu'il avait élevée. Elle lui était aussi attachée qu'un chien. Or, un jour, elle disparaît. Il la retrouve, tuée, près de Magneville, dans le Val de Saire. Le coupable est un garde de Nicolas de Chiffrevast, naguère un peu comploteur, mais solidement rallié au roi de France. De ce fait, il est devenu, en Cotentin, presque aussi important que le chevalier au Vert Lion : Robert Bertrand de Bricquebec. C'est la guerre, et chacun recrute aisément des troupes. Harcourt recouvre cette frénésie homicide qui fit tant de mal à la Normandie lorsqu'il chevauchait entre Édouard III et son fils. Il s'en prend même, l'épée haute, à la mère de Chiffrevast réfugiée à Briquebosc : elle en mourra — blessée ou épouvantée, on ne sait.

Harcourt rançonne, tue, menace et incendie. Jean le Bon, excédé, ordonne de sévir. Mais comment ? Le Boiteux profitera de ses atermoiements et des meurtres que le roi commettra pour venger Charles d'Espagne pour, une fois encore, faire hommage à Édouard III... qui pardonnera et qui, de nouveau, dix ans après la première dévastation de la Normandie, recommencera une chevauchée sanglante. Le 23 juin 1356, le Boiteux dévaste Carentan ; le 24, c'est Saint-Lô, le 26 Evrecy. Le 27, le Boiteux est à Argences ; le 2 juillet, il couche à l'abbaye du Bec-Helloin. Il rit bien, Harcourt ! Il chevauche botte à botte avec Jean de Montfort, le fils du prétendant au duché de Bretagne et de Jeanne la Flamme, qui vient d'épouser une fille du roi d'Angleterre : Mary. Le 12 juillet, après s'être bien régalé de sang et de dévastation, Harcourt sera de retour à Carentan. Fier de lui.

Mais l'orgueilleux sent que le vent de Dieu va souffler : le 18, il rédige son testament. Il reconnaît Édouard pour roi de France et le fait héritier de tous ses domaines, frustrant ainsi son neveu qui a refusé de le suivre dans ses « vengeances ».

Édouard III, insatiable, envoie son fils sur le continent. Ce sera Poitiers — ou plus précisément Maupertuis (commune de Nouaillé) où, le 19 septembre 1356, incapables d'avoir retenu les leçons de Crécy, les chevaliers de France seront anéantis et Jean le Bon fait prisonnier. Victoire encore de l'archerie et de la piétaille anglaises sur une chevalerie sans frein et sans intelligence.

Le roi Jean étant captif en Angleterre — captivité dorée —, le dauphin Charles désigne Amaury de Meulan, sire du Neubourg comme son lieutenant en Normandie... celle qui ne se trouve pas sous la dépendance des seigneurs ralliés à Charles de Navarre et des Cotentinais révoltés contre la Couronne de France. Aussitôt, le ressentiment de Godefroy d'Harcourt se porte sur Amaury de Meulan. C'est la guerre et de nouveaux ravages.

Le lieutenant du Dauphin tombe au pouvoir du Boiteux après un combat acharné. Le Dauphin décide de sévir et rassemble les réchappés de Poitiers qui veulent une victoire : à défaut des Anglais, ce sera contre Harcourt !

Ils parviennent à Sainte-Marie-du-Mont, franchissent à gué les bras de l'Ouve et de la Taute et, sous la direction de Robert de Clermont et de Baudrain de La Heuse, marchent droit au sud-est.

Le Boiteux les attend sur une des hauteurs de la paroisse de Brévands. Il voit l'armée du Dauphin faire mouvement en bordure du rivage (de l'époque) vers Coquebourg afin de passer la Vire et l'Aure par le gué de Saint-Clément, et décide d'escarmoucher. Pour cela, il envoie des hommes par la brèche du Grand Vey avec mission de devancer les adversaires vers Coquebourg, après un grand mouvement tournant. De là, ils les mèneront dans les marais où ils seront désavantagés.

Or, la manœuvre est un échec. Les deux armées se heurtent devant le gué de Saint-Clément. Trahi par certains des siens, qui fuient lors de la bataille, Harcourt doit reculer, perdre des hommes ; reculer encore et encore, sous la poussée de Raoul de Raineval et de ses soudoyers.

Encore une mêlée. Il reste autour du Boiteux

quelques fidèles dont Pierre de Sacquenville, sire de Pacy-sur-Eure, et Robert Porte, l'évêque d'Avranches. Ils s'escampent.

Harcourt est quasiment seul. Il s'avise d'un vignoble sur la colline de Brévands. Nouveau recul. Et encerclement.

Harcourt se bat. On le charge à la hache. Il jette son épée et prend sa hache d'armes, qui sans doute ressemblait fort à la hache danoise de ses ancêtres. Bien que boiteux et désavantagé, il se bat magnifiquement. Des morts autour de lui, et des agonisants ; il patauge dans leur sang et le sien, mais demeure debout. Alors deux hommes d'armes empoignent une lance et s'en vont prendre un cheval chacun. Ils chargent et le transpercent.

Il tombe. Les coustiliers se précipitent. Leur arme pénètre entre le gorgerin du bassinet et le colletin de l'armure.

C'était le 11 novembre 1356.

ANNEXE IV

CALAIS, LE SIÈGE ET « L'AFFAIRE DES BOURGEOIS »

Lorsque Philippe VI parvint en vue de Calais, à la tête d'une armée très puissante (tous les chroniqueurs en sont d'accord), la situation des assiégés était devenue affreuse et pour tout dire : désespérée. Il ne serait pas étonnant qu'il y ait eu des cas d'anthropophagie : le siège durait depuis un an.

Peu de temps auparavant, un convoi de la dernière chance avait été envoyé aux Calaisiens. Il se composait de quarante-quatre vaisseaux dont dix galères. Malheureusement, les Anglais en avaient été informés. Gauthier de Masny, les comtes d'Oxford, de Pembroke, de Northampton et plusieurs autres s'embarquèrent avec de nombreux hommes d'armes, et le lendemain de la Saint-Jean-Baptiste (25 juin 1347), rencontrèrent le convoi en deçà du Crotoy. Plusieurs bâtiments s'y réfugièrent, mais douze s'échouèrent et leurs équipages périrent.

Le lendemain, à l'aube, les Anglais virent sortir deux vaisseaux de Calais et leur donnèrent aussitôt la chasse. L'un put rentrer au port avec beaucoup de peine, l'autre s'échoua et les Anglais y firent prisonniers le patron des galères génoises, dix-sept Génois et quarante marins. Sur le point d'être pris, l'officier génois avait attaché à une hache une custode contenant une lettre que le gouverneur de la cité, Jean de Vienne, adressait au roi de France. Un chevalier anglais la trouva sur le rivage, à marée basse. Ce message fut conservé par Robert d'Avesbury.

Jean de Vienne, avec respect mais fermeté, ne cache pas à Philippe VI les maux endurés par les assiégés : « *quar sachiez quely n'ad riens qe ne soit tut mangé, et les chiens et les chates et les chivaux, si qe de viveres nous ne poions plus trover en la ville, si nous ne mangeons chars* (chairs) *de gentz. Qar autrefoitz vous avois escript qe jes tiendroye la ville taunt qe y averoit a mangier : sy sumes à ceo point que nous n'avoms dont pluis vivere.* » Le gouverneur ajoute que sans secours, les hommes sortiront et combattront afin de « *morir as champ honourablement que manger l'un l'autre.* » Philippe VI avait eu connaissance de cette lettre. Elle n'était qu'une copie d'un original qu'un messager lui avait remis à Arras au début du mois de juin. Il n'en fut pas ému pour autant et ne montra aucun acharnement à libérer sa « bonne ville ». Pour cet hurluberlu couronné, la prise de la tour de Sangatte semble avoir constitué une prouesse après laquelle il pouvait rentrer — lentement — à Paris, puisque c'était la volonté de la reine boiteuse.

Ah ! certes, il envoya des émissaires à son cousin d'Angleterre afin de lui faire part de son désir de le combattre (Geoffroi de Charny, Eustache de Ribemont, Guy de Nesle et le sire de Beaujeu) ; ils ne furent pas plus heureux que les légats du Pape (Annibal Ceccano et Étienne Aubert) qui, depuis le 15 janvier 1347, avaient été mandatés par Clément VI pour essayer de conclure une paix impossible : Édouard disposait, avec Calais, d'une incomparable tête de pont sur le continent.

Philippe insista. Ses nouveaux messagers (les ducs de Bourbon et d'Athènes ; le chancelier de France, Guillaume Flotte ; le sire d'Offémont et Geoffroi de Charny — encore lui — entendirent de la bouche des plénipotentiaires d'Édouard III (le marquis de Juliers, les comtes de Lancastre et de Northampton, Barthélemy de Burghersh, son chambellan, Renaud de Cobham et Gauthier de Masny) les mêmes propos dont il avait usé avant Crécy : il était roi de France, Calais lui appartenait. Et puis, si Philippe avait une aussi grande volonté de combattre, pourquoi avait-il donc attendu douze mois ?

TROIS JOURS POUR RIEN

Les pourparlers durèrent trois jours sans résultat, les envoyés du roi de France offrant, pour obtenir une paix durable, le duché de Guyenne tel que l'avait possédé Édouard Ier ainsi que le comté de Ponthieu. Comme quoi la jactance du Valois avait provisoirement cessé d'être. Car elle renaquit : le mardi 31 juillet, constatant l'inanité de ces entretiens, Philippe VI, comme avant Crécy, fit proposer à son royal contendant un combat singulier... dans lequel il ne s'impliquait point puisqu'il proposait que quatre de ses champions combatissent quatre Anglais choisis par leur souverain.

Édouard III fit répondre sans tergiverser qu'il acceptait ce challenge. Or, réunis entre les deux armées, les huit champions dont, hélas ! on ignore les noms, ne se mirent pas d'accord sur les modalités de la rencontre et sans doute le choix des armes. On était le 1er août. Le lendemain, avant le jour, le roi de France décampa, donnant l'ordre de brûler les tentes, les harnais et machines de guerre. *Décampa* au plein sens du verbe : c'était une fuite, sans doute par peur d'une attaque anglaise. Gilles Li Muisis écrit que les Français partirent en très grande hâte « *quod vina qua in doliis erant effundebantur super campos et magna pars logiarum est combusta*[1] ». Philippe logea les 3 et

1. Tous les vins qu'il pouvait y avoir dans les tonneaux étaient répandus sur les champs. Une grande partie des estrades (machines de

4 août à Lumbres, les 5 et 6 à Fauquembergue et le 7 à Hesdin. Aucun remords ne le prit d'avoir laissé ceux de Calais à la merci des Goddons !

Dans la ville assiégée, la consternation fut profonde. Et la fureur. Montant sur un des chemins de ronde, Jean de Vienne, « souverain » de Calais assiégé, appela les Anglais des créneaux *(as crestiaus)* et demanda qu'on fît venir des capitaines[1]. Quand Northampton, Gauthier de Masny, Renaud de Cobham et Thomas de Holland se furent approchés, il leur fit part de l'intention des Calaisiens de se rendre. Ici intervient l'épisode des Bourgeois de Calais sur lequel il faut bien méditer : Eustache de Saint-Pierre, Jean d'Aire, Jacques et Pierre de Wissant, Jean de Fiennes et André d'Ardres firent en quelque sorte « don de leur personne » aux Anglais. Une fable, selon M. de Bréquigny (*Mémoire de l'Académie des inscriptions et belles-lettres*, tome XXXVII, page 528 et suivantes ; cote Z 5091 à la Bibliothèque nationale ainsi que le 43e volume de l'Académie des belles-lettres : *Mémoire pour servir l'histoire de Calais*, page 722 et suivantes ; cote Z 5097, ce qui prouve que l'auteur connaissait bien son sujet), auquel on ne peut dénier ni les qualités d'érudit ni la haute conscience professionnelle.

Bien que son scepticisme sur le rôle « pathétique » des six bourgeois ait été attaqué par Le Beau dans une dissertation publiée en 1839 dans les *Mémoires de la société d'agriculture (!) de Calais*, puis par Siméon Luce dans ses commentaires de Froissart (tome IV, page XXV) et par G. Daumet dans la *Correspondance historique et archéologique* (1894), il n'en demeure pas moins que cette belle anecdote semble douteuse.

guerre) fut incendiée. Cependant, il restait quelques tentes, des viandes et des pains sur lesquels se jetèrent les Anglais après avoir mis à mort quelque soixante retardataires lors d'un combat d'arrière-garde.

1. C'est la version de Jean le Bel, reprise par Froissart.

UN AUTRE TÉMOIGNAGE

Dans le tome XXX (2e série, mai-décembre 1929) du *Moyen Âge, revue d'Histoire et de Philologie* éditée par les soins de la librairie Champion, Jules Viard consacre un article au siège de Calais. Cette étude commence au lendemain de la défaite de Crécy et s'achève de 4 août 1347, quelques heures après la reddition de la cité martyre. L'auteur conte minutieusement l'avance des Anglais vers la côte, les ravages qu'ils commirent avant d'atteindre Calais, l'encerclement de la ville, l'attaque de Boulogne par 400 nefs anglaises et le débarquement de 15 000 Goddons qui furent sanglantement repoussés. Il relate l'installation de Jean de Vienne, le 4 septembre 1346, et décrit comment il organisa la résistance. Dans le style net et concis des historiens du temps passé, Jules Viard rapporte les atermoiements de Philippe VI après Crécy, l'arrivée de la reine Philippa d'Angleterre trois jours avant la Toussaint 1346, le manque d'argent tant chez le souverain anglais que chez son adversaire, le courage des ravitailleurs calaisiens dont il cite quelques noms nouveaux (Enguerrand Doctonne, Colin Hardi, Guillaume Danvelle). Il ne passe point sous silence l'affaire du mariage de Louis de Male puisque son instigateur, Édouard III, fut irrité au plus haut point par cet échec diplomatique.

Jules Viard relate encore — ce qui ne figure pas dans la plupart des chroniques — l'absence de « moral » chez les assiégeants victimes, sans doute, d'une épidémie de dysenterie qui fit dans leurs rangs bien des ravages. Il signale les négociations de Philippe VI avec le duc de Brabant pour obtenir son alliance, la mort des 500 « bouches inutiles » et, évidemment, l'assaut donné à la tour de Sangatte, le 26 juillet, par les 1 500 hommes de Tournai et d'Arras, lesquels, avant de capturer les Anglais, franchirent non sans pertes, les deux fossés circulaires. On était donc en droit d'attendre, de la part de cet auteur consciencieux, un développement sur le comportement des Calaisiens et des fameux bourgeois. Crainte de polémiquer ? Jules Viard, démarquant Froissart, ses copistes et interpolateurs, renvoie son lecteur à Georges Daumet, contestataire de M. de Bréquigny parce que tout de même, la *fable* des Bourgeois, c'est (disons-le vulgairement), c'est chouette. Si elle ne l'émerveille pas, lui, elle peut en mettre « plein la vue » à d'autres, particulièrement aux enfants des écoles, amateurs de belles histoires « vraies » comme la revue *Confidences*, naguère, en fit écrire par ses rédactrices.

UN PEU D'HISTOIRE

Ici, un peu d'histoire s'impose à propos de ces *Mémoires* lus en séance publique, le jour de la Saint-Martin de 1766. Comment M. de Bréquigny put-il écrire ce qu'on lui reprocha pour la première fois plus d'un demi-siècle après ?

Eh bien, le duc de Praslin, ministre des Affaires étrangères de Louis XV, avait envoyé M. de Bréquigny à Londres pour y effectuer des recherches aux archives de l'Échiquier, recherches qui durèrent trois mois et n'avaient d'autre objet que de voir quelles pièces intéressantes de l'histoire de France possédaient les Anglais. D'emblée, l'auteur du *Mémoire* annonce qu'il a trouvé des documents d'une extrême importance ignorés des Anglais peu enclins à fouiner dans les parchemins. Leur énumération tient en deux pages. Venons-en donc immédiatement à Calais. M. de Bréquigny écrit :

Sans répéter des faits connus, je me bornerai à rapporter les particularités singulières, ignorées jusqu'ici, que les rôles de la Tour m'ont fournies pour la plupart et que Thomas Corte a négligé d'indiquer dans ses catalogues, où le nom d'Eustache de Saint-Pierre ne se rencontre pas même une fois.

Après avoir fait état de la lettre des Calaisiens à Philippe VI, le 26 juin 1347 (certains historiens disent le 25), M. de Bréquigny s'interroge sur la véracité des événements comme nous pourrions nous interroger tous. Peut-on savoir ce qui se passa vraiment ? L'appel de Jean de Vienne aux créneaux eut-il lieu ? Sans doute... et pourtant, selon une chronique manuscrite intitulée : *Prosécution de l'Histoire de Sugiers Abbé*, conservée en 1852 dans la bibliothèque de l'abbaye de Saint-Bertin, Jean de Vienne serait allé lui-même, accompagné de deux chevaliers et de *deux* bourgeois non nommés, solliciter auprès d'Édouard III la grâce des habitants de Calais.

Cette démarche est corroborée par un Anglais, Thomas de La Moore, *qui était de la suite d'Édouard.* Il ne fixe pas le nombre des bourgeois mais dit que c'est une partie de la garnison (et cela fait des hommes !) qui suivait Jean de Vienne, lequel tenait les clés de la cité :

Sitôt que les Calaisiens se furent aperçus de la retraite du roi de France, ils virent qu'il fallait se rendre et baissèrent leur pavillon placé sur la principale tour. Ensuite, Jean de Vienne, leur gouverneur, fit ouvrir les portes et sortit de la ville, monté sur un petit cheval parce qu'il avait été blessé peu de temps auparavant. Ceux de la garnison et les bourgeois qui le suivaient marchaient la corde au col, la tête et les pieds nus. Dès qu'il fut en présence d'Édouard, il lui remit son épée et les clés de la ville, le suppliant d'épargner des malheureux qui se soumettaient. Édouard reçut les clés et l'épée, retint prisonnier le gouverneur, quinze chevaliers et plusieurs *bourgeois qu'il envoya en Angleterre après les avoir, cependant, comblés généreusement de présents. Il ordonna que le reste des bourgeois et tout ce qui se trouvait dans la ville fut conduit à Guignes, après leur avoir fait distribuer de quoi manger, dont ils avaient grand besoin.*

(Thomas de La Moore, cité par Jean Stow, General chronicle of England, *page 244.)*

Le récit de Knighton, *un témoin* également, ressemble presque en tout point à celui de La Moore. Il y ajoute cependant — ce qui n'est pas douteux puisque des faits semblables se sont produits après la libération des camps de concentration nazis — que des Calaisiens « exténués de faim » dévorèrent avec tant d'avidité les vivres qu'Édouard III leur avait fait remettre que, dans la nuit même de la levée du siège, plus de trois cents personnes moururent d'indigestion.

Robert d'Avesbury n'entre pas dans les détails. Il dit que n'ayant rien à espérer de leur roi, les gens de Calais se rendirent à discrétion et que le souverain d'Angleterre, toujours porté à la clémence et à l'humanité, se contenta de retenir prisonniers *quelques-uns* des plus considérables et permit aux autres de s'en aller avec tous leurs biens.

Édouard III ne fut peut-être pas si magnanime !

Les *Grandes Chroniques*, au chapitre XLII, disent que les Calaisiens eurent la vie sauve et purent s'en aller en emportant seulement les vêtements qui les couvraient.

Le continuateur de Nangis rapporte, lui, qu'ils eurent la permission de quitter la ville avec tous les effets qu'ils pourraient emporter avec eux ; *salvis vitis et salvo quantum super se de bonis suis portare possent.*

Villani s'en prend, lui, au roi d'Angleterre. Il écrit qu'il accorda la vie aux étrangers (c'est-à-dire, probablement, à la garnison composée surtout de mercenaires) et qu'il exigea que les bourgeois se rendissent à discrétion, bien décidé à les faire tous pendre comme des pirates parce qu'ils avaient causé beaucoup de dommages à ses hommes, sur mer. Mais, à la prière des cardinaux et de la reine, sa femme, il leur accorda la vie. Ils quittèrent la ville nus, en chemise, n'emportant rien avec eux. On se doit de mettre en doute ce « témoignage » comme on a mis en doute celui concernant Crécy et les bombardes, sans conteste embarquées et amenées de l'île de Wight en Cotentin, mais absentes sur la butte du Val-aux-Clercs.

Jean le Bel, dont on sait qu'il écrivait sous la dictée du sire de Beaumont, lequel penchait pour l'Anglais, rapporte l'épisode des six bourgeois placés devant le roi et la reine « *durement enchainte* » et la clémence d'Édouard III après l'intervention de son épouse : les prenant par leur corde, il les tira jusqu'à la reine. Rien ne prouve, si la scène eut bien lieu, qu'il les aurait fait pendre. N'était-ce pas plutôt une belle mise en scène pour affirmer son triomphe et sa magnanimité ?

Gille Li Muisis était le plus proche de Calais, et rien de ce qui se passait à quelques lieues de l'abbaye de Saint-Martin de Tournai ne lui échappait. Il consacre 26 pages au siège de Calais, en rapporte beaucoup de particularités *mais ne dit pas un mot* de la scène touchante racontée par Froissart lequel, évidemment, l'emprunta à Jean le Bel. Car Froissart, alors, était âgé de neuf ans. Gilles Li Muisis se contente d'écrire que les habitants mourant de faim prirent le parti de se rendre sous la seule condition d'avoir la vie sauve et que le roi d'Angleterre, sachant l'extrémité où ils étaient réduits, leur envoya quatre tonneaux de vin et deux pains à chaque habitant ; qu'il retint prisonniers *vingt-deux* des plus considérables, qui étaient attachés à la France, et laissa sortir les autres dont il confisqua les biens.

Commentant lui aussi cet épisode (pour le moins fumeux !) Joseph-Octave Delepierre, dans ses *Chroniques des Flandres* (Bruges, 1834) avoue son scepticisme :

Je ne prétends pas tirer du silence de notre chronique sur les six bourgeois de Calais une conséquence bien formelle contre le récit de Froissart, mais si l'on se rappelle que notre auteur (Li Muisis) *écrivait en même temps que l'événement, et dans une ville peu éloignée du lieu où l'on prétend que se passait la scène ; qu'il recucillait avec soin les faits mémorables et qu'il n'aurait pu ignorer un fait aussi éclatant que celui dont il s'agit ; qu'aucun écrivain contemporain, Anglais ou Français, n'en a parlé ; que Froissart est le premier qui, assez longtemps après, l'a raconté ; que cet historien se montre partout moins jaloux d'instruire par des récits véritables que de plaire par des récits intéressants ; si, dis-je, on fait ces réflexions, le silence de notre chroniqueur diminuera peut-être le poids du témoignage de Froissart.*

Gilles Li Muisis, loin de négliger de rapporter les faits de quelque importance, lorsqu'ils lui paraissent constants, en raconte, quelquefois, dont Froissart n'a jamais fait mention ; en voici un, du temps même dont nous parlons :

Peu après la prise de Calais, tandis que le roi d'Angleterre y était encore, grand nombre de personnes, hommes et femmes, étaient partis d'Angleterre pour venir voir leurs maris ou leurs amis dans la ville nouvellement conquise. La flottille sur laquelle ils s'étaient embarqués était composée de dix navires. Il y avait en mer plusieurs navires français qui étaient sortis du port de Calais quand la ville s'était rendue ; ils attaquèrent les dix navires anglais, les prirent, en emmenèrent cinq sur lesquels étaient les femmes et coulèrent les cinq autres après avoir coupé la tête à 75 Anglais qui s'y trouvaient.

UN HOMME SI VERTUEUX !

La *Chronique des quatre premiers Valois* qui, selon toute vraisemblance, fut composée par le Rouennais Jean de Venette, mentionne évidemment le siège et la prise de Calais, mais les six bourgeois en sont absents.

Revenons, maintenant, à M. de Bréquigny. Il écrit, sur l'attitude d'Édouard III après la reddition :

Si Édouard eût été cruel, sa cruauté n'aurait pas

manqué de prétextes. Mais il était généreux et s'en tint à la menace.

Et plus loin :

La reine, qu'on suppose avoir été touchée par le malheur des six bourgeois [1], *ne laissa pas d'obtenir peu de jours après, la confiscation des maisons que Jean d'Aire avait possédées.*

Pour une femme compatissante, elle allait vite en besogne.

Et plus loin, ce texte qui fut ignominieusement « tronçonné » par les contestataires de M. de Bréquigny :

Il ne faut pas s'imaginer, comme on le croit d'ordinaire sur la foi des historiens, que tout ancien possesseur fut chassé, que tout Français fut exclu. J'ai vu, au contraire, quantité de noms français parmi les noms de personnes à qui Édouard accorda des maisons dans sa nouvelle conquête. Mais je ne m'attendais pas à trouver, au nombre de ceux qui avaient accepté les bienfaits du nouveau souverain, celui qui semblait le plus fait pour les dédaigner : le fameux Eustache de Saint-Pierre.

Par les lettres du 8 octobre 1347, deux mois après la reddition, Édouard donna à Saint-Pierre une pension considérable en attendant qu'il ait pourvu amplement à sa fortune. Les motifs de cette grâce sont les services qu'il doit rendre, soit en maintenant le bon ordre dans Calais, soit en veillant à la garde de cette place. D'autres lettres du même jour, fondées sur les mêmes motifs, lui accordent, et à ses hoirs, la plupart des maisons et emplacements qu'ils avaient possédés dans cette ville et en ajoutent encore quelques autres. Comment Eustache de Saint-Pierre, cet homme qu'on nous peint s'immolant avec tant de générosité aux devoirs de sujet et de citoyen, put-il consentir à reconnaître pour souverain l'ennemi de sa patrie ; à s'enga-

1. C'est Pierre Naudin qui souligne. Note de l'éditeur.

ger solennellement de lui conserver cette même place qu'il avait si longtemps défendue contre lui ; enfin à se lier à lui par le nœud le plus fort pour une âme noble : l'acceptation d'un bienfait ? C'est ce qui paraît s'accorder peu avec la haute idée donnée jusqu'ici à son héroïsme patriotique.

On attribuera peut-être sa conduite au dépit excité de quelque mécontentement, et on alléguera ce qu'a dit Froissart, que Philippe ne fit rien pour récompenser le courage et la fidélité des braves Calaisiens. Mais Froissart était mal instruit. Nous avons plusieurs ordonnances de Philippe par lesquelles il pourvoit à l'indemnité des malheureux habitants de Calais. Nous en avons qui prouvent que cette indemnité eut lieu. Et les rois, ses successeurs, Jean II et Charles V, s'en occupèrent même encore.

Il faut donc qu'il en coûte quelque chose à la gloire d'Eustache de Saint-Pierre, puisque les faits que j'expose semblent y porter quelque atteinte ; j'oserai en tirer les conjonctures qu'ils font naître.

On a vu, par les lettres des Calaisiens, que leur dernière résolution était de sortir de leurs murs les armes à la main et de chercher à travers l'armée anglaise ou la mort ou la liberté. Il paraît constant qu'Eustache de Saint-Pierre combattit cette résolution désespérée. Dans le dernier conseil tenu à Calais, il se leva le premier et opina, selon le récit de Froissart même, à se rendre aux conditions qu'Édouard dictait. Il sauvait par là les assiégés et épargnait le sang des assiégeants. Il servait également les deux partis. Édouard dut lui en savoir gré et voulut le lui prouver par des bienfaits. Il avait même des raisons de chercher à s'attacher un homme d'un si grand poids dans sa ville, et il vint enfin à bout de forcer Eustache à la reconnaissance. Voilà, ce me semble, ce qui résulte naturellement de la combinaison des faits que je viens de rapporter.

S'ils diminuent quelque chose à la haute idée que

les éloges de quatre siècles semblaient avoir attachée pour jamais à la mémoire d'Eustache, hâtons-nous de rendre à sa famille toute la gloire dont elle se montra digne. Ses héritiers n'imitèrent pas sa conduite ; ils sacrifièrent les avantages qu'ils en auraient tirés aux devoirs de sujets fidèles. Eustache mourut en 1351. Des lettres du 29 juillet de la même année nous apprennent que les biens qu'il avait à Calais furent confisqués, parce que ses héritiers étaient demeurés attachés à leur maître légitime. Édouard, en les privant de ses dons, fit plus pour eux que s'il les en eût comblés. Il rendit à leur nom tout l'éclat que ces mêmes dons, acceptés par Eustache, avaient pu ternir.

M. de Bréquigny, par ce texte qui ne figura jamais *in extenso* dans les procès de ses accusateurs, ne semble pas si sévère qu'ils le prétendaient. Pour lui, preuves à l'appui, l'épisode des Bourgeois ressortissait au roman. Tout y était imaginaire, à commencer par les dialogues de Jean de Vienne et des Anglais.

Jean-Alexandre Buchon qui, en 1852, commenta l'édition des *Chroniques* de Froissart remarque, à propos des dialogues inventés : *Ne peut-on pas faire le même reproche à plusieurs historiens des plus estimés ? Ne devrait-on pas plutôt lui savoir gré d'être le premier de nos écrivains qui ait essayé de sortir de l'aridité de la chronique pour s'élever au ton de l'Histoire ?*

DES FAITS TROUBLANTS

Plusieurs faits sont troublants, tout de même, à propos de ces bourgeois-martyrs. L'attitude de la reine qui fit confisquer les biens de Jean d'Aire. À son profit. La « bonne reine » ne l'était pas tant qu'on veut bien nous le dire encore ! C'était, elle aussi, une femme de la trempe des trois Jeanne : Montfort, Clisson et Blois-Penthièvre ; elle combattit les Écossais en l'absence de son époux.

La concession à vie obtenue sur les maisons de Jean d'Aire avec leurs dépendances fut faite à Calais le 24 août 1347. Si l'on se pose tout simplement la question : pourquoi fut-il seul sanctionné ? La réponse va de soi : son attitude fut celle d'un patriote envers ses vainqueurs : digne, peut-être hautaine. Elle tranchait avec la veulerie de ses compagnons. Et notamment Eustache de Saint-Pierre qui obtint :

1° *Une pension de 40 marcs sterling, le 8 octobre 1347*, pour service rendu au roi (Édouard) à Calais. On ignore tout sur la nature du service alors qu'on avait coutume, à l'époque, de consigner les raisons d'un bienfait. Mais un fait est patent et M. de Bréquingny l'a souligné : Saint-Pierre demeura jusqu'à sa mort, sous l'occupation anglaise, un notable. Il trépassa dans son lit, à soixante ans. Tant d'autres Calaisiens ne le purent !

2° *La restitution (faite, le 8 octobre 1347)*, de quelques-unes des maisons qu'il possédait à Calais et qui avaient été confisquées. Il fallait que le service rendu à l'occupant eût été en proportion des biens restitués !

Et s'il était, depuis longtemps, anglophile ?

Il faut noter *la concession faite à Jean de Gerwadby, en date du 29 juillet 1351*, des biens situés à Calais, qui avaient appartenu au défunt Saint-Pierre et qui avaient été confisqués après sa mort sur ses héritiers.

De tout ceci, il apparaît qu'Eustache de Saint-Pierre était extrêmement riche (quelques-uns de ses biens, les moins importants, avaient d'ailleurs été attribués, le 8 octobre 1347, à trois Anglais : Jean Goldbeter, Jean Clerc et Jean Dalmaigne). Il apparaît aussi que, dès la reddition de la ville, il devint un fervent « collaborateur ». Édouard III apprit-il (pourquoi pas ?) de sa bouche que dès le début du siège, Saint-Pierre avait été défavorable à toute résistance ? Cela ne fait aucun doute mais devient choquant, bien sûr, car contraire à l'imagerie, magnifiée de loin en loin, des humbles (mais riches !) bourgeois résignés à subir un sort funeste pour la sauvegarde de leurs concitoyens !

Qu'ils aient été six, vingt ou cent, un fait est certain : il y eut Eustache de Saint-Pierre, *dont ses héritiers eurent honte au point qu'ils ne cherchèrent jamais à récupérer ses biens !* Et pour une telle honte, le mot *collaborateur* est bien petit.

Au moins cette histoire contestable aura-t-elle permis à Rodin l'élaboration d'un chef-d'œuvre lui, incontestable !

Quant à Philippe VI, nullement gêné par son humiliante retraite, il fit ce qui était en son pouvoir pour récompenser les Calaisiens ayant eux, vraiment, abandonné leurs biens sans espérance de récupération. Par une ordonnance datée d'Amiens, le 7 septembre 1347, il leur fit don de toutes les forfaitures qui viendraient à échoir dans le royaume. Le lendemain, il leur concéda également tous les offices dont la domination lui appartenait ainsi qu'au duc de Normandie. Enfin le 10, il leur accorda un grand nombre de franchises et privilèges. Puis il s'occupa de conclure une trêve avec cet ennemi trop fort pour lui et qui non seulement peuplait Calais d'Anglais de toutes conditions, mais y débarquait surtout des guerriers puisque son armée se composait alors comme suit : 13 comtes, 44 barons et bannerets, 1 046 chevaliers, 4 022 écuyers, connétables et conduiseurs, 5 104 taverniers et archers à cheval, 335 revendeurs, 500 hoblers (soldats équipés à la légère, mais devant entretenir un cheval), 15 480 archers à pied, 314 charpentiers, armuriers, canonniers, etc., 4 474 Gallois à pied, 700 maîtres, capitaines marins, pages ; 300 vaisseaux, barques et nefs de transport.

La plupart des capitaines qui défendirent Calais étaient entrés dans la cité par mer au commencement du siège. Outre Jean de Vienne, il y avait quelques chevaliers de l'Artois et de le comté de Guînes ; Arnould d'Audrehem, Jean de Surice, Baudouin de

Bellebrune, Enguerrand de Beaulo, le sire de Grigny, Geoffroy de la Motte, Pépin du Wer.

Le renvoi des « bouches inutiles » de Calais, un mercredi de l'hiver 1346-1347, a donné lieu à des contestations quant au nombre des exclus et à la façon dont ils furent traités. Froissart dit qu'ils étaient 1 700, femmes et enfants — vieillards aussi, sans doute —, Édouard les aurait bien reçus, les aurait nourris et leur aurait fait l'aumône. Knighton dit qu'ils étaient 500 et qu'ils périrent de faim et de froid entre Calais et la cité anglaise que le roi avait appelée Ville-Neuve-la-Hardie.

Un tel événement n'était pas une nouveauté, malheureusement. Lors du siège de Château-Gaillard par les guerriers de Philippe-Auguste, l'hiver 1203-1204 fut particulièrement rude. L'armée française demeura dans ses lignes. Roger de Lascy, qui commandait dans le château pour Jean sans Terre, se vit contraint, pour ménager les vivres, de chasser les habitants du petit Andely qui s'étaient placés sous sa protection derrière ses murailles. Ces 1 200 malheureux repoussés par les assiégés et par les assiégeants moururent de faim et de misère dans les fossés.

La trêve entre les deux rois fut conclue le 28 septembre 1347. Elle devait durer jusqu'à la quinzaine de la fête de Saint-Jean-Baptiste 1348, les médiateurs étant les cardinaux Annibal Ceccano et Étienne Aubert. Ensuite ? Eh bien, le contemptible roi de France allait poursuivre son règne jusqu'à la nuit du dimanche 22 au lundi 23 août 1350 où, en l'abbaye de Coulombs, à un kilomètre de Nogent, il rendit à Dieu son âme légère, légère...

Hugues de Payns était-il ardéchois ?
Propos d'un lecteur... et de l'auteur

Puisque *les Noces de fer* sont rééditées, il me paraît utile de reproduire en fin de volume la lettre que je reçus de M. Pierre Le Maux, la Penchênerie à Prayssac (Lot) peu après qu'il eut lu la première édition de cet ouvrage. Il m'écrivit :

Connaissant chez vous la rigueur et l'honnêteté historique (Merci, cher lecteur), *je me permets de vous écrire concernant la page 147, sur Hugues de Payen, né à Payns vers 1080. Vous faites là une erreur devenue classique que chaque écrivain reconduit indéfiniment. Je ne doute pas que si vous aviez eu l'intention d'écrire une biographie sur Hugues de Payen (ou Pagan), vous l'eussiez vue.*

Le premier Grand Maître de l'Ordre n'est jamais né à Payns, en Champagne. Il naquit le mardi 9 février 1070 au château de Mahun, commune de Saint-Symphorien-de-Mahun en Ardèche. Mort le dimanche 24 mai 1136, sans enfant.

Son acte de naissance a été retrouvé à Cahors en 1897 (cf. Esquieu : Les Templiers de Cahors, *paru dans le* Bulletin de la Société littéraire, scientifique et artistique du Lot, *1898). Dans les œuvres posthumes du comte de Pagan (*Vie d'Hugues de Pagan, fondateur de l'Ordre du Temple, *Paris, 1691), on peut lire :*

> *Son père, surnommé « Le Maure de la Cardille », était originaire de Langogne, aux sources de l'Allier. Ses ancêtres avaient passé les Alpes avec Tancrède de Normandie vers l'an 1000. Ils acquirent le surnom de Payen à leur famille par les beaux exploits qu'ils firent contre les infidèles mahométans (Philiberto, campanile delli insigni dei nobili).*

Pour vous qui êtes féru d'héraldisme, voici ses armoiries : d'or à trois têtes de maure de sable, en tenant. *(Lire à cet effet* Les Familles chevaleresques du Lyonnais, *de Vachez.*)

Ne me posant absolument pas en professeur corrigeant

vos œuvres, sûrement pas, j'ose croire, Monsieur, que vous comprendrez l'esprit d'exactitude qui m'anime concernant ces notes.

Cette lettre était datée du 24 mars 1997.

J'ai évidemment remercié M. Le Maux pour ces révélations. Il me répondit quelques jours plus tard :

Dans votre lettre, vous faites allusion aux neuf chevaliers, les premiers du futur Temple.

Cette liste, vous devez la connaître. Il est exact qu'elle comporte quelque flou. La raison en est simple, ou plutôt les deux raisons principales, qui sont identiques d'ailleurs, mais à des époques différentes.

• *La première est, lors de la chute de Saint-Jean-d'Acre, ou plus exactement Accos, en mai 1291 par les troupes fort nombreuses du sultan Malec El-Esserach, le Temple avait essuyé de très lourdes pertes, y compris celle du Grand Maître d'alors : Guillaume de Beaujeu (qui sera la dernière grande figure du Temple. C'est sous son magistère que sera reçu dans l'Ordre, en 1281, Roncelin du Fos, chevalier de Provence).*

Les survivants de ces très durs combats, 18 Templiers et 16 chevaliers de l'Hôpital, se réunirent à la forteresse de Sayète où les Templiers ainsi que ceux du Chapitre, ou du moins ce qu'il en restait, tinrent un couvent pour élire un nouveau grand maître en remplacement de Bellojocco. *Après un seul tour, le choix s'arrêta sur Thibaud Gaudin, frère chapelain, commandeur du Temple. C'est lui qui, avec l'aide de Pierre de Sévry, maréchal du Temple, prit le commandement à la mort du Grand Maître survenue le 18 mai 1291. Ce fut, il est vrai, un grand maître de transition. On ne peut leur en vouloir de leur choix : le désastre était trop grand et les survivants trop peu nombreux. Ils firent ce qu'ils purent.*

Après cette élection, ils s'embarquèrent pour l'île de Chypre. Là, plus au calme, ils constatèrent que beaucoup d'archives avaient disparu, soit dans l'écroulement des murailles, soit dans les incendies. Ce jour-là, le Temple perdit une partie de sa mémoire.

• *La deuxième raison : Quand Philippe IV le Bel fera main basse sur le Temple avec ses sbires, y compris le sinistre Guillaume de Nogaret dont les parents étaient patarins, et la complicité du pape d'alors, Clément V, là aussi pas mal d'archives disparurent, brûlées.*

La sauvegarde par les Templiers eux-mêmes, dont certains documents furent éparpillés au gré des voyages vers les commanderies lointaines (celles d'Allemagne, Portugal, via l'Espagne ou l'Angleterre). Je fais ici allusion aux douze dignitaires de l'ordre « qui s'en sont fuis », le jeudi 12 octobre 1307, sous le commandement du frère Gérard de Villers avec cinquante chevaux. Je m'arrête là car le sujet est trop vaste.

Bref, c'est ce qui explique en partie les listes restées incomplètes sur pas mal de sujets. Car refaire des listes de mémoire ?... Concernant les noms des neuf premiers frères, ce sont, bien sûr, Hugues de Payen et son lieutenant et ami Godefroy de Saint-Omer, chevalier flamand ; Payen de Montdidier qui deviendra maître du Temple en France, nommé par Hugues de Payen en 1130 avant son départ pour la Terre sainte dès 1131. Gondemar (?) dont on ignore à peu près tout sauf qu'il avait une forte personnalité. Rotald ou Rossal (voire Roland). Archambaud de Saint-Agnan (ou Anian). Geoffroy Bisol (ou Bisot). André de Montband qui servira au début comme « confrère du Temple » et deviendra Templier en 1129 ; Foulques d'Anjou (futur roi de Jérusalem). En 1120, il était « confrère du Temple » ou chevalier à terme. Il apparaît sous ce titre sur les listes jusqu'en septembre 1131.

Tous ces noms apparaissent sur la liste des frères présents au concile de Troyes en 1128 (sauf Foulques d'Anjou). Tous ces preux en habits séculiers remplirent les devoirs qu'ils s'étaient imposés : la protection des pèlerins, l'acceptation du combat fût-ce à un contre trois, et observèrent les engagements qu'ils avaient pris des uns et des autres sous la règle de saint Augustin et sous le nom de « pauvres chevaliers du Christ et du Temple de Salomon ». Pauperes commilitones christi Templique Salominici. *Ils gardaient le défilé très dangereux pour les pèlerins au lieu-dit la* Pierre Encise, *plus tard* Château Pèlerin. *C'est en souvenir de ces neuf premiers chevaliers que, dans les églises construites par l'Ordre du Temple, les pierres qui forment le tympan sont au nombre de neuf.*

Voilà pour la liste qui, comme vous l'écrivez est floue. Je ne sais si un jour l'on verra resurgir certains documents tels que cette liste. J'en doute beaucoup. Mais il faut se rappeler cette phrase : « Le Temps altère et efface la parole de l'homme, mais ce qui est confié au feu perdure indéfiniment. »

J'ai remercié Pierre Le Maux. Il s'excusait de m'importuner. Certainement pas. Je n'avais fait, en écrivant *les Noces de fer*, qu'effleurer un sujet que, faute de temps, je ne pouvais développer dans un ouvrage consacré au Temple. Qu'aurais-je pu écrire qui n'eût pas fait doublon avec tous les livres qu'un tel sujet a suscités ? Je crois qu'aucun autre sujet que celui-ci n'a inspiré autant d'habiles plagiats. Il s'en commettra d'autres. Et c'est pourquoi, sorti tout fraîchement de son esprit et de ses propres repères, le témoignage de mon lecteur, qui est aussi peintre — et je le sens : un bon peintre — m'a semblé digne de figurer dans une annexe supplémentaire de la réédition des *Noces de fer*.

Champenois ou Ardéchois ? Les têtes de maure des armes des Pagan ou des Payns semblent faire pencher les fléaux de la balance du côté de l'Ardèche. On le voit : l'affaire des Templiers continue.

CYCLE D'OGIER D'ARGOUGES

Une fantastique épopée
enracinée dans l'Histoire
de la guerre de Cent Ans au nom de l'honneur perdu.

LES LIONS DIFFAMÉS

En 1340, après la bataille de l'Écluse, le chevalier normand Godefroy d'Argouges, faussement accusé de trahison, est dégradé et les glorieux lions d'or de son blason sont diffamés. Pour venger cet opprobre, il envoie son fils Ogier apprendre le métier des armes dans le château de son oncle, Guillaume de Rechignac. En Périgord, Ogier connaît les amours les plus simples, mais aussi les plus singulières avec Anne, la lavandière, Adelis, la ribaude et Tancrède, son étrange et inoubliable cousine qui sait si bellement s'offrir et si bien se reprendre.

LE GRANIT ET LE FEU

Cinq ans ont passé. Ogier est devenu un écuyer solide. Il songe moins à devenir chevalier qu'à restaurer son honneur. Hélas ! ses desseins subissent un contretemps terrible. Au cœur de l'été 1345, les Anglais se répandent en Périgord. La forteresse de Rechignac a excité la convoitise d'un capitaine d'aventure : Robert Knolles. Il somme Guillaume de lui livrer son château. Le vieux guerrier refuse. Ogier, son oncle et Blanquefort, son sénéchal, s'emploient à stimuler le courage des défenseurs. Les assauts des « routiers » se multiplient. Le fier château sera-t-il envahi ?

LES FLEURS D'ACIER

Jeudi 13 avril 1346. En fin de matinée, Ogier d'Argouges et ses compagnons contournent le champ clos de Chauvigny où des joutes vont rassembler, le dimanche suivant, les meilleurs chevaliers du Poitou et quelques personnages fameux du royaume. Ogier sait que des émissaires du roi d'Angleterre doivent y rencontrer secrètement des nobles français traîtres à la Couronne. Parmi eux, Richard de Blainville, le favori du roi Philippe VI, l'homme qui a injustement dégradé Godefroy d'Argouges et diffamé les lions de ses armes. Ogier pourra-t-il, tout en sauvant l'honneur menacé de son suzerain, assouvir enfin sa vengeance ?

LA FÊTE ÉCARLATE

Dimanche 16 avril 1346. En ce jour de Pâques, la population de Chauvigny et des environs se presse autour du champ clos. Le hasard favorise Ogier dans son entreprise : il rencontre l'ancien chapelain de Gratot, frère Isambert, que sa couardise a conduit à servir Blainville. Il apprend que les conjurés vont se réunir dans un souterrain sous la maison du chévecier de l'église Saint-Pierre. Ces hommes décideront de la date à laquelle les armées anglaises débarqueront en Normandie afin de conquérir Paris et installer sur le trône des Valois le légitime successeur de Philippe le Bel : Édouard III.

LES NOCES DE FER

Mardi 3 octobre 1346. Ce jour-là, dans la matinée, Henry de Lancastre, comte de Derby, qui vient de conquérir les grandes cités de la Saintonge et d'en ruiner les édifices religieux, commande à son armée de se déployer autour de Poitiers. Ogier d'Argouges, qui a survécu au massacre de Crécy, cinq semaines auparavant, a quitté Gratot, le château familial, pour se rendre en Poitou et demander au seigneur des Halles de Poitiers, Herbert III Berland, la main de sa fille Blandine. Chemin faisant, il doute que sa démarche aboutisse. Cependant, il épousera Blandine. Ce mariage hâtif lui apportera-t-il le bonheur ?

LE JOUR DES REINES

Blessé devant Calais assiégé. Ogier d'Argouges, prisonnier, est emmené en Angleterre. Le roi Édouard III et sa noblesse, glorifiés par les manants du royaume, célèbrent leurs victoires par des fêtes grandioses : les joutes d'Ashby. Mêlé à des aventures guerrières et amoureuses où apparaissent Catherine de Salisbury et Jeanne de Kent, surnommée la plus belle fille d'Angleterre, Ogier est bien déterminé à refuser sa condition d'otage.

L'ÉPERVIER DE FEU

Cet ouvrage, qui conclut le cycle d'Ogier d'Argouges, décrit d'hallucinante façon l'hécatombe que la peste noire provoqua en 1348 en

Normandie. Non seulement l'irrésistible fléau y détruisit les manants, les paysans, les prud'hommes et leurs familles, mais il ouvrit ce malheureux duché à des hordes aussi épouvantables que la gigantesque épidémie.

Imprimé en France sur Presse Offset par

BRODARD & TAUPIN

GROUPE CPI

4532 – La Flèche (Sarthe), le 17-10-2000
Dépôt légal : octobre 2000

POCKET – 12, avenue d'Italie - 75627 Paris cedex 13
Tél. : 01.44.16.05.00